讚啦！
我成為印尼語導遊啦！

MANTAPLAH! SAYA SUDAH MENJADI PRAMUWISATA BAHASA INDONESIA!!

國家考試參考書
專門職業及技術人員普通考試外語導遊人員
Pustaka untuk Ujian Negeri Pramuwisata Bahasa Asing

小K——著

2023年最新版

外交特考、移民特考、僑務高考印尼文組適用！

收錄 102 至 112 年印尼語導遊筆試題目

「準備考試筆記本與經驗談」
Buku Catatan Akan Persiapan
Ujian dan Pengalaman

目錄(Isi Buku)

| I1 | II2 | III3 | IV4 | V5 | VI6 | VII7 | VII8 | IX9 | X10 | L50 | C100 | D500 | M1.000 |

前言(Pengantar)
自序(Alas Kata)
推薦序(Prakata Rekomendasi)

Garuda 印尼國徽

異中求同/殊途同歸 Bhinneka Tunggal Ika

前言(Pengantar)

Gedung Artha Graha, Jakarta
AG 大樓(雅加達)

Pramuwisata(導遊)、
Pemandu Wisata(領隊)

作者：小 K

> *1.知道印尼文 selebgram IG 甚麼意思呢？新聞常看到的 memolisikan 和 mempolisikan 有差別嗎？*
> *2.疫情期間，分得清楚 berobat 和 mengobat 的差別？*
> *3.hikayat Putri Salju 難道是指"白雪公主故事"？印尼國旗顏色是"上紅下白"還是"上白下紅"呢？*
>
> <u>答案在第 9 頁</u>

　　印尼是「萬島之國」、印尼人自稱「神鷹之子」或「努山塔拉(Nusantara)」，人口 2 億 7,380 多萬人(2021 年統計)，世界排名第 4，官方預估在 2045 年可達到 3.24 億人，印尼也是世界上最大的回教國家，其中 2%超級有錢的金字塔頂端人數超過 500 萬人，以回教徒、純粹印尼人居多[1]，他(她)們非常富有，如果這 500 萬人每年只要 1%(約 5 萬人)來旅遊，對台灣觀光產值貢獻就很可觀，相信旅費絕對不是問題，問題是如何讓他(她)們認識台灣並產生興趣，畢竟印尼有 1 萬 7,480 個島嶼(有人居住)，各地自然風光與特色美食不見得輸給台灣，我們的接待能量與品質能不能好好滿足這些印尼的富有觀光客來台後對高旅遊品質的要求，讓他們口耳相傳、一來再來，這才是大考驗。以筆者接待經驗，曾有一團印尼官員來台參訪，期間成員幾乎每人都抽空去買一台新台幣 10 萬元上下的二手自行車運回印尼，而且團長之前已先送信奉回教的女兒來台念書，因此團長夫婦提早來台，由女兒帶領去中、南部自費遊玩，他們熱愛台灣程度可見一斑。

　　根據觀光局的統計資料，COVID-19 疫情前，2019 年外籍旅客來台消費金額每年均已超過 4,000 億新台幣，而 2019 年一整年約有 23 萬 5,000 人次的印尼人來台，但其中只有約 6 萬人次來台事由是「觀光」，這 6 萬人的「職業、收入及種族」值得深入研究。隨著疫情趨緩，各國陸續規劃開放觀光，台灣觀光局已在為爭取 19 億穆斯林客源市場做準備，筆者認為未來印尼應是重點國家之一。

---

[1] 華人控制印尼經濟命脈是長久以來的誤傳，因為印尼億萬富翁中，華人(裔)人數占比較人口比率高許多，所以有此誤解；就像說「越南是母系社會」這美麗的錯誤一樣。

另據內政部和教育部統計，截至 2021 年 8 月，在台居留及永久居留的印尼人已超過 24 萬 6 千人，因婚姻來台歸化取得國籍的印尼人數累計有 2 萬 8 千多人，仍在學的印尼新住民第二代人數約 2 萬 9,000 多人，若加上已在工作的印尼新二代，人數會更多，可是根據考試院資料，102 年至 111 年報考印尼語導遊人數(第 1 試筆試)累計將近 500 人，而通過第 2 試口試者共計 175 人(錄取率約 35%)，台灣印尼語導遊過去每年通過人數平均不到 20 人，且因為種種原因，估計實際入行執業的人應該更少，個人為土生土長的台灣人，願意將準備及通過外語導遊人員印尼語筆試及口試之經驗，提供給有意願參加導遊或其他國家考試印尼語組的台灣讀者參考，希望未來能有更多人加入接待印尼觀光客的導遊行列。截至本書修訂完成、再版前夕，112 年報考印尼語導遊第 1 試筆試有 25 人，而通過筆試者則有 9 人，我們祝福他(她)們！

交通部觀光局網站
(印尼文)

　　本書適合有志與印尼人有深入交流溝通需要，想要聽懂印尼人的意思，以建立台、印尼間成功對話的台灣人，例如：導遊領隊、外派工作、就學深造、語言進修、經商考察、投資設廠、傳教交流等。如果需要和印尼政府、旅行社、企業、銀行、工廠等印尼方打交道，有文書往來、簽訂合約、瞭解法規等需求，想要深入廣泛地學習印尼文者，那可能就需要這本書來幫助您。鑑於台灣觀光旅遊相關專有名詞，印尼文中譯部分並未完全一致，例如「中秋節」的印尼文，筆者至少就看過「Festival Bulan Purnama、Festival Kue Bulan、Tiongciu 及 Festival Pertengahan Musim Gugur」等這幾種用法，還有「台灣燈會」也是有「Festival Lentera Taiwan」與「Pameran Lampion Taiwan」兩種說法，所以本書力求不同翻譯盡量並列供讀者比較，以彙整歷年印尼語導遊考題、新聞報導和雜誌專文的印尼文觀光相關名詞及用法為主，作者另大力推薦台灣觀光局(Biro Pariwisata Taiwan)的印尼文版網站，改版後的網站生動活潑且資訊豐富，很值得讀者參考並分享給印尼朋友。

台灣觀光局印尼
臉書粉絲團

　　外語是工具，就看你會不會用，多學一種外語就多打開一個認識外國的窗戶，為你的人生打開了更多的機會與未來，在此借用台灣電視劇「未來媽媽」裡的一句話：「人只要踏出去，人生就有無限可能」，與大家共勉。

想知道你的印尼語聽說讀寫程度如何？來考個印尼語導遊試試看吧！

印尼殖民建築

自序(Alas Kata)

　　作者筆名「小 K(Kalajengking)」，曾在印尼工作過幾年，去之前曾在台灣學過幾個月基礎印尼語課程，在印尼持續自學印尼語，因熱愛傳統印尼文化(Tempo Doeloe)，所以足跡遍及印尼各地，驚艷於印尼自然人文風光與各地特色美食超乎想像。回台後工作上仍有用印尼語溝通的機會，因緣際會下決定在英語導遊之外再加考一個印尼語導遊資格。

　　但準備過程卻發現困難重重，因為在台灣沒有足夠工具書！研讀 102-112 年考古題時，發現網路字典(比如 Google 翻譯)雖然方便，但解釋不足，也無例句，勉強可以應急，可是錯誤翻譯不少，比如輸入中文「蒼蠅」，印尼文網路字典卻不是顯示「lalat(蒼蠅)」，而是「terbang(飛)」，這就讓人啼笑皆非了，另外「Cantik besar gadis ini!(這少女多漂亮！)」，網路字典會翻譯成不太通順的「大美女這妹子」，這會影響雙方溝通順暢的。此外，如果想深入了解不同字義和例句用法，那就不太夠了，還必須借助紙本字典及其他網路資源，之後單字越背越多，卻陷入「知其然，不知其所以然」的困境，而且發現許多用法已越來越無法用初學時的解釋去一體適用，於是開始重新蒐集各種與印尼文(語)學習有關的工具書，經歸納整理出印尼文法脈絡及字根變化規則，以方便理解與記憶，這就是本書的雛形。

　　學理上來說，「印尼語」和「印尼文」重點不一樣，前者如小學的「國語」，後者則是國、高中的「國文」，我國外語導遊筆試考 4 科，分別是導遊實務(一)、導遊實務(二)、觀光資源概要及外國語。而專門職業及技術人員普通考試外語導遊人員考試第一試筆試 80 分鐘完成 80 題單選題，且筆試通過後，還有第二試 10 分鐘口試，因此閱讀之外，聽、說也同樣重要，所以用「印尼語」這說法。

　　至於「外交特考(外交領事人員類科印尼文組)、移民行政人員特考(選試印尼文)與僑務行政高考(選試印尼文)」等 3 種國家考試都有「中文翻譯印尼文」、「印尼文翻譯中文」、「寫短文(應用文撰寫、印尼文作文)」的部分，作答時間均為 2 小時，外交特考另考印尼文 20 題單選題，而移民特考與僑務高考則不考印尼文選擇題，這 3 種特考重點在讀、寫，所以稱「印尼文」。

　　印尼文、中(華)文及英文分屬不同語系，其中印尼文屬「黏著語(Bahasa Aglutinatif)」和「屈折語(Bahasa Infleksi)」的英文，兩者詞性較接近，而台灣人多學過英文，所以如果用英文文法來分析印尼文應較容易理解。本書偏重讀、寫之進階應用，理應採「印尼文」用法，不過本書是介紹外語導遊，所以沿用「印尼語」的說法。雖然 3 者考試方式有所差異，不過都可以參考本書，下表例舉本書將介紹的印尼文各種詞性變化：

字根	Ber-	Me-	Me-kan	Pe-an	Ke-an	-an	Pe-	重複詞
dengar 聽	berdengar 聽從	mendengar 聽見	mendengarkan 傾聽,聽信	pendengaran 聽覺	kedengaran 聽得到	<u>**dengaran**</u> 聽覺[2]	pendengar 聽眾	dengar-dengar 聽說,傳說
bicara 說	berbicara 講話	X	membicarakan 談論,討論	pembicaraan 討論,商討	X	X	pembicara 講者	**bicara-bicara** 講話[2]
baca 讀	X	membaca 讀,閱讀	membacakan 宣讀,朗讀	pembacaan 閱讀	X	bacaan 文章	pembaca 讀者	X
tulis 寫	bertulis 有文字的	menulis 寫,寫字	menuliskan 寫下,記載	penulisan 寫作	X	tulisan 文字	penulis 作家,作者	tulis-menulis 抄寫

---

[2] 平常會使用，但紙本字典及線上印尼語大字典(KBBI)裡並沒有收錄。

由上面的例子可知，其實印尼文非常容易上手，文法規則也相對簡單，單字跟中文一樣沒有過去式、現在式及陰陽性等時態變化，印尼文拼字使用 26 個英文字母，有 5 個母音(Vokal)與 21 個子音(Konsonan)，雖然將近 7 成的字母(17 個)發音與英文有異需要調整，但沒有聲調變化，相對於泰語 44 個字母、越南語 29 個字母，理論上學習印尼文的速度是可以比其他語文快的，印尼文類似日語容易入門學習(日語有 50 音和片假名、平假名)，初學者可以全部用原形動詞(字根)，因為印尼文句型結構相對單純，把所有單字拼湊在一起，即便句子中的字詞前後順序改變，仍可和印尼人溝通，例如：中文「這是誰的書？」，但印尼文「Ini buku siapa?」、「Buku ini siapa?」或「Buku siapa, ini?」這 3 種用法都可以，疑問詞「siapa」不一定放句首，可按照字義放在句子中間或句尾，不難吧？

　　作者除將個人準備外語導遊考試的印尼文筆記內容，重新整理、分類及編排，成為本書雛形外，還將 102 至 112 年的大部分考古題，列入本書相關內容的例句(標註 OOO 年印導)，同時對部分考題所提到的人物、背景、情節等內容，考量實務酌予適當修正或改寫並配上中文翻譯對照，以方便記憶。本書章節酌予修正後是依照「I_動詞/被動詞→II_字首尾/疑問詞/單位量詞/倒裝句→III_名詞/關係代名詞/家族關係表→IV_副詞/重複詞→V_介係詞/連接詞/語助詞/感嘆詞→VI_外來語/縮寫/簡寫→VII_多義字/同音異字→VIII_官方用語/宗教用語/醫療衛生/印尼文標準化/社交用語→IX_口試技巧/自我介紹/問答題攻略/諺語/職前訓練口試/印尼語檢定→D_結語/期許/快樂學習/印尼語詞性/歧義句→M_附錄」等順序編排，本書最後一章並有按照不同類型分類的「附錄(Lampiran)」。章節編號則是採用印尼法規條文書寫的基本架構「Bab(章)→Pasal(條)→Ayat(項)→Artikel/a(款)」，每章節重點內容以摘要製表及例句方式呈現，並且以延伸閱讀或小提醒來加強讀者印象，提升學習效果。

　　通過考試不是學習印尼文的結束，反而是開始，因為可以不用侷限於考試範圍來學習，能夠放手去接觸與吸收更廣、更深的印尼文知識及資訊，期盼成功扮演台、印尼雙向交流的橋樑。

Luwak 麝香貓

小提醒(紅白國旗)

綜觀世界各國國旗，僅紅、白兩色的有 3 國，其中東南亞的「印尼」，國旗(Bendera Merah Putih)顏色是「上紅下白」(右圖左上)，象徵「勇敢、正義及純潔、自由」；而位於中歐的「波蘭(Poland)」，國旗顏色則是「上白下紅」(右圖右上)；還有 1 國國旗與印尼國旗顏色、配置均相同，那就是地處南歐的「摩納哥(Monaco)」，國旗顏色也是「上紅下白」(右圖下方)，只是尺寸較小，在國際場合要注意使用正確，以免失禮。

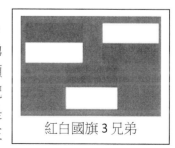

紅白國旗 3 兄弟

推薦序(Prakata Rekomendasi)

1. Sahabat dari Lembaga Keimigrasian(移民機關的好友)

"Buku yang dibuat oleh "小 K" ini adalah bentuk upaya untuk saling mendukung kegiatan industri pariwisata Indonesia dan Taiwan. Penuh informasi yang menarik untuk diketahui dan didatangi.

Ragam budaya dan keindahan alam yang ada pada masing-masing tempat, adalah bentuk anugrah Tuhan Y.M.E yang luar biasa.

Semoga dengan buku ini telah diterbitkan dapat memperkaya pengetahuan dan pemahaman kedua belah pihak juga saling memperkenalkan keindahan dan keunikan masing-masing tempat.

Herawan Sukoaji

Kepala Subdirektorat Kerja Sama Antarlembaga, Direktorat Kerja Sama Keimigrasian, Ditjen Imigrasi

這本由小 K 所寫的書，是印尼和台灣彼此互相支持旅遊產業活動的一種方式，充滿了讓人想去瞭解和造訪的資訊。基於上帝的恩賜，各自的文化與自然美景非常的優美。希望藉由本書的出版，能夠充實雙方的知識和理解，也可以互相介紹各自美麗及獨特的景點。

賀喇萬
印尼移民總局移民事務合作處(機關事務合作)副處長

2. Sahabat dari Aparat Kepolisian(警察機關的好友)

Buku berjudul "Mantaplah! Saya menjadi pramuwisata Bahasa Indonesia" merupakan buku karya "小 K" untuk memberi petunjuk praktis dan informasi yang diperlukan wisatawan Taiwan tentang Indonesia dalam dua Bahasa, yaitu Bahasa Indonesia dan Mandarin.

Selanjutnya dengan muatan-muatan informasi tempat-tempat wisata baik di Indonesia maupun di Taiwan yang dikemas dalam catatan belajar bahasa dan pengalaman tinggal di Indonesia, harapan yang muncul adalah buku ini dapat dijadikan referensi pengenalan kultur, kuliner dan bahasa kedua negara.

Akhir kata, smoga buku ini selain berkontribusi pada kepariwisataan juga dapat menarik minat dan dijadikan referensi "UJIAN NASIONAL" bagi calon pramuwisata Taiwan dan juga sebaliknya, pemandu wisata Taiwan di Indonesia.

Selamat "小 K"! Semoga upaya yang dilakukan juga semakin mempererat hubungan persahabatan Indonesia-Taiwan!

KBP. Albert Barita Sihombing, M.Si., M.A.

Direktur Intelkam (Intelijen Keamanan) Polda Sulut (Sulawesi Utara)

書名為"讚啦！我成為印尼語導遊了！"的這本書是小 K 的創作，以中、印尼雙語提供台灣觀光客有關印尼的實用說明和資訊。然後將印尼或台灣景點的資訊內容，包含在語言學習的筆記和印尼生活的體驗裡，希望本書能夠成為介紹這兩個國家語言、美食和文化的參考。最後，希望本書除了對觀光旅遊有所貢獻，也能夠吸引未來台灣導遊的興趣並成為"國家考試"的參考，反之亦然，希望也適用去印尼的台灣領隊。祝福小 K！期望藉由本書能越來越加強印尼與台灣的友好關係。

施宏炳
警察上校/理學及文學碩士/教授
北蘇拉威西地區警察局安全情報處處長

1.selebgram IG(名人網紅)、memolisikan(從警)、mempolisikan(與警察打交道)。
2.berobat(得到治療)、mengobat(用藥)。
3.hikayat Putri Salju 印尼文是指"白雪公主故事"，印尼國旗顏色是"上紅下白"。

(問題在第 4 頁)

第 1 章 Bab I

Pasal I-1.動詞 kata Kerja
Pasal I-2.被動詞 Kata Kerja Pasif

Selamat Datang Monument,
Jakarta
歡迎紀念碑(雅加達)

先苦後甘 Berakit-rakit ke hulu, berenang-renang ke tepian

I_動詞(Kata Kerja)/被動詞(Kata Kerja Pasif)

> 印尼文的各種動詞變化，你熟悉嗎？
> air→berair→mengair→mengairi？angin→berangin→mengangin？
> awan→berawan→mengawan？hujan→hujan gerimis→menggerimis？
> kerja→mengerjakan→mempekerjakan？kabut→berkabut→mengabuti？
> suami→bersuami→mempersuamikan？istri→beristri→memperistri？
> 印尼文"收會錢"怎麼說？
>
> 答案在第 131 頁

Pasal I-1.動詞(kata Kerja)

在台灣和印尼有幾本印尼文學習教材有介紹過動詞(Kata Kerja)的各種變化，本書綜合彙整國內外各種資料並稍作補充，讓讀者儘早進入學習的最佳狀況。印尼文動詞用法有原形動詞、Ber 動詞及 Me 動詞等 3 種，1 個字根可以衍伸出不同的動詞用法，下表是所有動詞摘要對照表。

動　詞　類　型	中　文　摘　義	說　明
Ber-	有...	絕大多數為**不及物動詞** (主詞)做動作、擁有、有...(數字)、駕駛/騎乘、使用、穿/戴、做、度過、感受到心情...
Me-	做	全為**及物動詞** (主詞)做動作、進行、過程...
Me-kan	使...	動作(從無到有) (主詞)使,讓,對...(受詞)做動作
Me-i	在...上,對...	(等於 Me 動詞+介係詞)
Memper-	更...,把...當作	改善(動作)
Memper-kan	讓...,做...,使...成為,造成	(主詞)對/讓(受詞)做動作
Memper-i	(改善,變更好)	(等於 Memper 動詞+介係詞)

動詞還可以連用，例如：「membuka bersyarat(有條件開放)」、「memutuskan mengizinkan(決定允許)」，請參考「I-1.3.2.13.延伸閱讀(動詞連用)」，各類動詞在外語導遊筆試及各種國家考試常常出現動詞變化的題型，所以很重要，練習看看能否分辨清楚下表中意義和用法的不同。

範例(原形動詞、Ber 動詞及 Me 動詞變化)

traktir 請客	Siapa yang traktir? 誰請客？
mentraktir 請客	Besok saya mentraktir Anda semua makan malam. 明天我請你們吃晚餐。

foto 照片	Kita foto di sini/Kita ambil foto di sini. 我們在這裡拍照。
berfoto 拍照	Tur wisata berfoto bersama di depan Museum Istana Nasional. 旅行團在故宮博物院前合影。
memfoto 給...拍照	Saya mau memfoto Wayang Potehi, Wayang kulit dan Wayang

	Boneka Taiwan.我想拍台灣的布袋戲、皮影戲和魁儡戲。

panah 箭	Ibu panah dan anak panah sudah tersedia. 弓和箭已經準備好。
memanah 射,射箭	Saya memanah seekor burung. 我用箭射 1 隻鳥。
memanahi 用箭狩獵	Pemburu setempat dilarang memanahi hewan hampir punah. 當地獵人被禁止用箭狩獵瀕臨絕種動物。
memanahkan 把...射出	Dia memanahkan api asmara kepada saya. 她向我射出愛神之箭。

jalar 爬行的	Saya pesan seporsi daun ubi jalar goreng. 我點了 1 份炒地瓜葉。
menjalar 爬行,傳播,蔓延	Ular menjalar di lantai.蛇在地板上爬行。 Penyakit itu menjalar di kampung saya.那疾病在我家鄉蔓延。
menjalari 向...蔓延	Rasa hangat menjalari seluruh tubuhnya. 溫暖的感覺遍布他全身。
menjalarkan 使傳播	Lalat menjalarkan penyakit melalui makanan. 蒼蠅透過食物傳播疾病。

upah 工資,薪水	Upah pokok dinaikkan sampai NT$25,250 per 1 Januari tahun 2022. 基本工資從 2022 年 1 月 1 日起調漲至新台幣 2 萬 5,250 元。
berupah 給/得到工資	Saya ada 30 hari cuti berupah per tahun. 我每年有 30 天有薪休假。
mengupah 僱用	Bos saya mengupah orang untuk mengurus kebun. 我老闆僱人管理花園。
mengupahi 付工資給...	Agen mengupahi mereka hanya Rp 50.000 sehari. 仲介一天只付 5 萬印尼幣工資給他們。
mengupahkan 出錢讓...做	Mengupahkan baju kepada tukang jahit. 出錢讓裁縫師傅做衣服。

例句

➤ Untuk lebih mengenal masyarakat Taiwan saya sering mengajak tamu naik bus berkeliling kota. Karena naik bus adalah salah satu cara tercepat mengenal masyarakat Taiwan dalam kesehariannya.
為了深入認識台灣人民，我經常邀請客人搭乘公車逛市區，因為搭公車是一種最快認識台灣人每天生活習慣的方法。(111 印導)

➤ Grup penggemar Facebook "Taiwan , Saya Sudah Datang" sekarang meluncurkan aktivitas "Anda Belanja, Saya yang Bayar", tinggal ambil foto dan unggah dan tulis alasan rekomendasinya. Tiga netizen dengan paling banyak orang komentar dan angka likes akan berkesempatan diundang untuk belanja gratis.
臉書粉絲團"台灣我來了"正推出一個活動"你血拚，我買單"，只要拍照、上傳並寫下推薦的理由，有最多評論和按讚數的前 3 名網友將有機會贏得免費購物的獎品。

➤ "Seqalu : Formosa 1867", "Heaven on the 4th Floor", "Gold Leaf", dan "Light the Night' adalah drama-drama televisi khas Taiwan yang sangat populer pada Netflix terbaru.

"斯卡羅"、"4 樓的天堂"、"茶金"、"華燈初上"是最近在網飛(Netflix)上很受歡迎的台劇。

➤ Tangannya melambai menyatakan sampai ketemu lagi.
他揮手表示再見。

➤ Gubernur Bali bakal melarang para turis asing menyewa dan mengendarai motor saat liburan di Bali. Dia beralasan para WNA kerap ugal-ugalan ketika berkendara di jalanan Bali.
巴里島省長將要禁止外國觀光客在巴里島度假時租用或騎機車,他的理由是外國人在巴里島路上駕駛時經常橫衝直撞。

➤ Karena pandai jilat, dia lekas naik pangkat.
因為善於拍馬屁,他很快就升官了。

➤ Mampu menjual buah yang sulit dijual.
再難賣的水果也賣得動。

I-1.1.1. 小提醒(boleh/bisa 比較)

初學者對印尼文的「boleh」和「bisa」滿容易弄混的,簡單說明如下:

字　　　　　根	詞　性	中　文　意　義	說　　　　　　　　明
boleh	副詞	可以	得到許可(=diizikan)
bisa	動詞	可以,會,能夠	表現能力(=dapat)

例句

➤ Bisa tolong bantu saya foto?
可以麻煩幫我照相嗎?(104 印導)

➤ A：Boleh tukar NT dolar ke rupiah? 可以換新台幣為印尼幣嗎?
B：Tentu saja boleh. 當然可以。
A：Berapa kursnya? 匯率是多少?
B：Coba saya cek dulu. 我先查看看。

➤ Di sini semua harga mati/pas, tidak boleh kurang lagi. Tunggu apa lagi?
在這裡全部不二價,不可以再減,還等什麼?

➤ Kasus masih boleh naik banding.
案件仍然可以上訴。

➤ 3 tahun yang lalu, satu kalimat mandarin-pun tidak bisa!
三年前 1 句中文也不會!

➤ Hanya bisa mengandalkan api untuk menghangatkan tubuh.
只能依靠火來為身體取暖。

Ayat I-1.1. 原形動詞(Kata Kerja Dasar)

原形動詞(Kata Kerja Dasar)是字根(Akar Kata/Kata Dasar)的一種,可以直接使用在句子中,獨立表達意思,原形動詞可以變化成各種意義不同的名詞和動詞,是所有詞性變化的基礎。

例句

➢ Setahu saya, makanan yang enak menjadi daya tarik untuk berwisata ke Taiwan, dengan anggaran minim Anda bisa mengajak tamu Anda ke pasar malam mencari aneka ragam makanan kecil yang khas Taiwan.
據我所知，好吃的食物成為到台灣旅遊的吸引力，以最小的預算，你能夠邀請你的客人去夜市尋找各種台灣特色小吃。(104 印導)

➢ Anaknya besar di Taiwan.
他的孩子在台灣長大。

⼘1.1.1.延伸閱讀

原形動詞的詞性變化非常多，以「makan(吃)」為例，除了最常見的「makanan(食物)」外，還有「memakan(吃掉,耗費)、memakankan(使...吃)、memakani(大量吃)、dimakan(被毀壞)、termakan(被吃光)、kemakanan(被吃光,被腐蝕)、pemakan(吃...的人/動物)、makan-makan(隨便吃吃)、makan-makanan(各種食物)、makan siku-siku(合乎情理,循規蹈矩)、rumah makan(餐室)、meja makan(飯桌)、peralatan makan(餐具)、makan sogok(收賄)、makan waktu(花費時間)、makan hari(風化)、makanan kering(乾貨)、makanan kecil(小吃)、habis termakan tikus(被老鼠吃光)、binatang pemakan daging(肉食動物)」等，所以瞭解一個字根及其衍伸變化，就很容易關聯記憶，印尼文比想像的還容易學吧？！

例句

➢ Kalau memakan makanan di dalam kulkas hotel, kita harus membayar.
如果吃掉飯店冰箱裡的食物，我們必須付錢。(109 印導)

➢ Program ini memakan waktu tujuh tahun dan menelan biaya sebesar NT$ 10,5 miliar.
這計畫費時 7 年並耗資高達 105 億元新台幣。

　　如果讀者想詳細了解字詞的各種用法和例句，可以參考坊間的紙本印尼語中文辭(詞)典，但是辭典必須便用字根去查詢，比如，大家都學過「請(silakan)」這個字，可是它的字根卻是「sila」，另外，想知道「belajar」和「bermain」的意思和用法，在紙本(字)詞典中用「belajar」和「bermain」的首字「b」去查「B」的分類卻是完全查不到的，必須分別用「belajar」和「bermain」的字根「ajar」和「main」去找辭典中的「A」和「M」分類才可以找到單字及詞類變化，所以知道字根是很重要的。而有些字乍看之下還真是難以區分出字根，比如「beranda」是指「陽台、走廊、首頁」的意思，而不是「ber+anda」；「memperkarakan(控告)」，字根並不是「kara」，而是「perkara(案件,事情)」；「bercak(小斑點)」也不是「ber+cak」；另外「memarah」可以指「Me 動詞+marah(生氣的)」也可以是「Me 動詞+parah(嚴重的)」，這也是滿容易弄混的，之後會詳細說明。

　　為解決找出印尼文字根的困擾，建議可以利用右方網址「線上印尼語大字典(Kamus Besar Bahasa Indonesia：KBBI)」來查詢，隨時隨地可用，相當方便，而且不像紙本字典須找出字根，KBBI 只要輸入單字，便會顯示從字根到動詞及名詞等各類標準印尼文延伸應用，甚至配有例句，是

KBBI 印尼文查詢

滿方便實用的學習工具，缺點是「全部顯示印尼文」，較適合進階者。

Google 翻譯

初學者也可以使用左方網址免費的「Google 線上翻譯」來互查印尼文與中文，但方便歸方便，除了解釋稍有不足、沒有參考例句外，最大的缺點則是翻譯「**有時會**」造成「誤解或誤導」，例如：「sejoli」，用右方網址去查詢會出現「愛情鳥」這美麗的誤解，可是「sejoli」真正的意思應該是「一對男女、親密夥伴、老搭檔」，翻譯差很大；另一個例子則是「tokoh」，用右方網址去查詢會出現中文翻譯「數字」，但實際上應是「人物」的意思，所以「tokoh politik」是指「政治人物」，使用上不得不慎；其他還有「teman kencan daring/online(網路交友)」，其中「kencan(幽會,約會)」誤譯為「日期」、「kangen(想念,思慕)」翻譯為「錯過」等等，使用上必須小心查證。

Ayat I-1.2.Ber 動詞(Ber-原形動詞/Ber-名詞/Ber-重複詞)

原形動詞或名詞(Kata Benda)加上「ber-」字首(Awalan)即成為「Ber 動詞」型態，具有「動作、擁有、有...(數字)、產生/生產、駕駛/騎乘、使用、穿/戴、做、成為、發生、度過、感受到...心情、心理狀態、在...狀態下、有效果...」等各式各樣意思，例如「ada udara bersih=berudara bersih(有清新的空氣)」、「ada kesempatan=berkesempatan(有機會)」和「ada peluang=berpeluang(有空閒時間)」等。

日常口語會話在不影響字義的情形下，「Ber 動詞」的「ber-」字首經常被省略。而「Ber 動詞」絕大多數為「**不及物動詞(Kata Kerja Intransitif)**」，也就是其後必須有「介係詞(Kata Penghubung)」才能與名詞連接，只有「belajar」及「bermain」兩個是「及物動詞(kata kerja transitif)」，可直接連結名詞，不須「介係詞」，例句如下：

例句

➢ Untuk memperbaiki bahasa Indonesia saya dan menjadi lebih baik, setiap hari saya tentu akan membaca dan belajar berita, cerita dan bacaan bahasa Indonesia dalam koran, majalah dan situs web/website, misalnya Warta Berita Taiwan, Berita Global untuk Penduduk Baru Taiwan, Koran Empat Arah, Taiwan Panorama, DetikNews.com dan Kompas.id Indonesia.
為了改善我的印尼文以變得更好，每天我一定閱讀和學習在報紙、雜誌、網站上的印尼文新聞、故事和文章，例如台灣公共電視、台灣新住民全球新聞網、四方報、台灣光華雜誌、印尼點滴新聞網和羅盤電子報。

➢ Saya sedang belajar ajaran Dr. Sun Yat-sen.
我正在學習孫中山的理論。

➢ Mereka sedang bermain piano.
他們正在彈鋼琴。

「Ber 動詞」主要有「Ber-原形動詞、Ber-名詞、Ber-重複詞」等 3 種變化類型，例如印尼文「不改變」，可以用「tidak ubah」或「tidak berubah」，也常看到「berjalan santai(輕鬆走路)」這種「修飾動詞」的用法，3 種變化類型分別說明舉例如下：

Artikel I-1.2.1.Ber-原形動詞：

為「Ber-原形動詞」的變化類型：

例句

➢ Cepat berkumpul di lobi hotel!
快點到飯店大廳集合！(102 印導)

➢ Pelatih : Angga, mengapa kamu tidak bersemangat? 你怎麼沒精神？
Angga : Saya tidak enak badan Pak. 先生，我身體不舒服。
Pelatih: Sekarang, istirahatlah dulu! 現在先休息吧！(102 印導)

➢ Berwisata ke daerah pegunungan dan berjalan-jalan di dalam hutan, saya akan
rekomendasikan tamu asing untuk memakai sepatu santai yang cocok untuk berjalan kaki.
去山區旅遊和在森林散步，我建議外國客人穿適合走路的便鞋。(104 印導)

➢ A : Cuaca sudah berubah! Sudah mau hujan. 天氣已經變了！快要下雨。
B : Iya! Keluar harus bawa payung. 是的！外出必須帶傘。(104 印導)

➢ Banyak orang berjalan-jalan di daerah Tamsui pada pagi hari untuk menghirup udara segar.
許多人早上在淡水地區散步以呼吸新鮮空氣。(106 印導)

➢ Saya puas berbelanja di Taipei 101 karena barangnya berkualitas dan murah.
我滿意在台北 101 的購物，因為物美價廉。(109 印導)

➢ Saya dulu juga bermain golf, tetapi sekarang sudah berhenti.
我以前也打高爾夫，可是現在已經停止了。

➢ Berterima kasih atas perhatian dan bantuan Anda.
謝謝您的關心和幫助。

➢ Kalau bergaul dengan umat Islam dan Hindu Indonesia, sebaiknya jangan membawa barang
kepadanya dengan tangan kiri, dengan tangan kanan akan lebih sopan.
假如跟印尼回教和印度教徒打交道，最好別用左手拿東西給他，用右手比較禮貌。

➢ Waktu berjalan dengan cepat sekali, tidak terasa sudah tanggal 28 November.
時間過得真快，不知不覺已經 11 月 28 日了。

➢ Anda harus berpikir panjang!
你要想清楚！

➢ Saya bertanya dalam hati mengapa!
我心裡想為什麼？

➢ Salju berpeluang turun di pegunungan di atas 3.000 meter di berbagai daerah.
雪有機會降在各地 3,000 公尺以上的山區。

Artikel I-1.2.2.Ber-名詞：

這種「Ber-名詞」變化類型常見又容易理解，製表如下：

範例(Ber 動詞)

AC 冷氣機→ber-AC 有冷氣

adab 教養,禮貌,文明→beradab 有教養的,斯文的,文明的,已經開化的

adaptasi 適應→beradaptasi 適應

adat 習慣,習俗,習性,老規矩→beradat 有...習慣

ada 有→berada 待在,位於,位在

aduk 混合→beraduk 混合

agama 宗教→beragama 信奉...宗教

air 水→berair 有水,含水,出水

ajar 教育→**bel**ajar 學習,念書

akar 根,根本,根源→berakar 生根,有根,根深蒂固

akhir minggu 週末→berakhir minggu 度週末

akhir 後,最後,末尾,終,底→berakhir 結束

akibat 後果,結果,由於...所致→berakibat 產生…後果,造成…不良影響

aksi 行動,行為→beraksi 做...行為,執行...行動

aktivitas 活動,努力→beraktivitas 有活動

alih 轉移,遷移,轉讓,不料,想不到,不是...而是→beralih 轉變,移動,移轉,轉移,改變

amal 行為,作為,好事,善行,慈善的→beramal 做好事,行善

anak 小孩→beranak 生小孩

aneka 各種,各樣→beraneka 各式各樣的

anggota 會員,成員,肢體→beranggota 擁有...成員

angin 風→berangin 起風,有風,有眉目,有線索

angkat 扛,抬,收拾(衣物,餐具),收養,代,輩,義,乾→berangkat 出發

angkut 搬走→berangkut(連人帶物)搬走

angsur 分期的,逐步,一點一點→berangsur 逐步的,逐漸的,一點一點地

anjak 移動,挪動→beranjak 移動,挪動

antem 爭吵,爭執,打架→berantem 爭吵,爭執,打架

apa 什麼→berapa 多少

api 火→berapi 發火

arti 意思,意義→berarti 含有...意義,有用的,等於...的意思,意思是,也就是說

asap 煙→berasap 有煙

asas 原則,基礎→berasas 以....為原則,根據

asmara 愛情,戀愛→berasmara 做愛

asumsi 假設,假定→berasumsi 有...假設

atap 頂部,屋頂,頂蓋→beratap 有屋頂的,以...為屋頂的

aturan(一般,比賽)規則,規定,規矩,規範→beraturan 按規定的,有秩序的,有規矩,有禮貌

awalan 字首,前綴→berawalan 有字首,有前綴

awal 初,始,起初,最初,開頭,早,早先,以前→berawal 開頭,起頭

awan 雲→berawan 有雲,多雲

ayah 爸爸,父親→berayah 有父親

babi 豬,豬形物體→berbabi 有豬肉的
badah 崇拜→berbadah 崇拜
bagai 彷彿,好像,例如→berbagai 各種,多元
bahagia 幸福→berbahagia 幸福的,愉快的
bahan 原料,材料,配料→berbahan 成為...材料,組成
bahasa 語言→berbahasa 講...話,使用...語言
bahas 研究,調查→berbahsa 討論,談論
bahaya 危險,風險,威脅,危機→berbahaya 有危險的
baju 上衣→berbaju 穿上衣
bakat 天賦,天分→berbakat 有天分
bakti 忠誠,孝順→berbakti 忠誠,孝順,崇拜,效忠
balik 顛倒,倒轉,反,翻轉,背面,反面,回,返回,重,又,再→berbalik 返回,反射,反彈,掉頭,改變
bantu 幫助,協助→berbantu 得到支持,得到援助
baring 躺→berbaring 躺,平躺,躺下
basis 基礎,基本,基地→berbasis 有根據
batas 界線,限度,範圍,程度→berbatas 有限度的,有限的
baur 融入→berbaur 融入,混合,交往,廝混,結為夫妻
bau 味道,感覺,臭→berbau 有味道,發出氣味
beda 差別,分歧→berbeda 有差別,不同
belasungkawa 弔唁,悼念,哀悼→berbelasungkawa 表示哀悼
belok 轉彎,彎曲→berbelok 轉向,拐彎
benah 整理→berbenah 整理,盤點
bentuk 形式,形狀,結構,構造,彎曲,體制,枚→berbentuk 有...形狀
berjamuru 接待客人,作客
besar hati 驕傲的,自豪的,仁慈的→berbesar hati 驕傲的,自豪的,仁慈的
bicara 說,智力,保證→berbicara 說,數量,數字,算
bincang 談論,商談→berbincang 談論,商談
bisnis 商業,生意,買賣→**ber**bisnis 做生意
bohong 謊話,假的,騙人的→berbohong 說謊
bondong 成群→berbondong 成群結隊,魚貫
buih 泡沫→berbuih 起泡
bulan madu 蜜月→berbulan madu 度蜜月
bulu 羽毛→berbulu 有毛的
buntut 尾巴→berbuntut 有尾巴的,有...後果,未了結
bunyi 聲音,發聲→berbunyi 內容是
buru 追捕→berburu 追求,追逐,打獵
busa 泡沫→berbusa 冒泡,吐泡沫
cadang 備用→bercadang 準備,打算,預備
cahaya 光,光線,光澤,光輝,容光→bercahaya 發光,發亮,容光煥發,炯炯有神

cakap 說,談→bercakap 交談

calit 抹,塗,擦→bercalit 有汙點

cawat 三角褲,遮羞布→bercawat 穿三角褲

cekcok 爭吵,吵嘴→bercekcok 爭吵,口角,吵嘴,爭奪

cerita 故事→bercerita 講,討論,商討,溝通

cermin 鏡子,借鏡,榜樣,反映→becermin 照鏡子,有鏡子,以...為借鏡,反省,自我檢討

cincin 戒指→bercincin 戴戒指

ciri 有特色的,特徵→berciri 有特色,有特徵

condong 傾斜,歪,傾向→bercondong 有...傾向

contoh 樣本,例子,榜樣,模型→bercontoh 以...為榜樣,向...學習

dagang 商業→berdagang 經商,做生意

dahak 痰→berdahak 吐痰

dakwa 控告,控訴,起訴→berdakwa 訴訟,打官司

dalih 藉口→berdalih 找藉口,託辭

damai 和平→berdamai 和解

dampak 衝擊,碰撞,影響,效果→berdampak 相撞,相碰,影響,作用

damping 靠近,親密→berdampingan 並排,並列,並肩

dandan 打扮,梳妝→berdandan 打扮,梳妝

dansa 舞蹈,交際舞→berdansa 跳交際舞

darah 血液→berdarah 流血

daun 葉子→berdaun 有葉子,長葉子

daya 力量→berdaya 有力量,有能力,有辦法

debat 辯論,爭論→berdebat 進行辯論,爭論

decak 吱吱聲→berdecak 發出吱吱聲

dedikasi 奉獻,獻身→berdedikasi 為...奉獻,獻身於

dehem 乾咳聲,輕咳聲,清嗓子→berdehem 乾咳聲(清喉嚨)

dendam 恨,仇恨,怨恨,熱戀,愛慕→berdendam 懷恨,怨恨

dengung(飛機,警報)嗡嗡聲,轟鳴聲→berdengung 嗡嗡響

derma 慈善,慈善機構→berderma 施捨,捐款

darmawisata 旅遊,觀光,遊覽→berdarmawisata 旅遊,觀光,遊覽

detak 跳動聲,滴答聲→berdetak 滴答響

diam 安靜→berdiam 沉默,不吭聲

dinas 局,署,處,公務,公差,值勤,值班,執行任務,出差→berdinas 值勤,值班

diplomasi 外交→berdiplomasi 從事外交

diri 建立,站立,興建,建設→berdiri 建立,站立,興建,建設,起立,站起來

dosa 罪過,罪孽→berdosa 有罪過

dukacita 悲哀,悲傷,傷心,哀悼,弔唁→berdukacita 感到悲哀,感到悲傷

duka 悲哀,哀傷→berduka 感到悲傷,傷心

edar 運行,流通,循環,流傳→beredar 運行,流通,循環

ekspresi 表達,表示→berekspresi 表達,表示
elok 美,漂亮,美好,優美,好,合適→berelok 和好
emosi 情緒,情感→beremosi 有情緒,有情感
firman(上帝,帝王)旨意,詔令→berfirman 下詔,降旨
fluktuasi 波動→berfluktuasi 有波動
fokus 焦點,中心→berfokus 以...為焦點,聚焦在
foto 照片→berfoto 照相,攝影,拍攝
fungsi 功能,作用,職務→berfungsi 有功能,起作用,有...職責
gabung 捆(柴),把(蔥)→bergabung 加入
gadang 熬夜→**be**gadang/bergadang 熬夜,通宵不睡
galah 長竿→bergalah 使用長竿
ganti 代替,更換→berganti 更換,互換,輪流
gantung 吊,懸,掛→bergantung 依賴,靠山
gaul 社會→bergaul 相處,交往,社交
gaya 風格→bergaya 具有...風格
gegas 匆匆忙忙,倉促→bergegas 匆匆忙忙,倉促,急忙
gejolak 動盪,熊熊烈火,激動,衝動→bergejolak 烈焰燃燒,激動,衝動
gelandang 流浪,遊蕩→bergelandang 流浪,遊蕩
gelanggang(大型)競技場,活動場域,競爭舞台,環狀物→bergelanggang 使用競技場,奮鬥
gelombang 波浪,波,浪潮,組,群→bergelombang 上下起伏,高低不平
gelora 波濤洶湧,激情→bergelora 激昂的,澎湃的
gema 回音,回聲,迴響→bergema 回音,回聲,響徹雲霄
gembar-gembor 大聲叫嚷,大喊大叫,大肆宣揚→bergembar-gembor 大聲叫嚷,大喊大叫,大肆鼓吹
gendong 揹,抱→bergendong 摟住,(被)揹,抱
gengsi 親屬,家族,威望,聲望,名望,名聲,面子→bergengsi 有身分,有威望,有地位
gerak 行動,動作,預感,預兆,徵兆→bergerak 動,運動,移動,從事活動
gerilya 游擊隊→bergerilya 打游擊
geser 磨擦,移動,轉移,改變→bergeser 磨擦,移動,改變
getar 振動,顫抖,發抖→bergetar 發彈舌音
gizi 營養,養分→bergizi 有營養
golak(水)沸騰,動盪,動亂→bergolak 沸騰,動盪,動亂
gulat 摔角,扭打,角力→bergulat 打滾,摔角,扭打,搏鬥
guling 滾→berguling 滾動,翻滾
gulir 滾,滾動→bergulir 滾動
gumul 扭打,格鬥→bergumul 扭打,格鬥
guna 用途,好處,益處,用處,為了,用以→berguna 有用,有好處
guncang 波動,動盪→berguncang 猛烈震動,猛烈晃動
gurau 玩笑,笑話→bergurau 開玩笑,說笑話
hak 鞋跟,權力,權利→berhak 有...鞋跟,有...權力

harap 希望,期望,期許,請,祈求→berharap 希望,期望,盼望

harga 價格→berharga 貴重的,有價值的,珍貴的

harta 財產,財富,資產→berharta 有財產,富裕的

hasil 成果,產品,效果,成功,結果→berhasil 有收成,有成效地

henti 停止→berhenti 停止,中止

himpun 集中,集合,聚集→berhimpun 集中,集合,聚集

hormat 尊敬,尊重,敬禮→berhormat 向...敬禮

hubung 相連,聯繫→berhubung 鑑於

huni 居住→berhuni 有人居住的,有看守的,有守護的

ibadah/ibadat 禮拜,崇拜→beribadah 做禮拜,去禱告

ilmu 科學,學術→berilmu 有學問的,有知識的

imbang 平衡,相稱,對比→berimbang 同等的,相等的,相稱,相當

imbas 搖晃,氣流,推動,影響,(鬼怪)附身→berimbas 造成影響

impi 夢,夢幻→bermimpi 作夢,幻想

ingat 記得,記住,想起,想到,注意,小心→beringat 有記憶

inisiatif 倡議,主動,首創→berinisiatif 採取主動

interaksi 互動→berinteraksi 互動

irama 節奏,節拍,韻律→berirama 有節奏的,有旋律的

isi 內含(容)物,內餡,內容,容積,體積→berisi 加值,有內容的,含有,包含

jahat 壞的,惡→berjahat 犯罪,做壞事

jajan 零嘴→berjajan 吃零嘴

jajar 排,行,列→berjajar 並排,成排

jaja 叫賣→berjaja 叫賣

jalan 路→berjalan 走,行走,運行,出門,上路,進行,經過

jalan 道路→berjalan/berjalan-jalan 走

jamur 香菇→berjamur 發霉,長霉

jangka 時段,時期,圓規→berjangka 有期限的

jarak 距離→berjarak 相距,相隔

jejak 踩地,著地,足跡,腳印,言行,後塵,筆直的,穩定的,井然有序的→berjejak 踩,碰,留下足跡

jejal 擁擠→berjejal 擁擠

jemaah 聚集禮拜/禱告的教徒,祈禱會→berjemaah 聚集做禮拜

jemur 曬,晾→berjemur 曬,晾

jodoh 對象,配偶,媒合,配對→berjodoh 與...成親,與...成對

juang 奮鬥→berjuang 用功,勤勞,努力,奮鬥

Jumat 週五,(回教週五)集體做禮拜→berjumat(週五)集體做禮拜

jumlah 總數→berjumlah 合計

kabung 守喪的白頭巾→berkabung 披麻戴孝,服喪,哀悼,弔唁,追悼

kabut 濃霧→berkabut 起霧

kait 鐵鉤,圈套,詭計,關係,關聯,聯繫→berkait 用鉤,帶鉤,有關聯,有聯繫

kampanye 活動,戰役→berkampanye 從事活動

kandang 籠,圈,欄→berkandang 有籠的,有圈的,有欄的,加邊,加框

kantor 公司,企業,店家→berkantor 設辦公室在...,在...辦公

kaos T 恤→berkaos 穿 T 恤

kapasitas 容量→berkapasitas 擁有

karat 鏽→berkarat 生鏽,有鏽,老朽,陳舊,新懷惡意

karya 作品,創作,勞動,工作,(專門)職業→berkarya 創作

kata 言語,言詞,念頭,慾望→berkata 表示,說,講求

kawal 警戒,守衛,看守,防護→berkawal 站崗,放哨,警戒,有警衛的,有人看守的

kawan 朋友,同伴,配料,下酒菜→berkawan 成群的,交朋友,有同伴的

kebun 花園→berkebun 種植

kecimpung 投身於,從事...工作→berkecimpung 投身於,從事...工作

kedok 偽裝→berkedok 偽裝

kedudukan 住所,駐地,位置,地位,身分→berkedudukan 有...地位,座落於

kelahi 吵架,打架→berkelahi 吵架,打架

kelainan 異常,反常,差別→berkelainan 有所不同,一反常態

kelakuan 行為,舉止,品行,事情,情形→berkelakuan 具有...表現

kelambu 蚊帳→berkelambu 掛蚊帳

kelana 漫遊,流浪,遊蕩→berkelana 漫遊,流浪,遊蕩

keliaran 閒逛,遊蕩→berkeliaran 閒逛,遊蕩

keliling 四周,周圍,鄰近,環繞,巡迴→berkeliling 環繞,圍繞,巡迴

keluarga 家庭,家人,親屬→berkeluarga 與...有親屬關係,有家眷,已成家

keluyur 遊蕩,閒晃→berkeluyuran 遊蕩,閒晃,趴趴走,遊手好閒

kemah 帳篷,營帳→berkemah 露營

kemas 整理好,有條不紊→berkemas 收拾,整理

kembang biak 繁殖→berkembang biak 繁殖,配種

kemungkinan 可能性→berkemungkinan 有...可能性

kencan 幽會,約會→berkencan 幽會,約會

kencing 小便,尿→berkencing 小便,尿

kendara 交通工具,車輛→berkendara 開車

kentut 屁→berkentut 放屁

kepala 頭,負責人,主管,老闆→berkepala 有頭,有頭狀物,有標題

kepang 辮子→berkepang 編成辮子

kepanjangan 長度,原字,期限,太長→berkepanjangan 冗長,沒完沒了

kepentingan 利益, 興趣,嗜好→berkepentingan 有(利害)關係的

kepul 濃煙,雲團→berkepul 成團地冒出來

kerabat 同胞,近親,親戚,親屬,家族→berkerabat 有親屬關係

keras 用力,大力,強硬,大聲→berkeras 堅持,固執己見,採取強硬手段,粗暴對待

kerja 工作→**be**kerja(做)工作

kerudung 燈罩,頭巾,面紗,桌布→berkerudung 披頭巾,戴面紗

kesinambungan 連續性→berkesinambungan 永續性的,具有連續性的

keterampilan 技巧,技能→berketerampilan 有技能

keturunan 子孫,後裔,後代,抄本/繕本→berketurunan 有後裔的

kewarganegaraan 國籍,公民身分→berkewarganegaraan 擁有...國籍

kewibawaan 威信,權望→berkewibawaan 有威信,有權望

keyakinan 信心,信念,信仰→berkeyakinan 有信心

khasiat 特效,功效,特殊功能,特點,特色→berkhasiat 有特殊功效

kilat 閃電,閃光,快遞→berkilat 閃閃發光

kilauan 發光物→berkilauan 閃閃發光,閃爍,閃耀

kinerja 表現,成就,成效,工作能力→berkinerja 有表現,有成效,有能力

kisar 旋轉,轉動,約莫,在...之間→berkisar 轉換,在...之間

kobar 燃燒→berkobar 燃燒,起火,激烈進行

komentar 評論→berkomentar 發表評論

komitmen 承諾→berkomitmen 有承諾

komplotan 黑幫,犯罪集團→berkomplotan 勾結,串通

kompromi 妥協→berkompromi 妥協

komunikasi 通信,通訊→berkomunikasi 跟...有聯繫

konflik 衝突→berkonflik 有衝突,起衝突

konsentrasi 專注,集中→terkonsentrasi 被集中

koordinasi 配合,協調→berkoordinasi 互相配合,互相協調

kuah 湯→berkuah 有湯

kuat 強壯,有力,堅固,耐用,強烈,很又能力→berkuat 努力做,堅持不懈

kuda 馬→berkuda 騎馬

kukuh 堅固,穩固,堅定→berkukuh 堅持(立場),固執

kuliah 功課,課程,高等學府→berkuliah 講課,授課,上課,聽課

kulit 皮→berkulit 有皮的

kumandang 回音,共鳴→berkumandang 有回音,有共鳴

kumpul 集合,聚集→berkumpul 集合,聚集

kuncup 閉合,未開放,未開張,花蕾→berkuncup 開花

kunjung 參觀,訪問,造訪→berkunjung 參觀,訪問,造訪,探視

labuh 下垂→berlabuh 下垂,懸掛,停靠,停泊

lacak 充足→**be**lacak 到處都有

laga(裝出的)模樣,帥氣→**be**laga 裝樣子,擺架子

laga 格鬥,搏鬥,碰撞→berlaga 格鬥,搏鬥,相碰撞

laku 行為→berlaku 進行,實現,做出...行為,作為,有效,生效,適用

lalu lalang 來來往往,進進出出,嘮叨不停,亂七八糟→berlalu lalang 來來往往,說不三不四的話

lalu 經過,穿過,以前的,過去→berlalu 走

langlang buana 環遊世界→berlanglang buana 環遊世界

langsung 直接,持續,繼續,進行,舉行→berlangsung 持續,進行,發生
lanjut 繼續,高級,冗長→berlanjut 繼續下去
lantai 樓層→berlantai 有...地板,有...層
lapuk 腐爛的,陳舊的,陳腐的→berlapuk 腐爛
lari 跑→berlari 到處跑
latar belakang 背景→berlatarbelakang 有...背景,以...為背景
latih 訓練,熟練→berlatih 練習
layar 帆→berlayar 有帆,揚帆,啟程,開船,航行
libur 放假→berlibur 休假,度假
lindung 保佑,保護,躲避→berlindung 掩護, 保護,躲避
lipat 折疊,倍,摺(衣物)→berlipat 加倍
lubang 洞,坑,孔→berlubang 有洞
lutut 膝蓋→berlutut 跪著,跪下,求饒,投降
main 玩→bermain 玩
make-up 化妝→bermake-up 化妝
maksud 目的,意圖,意思→bermaksud 想要,打算,有...用意,有...意圖,目的在於
malam 晚上→bermalam 住宿,過夜
manfaat 好處→bermanfaat 有益處,有用,有利
manis 甜→bermanis 說好聽的
manja 寵壞,嬌慣→bermanja 撒嬌
marga 姓→bermarga 姓...
martabat 地位,等級,威信,威望→bermartabat 有地位的,有威望的
masalah(待解決)問題,事情→bermasalah 有問題,有事情
masam 酸的,板著臉,愁眉不展→bermasam 板著臉,愁眉不展
mekar 花開,發麵團,擴大→bermekaran 盛開,百花爭艷
merek 商標,廠牌→bermerek 有...廠牌
migrasi 遷徙→bermigrasi 遷徙的
mimpi 夢→bermimpi 作夢
minat 感興趣,愛好,意願→berminat 對...感興趣,愛好,嚮往
mobil 汽車→bermobil 開車
modal 資本,資金,本錢,成本→bermodal 有資本
motif 動機,意圖,主題,圖案→bermotif 有...動機,有...圖案
motor 發動機,馬達,機車,機動的,馬達發動的→bermotor 坐汽車,騎機車的,用馬達的,機械化
mutu 質量,2.4K 金 →bermutu 有品質,精
nada 聲調,語氣→bernada 帶...語氣
nanah 膿→bernanah 有膿
naung 遮蔽,庇護→bernaung 遮蔽,庇護
negosiasi 談判,協商,締約,議定→bernegosiasi 有談判,有協商
niaga 貿易,商業→berniaga 經商,做生意

niat 目的,方向→berniat 打算要,許願
noda 汙點,污漬,瑕疵→bernoda 有汙點,有瑕疵
nostalgia 懷舊,復古→bernostalgia 懷舊的,復古的
nyanyi 歌唱→bernyanyi 唱歌
nyawa 生命,性命,靈魂→bernyawa 有生命的,活的
obat 藥→berobat 得到治療
olahraga 運動→berolahraga 做運動
oleh 被→beroleh 獲得,得到
operasi 行動,手術,作業,操作,作戰→beroperasi 作業,工作,活動,進行軍事行動,營運
orientasi 方向,方位→berorientasi 面向,朝向
pacu 馬刺→berpacu 有馬刺的,競走,比賽,賽跑
paku 釘子→berpaku 有釘的,用釘子釘著
pandang 看,注視→berpandang 看,注視
pandu 領導,帶領,指南→berpandu 以...為引導
partisipasi 出席,參加→berpartisipasi 參與,參加
patroli 巡邏→berpatroli 巡邏
pawai 遊行→berpawai 舉行遊行
pegang 拿著,握著,擁有,堅持,保守→berpegang 拿著,握著,堅持
pelajaran 課程,課業→berpelajaran 受過教育的,讀過書的
peluang 機會,空隙→berpeluang 有機會
pemandu 導覽員→berpemandu 有導覽的
pendapat 觀點,意見,看法,見解,見聞→berpendapat 認為,主張
pendirian 立場,主張,見解,建立→berpendirian 主張
pengalaman 經驗,經歷,體驗→berpengalaman 有經驗,老練的
pengantin 新郎,新娘,新人→berpengantin 當新郎/新娘,舉行婚禮
pengaruh 影響,作用,勢力→berpengaruh 有影響力的,有權力的
penyakit 病,疾病,壞習慣,惡習,弊病,毛病,壞蛋→berpenyakit 患病
peran 演員,角色,球員→berperan 扮演
perkara 案件,事情→berperkara 打官司,訴訟
petualang 流浪漢,遊民,冒險者→berpetualang 成為冒險者
pidato 演講,演說→berpidato 發表演說
pijak 踏板,立足點→berpijak 站上,踏上
pikir 想,思考,想法,意見,見解→berpikir 思考,動腦筋
piutang 債權→berpiutang 有債權
pola 圖案,圖樣,藍圖,模式→berpola 按照藍圖,有...模式
politik 政治,政治學,政策,策略,詭計,計謀→berpolitik 執行...政策,參加政治活動
potensi 效力,影響力,潛力→berpotensi 有可能,有潛力
potret 照片→berpotret 照相,攝影,拍攝
prasangka 偏見,成見,猜疑→berprasangka 有偏見,懷疑,猜疑

prestasi 成就,益處,提供,給付,履行,付款,績效→berprestasi 有成就的	
produksi 生產,製造→berproduksi 生產,製造	
puasa 回教齋戒→berpuasa 守齋戒	
pulang 回去→berpulang 死亡,過世,去世	
pura-pura 假裝,冒牌的→berpura-pura 假裝	
pusaka 遺產,傳家寶→berpusaka 有遺產,繼承(遺產)	
pusat 中心→berpusat 以...為中心	
putar 轉,旋轉→berputar 轉動,旋轉,流通,周轉	
racun 毒,毒物,毒品,毒藥→beracun 有毒	
raja 國王→beraja 當國王,有國王,拜倒在	
rakit 木筏,竹筏→berakit 划木筏	
rani 勇敢→berani 勇敢於,敢於,不怕	
rantai 鍊子,鍊條,鏈→berantai 有鍊條的	
ranting 小樹枝,分會,分支→beranting 有樹枝的,有分支的,一個接一個,一傳十十傳百	
rasa 味道,感覺→berasa 有感覺	
ratus 百→beratus 好幾百	
rencana 計畫→berencana 計劃,規劃	
rentetan 串,行列,連續不斷,沒完沒了→berentetan 相互關聯,互相牽連	
resolusi 解析度,決心,決定,決議(案)→beresolusi 有解析度	
rias 裝飾,化妝→berias 化妝,打扮	
ribu 千→beribu-ribu 成千上萬	
rintik 斑點,水滴→berintik 有斑點的,滴下	
risiko 危險,風險→berisiko 有危險的,有風險的	
rompi(西裝)背心→berompi 穿著背心	
rongga 空洞,洞穴→berongga 空洞的,空心的	
rumah tangga 家庭,家人→berumah tangga 有家眷,已成家,已婚	
runding 講→berunding 講,討論,商討,溝通	
rupa 樣子,面貌,種類,形狀→berupa 有形的,以...形式,是	
sahabat 好朋友→bersahabat 好客	
sahaja 天然的,樸素的,不加掩飾的,理所當然的→bersahaja 樸素的,不加掩飾的,簡單的,低調的	
salah 錯誤,不好,過失,過錯,犯法,犯錯→bersalah 有罪,犯法,有錯	
salin 複本,影本,複製品,生產→bersalin 生產	
sambut 回應,反應→bersambut 得到回復,有反應	
sandar 靠,靠著,靠在...上→bersandar 靠,靠著,依靠	
sanding 挨近,旁邊→bersanding 並排著,相等的,平等的	
sandiwara 戲劇,話劇,劇團,(戲劇性的醜聞)好戲→bersandiwara 演戲,作戲,表演,裝模作樣,耍花招	
sangkutan 掛勾,障礙,關係,關聯→bersangkutan 與...有關,關於,有關聯	
satu 一→bersatu 團結,結實	
sauh 錨→bersauh 下錨,停泊	

sedia 準備,籌備,備好→bersedia 準備,做好準備,願意
sedih 傷心,傷感,悲傷,痛苦,難過,可悲,悲慘→bersedih 傷心的,難過的
sejarah 歷史→bersejarah 探討家世,歷史性的,有歷史意義的,有...歷史
sekat 隔斷,隔開物,隔牆,隔板,隔膜→bersekat 有隔開物,有隔牆,有隔板,有限制的
seka 擦,拭→berseka 擦,拭
seketiduran 同睡一張床上→berseketiduran 同床睡,(非法)性交,同房
sekolah 學校→bersekolah 上學,上課,受過教育,念過書
selimut 棉被,毯子→berselimut 蓋棉被,有被子,覆蓋著
seling 交替→berseling 間隔著,夾雜著,穿插著,交錯著
selisih 差別,分歧→berselisih 有差別,不同
semangat(比賽)加油→bersemangat 有精神,有幹勁,精力充沛
sembahyang 禱告→bersembahyang 禱告
sembunyi 躲藏→bersembunyi 躲藏
semenda 姻親關係,入贅→bersemenda 入贅
senang 高興→bersenang-senang 很快樂
senjata 武器→bersenjata 有武器的,以...為武器
sepeda 自行車→bersepeda 騎自行車
serat 纖維→berserat 有纖維
sertifikat 證書→bersertifikat 有證書
seru 叫喊,呼喚→berseru 高喊,高呼,呼籲
sesat 迷路,走錯路,錯誤的,走入歧途的→bersesat 走錯路,迷了路
seteru 仇敵,仇人→berseteru 有仇敵,結仇,反目成仇
setrika 熨斗→bersetrika 燙平了的
setuju 同意,一致→bersetuju 與...一致
siap 準備,籌備,備好,安排→bersiap 已準備好,現成的
sifat-sifat(內部)特質→bersifat transparan 有透明性
sifat 特質,特性→bersifat 具有...特性
sikap 態度,立場,姿勢,架式→bersikap 有...態度
sikeras 強硬地,固執地→bersikeras 強硬地,固執地
silang 交叉,交錯,來來往往→bersilang 交叉,交錯
silat 武術,劍術→bersilat 展現武術,舞劍
simbah 濕透→bersimbah 濕透,掀起,撩起,捲起
sinar 光線→bersinar 發光,發亮
sisa 剩下的→bersisa 有剩餘,有餘數
sisip 插入,崁入→bersisip 夾在(兩物之間),插入,崁入
sitegang 固執,頑固→bersitegang 固執,頑固
siul 口哨聲,鳥叫聲→bersiul 吹口哨,鳥叫
slogan 口號,標語→berslogan 標榜,打廣告
sorak 歡呼,喝采→bersorak 歡呼,喝采

sosialisasi 社會主義化,社會化,參加社交活動,交際,使適應(瞭解)社會生活→bersosialisasi 社會化

status 身分,地位,狀態→berstatus 有...身分,有...地位

suap 口(食物),賄賂→bersuap 用手抓著吃

suci 神聖的→bersuci (禱告前)沐浴更衣

sujud(祈禱,敬意)跪拜→bersujud 磕頭,跪拜

suka cita 興奮,快樂,愉快→bersuka cita 歡天喜地,歡歡喜喜,興高采烈

sulam 繡→bersulam 繡有

sulang 敬酒,碰嘴→bersulang 乾杯

sumpah 宣誓,誓詞,發誓,詛咒→bersumpah 宣誓,發誓

sunyi 靜,寂靜,冷清的,空蕩蕩的,蕭條的,排除(念頭)→bersunyi 獨居,隱居

surat 信→bersurat 寫信

suten 猜拳,划拳→bersuten 猜拳,划拳

swafoto 自拍→berswafoto 自拍

syarat 條件→bersyarat 有條件

syukur 感激,感謝,太好了,謝天謝地→bersyukur 表示感謝

tabur 撒上,播(種)→bertabur 灑滿,灑上

tahan 忍耐,耐用→bertahan 忍耐,耐用,堅持,防止,抗...

tahap 階段→bertahap 分階段

tahlil 清真言(萬物非主,唯有真主)→bertahlil 念清真言

tajuk 王冠,頭飾→bertajuk 插上頭飾,以...為主軸

takhta 王位,寶座→bertakhta 當皇帝,掌握政權,統治,登基,建立王朝

tambah 增加,添加,加入,更加,越→bertambah 增加,添加,更加,越

tambal 補丁→bertambal 縫補過的

tameng 盾→bertameng 用...做藉口→

tampar 耳光,掌摑→bertampar 拍打

tamu 客人→bertamu 作客,訪問

tandang 拜訪,訪問→bertandang 拜訪,訪問,作客

tanding 對手,敵手,比賽→bertanding 比賽,競爭,對抗,一對一,對打

tanggung jawab 責任→bertanggung jawab 負責任

tapak(手,腳)掌→bertapak 踩,踏,設立據點

tapi/tetapi→bertapi-tapi(講話老是)但是但是的

taruh 擺放,賭注,放置→bertaruh 打賭,下注

tarung 碰撞,爭論,爭辯→bertarung 碰撞,爭論,爭辯

tatap 看,注視→bertatap 看,注視

tawaf 環繞卡巴天房(克爾白)祈禱的儀式→bertawaf 環繞卡巴天房進行祈禱

tebar 四散,散落→bertebar 四散,散落

teduh(風雨)平息,(天氣,地方)陰涼的,文靜→berteduh 躲避(風雨),使避開

tekad 決心,意志,毅力→bertekad 下決心,有決心

teladan 模範,楷模→berteladan 向...學習

telepon 電話→bertelepon 打電話

telur 蛋→bertelur 下蛋

teman 朋友→berteman 交朋友

tempur 戰鬥→bertempur 戰鬥,作戰,好戰的,擅長作戰的

temu 相遇→bertemu 見面,找到

tenaga 力量,力氣,體力,力/能,人員,精力→bertenaga 有力氣,以...為動力

tenang 寧靜,安靜,平靜,冷靜,安定,穩定→bertenang 冷靜,鎮定

tengger 棲息,放在→bertengger 棲息,戴著,揹著

tengkar 爭吵,爭論→bertengkar 爭吵,口角,爭奪

terima kasih 謝謝→berterima kasih 致謝,表示感謝

ternak 牲畜→beternak 飼養,畜牧

tetangga 鄰居→bertetangga 相鄰

tiang 桿,杆,柱,樑,支柱→bertiang 有桿

tikar 蓆子→bertikar 把...當蓆子

tindih 重疊,層層堆積→bertindih 重疊,層層堆積,密密麻麻,僅靠

tingkah 裝模作樣→bertingkah 裝模作樣

tingkat 層,樓層,等級,台階,程度,等級,階段→bertingkat 有台階的,有樓層的

tinju 拳擊,拳頭→bertinju 打架

tiup 吹→bertiup 吹

tobat 悔改,悔過→bertobat 悔改,悔過,懺悔

tolak 推,拒絕→bertolak 起飛,啟程

toleransi 容忍,寬容,忍受→bertoleransi 容忍,寬容

tualang 流浪,漂泊→bertualang 流浪,漂泊,四處遊蕩,冒險

tugas 任務,工作→bertugas 洽公,出差

tumbuh(植物,頭髮)生長→bertumbuh 成長,生長,長出

tunas 芽,嫩枝→bertunas 發芽

turun 下,抄錄,臨摹→berturun 捐獻,捐助

uang 錢→beruang 有錢,富有的

ubah 改變→berubah 改變,變更,變化

udara 空氣→berudara 有...天氣

ujung 盡頭→berujung 有盡頭,以...為結尾

ulah 方法,作法,手段,行為,舉止,花招→berulah 有方法,有作法

ulang kali 重複→berulang kali 屢次,反覆多次

unjuk rasa 示威(遊行)→berunjuk rasa 從事示威(遊行)

upah 工資,薪水→berupah 給工資,得到工資

upaya 方法,作法,辦法,計謀,手段→berupaya 設法,想辦法,試圖

urutan 次序,順序→berurutan 按次序的,有順序的

usaha 事業,工作,努力,勤勉→berusaha 進取,努力,企圖

utang 債務,欠款→berutang 有欠債,欠錢的

wakil 代表,代理人,副的→berwakil 派代表	
waktu 時間,期限→berwaktu 定時的,有時間性的	
wenang/wewenang 權力→berwenang 有權力,有權的	
wibawa 威信,權望→berwibawa 有威信,有權望	
wisata 旅遊,觀光→berwisata 旅遊,觀光	
zakat 課功→berzakat 付濟貧稅	
ziarah 朝聖,祭拜,探視,探望→berziarah 朝拜,祭祀,掃墓,上香,探望,省親	
zina 通姦→berzina 通姦	

例句

➤ Jika ingin berhasil, kita harus giat bekerja.
如果想要成功,我們必須努力工作。(102 印導)

➤ Kami akan berdarmawisata ke candi Borobudur.
我們要去婆羅浮屠佛寺遊覽。(103 印導)

➤ Saya ingin mencari seorang pramuwisata yang bisa berbahasa Indonesia. Apakah Anda bisa mencarikan untuk saya?
我想要找能說印尼語的導遊,你能否幫我找?(103 印導)

➤ Berwisata ke pulau Matsu, Penghu atau Kinmen dari Taipei, sebagian besar turis asing memilih pesawat udara untuk menyingkat waktu.
從台北去馬祖、澎湖或金門島旅遊,大部分外國旅客為節省時間選擇飛機。(104 印導)

➤ Rombongan wisata yang dipandu saya besok akan ke Kaohsiung dengan berkereta api.
我帶的觀光團明天將搭火車去高雄。(105 印導)

➤ A : Anda bisa berbahasa Indonesia? 你能夠說印尼語?
B : Ya, bisa.是的,可以。(106 印導)

➤ Banyak orang berpacaran di sepanjang sungai Aihe Kaohsiung, kalau berjalan-jalan sambil menikmati keindahan malam adalah sangat nyaman.
許多人沿著高雄愛河談戀愛,一邊散步一邊享受夜間美麗是非常舒適的。(106 印導)

➤ Bagi turis asing di Taipei, sangat mudah untuk berwisata ke Tamsui karena bisa samapi naik MRT, kereta ringan atau bus pariwisata bertingkat.
在台北的外國旅客很容易去淡水旅遊,因為能夠搭捷運、輕軌或雙層觀光巴士到達。
(106 印導)

➤ Saya suka mencari makanan di pasar malam karena makanannya beraneka ragam.
我喜歡在夜市尋找食物,因為食物種類很多。(106 印導)

➤ Waduk Shimen di Taoyuan juga menjadi tempat wisata kuliner, turis asing bisa menikmati berbagai masakan ikan khas setempat di sana.
桃園的石門水庫也成為美食旅遊景點,外國客人能夠在那裡品嘗各式各樣當地特色魚料理。(107 印導)

➤ Pantai adalah tempat yang cocok untuk wisatawan yang suka berjemur matahari dan permainan olahraga air.

海灘是適合觀光客曬太陽及水上運動遊戲的地點。(107 印導)

➢ Kalau berencana makan besar di Taiwan, saya rekomendasikan, makanan dan minuman yang harus dicoba di Taiwan adalah Ayam goreng tepung dan teh susu mutiara. Keduanya adalah kombinasi makanan kecil yang paling klasik di Taiwan.
假如有計畫在台灣大吃大喝，我建議在台灣必須嘗試的食物和飲料是炸雞排和珍珠奶茶，這兩個是台灣最經典的小吃組合。(108 印導)

➢ Ximending alias "Taiwan Harajuku", adalah pusat bergaul untuk remaja Taiwan.
西門町又名"台灣原宿"，是台灣青少年的社交中心。(108 印導)

➢ Kue nanas ada luar bagian renyah, isinya lembut dan berbau harum nanas. Di Indonesia juga ada kue nanas yang namanya "nastar". Kue nanas adalah nastar khas Taiwan yang berbentuk kotak, adalah salah satu oleh-oleh utama yang dibeli para turis asing saat berwisata ke Taiwan.
鳳梨酥有酥脆的外皮、柔軟的內餡和鳳梨的香味，印尼也有鳳梨酥，名叫"nastar"，鳳梨酥是方形的台式 nastar，是外國觀光客來台旅遊時購買的主要伴手禮之一。(108、109、110 印導)

➢ Transaksi dengan uang tunai/kontan dianggap berbahaya karena berpeluang menularkan banyak penyakit, termasuk virus corona.
用現金交易被認為是有風險的，因為有機會散播許多疾病，包括冠狀病毒。(110 印導)

➢ Di musim panas, Anda tidak layak sebagai pramuwisata berpakaian santai, bercelana pendek, berkaus oblong dan bersandal jepit menyambut tamu dari luar negeri yang belum pernah bertatap muka dengan Anda, karena harus berpenampilan sopan dan rapi, apalagi dalam perjumpaan pertama kali.
在夏季，你不適合穿著便服、短褲、背心和夾腳拖鞋擔任導遊，去迎接來自國外未曾謀面的客人，因為第 1 次見面必須展現出禮貌和整齊。(111 印導)

➢ Teman-teman pemandu wisata dan pramuwisata banyak yang berganti profesi atau beralih bidang pekerjaan di masa pandemi COVID-19.
許多領隊和導遊朋友們在疫情期間轉換工作或變更工作部門。(111 印導)

➢ Tamu yang berupa anak-anak muda akan mudah tertarik dengan kuliner ala pasar malam Taiwan.
客人是年輕小孩會容易被台灣夜市的美食吸引。(111 印導)

➢ Tamu Indonesia yang Anda pandu meminta Anda mengaturkan menu makanan tidak berbabi selama ia berwisata di Taiwan.
你所帶的印尼客人在台旅遊期間要求你安排沒有豬肉的餐點。(111 印導)

➢ Pemandu wisata adalah pekerjaan yang menantang, orang yang bekerja dalam bidang ini harus berkepala dingin.
領隊是 1 個挑戰的職業，在這個領域裡工作的人必須有冷靜的頭腦。(112 印導)

➢ Sebenarnya, Taiwan adalah negara yang sangat bersahabat untuk turis asing.
事實上，台灣對外國觀光客來說是很好客的國家。

➢ Laki-laki yang berkaos warna hijau itu adalah ayah saya.
那位穿綠色 T 恤的男子是我爸。

➤ Tumbuhan "Tongkat Ali" yang berasal dari Malaysia sangat populer di kalangan laki-laki Indonesia.
源自馬來西亞的植物"東革阿里"在印尼男性族群中很受歡迎。

➤ Lokasi berfoto ria menjadi berkurang satu.
快樂拍照的地點少了 1 個。

➤ Berkantor pusat di Jakarta, Indonesia.
總部/公司在印尼雅加達。

➤ Anda berbaju hijau.
你穿綠色上衣。

➤ Gedung itu bertingkat sepuluh.
那棟大樓有 10 層樓。

➤ Bersulang!
乾杯！

➤ Dia bermata besar.
他有大眼睛。

➤ Mulutnya berbusa dan berbau arak.
他口吐白沫並渾身酒氣。

➤ Dia berharap kisah hidupnya dapat menginspirasi dan menjadi teladannya untuk mendorong anak-anak dari pasangan asing.
他希望他的生活故事能夠激勵並成為鼓勵外籍配偶小孩的例子。

➤ Sejak awal saya bergabung kerja di sini, teman kerja saya ini selalu menghina dan menindas sangat ekstrem ke saya, saya saja.
從一開始我加入這裡的工作，我這位同事一直極度羞辱和壓榨我，只有針對我。

➤ Dalam hal ini, dia tidak mau berkompromi.
在這方面他不要妥協。

➤ Selama tahun baru Imlek, krisis telur berpotensi terulang kembali.
農曆新年期間缺蛋危機可能再次重現。

➤ Saya terus mencari karier bergaji tinggi yang direkomendasikan oleh teman-teman.
我一直找尋朋友們推薦的高薪職業。

➤ Saya harus berpikir dua kali lagi.
我必須再想看看。

➤ Setelah memastikan identifikasinya, jenazah adalah seorang wanita berkewarganegaraan Vietnam.
在確認身分之後，屍體是 1 名越南籍女性。

➤ Mereka berpawai dan meneriakkan semboyan : "Merdeka atau mati!"
他們示威遊行並高呼口號："不自由，勿寧死！"

➤ Penggagas Biara Fo Guang Shan, biksu Hsing Yun yang juga salah satu pembimbing agama terkenal dunia telah berpulang di usia 97 tahun.

佛光山開山宗長、世界有名宗師之一的星雲大師已經享壽 97 歲圓寂。

➢ Emosi para korban yang merasa tidak puas terus berkobar.
災民們感到不滿的情緒持續高漲。

Artikel I-1.2.3.Ber-重複詞

「Ber 動詞」若變化成「重複詞」，具有「強調意思」或「加強語氣」的文法含義，看下面例子就容易理解，比如：「geleng(搖頭)→bergeleng-geleng(不斷搖頭)」、「ubah(變化)→berubah-ubah(不斷變化)」、「peluk(擁抱)→berpeluk-pelukan(互相擁抱)」、「tanya(問)→bertanya-tanya(再三詢問)」、「pukul(拳,捶,擊,打,敲)→berpukul-pukulan(互相毆打)」、「macam(樣子,面貌,種類,形狀)→bermacam-macam(許多種類,多樣的)」、「foya(享樂,狂歡)→berfoya-foya(吃喝玩樂,遊山玩水,花天酒地)」等，其餘詳細範例，請參考「IV-2.重複詞」的部分(第 144 頁)。

I-1.2.3.1. 小提醒 (ber-開頭卻不是 Ber 動詞)

有一些 ber 開頭的字，但卻不是「Ber 動詞」，例如「beringas」就不是「Ber 動詞」與「ingas」字根的組合，而是形容詞「beringas(兇悍的,撒野的)」的意思，其他還有「berantakan(亂七八糟的)、berkat(賜福,庇佑)」、「berondong(爆米花,掃射,不停地攻擊)」等都是 ber 開頭單字，但卻都不是「Ber 動詞」。

例句

➢ Setiap hari, saya merapikan meja belajar agar tidak berantakan.
我每天整理書桌，以免亂七八糟的。(102 印導)

➢ kamar tidur adik perempuan berantakan sekali.
妹妹的臥室很雜亂。

➢ Mudah-mudahan Tuhan melimpahkan berkatnya kepada kalian.
願上帝賜福於你們。

Artikel I-1.2.4.Ber 動詞例外(a、c、g、k、l、s、t、r、p 字首)

如果「原形動詞」或「名詞」的第一個字母是「r」，「Ber 動詞」有固定的例外變化，字首「ber」變成「be」：

「r」字首單字 Ber 動詞(省略 r→be)	
racun 毒物→beracun 有毒	rakit 木筏,竹筏→berakit 划木筏
ragam 種類→beragam 各式各樣,形形色色	rambut 頭髮→berambut 有...頭髮
rahasia 秘密,秘訣→berahasia 有秘密,保密	rani 勇敢→berani 勇敢於,敢於,不怕
raja 國王→beraja 當國王,有國王,拜倒在	rantai 鏈,鍊子,鍊條→berantai 有鍊條的

rasa 感覺→berasa 有感覺	rongga 空洞,洞穴→berongga 空洞的,空心的
ratus 百→beratus 好幾百	runding 討論,商討→berunding 討論,溝通
risiko 危險,風險→berisiko 有危險的,有風險的	rupa 樣子,形狀→berupa 有形的,以...形式
rompi(西裝)背心→berompi 穿著背心	

例句

➤ Modal dasar dari pembangunan sektor pariwisata adalah sumber daya alam, letak yang strategis, dan budaya yang beragam.
觀光領域建設的基礎是自然資源能力、策略性位置及多元文化。(108 印導)

➤ Berwisata di daerah pedesaan Taiwan, hendaknya menasihati tamu-tamu asing untuk berhati-hati tumbuhan beracun dan ular bisa.
在台灣鄉間旅遊，應該勸告外國客人們小心有毒植物和毒蛇。

➤ Selebriti itu beraja kepada uang.
那明星拜倒在金錢之下。

但實際上整理資料時卻發現，若第一個字母是「a、c、g、k、l、s、t、p」的「原形動詞」或「名詞」，「Ber 動詞」**有時**會變成如下的「be」或「bel」，但**有時**又不變，是直接加上「ber」，特別整理這些少數例外如下：

	Ber 動詞**不變**(ber-字首)	Ber 動詞省略「**r**」(be-/bel-字首)
a	asal 最初的,起源,原狀→berasal 來自	ajar 教育→belajar 念書,學習
c	cerai 分離,離婚→bercerai 離婚	cermin 鏡子→becermin 照鏡子
g	ganti 代替,更換→berganti 更換,互換,輪流	gadang 熬夜→begadang 熬夜,通宵不睡
k	kebun 花園→berkebun 種植	kerja 工作→bekerja(做)工作
l	laku 行為→berlaku 有效 laga 搏鬥,碰撞→berlaga 格鬥,搏鬥,相碰撞	lacak 充足→belacak 到處都有 laga(裝出)模樣,帥氣→belaga 裝樣子,擺架子
s	santai 放鬆→bersantai 放鬆	serta 和,和...一起→beserta 隨同
t	teman 朋友→berteman 交朋友	ternak 牲畜→beternak 蓄養
p		pergi 去→bepergian 外出,出門

例句

➤ Keluarga kami suka bepergian setahun sekali ke luar negeri.
我們家族喜歡每年遠行去國外一次。(106 印導)

➤ Apabila Anda memiliki kehendak yang kuat untuk belajar, tentu saja tidak ada yang tidak bisa Anda mempelajari.
如果你有很強的讀書意願，一定沒有什麼你不能認真學習的。

➤ Ayah telah begadang semalam suntuk menjaga putrinya yang sakit.
父親徹夜守候生病的女兒。

➤ Biasanya sepulang dari kantor, dia bekerja di kebunnya.

通常一下班，他就在花園工作。

> Makanan kecil semacam itu belacak di pasar malam.
> 那種小吃在夜市到處都是。

> Agung mau bersantai di Taman Nasional Taroko Hualien, maka tidak beserta keluarganya arung jeram di sungai Xiuguluan.
> 阿貢想在花蓮太魯閣國家公園放鬆，所以沒有隨同家人去秀姑巒溪激流泛舟。

Artikel I-1.2.5.Ber 動詞衍伸變化(ber-kan)

「原形動詞」或「名詞」加上「ber-」的字首及「-kan」的「字尾(Akhiran)」，即成為「Ber-kan 動詞」型態，具有「互相,以...為,利用,因為...」的意思，通常可與「Ber 動詞+dengan」或「Me-kan 動詞」等用法意思相通，舉例如下：

範例(Ber-kan 動詞)

akhir 後,最後,末尾,終,底→berakhirkan 最後導致,結果
alas 基礎,襯墊物→beralaskan 把...當基礎,鋪有...
anggota 會員,成員,肢體→beranggotakan 擁有...成員
asas 原則,基礎→berasaskan 以...為原則,根據
atap 頂部,屋頂,頂蓋→beratapkan 以...為屋頂的
ayah 爸爸,父親→berayahkan 有父親
baju 上衣→berbajukan 穿著(上衣)
bantal 枕頭→berbantalkan 以...為枕頭
bantu 幫助,協助→berbantukan 得到支持,得到援助
ciri 特徵,特點,記號→bercirikan 有...特色,有...特徵
cita 想像力,想法→bercita-citakan 以...為理想
dasar 基礎,基本→berdasarkan 根據
isi 內含物,內餡,內容,容積,體積,(果)肉→berisikan 含有,裝有
istri 太太→beristrikan 娶...為妻
laku 行為,作法→berlakukan 使實行,始生效
lambang 象徵,符號→berlambangkan 使...成為象徵
landas 基地,基礎→berlandaskan 以...為基礎
lindung 保佑,保護,躲避→berlindungkan 請求保護,用...遮掩
mandi 洗澡,沐浴,淋浴→bermandikan 沐浴在,充滿,灑滿
mimpi 夢→bermimpikan 夢見
modal 資本,資金,本錢,成本→bermodalkan 以...為資本
motif 動機,意圖,主題,圖案→bermotifkan 有...動機,出自...動機,有...圖案
pandu 領導,帶領,指南→berpandukan 以...為引導
peraga 愛打扮的人→berperagakan 表演,炫耀

sandar 靠,靠著,靠在...上→bersandarkan 靠,靠著,依靠,依賴	
selimut 棉被,毯子→berselimutkan 以...當做被子,以...做偽裝,壟罩著	
senjata 武器→bersenjatakan 以...為武器	
sera 匆匆忙忙,慌慌張張,四散逃竄→berserakan 四散,散落	
sisip 插入,崁入→bersisipkan 夾在(兩物之間),插入,崁入	
sulam 繡→bersulamkan 繡有	
tabur 撒上,播(種)→bertaburkan 灑滿,灑上	
tapak(手,腳)掌→bertapakkan 以...為基礎,得到...支持	
tema 議題,主題→bertemakan 以...為主題	
timpa 砸,偷→bertimpakan 砸在	
topeng 面具→bertopengkan 用...做假面具,用...做偽裝	
tulis 寫→bertuliskan 用...寫,寫上...的	
wadah 容器,機構,組織,團體→berwadahkan 當作容器使用,放在容器裡	

例句

➢ Berdasarkan "Laporan Kebahagiaan Dunia 2021", Taiwan menempati posisi ke-19 dalam 149 negara, Taiwan terus adalah negara paling bahagia di Asia Timur.
根據"2021 年世界幸福指數報告",台灣在 149 個國家裡排名第 19 位,台灣一直是東亞最幸福的國家。

➢ Indonesia berlambangkan burung garuda.
印尼用展翅鷹當作象徵(國徽)。

➢ Buku tebal itu bertuliskan kisah kasih sepasang pemuda-pemudi yang tidak sampai.
那本厚書描寫一對無法在一起的年輕男女的愛情故事。

➢ Si kumis itu beristrikan seorang wanita cantik yang baik hati.
那有鬍子的傢伙娶了 1 位好心腸的女子為妻。

➢ Adik perempuan tidur bermimpikan kedatangan seorang pangeran berkuda pitih setelah dibacakan dongeng oleh ibu.
在聽了媽媽朗讀童話後,妹妹睡覺時夢到一位騎白馬的王子來到。

➢ Gempa yang mengerikan tersebut menyebabkan banyak barang di supermarket yang berserakan jatuh ke lantai.
這讓人害怕的地震造成超市許多物品四散掉落在地上。

Artikel I-1.2.6.Ber 動詞延伸變化(ber-an)

「原形動詞」或「名詞」加上「be-/ber-」的字首及「-an」字尾的型態,「Ber-an 動詞」中間的字根可放「動詞、名詞或形容詞」,具有「互相的、一直重複發生的事、許多人做的事、仍然持續的做法、互惠的...」等意思,也可以理解為「Ber-動詞」+字尾為「-an」的名詞;這與「動詞」或「名詞」變化是由其他「衍伸詞」變化而來的有些類似,至於「動詞延伸用法」變化部分,請參考「I-1.3.2.8.延伸閱讀」說明,「Ber-an 動詞」之變化舉例如下:

範例(Ber-an 動詞)

alas 基礎,襯墊物→beralasan 有原因,有理由
amal 行為,作為,好事,善行,慈善的→beramalkan 做好事,行善
anggap 認為,以為→beranggapan 認為,主張
baik 好→berbaikan 和睦,友好
batas 界線,限度,範圍,程度→berbatasan 跟...有邊界
bentur 彎曲,相撞→berbenturan 相撞,碰撞
berlain 有差別,不同→berlainan 各不相同
berpenyakit 患病→berpenyakitan 經常患病,多病的
bimbing 引領,牽著,引導→berbimbingan 互相引導,手牽著手
bonceng 免費搭車→berboncengan 免費載人
cari 尋找→bercari-carian 互相尋找
cecar 一點點灑出,散落→bercecaran 一路灑,灑得到處都是
cucur 流下,流出→bercucuran 流不止
damping 靠近,親密→berdampingan 並排,並列,並肩,相鄰
datang 來→berdatangan 紛紛而來,紛紛來到
daulat 萬歲,吉祥如意→berdaulat 有主權的,擁有權力
dekat 附近,靠近,親近→berdekatan 附近的,接近的,靠近的
desak 擠,擁擠→berdesakan 擠來擠去,互相推擠
diam 沉默,不作聲,靜止,不動→berdiaman 互相沉默
dua 二,兩個→berduaan 兩人在一起
gandeng 攜手,並排,共同→bergandengan,bergandengan tangan 攜手
ganti 代替,更換→bergantian 不斷更換,換來換去,輪流,交替
gelantung 懸垂,搖搖欲墜→bergelantungan 掛滿,到處懸掛
geletak(亂)躺→bergeletakan 隨地亂躺
gelimpang 散落的→bergelimpangan 散落的
gilir 輪流→bergiliran 輪流
gosong 焦了,糊了→bergosongan 燒焦了,燒壞了
gugur 掉落,流產,陣亡,犧牲,淘汰,落選→berguguran 紛紛掉落
guling 滾→bergulingan 打滾,滾來滾去
hambur 散落,四散的,紛紛跳下水→berhamburan 散落,四散的,紛紛跳下水
impit 擠,擁擠的→berimpitan 擠在一起,擁擠不堪
jangkit 傳染,傳播→berjangkitan 到處蔓延
jatuh 跌倒,判決,判處→berjatuhan 落下
jauh 遠→berjauhan 遠離,相距很遠

kait 鐵鉤,圈套,詭計,關係,關聯,聯繫→berkaitan 互相關聯

kegiatan 活動,努力→berkegiatan 從事活動

kelakuan 行為,舉止,品行,事情,情形→berkelakuan 具有...表現

kemauan 意願,願望→berkemauan 有意願,有願望

kenal 認識→berkenalan 互相認識

kena 觸及,碰到,沾上,命中,擊中,承受,挨,受,被,課(稅)→berkenaan 與...有關,由於,對於

kilau 光澤,光輝,亮光,反光→berkilauan 閃閃發光,閃爍,閃耀

landas 基地,基礎→berlandasan 有根據,有依據

lari 跑→berlarian 到處亂跑

lawan 對手→berlawanan 對立,對抗

lebih 多出,超出→berlebihan 過分的,過多的,多餘的,猖獗

leseh 有草蓆的地板→berlesehan 坐在有草蓆的地板上

lumut 青苔,苔癬→berlumutan 長滿青苔

malas 懶惰→bermalasan 懶洋洋的

mekar 花開,發麵→bermekaran 盛開,百花爭艷

mesra 親密→bermesraan 談情說愛,相親相愛

mirip 類似的→bermiripan 類似的,相似的

muncul 露出,出現→bermunculan 相繼出現,陸續出現

musuh 敵人,仇敵,仇人→bermusuhan 互相敵視的,敵對的

nanti 等,等一下,即將,待會,以後,(否則)就會→bernantian 等,等待

Natal 聖誕節→bernatalan 過聖誕節

pacar 情人→berpacaran 約會,談戀愛,談情說愛

padan 對手,敵手,相稱,相當,合適→berpadanan 與...相符

pakai 繫,穿,用,穿戴,放進,加入,使用,服用→berpakaian 穿著

pamer 炫耀,展出,放閃(炫耀行為,投擲閃光彈)→berpameran 舉辦展覽會

pamit 告辭,道別→berpamitan 向...告別,告辭

pandang 看,注視→berpandangan 面面相覷,對...有意見,對...有看法

panting 摔倒,翻滾→berpantingan 摔倒,翻滾,(巴里島)泥漿摔角

papas 迎面相遇,邂逅→berpapasan 迎面相遇,邂逅

patut 適當的,正當的,應該,應當,理應,值得,怪不得,難怪→berpatutan 與...相符,相稱

peluk 擁抱→berpelukan 互相擁抱

pemandangan 視力,見識,見聞,風景,景觀,景色,看法,意見→berpemandangan 有...的見識

pencar 分散,分布→berpencaran 分散,分布,散開,四散

pendar 螢光→berpendaran 閃閃發光

pengertian 理解,意義→berpengertian 互相理解

penghasilan 生產,收入,所得→berpenghasilan 有收入,賺錢	
pergi 去→bepergian 外出,出門	
pikir 想,思考,想法,意見,見解→berpikiran 有頭腦的,明智的,有...思想的	
pulang 回去→berpulangan 紛紛回家,各自回家	
rekan 同伴,同僚→berekanan 合夥	
rentetan 串,行列,連續不斷,沒完沒了→berentetan 相互關聯,互相牽連	
salah 錯誤→bersalahan 與...不同,相違背,不符	
salam 您好,祝平安→bersalaman 握手	
salin 生產,影本,複製品→bersalinan 生產	
sama 一樣,同樣,相同→bersamaan 與...同時,相同的,根據,依照	
sambut 回應,反應→bersambutan 與...相符,與...一致,互相呼應,此起彼落	
sebelah 旁邊,隔壁→bersebelahan 併排,並排,相鄰	
seberang 對面,正對面→berseberangan 面對面,相對	
seketiduran 同睡一張床上→bersekeтiduran 同床睡,(非法)性交,同房	
selamat 安全,平安,祝福,祝→berselamatan 設宴祈福	
sembur 從嘴裡噴出的東西→bersemburan 四處噴射	
tali 繩,帶→bertalian 與...有聯繫,有親屬關係	
tarung 碰撞,爭論,爭辯→bertarungan 打架,搏鬥	
tatap 看,注視→bertatapan 對視	
tebar 四散,散落→bertebaran 四散,散落	
tentang 對面,關於,有關,正上方,在...上下/左右→bertentangan 對立,對抗,違背,違反	
tepat 準,正確→bertepatan 恰巧,正好,正好相符	
tetas 斷開,孵,孵化→bertetasan 多處脫線	
tidur-tidur 躺著→bertidur-tiduran 躺下休息	
tidur 睡,睡覺→bertiduran 入睡	
tuju 目的,方向,目的地→bertujuan 有方向(的),有目標(的),有目的(的)	
tumbang(樹)倒下,(政府)垮台→bertumbangan 紛紛倒下	
tumbuh 生長→bertumbuhan 到處生長,不斷出現	
umpan 餌,誘餌,飼料,犧牲品,獵物→berumpan 有餌的	
urus 經營,管理,處理→berurusan 打交道	

例句

> Jangan membaca sambil tiduran agar mata tidak menjadi rusak.
> 不要一邊閱讀一邊躺著,以免視力變差。(102 印導)

> Tamu saya berpakaian mantel tebal karena udara sangat dingin.
> 因為天氣很冷,我的客人穿厚大衣。(106 印導)

- Buah apel yang sudah matang akan berjatuhan ke tanah kalau tidak dipetik.
已經成熟的蘋果如果不摘，會掉在地上。(106 印導)

- Ketika pertama kali bertemu atau berkenalan, masyarakat Taiwan tidak terbiasa berjabat tangan.
當第 1 次見面或認識，台灣人不習慣握手。(112 印導)

- Dia berpakaian rapi sekali.
他穿著很整齊。

- Perwira yang berpakaian seragam keren tampaknya.
穿著制服的軍官看起來很帥氣。

- Susunya saya yang menjatuhkan, tumpah bercecaran di lantai. 牛奶被我打翻，灑了一地。
Susu yang saya menjatuhkan, tumpah bercecaran di lantai. 被我打翻的牛奶，灑了一地。

- Mereka saling berpelukan setelah bertemu.
他們見面之後互相擁抱。

- Para peserta seminar mulai berdatangan ke lokasi.
研討會參加者們紛紛開始來到現場。

- Rumah-rumah di kampung ini letaknya berjauhan.
在鄉下的房子彼此相距很遠。

- Waspada boleh saja, namun kita jangan terlalu sering berpikiran negatif terhadap orang lain.
警戒是可以的，然而我們不要太經常對其他人有負面思想。

- Kedua anak itu berlarian di lapangan mengejar layang-layangnya yang putus.
那兩個小孩在操場跑來跑去追逐斷了線的風箏。

- Hari lahirnya bertepatan dengan Hari Kemerdekaan RI.
他的生日正好與印尼獨立紀念日是同一天。

- Jakarta jauh dari Taiwan, malah dekat dengan Singapura.
雅加達距離台灣遠，反而靠近新加坡。

- Diketahui, seratusan orang tewas usai berdesakan di gang sempit di Itaewon, Seoul, Korea Selatan, untuk perayaan Halloween.
已知一百多名死者在南韓首爾梨泰院為了參加萬聖節慶祝活動而在狹窄巷弄裡互相推擠。

- Selama beberapa tahun ini banyak gedung tinggi bermunculan di kota itu.
幾年時間這城市陸續出現許多高樓大廈。

- Sifat kepahlawanannya patut kita meneladani.
他的英雄氣概值得我們效法。

- Berkenaan dengan kondisi inflasi di Taiwan, ia beranggapan kondisi lebih baik dibandingkan negara lainnya.
對於台灣通貨膨脹，他認為相比於其他國家情況來得好。

- Jumlah kasus kebakaran yang berkaitan dengan sepeda listrik terus meningkat dari hanya lima kasus pada tahun 2018 menjadi 40 kasus pada 2021. Tahun ini, baru 10 hari, sudah tercatat

satu kasus di Kota Taipei Baru.
與電動自行車有關的案件總數持續增加，從 2018 年才 5 件成為 2021 年 40 件，今年才 10 天就已經在新北市有 1 件案子。

➢ Lebih dari seratus wanita berpakaian cheongsam berbaris untuk menyambut tamu di sebuah hotel terkenal di kota Taipei.
超過 100 位穿著旗袍的女性在台北市 1 間知名飯店列隊迎接客人。

➢ Sesudah itu mereka berdiaman dengan perasaan yang mendongkol.
他們後來都憋著一肚子氣不說話。

I-1.2.6.1.小提醒(Ber-an 形容詞)

「Ber-an」除了常見的「動詞」外，還有「形容詞」的用法，例如「berlebihan(過多的)」。

Ayat I-1.3.Me 動詞

「Me 動詞」的使用非常普遍，為利於理解記憶，個人將「Me 動詞」的變化區分成「Me 動詞(1)」及「Me 動詞(2)」兩大類，「Me 動詞(1)」是指「Me-/Mem-/Men-/Meng-/Meny-」等 5 種「字首」變化類型，而「Me 動詞(2)」則有「Me-kan/Me-i/Memper-/Memper-kan/Memper-i」等 5 種「字首加字尾」的延伸變化類型。

印尼文多數 Me 動詞都會有兩種變化，例如：字根 lancar(順暢的)的「Me 動詞(1)」變化為 melancar(快速前進,溫習功課)，而「Me 動詞(2)」的變化則為 melancarkan(使順暢)、memperlancar(讓...更順暢)，以下會有詳細介紹，而相對於「Ber 動詞」絕大多數為「不及物動詞」，「Me 動詞」則全為「及物動詞」，也就是可以直接與「名詞」連接，不需要透過「介係詞」，針對 Me-/Me-kan/Me-i 動詞比較，請參考「I-1.3.2.4.延伸閱讀」。

例句

➢ Anak itu minta dikawani ibynya pergi ke sekolah.
那小孩要求他母親陪同去學校。

➢ Guru memperkawankan kedua anak itu.
老師讓那 2 個小孩成為朋友。

➢ Dia berjanji akan tiba besok. 他答應明天會到。
Dia menjanjikan hadiah cincin emas. 他答應給金戒指的禮物。

➢ Aku bercerita tentang pengalamanku. 我講有關我的經驗。
Aku menceritakan pengalamanku. 我講我的經驗。

Artikel I-1.3.1.Me 動詞(1)

「Me 動詞(1)」是指「Me-/Mem-/Men-/Meng-/Meny-」等 5 種「字首」變化類型，原形動詞、形容詞或名詞加上「Me」字首即成為「Me 動詞」型態，具有「做(動作/行為)、成為、進行、

去、朝向、向...出發、過程、說明情況、使用工具做...、採取行動、像...一樣行動、給、給...提供、做出、產生(某事/物)、造成...印象、表示感覺、說明事件...」等意思，不同動詞變化規則是依據「動詞、形容詞或名詞」的第一個字母來配合變化，這類動詞非常多，簡介如下：

範例 Me 動詞(1)

類　　　型	me-用法	字　　　首	範　　　例
Me 動詞(1) →及物動詞 →做/進行(動作,過程)	me-	l,m,n,ng,ny,r,w,y字首	labuh 下垂→melabuhkan 把...停靠在,停泊 labur 粉刷,資助→melabur 粉刷,發餉,資助 lacak 足跡,痕跡→melacak 追蹤,到處都有,查證,查處 lacur 糟糕,倒楣,淫蕩→melacur 賣淫 lagak 舉止,神態→melagak 裝樣子,出風頭,招搖撞騙 laga 格鬥,搏鬥,碰撞→melaga 鬥 lahap 貪吃→melahap 大口大口吃,餓死鬼似地吃,吞沒 lajang 單身,未婚→melajang 獨身 laju 快速前進,疾駛→melaju 快速前進,疾駛 lalap 生(蔬)菜→melalap 吃生菜,吞食,吞沒 lambai 招手,揮手→melambai 招手,揮手,揮動,隨風飄逸 lambung 彈跳,跳高→melambung 飛漲,升高,彈高 lampung 浮,漂浮→melampung 浮,漂浮 lancar 順暢→melancar 快速前進 lancong 旅遊,觀光,遊覽→melancong 旅遊,觀光,遊覽 landa 碰撞,衝擊→melanda 席捲,冒犯,違反 langkah 步驟,步伐,腳步→melangkah 跨越,跨過,邁步 langlang buana 環遊世界→melanglang buana 環遊世界 lansir 散布,擴散→melansir 散布,擴散,傳播 lantai 樓層→melantai 鋪地板,平滑 lantik 任命,委任→melantik 任命,委任 lapor 報告,陳報→melapor 報到,登記 lapuk 腐爛的,陳舊的,陳腐的→melapuk 變腐爛 lap 抹布→melap(用抹布)擦,抹 larang 禁止→melarang 禁止 latih 訓練→melatih 練習,鍛鍊,訓練 laut 海→melaut 出海 lawan 對手,對方→melawan 反抗 lawat 遊覽,旅遊→melawat 遊覽,旅遊,探望,弔唁 layang 飛→melayang 飛翔,飛過,失掉,漂浮 layat 哀悼,悼念→melayat 哀悼,悼念 leceh 流著,卑劣的,放蕩的→meleceh 黏附,拍馬屁,卑賤 ledek 嘲笑,譏笑→meledek 嘲笑,譏笑 legalisir 使合法化→melegalisir 使合法化,法律上認可的 lejit 飛出,急遽上升→melejit 飛出,急遽上升 lekat 黏的,黏糊的→melekat 黏住,很親密,投下(資本) leleh 慢慢滴水→meleleh 慢慢滴水 lemah 弱→melemah 變弱 lembap 潮濕的,濕潤的→melembap 弄濕,回潮 lem 膠水→melem 黏,貼,糊

類　　型	me-用法	字　　首	範　　例
			lengkung 弓形,半圓形,彎曲,拱起→melengkung 彎曲 lerai 調解,排解→melerai 調解,排解,排除(疾病) letus 爆裂聲→meletus 爆發,爆裂 lilit 繞,捆→melilit 纏繞,絞痛 limpah 氾濫,很多→melimpah 氾濫,慷慨,蜂擁,傳承 lingkar 圈,圓周→melingkar 捲起來,圍圓圈 lintang 緯度,寬度,橫的→melintang 橫著 lirik 斜眼看,瞄,(用眼睛餘光)瞟→melirik 瞟,斜眼看,瞄 loncat 跳躍,蹦跳→meloncat 跳躍,蹦跳,彈出 longok 探望,看→melongok 探望,看 lonjak 躍,跳躍→melonjak 向上跳躍,彈跳,暴漲,高升 luap 溢出,暴漲,外流→meluap 溢出,暴漲,高漲 luas 寬的,寬廣→meluas 擴大,擴展 lucu 有趣的,滑稽的→melucu 做滑稽動作,講笑話 lukis 畫→melukis 繪畫 maju 前進→memajukan 向前,提前,促進,提出,評定及格 makan 吃→memakan 吃掉,吞食 mancur 噴射→memancur 噴射 manipulasi 操縱→memanipulasi 操縱,操控 marak 光輝,光芒,開始出名,燃燒→memarak 燃燒 masak 燒,煮熟的,老練的→memasak 燒,炒,蒸,烹飪 masyarakat 社會,公眾→memasyarakat 流行於社會 merah 紅色→memerah 變紅 minta 要求→meminta 接待 mobilisasi 動員→memobilisasi 動員 mohon 請求,懇求→memohon 請求,申請 monitor 監控→memonitor 監控 muat 裝得下,裝,容納→memuat 裝入,容納,刊登 nanah 膿→menanah 化膿 nanti 等→menanti 等待 neror 恐嚇→meneror 恐嚇 netralisir 中和,稀釋→menetralisir 中和,稀釋 nikah 婚姻→menikah 結婚 nilai 分數,數值,評分→menilai 評估,評價,打分數 nutrisi 營養→menutrisi 進補 nyala 燃燒,亮,火焰→menyala 燃燒,(燈)亮著 nyana 預料,料想→menyana 預料,料想 nyanyi 歌唱→menyanyi 唱歌 raba 摸,碰觸,感動→meraba 觸及,碰到,提及,涉及,刺激 racik 削片,切絲→meracik 削片,切絲 ragu 猶豫,懷疑→meragu 打擾 raih 拉,拽,拉攏→meraih 拉,拽,拉近,獲得,贏得,躉售 rajalela 猖獗,盛行→merajalela 四處蔓延,橫行霸道 rakyat 百姓,人民→merakyat 親民,平民化 ralat 錯誤→meralat 糾正,改錯,更正

類　　　型	me-用法	字　　　首	範　　　　　　　　　　　　　　　　　例
			rampas 搶奪,褫奪(權力)→merampas 搶劫,奪取,沒收
			rampok 強盜,搶匪→merampok 強盜,搶劫
			rana 多病的,消瘦的→merana 受宿疾所苦,憔悴的,鬱悶
			rancang 構思,設計,計畫→merancang 規劃,設計
			rangkak 爬→merangkak 爬,爬行
			rangkap 搗住→merangkap 搗住
			rangkum 捆,抱→merangkum 抱起,擁抱,承擔,包括
			rangsang 刺激的,刺鼻的→merangsang 刺激人
			rantai 鏈,鍊子,鍊條→merantai 給...繫上鍊條
			rasa 味道,感覺,汞,水銀→merasa 覺得,感到
			ratap 痛哭,哭訴→meratap 痛哭,哭訴
			rata 平的,平坦的→merata 平坦的,擴散,全面推廣
			raup 捧→meraup 雙手捧著,獲得,得到
			rayap 爬行,匍匐→merayap 爬行,匍匐,蠕動
			rayu 誘惑,哄,騙,慰藉→merayu 誘惑,哄,騙
			rebak 擴大→merebak 擴大,擴散,傳開
			rebut 搶奪,搶劫→merebut 搶,奪,奪取,佔領,爭奪
			rehabilitasi 復原,勒戒→merehabilitasi 恢復地位
			rekam 痕跡,痕,錄→merekam 錄製(聲音),錄音,燒錄
			rekat 黏,貼,糊→merekat 黏,貼,糊
			rekayasa 計畫→merekayasa 構思,設計
			remas 揉,搓,搾→meremas 揉,搓,搾,捏碎,擰乾
			rembes 滲入,滲透→merembes 滲入,滲透,潛入
			rendah 低→merendah 謙虛
			renggut 拽,揪,拔→merenggut 拽,揪,拔,強拉,猛扯,奪走
			rengut 皺眉頭,板著臉,發牢騷→merengut 發牢騷,埋怨
			renung 注視,沉思,探頭→merenung 注視,沉思,探頭
			reparasi 修理,維修→mereparasi 修理,維修
			replika 複製品,拷貝→mereplika 複製,拷貝
			repot 報告→merepotkan 報告
			resap 滲入,滲透,浸潤→meresap 滲入,滲透,浸潤
			respons 回應,反應→merespons 回應,反應
			retaliasi 報復,回報→meretaliasi 報復,回報
			retas 拆線→meretas 拆開,破開,劈開,衝破
			reunifikasi 統一→mereunifikasi 統一
			revise 修正→merevisi 修正(資料)
			riah 歡樂的,快樂的,熱鬧的→meriah 歡樂,快樂,熱烈
			rias 裝飾,化妝→merias 裝飾,梳妝
			rilis 釋放→merilis 釋放,發布
			rinding 恐懼的,毛骨悚然的→merinding 恐懼,毛骨悚然
			rindu 懷念,想念,渴望,愛慕,思慕→merindu 懷念,思念
			ringkus 抓住,逮捕→meringkus 抓住,逮捕,捆住
			rintik 斑點,水滴→merintik 滴下
			riset(科學)研究→meriset 進行科學研究
			rogoh 掏,摸→merogoh 掏,摸,掏出,摸出,扒走

類　　　型	me-用法	字　　　首	範　　　　　　　　　　　　　　　例
			roket 火箭→meroket 暴漲,直線上升
			rokok 香菸→merokok 抽菸
			rombak 拆掉,改造,改組→merombak 改建,改組,改裝
			rompak 海上搶劫→merompak 海上搶劫,摧毀,毀壞
			rosot 大跌,大減→merosot 大跌,大減,下降
			rujuk 復婚,破鏡重圓→merujuk 復婚,破鏡重圓,參考
			rusak 壞,故障→merusak 破壞
			rusuk 旁邊,邊緣,側面→merusuk 側著身體
			wabah 流行傳染病→mewabah 流行,蔓延
	mem-	b,f,v 字首	babar 伸展,展開→membabar 伸展,展開
			babi buta 盲目的豬→membabi buta 盲目地,無差別地
			bahas 研究,調查→membahas 討論,研討,研究
			bahu 肩,肩膀→membahu(用肩)扛起,(用肩)頂住
			baik 好→membaik 變好,好轉
			bajak 強盜→membajak 海盜行為,(攔路)搶劫,劫持
			bakti 忠誠,孝順,效忠→membakti 忠誠,孝順,崇拜
			balas 回報,回答→membalas 回答,報答,酬謝,報復,還擊
			balik 顛倒,翻轉,背面,返回,再→membalik 掉頭,折返
			balut 繃帶→membalut 包紮
			bandar 水溝,港,莊家,幕後操縱者→membandar 做莊
			bantah 爭吵,口角→membantah 反駁,違抗,反抗,否認
			bantai 肉→membantai 屠宰,屠殺
			banting 用力甩,向下砸→membanting 甩下,猛擲,顛簸
			bantu 幫助,協助→membantu 幫助,協助,有幫助
			basmi 燒光,焚毀→membasmi 燒光,焚毀,消滅
			batu 石頭→membatu 像石頭一樣,變為石頭
			begal 強盜→membegal 搶劫,攔路搶劫
			bekap 窒息→membekap 用手摀住嘴
			beking 後台,後盾→membeking 支持,做後盾
			bekuk 折斷,逮補,挫敗→membekuk 折斷,逮補,挫敗
			beku 凝固的,凍結的,僵化→membeku 凍結,凝固,僵化
			bela 看護,陪葬,防衛,辯護→membela 護理,保衛,辯護
			belok 轉彎,彎曲→membelok 轉向,拐彎
			benci 討厭→membenci 憎恨,討厭,懷恨在心
			bendung 水壩,阻擋→membendung 築壩,防堵,阻攔
			bengkak 腫包→membengkak 發腫,腫起來,膨脹,增長
			bentak 喝斥,大聲責罵→menbentak 喝斥,大聲責罵
			bentang 展示,打開→membentang 打開,張開,橫亙,一片
			bentuk 形式,結構,彎曲→membentuk 造成,建立
			bentur 彎曲,相撞→membentur 變彎曲,撞上
			berak 大便,糞便,屎→memberak 排便,拉屎
			berantas 根除→memberantas 消滅,撲滅,剷除
			beri tahu 通知,告訴→memberi tahu 通知,告訴
			beri 給,給予→memberi 給,給予,提供,帶來,讓
			berontak 反抗,抗拒→memberontak 造反,暴動,反抗

類　　　型	me-用法	字　　　首	範　　　　　　　　　　　　　　　　　　　　例
			besar 大的,大小,重大的,自大的→membesar 變大,擴大
			biak 繁殖,養殖→membiak 繁殖,養殖
			bimbing 引導→membimbing 引領,牽著,輔導,指導,提示
			bisu 啞→membisu 不作聲,保持沉默
			bius 沒有知覺,失去知覺,昏迷→membius 麻醉
			blacklist 黑名單→mem-blacklist 列入黑名單
			blokade 封鎖→memblokade 封鎖
			bludak 繁榮→membludak 使繁榮,持續增加
			bobol 崩潰,缺口→membobol 穿洞
			boikot 抵制→memboikot 抵制
			bonceng 免費搭車→membonceng 搭便車,載人
			bongkar 拆,卸→membongkar 拔,起,卸,拆除,拆毀
			borong 大批,全部→memborong 全買,搜刮,搶購,整批買
			bor 鑽頭→membor 鑽孔
			buat 做(事),給→membuat 使得,導致,煮
			buaya 鱷魚,花花公子,色狼→membuaya 爬行,調戲婦女
			bubung 滿到頂→membubung 凌空,沖天
			budak 奴隸→membudak 當奴隸
			buih 泡沫→membuih 起泡
			bujuk 勸誘,勸導,甜言蜜語→membujuk 哄騙,勸誘
			bungkuk(背)彎,駝背→membungkuk 鞠躬
			buruk 壞→memburuk 惡化
			buru 追逐→memburu 追捕
			fasilitas 協助,便利,方便→memfasilitas 協助,使便利
			fitnah 汙衊,詆毀→memfitnah,醜化
			fitur 特徵→memfitur 建立特徵
			verifikasi 確認,驗證→memverifikasi 確認,驗證
			viral 病毒式的,病毒式的傳播→memviral 散播
			vonis 定罪→memvonis 判刑
		p 字首(去 p)	pacu 馬刺→memacu 催促前進,鞭策,驅趕
			pahat 鑿,雕刻→memahat 鑿,雕刻
			pakai 穿戴,加入,使用→memakai 穿戴,使用,聽從(勸告)
			paksa 強制,強迫→memaksa 強制,強迫
			paku 釘子→memaku 釘...在
			palsu 假的,偽造的→memalsu 偽造,假冒
			panah 箭→memanah 射,射箭
			panas 熱的,熱烈的→memanas 變激烈,更緊張,危急的
			pancing 釣竿→memancing 釣(魚)
			pandang 看,注視→memandang 看,注視
			panen 收成,收割,收穫,好生意→memanen 收成,收割
			panggil 呼叫,叫→memanggil 呼叫,叫,傳喚
			pangkas 修減,理→memangkas 修減,理
			pangku 大腿→memangku 放在腿上
			panjat 爬,攀,登,上坡,上訴→memanjat 爬,攀,登,上訴
			pantau 探望,監視→memantau 拜訪,監控

類　　　型	me-用法	字　　　首	範　　　　　　　　　　　例
			parit 水溝,戰壕,護城河→memarit 挖水溝,挖戰壕,打撈
			pasang 安裝,上鎖,雙,漲潮→memasang 設置,安裝,拉起
			patri 焊錫,白蠟→mematri 焊接
			patung 雕像→mematung 雕刻,站(坐)著發呆
			pecah 破,爆裂,爆發→memecah 分裂,分散,打碎,洩露
			pecat 撤職,開除→memecat 撤職,開除
			pedang 刀,劍→memedang(用刀,劍)砍,斬
			pegang 拿著→memegang 拿著,擁有
			peleset 滑跤→memeleset 滑跤,滑倒
			pelihara 養,培植,保養,照顧→memelihara 飼養,維護
			peluk 擁抱→memeluk 擁抱
			pensiun 退休,退休金→memensiun 讓...退休
			pepet 堵住,無路可逃→memepet 擠,逼,緊挨
			perah 擠,搾→memerah 擠,搾
			peras 勒索→memeras 擠,搾,敲詐,勒索
			perban 繃帶→memerban 包紮
			periksa 檢查,審查→memeriksa 檢查,審查,調查,偵查
			perintah 命令,指令→memerintah 命令,指揮,統治
			perkosa 性侵,強姦→memerkosa 性侵,強姦
			pesan 預訂,提醒→memesan 預訂,點(餐)
			pesona 魅力,符咒,咒語→memesona 很吸引人注意
			piara 養,養育,撫養→memiara 養,養育,飼養,蓄留
			picu 板機→memicu 引發,拉動,扣板機
			pijah 生產→memijah 生(產),產(卵),下(蛋)
			pijak 踏板→memijak 踩,踏
			pikat 引誘,誘惑→memikat 勾引,迷人的
			pikul 擔子→memikul 扛,挑,揹,承擔,負擔
			pilih 挑→memilih 選擇
			pindai 掃描→memindai 掃描
			pintas 順著→memintas 抄近路,走捷徑,橫越
			politisasi 政治化→memolitisasi 使政治化
			posting 貼文,po 文→**memposting 發文**
			potong 切斷,斬→memotong 割,切,宰,理(髮),剪裁,削減
			produksi 生產,製造→**memproduksi 生產,製造**
			program 計畫→**memprogram 列入計畫**
			provokasi→**memprovokasi 挑釁**
			publikasi 公布,出版→**mempublikasi 公布,發表,發行**
			pudar 暗淡的,褪色的,衰退→memudar 變暗淡,使褪色
			pukau 驚艷的→memukau 驚艷
			pukul 拳,捶,擊,打,敲→memukul 拳,捶,擊,打,敲
			pulas 搾,竄改,上色→memulas 搾,顛倒,竄改,粉刷,美化
			puncak 峰,頂點→memuncak 高漲,登峰造極,達到高峰
			pungut 徵收→memungut 撿,拾,引用,摘錄
			putar 轉,旋轉→memutar 上映,放映
			putih 白→memutih 漂白

類　　　型	me-用法	字　　　首	範　　　　　　　　　　　　　　　　　　　　　　　　　　　　例
			putus 中斷→memutus 判決
	men-	c,d,j,z 字首	cabik 切碎的,剁碎的→mencabik 切碎的,剁碎的
			cakup 吞食→mencakup 吞食,一口咬住
			calit 抹,塗,擦→mencalit 抹,塗,擦
			campak 扔,拋,擲→mencampak 扔,拋,擲
			cangkok 移植,剪接,假的→mencangkok 移植,造假
			cangkul 鋤頭→mencangkul 鋤(地)
			cantum(傷口)癒合,掛著,刊載→mencantum 縫合,別住
			capai 達,到達→mencapai 到達,占,達成,實現
			cari 尋找→mencari 尋找,圖謀,追求
			caruk 剝樹皮→mencaruk 剝(削)樹皮,割
			catat 記錄→mencatat 記錄
			cegat 阻擋,攔阻→mencegat 阻擋,攔阻
			cekik 掐→mencekik 窒息,悶
			cemooh 嘲笑,諷刺,→mencemooh 嘲笑,諷刺,挖苦,揶揄
			centang 記號,標誌,打,揍→mencentang 做記號,劃標誌
			cepat 快→mencepat 變快,越來越快
			cerna 分解,溶解,消化→mencerna 分解,溶解,消化,吸收
			cetak 印刷→mencetak 印刷,鑄造,沖洗,踢進(球),射(球)
			cetus(點火)劈啪聲→mencetus 冒火星,爆發
			cibir 撇嘴,噘嘴→mencibir 撇嘴,噘嘴
			ciduk 勺→menciduk 逮捕
			cincang 切碎的,剁碎的→mencincang 切碎的,剁碎的
			ciut 窄,害怕,恐懼,縮小→menciut 變窄,變小,收縮,膽怯
			coba 試→mencoba 嘗,試,試用,試穿,企圖,考驗,試探
			coblos 戳(洞),捅穿→mencoblos 戳(洞),捅穿
			colek 蘸,舀取→mencolek 蘸,抹,刮,剔,挖,擦,划
			colok 刺,戳洞,火把→mencolok 顯眼,刺目,招搖
			contoh 樣本→mencontoh 模仿,以...為榜樣,向...學習
			copot 掉下,脫落→mencopot 脫掉,卸載,拆除,撤除
			coret 長條線→mencoret 塗掉,劃掉
			cuit 動動手指(示意)→mencuit 用手指輕觸
			cukur 刮(鬍),剃(頭)→mencukur 刮(鬍),剃(頭)
			cungkil 剔,挑,挖(的工具)→mencungkil 剔,挑,挖
			curi 偷竊,竊盜,竊佔→mencuri 偷偷地,竊盜,竊佔
			daftar 名單,表格→mendaftar 報名,登記
			dandan 打扮,梳妝→mendandan 給...打扮,為...梳妝
			dapat 能夠,可以→mendapat 得到,獲得,找到,取得
			darat 陸地,土地→mendarat 降落
			datang 來→mendatang 忽然來到,突如其來,接下來的
			datar 平的,平坦的,平淡→mendatar 平坦,水平開展
			data 資料,數據→mendata 記錄,蒐集資料
			dayung 槳→mendayung 划槳
			dendam 恨,仇恨,怨恨,愛慕→mendendam 恨,對...懷恨
			depresiasi 貶值→mendepresiasi 貶值

類　　　型	me-用法	字　　　首	範　　　　　　　　　　　　　　　　　　　　例
			dera 鞭打,折磨→mendera 鞭打,折磨,虐待
			derek 起重機,吊車→menderek 吊,搬,卸
			derita 感染(病)→menderita 罹患,染病
			desak 擠,擁擠→mendesak 推擠,逼迫,排擠,敦促
			devaluasi(政策操作)貶值→mendevaluasi 貶值
			diagnosa 診斷→mendiagnosa 做診斷
			diang 烤,烘→mendiang 烤乾,烘乾,已故者
			didih 沸騰→mendidih 沸騰,(水)滾,(水)開
			dobrak 毀壞,衝破→mendobrak 撞破,衝破
			dominasi 支配,佔有→mendominasi 占
			dongeng 故事,童話→mendongeng 講故事,閒聊
			dongkrak 千斤頂→mendongkrak 頂起,吹捧,助力
			dorong 推→mendorong 推,推開,推動,促進,鼓舞
			dua 二→mendua 成雙,心懷二意
			duga 猜測,臆測,測量→menduga 測量,猜測
			dukung 支持→mendukung 背,馱,擁護,支持
			jabat 同事→menjabat 擔任,掌握
			jadi 變成,因此→menjadi 做,變成,成功
			jaga 守衛,注意,振作→menjaga 維護,守衛,保護
			jahit 縫,縫紉,縫製→menjahit 縫,縫紉
			jajah 周遊,殖民統治→menjajah 周遊,進行殖民統治
			jalar 爬行的→menjalar 爬行,傳染,傳播,散布,蔓延
			jala 網→menjala(用網)捕(魚)
			jalin 交織→menjalin 編織,建立
			jambak 抓,揪→menjambak 抓,揪
			jambret 搶奪,強盜→menjambret 搶奪,強盜
			jamur 香菇→menjamur 如雨後春筍般的出現,發霉,長霉
			jamu 客人,來賓→menjamu 宴請
			jangkau 伸手取得,達到→menjangkau 伸手取得,達到
			jarah 戰利品→menjarah 掠奪,霸佔
			jaring 網(路/絡)→menjaring 網羅,搜捕
			jatah 指標,分配額,限額,配額,限重→menjatah 給配額
			jawab 回答,答覆→menjawab 回答,答覆
			jebak 陷阱,圈套→menjebak 設陷阱/圈套,誘捕
			jejal 擁擠→menjejal 擠,擠上來
			jelajah 周遊→menjelajah 遊歷
			jelang 探望,臨近,遞交→menjelang 接近,將至
			jemput 接(人),迎接→menjemput 接(人),迎接,邀請
			jenguk 探望,看望→menjenguk 探親,探視
			jepit 夾→menjepit 夾,夾住
			jerit 喊叫,尖叫聲→menjerit 尖叫,慘叫
			jilat 舔,拍馬屁→menjilat 拍馬屁,阿諛奉承
			jual 賣,出售→menjual 出賣,出售
			julang 抬在肩上→menjulang 抬在肩上,愛戴
			junjung 頂在頭上→menjunjung 服從,愛好,擁護

類　　　型	me-用法	字　　　首	範　　　　　　　　　　　　　　　　　　　例
		t 字首(去 t)	tabrak 撞,碰撞→menabrak 撞,碰撞
			tabur 撒→menabur 撒上,播(種)
			tagih 癮,癖好,討債→menagih 討債,要求履行,上癮
			tahan 忍耐,防止→menahan 阻止,收押,拘留,收容
			takik 缺口,切口→menakik 砍缺口,切割樹皮
			tambal 補丁→menambal 補,補足,補貼
			tampar 耳光,掌摑→menampar 打,摑
			tampung 接納→menampung 收容,接納
			tanak 煮→menanak(飯鍋)煮飯
			tanam 種,植,栽→menanam 種植,投資,建立,設置,派駐
			tancap 踩,加大(油門)→menancap 插入
			tandu 轎子,擔架→menandu 抬轎,用擔架抬
			tanggul 堤防→menanggul 築堤
			tangis 哭,哭泣→menangis 哭,哭泣
			tangkal 符咒,驅逐,防止→menangkal 驅魔,驅逐,防止
			tangkap 逮捕→menangkap 捕,捉,逮捕,發現
			tanjak 斜張,斜掛→menanjak 向上斜伸,呈斜坡
			tantang 挑戰,挑釁,叫陣→menantang 挑戰,挑釁,叫陣
			tanya 問,疑問→menanyakan 問,詢問
			target 目標,對象→menargetkan 當作目標,針對,鎖定
			tarik 拉→menarik 拖,拉,吸引人的,撤(出),退(出)
			taruh 擺放,賭注→menaruh 存放,打(印),簽(名),藏著
			tatap 看,注視→menatap 看,注視
			tata 規則→menata 治理,布局,安排,調整,布置,設計
			tawan 俘虜→menawan 吸引人的,迷人的
			tayang 捧,托→menayang 捧,托,傳來
			tebus 兌現,贖回,贖(罪),彌補,雪(恥)→menebus 贖,贖回
			tegang 緊的,緊繃的,僵硬的,緊張→menegang 變得緊張
			tegur 問候,寒暄,批評→menegur 打招呼,提醒,警告,指責
			tekan 按,壓→menekan 壓,施壓
			telaah 調查,研究→menelaah 調查,研究,預言
			teladan 模範,楷模→meneladan 仿效,拿...做榜樣
			telan 吞,嚥→menelan 吞,嚥,吞沒,淹沒,耗費,侵占(錢財)
			telungkup 俯臥,面朝下→menelungkup 俯臥,面朝下
			tembus 穿透,突破→menembus 穿透,突破
			tempel 貼,稅票→menempel 黏在,貼上,投靠,纏住
			tempuh 繞,經過→menempuh 遭受,透過,冒著,經歷
			temu 相遇→menemu 找到
			tenang 寧靜,冷靜,安定→menenang 冷靜下來,鎮定下來
			tendang 踢→menendang 踢
			tengok 看,望→menengok 看,望,觀看,拜訪,探望,觀察
			tentang 對面,有關→menentang 反對,盯,朝向,反抗,違反
			tenteng 提,拎→menenteng 提,拎
			tenun 紡織→menenun 紡織,織布
			tepis 擋,擋開,輕彈,輕觸→menepis 擋,擋開,輕彈,輕觸

類　　　型	me-用法	字　　　首	範　　　　　　　　　　　　　　　　　　　　　　例
			tepi 方面,邊,邊緣→menepi 靠邊,靠岸
			terang 光線,明亮的→menerang 變亮
			terawang 縷空的→menerawang 穿透,想入非非
			tera 印記,戳記→menera 蓋印,蓋章(戳)
			terima 接→menerima 接受,接見
			terjang 踹,踢,攻擊→menerjang 踹,踢,攻擊,進攻,衝破
			terobos 突破→menerobos 闖進,衝破
			terpa 猛撲,撲打→menerpa 猛撲,撲打
			tetas 斷開,孵,孵化→menetas 拆開,剖開,孵,孵化
			tilik 眼光→menilik 仔細看,注視,監督,觀察
			timba 打水桶,吊桶→menimba 舀水,用水桶打水,吸取
			timbun 堆→menimbun 堆,堆積(如山),囤積,填上,掩埋
			timpa 砸,偷→menimpa 砸,(疾病)襲擊,偷
			tindak 行為→menindak 對...採取措施,對...處分
			tindas 壓,用力壓→menindas 壓,用力壓,壓榨
			tindih 重疊,層層堆積,密密麻麻→menindih 壓,壓迫
			tinggal 留下,居住,落後→meninggal 死亡,過世,去世
			tingkat 樓層→meningkat 上升,上漲
			tinjau 瞭望,視察→meninjau 瞭望,視察,參觀,研究
			tinju 拳擊,拳頭→meninju 用拳頭打
			tiru 模仿,仿效→meniru 模仿,仿效
			titip 託→menitip 託
			tiup 吹→meniup 向...吹氣
			tolak 推,拒絕→menolak 推,拒絕,駁回,推辭,否決
			tombak 矛,標槍→menombak 刺,戳
			tonjol 皮膚隆起,疙瘩→menonjol 隆起,突起,伸出
			topang 支柱,支架→menopang 支持,支撐,支援,接濟
			toreh 有切口的,有刻痕的→menoreh 切開,割開,剖開
			traktir 請客→**mentraktir 請客**
			transformasi 變化→**mentransformasikan 轉換成**
			tuai 小鐮刀→menuai 收割
			tua 老→menua 老化,衰老
			tuding 用來指示的東西(指針)→menuding 指控,指責
			tuduh 控告,起訴→menuduh 控告,起訴
			tujuh 七→menujuh 滿 7 個
			tuju 目的,魔法,巫術→menuju 朝向,魔法傷人,巫術治病
			tukik 俯衝,俯視→menukik 俯衝,俯視
			tular 傳染,沾染→menular 傳染,沾染
			tumbuk 用杵搗碎(去皮)→menumbuk 搗,舂,拳打,碰,撞
			tumpang 搭乘→menumpang 乘,搭,借住,寄食
			tumpuk 團,堆,疊→menumpuk 堆,堆積,囤積
			tunas 芽,嫩枝→menunas 發芽,修剪嫩枝
			tunda 延期→menunda 延期
			tunggak 積欠,拖延→menunggak 積欠,拖欠,拖延
			tunggu 等,等待→menunggu 等候,等待,期待,守護

類　　　型	me-用法	字　　　首	範　　　　　　　　　　　　　　　　　　　例
			tunjang 腳骨,支撐物→menunjang 支撐,資助,支援
			tuntut 要求,起訴,控告→menuntut 要求,起訴,控告
			turut 跟著,參加,服從→menurut 模仿,順從,滿足,根據
	meng-	g,h,kh,母音(a,e,i,o,u)字首	gaet 鉤子,釣竿,鉤取→menggaet 鉤取,勾引,拉客,撈取
			galah 長竿→menggalah 往上長
			gali 挖,探究→menggali 挖掘,探究
			gambar 影像,圖片→menggambar 繪畫
			ganas 兇猛→mengganas 肆虐,猖獗
			gandeng 攜手,並排→menggandeng 母雞帶小雞,牽引
			gantung 吊,懸,掛→menggantung 懸吊,懸掛,擱置
			garam 鹽→menggaram 製鹽,採鹽
			garis 線→menggaris 劃線
			gedor 猛烈敲門→menggedor 猛烈敲門,破門搶劫
			geger 譁然,混亂,騷動→menggeger 譁然,引起騷動
			gelar 頭銜,外號,攤開→menggelar 授頭銜,取綽號,召開
			geledah 搜查,搜身→menggeledah 搜查,搜身
			geliat 扭動,扭曲→menggeliat 伸懶腰,舒展,扭動(鑰匙)
			gelincir 打滑→menggelincir 打滑
			gema 回音,回聲,迴響→menggema 回音,回聲
			gembur 疏鬆,鬆散→menggembur 使疏鬆,使鬆散
			gempur 猛攻,直搗→menggempur 猛攻,直搗
			gendong 揹,抱→menggendong 揹著,抱著
			genjot 蹬,踩→menggenjot(用力)踩,猛揍,狠打,拼命做
			gerimis 毛毛雨→menggerimis 下毛毛雨
			gertak 恐嚇→menggertak 恐嚇,威嚇,嚇唬
			gesek 摩擦→menggesek 拉
			geser 磨擦,移動→menggeser 摩擦,調走,排擠,推卸
			gigit 叮,咬→menggigit 叮,咬
			giring 驅,趕,扭送,運(球)→menggiring 驅,趕,押送,扭送
			global 全球的,全世界的→mengglobal 全球化
			goda 引誘,誘惑,調戲→menggoda 引誘,誘惑,使墮落
			gondol 叼走,偷走,捲逃→menggondol 叼走,偷走,捲逃
			gonggong 狗叫→menggonggong 發出狗叫聲
			gosok 刷,擦→menggosok 擦,抹,塗,燙,製造摩擦
			granat 手榴彈→menggranat 向...扔手榴彈,用手榴彈詐
			gula 糖→menggula 諂媚,討好,阿諛奉承
			gumpal 塊,團,朵→menggumpal 揉成一團
			guncang 猛烈搖晃→mengguncang 搖動,震動,搖晃
			gunting 剪刀→menggunting 用剪刀剪
			guyur 澆,淋,挨刮→mengguyur 澆,淋,下傾盆大雨,濕透
			hadap 朝向→menghadap 拜見,出(庭),去(辦公室),上呈
			hafal 熟記→menghafal 熟記,背熟
			halau 驅趕→menghalau 驅趕
			hambat 阻礙,妨礙,阻擋→menghambat 阻礙,妨礙,阻擋
			hambur 散落,紛紛跳下水→menghambur 散發出,跳下

類　　　型	me-用法	字　　　首	範　　　　　　　　　　　　　　　　　　例
			hangat 溫的,熱烈的→menghangat 變熱,熱鬧起來
			hantam 擊,打,敲,揍→menghantam 痛打,猛揍,攻擊
			hardik 嚴正駁斥→menghardik 大聲斥責
			hasut 煽動→menghasut 煽動,挑撥
			hemat 節儉→menghemat 節儉,節省
			hempas 猛擲,猛甩,猛擊→menghempas 猛擲,猛甩,猛擊
			hibur 安慰→menghibur 安慰
			hilang 消失,遺失,失蹤,失聯→menghilang 消失
			himpun 集中,集合,聚集→menghimpun 招集,集合,募集
			hina 卑微,下等,恥辱→menghina 藐視,瞧不起,侮辱,欺負
			hindar 走開,離開→menghindar 避開,避避
			hipnotis 催眠→menghipnotis 催眠
			hitung,kalkulasi 計算→menghitung 算,計算,數,算起
			hujan 雨→menghujan 像雨點般落下
			hukum 法律→menghukum 處分,處罰,懲罰
			abdi 僕役,傭人→mengabdi 為...效勞,為...服務
			aco 夢話,胡說→mengaco 說夢話,胡說,亂說
			acu 舉拳,舉槍→mengacu 舉槍,瞄準
			aduh 哎呀,糟了→mengaduh 叫苦,哀號
			aduk 混合→mengaduk 攪拌,亂翻,翻
			adu 鬥,賽→mengadu 鬥,相撞,比,告狀,告發,試探
			ajar 教育→mengajar 教
			akar 根,根本,根源→mengakar 扎根
			akomodasi 住宿設施→mengakomodasi 容納,接納
			akses 使用權,通道,入口,存取→mengakses 使用,存取
			aku 我,個人,自身→mengaku 自稱,承認
			alir 流動→mengalir 流動,流出
			ambil 去拿→mengambil 去拿,採取
			amuk 暴怒→mengamuk 狂暴,猖獗
			analisis 分析→menganalisis 分析
			ancam 威脅,恐嚇→mengancam 威脅,警告
			anggap 認為,以為,當作→menganggap 認為,以為,當作
			anggar 計算,預算→menganggar 計算,預算
			angguk 點頭→mengangguk 點頭
			anggur 閒著,失業→menganggur 閒著,失業,閒置
			angin 風→mengangin 颱風,起風
			angkasa 天空→mengangkasa 飛上天空,暴漲
			angkat 扛,抬→mengangkat 抬,端出(菜)
			angkut 搬走→mengangkut 搬走,抬走,運送
			angsur 分期的,逐步→mengangsur 逐步進行,分期
			aniaya 虐待→menganiaya 迫害,殘暴
			antar 送(人)→mengantar 送給,陪送
			antisipasi 預料→mengantisipasi 預料
			antre 隊伍→mengantre 排隊
			anut 信仰→menganut 信奉

類　　　型	me-用法	字　　　首	範　　　　　　　　　　　　　　　　　　例
			anyam 編織,編織物→menganyam 編織
			apa 什麼→mengapa 為什麼,為何,做什麼
			apresiasi 感激,感謝→mengapresiasi 感激,感謝
			apung 漂,浮,浮標,浮筒→mengapung 漂浮,浮著,飛起
			arang 炭,木炭→mengarang 炭化
			asah 磨→mengasah 磨
			asap 煙→mengasap 煙燻(法)
			aspal 瀝青→mengaspal 鋪瀝青
			atas 上方,上級→mengatas 上升,向上,在他人之上
			aum(獅虎)咆嘯聲,怒吼聲→mengaum 吼,嘯,吼叫
			awan 雲→mengawan 形成雲,升入雲層
			ejek 譏笑→mengejek 譏笑
			eksekusi 死刑→mengeksekusi 處死,執行死刑
			ekspor 出口→mengekspor 出口
			elak 閃開,閃躲→mengelak 逃避,推卸(責任)
			emban 胸帶,腹帶→mengemban 抱,肩負,懷抱
			emis 乞討→mengemis 乞討
			empas 猛擲,猛甩,猛擊→mengempas 猛擲,猛甩,猛擊
			entot 性交→mengentot 性交,幹,操(罵人)
			epak 打包→mengepak 打包
			erang 呻吟→mengerang 發出呻吟
			erti 懂→mengerti 懂,了解,理解,明白
			eskalasi 升級,升高→mengeskalasi 升高
			evakuasi 撤離,撤退→mengevakuasi 撤離,撤退,疏散
			evaluasi 評估→mengevaluasi 評估
			identifikasi 身分→mengidentifikasi 識別
			igau 說夢話→mengigau 說夢話,胡說
			ikat 帶子,框,箍,鑲邊→mengikat 捆,綁,鑲嵌,簽訂
			imbas 搖晃,氣流,推動,影響,鬼附身→mengimbas 搧(風)
			imbau 呼籲,呼喊→mengimbau 呼籲,呼喊
			imbuh 額外添加的物品→mengimbuh 添加
			impit 擠,擁擠的→mengimpit 擠,壓
			impi 夢,夢幻→mengimpi 作夢,幻想
			impor 進口→mengimpor 進口
			inap 住宿,過夜→menginap 住宿,過夜
			incar 瞄準,緊盯,覬覦→mengincar 瞄準,鎖定,緊盯,覬覦
			ingat 記得→mengingat 記得,記住,想到,注意到,考慮到
			injak 踩,踏→menginjak 踩,踏
			intimidasi 威脅,恐嚇→mengintimidasi 威脅,恐嚇
			intip 偷看,窺視→mengintip 偷看,窺視,窺探,一窺
			invasi 入侵→menginvasi 入侵
			inventarisasi 盤點(庫存)→menginventarisasi 盤點(庫存)
			iris 切片,薄片→mengiris 切成薄片
			isap 吸,抽,允→mengisap 吸,抽,允
			isi 內容物,內餡,內容,容積,體積→mengisi 裝,填寫

類　　型	me-用法	字　　首	範　　　　　　　　　　　　　　　例
			kawal 警戒,守衛,看守,防護→mengawal 保衛,保護,戒護
			obat 藥→mengobat 用藥
			obrol 閒聊→mengobrol 閒聊
			obyek 外快→mengobyek 賺外快
			olah 普通的→mengolah 提煉,加工,煉製,處理
			oles 塗,抹→mengoles 塗,抹
			omong 語言,說話,談話→mengomong 說,講,聊
			operasi 行動,手術→mengoperasi 動手術,開刀
			orbit 軌道→mengorbit 繞…軌道
			otak-atik 愛亂動→mengotak-atik 愛亂動,喜歡摳摳摸摸
			uap 蒸氣→menguap 蒸發,消逝,打哈欠
			ubah 改變,變更,變化→mengubah 轉變,改變,修改,違約
			uber 追趕,追捕→menguber 追趕,追捕
			ucek 揉→mengucek 揉
			udara 空氣→mengudara 上天,飛到天上,起飛
			ulang 重複→mengulang 重複,複習,溫習
			umpan 餌,誘餌,犧牲品,獵物→mengumpan 誘捕,引誘
			umpet 躲藏→mengumpet 躲藏
			undang 邀請→mengundang 引起,邀請
			undi 籤→mengundi 抽籤,抽獎
			ungkit 一起一落→mengungkit 撬起,撬開,重提
			ungsi 避難,逃難→mengungsi 避難,逃難
			unjuk 通知,表示,顯示→mengunjuk 舉手,指出,指示
			upah 工資,薪水→mengupah 僱用
			usik 逗弄,挑逗,打擾→mengusik 擾亂,逗弄,挑逗
			usir 驅趕→mengusir 驅逐,轟走
			usung 抬→mengusung 抬,扛,主辦,承辦
			usut 調查→mengusut 調查
			utara 北方→mengutara 往北
			utus 派,派遣→mengutus 派,派遣(代表,使者)
		k 字首(去 k)	kail 魚鉤→mengail 釣魚
			kaji 學習(宗教)→mengaji 學習可蘭經/阿拉伯語
			kambang 漂浮在水面→mengambang 浮出水面,漂浮
			kandung 袋子,口袋→mengandung 裝有,包含,帶有
			kangkang 雙腿站立→mengangkang 跨坐,外八字走路
			kantor 公司→mengantor 進辦公室上班,坐辦公室
			kantuk 瞌睡→mengantuk 打瞌睡
			karang 珊瑚,編,寫作→mengarang 編製,寫作,創作,作文
			kawan 朋友,同伴→mengawan 交配
			kayuh 槳,踏板→mengayuh 划(船),踩(自行車)
			kebut 超速,開快車→mengebut 超速,開快車
			kecamuk 猖獗→berkecamuk 翻天覆地,猖獗,白熱化
			kecam 批評,譴責,指責→mengecam 批評,譴責
			kecil 小的→mengecil 變小,縮小
			kecoh 欺騙→mengecoh 欺騙,作弊

類　　型	me-用法	字　　　　首	範　　　　　　　　　　　　　　　例
			kejar 追逐→mengejar 追捕,追求,打獵
			kekang 約束,限制→mengekang 操縱,控制,管制,禁止
			kelompok 群,堆,組→mengelompok 成群,成群結隊
			kemas 整理好→mengemas 整理好,打包好,收拾好,包裝
			kembara 流浪→mengembara 流浪,到處遊蕩
			kemudi 駕駛→mengemudi 駕駛,開車
			kenal 認識→mengenal 認識
			kenang 回憶→mengenang 回憶
			kena 觸及,碰到,命中,承受→mengena 擊中,成功
			kentut 屁→mengentut 放屁,放狗屁,說空話
			kepala 頭,負責人,主管,老闆→mengepala 帶頭
			kepang 辮子→mengepang 編(成辮子)
			kepul 濃煙,雲團→mengepul(煙,雲霧)上升
			kepung 圍繞著→mengepung 包圍,圍攻
			kerat 段,片,塊,一部分→mengerat 切,割,砍,斬
			kerek 滑輪,滑車→mengerek 用滑輪起重物
			kerik 刮物聲→mengerik 刮落,刮痧
			kering 乾的→mengering 變乾,使乾枯
			keriting 捲毛,捲髮,捲曲的→mengeriting 捲,燙
			ketik 滴答聲→mengetik 發出滴答聲,用打字機打字
			kira 以為,猜測,估計→mengira 以為,認為,猜測,推測,估計
			kirim 寄,致→mengirim 寄,匯,投遞
			klarifikasi 澄清→**mengklarifikasi 弄清楚,澄清**
			kocok 攪拌,撈→mengocok 攪拌,撈
			koleksi 收藏品→mengoleksi 收藏,蒐集
			konfirmasi 確定→mengonfirmasi 確認
			konsumsi 消費→mengonsumsi 消費,消耗
			kontrol 控制,支配,監督→mengontrol 控制,監督
			kopi 咖啡→mengopi 喝咖啡
			korek 刮,摳→mengorek 挖(洞),摳(眼鼻),疏通,刮
			kosong 零→mengosongkan 清空,騰出
			koyak 撕碎的→mengoyak 撕,撕破,撕裂
			kritik 批評→**mengkritik 批評,譴責,指責**
			kulit 皮→mengulit 脫皮,長皮,剝皮
			kunci 鑰匙→mengunci 上鎖,鎖定
			kuncup 閉合,未開放,花蕾→menguncup 合攏,合併
			kupas 剝→mengupas 剝(皮),削(果皮),剝掉(衣服),剝落
			kuras 排出,消耗→menguras 排出,消耗
			kurung 括號,包圍→mengurung 加上括號,包圍,封鎖
			kutip(一個一個)揀取,引用,摘錄→mengutip 引用,摘錄
			kutuk 詛咒→mengutuk 詛咒,譴責,指責
	meny-	s 字首(去 s)	sabit 鐮刀→menyabit 削減
			salah 錯誤→menyalah 誤入歧途,不走正路
			salak 狗叫聲→menyalak 狗叫,對...叫
			salib 十字架,十字形→menyalib 釘在十字架上

類　　　　型	me-用法	字　　　　首	範　　　　　　　　　　　　　　　　　　　　例
			salut 套,封套,包裝紙→menyalut 包上封套,鑲,鍍,灑
			samar 隱藏的→menyamar 混入,潛入,偽裝,化裝,喬裝
			sambi 私下打工,兼差→menyambi 私下打工,兼差
			sambut 回應→menyambut 接受,迎接,歡迎,答覆,反應
			sampai 達到,為止,實現,以致→menyampai 夠,足夠,夠用
			samping 旁邊→menyamping 沿著,靠旁邊
			sandang 肩帶,背帶,遭受→menyandang 肩負,有...頭銜
			sandera 人質→menyandera 挾持人質,把…當人質,綁架
			sandung 絆住→menyandung 絆住
			sanggah 反駁,否認,反抗→menyanggah 駁斥,否認,抗議
			sangkal 否認→menyangkal 否認,不承認,反對,反駁,拒絕
			sangka 料想→menyangka 估計,推測,認為是,懷疑,嫌疑
			sangkut 勾住,卡住→menyangkut 勾住,卡住,關係到
			sangrai 乾煎→menyangrai 乾煎,乾炒
			santap 吃,喝→menyantap 吃,喝,品嘗
			santun 有同情心的→menyantun 同情,援助,救濟
			sapa 問候→menyapa 打招呼
			sapu 掃把→menyapu 掃地,粉刷
			sarat 滿載,結滿,充滿著→menyarat 裝的滿滿的
			sasar 瞄準→menyasar 瞄準
			sate 沙嗲→menyate 烤沙嗲
			satu 一→menyatu 連成一體,統一
			sawer(向觀眾)要錢,扔錢→menyawer 要錢,扔錢
			sayat 薄片→menyayat 切片,切薄片
			scan 掃描→**menscan 掃描**
			seberang 穿越,越過→menyeberang 過馬路,跨越馬路
			seduh 沖,泡→menyeduh(用開水)沖,泡
			segel 鉛封,封條→menyegel 上鉛封,貼封條
			sekap 關,囚禁→menyekap 關,囚禁,監禁,搗住,塞住
			sekat 隔斷,隔開物,隔板→menyekat 分隔,阻擋,阻礙
			seka 擦,拭→menyeka 擦,拭
			selak 門閂,插入→menyelak 栓上(門閂),插隊,催促
			selidik 仔細,認真,調查→menyelidik 仔細調查,認真研究
			selinap 鑽入,侵入,滲透→menyelinap 鑽入,滲入,躲避
			selip 夾在,插在→menyelip 夾在,插在(兩物之間)
			selonong 誤闖,闖入→menyelonong 闖進,闖入,不請自來
			seludup 潛入→menyeludup 匍匐前進,潛入
			selundup 走私,偷渡→menyelundup 走私,偷渡
			seluruh(不可數名詞)全部,全體,一切→menyeluruh 全面
			semprot 噴→menyemprot 噴,噴射
			semut 螞蟻→menyemut 聚集
			sendok 湯匙→menyendok 舀,盛
			sengat 刺,電擊→menyengat 螫,刺,刺痛的,電擊
			sentuh 摸,碰觸,感動→menyentuh 觸及,提及,涉及,刺激
			serah 交付,託付→menyerah 聽從,服從,認輸,自首

類　　　型	me-用法	字　　　首	範　　　　　　　　　　　　　　　　　　　例
			serang 攻擊→menyerang 攻擊
			serap 滲入,透入,吸入→menyerap 滲透,吸收,吸入,附身
			serbu 進攻,攻擊,衝鋒→menyerbu 進攻,攻擊,衝擊,襲擊
			seret 拖,拉→menyeret 拖,拉,強行帶走,押送,牽連,牽涉
			sergap 襲擊,突擊→menyergap 襲擊,突擊,臨檢
			seringai 咧嘴笑,齜牙咧嘴→menyeringai 咧嘴笑,扮鬼臉
			serobot 非法獲得,強取→menyerobot 搶奪,強佔,盜用
			serok 濾網,網勺→menyerok(用勺)舀
			sesal 後悔,悔恨,遺憾→menyesal 感到後悔,感到遺憾
			setan 魔鬼,撒旦,壞蛋→menyetan 像魔鬼似的,變得很壞
			setir 方向盤→menyetir 駕駛,開(車)
			setop 停止,停下,停車→menyetop 使...停下,叫住
			setrika 熨斗→menyetrika(熨斗)燙
			setrum 電流→menyetrum 通電
			sewa 租→menyewa 租用
			sihir 法術,魔術,妖術→menyihir 施法,下蠱,用法術迷惑
			sikat 刷子,梳子,耙子→menyikat 洗刷,梳,耙,掃光
			siksa 煎熬,拷打→menyiksa 刑求,折磨,虐待,施酷刑,難過
			simak 傾聽,聆聽→menyimak 傾聽,監聽,聆聽,認真研究
			simpan 儲存,簡短的→menyimpan 保存,隱藏,養(小三)
			simpul 交岔路口,結→menyimpul 打結,銘記在心
			sindir 互相諷刺,冷嘲熱諷→menyindir 諷刺
			singkap 揭開,揭露→menyingkap 揭露,揭發,解開
			singkat 縮短→menyingkat 縮短,節省
			singkir 避開,讓開→menyingkir 避開,讓開,逃難
			singsing 捲起,挽起,消散,破曉→menyingsing 捲起,挽起
			sinyalir 警告,指出→menyinyalir 警告,指出
			siram 洗澡,沐浴,淋浴→menyiram 淋,澆,沖洗
			sirkulasi 循環,流通→**mensirkulasi** **循環,流通**
			sisih 讓開,避開→menyisih 讓開,避開,獨居,分居,隱居
			sita 沒收,查扣→menyita 沒收,查扣
			sobek 切碎的,剁碎的→menyobek 切碎的,剁碎的
			sokong 支柱,撐架→menyokong 支持,支撐,支援,援助
			sombong 高調,傲慢的→menyombong 高傲
			sontek 抄襲,模仿,作弊→menyontek 抄襲,模仿,作弊
			stabil 穩定的→**menstabil** **穩定**[3]
			stimulasi 刺激→**menstimulasi** **刺激**
			subsidi 補貼(金)→mensubsidi 補貼
			sudu 嘴,啄→menyudu 用嘴啄
			suling 笛子,蒸餾物→menyuling 吹笛子,蒸餾,精煉
			sulut 點燃,燃放(爆竹)→menyulut 點燃,燃放(爆竹)
			sumbang 捐獻,送禮→menyumbang 捐獻,捐助,送禮
			sumbat 塞子→menyumbat 塞住,堵住

---

[3] 「s字首」動詞化去不去s的原則與例外,詳見I-1.3.2.2.延伸閱讀、VI-1.5.1.延伸閱讀及VI-1.5.2.延伸閱讀的說明。

類　　　型	me-用法	字　　　首	範　　　　　　　　　　　　　　　　　　例
			sunting 髮飾→menyunting 潤色(文章),改稿 susul 追趕,跟隨,補,趕→menyusul 追趕,跟隨,補,趕,繼承 susun 安排→menyusun 陳列,整理,擬定(議程),編列 susup 滲透→menyusup 鑽進,爬進,潛入,混進,滲入 susut 減少→menyusut 減少,縮水 suwir 撕碎物→menyuwir 撕碎
	menge-	(單音節字)	bom 炸彈→mengebom 轟炸 bor 鑽頭→mengebor 鑽孔 cas 絆倒,充電→mengecas 絆倒,充電 cat 油漆→mengecat 刷油漆 cek 核對,檢查,檢驗→mengecek 核對,檢查,檢驗 cor 鑄鐵→mengecor 鍛造,澆灌 date 約會→mengedate 去約會 klaim 認領,聲稱,索賠,請求權,理賠→**mengeklaim 聲稱** lap 抹布→mengelap (用抹布)擦,抹 las 焊接→mengelas 焊接 pas 剛好,合身的→mengepas/mempas 試穿,使夠用 pel 拖把→mengepel 拖地板 rem 煞車→mengerem 煞車 tes 測驗→mengetes 檢驗 tik 打字→mengetik 打字 tim 蒸→mengetim/**mentim 蒸**

例句

➢ Selain pulau Taiwan, Anda bisa mengatur jadwal wisata ke pulau-pulau kecil di daerah sekitar seperti Lanyu, Penghu, Matsu, Ludao, Kinmen dll.
除了台灣本島，你能夠安排旅遊行程去附近地區的小島，例如蘭嶼、澎湖、馬祖、綠島、金門等。(103 印導)

➢ Menjadi seorang pramuwisata yang baik, hendaknya memperkenalkan Taiwan dari sisi positifnya atau keindahan Taiwan kepada tamu-tamu asing yang datang.
成為好導遊，應該正面介紹台灣或台灣之美給外國客人。(104 印導)

➢ Saya sedang menunggu kedatangan rombongan tamu dari Indonesia.
我正在等來自印尼的團客抵達。(104 印導)

➢ A : Numpang tanya ada tempat kosong di restoran? 借問一下，餐廳有空位嗎？
B : Maaf, sekarang restoran penuh, Anda harus menunggu kira-kira 15 menit. 抱歉，現在餐廳客滿，您必須等大約 15 分鐘。(104 印導)

➢ Dalam percakapan formal dengan orang yang baru dikenal, biasanya kita memanggilnya dengan sebutan sopan seperti Anda.
在跟剛認識的人正式對話中，通常我們禮貌稱呼他，比如"您"。(105 印導)

➢ Wisata kuliner telah menjadi trend masa kini.
美食旅遊已經成為現在趨勢。(105 印導)

➢ Tamu : Selamat sore. Saya mau pesan 1 kamar untuk 2 orang. 午安，我要預訂 1 間雙人房。

Resepsionis : Baik, Pak! Berapa malam bapak akan menginap？好的，先生要住幾晚？(106 印導)

➤ Sebelum mendaki gunung bersama dengan tamu asing, sebaiknya dicek/diperiksa dulu keperluan yang harus dibawa seperti sepatu khusus untuk mendaki gunung.
在跟外國客人登山之前，最好先檢查應攜的必需品，例如登山專門鞋。(106 印導)

➤ Banyak turis dari Indonesia suka datang ke Taiwan untuk mendaki gunung tertinggi di Taiwan yaitu gunung Yushan.
許多來自印尼的旅客喜歡來台灣攀登台灣最高山，也就是玉山。(106 印導)

➤ Kalau naik bus umum di Taiwan, Anda dapat mengunduh aplikasi bus Taiwan dan mengecek jam dan rutenya di internet atau melihat langsung di halte bus.
如果在台灣搭公車，你能夠下載台灣公車應用程式並在網際網路上查詢或直接在公車亭看公車時刻和路線。(107、109 印導)

➤ Berwisata adalah hal yang sangat menarik, selain membuat hati senang, kita juga bisa mengenal kebudayaan lain.
旅遊是很吸引人的事情，除了讓人愉快，我們也能夠認識其他的文化。(107 印導)

➤ Kuliner khas Taiwan yang sangat berbeda dengan Indonesia mudah ditemukan di pasar malam. Anda bisa mencoba tahu bau goreng yang terkenal memiliki aroma tak sedap, tetapi justru menjadi santapan favorit.
容易在夜市發現的台式美食與印尼差異很大，你可以嘗試有名的臭豆腐，氣味不好但是反而成為最受歡迎的食物。(108 印導)

➤ Sifat Mirna yang angkuh, suka memandang rendah orang lain membuat Mirna dijauhi teman-temannya.
Mirna 傲慢的個性，喜歡看不起他人，讓 Mirna 被朋友們疏離。(108 印導)

➤ Membawa wisatawan menyeberang jalan, harus jalan di atas penyeberangan pejalan kaki.
帶著觀光客穿越馬路，必須走在人行道上。(109 印導)

➤ Buah-buahan Taiwan sangat terkenal dengan kualitas yang baik dan harga yang sangat merakyat.
台灣水果以品質好且價格親民而很有名。(109 印導)

➤ Paspor Rudi tertinggal di hotel. Pemandu wisata segera membawa Rudi kembali ke hotel untuk mengambilnya.
Rudi 的護照遺留在飯店，領隊馬上帶 Rudi 回飯店拿。(110 印導)

➤ Memilih makanan di restoran Taiwan sudah tidak begitu sulit meskipun Anda tidak paham tulisan Mandarin, sebab sebagian besar menu disertai dengan foto masakannya.
在台灣餐廳挑選食物已經不是那麼的難，即使你不了解中文字，因為菜單大部分附有料理的照片。(110 印導)

➤ Menyewa mobil mahal, naik bus lebih ekonomis.
租車很貴，搭乘公車較經濟實惠。(111 印導)

➤ Peristiwa itu banyak mendapat perhatian dari masyarakat.
那事件吸引了大眾的注意。

➤ Ombak menampar batu di pantai.

海浪拍打著岸邊的石頭。

➢ Menikah di Indonesia ada kebiasaan yang kasih uang susu dan emas kawin, seandainya Ang Pao, anting, kalung, gelang tangan dan cincin.
在印尼結婚有給聘金和結婚金飾的習慣，比方說紅包、耳環、項鍊、手鐲與戒指。

➢ Drama Korea "Squid Game" merancang permen "dalgona" sebagai sebuah tantangan. Lewat cuplikan drama, cita rasa zaman dulu ini menjadi populer kembali.
韓劇"魷魚遊戲" 設計"椪糖"成為一道挑戰關卡，透過影集的片段，古時候的味道再次受人歡迎。

➢ Suara anjing yang menggonggong itu membangunkan tidur ayah.
狗叫聲叫醒父親。

➢ Kakak perempuan menjadi guru, mengikuti jejak ibunya.
姊姊跟著母親的腳步當了老師。

➢ Banyak restoran vegan yang unik menjamur di seluruh negeri.
許多獨特的素食餐廳如雨後春筍般的出現在全國。

➢ Kalau saya punya banyak uang, saya mau melanglang buana selama 80 hari.
如果我有很多錢的話，我想要環遊世界 80 天

➢ Dia suka memposting di medsos untuk mencari simpati orang lain.
他喜歡在社交媒體上發文討拍。

➢ Kumisnya melengkung ke atas.
他的鬍鬚往上翹。

➢ Belasan tahun sudah lewat, tapi dia masih mengingat perkataanku waktu itu.
已經過了 10 多年，但他還記得我當時的話。

➢ Dia melagak macam orang kaya.
裝成有錢人的樣子。

I-1.3.1.1.小提醒

「mem」開頭動詞可能是 Me-和 m 字首字根結合成動詞，例如：「makan(吃)→memakan(吃掉,吞食)」；但也可能是 p 字首字根，去 p 變化成 mem 開頭的「Me 動詞」，比如：「periksa(檢查)→memeriksa(檢查)」，「men、meng、meny 字首的動詞」也有類似容易混淆的變化。

I-1.3.1.2.延伸閱讀(外來語 Me 動詞一般規則變化)

印尼文有不少的外來語，這些外來語的「Me 動詞」變化，有依一般規則的，也有不按一般規則的特殊變化，後者「Me 動詞特殊變化(p、s 字首)」請詳見「I-1.3.2.2.延伸閱讀、VI-1.5.1.延伸閱讀及 VI-1.5.2.延伸閱讀」的說明；至於依一般規則的變化，則是依據第 1 個字母來變化，與一般「Me 動詞」相同，例如下：

範例(外來語 Me 動詞一般規則變化)

advokasi 擁護,崇尚→mengadvokasi 擁護,崇尚

antisipasi 預料→mengantisipasi 預料
blacklist 黑名單→memblacklist/mem-blacklist 列入黑名單
blokade 封鎖→memblokade 封鎖
boikot 抵制→memboikot 抵制
ekspor 出口→mengekspor 出口
eskalasi 升級,升高→mengeskalasi 升高
evakuasi 撤離,撤退→mengevakuasi 撤離,疏散
gossip 閒話,說人壞話,搬弄是非→menggossipkan 傳播閒言閒語
hipnotis 催眠→menghipnotis 催眠
identifikasi 識別,鑑定,辨認→mengidentifikasikan 進行識別,鑑定,辨認
impor 進口→mengimpor 進口
klaim 認領,聲稱,索賠,所有權,請求權→mengeklaim 聲稱,宣稱
konfirmasi 確定→mengonfirmasi 確認
konsumsi 消費→mengonsumsi 消耗,攝取
kontrol 控制,監督→mengontrol 控制,支配
legalisir 使合法化→melegalisir 使合法化,法律上認可的
nutrisi 營養→menutrisi 進補
operasi 行動,手術→mengoperasi 動手術,開刀
target 目標,對象→menargetkan 把...當作目標,針對,鎖定

例句

> Pusat Komando Epidemi Sentral (CECC) mengonfirmasi bahwa Taiwan juga telah mengalami pembelian dalam jumlah besar.
中央疫情指揮中心確認台灣也已經出現大量購買的情形。

I-1.3.1.3.延伸閱讀(省略空格/連字號)

印尼文合併詞(Kata Majemuk)中間的「空格(Spasi)」或「連字符號(Tanda Hubung):"-"」有時是可以省略的,原合併詞可以維持兩個字,或者成為 1 個字,例子如下:

batu bara 煤炭→batubara
bela sungkawa 弔唁,悼念,哀悼→belasungkawa
bulu tangkis 羽毛球→bulutangkis
celeb net 網紅,網美→celebnet
darat-ke-darat 地對地→darat ke darat
duka cinta 悲哀,悲傷,傷心,哀悼,弔唁→dukacinta
gotong-royong 敦親睦鄰,互助合作,同心協力→gotong royong
kakak-beradik 姊妹,兄弟→kakak beradik
ke-Indonesiaan 印尼學→keIndonesiaan
ke-Islaman 回教學→keIslaman

keramah-tamahan 人情味→keramahtamahan	
kewarga-negaraan 國籍,公民權,公民身分→kewarganegaraan	
membabi-buta 莽撞,盲目地,無差別地→membabibuta	
mem-blacklist 列入黑名單→memblacklist	
mem-prioritaskan 使...優先→memprioritaskan	
organisasi non-pemerintah(NGO)非政府組織→organisasi non pemerintah	
ramah-tamah 和藹可親,親切熱情→ramah tamah	
sebar-luas 廣泛流傳→sebar luas	
sedia kala 以往,以前,以前時候,往日→sediakala	
simpang-siur 互相交叉,錯綜複雜,來來往往,絡繹不絕,眾說紛紜→simpang siur	
suka-duka 悲歡離合,喜怒哀樂→suka duka	
teka-teki 謎語,疑問→teka teki	
tidur-tiduran 躺下→ketidur-tiduran 愛睡,愛睏,貪睡	
timbal-balik 雙方的,互惠的→timbal balik	
warga-negara 國民,公民→warga negara	
was-was 懷疑,疑心,疑惑,猶豫,憂慮,不安,擔憂→waswas	

例句

➤ Dia adalah celebnet berstatus imigran baru di Taiwan.
他是具有台灣新移民身分的網紅。

➤ Polisi sudah meringkus tertangkap tangan itu yang membacok secara membabi-buta.
警察已經逮捕了那瘋狂砍殺的現行犯。

Artikel I-1.3.2.Me 動詞(2)

「Me 動詞(2)」則是指「Me-kan/Me-i/Memper-/Memper-kan/Memper-i」等 5 種「字首加字尾」的延伸變化類型,綜合彙整歸納國內、外各印尼文中、高級課本相關意義和說明供讀者原則性參考,以下並舉幾個相同字根的「Me-動詞」和「Me-kan 動詞」對照的例句,幫助讀者理解:

例句

➤ Tangannya meng**acung**. 他手舉著。
Dia meng**acung**kan tangan. 他舉起手。

➤ Mobil meng**hilang** dalam kabut. 汽車消失在濃霧裡。
Adik laki-laki meng**hilang**kan bukunya. 弟弟弄丟他的書。

➤ Jangan me**ragu** guru. 不要打擾老師。
Saya me**ragu**kan kebenaran berita itu. 我對新聞的正確性懷疑。

➤ Meng**umpan** anjing gelandangan dengan iga babi. 用豬排誘捕流浪狗。
Pemancing meng**umpan**kan cacing pada kail. 釣客把蚯蚓當餌掛在魚鉤上。

I-1.3.2.1. 小提醒 (me-kan 動詞組合變化)

Me 動詞(2)的「me-kan(使...)」動詞變化，意義相同，但可有不同文法、句型組合變化，例如「me-kan」動詞+(人)+(物)」=「me-kan」動詞+(物) kepada (人)」，例句如下：

例句

➢ Saya mengambilkan ibu air = Saya mengambilkan air kepada ibu.
  我拿水給媽媽。

➢ Ayah membelikan saya laptop bekas = Ayah membelikan laptop bekas kepada saya.
  父親買二手筆電給我。

範例 Me 動詞(2)(Me-kan)

「Me-kan 動詞」中間的「字根」可以是「動詞、形容詞、名詞、數量詞及副詞」等不同詞性，具有「為他人做(工作)、造成、引起、從事...方法、朝向、深入...」等意義，「Me-kan 動詞」也可以單獨使用，後面不需接任何受詞或介係詞，例如：「menguntungkan(有利的,有好處的,有利可圖的)」，其餘範例如下：

範例 Me 動詞(2)(Me-kan)

類　　型	me-kan 用法	字　　首	範　　　　　　　　　　　　　　　　　　　　　　　例
Me 動詞(2)	me-kan (從無到有) 使...	l,m,n,ng,ny, r,w,y 字首	label 標籤→melabelkan 貼標籤,標註 lagak 舉止,神態,神氣→melagakkan 誇耀,炫耀,賣弄 laga 格鬥,搏鬥,碰撞→melagakan 使相鬥,使相撞 lahir 出生,外表,有形的→melahirkan 生育,發表 lain 其他→melainkan 另眼看待,差別對待 laksana 舉止行為,特性,好像→melaksanakan 執行,實施 laku 行為,作法,有效→melakukan 做(事),進行,執行 lalu 經過,以前的,過去→melalukan 使通過,穿過 lambang 象徵,符號→melambangkan 象徵著 lambat 緩慢,晚的,遲到→melambatkan 使緩慢 lampias 流暢→melampiaskan 使順利進行,發洩 lampir 附上,後附→melampirkan 附在...後面,檢附 lamun 但是,發呆,沉思,恍神→melamunkan 使發呆,使恍神 lancar 順暢→melancarkan 使順暢 landas 基地,基礎→melandaskan 放在...基礎之上 langsung 直接,持續,進行→melangsungkan 轉達,進行,舉行 lanjur 被推向前,繼續→melanjurkan 延長,繼續進行 lapor 報告,陳報→melaporkan 報告,陳報,通報 lap 抹布→melapkan 把...當抹布用 lari 跑→melarikan 拐跑,潛逃,脫逃,奔跑,開快 layang 飛→melayangkan 使飛翔,把...寄給,把...投(丟,甩)向 layar putih 銀幕→melayarputihkan 搬上銀幕,拍成電影 lebar 寬的,寬廣→melebarkan 加寬 lebih 多出,超出,比較→melebihkan 使更多,使增加,偏重 lelah 累,疲倦→melelahkan 使疲倦,使疲勞

類　　型	me-kan 用法	字　　首	範　　　　　　　　　　　　　　　　　　　　　　　　例
			lembap 潮濕的,濕潤的→melembapkan 使潮濕
			lembek 軟的,鬆軟的,軟弱的→melembekkan 使鬆軟,使軟弱
			lempar 丟,扔,擲,砸→melemparkan 丟擲,拋出
			lengkap 完整,齊全→melengkapkan 使齊全,補充
			lepas 解脫,放開,脫逃,開闊的→melepaskan 脫下,射出,取消
			lesap 消失,不見→melesapkan 使消失,使不見
			lestari 永恆→melestarikan 保護,維持
			lesu 疲乏無力,萎縮,委靡不振→melesukan 使疲憊,使萎縮
			letak 地點→meletakkan 放置
			lewat 經過,超過,越過→melewatkan 放過,錯過,使超過,跨越
			libat 纏繞→melibatkan 用...纏繞,連累,牽連,捲入
			libur 放假→meliburkan 使放假
			limpah 氾濫,很多→melimpahkan 使充斥,灌注,移送(法院)
			lindung 保佑,保護,躲避→melindungkan 隱蔽起來,用...掩蓋
			lipat ganda 加倍→melipatgandakan 使加倍
			lolos 脫身→meloloskan 脫身
			longgar 寬鬆的,鬆脫,不嚴密→melonggarkan 使寬鬆,放寬
			lontar 拋過來拋過去→melontarkan 扔出去,投向,提出,彈射
			luang 有空的,方便的→meluangkan 騰出,空出,保留
			luas 寬的,寬廣→meluaskan 擴大,擴展
			ludes 精光,全部用完,賣完→meludeskan 使精光,花光
			lumpuh 癱瘓→melumpuhkan 使癱瘓
			lunas 還清,付完→melunaskan 還清,償還,履行
			luncur 滑,溜→meluncurkan(順勢)推出,提出
			luntur 退色,失效→melunturkan 使退色,使失效
			lupa 忘記,遺忘→melupakan 把...忘了,把...忘掉
			lurus 直的,正直的,直接的→meluruskan 弄直,使直,糾正
			maaf 抱歉,對不起→memaafkan 原諒
			mahal 貴的→memahalkan 提高價格,抬高(身價),高估
			main 玩→memainkan 扮演
			makam 墳墓→memakamkan 安葬
			maksimal 最大的→memaksimalkan 最大化
			maksud 目的,意圖,意思→memaksudkan 表示意思
			malu 害羞→memalukan 蒙羞
			Mandarin 中文,華文→memandarinkan 寫成中文是
			mandi 洗澡,沐浴→memandikan 給...洗澡,把...浸在液體裡
			manfaat 好處→memanfaatkan 利用,使有益,使有用處
			manja 寵壞,嬌慣→memanjakan 溺愛,嬌寵,寵愛
			marak 光輝,開始出名→memarakkan 使燃燒,使燒得更旺
			masa bodoh 隨...的便→memasabodohkan 放縱
			masalah 問題,事情→memasalahkan 把...當作問題來討論
			masukmemasuki 進來→memasukkan 把...放入,引進,納入
			masyarakat 公眾→memasyarakatkan 使流行起來
			mati 死亡→mematikan 殺死,關(燈,水龍頭,機器),使熄火
			maut(人)死亡→memautkan 使致命,致...於死地

類　　型	me-kan 用法	字　　首	範　　　　　　　　　　　　　　　　　　　　　　　例
			mekar 花開,發麵團→memekarkan 使(麵團)發酵
			menang 勝利→memenangkan 贏得
			mimpi 夢,夢幻→memimpikan 夢見,妄想
			mitos 傳說,神話,迷思→me<u>mitos</u>kan 使成為傳說
			muak 厭,膩,噁心,討厭→memuakkan 令人作噁
			muat 容得下,裝得下,裝,容納→memuatkan 裝入
			mudah 容易→memudahkan 使容易,使方便
			musnah 消滅,毀滅→memusnahkan 消滅,毀滅,銷毀
			naas 不吉利,倒楣→menaaskan 使不吉利,視為不祥
			nama 名字,頭銜,名聲→menamakan 稱呼...為,命名
			nanti 等,等一下,即將,待會,以後→menantikan 等待,期待
			ngeri 害怕,恐懼→mengerikan 令人毛骨悚然,使人害怕[4]
			nomor satu 第一,第一名→menomorsatukan 放在第一優先
			nonaktif 不活躍→menonaktifkan 使不活躍
			normal 正常→menormalkan 常態化,正常化
			nyala 燃燒,亮,火焰→menyalakan 使燃燒,使旺盛,開(燈...)
			nyata 清楚的→menyatakan 陳述,宣布,表示,表達,聲明
			ragu 猶豫,懷疑→meragukan 對...猶豫,對...懷疑
			rahasia 秘密,機密,秘訣,訣竅→merahasiakan 把...保密起來
			ramai 熱鬧,旺盛,人多→meramaikan 使熱鬧,使吵吵鬧鬧
			ramal 預測→meramalkan 預測,占卜,算命
			rangkak 爬→merangkakkan 使爬行
			rapi 整齊,整潔,有秩序→merapikan 使整齊,使整潔
			rasa 味道,感覺→merasakan 體驗,體會
			ratap 痛哭,哭訴→meratapkan 哭訴,邊哭泣邊訴苦
			raya 碩大,浩大→merayakan 慶祝
			realisasi 實行,實現→merealisasikan 使實現
			reda 緩和,下降→meredakan 緩和,下降,減弱
			rekat 黏,貼,糊→merekatkan 把...黏在
			remeh 瑣碎的,細微的→meremehkan 小看,瞧不起
			rencana 計畫,報告,草案→merencanakan 計劃,草擬,起草
			rendah 低→merendahkan 使下降,貶低,輕視,看不起,調降
			renung 注視,沉思,探頭→merenungkan 思考,思索
			repot 報告,忙,麻煩的→merepotkan 報告,麻煩(人)
			resah 焦急,不安→meresahkan 使焦慮,使煩躁
			resmi 正式的→meresmikan 正式宣布,舉行...典禮
			riang 歡樂的,愉快的,高興的→meriangkan 使快樂,使高興
			rinci 詳細,仔細→merinci 細分,詳細說明,詳解
			rinding 恐懼的,毛骨悚然的→merindingkan 使恐懼
			rindu 渴望,想念→merindukan 懷念,思念,愛慕
			ringan 輕→meringankan 減輕,使輕,看輕,輕視,辯護
			risau 擔心→merisaukan 讓...擔心
			roboh 倒塌,倒下,垮台,倒台→merobohkan 弄倒,推倒,推翻

---

[4] 「mengerikan(令人毛骨悚然的)」是「ngeri(害怕,恐懼,毛骨悚然)」的「Me-kan 動詞」,很容易讓人誤會為「meng-」字首。

類　　型	me-kan 用法	字　　首	範　　　　　　　　　　　　　　　　　　　　　例
			roket 火箭→meroketkan 使突然出名,使飛黃騰達 rugi 虧損,吃虧→merugikan 使...虧損,害慘,傷害 rumah sakit 醫院→merumahsakitkan 使...住院 rumit 複雜,棘手→merumitkan 使複雜 rumus 縮寫,公式→merumuskan 縮寫為,歸納 rupa 樣子,種類→merupakan 是,描述,成為,代表,表示 rusak 壞,故障→merusakkan 破壞(物品) wadah 容器,機構,組織→mewadahkan 把...裝在,把...收容在 wajib 必須,有義務→mewajibkan 規定...必須... wakil 代表,代理人→mewakilkan 指派...為代表 wamil 服兵役,徵兵→mewamilkan 應召入伍 wujud 存在,實體→mewujudkan 實現,兌現,擬人化,人格化 yakin 信心→meyakinkan 說服,證實
		b,f,v 字首	babar 伸展,展開→membabarkan 展開,攤開,擴展,闡述,闡明 baca 讀,閱讀→membacakan 宣讀,朗讀,為...而讀 bagasi 行李→membagasikan 託運(行李) bagi 除,比,對於,區分,為了→membagikan 分發,分配,分享 bahagia 幸福→membahagiakan 使幸福,造福 bahaya 危險,風險→membahayakan 造成危險 baik 好→membaikkan 擺整齊,對...有益 bakal 將要→membakalkan 草擬,初步設計 balik 顛倒,翻轉,反面,返回,又→membalikkan 調轉,翻過來 bangkit 起立,發酵,引起→membangkitkan 引起,使產生 bangsat 賊,強盜,歹徒,混蛋→membangsatkan 罵人混蛋 bantu 幫助,協助→membantukan 把...派去協助 baru 新的→membarukan 變成新的 baur 混合→membaurkan 使混合,使混淆,讓...在一起交往 bawah 下面→membawahkan 管轄,統治 bawa 拿,交,帶...去→membawakan 為...帶,唱,奏,表演 bayang 影子→membayangkan 投射,投影,幻想 bayar 付款→membayarkan 用...支付,付出 bebas 免於,自由→membebaskan 釋放,免除,徵收,解放 beber 打開,闡述→membeberkan 打開,闡述,揭露 beda 差別,分歧→membedakan 辨別,區別,識別 beku 凝固的,僵化,死板→membekukan 使凍結 beli 買→membelikan 為...購買,用來購買... belok 轉彎,彎曲→membelokkan 使轉向,使轉彎,改變方向 benar 正確的→membenarkan 證實 benih 種子,幼苗,胚胎,起源→membenihkan 種下,播下,埋下 bentrok 相撞→membentrokkan 使相撞,使衝突 berangkat 出發→memberangkatkan 使出發,派遣 berat 重→memberatkan 加重,惡化,加重罪行,對被告不利 beres 整齊的,完結,結清→membereskan 收拾好,清理,完成 berhenti 停止,中止→memberhentikan 開除,解僱,撤職 beritahu 通知,告訴→memberitahukan 把...通知,把...告知

類　　型	me-kan 用法	字　　首	範　　　　　　　　　　　　　　　　　　　　　　　　　　　　　例
			berita 新聞→memberitakan 報導(新聞)
			beri 給,給予→memberikan 把...給予
			berlaku 生效→memberlakukan 使實行,使生效
			berolahraga 運動→memberolahragakan 鍛煉,運動成習慣
			bersih 乾淨→membersihkan 打掃乾淨,掃除,肅清
			besar 大的,大小→membesarkan 使變大,放大,撫養長大
			betah 能適應,住得慣→membetahkan 使習慣,使適應
			betul 正確的,準確→membetulkan 擺正,修理,修正,對準
			biar 讓...吧,任其,隨他→membiarkan 讓...吧,不理會,放任
			biasa 普通,習慣→membiasakan 使成習慣,養成習慣
			bicara 講→membicarakan 討論,商討,溝通
			bingung 不知所措→membingungkan 使人迷糊
			bius 失去知覺,昏迷→membiuskan 使...麻醉,使...失去知覺
			boleh 能夠,可以,許可,允許,得→membolehkan 許可,同意
			buat 做(事),給→membuatkan 煮...給
			bubar 四散,解散→membubarkan 驅散,中止(集會)
			bubuh 加上→membubuhkan 把...加在
			budaya 文化→membudayakan 使開化
			bukti 證據→membuktikan 證實,證明,(親眼)目睹
			buku hitam 黑名單→membukuhitamkan 列入黑名單
			buku 書,簿,關節→membukukan 把...寫成書,把...計入帳本
			bulat 圓的,完全,一致,整→membulatkan 使一致,使關注
			bumi hangus 焦土→membumihanguskan 使成為焦土
			bungkuk(背)彎,駝背→membungkukkan 使彎曲,使彎腰
			bunyi 聲音,發聲→membunyikan 使發聲,讀出音,把...讀做
			butuh 需要→membutuhkan 需要
			film 電影→memfilmkan 拍成電影,搬上螢幕
			fungsi 功能,作用,職務→memfungsikan 使起作用,使有功能
			video 影像→memvideokan 錄影
		p 字首(去p)	padam 熄滅→memadamkan 滅,鎮壓,平息
			padan 對手,敵手,相稱,合適→memadankan 使相符,使相稱
			padu 團結,聯合,集中→memadukan 使統一,使團結一致
			pakai 穿戴,放進,加入,用,服用→memakaikan 使...穿,應用於
			paku 釘子→memakukan 把...釘起來,集中在
			palsu 假的→memalsukan 偽造,假冒
			pamer 展出→memamerkan 炫耀,展出
			panah 箭→memanahkan 把...(像箭)射出
			pancar 噴射,噴出,照射→memancarkan 噴出,射出
			panggil 呼叫,傳喚→memanggilkan 用...的稱呼
			panjang 長→memanjangkan 延長,延續
			panjat 爬,攀,登→memanjatkan 把腳踩在...上,把...提起上訴
			papar 平的,招募→memaparkan 磨平,鋪平,解釋,說明
			parkir 停→memarkirkan 停放,使...停在
			pasar 市場→memasarkan 銷售
			pasti 確定→memastikan 確定,確認,決定

類　　　型	me-kan 用法	字　　　首	範　　　　　　　　　　　　　　　　　　　　　　　　　　　　　　　　　例
			patah 折斷,斷裂→mematahkan 打斷,折斷,挫敗,使氣餒
			patut 適當的,應該,難怪→mematutkan 整理好,裝飾
			pecah-belah 四分五裂→memecahbelahkan 打得七零八落
			pecah 破,爆裂,洩露→memecahkan 打破,弄破,分裂,分析
			pelan 慢,慢慢→memelankan 慢慢移動
			peleset 滑跤→memelesetkan 使滑倒,張冠李戴
			pelihara 養,保養→memeliharakan 飼養,養育,照顧
			pendek 短→memendekkan 縮短
			penjara 監獄→memenjarakan 把...關進監獄,繩之以法,監禁
			pensiun 退休,退休金→memensiunkan 讓...退休
			pentas 舞台,場地→mementaskan 上演
			pepet 堵住,無路可逃→memepetkan 擠,逼,緊挨
			peran 演員,角色,小丑→memerankan 扮演...角色
			percaya 相信,信任→**mempercayakan 把...託付**[5]
			percik 滴,濺,灑,潑→memercikkan 滴,濺,灑,潑在
			perinci 詳細,仔細→memperinci 列出細目,詳述
			perintah 命令,指令→memerintahkan 命令做,統治
			perkara 案件,事情→**memperkarakan 控告,告發**
			perkosa 性侵,強姦→**memperkosa/memerkosa 性侵,強姦**
			perlu 必須,需要,為了→memerlukan 需要,認為必要
			persepsi 直覺→memersepsikan 感覺,使有洞察力
			pesan 預訂→memesankan 把...託付給,代訂
			pesona 魅力,咒語→memesonakan 使著迷,施符咒
			petik 摘下來→memetikkan 為...摘
			pijah 生(產),產(卵),下(蛋)→memijahkan 使生產
			pijak 踏板,立足點→memijakkan 把腳踩在...上
			pikir 想,思考,想法→memikirkan 思考,思念,關心
			pikul 擔子→memikulkan 替...扛,把...扛在肩上
			pilu 傷心,悲傷,心酸,感動→memilukan 使傷心,使感動
			pindah tugas 換工作→memindahtugaskan 使換工作
			pindah 更換→memindahkan 把...搬走,把...調走,傳播,翻譯
			pisah 分開→memisahkan 分開,分離,分散
			piutang 債權→memiutangkan 放款給,賒帳給
			pojok 角落→memojokkan 逼到角落,逼入困境
			polisi 警察→**mepolisikan 與警打交道/memolisikan(從警)**
			politik 政治,政治學,政策,計謀→memolitikkan 使政治化
			populer 受歡迎的→**mempopulerkan 使普及,推廣**
			presentasi 簡報→mempresentasikan 簡報
			prioritas 優先→**memprioritaskan 優先(給),使優先**
			program 計畫→**memprogramkan 擬訂計畫**
			propaganda 宣傳→**mempropagandakan 宣傳**
			puas 滿意,滿足→memuaskan 滿意,滿足
			pukul 拳,捶,擊,打,敲→memukulkan(+ke)用...敲打...

---

[5] 「p 字首」不用去 p 的特例,詳見 I-1.3.2.2.延伸閱讀。

類　　型	me-kan 用法	字　　首	範　　　　　　　　　　　　　　　　　　　　　　　　　　例
			pulih 恢復→memulihkan 恢復
			punah 毀滅,絕種,消失→memunahkan 消滅,毀滅
			punya 持有,擁有→**mempunyakan 視為所有,占有**
			pusaka 遺產,傳家寶→memusakakan 把...當作遺產
			pusara 墳墓→memusarakan 安葬,下葬,葬在
			putih 白→memutihkan 美白,粉刷,漂白,合法化
			putus 中斷→memutuskan 決定,裁決,判決,中止
		c,d,j,z 字首	cadang 備用→mencadangkan 儲備,提案,起草,籌備,提名
			cagar 典當,保護區→mencagarkan 典當,抵押出去
			cahaya 光,光線,光澤→mencahayakan 發射,放射
			calit 抹,塗,擦→mencalitkan 把...塗在
			calon 候選人,候補的→mencalonkan 推舉,推選
			campak 扔,拋,擲→mencampakkan 把...扔向
			campur aduk 混合→mencampuradukkan 混合
			canang 小鑼→mencanangkan 敲鑼通知,宣布
			cantum 癒合,掛著→mencantumkan 使癒合,記載,列入
			cawat 三角褲,遮羞布→mencawatkan 以...為遮羞布
			cekok 灌藥,硬灌,填鴨式→mencekokkan 把...灌給
			cemas 不安,擔憂→mencemaskan 使不安,使擔心
			cengang 驚訝,發呆→mencengangkan 使驚訝
			cengkeram 抓,支配,控制→mencengkeramkan 用...抓
			cepat 快→memcepatkan 加速,加快
			cerita 故事→menceritakan 講,討論,商討,溝通
			cermin 鏡子,借鏡,榜樣,反→mencerminkan 反映,顯示
			cetus 劈啪聲→mencetuskan 冒出,點燃,爆發,提出
			cipta 深思,創造→menciptakan 發明,發現
			coba 試,試一試,假如,請→mencobakan 試穿(戴),把..試一試
			colek 蘸,舀取→mencolekkan 用...蘸取,用...抹
			colokan 插頭→mencolokkan 將插頭插入
			contoh 樣本,例子,榜樣→mencontohkan 把當榜樣,舉...為例
			curah 降雨量→mencurahkan 倒出,傾吐,傾囊相授
			curiga 懷疑,疑心,猜疑→mencurigakan 令人懷疑,對...懷疑
			daftar 名單,表格→mendaftarkan 登記,註冊
			dagang 貿易,商業→mendagangkan 販賣
			dahulu 以前,先→mendahulukan 讓...優先,禮讓,把...提前
			damba 渴望,思慕→mendambakan 渴望,思慕
			dapat 能夠,得到→mendapatkan 發現,贏得,獲得
			datar 平的,平坦的,平淡→mendatarkan 平整,弄平
			daya guna 用處→mendayagunakan 有用,有效率
			dedikasi 奉獻,獻身→mendedikasikan 使奉獻,使獻身
			definisi 定義→mendefinisikan 下定義
			deklarasi 宣言,聲明,報關單,具結書→mendeklarasikan 聲明
			dendam 恨,怨恨→mendendamkan 對...懷恨在心
			dendang 哼唱→mendendangkan 唱給,唱起
			dengar 聽→memdengarkan 傾聽,聆聽,聽從,聽信

類　　　型	me-kan 用法	字　　　首	範　　　　　　　　　　　　　　　　　　　　　例
			devaluasi(政策)貶值→mendevaluasikan(政府)使...貶值
			diam 安靜→mendiamkan 使安靜,使不動,不理,不管
			didik 教育→mendidikan 教養
			dinamis 有生氣的,有活力的→mendinamiskan 使生氣勃勃
			dingin 冷→mendinginkan 冷卻,冷靜
			diri 建立,站立,興建→mendirikan 建立,設立,創辦
			diskusi 討論→mendiskusikan 討論出
			doa 拜拜,祈禱→mendoakan 祈求,祝福
			dongeng 故事,童話,神話→mendongengkan 講故事
			donor 捐血者,捐助者→mendonorkan 捐獻
			dorong 推(實體)→mendorongkan 把...推向
			dua 二→menduakan 使成為兩個,使三心二意,使猶豫不決
			jadi 做成,變成,因此,可以→menjadikan 使變成
			jaja 叫賣→menjajakan 叫賣,兜售
			jalan 路→menjalankan 執行,履行,使...行走
			jalar 爬行的→menjalarkan 使傳播,使蔓延
			jangkau 伸手取得,達到→menjangkaukan 伸出去,盡力達到
			janji 答應,承諾,約好→menjanjikan 答應給,保證做
			jatuh 跌倒,判決→menjatuhkan 判決,打翻,打碎,決定實施
			jejal 擁擠→menjejalkan 把...塞進
			jelas 清楚的→menjelaskan 解釋,說明
			jenazah 屍體,遺體→menjenazahkan 安葬
			jengkel 懊惱,煩惱→menjengkelkan 感到懊惱
			jerumus 陷入,跌入→menjerumuskan 陷入,陷害
			jijik 噁心,厭惡→menjijikkan 令人作嘔,令人厭惡
			jodoh 配偶,媒合→menjodohkan 為...作媒,使...配對
			jual 賣,出售→menjualkan 代...賣出,替...賣
			julur 徘徊,走來走去,爬,爬行→menjulurkan 把...伸出
			tamu 客人,來賓→menjamukan 以...招待(賓客)
		t 字首(去 t)	tafsir 解釋,說明,見解,理解→menafsirkan 講解,解釋,領悟
			tajam 鋒利的,尖銳的→menajamkan 使鋒利/尖銳
			takdir 天意,命運→mentakdirkan 天生一對,命中註定
			takhta 王位,寶座→menakhtakan 立...為王
			takjub 驚奇,驚訝,欽佩→menakjubkan 令人讚嘆
			takluk 屈服,投降,受管轄→menaklukkan 征服,降服
			tambah 增加,更加,越→menambahkan 把...加在,使增加
			tambat 栓在,停泊→menambatkan 把...栓在,吸引,扣人心弦
			tampil 出現→menampilkan 拿出,出場,推舉,推薦
			tancap 踩,加大(油門)→menancapkan 使插入
			tanda 符號,標示,跡象→menandakan 表示,表明,標明,證實
			tanggal 脫落,掉落,蛻(皮)→menanggalkan 脫掉,取下
			tanggap 理會→menghiraukan 反應,理會,採納
			tangguh 延期→menangguhkan 延期,暫緩,暫停
			tangkar 養殖,孵化→menangkarkan 養殖,孵化
			tapak(手,腳)掌→menapakkan 踏腳,征服

類　　型	me-kan 用法	字　　首	範　　　　　　　　　　　　　　　　　　　　　例
			target 目標,對象→menargetkan 把...當作目標,針對,鎖定
			taruh 擺放,賭注,放置→menaruhkan 存放,寄存,儲存,投資
			tawar 淡的,討價還價→menawarkan 中和,解毒,推薦,提供
			tayang 捧,托,傳來→menayangkan 轉播,演出
			tebas 砍→menebaskan 用...砍,為...砍
			teduh 平息,陰涼的→meneduhkan 使平息,使平靜
			tegak 站立,堅定的→menegakkan 使直立,豎立
			tegas 清楚的,明確的,果斷的→menegaskan 闡明,解釋
			tekan 按,壓→menekankan 強調
			telantar 無人照料的,廢棄的→menelantarkan 遺棄,使荒廢
			tempat 場地→menempatkan 安置,安放,裝,安排
			tempel 貼,稅票→menempelkan 把...貼在,寄託
			temu 相遇→menemukan 發明,創造,發現,看到,撿到,找到
			tenang 寧靜,平靜,穩定→menenangkan 使平靜,使安定
			tenggelam 沉,沉沒→menenggelamkan 弄沉,沉沒
			tentu 當然→menentukan 確定,確認,決定
			tepi 方面,邊,邊緣→menepikan 使...靠邊
			terang 光線,明亮的→menerangkan 說明
			terbang 飛→menerbangkan 放飛
			terbit 出版,引起→menerbitkan 出版
			teriak 喊叫,尖叫聲→meneriakkan 喊叫,大聲叫賣,吹噓
			terjemahkan 翻譯→menerjemahkan 翻譯(成...),筆譯(成...)
			terjun 跳下→menerjunkan 使落下,下降,空投,空降,投身於
			tertib 秩序,有秩序的→menertibkan 維持秩序
			terus 直走,繼續,穿過,馬上→meneruskan 繼續,送交,轉交
			tetap 仍然,長期的,堅持→menetapkan 維持,決定
			tetas 斷開,孵,孵化→menetaskan 孵,孵化,產出
			tewas 死亡→menewaskan 使死亡,戰勝,打敗,殺害
			tiada 沒有,不→meniadakan 否認,取消,廢止,忽視
			tidur 睡,睡覺,臥,躺→menidurkan 使入睡
			timbul 出現→menimbulkan 使露出,使浮現,引起,造成,補償
			tindak 行為→menindakkan 執行,實施,實行
			tinggal 留下,居住,落後→meninggalkan 留下,離開,忽視
			tinggi 高,高級→meninggikan 抬高,提高
			tingkat 樓層,等級→meningkatkan 上升,加強,強化
			tipis 薄的→menipiskan 使變薄,減弱,削減
			titik berat 重點→menitikberatkan 著重於,把重點放在
			tolak 推,拒→menolakkan 推,推諉,推卸
			tonjol 皮膚隆起,疙瘩→menonjolkan 使突出,推舉,顯示
			transformasi 轉化→mentransformasikan 轉換成
			tugas 任務,工作→menugaskan 指派,受命,工作
			tuju 魔法,巫術,符咒→menujukan 用魔法傷人,用巫術治病
			tukar 搬,(兌)換,更換→menukarkan 把...換成
			tulis 寫→menuliskan 寫上,記載
			tumbang 倒下,垮台→menumbangkan 使倒下,推倒

類　　型	me-kan 用法	字　　首	範　　　　　　　　　　　　　　　　　　　　　　　　　　　　　　例
			tumpah 灑出,倒出→menumpahkan 倒出,灑出,傾注,集中
			tunai 現金→menunaikan 用現金支付,執行,兌現,履行,完成
			tunduk 低頭,投降,屈服→menundukkan 使屈服,征服,制伏
			tuntas 徹底,完成→menuntaskan 變完整,使全面完成
			turun 下→menurunkan 使落下,卸下
			tutur 話,敘述,講→menuturkan 發音,念出,說,講,敘述
		g,h,kh,母音 (a,e,i,o,u)字首	gabung 捆,把→menggabungkan 捆在一起,合併在一起
			gagal 挫折,失敗→menggagalkan 挫敗,使失敗
			gagas 設想→menggagaskan 設想,醞釀
			galak 兇惡的→menggalakkan 大力發展,推動
			gambar 繪畫→menggambarkan 勾勒,描述,形容
			ganti 代替,更換→menggantikan 代替,替換
			geger 譁然,轟動,混亂→menggegerkan 引起騷動
			gelap 非法的,黑暗的→menggelapkan 使變暗,侵吞,黑(汙)掉
			gemar 愛好,嗜好→menggemarkan 使感興趣
			gemas 氣惱,惱怒→menggemaskan 令人氣惱,令人又愛又恨
			gembira 高興→menggembirakan 使高興,使興奮,令人愉快
			gempar 譁然,轟動,騷動→menggemparkan 使轟動
			gerai 散開→menggeraikan 把…散開
			gerebek 圍捕,突擊檢查→menggerebekan 圍捕,聚眾包圍
			gesit 敏捷,手腳快→menggesitkan 使動作敏捷,使勤快
			giur 誘人的→menggiurkan 誘人的
			gong 銅鑼聲,大銅鑼→menggongkan 敲鑼
			gossip 閒話,搬弄是非→menggossipkan 傳播閒言閒語
			gula 糖→menggulakan 加工成糖
			guling 滾→menggulingkan 使滾動,推翻,推倒
			gumpal 塊,團,朵→menggumpalkan 揉成一團
			guna 使用,好處→menggunakan 使用
			gurau 玩笑,笑話→mengguraukan 開…的玩笑
			habis 空的→menghabiskan 花費
			hadiah 禮物→menghadiahkan 把…送給
			hafal 熟記→menghafalkan 熟記,背熟
			halal 符合回教規範,哈拉→menghalalkan 使合法,許可
			halus 細小的,柔軟的→menghaluskan 磨細,加工
			hambur 散落→menghamburkan 撒,散發出,使跳入
			hancur 粉碎,毀壞→menghancurkan 砸碎,破壞
			hangat 溫的,熱烈的→menghangatkan 使暖活,使熱鬧
			hantam 拳,捶,擊,打,敲→menghantamkan 用…打
			hapus 刪除,消失→menghapuskan 擦掉,取消,廢除
			harap 希望,期望→mengharapkan 希望,期望,期許,請,祈求
			harga 價格→menghargakan 要價
			haru 攪拌,搞亂→mengharukan 使混亂使感動,激勵人心的
			hasil 產品,成功,結果→menghasilkan 生產,製造
			heboh 混亂,暴動,騷亂,→menghebohkan 引起騷動,使轟動
			hening 清澈的→mengheningkan 澄清,使安靜

類　　型	me-kan 用法	字　　首	範　　　　　　　　　　　　　　　　　　　　　　例
			henti 停止,中止→menghentikan 使停止,使中止
			hidang 用...款待→menghidangkan 端出...款待,提出,刊登
			hidup 活,生活,生存→menghidupkan 使起死回生,點燃,發動
			hilang 遺失,失蹤→menghilangkan 把...弄丟,消除,去掉,省略
			himpun 集中,集合,聚集→menghimpunkan 招集,集合,募集
			hina 卑微,下等,恥辱→menghinakan 藐視,瞧不起,侮辱,欺負
			hipotek(不動產)抵押→menghipotekkan 把...(不動產)抵押
			abdi 僕役,傭人→mengabdikan 為...效勞,獻身於...
			acung 舉→mengacungkan 舉起,豎起,翹起
			adab 教養,禮貌,文明→mengadabi 給予禮遇,以禮相待
			adat 習慣,習俗,習性,老規矩→mengadatkan 使成為習慣
			ada 有→mengadakan 舉行,執行,進行,提供
			adu domba 挑撥離間→mengadudombakan 挑撥與...的關係
			agenda 議程→mengagendakan 安排行程
			ajaib 奇異的→mengajaibkan 令人驚奇
			ajar 教育→mengajarkan 教導,把...教給
			aju 提出(申請,問題,抗議,要求)→mengajukan 提出
			akibat 後果,結果→mengakibatkan 引起,導致,造成
			akrab 親密的,親近的→mengakrabkan 使親密,拉近距離
			aktif 積極的,主動的→mengaktifkan 使活化,啟用
			alih daya 外包→mengalihdayakan 使外包
			alih 轉移,遷移,轉讓,想不到→mengalihkan 改變
			alokasi 分配,分派,配給,調撥→mengalokasikan 分配,調撥
			aman 安全,安定→mengamankan 使安全,拘留,留置,保全
			ambil 去拿→mengambilkan 拿給
			andal 依靠,依賴→mengandalkan 使依賴,使依靠
			anggar 計算,預算→menganggarkan 被編入預算
			angguk 點頭→menganggukkan 使點頭
			angin 風→mengangin-anginkan 晾乾,吹乾,風乾,透漏風聲
			anjur 突出→menganjurkan 伸出,出示,建議,主張
			antar 送(人),之間→mengantarkan 送給,替...送
			anugerah 天賜,賞賜,獎賞→menganugerahkan 賜給,頒獎給
			apa 什麼→mengapakan 把...怎麼樣,如何對待,對...做某事
			arti 意思,意義→mengartikan 解釋,說明,使了解
			asing 外來的,外國的→mengasingkan 使分開,放逐,流放
			asumsi 假設,假定→mengasumsikan 假設,假定
			asuransi 保險,保險金→mengasuransikan 投保
			atas nama 以...名義,代表→mengatasnamakan 以...名義
			atur 安排,喬,部署→mengaturkan 整理,安排,部署,布置
			awam 公眾的,一般的→mengawamkan 公布,頒布
			awet 耐久,耐用的→mengawetkan 長久保存,使耐久,防腐
			ayun 搖盪→mengayunkan 邁出,使搖動,使擺動,揮動,揮舞
			azan 宣禮→mengazankan 宣告禱告開始,招喚禱告
			edar 流通,循環,流傳→mengedarkan 運行,流通,循環
			efisien 有效率→mengefisienkan 提高效率

類　　型	me-kan 用法	字　　　　首	範　　　　　　　　　　　　　　　　　　例
			ejek 嘲笑,諷刺→mengejekkan 嘲諷,挖苦
			ekspresi 表達,表示→mengekspresikan 表示在…
			eliminasi 消除→mengeliminasikan 排除,消滅,除掉,放逐
			elok 美,漂亮,美好,合適→mengelokkan 使美觀,使優美,美化
			enas 可憐,疼惜→mengenaskan 可憐,疼惜
			entas 搬移→mengentaskan 擺脫,脫困
			erti 懂,了解,理解,明白→mengertikan 使理解,使明白
			hubung 相連,聯繫→menghubungkan 把…連起來,使接觸
			abadi 永恆的→mengabadikan 使永恆,使永存,留影
			identifikasi 識別,鑑定,辨認→mengidentifikasikan 進行識別
			ikhlas 真誠的→mengikhlaskan 誠心誠意地奉獻出
			iklan 廣告→mengiklankan 刊登廣告
			ikutserta 參加,參與→mengikutsertakan 使參加
			imbas 搖晃,氣流→mengimbaskan 驅趕
			impi 夢,夢幻→mengimpikan 夢見,妄想
			implementasi 執行→mengimplementasikan 實施
			informasi 資訊,情報消息→menginformasikan 使提供情報
			ingat 記得→mengingatkan 想到,提醒,勸告,警告
			ingin 要,想要→menginginkan 想要,渴望
			instruksi 指示,教導,指揮→menginstruksikan 下令,命令,指示
			integrasi 整合→mengintegrasikan 使整合
			interpretasi 翻譯,解釋,說明→menginterpretasikan 翻譯成
			inventarisasi 盤點存貨→menginventarisasikan 盤點,清點
			investasi 投資→menginvestasikan 把…投資到
			irama 節奏,節拍,韻律→mengiramakan 打拍子
			iris 切片,薄片→mengiriskan 替…切,用…切
			istiadat 風俗→mengistiadatkan 使成為風俗
			isyarat 信號,暗號,暗示→mengisyaratkan 以…為暗號
			izin 允許,許可→mengizinkan 允許,許可,同意
			khawatir 擔心,著急→mengkhawatirkan 擔憂,不安
			khusus 特別的→mengkhususkan 專為,專門
			obrol 聊天→mengobrolkan 閒聊,胡扯
			obyek 外快→mengobyekkan 利用…賺外快
			olahraga 運動→mengolahragakan 努力運動
			operasi 行動,作業→mengoperasikan 派去作戰
			optimal 最佳的→mengoptimalkan 使最佳,使最大限度
			uang 錢→menguangkan 兌現,換成錢
			uji coba 測試→mengujicobakan 測試
			ulur 延伸,伸展,延長→mengulurkan 伸出,放長,延長
			umpan 餌,誘餌,犧牲品→mengumpankan 把…當餌
			undang 法律→mengundangkan 制定,立法,頒布
			undur 後退,退出,延期,迴避→mengundurkan 使後退,撤退
			ungkap 表示,表達→mengungkapkan 說明,揭穿
			ungsi 避難,逃難→mengungsikan 使避難,讓…逃難到
			unjuk 通知,表示→mengunjukkan 把…舉起來,出示

類　　型	me-kan 用法	字　　首	範　　　　　　　　　　　　　　　　　　　　　　　　　例
			untuk 為了,給,作為→menguntukkan 專供...用,專為...準備
			untung 利潤,命運→menguntungkan 有利的,有利可圖的
			upah 工資,薪水→mengupahkan 出錢讓人做
			upaya 方法,手段→mengupayakan 設法,想辦法
			urai 散的→menguraikan 分析,解剖
			urung 取消→mengurungkan 取消
			usaha 事業,努力→mengusahakan 設法,從事,經營,舉辦
			usul 建議→mengusulkan 提出
			utama 主要→mengutamakan 把...放首位
			utang 債務,欠款→mengutangkan 把...借給
			utara 說明,表示→mengutarakan 說明,表達,表示,指向,闡述
		k 字首(去 k)	kabar 消息→mengabarkan 報告,報導,通報
			kaget 吃驚,嚇呆,嚇一跳,愣住→mengagetkan 使吃驚,嚇人
			kagum 讚嘆,欣賞,讚美→mengagumkan 使驚奇,令人佩服
			kait 鐵鉤,關聯→mengaitkan 與掛勾,與連結,與聯結一起
			kaji 研究,學習(宗教)→mengajikan 誦讀可蘭經
			kalah 輸,失敗,落選,不及格,不如→mengalahkan 打敗,擊敗
			kaleng 罐,馬口鐵→mengalengkan 製成罐頭
			kalut 亂七八糟的,胡言亂語→mengalutkan 使亂七八糟
			kamus 字典,辭典→mengamuskan 編入字典
			kandang 籠,圈,欄→mengandangkan 把...關進籠裡
			kapal 船→mengapalkan 裝船
			karena 因為→mengarenakan 肇因,由於
			kasasi 撤銷原判決→mengasasikan(向最高法院)提出上訴
			kata 言語,言詞,念頭,慾望→mengatakan 說出
			kategori 類別→**mengkategorikan 把...列入**
			kawin 婚姻→mengawinkan 使結婚
			ke depan 往前,向前,未來→mengedepankan 提出,提前
			ke muka 向前,有名望,知名的→mengemukakan 提出,建議
			ke samping 到旁邊→mengesampingkan 排除,排擠
			ke tengah 到中間→mengetengahkan 使出現,提出,控告
			kecil 小的→mengecilkan 使變小,縮小,輕視,鄙視,降級
			kecuali 除外,例外→mengecualikan 使例外
			kejut 吃驚,嚇呆,嚇一跳,愣住→mengejutkan 使驚奇,使震驚
			keliru 錯誤,犯錯,誤入歧途→mengelirukan 使誤解
			kelompok 群,堆,組→mengelompokkan 分類,分組
			keluar 出去→mengeluarkan 冒出,拿出,頒布,輸出
			keluh 嘆息,呻吟→mengeluhkan 抱怨,為...嘆息,因...而叫苦
			kembali 回來,返回→mengembalikan 退還,放回,歸還
			kembang biak 繁殖→mengembangbiakkan 繁殖,配種
			kenang 回憶→mengenangkan 令人想起,使回想起
			kendali 控制,駕馭,韁繩→mengendalikan 駕馭,控制,掌握
			kentut 屁→mengentutkan(故意)放屁,放響屁
			kepul 濃煙,雲團→mengepulkan 使冒煙
			kerah 勞役→mengerahkan 召集,動員

類　型	me-kan 用法	字　　首	範　　　　　　　　　　　　　　　　　　　例
			kering 乾的→mengeringkan 弄乾,曬乾
			keriting 捲毛,捲髮,捲曲的→mengeritingkan 使捲曲
			kerja 工作→mengerjakan 做(事,作業)
			kesal 感到不愉快,惱火→mengesalkan 使懊惱
			kesan 印象,感想,足跡→mengesankan 有...印象
			khas 有特色的→mengkhaskan 專門化,特殊化,專為...而設
			kias 比喻,寓言,諷刺→mengiaskan 舉例,打比方,比喻,影射
			kidal 慣用左手的→mengidalkan 用左手給
			kirim 寄,致→mengirimkan 寄,派遣
			kobar 燃燒→mengobarkan 燃起,使燒更旺,激起,煽動,鼓舞
			kontribusi 貢獻,奉獻,捐助→**mengkontribusikan 貢獻,捐助**
			koordinasi 配合,協調→**mengkoordinasikan 使配合,使協調**
			korban 受害者,貢獻,犧牲→mengorbankan 奉獻,犧牲
			kotor 髒,下流的→mengotorkan 使變髒,玷汙,敗壞
			kuat 強壯,有力,堅固,耐用→menguatkan 加強,強化,強調
			kubur 墳墓→menguburkan 安葬,下葬,葬在,埋葬
			kucil 擠出,壓出→mengucilkan 擠,壓,排斥,孤立
			kukuh 堅固,穩固,堅定→mengukuhkan 使堅固,確認
			kumpul 集合,聚集→mengumpulkan 蒐集,召集,集結,籌措
			kuncup 閉合,未開放,花蕾→menguncupkan 合上,合攏
			kurung 括號,有牆場地→mengurungkan 加括號,封鎖,監禁
		s 字首(去 s)	sadar 醒悟,甦醒,有知覺的→menyadarkan 使甦醒,使覺醒
			sahaja 天然的,樸素的→menyahajakan 使簡單,簡化
			saji 服務→menyajikan 端出,上菜,招待
			saksi 證人,人證→menyaksikan 觀看,欣賞,證明,作證,見證
			saku 褲袋,分離,隔絕→menyakukan 放進口袋裡,使孤立
			salah arti 誤認,誤解→menyalahart**i**kan 誤認,誤解
			salah guna 濫用→menyalahgunakan 濫用
			salah paham 誤解→menyalahpahamkan 使誤解,使誤會
			salah 錯誤的→menyalahkan 責怪,指出錯誤,怪罪
			salib 十字架,十字形→menyalibkan 釘在十字架上
			salur 水管,水溝,路線→menyalurkan 引入,轉達,轉交,輸送
			samar 模糊不清→menyamarkan 使昏暗,隱藏,喬裝,偽裝
			sama 相同→menyamakan 使與...相同,一視同仁
			sambil lalu 順便,附帶→menyambillalukan 視為附帶工作
			sambil 一邊...一邊→menyambilkan 兼做
			sampai 為止,到達→menyampaikan 傳達,轉交,表示,指出
			sandang 肩帶,忍受,遭受→menyandangkan 把...扛在肩上
			sandera 人質→menyanderakan 挾持人質,把...當人質,綁架
			sandiwara 戲劇,劇團→menyandiwarakan 編成劇本,耍花招
			sangsi 懷疑,疑心→menyangsikan 令人懷疑
			saran 建議,提議→menyarankan 建議,宣傳,提倡
			satu 一→menyatukan 使團結,使一致使統一
			sayang 可憐,疼惜→menyayangkan 可惜,珍惜,令人遺憾
			sebab 因為→menyebabkan 引起,使得

類　　型	me-kan 用法	字　　　首	範　　　　　　　　　　　　　　　　　　例
.			sederhana 簡單→menyederhanakan 簡化,精簡
			sedia 準備,備有→menyediakan 準備,籌備,安排
			sedih 傷心,悲傷,難過→menyedihkan 使傷心,使難過
			segar 舒暢,輕鬆→menyegarkan 使舒暢,使清醒
			sehat 健康→menyehatkan 使健康,痊癒
			sekolah 學校→menyekolahkan 送...去學校,供...上學
			selamat 安全,祝福→menyelamatkan 拯救,救援,使安全
			selaras 和諧,協調,相符→menyelaraskan 使一致,使符合
			selenggara 經營→menyelenggarakan 簽署,執行
			selenting 散布(謠言)→menyelentingkan 散布(謠言)
			selesai 結束→menyelesaikan 完成,結束,解決
			selip 夾在,插在→menyelipkan 把...夾在,把...插進,把...塞進
			semarak 光芒,華麗,榮耀→menyemarakkan 使多采多姿
			semat 別針→menyematkan 把...別在,附上
			sembunyi 躲藏→menyembunyikan 把...藏起來,隱藏,隱瞞
			sembur 嘴裡噴出東西→menyemburkan 噴出,發洩,破口罵
			semprot 噴,噴射→menyemprotkan 把...噴出,撒出
			sempurna 完美無缺的→menyempurnakan 使完美
			senang 高興→menyenangkan 讓人高興,感到高興
			sendok 湯匙→menyendokkan 給...舀菜
			senggang 空閒,閒暇→menyenggangkan 騰出,抽出
			seragam 同種→menyeragamkan 使相同,使規格相同
			serah 交付,託付→menyerahkan 奉獻,授予,交給,交出,移送
			seram 恐怖,恐懼→menyeramkan 使毛骨悚然
			serta 和,和...一起,加入→menyertakan 派…參加,附上
			seru 叫喊,呼喚,呼籲→menyerukan 大聲叫喊,宣告,呼籲
			sesal 後悔,遺憾→menyesalkan 感到抱歉,使後悔,使遺憾
			sesat 迷路,走錯路→menyesatkan 使迷失方向
			sesuai 符合,適合→menyesuaikan 使適應,配合調整,訂製
			sewa 租→menyewakan 租...給
			siap 準備→menyiapkan 籌備
			sia-sia 無效果,徒勞→menyia-nyiakan 浪費,揮霍
			sibuk 忙,忙碌,繁忙→menyibukkan 使忙碌,使忙於
			sidang 會議,偵查庭,審判庭→menyidangkan 偵訊,審訊
			silang 交叉,交錯,來來往往→menyilangkan 使交叉
			sila 請→menyilakan 敬請,(尊敬)請
			simbol 象徵,標記,符號,記號→menyimbolkan 象徵著
			simpul 交岔路口,結→menyimpulkan 打結,歸納,總結
			singkap 揭開,揭露→menyingkapkan 揭露,揭發
			singkir 避開,逃難→menyingkirkan 挪開,排除,避難,擺脫
			singsing 捲起,挽起,消散,破曉→menyingsingkan 捲起,挽起
			siram 洗澡,沐浴,淋浴→menyiramkan 洗澡,沐浴,淋浴
			sisa 剩下的→menyisakan 使剩餘,使剩下
			sisip 插入→menyisipkan 插入
			siul 口哨聲,鳥叫聲→menyiulkan 用口哨吹奏

類　型	me-kan 用法	字　　　首	範　　　　　　　　　　　　　　　　　　　　　　　例
			stabil 穩定的→**menstabilkan 使穩定**[6]
			steril 無菌的,消毒,不育的→mensterilkan 使消毒
			suap 口,賄賂→menyuapkan 往嘴裡餵,賄賂,收買
			suara 聲音,發音,選票→menyuarakan 發音,說出,表達,反映
			suci 神聖的→menyucikan 淨化
			suguh 招待(吃),款待→**menyuguhkan 招待,端上,演出,刊登**
			suka cita 興奮,快樂,愉快→menyukacitakan 使高興
			sulit 困難的,危險的→menyulitkan 使困難,造成困,刁難
			sumbang 捐獻,捐助,送禮→menyumbangkan 捐獻
			sumbat 塞子→menyumbatkan 把...塞進,用...堵住
			suntik 打針→menyuntikkan 注射,指示,投入
			surut 退,後退,重返→menyurutkan 撤回,使減少,使平息
			susup 滲透→menyusupkan 使潛入,使滲入,塞進底下,插進
			susut 減少,越來越少,縮水,減退→menyusutkan 使減少
		(單音節字)	cas 絆倒,充電→mengecaskan 把...絆倒,給...充電
			lap 抹布→mengelapkan 把...當抹布用
			pos 郵政,郵局,郵件,驛站→**mengeposkan/memposkan 郵寄**
			sah 合法→mengesahkan 合法化,始生效,證實

例句

➢ Ibu Guru sedang menerangkan pelajaran Bahasa Indonesia.
女老師正在講解印尼文課程。(102 印導)

➢ Ada yang mau saya bantu untuk menukarkan uang?
有什麼要我幫忙換錢的嗎？(103 印導)

➢ Salah satu tugas saya sebagai pramuwisata adalah memperkenalkan obyek wisata dan budaya setempat secara jelas kepada para tamu.
導遊的其中一項工作是詳細介紹旅遊景點和當地文化給客人。(103 印導)

➢ Orang yang ingin berwisata dengan nyaman di suatu negara, sering menggunakan jasa pramuwisata.
想要在某些國家舒適旅遊的人，經常利用導遊服務。(104 印導)

➢ Selama libur hari raya, kami sekeluarga pasti akan pulang ke kampung halaman. Karena jauh, maka kami harus menghabiskan banyak waktu di jalan.
國定假日放假期間，我們全家一定會回家鄉，因為遙遠，所以我們必須花費許多時間在路上。(105 印導)

➢ Anna membelikan ibunya jaket kulit.
安娜買皮夾克給她媽媽。(106 印導)

➢ Di Indonesia batik merupakan seni lukis yang menggunakan canting sebagai alat untuk melukisnya.
印尼蠟染是使用勺子為工具來畫圖的繪畫藝術。(107 印導)

➢ Aktivitas wisata yang melibatkan penggunaan lahan pertanian atau fasilitas terkait yang

---

[6] 「s字首」動詞化不用去 s 的特例，詳見 I-1.3.2.2.延伸閱讀、VI-1.5.1.延伸閱讀及 VI-1.5.2.延伸閱讀的說明。

menjadi daya tarik bagi wisatawan, disebut juga sebagai agrowisata.
觀光活動與農地或相關設備的結合，對觀光客具有吸引力，也被稱為農業旅遊。(108 印導)

➢ Berwisata ke pantai merupakan pilihan yang tepat dan menyenangkan untuk liburan. Aktivitas yang biasanya dilakukan saat liburan di pantai ada berenang, berjemur, dan bermain di pasir.
去海灘旅遊是正確和讓人高興的假期選擇，在海灘度假通常從事的活動有游泳、日光浴與在沙灘玩樂。(108 印導)

➢ Jangan menyalahkan dia, karena dia tidak sengaja.
不要責怪他，因為他不是故意的。(109 印導)

➢ Pantai dan laut merupakan objek dan daya tarik wisata alam.
沙灘和海洋是從事自然旅遊的目的地，具有吸引力。(110 印導)

➢ Anda menyalahkan tamu tidak memberitahu sebelumnya, sehingga itu bukan salah Anda.
你怪罪客人沒有事先通知，以至於不是你的錯。(111 印導)

➢ Ada pemandu wisata memberikan gambaran bento kepada tamu-tamunya agar tambah penasaran.
有領隊提供便當的照片給客人弄清楚。(111 印導)

➢ Perjalanan dari Taipei ke Kaohsiung dengan Kereta Api Cepat memakan/menghabiskan waktu kira-kira 1,5 jam - 2 jam.
從台北到高雄搭乘高鐵的行程大約花費 1.5 到 2 小時時間。(112 印導)

➢ Kereta Api Hutan Alishan pertama kali beroperasi pada tahun 1912. Artinya pada tahun 1912 kereta api ini selesai dibuat.
阿里山林業鐵路 1912 年開始營運，意思是鐵路在 1912 年已建設完成。(112 印導)

➢ Wanita itu menghantamkan tinjunya ke dada suaminya.
那女士用拳頭打她先生的胸部。

➢ Jangan melapkan sapu tangan saya.
不要把我的手帕當抹布。

➢ Pemandangan ini menarik banyak pengunjung mengabadikannya dengan ponsel.
這景色吸引許多訪客用手機拍照留念。

➢ Bisnis kuliner sangat menguntungkan.
美食這行業很有利可圖。

➢ Saya tengah membukukan puisi-puisi yang sudah dibuat selama puluhan tahun.
我正在把過去幾十年所寫的詩詞編成書。

➢ Saya tengah menerjemahkan berita-berita bahasa indonesia ini ke dalam bahasa Mandarin.
我正在翻譯這些印尼文新聞成為中文。

➢ Ibu menukarkan kupon belanjaan itu dengan beberapa peralatan makan.
母親把購物折價券換成幾件餐具。

➢ Warga yang terperangkap harus berusaha tenang dan membunyikan bel bantuan.
受困的居民必須努力保持鎮定並發出求救鈴聲。

- Orang tua itu memiliki keinginan yang sangat besar untuk mewujudkan mimpian anaknya.
  那對父母有很大的願望要去實現他們小孩的夢想。

- Beberapa pelaku usaha toko minuman menyampaikan tidak menutup kemungkinan untuk menaikkan harga produk.
  幾間飲料店員工表示不排除產品漲價的可能性。

- Dia sukar membunyikan huruf "r".
  他難以讀出"r"的音來。

- Dia sengaja mencari perhatian di medsos untuk menyembunyikan rasa kesepiannya.
  他故意在社交媒體刷存在感來掩飾內心的寂寞。

- Restoran Cepat Saji Mekdonal mengumumkan, akan menyesuaikan sebagian menu dan harga jual untuk setiap menu paket dinaikan NT$ 10 mulai Rabu 21 Desember.
  速食餐廳麥當勞公告,將調整部分菜單和售價配合 12 月 21 日星期三開始的套餐漲價。

- Wijen yang kerap dianggap sebagai bahan makanan yang sehat dan anti penuaan, berkemungkinan bisa menimbulkan alergi.
  芝麻經常被認為是健康和抗老食材,有可能會增加能量。

- Sebuah hotel di kawasan Nantun, Taichung mencari empat pramuwisma dengan menawarkan gaji bulanan NT$ 50.000.
  一間在台中南屯區的飯店打著月薪 5 萬元新台幣口號來招募 4 名房務人員。

- Jangan kamu melagakkan kepandaianmu di depan kami.
  你不要在我們面前炫耀你的本事。

- Untuk tertawa orang menghidangkan makanan.
  設擺宴席,是為喜笑。

I-1.3.2.2.延伸閱讀:Me 動詞特殊變化(p、s 字首)

「外來語」的「Me 動詞」也有特殊變化,但「<u>不一定</u>」依一般規則,外來語的部分,可另參考「VI-1.5.1.延伸閱讀(外來語動詞化①)」及「VI-1.5.2.延伸閱讀(外來語動詞化②)」的說明。另字首為「p」時,Me 動詞一般需去「p」,但「punya(擁有)」和「perkara(事情,案件)」這兩個字就是例外,可以直接加「Me-」成為「Me 動詞」,也就是動詞化時,「字首 p」不用省略,這些例外整理如下:

範例(Me 動詞特殊變化:p、s、t 字首)

Me 動詞直接加上字根,「p、s、t」字首不省略,例如下:

peraga 愛打扮的人→memperagakan 表演,炫耀
percaya 相信,信任→mempercayakan 把...託付
perkara 事情,案件→memperkarai 控告,為...爭吵→memperkarakan 控告,告發,為...爭吵
polisi 警察→mepolisikan 跟警察打交道
prihatin 悲痛,沉痛,關切,憂慮,擔心→memprihatinkan 令人痛心,使人悲痛,使擔心,令人關切
punya 有,持有,擁有→mempunyai 擁有,持有→mempunyakan 把...視為所有,占有

例句

➢ Taiwan mempunyai banyak tempat wisata, pemandangan alam yang indah dan keramah-tamahan penduduk.
台灣擁有很多旅遊景點、美麗的自然風景和有人情味的居民。

➢ Pramuwisata itu suka memperkarakan urusan kecil-kecil turis asing.
那位導遊喜歡為了小事和外國旅客爭吵。

I-1.3.2.3. 小提醒(polisi)

從「polisi(警察)」衍伸出來的字，除「memolisikan(從警)」外，還常可見到「mepolisikan(跟警察打交道)」這個用法，「mepolisikan」就是「berurusan dengan polisi(跟警察打交道)」的意思。

例句

➢ Melalui berbagai penerangan positif, polisi semakin dikenal warga-negara, maka semakin banyak rakyat berminat untuk memolisikan dan mepolisikan.
透過各種正面宣傳，警察越來越被國民瞭解，所以越來越多的人民願意從警和跟警察打交道。

範例 Me 動詞(2)(Me-i)

「Me-i 動詞」具有「在...上、對...、一再重複的行為、丟、去除、消除、浪費、提供、從事/造成...」的意義，文法上具有「主詞會動、目標(對象)靜止」的特性，基本上等於「Me 動詞(1)加上介係詞」，例如，「membuat garam ke...=menggarami...」，範例如下：

範例 Me 動詞(2)(Me-i)

類　　　型	me-i 用法	字　　　首	範　　　　　　　　　　　　　　　　　例
Me 動詞(2)	me-i (=me 動詞 +介係詞) 在...上, 對...	l,m,n,ng,ny,r,w,y 字首	lalu 經過,以前的,過去→melalui 通過,路過,走過 langkah 步驟,步伐,腳步→melangkahi 跨越,越過 lapis 層數→melapisi 鋪上一層,包上一層外皮 lawat 遊覽,旅遊,探望,弔唁→melawati 探望,弔唁 lebih 多出,超出→melebihi 超越,超過 ledek 嘲笑,譏笑→meledeki 嘲笑,譏笑 lembap 潮濕的,濕潤的→melembapi 滋潤 lem 膠水→melemi 貼上 lengkap 完整,齊全→melengkapi 完成 lewat 經過,走過→melewati 透過,經過,度過 lindung 保佑,保護,躲避→melindungi 保護,保佑,掩護 lingkar 圈,圓周→melingkari 劃圈,纏繞,圍繞 lintas 經過,掠過,橫跨→melintasi 穿過,越過,歷經 luka 傷口→melukai 使受傷,傷害 lunas 還清,付完→melunasi 還清,償還,履行 mahkota 王冠,統治者→memahkotai 給...加冕 marah 生氣的→memarahi 對...發怒,斥責

類　　　型	me-i 用法	字　　　首	範　　　　　　　　　　　　　　　　　例
			masuk 進入→memasuki 進來,進入
			merah 紅色→memerahi 染紅,塗紅
			milik 財產→memiliki 擁有
			minat 感興趣,愛好,意願→meminati 關心,重視
			muat 容得下,裝得下,裝,容納→memuati 給...裝上
			nafkah 生計,生活費,收入→menafkahi 付瞻養費,供養
			naik 上升→menaiki 登,爬,進
			nama 名字,叫做,稱號→menamai 命名,取名
			nasihat 勸告→menasihati 勸告
			nikah 婚姻→(男)menikahi(女)與...結婚,娶...為妻
			nikmat 恩賜,享受,舒服的→menikmati 欣賞,品嘗
			noda 汙點,污漬,瑕疵→menodai 弄髒,使有汙點,玷汙
			nomor 號碼→menomori 編號
			perang 戰爭→memerangi 對/與...作戰,跟...打仗
			raja 國王→merajai 統治,管轄
			rangkak 爬→merangkaki 爬近,爬到
			ratap 痛哭,哭訴→meratapi 為...痛哭
			renung 注視,沉思,探頭→merenungi 盯著,凝視著
			resap 滲入,滲透,浸潤→meresapi 滲入,深入體會,吸收
			restu 祝福,賜福,批准,同意→merestui 祝福,祝成功
			wadah 容器,機構,組織→mewadahi 把...裝起來,容納
			wakil 代表,代理人,副的→mewakili 代表,代理
			waris 遺產→mewarisi 繼承
			warna 顏色→mewarnai 賦予...色彩,充滿著
			waspada 警報,警戒,警惕→mewaspadai 警戒,警惕
		b,f,v 字首	banjir 淹水→membanjiri 淹沒,漫過,大批湧進,充斥
			bantah 爭吵,口角→membantahi 反駁,違抗,否認,否定
			basah 濕的→membasahi 滋潤
			batas 界線→membatasi 劃界,分隔,限制,管制,下定義
			bawah 下面→membawahi 管轄,統治
			bayar 付款→membayari 請客
			beban 擔子,負擔→membebani 使負擔,使承擔
			bekal 謀生手段,生活必需品→membekali 給…提供
			beking 後台,後盾→membekingi 支持,做後盾
			belakang 後面,背後→membelakangi 背向,不理,回放
			benah 整理→membenahi 收拾,整理,整修
			berangkat 出發→memberangkatkan 使出發,派遣
			berkat 賜福,保佑→memberkati 賜福,祝福,帶來幸福
			berondong 掃射,不停地攻擊→memberondongi 掃射
			biaya 費用,經費→membiayai 提供...給
			bius 沒有知覺,失去知覺,昏迷→membiusi 麻醉
			bolong 穿孔的,有洞的→membolongi 弄破,弄出洞
			bulu 羽毛→membului 拔毛
			bumbu 調味料,辛香料,(沾)醬→membumbui 給...調味
		p 字首(去 p)	pada 夠,足夠→memadai 實用,夠用,滿足

類　　型	me-i 用法	字　　首	範　　　　　　　　　　　　　　　　　　例
			paham 了解,理解→memahami 了解,理解 pakai 穿戴,加入,使用,服用→memakaii 給...穿(衣鞋) panjat 爬,攀,登,上坡,上訴→memanjati 爬在...上,登上 patuh 服從,遵守→mematuhi 服從,遵守 pelopor 先鋒,前哨→memelopori 率先,打頭陣,開路 pengaruh 影響,作用→memengaruhi 對...產生影響 penuh 滿的→memenuhi 滿足,符合,完成,實現 percik 滴,潑→memerciki 滴,濺,灑,潑在...之上 perintah 命令,指令→memerintahi 下命令,指揮 perkara 事情,案件→**memperkarai 控告,為...爭吵** perut 肚子,腹部→memeruti 開膛 petik 摘下來→memetiki(一直/多次)摘 pilih 挑,選擇→memilihi 挑,選擇 pintas 順著→memintasi 打斷,截擊,阻止 piutang 債權→memiutangi 借款給,放款給 pukul 拳,捶,擊→memukuli 打 pungkir 否認,違背→memungkiri 否認,違背,絕不做 punya 有,持有,擁有→**mempunyai 擁有,持有** pusaka 遺產,傳家寶→memusakai 繼承
		c,d,j,z 字首	cabul 下流的,色情的,猥褻→mencabuli 強姦,蹂躪,侵犯 cabut 拔,離開→mencabuti(一直/多次)拔 cahaya 光,光線,光澤,容光→mencahayai 照亮,照耀 cakap 說,談→mencakapi 與...交談 campur 混合,參與,干預→mencampuri 干涉,干預 capai 到達→mencapai 到達,占 cekok 灌藥,硬灌,填鴨式→mencekoki 灌(藥)...給 cengang 驚訝,發呆→mencengangi 對...驚訝/發呆 cinta 愛→mencintai 愛,熱愛,愛慕 coba 試,試一試,假如,請→mencobai 嘗,品嘗,考驗 copot 掉下,脫落→mencopoti 一個一個摘下,拆開 cukup 夠,足夠,齊全→mencukupi 夠用,滿足,補足,補滿 curang 舞弊,欺騙→mencurangi 欺騙 curiga 懷疑,疑心,猜疑→mencurigai 對...懷疑 dahulu 以前,先→mendahului 超越,打頭陣,為前導 dalam 深,深度,內,內部→mendalami 深入研究/調查 dalang 操縱→mendalangi 操縱,背後主使 damping 靠近,親密→mendampingi 陪同,陪伴,伴隨 dandan 打扮,梳妝→mendandani 給...打扮,為...梳妝 dapat 能夠,可以,得到→mendapati 遇到 datang 來→mendatangi 光顧,來訪,侵襲,去找,拜訪 daya 力量→mendayai 欺騙,設法影響 dekat 附近,靠近,親近→medekati 靠近 dendam 恨,仇恨,怨恨,愛慕→mendendami 對...懷恨 duduk 坐→menduduki 坐上,佔,位居 jahat 壞的,惡→menjahati 對...做壞事

類　　　型	me-i 用法	字　　　首	範　　　　　　　　　　　　　　　　　　　　　　例
			jail 惡作劇,愛戲弄人的→menjaili 戲弄,作弄
			jajah 周遊,殖民統治→menjajahi 周遊,進行殖民統治
			jajak 測量,試探→menjajaki 測量,試探,揣摩,了解
			jalan 路→menjalani 走在…上,走過,經歷,召開,執行
			jalar 爬行的→menjalari 向…蔓延
			jatuh 跌倒→menjatuhi 掉在
			jauh 離的→menjauhi 避開,遠離,躲避
			jejal 擁擠→menjejali 擠滿,塞滿,塞進
			jembatan 橋→menjembatani 搭橋,溝通
			jual 賣,出售→menjuali(一個一個,一次又一次)賣出
			juluk 取綽號→menjuluki 給…取綽號
			jumpa 會面→menjumpai 遇見,碰見,遇到
			juru bicara 發言人,代言人→menjurubicarai 當發言人
			zina 通姦→menzinai 與…通姦
		t 字首(去 t)	ketahu 知道,懂得,會→mengetahui 認為,知道,發現
			taat 服從,遵守→menaati 服從,遵守,參照
			tabur 撒→menaburi 撒上,播(種)
			tanam 種,植,栽→menanami 種在…上
			tanda tangan 簽名→menandatangani 簽名在…
			tanda 符號,標示→menandai 在…上做記號,簽字,簽署
			tangan 手→menangani 做(事),使用,處理,承辦,操作
			tanggap 理會→menanggapi 反應,理會,採納
			tanggulang 擋水木樁→menanggulangi 因應,救援,搶救
			tawar 淡的,討價還價→menawari 念咒語驅邪
			telusur 順著→menelusuri 沿著,追溯,調查研究
			tempat 場地→menempati 任職
			tempel 貼,稅票→menempeli 重複貼
			temu 相遇→menemui 遇到,接見,找到,發現,遭受
			tengkar 爭吵,爭論→menengkari 反駁,頂嘴
			tepat 準,正確→menepati 履行
			terang 光線,明亮的→menerangi 發光,照亮
			terus 繼續→menerusi 穿透
			tetek 奶,乳房→meneteki 餵奶
			tiang 桿,杆,柱,樑,支柱→meniangi 立柱
			tidur 睡,睡覺,臥,躺→meniduri 睡在,(非法)性交
			tikar 蓆子→menikari 鋪上蓆子
			tindak lanjut 下一步→menindaklanjuti 做下一步動作
			toleransi 容忍,寬容,忍受→menoleransi 容忍,寬容
			tugas 任務,工作→menugasi 把任務交給,下令
			tular 傳染,沾染→menulari 傳染給
			tumbuh 生長→menumbuhi 生長在
			tumpah 溢出,灑出,倒出→menumpahi 倒在…之上
			tumpang 搭乘→menumpangi 乘,乘坐在
			turun 下→menuruni 走下,下去
		g,h,kh,母音	garam 鹽→menggarami 抹鹽…在上

類　　　型	me-i 用法	字　　　　首	範　　　　　　　　　　　　　　　　　　例
		(a,e,i,o,u)字首	garis bawah 底線→menggarisbawahi 劃底線,強調
			geledah 搜查→menggeledahi 反覆搜查,上下搜身
			gelut 扭打,打鬧,搏鬥→menggeluti 專注於,沉溺於
			gemar 愛好,喜好,嗜好→menggemari 喜愛,愛好
			gila 神經病,瘋的,不正常的→menggilai 迷戀,為...瘋狂
			gula 糖→menggulai 加糖在...裡
			gumul 扭打,格鬥→menggumuli 與糾纏,和整天打交道
			hadap 朝向→menghadapi 對著
			hadir 出席,在場→menghadiri 出席,參加
			halang 阻礙,妨礙→menghalangi 阻礙,妨礙
			hambur 散落,紛紛跳下水→menghamburi 撒下,跳進
			hampir 接近,幾乎,差一點→menghampiri 接近,走近
			harga 價格→menghargai 定價,估價,重視,尊重,珍惜
			hias 打扮,裝飾→menghiasi 打扮,裝飾
			hidup 活,生活,生存→menghidupi 使活下去,養活,撫養
			hindar 走開,離開→menghindari 避免,避開,躲避
			hormat 尊敬,敬禮→menghormati 尊敬,致敬,遵守
			hujan 雨→menghujani 像雨點般落在,頻頻發出
			akhir 後,最後,末尾,終,底→mengakhiri 結束,了結
			aku 我,個人,自身→mengakui 承認,認可
			alam 經歷,遭受→mengalami 經歷,遭受,遭遇
			alat 工具,器具→mengalati 裝備,配備
			amat 注視,細看→mengamati 仔細觀察,注視,細看
			anugerah 賞賜,獎賞→menganugerahi 賜予,賞賜
			aruh 相撞,影響,作用→memengaruhi 對...產生影響
			atas 上方→mengatasi 解決,超過,擊敗,克服,平息
			ikut 跟隨,伴隨,陪同,一起→mengikuti 其次,參加
			imbal 酬勞,酬金,報酬→mengimbali 給予酬勞
			imbang 平衡,相稱,對比→mengimbangi 與...相稱,補償
			ingat 記得→mengingati 記著,記住,懷念
			itar 繞...走→mengitari 繞著...走,散步
			khianat 背叛→mengkhianati 背叛
			obat 藥→mengobati 診斷
			uang 錢→menguangi 提供金錢給
			ulur 延伸,伸展,放長線,延長→menguluri 向...伸(手)
			unggul 超越,優秀的→mengungguli 超過,勝過,佔優勢
			upah 工資,薪水→mengupahi 付工資給...
			utang 債務,欠款→mengutangi 借錢,借貸
		k 字首(去 k)	kabut 濃霧→mengabuti 噴射,噴灑,使籠罩在霧中
			kagum 讚嘆,欽佩,欣賞→mengagumi 對...感到讚嘆
			kandang 籠,圈,欄→mengandangi 圍以柵欄,圈起來
			kantong 袋,口袋→mengantongi 獲得,賺取
			kasasi 撤銷原判決→mengasasi(高院)上訴,撤銷原判
			kasih 愛,同情,憐憫→mengasihi 愛上,同情,憐憫,心疼
			kata 言語,言詞,念頭,慾望→mengatai 議論

類　　　　　型	me-i 用法	字　　　首	範　　　　　　　　　　　　　　　　例
			kawan 朋友,同伴→mengawani 陪伴,陪同
			kelabu 灰色→mengelabui 蒙蔽,欺騙
			keliling 四周,巡迴→mengelilingi 圍繞,到處遊歷,周遊
			kenal 認識→mengenali 認得,辨識出
			kena 觸及,命中,承受→mengenai 打在,觸及,關於,涉及
			kendara 交通工具,車輛→mengendarai 駕馭,騎,乘
			kentut 屁→mengentuti 在…前放屁,鄙視,瞧不起
			keriting 捲毛,捲髮,捲曲的→mengeritingi 捲,燙
			kerudung 罩,巾,紗,桌布→mengerudungi 戴上,披上
			ketahu 知道,懂得→mengetahui 知道,了解,發現,認出
			kibar 飄揚,飛舞→mengibarkan 使飄揚,升起(旗幟)
			kirim 寄,致→mengirimi 寄給
			komentar 評論→mengomentari 發表評論,抨擊
			konsumsi 消費→mengonsumsi 消耗,攝取
			kotor 髒的,卑鄙的,下流的→mengotori 弄髒,汙染
			kuasa 權力,職權→menguasai 統治,控制,管理,精通
			kulit 皮,皮膚→menguliti 給…包上皮,剝皮,去皮,削皮
			kunjung 參觀,訪問→mengunjungi 參觀,探望,拜訪
			kurang 少,缺,減→mengurangi 打折,減少,減輕,降低
			kutuk 詛咒→mengutuki 詛咒,譴責,指責
		s 字首(去 s)	sadar 醒悟,甦醒→menyadari 了解到,意識到,體會到
			saing 競爭,並排的→menyaingi 可與…比擬,不相上下
			sakit 生病→menyakiti 傷害,使…感到痛苦
			santun 有同情心的→menyantuni 同情,援助,救濟
			sayang 可憐,捨不得→menyayangi 惋惜,疼惜,心疼
			seberang 對面,正對面→menyeberangi 橫渡,穿越
			selam 潛水→menyelami 潛入,深入了解,鑽研
			selidik 仔細,調查→menyelidiki 仔細調查,認真研究
			semangat 加油→menyemangati 鼓勵,鼓舞,激勵
			semprot 噴,噴射→menyemproti 噴灑
			senang 高興→menyenangi 對…感到高興
			sendiri 自己的,本身的,獨自→menyendiri 獨處,獨居
			sendok 湯匙→menyendoki 多次舀,不斷盛
			sepakat 同意,一致→menyepakati 同意,贊成,批准
			serta 和,一起,加入→menyertai 伴隨,陪同,參加,附贈
			serupa 同種→menyerupai 和…相似
			sesal 後悔,悔恨,遺憾→menyesali 對…感到後悔
			seteru 仇敵,仇人→menyeterui 仇視,與…敵對
			setubuh 一體→menyetubuhi 與…性交
			setuju 同意,一致→menyetujui 同意,贊成,贊同
			siar 播音,進行廣播→menyiarkan 散布,傳播,發表,播放
			siram 洗澡,沐浴,淋浴→menyirami 淋,澆,沖洗
			sorot 光,光線→menyoroti 照射,密切注意,關注
			sosialisasi 社會主義化→**mensosialisasikan 社交,交際**
			suap 一口(食物),賄賂→menyuapi 餵食,賄賂

類　　型	me-i 用法	字　　　　　首	範　　　　　　　　　　　　　　　　例
			suguh 招待(吃)→menyuguhi 招待(吃) suka 喜歡→menyukai 喜愛,喜歡,寵愛 susup 滲透→menyusupi 混進,滲入,潛入 susur 邊,邊緣→menyusuri 沿著…走 susu 乳汁,奶水,乳房→menyusui 哺乳 syukur 謝天謝地→**mensyukuri/menyukuri 表示感謝**
		(單音節字)	

例句

➢ Menjadi pemandu wisata yang profesional setidaknya mempunyai pengetahuan luas tentang adat budaya setiap obyek wisata dalam jadwal perjalanan yang dipandu.
成為專業的領隊至少要擁有行程裡每一個旅遊景點相關的風俗文化廣闊知識。(103 印導)

➢ Tugas Anda hanya menemani saya keliling kota saja. Berapa tarif yang Anda minta perhari?
你的任務就是陪我逛這座城市,你每天要多少費用?(103 印導)

➢ Wisata kuliner yang sangat disukai turis asing adalah berkunjung ke setiap pasar malam di Taiwan, di sana banyak aneka makanan dan minuman khas seperti tahu bau goreng, dadar telur isi tiram, ayam goreng tepung, es teh susu mutiara dll.
很受外國觀光客喜愛的美食旅遊就是參觀台灣的每一個夜市,在那裡有許多各式各樣的特色食物和飲料,例如臭豆腐、蚵仔煎、炸雞排、冰珍珠奶茶等。(103 印導)

➢ Barang–barang dalam bentuk cairan yang melebihi seratus ml tidak boleh dibawa masuk ke dalam kabin pesawat.
超過 100 毫升的液狀物體不可以帶上飛機。(105 印導)

➢ Menyadari ada salah satu anggota rombongan turis asing yang Anda pandu batuk-batuk dan demam, Anda akan segera membawanya ke rumah-sakit untuk berobat.
知道其中一位外籍觀光團員咳嗽和發燒,你將馬上帶他去醫院治療。(106 印導)

➢ Selesai membeli barang-barang tadi, Anda bisa menikmati makanan khas Taiwan yang banyak dijual di depot-depot yang terletak di depan pasar grosir kain yang juga berlokasi di jalan Dihua.
剛買完東西,你也可以去位在迪化街布匹批發市場對面的小賣店品嘗很多的台式食物。(106 印導)

➢ Taichung tidak berjarak jauh dari Taipei, maka pramuwisata atau pemandu wisata boleh memandu wisatawan asing rombongan kecil dari Taipei ke Taichung dengan naik kereta api cepat (THSR) atau kereta api biasa untuk menikmati pemandangan indah sepanjang perjalanan.
台中距台北不遠,所以導遊或領隊可以帶領小團體的外國觀光客搭乘台灣高鐵或普通火車從台北到台中,以享受沿途美麗風景。(106 印導)

➢ Makanan ini sangat mewakili Taiwan.
這食物很代表台灣。(107 印導)

➢ Perempuan yang sedang mengalami menstruasi dilarang masuk area pura dan tempat-tempat yang dianggap suci.
女性在月經期間被禁止進入寺廟和一些神聖的場所。(107 印導)

➢ A : Mengapa kamu memilih berwisata ke Taiwan? 為什麼你選擇去台灣旅遊？
　　B : Karena teman saya bercerita kalau Taiwan memiliki banyak tempat wisata yang menakjubkan. 因為我朋友說台灣擁有許多令人讚嘆的景點。(108 印導)

➢ Sebutkan tugas dari pramuwisata memberikan petunjuk dan penjelasan mengenai jadwal tur dan objek wisata yang akan dikunjungi.
說到導遊的工作是依據旅遊行程表及景點來提供指示並說明。(108 印導)

➢ Pramuwisata yang baik seharusnya memahami latar belakang wisatawan dan berupaya meyakinkan wisatawan agar mematuhi hukum, peraturan, adat kebiasaan yang berlaku dan ikut melestarikan objek wisata.
好的導遊應該瞭解觀光客的背景和設法說服觀光客要遵守法律、現有的風俗習慣及共同保護旅遊景點。(108 印導)

➢ Taiwan mempunyai banyak museum bersejarah yang besar dan kaya, yang menarik banyak turis berkumpul dan melihat koleksi permata, lukisan dan patung dari banyak dinasti.
台灣有許多又大又豐富的歷史悠久博物館，吸引許多觀光客聚集觀賞來自許多朝代的寶石、畫作及雕刻的收藏品。(108 印導)

➢ MRT Taipei yang memiliki 6 jalur utama dan 2 jalur tambahan, juga terdapat bus kota, bus pariwisata dan bus bertingkat yang melewati beberapa lokasi penting di Taipei seperti universitas, museum nasional dan beberapa objek wisata alam.
台北捷運擁有 6 條主要路線與 2 條單站支線，也有行經台北市幾個重要地點，例如大學、國家博物館和自然旅遊景點的市公車、觀光巴士與雙層巴士。(110 印導)

➢ Agrowisata dan Ekowisata Taiwan selalu tersedia dengan acara/trip menjelajahi kebun buah dan bunga, wisata petik buah-buahan, sajikan makanan organik sampai menginap di kebun.
台灣的農業旅遊和生態旅遊全部都有遊覽果園和花園、摘水果、提供有機食物到住在園區的行程。(110 印導)

➢ Anda kadang menghadapi kendala dalam menginterpretasikan istilah Mandarin ke bahasa Indonesia.
對於翻譯中文專業術語為印尼語，偶爾會成為你的障礙。(111 印導)

➢ Ada beberapa cara untuk mengurangi risiko bagasi atau koper hilang saat naik pesawat, misalnya memberikan sedikit dekorasi tambahan pada koper, menggunakan tanda pengenal yang ditulis dengan spidol permanen, dan memotret bagian dalam dan luar koper.
有幾個方法可以減少搭機時行李或行李箱遺失的風險，例如行李箱上增加一些裝飾、使用以永久簽字筆書寫的識別牌和拍攝行李箱內外部。(112 印導)

➢ Restorannya memenuhi persysratan kesehatan.
那餐廳符合衛生條件。

➢ Kamu masih muda, maka tidak mudah memahami arti kehidupan.
你還年輕，所以不容易理解人生的意義。

➢ Lingkaran taifun sendiri telah mulai memasuki Selat Taiwan.
颱風本身的範圍已經開始進入台灣海峽。

➢ Bioskop dan bus juga terbuka untuk mencicipi makanan di tempat.
電影院和巴士也開放內用。

➢ Ibu menggulai kopi yang diminta ayah.

母親在父親要喝的咖啡裡加糖。

➢ Kursi yang Devi duduki itu adalah kursiku.
Devi 坐的那張椅子是我的。

➢ Pesawat yang kami tumpangi mulai tinggal landas dan mengudara.
我們搭乘的飛機開始離開地面起飛。

➢ Ibu sedang memetiki sayuran yang ada di sawah untuk dimasak.
媽媽正在摘田裡的蔬菜來煮。

➢ Sudah merupakan kewajiban sesama kita untuk saling menasihati orang yang salah atau lalai.
已經說明我們共同的責任是互相提醒犯錯或疏忽的人。

➢ Hujan turun membasahi semua yang ada di bumi.
下雨滋潤了土地上所有的東西。

➢ Tumpahan cat itu memerahi semua lantai di ruangan itu.
灑出的油漆染紅房間全部的地板。

➢ Banyak PMA yang dari Mesir yang bekerja di Dubai harus bekerja sambilan baru bisa menghidupi keluarga karena biaya hidup tinggi.
許多來自埃及在杜拜工作的外籍移工因為很高的生活費用，必須從事兼職才能養活一家人。

➢ Menanggulangi arus mudik Tahun Baru Imlek, Ditjen Perkeretaapian Taiwan (TRA) berencana menambah 287 jadwal dengan 144 gerbong ekstra.
為農曆新年返鄉人潮，台鐵局計劃利用加掛 144 節車廂以增加 287 班次方式來因應。

➢ Gelombang dingin yang bertiup sejak Sabtu hingga Senin pekan depan menjadi yang paling kentara memengaruhi Taiwan.
冷氣團從周六吹到下周一，影響台灣最明顯。

➢ Perekonomian Tiongkok akan menghadapi terpaan baru dalam jangka pendek.
中國經濟在短期之內將面對新的衝擊。

I-1.3.2.4.延伸閱讀(Me-/Me-kan/Me-i 動詞比較)

Me 動詞(1)中的「Me-動詞」主要是指「<u>主詞做動作</u>」，而 Me 動詞(2)中的「Me-kan 動詞」則是強調「<u>使受詞做動作或接受動作</u>」，至於「Me-i 動詞」是「做動作在...之上、對...做動作」的意思，等於「Me 動詞+介係詞」，特別製表幫助大家了解「Me-kan 動詞」和「Me-i 動詞」的差異，以熟悉用法：

(動詞 Me-/Me-i 文法比較)

字　　　　　　　根	動　　　　　　　　　　　　　　　　　　詞	說　　　　　　　　　　　　　　明
penjara(監獄)	A memenjara (A 入獄)	(主詞 A 自己)入獄
	A memenjarakan B (A 把 B 關進監獄)	(主詞 A)把(受詞 B)送進監獄
ancam (威脅,恐嚇,警告)	A mengancam B (A 威脅 B)	(主詞 A)威脅(受詞 B)
	A mengancamkan B C (A 以 C 警告 B)	(主詞 A)以(名詞 C)警告(受詞 B)

90

dengar(聽)	A mendengar ada suara di belakang	A 聽到後面有聲音
	A sedang mendengarkan musik klasik	A 正在聽古典音樂
buat(做)	Setiap pagi A membuatkan B kopi	每天早上 A 幫 B 煮咖啡
	Setiap pagi A membuat kopi untuk B	每天早上 A 煮咖啡給 B
tancap 踩,加大(油門)	paku menancap di pintu	釘子插在門上
	menancapkan paku ke pintu	把釘子插入門上

(動詞 Me-kan/Me-i 文法比較)

動　　　詞	說　　　明	範　　　　例
Me-kan 動詞 (使受詞做動作或 接受動作)	會動的物體(kertas)	Saya melemparkan kertas kepada Anda
	主詞(Saya)靜止不動	Saya menjauhkan buku itu
	受詞(Inggris,izin kerja)非人	Saya mengajarkan Inggris kepada dia Ibu mendapatkan izin kerja
Me-i 動詞 (做動作在...之 上、對...做動作)	靜止的物體(Anda)	Saya melemparkan Anda dengan kertas
	主詞(Saya)會動作	Saya menjauhi buku itu
	受詞(dia,ibu)為人	Saya mengajari dia Inggris Saya mengikuti ibu untuk terus tinggal di Taiwan

(動詞 Me-kan/Me-i 範例①)

字　　　根	動　　　　詞	說　　　　明
lempar (丟,扔,擲,砸)	A melemparkan batu kepada B	(主詞 A)向(名詞 B)丟石頭
	A melempari B dengan batu	(主詞 A)用石頭丟在(名詞 B)上

類　　　型	範　　　　　　例
Me-kan 動詞	melanjutkan sekolah 深造,進修 meletakkan mangkok dan sumpit 擺碗筷 memberikan uang 提供金錢 mengacungkan tangan 把手舉起來 mengambilkan ibu air 拿水給媽媽 menghangatkan badan 使身體暖活 mengimbaskan nyamuk 驅趕蚊子 mengiriskan nenek lobak 替奶奶切白蘿蔔 mengiriskan pisau mentimun 用刀切黃瓜 menyemprotkan air pada dinding 噴水在牆上 mengakibatkan satu tewas dan tiga orang cedera 造成 1 死 3 傷
Me-i 動詞	memenuhi persyaratan 符合條件 memenuhi undangan 應邀 mengerudungi kepala 披上頭巾

(動詞 Me-kan/Me-i 範例②)

字　　　根	動　　　　詞	說　　　　明
tidur(睡,睡覺)	A menidurkan B(A 使 B 入睡)	(主詞 A)讓(受詞 B)睡著

	A meniduri B(A 睡在 B 上)	(主詞 A)睡在(名詞 B)上
lempar (丟,扔,擲,砸)	A melemparkan batu kepada B	(主詞 A)向(名詞 B)丟石頭
	A melempari B dengan batu	(主詞 A)用石頭丟在(名詞 B)上

例句

➢ Gunung Alishan merupakan salah satu objek wisata yang bagus untuk melihat matahari terbit dan lautan awan di Taiwan.
阿里山是在台灣看日出和雲海很棒的景點之一。(108 印導)

➢ Saat menghadiri acara kembang api, tamu asing harus membawa perlengkapan seperti payung, topi, jas hujan, jaket, makanan ringan/jajanan dan air minum.
當參加煙火活動時，外國客人必須攜帶裝備，例如傘、帽子、雨衣、夾克、零食和飲水。(108 印導)

➢ Angin puting beliung muncul di kawasan Chaozhou Pingtung, menyebabkan tumbangnya sejumlah pohon dan tiang listrik.
龍捲風出現在屏東潮州地區，造成一些樹木和電線杆倒下。

➢ Bagi yang sering tidak bersemangat menjalani "Work From Home (WFH)", jangan dulu khawatir.
對於那些經常沒有幹勁從事居家辦公的人，先不要擔心。

I-1.3.2.5.延伸閱讀(非正式用法 Me-in)

印尼文有時會看到動詞「Me-in」的非正式用法，正式用法其實是「Me-kan」或「Me-i」，說明如下：

Me 動詞	非正式用法 Me-in、-in	範 例
Me-kan	Me-in -in	diapa**kan** 把…怎麼樣,如何對待,對…做某事→diapa**in** dimandi**kan** 被洗→dimandi**in**
Me-i	Me-in -in	jalan**i** 走在…上,走過,經歷,進行→jalan**in** suka**i** 喜愛,喜歡,對…有好感,寵愛→suka**in**

例句

➢ Adik lelaki dimandiin oleh ibu.
弟弟被媽媽洗澡。

➢ Pakaian mana yang kamu sukain?
你喜歡哪一件衣服？

➢ Apa yang saya rasain tidak sama dengan apa yang mereka katakan.
我所感受到的，和他們說的不一樣。

➢ Pastiin memori hp atau kameramu cukup ya untuk bisa berfoto-foto disini!
要確定你的攝影機或手機的記憶體足夠能在這裡拍照喔！

➢ Yuk cobain buah musim semi di Taiwan.
來品嘗台灣春季水果吧。

> Mau diapakan aku ini?
> 打算把我怎麼樣？

I-1.3.2.6.延伸閱讀(剝皮)

中文的「剝皮」在印尼文有幾種不同的用法，如下舉例：

字根	Me 動詞(1)(2)	說明	範例
kupas 剝	mengupas	剝(皮),削(果皮),剝掉(衣服),剝落	mengupas kelapa 剝椰子
kulit 皮,皮膚	menguliti	剝皮,去皮,削皮	menguliti sapi 剝牛皮
caruk 剝樹皮	mencaruk	剝(削)樹皮,割	mencaruk pohon karet 割膠

例句

> Bagaimana cara mengupas kelapa?
> 剝椰子的方法是怎樣？(106 印導)

> Saya membantu ibu mengupas beberapa macam buah di dapur.
> 我幫媽媽在廚房剝幾種水果。

> Saya menguliti kayu itu untuk dikeringkan.
> 我把木材剝皮以曬乾。

範例 Me 動詞(2)(Memper-)

「Memper 動詞」的字義是「更...、把...當作」，皆是直接加上「形容詞(Kata Sifat/Adjektif)」使用，中間的字根不能是「名詞」或「動詞」，不需要像「Me 動詞」、「Me-kan 動詞」和「Me-動詞」需考慮後面「原形動詞」的字首，所以變化相對簡單許多，如下：

類型	memper-用法	範例
Me 動詞(2)	memper (改善) 更...,把...當作	asing 外來的,陌生的,孤單的,稀奇的→memperasing 洋化 bangsat 賊,強盜,歹徒,混蛋,壞蛋→memperbangsat 罵人混蛋 banyak 多→memperbanyak 更多 berat 重量,重的,繁重的,嚴重→memperberat 加重,使...沉重 besar 大的,大小,重大的,自大的→memperbesar 放大,擴大 budak 奴隸→memperbudak 把...當奴隸對待 cantik(人,物)美麗,漂亮→mempercantik 使美麗,美化,裝飾 cepat 快→mempercepat 加速,加快 dalam 深,深奧→memperdalam 使深化 daya 力量→memperdaya 欺騙,愚弄,使上當 erat 緊密→mempererat 使...更加緊密 hidup 活,生活,生存→memperhidup 振奮,激發 ingin 要,想要 →memperingin 激起慾望 istri 太太→memperistri 娶...為妻 jelas 清楚的→memperjelas 使更清楚 kawan 朋友,同伴→memperkawan 認...為友,把...當朋友看待

類　　　型	memper-用法	範　　　　　　　　　　　　　　　　　　　　　　　　　　　　　　　　　　例
		kaya 富有,豐富→memperkaya 使豐富,使充實
		kecil 小的→memperkecil 縮小,使變小
		ketat 緊的→memperketat 更嚴格
		kuat 強壯,有力,堅固,耐用,強烈,很有能力→memperkuat 增強
		kukuh 堅固,穩固,堅定→memperkukuh 加強
		lambat 緩慢,晚的,落後,遲到→memperlambat 使緩慢,放慢
		lancar 順暢→memperlancar 讓...更順暢
		longgar 寬鬆的,鬆脫,不嚴密,不節制→memperlonggar 使寬鬆,放寬
		luas 寬的,寬廣→memperluas 擴大,擴展,增廣
		mudah 容易→mempermudah 使容易,使方便
		oleh 被,因→memperoleh 能夠,得到,獲得,取得
		olok-olok 揶揄,嘲諷,玩笑→memperolok-olok 嘲諷,戲弄,開玩笑
		panjang 長→memperpanjang 延長,延續
		parah 嚴重的,嚴峻的→memperparah 更嚴重
		pendek 短→memperpendek 縮短
		serius 嚴重的,重大的,認真的→memperserius 更嚴重,更緊急
		sulit 隱密的,困難的,危險的→mempersulit 使困難,造成困難,刁難
		tajam 鋒利的,尖銳的→mempertajam 使更鋒利,加劇
		tambah 增加,添加,加入,更加,越→mempertambah 使增加
		tegas 清楚的,明確的,果斷的→mempertegas 解釋,證實,清楚說明

例句

➢ Dia memperistri orang Indonesia.
他娶印尼人為妻。(106 印導)

➢ Agar bisa menjadi seorang pramuwisata yang profesional, pramuwisata harus memiliki wawasan luas, maka harus terus belajar untuk memperdalam pengetahuan dan wawasan adalah tugas seorang pramuwisata.
為了能夠成為專業導遊，必須擁有廣闊的見聞，所以必須持續學習以深化知識和見解，這是導遊的工作。(107 印導)

➢ Mengunjungi tempat yang berbeda dengan tempat tinggal kita, bisa membuat kita lebih menghargai perbedaan dan bisa memperluas wawasan.
參觀不同於我們居住地的地點時，能夠讓我們比較尊重差異並且能夠增廣見聞。(107 印導)

➢ Untuk meningkatkan jumlah wisatawan muslim dari Indonesia, semakin banyak menyediakan tempat ibadah, dan memperbanyak rumah makan halal[7] adalah upaya yang dilakukan Biro Pariwisata Taiwan.
為了增加來自印尼的穆斯林觀光客數量，台灣觀光局實施的方法是設有越來越多的禱告場所及更多清真認證/哈拉(Halal)食物。(109 印導)

➢ Taiwan dan Lituania memperluas dan memperdalam hubungan diplomatik.
台灣和立陶宛擴大並深化外交關係。

---

[7] 「halal」是指「符合回教規範的餐飲」，阿拉伯語是「合法的」的意思，台灣有人翻譯成「清真」，在新加坡則是稱為「哈拉」。

> Pulau Bali memperoleh julukan Pulau Dewata.
> 巴里島獲得神仙之島的美名。

範例 Me 動詞(2)(Memper-kan)

「Memper-kan 動詞」為及物動詞(Kata Kerja Transitif)，和「Memper 動詞」一樣可直接加上「原形動詞」，不用考慮字首，所以相當簡單，「Memper-kan 動詞」的意義為「讓…、做…、使…成為、造成、當作…」，具有「表達某個元素」、「發生過程」或「強調、命令用法」的含義，例如下：

類　　　型	memper-kan 用法	範　　　　　　　　　　　　　　　　　　　　　　　　　　　　例
Me 動詞(2)	memper-kan 讓…、做…、使…成為, 造成	adab 教養,禮貌,文明→memperadabkan 使文明,使開化 asing 外來的,外國的→memperasingkan 使分開,放逐,流放 bahas 研究,調查→memperbahaskan 研討,辯論 bantu 幫助,協助→memperbantukan 把…派去協助 baur 混合→memperbaurkan 讓…在一起交往,使結婚 beda 差別,分歧→memperbedakan 辨別,區別,識別,差別對待 bincang 談論,商談→memperbincangkan 談論,商談 bolak-balik 往返→memperbolak-balikkan 翻來翻去 boleh 可以→memperbolehkan 允許,許可,同意 cakap 說,談→mempercakapkan 談論,議論 contoh 樣本,例子→mempercontohkan 把…當榜樣,舉…為例 dagang 貿易,商業→memperdagangkan 販賣 daya 力量→memperdayakan 欺騙,愚弄,使上當 debat 辯論,爭論→memperdebatkan 把…拿去爭論 dengar 聽→memperdengarkan 把…說給人聽,發出…聲音 guna 使用→mempergunakan 利用 gundik 小三,小老婆,妾→mempergundikkan 娶…為小三 gunjing 誹謗→mempergunjingkan 對…誹謗,對…散布謠言 gurau 玩笑,笑話→memperguraukan 開…的玩笑 hamba 奴隸→memperhambakan 做…奴隸 henti 停止,中止→memperhentikan 使停止,使中止 ingat 記得→memperingatkan 記起,想起,使…回想起,提醒,警告 juang 奮鬥→memperjuangkan 爭取 kawan 朋友,同伴→memperkawankan 使…結為朋友 kelahi 吵架,打架→memperkelahikan 使互打,爭奪,攻擊 kenal 認識→memperkenalkan 介紹 kerja 工作→mempekerjakan 僱用 kira 以為→memperkirakan 預期,預估 laku 行為,作法,有效,暢銷→memperlakukan 對待,看待,答應 lihat 看→memperlihatkan 出示(給人看),顯示,讓人看 main 玩,進行,表演→mempermainkan 玩弄,戲弄,演出,表演 malu 害羞→mempermalukan 使感到羞愧,使丟人 masalah 問題,事情→mempermasalahkan 把…當作問題 mudah 容易→mempermudahkan 輕視,看輕 olok 揶揄,嘲諷,玩笑→memperolokkan 嘲諷,戲弄,開玩笑 politik 政治,政策,詭計,計謀→memperpolitikkan 使政治化 rebut 搶奪,搶劫→memperebutkan 互相搶奪

類　　　型	memper-kan 用法	範　　　　　　　　　　　　　　　　　　　　　　　例
		sahaja 天然的,樸素的,故意的→mempersahajakan 使簡單,簡化 saing 競爭,對抗,並排的→mempersaingkan 使...和...競爭 sama-sama 同樣的→mempersama-samakan 圍攻,圍毆 sama 一樣,相同→mempersamakan 使與...相同,一齊 satu 一→mempersatukan 使團結,使一致 sembah 合十敬拜,膜拜→mempersembahkan 奉獻,演出,呈交 seteru 仇敵,仇人→memperseterukan 使仇視,使敵對 siap 準備→mempersiapkan 籌備 silang 交叉,交錯,雜交→mempersilangkan 使交叉,進行雜交 sila 請→mempersilakan 敬請,(尊敬)請 soal 問題,討論議題→mempersoalkan 把問題提出,爭論,討論 suami 丈夫→mempersuamikan 嫁給...(男) tahan 忍耐,耐用→mempertahankan 堅持,維持,保護,維護,保衛 tanggung jawab 責任→mempertanggungjawabkan 對...負責任 tanggung 負擔,擔子,保證→mempertanggungkan 抵押 tanya 問,疑問→mempertanyakan 提出疑問,質疑 temu 相遇→mempertemukan 使相遇,使面對面,使結為夫妻 tentang 有關→mempertentangkan 使對立,使對抗,爭論 timbang 平衡→mempertimbangkan 考慮 tinggi 高,高級→mempertinggikan 提高,加高,使更高 tunjuk 指著,表演→mempertunjukkan 演出,展覽,展出 turut 跟著,參加,參與,服從,順從→memperturutkan 使...參加 undi 籤→memperundikan 透過抽籤分配 utang 債務,欠款→memperutangkan 把...借給

例句

> Beberapa negara di dunia memperbolehkan turis mengemudi mobil sendiri saat sedang berwisata. Sekalipun tidak memerlukan SIM setempat, tetapi Anda harus memiliki SIM internasional.
> 世界上有幾個國家允許觀光客旅行時自行開車,雖然不需要當地駕照,但是你必須擁有國際駕照。(105 印導)

> Sebagai seorang pramuwisata Anda akan memperkenalkan Taiwan dalam segala sisi, dan memberitahukan kepada peserta tur untuk memerhatikan hal-hal kecil penting selama kunjungan ke Taiwan.
> 成為導遊,你會完整地介紹台灣,並告知旅行團員在台灣旅遊時要注意的一些重要事情。(107 印導)

> Setelah tamat kuliah, Tina ingin menjadi seorang pramuwisata, memperkenalkan keindahan Taiwan kepada orang-orang yang datang.
> 演講結束之後,Tina 想成為導遊,介紹台灣之美給來的人。(108 印導)

> Sebagian besar museum di Taiwan memperbolehkan pengunjung untuk memotret dengan syarat tidak menyalakan lampu tembak dan tidak menggunakan tongkat selfie.
> 台灣大部分的博物館允許訪客在不開閃光燈及不使用自拍棒的情形下拍照。(110 印導)

> Untuk mempertahankan kehidupan, warga mulai melakukan pertukaran barang untuk

mendapatkan makanan.
為了維持生計，居民開始從事以物易物以獲得食物。

➢ Jangan memperdebatkan lagi masalah ini!
不要再拿這個問題來爭論了！

➢ Saya sudah mempertanggungkan rumah kepada perusahaan asuransi.
我已將房屋抵押給保險公司了。

➢ Saat petani mempertahankan sejumlah laba tertentu, petani akan berupaya untuk memproduksi.
當農民要維持一定的利潤，會利用產量來調整。

範例 Me 動詞(2)(Memper-i)

「Memper-i 動詞」為「及物動詞(Kata Kerja Transitif)」，也是直接加上「原形動詞」即可，不用考慮字首，「Memper-i 動詞」的具有「強力的動作、重複地做動作」的意義：

類 型	memper-i 用法	範 例
Me 動詞(2)	memper-i (=memper 動詞 +介係詞) (改善,變更好)	ajar 教育→mempelajari 認真學習,鑽研,研究 alat 工具,器具→memperalati 裝備,配備 baik 好→memperbaiki 修理,修復,修正(資料) baru 新的→memperbarui 修正,更新 carut 汙穢,下流→mempercaruti 謾罵,辱罵 gantung 吊,懸,掛→mempergantungi 依賴,信賴 gaul 社會→mempergauli 與...交往,往來 hias 打扮,裝飾→memperhiasi 給...打扮,給...裝飾,修飾,修飾 ingat 記得→memperingati 紀念,記錄在 kebun 園,農場→memperkebuni 把...開發成園地 lengkap 完整→memperlengkapi 裝備,配備,補齊 pukul 拳,捶,擊,打,敲→memperpukuli 痛揍 sakit 生病→mempersakiti 使感到痛苦,虐待,刺痛人心,傷害,陣痛 salin 複本,影本,複製品,生產→mempersalini 生產,分娩 senjata 武器→mempersenjatai 把...武裝起來 sungguh 真的,確實的,很,非常,的確→mempersungguhi 認真地做 turut 跟著,參加,參與,服從,順從→memperturuti 跟著 utang 債務,欠款→memperutangi 借錢給,借貸給

例句

➢ Sekarang ini Taiwan terus memperbaiki industri pariwisata dan katering untuk meningkatkan/memperkuat promosikan wisata MICE, yaitu konferensi perusahaan, perjalanan insentif, konferensi internasional dan pameran bisnis. Semakin banyak perusahaan luar negeri akan tertarik ke Taiwan.
現在台灣持續改善旅遊和餐飲產業，以加強/強化推廣 MICE 旅遊，也就是企業會議、獎勵旅遊、國際會議及商展，越來越多外國企業將被吸引來台。

➢ Bos mempercaruti bawahannya di depan umum.
老闆公開地辱罵他的下屬。

> Ibu bidan berhasil mempersalini bayi yang dikandung ibu Devi.
> 接生婆順利接生了 Devi 女士所懷的小孩。

> Ibu memperhiasi halaman depan rumah dengan sejumlah tanaman hias.
> 母親用一些裝飾植物來美化住家前面的院子。

> Saya memperkebuni tanah kosong yang dibeli itu.
> 我把那塊買來的空地開發成園地。

> Dia tengah memperbaiki mobilnya yang tengah rusak.
> 他正在修理他現在正故障的車。

I-1.3.2.5.小提醒：Me 動詞特殊變化規則(Memper-/Memper-kan/Memper-i)

由上表可以看出「Me 動詞(2)」的「Me-kan/Me-i/Memper-/Memper-kan/Memper-i」5 種類型的字首省略變化規則，其中前兩種「Me-kan/Me-i 動詞」的字首「me」變化規則與「Me 動詞(1)」完全相同，也就是「p、t、k、s」等字首需要省略，再分別加上「mem-、men-、meng-、meny-」等字首，成為「Me 動詞(2)」。但後 3 種「Memper-/Memper-kan/Memper-i」動詞的字首皆為「memper」，所以變化規則與「Me 動詞(1)」完全不同，不論字首為何，均直接加上「memper」字首成為「Me 動詞(2)」，完全不須省略字首，這是必須注意的特殊規則。

I-1.3.2.6.延伸閱讀(動詞 Memper-/Memper-kan/Memper-i 文法比較)

Me 動詞(2)中的「Memper-動詞」主要是讓「形容詞」具有「更...,把...當作」的意思；而「Memper-kan 動詞」則是使「動詞或名詞」產生「讓...、做...、使...成為、造成」的衍伸字義；至於「Memper-i 動詞」則是「...」的意思，以下表讓大家了解差異：

動 詞 類 型	中 文 摘 義	說 明
Memper-	更...,把...當作	改善(動作)、字根只能是形容詞**(動詞、名詞不行)**
Memper-kan	讓...,做...,使...成為,造成	(主詞)對/讓(受詞)做動作、字根可以用動詞及名詞**(形容詞不行)**
Memper-i	(改善,變更好)	(等於 Memper 動詞+介係詞)

I-1.3.2.7.延伸閱讀(動詞簡化用法-省略 Me 動詞字首)

讀者應該常看到 Me 動詞(1)和 Me 動詞(2)在口語或非正式使用時「**省略 Me 動詞字首**」的用法，實際上用到動詞簡化的機會非常多，例如祈使句，除了容易發音外，有時連印尼語課本或政府公告為了調整版面大小也會使用，例如：「putar(轉,旋轉)」→「memutar(上映,放映)」→省略 Me 動詞字首成為「mutar」，因「me-kan」或「me-i」字首的動詞多使在書寫等正式用法，而口語或一般使用時常省略字首「me-」，簡化成只保留字尾「-kan」或「-i」，如果不知道這種變化規則，去查紙本字典或線上字典(KBBI)，都是找不到解答的喔，摘要舉例如下：

範例(動詞簡化用法)

字根	動詞正式用法	動詞簡化用法
adil 公平的,正義的	mengadili 審理,審判	adili
aktif 積極的,主動的	mengaktifkan 使活耀,啟用,活化	aktifkan
alam 自然,環境	mengalami 經歷,遭受,遭遇	alami
aman 安全,安定	mengamankan 使安全,拘留,保護安全	amankan
ambil 去拿	mengambilkan 拿給	ambilkan
anjur 突出	menganjurkan 伸出,出示,建議,主張,提倡,鼓勵	anjurkan
banyak 多	memperbanyak 更多	perbanyak
bayar 付款	membayarkan 用...支付,付出	bayarkan
bebas 免於,自由	membebaskan 釋放,免除,解除,徵收,解放	bebaskan
beku 凝固的,凍結的	membekukan 使凝固,使凍結	bekukan
beres 整齊的	membereskan 收拾好	bereskan
beri tahu 通知,告訴	memberitahukan 把...通知,把...告知	beritahukan
besar 大的,重大的	membesarkan 使變大,撫養長大,讚揚,誇大,鼓舞	besarkan
biar 讓...吧,任其...,隨他...	membiarkan 任其...,隨他...,不理會,不管,放任	biarkan
cipta 深思	menciptakan 發明,創造,發現	ciptakan
dalam 深,深奧	memperdalam 使深化	perdalam
date 約會	mengedate 約會	ngedate
debat 辯論,爭論	memperdebatkan 把...拿去辯論	perdebatkan
edar 流通,循環,流傳	mengedarkan 運行,流通,循環	edarkan
entot 性交	mengentot 性交,幹,操(罵人)	ngentot
guna 使用,好處	menggunakan 使用	gunakan
hindar 走開,離開	menghindari 避免,避開,躲避	hindari
ingat 記得	memperingati 紀念,記錄在	peringati
izin 允許,許可	mengizinkan 允許,許可,同意	izinkan
jadi 做成,變成,發生	menjadikan 把...當成	jadikan
kantor 公司,企業	mengantor 進辦公室上班,坐辦公室	ngantor
kebut 超速,開快車,飆車	mengebut 超速,開快車,飆車	ngebut
keliling 四周,環繞,巡迴	mengelilingi 圍繞,環繞,圍繞某物移動,周遊,巡迴	kelilingi
kembang 擴大,發展	mengembangkan 開發,擴大,促進	kembangkan
kira 以為,猜測,估計,判斷	memperkirakan 預期,預估	perkirakan
kopi 咖啡	mengopi 喝咖啡	ngopi
kosong 零	mengosongkan 清空,騰出	kosongkan
kuasa 權力,職權代理人	menguasai 統治,控制,管理,掌握,精通,克制	kuasai
lampir 附上,檢附	melampirkan 附上,檢附	lampirkan
lempar 丟,扔,擲,砸	melemparkan 丟擲,拋出	lemparkan
letak 地點	meletakkan 放置	letakkan
lewat 經過,走過,超過	melewatkan 放過,錯過,使超過	lewatkan

字　　　　　　　根	動　詞　正　式　用　法	動詞簡化用法
lumpuh 癱瘓	melumpuhkan 使癱瘓	lumpuhkan
nobat 就職大鼓	menobatkan 舉行登基典禮	nobatkan
nomor satu 第一,第一名	menomorsatukan 把…放在第一優先	nomor satukan
nyala 燃燒,亮,火焰	menyalakan 使燃燒,使旺盛,開(燈,冷氣)	nyalakan
obrol 聊天	mengobrol 閒聊	ngobrol
obyek 外快	mengobyek 賺外快	ngobyek
omong 語言,說話,談話	mengomong 說,講,聊	ngomong
pasti 確定	memastikan 確定,確認,決定	pastikan
percik 滴,濺,灑,潑	memercikkan 把…滴,濺,灑,潑在…之上	percikkan
perintah 命令,指令	memerintahkan 命令(人)做(事),統治,管轄	perintahkan
prioritas 優先	memprioritaskan 優先(給),使…優先	prioritaskan
promosi 推廣	mempromosikan 推廣	promosikan
pulang 回去	memulangkan 遣返	pulangkan
putar 轉,旋轉	memutar 上映,放映	mutar
rekomendasi 推薦,介紹	merekomendasikan 推薦,介紹	rekomendasikan
sadar 醒悟,甦醒	menyadari 了解到,意識到、menyadarkan 使甦醒	sadari、sadarkan
sampai 達,到,為止,足夠	menyampai 夠,足夠,夠用	nyampai
sebut 稱呼,命名	menyebutkan 提到,念出,說出	sebutkan
selenggara 經營,管理	menyelenggarakan 簽署,經營,執行,舉行	selenggarakan
selonong 誤闖,闖入	menyelonong 闖進,闖入,不請自來	nyelonong
senang 高興	menyenangkan 讓人高興	senangkan
serah 交付,託付	menyerahkan 奉獻,授予,交接,交給,交出,移送	serahkan
siar 播音,進行廣播	menyiarkan 散布,傳播,發表,播放	siarkan
sila 請	menyilakan 敬請,(尊敬)請	silakan
singkir 避開,讓開,逃難	menyingkirkan 挪開,搬開,避難,疏散,淘汰,擺脫	singkirkan
sontek 抄襲,模仿,作弊	menyontek 抄襲,模仿,作弊	nyontek
tangan 手	menangani 做(事),使用,處理,承辦,操作	tangani
target 目標,對象	menargetkan 把…當作目標,針對,鎖定	targetkan
tarik 拉	menari 跳舞	nari
telusur 沿著,順著	menelusuri 追溯,調查研究,沿著,順著	telusuri
teman 朋友	menemani 陪伴,帶去	temani
temu 相遇	menemu 找到、menemukan 發明,發現	nemu、temukan
tentu 當然	menentukan 確定,確認,決定	tentukan
terus 繼續	meneruskan 繼續,使穿過	teruskan
tetap 仍然,固定的	menetapkan 維持,規定,決定	tetapkan
tewas 殺害	menewaskan 使死亡,戰勝,打敗,殺害	tewaskan
tiada 沒有,不	meniadakan 否認,否定,取消,廢止(法令),忽視	tiadakan

字　　　　　　根	動　詞　正　式　用　法	動詞簡化用法
tuang 倒入	menuangkan 倒進,倒出,替...倒	tuangkan
tunggu 等,等待	menunggu 等待	nunggu
tunjuk 指著,表演	menunjukkan 出示,指出	tunjukkan
turut 跟著,參加,服從	menurut 跟隨,模仿,服從,順從,滿足,根據,按照	nurut
uang 錢	menguangkan 兌現	uangkan
wajib 必須,有義務	mewajibkan 規定...必須...	wajibkan

例句

➢ Tolong tuangkan saya satu gelas air putih.
麻煩倒給我 1 杯白開水。(104 印導)

➢ Beritahukan kepada pelayan, jika Anda tidak makan makanan pedas atau alergi terhadap kacang.
如果你不吃辣的食物或對花生過敏,請通知服務員。(107 印導)

➢ Saat melakukan pembayaran, harus pastikan barang yang dibeli dan harganya.
當去付款時,必須確認購買的物品和價格。(109 印導)

➢ A: Adakah tempat saya bisa mengambil banyak foto di Taipei? 台北有我可以拍很多照片的地方嗎?
B: Saya sarankan Anda untuk pergi ke Aula Memorial Chiang Kai Shek. 我建議你去中正紀念堂。(112 印導)

➢ Ambilkan ayahnya air minum.
拿飲水給他爸爸。

➢ Saya bantu ambilkan semua nasi dan Anda letakkan mangkok dan sumpit.
我幫大家盛飯,你擺碗筷。

➢ Kumpulkan 4 stamp untuk dapatkan 1 free makanan.
蒐集 4 個章戳為了得到 1 份免費食物。

➢ Siapa yang mau dia temani?
誰要他陪?

➢ Biaya sekolah sudah dibayar bos saya.
學費已經被我老闆付了。

➢ Tinggalkan rokok Anda di rumah!
把你的香菸留在家裡!

➢ Coba marakkan api unggun itu!
試著讓營火燒得更旺!

➢ Busnya nyelonong masuk ke kali karena lepas kendali.
公車因為失去控制而掉進河裡。

➢ Dia pantai nari.
她擅長跳舞。

➤ Jangan ngebut di jalan-jalan raya, bahaya banget!
不要在大馬路上飆車，很危險的！

➤ PMA hendak membeli sepeda listrik baru ataupun bekas, selain harus mengajukan pelat, juga wajib menyertakan surat izin dari majikan "Surat izin majikan bagi PMA yang hendak membeli kendaraan". Sebelumnya tidak ada contoh baku untuk surat izin majikan, sehingga menimbulkan banyak perselisihan.
外移工想要買電動腳踏車，不論新舊，除了必須申請車牌外，也必須附上雇主同意函「移工購車雇主同意書」，之前因為沒有雇主同意函的標準範例(定型稿)，以致出現許多糾紛。

➤ Warga yang mengendarai sepeda listrik diingatkan tetap mengenakan helm dan mendahulukan pejalan kaki saat di jalan, dilarang ngebut, bonceng dan mengendarai usai minum minuman beralkohol.
提醒駕駛電動自行車的民眾仍然要戴安全帽，而且禮讓路上行人，禁止超速、載人和酒後駕車。

➤ Jangan nyontek waktu ujian.
考試別作弊。

➤ Tolong tunjukkan paspor anda.
麻煩出示你的護照。

➤ Tolong sambungkan ke room service.
麻煩轉接客房服務。

➤ Tolong tambahkan kursi.
麻煩增加椅子。

➤ Tambahkan tunjangan NT$ 1.000 untuk mengurangi beban orang tua muda diperkirakan akan dinikmati sekitar 6.000 orang. Setiap tahun hemat NT$ 12.000.
增加 1 千元補助以減少年輕父母的負擔，被認為將可造福大約 6 千人，每年節省 1 萬 2 千元新台幣。

➤ Bersama surat ini saya kirimkan uang sebanyak 50.000 rupiah.
隨信匯去 5 萬元印尼幣。

I-1.3.2.7.1. 小提醒

印尼文「合併詞/複合詞」合併成一個字做「me-kan 動詞」變化，並省略 Me 動詞字首成為動詞簡化用法，不過要注意的是，簡化後的字又恢復到「合併詞/複合詞」，不再是一個字了，例如「nomor satu(第一,第一名)」合併成「menomorsatukan(把...放在第一優先)」，動詞簡化後又恢復到「合併詞/複合詞」「nomor satukan」了。

I-1.3.2.8. 延伸閱讀(動詞延伸用法)

印尼文有一些動詞變化並不是直接由字根而來，而是由其他「衍伸詞」變化而來，也就是由字根變化後的衍伸詞，再次變化以產生延伸相關意義的字，舉例如下：

範例(動詞延伸變化)

字　　　　　　　根	衍　　　伸　　　詞	動　詞　延　伸　用　法
ajar 教育	pelajaran 課程,課業	berpelajaran 受過教育的,讀過書的
alam 經歷,遭受	pengalaman 經驗,經歷,體驗	berpengalaman 有經驗,老練的
angkat 扛,收拾,收養,乾	berangkat 出發	memberangkatkan 使出發,派遣
dapat 能夠,得到	pendapat 觀點,意見,看法	berpendapat 認為,主張
olahraga 運動	berolahraga 做運動	memberolahragakan 鍛鍊,運動成習慣
diri 建立,站立,興建	pendirian 立場,主張,見解,建立	berpendirian 主張
duduk 居住	kedudukan 住所,位置,地位	berkedudukan 有...地位,座落於
erti 懂,了解,理解,明白	pengertian 理解,意義	berpengertian 互相理解
hasil 成果,產品,效果	penghasilan 生產,收入,所得	berpenghasilan 有收入,賺錢
hati 小心,心	perhatian 關心,關懷,注意,重視	berperhatian 加以注意,加以關心
henti 停止,中止	berhenti 停止,中止	memberhentikan 開除,解僱,撤職
ingin 要,想要	keinginan 慾望,渴望,願望	berkeinginan 有...慾望,有...願望
jalin 交織	jalinan 編織物,編寫	berjalinkan 與...建立關聯,編入
kembang 發酵,擴大	kembang-kempis 氣喘呼呼	mengembangkempiskan 喘氣
kilau 光澤,亮光,反光	kilauan 發光物	berkilauan 閃閃發光,閃爍,閃耀
kuat 強	kekuatan 力量	berkekuatan 有強度,有力氣
lain 其他	kelainan 異常,反常,差別	berkelainan 有所不同,一反常態
laku 行為,作法,有效	berlaku 進行,有效,生效,適用	memberlakukan 使實行,使生效
lanjut 繼續,高級	kelanjutan 繼續,延續	berkelanjutan 持續進行
lengkap 完整,齊全	perlengkapan 設備,配備	berperlengkapan 有...設備,有...配備
lurus 直的,正直的		berselurus(為人)正直,辦事公道
mandi 洗澡	bermandi 沐浴	bermandikan 沐浴在,充滿
manusia 人,人類	kemanusiaan 人道主義,人性	berperikemanusiaan 有人性的
mau 要,願望	kemauan 意願,願望	berkemauan 有意願,有願望
mungkin 可能,也許	kemungkinan 可能性	berkemungkinan 有...可能性
pandang 看,注視	pemandangan 視力,見識,風景	berpemandangan 有...的見識
pandu 領導,帶領,指南	pemandu 導覽員	berpemandu 有導覽的
panjang 長	kepanjangan 長度,期限,太長	berkepanjangan 冗長,沒完沒了
penting 重要的	kepentingan 利益,興趣,嗜好	berkepentingan 有(利害)關係的
ragam 舉止,種類,類型	seragam 同一種,規格統一的	menyeragamkan 使相同,使規格相同
rupa 樣子	serupa 同種	menyerupai 和...相似
sakit 生病	penyakit 疾病,壞習慣,弊病	berpenyakit 患病
sangkut 勾住,卡住	sangkutan 關係,關聯	bersangkutan 有關,關於,有關聯

字　　　　　根	衍　　　伸　　　詞	動　詞　延　伸　用　法
sempat 有時間,有機會	kesempatan 機會,空閒	berkesempatan 有機會,有空閒時間
sinambung 持續	kesinambungan 連續性	berkesinambungan 永續性的
tahu 知道,認識,懂得,會	ketahuan 被發現、pengetahuan 知識	berketahuan 確實知道、berpengetahuan 有學問
tampil 出現	penampilan 出現,出場	berpenampilan 讓...出現,展現風格
terjemah 翻譯	terjemahkan 翻譯,筆譯	menerjemahkan 翻譯,筆譯
tidur 睡,睡覺,臥,躺	seketiduran 同睡一張床上	berseketiduran 同床睡,非法性交,同房
tinggi 高,高級	ketinggian 高度,高級,高處	berketinggian 有...的高度
tualang 流浪,漂泊	petualang 流浪漢,遊民,冒險者	berpetualang 成為冒險者
tubuh 身體	setubuh 一體	bersetubuh 做愛,性交
tuju 目的,方向	setuju 同意,一致	menyetujukan 使...符合,使...一致、menyetujui 同意,贊成,贊同
turun 下,抄錄,臨摹	keturunan 子孫,後裔,抄本	berketurunan 有後裔的
urut 編號	urutan 次序,順序	berurutan 按次序的,有順序的
wajib 義務,責任,必須	kewajiban 責任,職責,義務	berkewajiban 有責任,有義務
warga negara 國民	kewarganegaraan 國籍	berkewarganegaraan 擁有...國籍

例句

➤ Menjadi pramuwisata, setidaknya mempunyai bekal pengetahuan yang luas tentang sosial budaya setempat dan fasih berbahasa asing.
成為導遊,至少要擁有跟本地文化社會有關的廣闊基本知識並且說流利的外語。(105 印導)

➤ Sebagai seorang pramuwisata saya harus mengetahui dengan jelas siapa tamu yang saya bawa selama mereka wisata di Taiwan.
擔任導遊,當客人在台灣旅遊期間,必須清楚瞭解他們。(107 外導)

➤ Makna pramuwisata adalah petugas pariwisata yang berkewajiban memberi petunjuk dan informasi yang diperlukan wisatawan.
導遊的定義是指必須提供觀光客所需要的指示與資訊的旅遊從業人員。(108 印導)

➤ Tina suka membaca buku sehingga dia menjadi berpengetahuan luas.
Tina 喜歡讀書以至於知識淵博。(108 印導)

➤ Pak Tani bekerja begitu keras. Dia nampak bermandikan keringat dibawah terik matahari.
Tani 先生工作那麼努力,他在炎熱太陽下看起來汗流浹背。(108 印導)

➤ Gunung seluruh Taiwan dengan ketinggian di atas 3.000 meter berkemungkinan akan turun salju.
全台灣高度超過 3,000 公尺的高山,都有機會下雪。

➤ Dia berpenghasilan NT$ 40.000 per bulan, namun karena kenaikan harga komoditas dan biaya hidup, setelah dikurangi biaya tetap, ia hampir tidak ada sisa setiap bulan.
他每月收入 4 萬元新台幣,然而因為商品價格及生活費用上漲,在扣除經常性費用後,他每個月幾乎沒有剩錢。

> Dia tahu bahasa Indonesia sedikit saja.
> 他只會一點印尼語。

I-1.3.2.9.延伸閱讀(複合詞動詞化)

複合詞動詞化的變化規則也是滿特別的，例如「suka cita(興奮,快樂,愉快)→bersuka cita(歡天喜地,歡歡喜喜,興高采烈)→menyukacitakan(使高興)」，其他例子如下：

字　　　　　　　　根	衍　　　伸　　　詞	動　詞　延　伸　用　法
depan 前面	ke depan/kedepan 往前	mengedepankan 提出,排在前面,提前
garis 線	garis bawah 底線	menggarisbawahi 劃底線,強調
latar 表面,地面,底,前院	latar belakang 背景	berlatarbelakang 有...背景,以...為背景
layar 螢幕,幕	layar putih 銀幕	melayarputihkan 搬上銀幕,拍成電影
lipat 倍+ganda 雙	lipat ganda 加倍	melipatgandakan 使加倍
masa 哪會,哪可能	masa bodoh 隨...的便,我不管	memasabodohkan 放縱,讓...為所欲為
muka 前面	ke muka/kemuka 向前,著名的	mengemukakan 提出,建議
pecah 破,偵破,爆裂	pecah-belah 破碎,破裂,分裂	memecahbelahkan 把...打得七零八落
sebar 傳播,散播	sebar luas 廣泛流傳	menyebarluaskan 使擴散,使廣泛流傳
tahu 知道	beri tahu 通知,告訴	memberitahukan 把...通知,把...告知

I-1.3.2.10.小提醒

同一原形動詞可以在 Me 動詞(1)與 Me 動詞(2)同時變化，雖然意義可能差不多，但句型使用的文法不同，例如：「sewa(租)→menyewa(租用,僱用)→menyewakan(出租)」，以及「pinjam(借)→meminjam uang dari(向...借錢)→meminjamkan uang kepada(借錢給...)」等。

例句

> Saya menyewa rumah di Taipei. 我在台北租屋(自住)。
> Saya menyewakan rumah saya yang di Taipei kepada Jerry. 我出租台北的房屋給 Jerry。

I-1.3.2.11.延伸閱讀(穿/脫)

整理出印尼文不同物品的「穿、脫」用法給大家參考，並列出飛機「起飛」的用法來對照異同：

類　　　　　　　型	穿	脫
帽子、衣服、鞋子	pakai/memakai 穿、戴、戴上、用、使用	buka/membuka,melepaskan 脫、脫下
眼鏡、戒指、口罩、面罩、手套、衣服、鞋子、領帶		lepas/melepas/melepaskan, menanggalkan 脫、脫下
飛機	mendarat 降落	bertolak,lepas landas 起飛

➤ Jangan lupa pakai masker, masker wajah dan sarung tangan silikon sekali pakai ke daerah bisa-bisa selama pandemi.
疫情期間去有病毒的地區別忘了戴口罩、面罩及一次性使用的矽膠手套。

I-1.3.2.12.延伸閱讀(開/關)

整理出印尼文不同的「開、關」用法給大家比較，並列出電話「掛掉」及鞭炮、槍砲「燃放,發射」的用法來參考對照：

類　　　　　　　　　　　　型	開	關
燈、蠟燭、冷氣、機器、水龍頭、瓦斯爐	menyalakan,menghidupkan 開、點、發動	mematikan 關
門、商店、公司、工廠、塞子、蓋子、瓶子、罐頭、道路、時代、功能、公園、會議	buka/membuka 開、打開、開放、召開	tutup/menutup 關上、閉、鎖上、打烊
秘密	buka/membuka 揭發	memegang,menyimpan 保(守)
電話	menerima 接	tutup/menutup 掛掉
燈、鞭炮、槍砲、收音機	pasang 開、放	

➤ Saat menerima telepon dari penipu, kita harus langsung tutup telepon.
當接到詐騙者的電話，我們必須直接掛掉電話。(109 印導)

➤ Tolong nyalakan lilin, ada banyak lalat di rumah makan.
麻煩點蠟燭，餐廳有許多蒼蠅。

➤ Waktu saya sampai, tokonya sudah tutup.
當我到達時，商店已關門。

➤ Ada sukarelawan kesatria lokomotif membuka jalan untuk ambulans di Indonesia.
在印尼有重型機車騎士自願為救護車開路。

➤ Ayah menyalakan lilin untuk menerangi ruangan yang gelap karena listrik padam.
父親點蠟燭照亮因為停電而漆黑的房間。

➤ Dilarang pasang petasan masa kini selama tahun baru Imlek di Taiwan.
現在台灣農曆新年期間禁止放鞭炮。

➤ Dia pasang satu miliar rupiah di meja judi.
他在賭桌上下注 10 億印尼幣。

I-1.3.2.13.延伸閱讀(動詞連用)

印尼文原形動詞、主動詞或被動詞可以互相連用，實務上之間不一定要用介係詞(Kata Penghubung)來連接，舉例如下：

範例(動詞連用)

berbahagia menyambut 高興的迎接
berbondong-bondong menghampiri 成群湧入
berdampak terhadap Taiwan 對台灣有影響
berdiri bersama Taiwan 和台灣站在一起
berdiri mematung 呆站著
bereaksi berlebihan 有過度反應
berencana membangun 計劃建造
berencana memberikan uang 計劃給錢
berencana mempekerjakan 計劃僱用
berfoto bersama 合照
berfoto meninggalkan kenangan 拍照留念
berfungsi memberikan perlindungan 有提供保護功能
berhak mendapat 有權得到
berhamburan menjauhi 散開遠離
berhari-hari berturut-turut 持續好幾天
berhasil dicegat terlebih dahulu 事先成功被攔阻
berhasil diselamatkan 成功被救
berhasil membekuk/menciduk/ditangkap/menangkap 成功逮補
berhasil mencetak 成功踢進(球門)
berhasil menggerebek 成功破獲
berinisiatif mengusulkan 主動提出
berisiko terhadap keselamatan tim penyelamat 對救援小組的安全造成危害
berjalan bersama 一起走
berjalan menyusuri 沿著...走
berjalan tergesa-gesa 匆匆忙忙地走
berkabut menyelimuti 起霧籠罩
berkesempatan berkondisi 有機會發生...情形
berkumpul bersama 聚在一起
berlangsung meriah 持續熱鬧
berlatih menyimak 練習聽力
berpeluang menjadi 有機會成為
berpotensi memperburuk 可能惡化(加劇)
berpotensi terbenam 有下沉的可能(潛勢)
berprestasi menonjol 在...嶄露頭角
bersama-sama membela 共同保護
bersepeda mengelilingi 騎自行車逛
bersiap-siap membuka lebih banyak klinik 準備開設更多診所

bersikeras mempertahankan 堅持維護	
bertekad memperkokoh 有決心加強	
bertujuan memberi tekanan 有施加壓力的目的	
bertujuan membuat 有做...的目的	
bertujuan mengepung Taiwan 有包圍台灣的目的	
berubah menjadi 變成,改變成為	
berupaya mengajak 試圖邀請	
berusaha mencari 努力尋找,企圖尋找	
bisa berubah menjadi 能夠改變成為	
dapat diartikan sebagai 能夠被定義成為	
diagendakan bertemu 被安排會見	
diajak berkeliling 被邀約繞行	
diberitakan meninggal 被通報死亡	
diduga berasal 被懷疑來自	
diduga dibunuh 疑似他殺	
diduga membenci 疑似憎恨	
diduga terlibat melakukan 疑似涉嫌從事	
digelar meriah 熱鬧舉行	
diharapkan dapat menampilkan 希望能夠推薦	
diharuskan menyediakan 必須準備	
diingatkan mengenakan 記得戴	
diizinkan memohon 被允許申請	
diizinkan mengikuti 被允許跟隨著	
dijadwalkan hadir 表定出席	
dikabarkan ditangkap 傳出被捕	
dikabarkan muncul 傳出出現	
diketahui tertular 被發現傳染	
dilaporkan bertambah 通報增加	
dilarang melangkahi 禁止跨越	
dinaikan berdasarkan 調漲根據	
dinilai berbahaya 被評估有害	
dinyatakan bersalah 被宣布有罪	
dipaksa bergabung 被強迫加入	
dipaksa bertindak sebagai 被強迫從事	
dipastikan dihadiri 確定出席	
diperkirakan dihadiri 預估參加人數	
direncanakan dihapuskan 計劃取消	
ditemukan didinginkan di kulkas 被發現被冰在冰箱	
ditugasi melakukan 被下令執行	
diusahakan disetujui 設法讓它通過	
diusulkan ditambah 提出增加	

divonis bersalah 被判有罪	
gempa yang mengerikan tersebut 這讓人害怕的地震	
imbauan berlindung dikeluarkan 逃離以尋求保護的呼籲	
jantung berhenti berdetak 心臟停止跳動	
kasus berobat bertambah 就醫案件不斷增加	
lantas pergi membeli 直接去買	
melambangkan berakhir 象徵著結束	
membantu membuatkan 幫助製作	
membantu meringankan beban 幫忙減輕負擔	
membeku menjadi es 結凍成冰	
membuatnya meneteskan air mata 造成他流眼淚	
membuka bersyarat 有條件開放	
memerintahkan ditingkatkan 下令加強	
memutuskan mengizinkan 決定允許	
mencari tahu penyebab kebakaran 尋求了解火災原因	
mencoba meninggalkan 嘗試離開	
mendadak diumumkan 突然被公布	
mendadak membuka 突然打開	
mengaku bersalah 承認有錯	
mengangkasa membentuk 以...形式飛行	
mengantisipasi terjadi 預期發生	
menghindari terjadi 避免發生	
menghubungi melalui 透過...聯繫	
menguat menjadi 增強成為	
mengusulkan memasukkan 建議納入	
meningkat menjadi 增加成為	
menyebar berturut 持續散布	
menyerang membabi buta 盲目攻擊	
mulai berkurang 開始減少	
naik menjadi 漲到	
telah terlihat mulai berkuncup 已經看到開始發芽	
terbukti melakukan 被證實從事	
terbukti melanggar disiplin 有證據違反紀律	
terciduk dimasukkan ke dalam penampungan 被逮補送進收容所裡	
terlibat mengoperasikan 涉及操作	
terlihat bergegas masuk ke lokasi 被看到匆忙進入現場	
terlihat mengenakan pakaian astronot 被看到穿著太空裝	
terlihat menyemut 被看到聚集	
terpaksa memeluk 被迫抱著	
terpaksa menaikkan harga 被迫漲價	
tertunda berulang kali 一再延期	

terus beredar 持續流傳	
tidak berhasil membeli 不能成功買到	
tidak menghangat mendingin 不冷不熱	

例句

➢ Penetapan zona hijau ini diharapkan dapat memberikan rasa aman dan nyaman wisatawan yang berkunjung.
指定綠區希望能夠為來參觀的旅客帶來安全及舒適的感覺。(111 印導)

➢ Nantinya syarat wisatawan mancanegara yang diperbolehkan mengikuti Travel Corridor Arrangement (TCA) antara lain: sudah divaksin, lolos tes PCR sebelum berangkat dan kedatangan, serta berwisata di zona hijau.
之後被許可的外國觀光客必須遵循旅遊走廊的條件，例如：已經注射疫苗、出發和抵達之前通過 PCR 檢測，以及在綠區旅遊。(111 印導)

➢ Dia berhasil mencetak 2 gol di kontes sepakbola itu.
他在那場足球比賽成功射球進門得 2 分。

➢ Nenek mengatakan kita dilarang melangkahi kucing hitam kalau tidak ingin sial.
奶奶說我們禁止跨越黑貓以免倒楣。

➢ Entah apa yang dilamunkannya, dari tadi dia berdiri mematung di depan pintu.
不知道他發什麼呆，從剛剛開始就呆站在門口。

➢ Merasa terganggu dengan kehadiran manusia, binatang itu menyerang membabi buta.
因為感覺被人類出現騷擾，那動物盲目地攻擊。

➢ Anak-anak yang berbaris di lapangan ini terlihat menyemut di sekeliling tiang bendera.
在操場排隊的小孩們，被看到聚集在旗杆周圍。

➢ Dia mengaku bersalah karena sudah melawan perkataan orang tua.
他承認錯誤，因為已經違背父母的說法。

➢ Pada hari Minggu kemarin, Dia bersepeda mengelilingi kompleks rumahnya.
上週日，他騎自行車逛社區。

➢ Kami berhamburan menjauhi pantai karena gelombang laut yang sangat tinggi.
我們散開遠離海灘，因為海浪很高。

➢ Kerajaan Inggris tengah berbahagia menyambut lahirnya cucu laki-laki penerus tahta.
英國王室正在高興的迎接王位繼承人的孫子出生。

➢ Setelah pemeriksaan diperluas pada hari Senin, dilaporkan bertambah 11 kasus.
在星期一檢查擴大之後，通報增加了 11 例。

➢ Warga di Shanghai berbondong-bondong menghampiri pasar swalayan untuk berebut sayuran.
上海居民成群湧入自助超市搶蔬菜。

➢ Saya menghubunginya melalui WhatsApp.
我透過(社交軟體)WhatsApp 聯繫他。

➢ Rambutnya yang panjang itu dikepang dua.
他的長髮被編成兩條辮子。

- Suhu di wilayah Taipei berubah menjadi lebih dingin dan mulai turun hujan.
  台北地區的氣溫變得更冷並且開始下雨。

- Gunung Semeru di Indonesia alami erupsi, semburan abu vulkanik meluas menutupi angkasa dan langit berubah menjadi gelap.
  印尼 Semeru 山噴發，火山灰噴發物擴散蓋住天空，造成天空變暗。

- Hujan lebat berhari-hari berturut-turut menyebabkan bencana di daerah pegunungan di selatan Taiwan.
  連日持續大雨造成南台灣山區災害。

- Satu gigitan tanpa disadari diikuti dengan gigitan lainnya.
  一口接一口無法停止。

- Eksposisi Pariwisata Taipei 2022 berdurasi empat hari ini diperkirakan dihadiri oleh sekitar 180 ribu pengunjung.
  2022 年台北旅展持續 4 天，預估大約 18 萬人參觀。

- Saat ini kami berencana membangun keberadaan manusia di atas bulan.
  現在我們計劃在月球上建造人類的生存空間。

- Ini juga berpotensi menjadi faktor penyebab kecelakaan.
  這也有可能成為事故的原因。

- McDonald's keluar dari pasar Rusia, kembali melambangkan berakhirnya sebuah era.
  麥當勞離開俄羅斯市場，再次象徵著 1 個時代的結束。

- Dia terpaksa memeluk tiang basket menunggu penyelamatan.
  他被迫抱著籃球架等待救援。

- Kalau pasien alergi hidung dan asma harus keluar diingatkan mengenakan dua helai masker.
  如果鼻子過敏和氣喘的病人要外出，記得戴雙層口罩。

- Karena kuncinya hilang, pintu itu terpaksa disontek.
  因為鑰匙丟了，只好把門撬開。

- Suhu rendah akan terus berlangsung hingga pergantian tahun, suhu cuaca berkesempatan berkondisi lebih dingin.
  低溫將持續到跨年，氣溫有機會有更冷的情況。

- Mulai tahun muka, restoran franchise dan toserba diharuskan menyediakan layanan penyewaan atau peminjaman gelas daur ulang di 5% tokonya, sesuai target Badan Perlindungan Lingkungan (EPA) mencapai pengurangan 15% per tahun untuk gelas kertas dan plastik sekali pakai.
  明年開始，連鎖餐廳和便利商店必須在 5%的店面提供環保杯租借服務，根據環保署的目標，要達到每年減少 15%一次性紙杯與塑膠杯。

- Indonesia berupaya menghilangkan undang-undang yang tersisa dari masa penjajahan Belanda dan melakukan amandemen UU pidananya. Turis asing tidak perlu khawatir tentang RKUHP ini karena hukum ini sudah ada sejak lama. Perubahan kali ini hanya mengklarifikasi siapa yang berhak untuk melapor.
  印尼為了消除荷蘭殖民時期所遺留法規而修正刑法，外國旅客不需要擔心刑法修正案，因為這法律已經存在很久了，這次的改變只有弄清楚誰有權通報。

➢ TSMC berencana memajukan teknologi fabrikasi chip 5nm menjadi 4nm, juga berjanji akan membangun pabrik chip 3nm dalam proyek tahap kedua yang akan memulai operasi pada 2026, menjadi salah satu program investasi asing skala terbesar dalam sejarah AS.
台積電計畫提升 5 奈米晶片製造技術到 4 奈米，也努力在地 2 階段計畫中建造預定在 2026 年運轉的 3 奈米晶片廠，成為美國歷史上最大規模的外國投資計畫之一。

➢ Mengantisipasi mengganasnya pandemi, pelaku perjalanan dari Tiongkok diharuskan menjalani tes PCR air liur saat tiba di Taiwan mulai 1 Januari.
預估疫情嚴峻，來自中國的旅客從 1 月 1 日開始當抵達台灣時被要求執行唾液 PCR 篩檢。

➢ Pengasuh PMA membantu meringankan beban banyak keluarga di Taiwan yang membutuhkan perawatan jangka panjang.
外籍移工保母幫忙減輕許多需要長照的台灣家庭負擔。

➢ Kini, mandat dalam ruangan akan direncanakan dihapuskan pada 20 Februari.
現在室內口罩禁令將計劃在 2 月 20 日取消。

➢ Perdana Menteri Su Tseng-chang memimpin para pejabat untuk berfoto bersama, dan tongkat kepemimpinan perdana menteri akan diserahkan kepada Chen Chien-jen tanggal 31 Januari.
行政院長蘇貞昌帶領官員合照，行政院長的領導棒子 1 月 31 日將交接給陳建仁。

➢ Seorang PMA Berkerah Biru bernama Bisma.
一位叫 Bisma 的藍領外籍移工。

➢ Ojek-ojek berebutan menggaet penumpang.
載客機車爭相拉客。

Pasal I-2.被動詞(Kata Kerja Pasif)

被動詞(Kata Kerja Pasif)是以「di-/ter-/ke-/-an」這 4 種字首或字尾的型態出現，可以直接搭配「原形動詞、形容詞或名詞」成為被動詞，由下表可知，被動詞必須由原形動詞或去除「Me」動詞字首來做變化，比如：「kenal(認識)→mengenal(認識)→dikenal(被認識)」；但特別的是「memper/memper-i/memper-kan」字首的「Me 動詞(2)」，被動只會使用「di」，「memper」只省略「mem」字首，但保留「per」部分，然後字首加「di」成為被動詞，例如：「panjang(長的)→memperpanjang(延長)→diperpanjang(被延長,被延續)」，這是要特別注意的地方，對照表如下：

動詞類型	被動詞類型	中 文 說 明	範 例
Me 動詞(1)	di-	被... (Me-動詞被動)	genang 浸,泡,淹→digenang 被淹沒 vonis 定罪→divonis 被判罪 duga 猜測,臆測,測量→diduga 被懷疑
Me 動詞(2)	di-kan	(Me-kan 動詞被動) (主詞控制受詞)	
	di-i	(Me-i 動詞被動) (主詞對受詞做動作)	sakit 生病→disakiti 使痛苦,虐待
	diper-	(Memper-動詞被動)	
	diper-kan	(Memper-kan 動詞被動)	

	diper-i	(Memper-i 動詞被動)	
	ter-	(ter 被動詞=di 被動詞) (無意中發生)	sakit 生病→<u>ter</u>sakit 染病,遭病痛 duga 猜測→terduga 涉嫌的,猜測到

例句

➤ Saat itu adalah waktu terbaik, sekaligus waktu terburuk. (Kisah Dua Kota)
那是最美好的時代，也是最糟糕的時代。(雙城記)

Ayat I-2.1.被動詞(di-)

「di 被動詞」很常見，下面整理常見例子：

範例(被動詞 di-)

類　型	me-動詞字首/尾	di-被動用法	範　　　　　　　　　　　　　　　　　　　　　　　　　例
di-	原型動詞/ me-	di	ajar 教育→diajarkan 教導,把...教給 anut 信仰→dianut 信奉 bagi 除,比,對於,區分,為了,對...而言→dibagi 劃分,區分 bom 炸彈→dibom 被轟炸 bui 監獄→dibui(人)把(人)關進監獄,繩之以法 cerca 責罵,辱罵→dicerca 責罵,辱罵 cipta 深思,創造→dicipta 被創造 deportasi 驅逐出國(境)→dideportasi 被驅逐出國 duga 猜測,臆測,測量→diduga 被懷疑 genang 浸,泡,淹→digenang 被淹沒 gerai 專櫃,竹塌,挖,掘,散開→digerai 披散著 giring 驅,趕,押送,扭送,運(球)→digiring 驅,趕,押送,扭送 halau 驅趕,驅逐,轟走→dihalau 被驅趕 imbau 呼籲,呼喊→diimbau 呼籲,呼喊 jenguk 探親,探視,會客→dijenguk 探親,探視 kenal 認識→dikenal 被認識 kurung 括號,有圍牆場地→dikurung 加上括號,包圍,封鎖 lacak 充足,到處都有,足跡,痕跡→dilacak 被查證,被追蹤 lap 抹布→dilap(用抹布)擦,抹,擦拭 larang 禁止→dilarang(被)禁止 maksud 目的,意思→dimaksud 表示意義,所指的,所想的 pakai 穿戴,加入,使用,放進→dipakai 穿戴,被加入,被使用 pandu 領導,帶領→dipandu 帶領,為人導遊 politisasi 政治化→dipolitisasi 被政治化 publikasi 公布,出版→dipublikasi 公布,發表,出版,發行 putar 轉,旋轉→diputar 上映,放 raup 捧→diraup 雙手捧著,獲得,得到 rawat inap 住院照護→dirawat inap 住院(過夜)照護 segel 鉛封,封印,封條→disegel 上鉛封,上蠟封,貼封條 setrika 熨斗→disetrika(熨斗)燙 sikat 刷子,梳子,耙子→disikat 洗刷,梳,耙,掃光 stigmatisasi 污名化→distigmatisasi 被污名化

類　型	me-動詞字首/尾	di-被動用法	範　　　　　　　　　　　　　　　　　　　　　　　　　　　　例
			tandu 轎子,擔架→ditandu 抬轎,用擔架抬
			tebus 兌現,贖回,贖(罪),彌補,雪(恥)→ditebus 贖,贖回
			toleransi 容忍,寬容,忍受→ditoleransi 容忍,寬容
			upah 工資,薪水→diupah 被僱用
			usung 抬→diusung 抬,扛,主辦,承辦
			usut 調查→diusut 調查
			vonis 定罪→divonis 被判罪
me-kan		di-kan	anggar 計算,預算→dianggarkan 被編入預算
			angin 風→diangin-anginkan 晾乾,吹乾,風乾,透漏風聲
			apa 什麼→diapakan 把...怎麼樣,如何對待,對...做某事
			arah 方向→diarahkan 輔導,指導,引導
			arti 意思,意義→diartikan 解釋,說明,使了解
			asuransi 保險,保險金→diasuransikan 投保
			bagasi 行李→dibagasikan 託運(行李)
			banding 相比,相當,上訴,重審→dibandingkan 和...相比
			batal 無效,取消→dibatalkan 取消,使無效,廢除
			benar 正確的→dibenarkan 證實
			berangkat 出發→diberangkatkan 使出發,派遣
			beri 給,給予→diberikan 把...給予
			bicara 講→dibicarakan 討論
			bubuh 加上→dibubuhkan 把...加在
			butuh 需要→dibutuhkan 被需要
			canang 小鑼→dicanangkan 敲鑼通知,宣布,宣傳
			cermin 鏡子,借鏡,榜樣,反映→dicerminkan 反映,顯示
			colokan 插頭→dicolokkan 將插頭插入
			diam 安靜→didiamkan 使安靜,使不動,不理,不管
			diri 建立,站立,興建,建設→didirikan 建立,設立,創辦
			ekspresi 表達,表示→diekspresikan 表示在...
			fungsi 功能,作用,職務→difungsikan 使起作用,使有功能
			gagal 挫折,失敗→digagalkan 挫敗,使失敗
			ganti 代替,更換→digantikan 代替,替換
			gelap 非法的,黑暗的,不清楚→digelapkan 被侵吞
			guna 使用,好處→digunakan 被使用
			harap 希望,請→diharapkan 希望,請
			henti 停止,中止→dihentikan 使停止,使中止
			ingat 記得,注意,小心→diingatkan 記起,提醒,勸告,警告
			ingin 想要→diinginkan 想要,渴望
			izin 允許,許可→diizinkan 允許,許可,同意
			jadi 做成,變成→dijadikan 使變成,使成為,辦成
			jadwal 行程表→dijadwalkan 表定,預定
			kabar 消息→dikabarkan 報告,報導,通報
			kadar 能力,天意,品味,身分,大約→dikadarkan 安排,注定
			kait 關係,關聯→dikaitkan 與...掛勾,與...聯結在一起
			karena 因為,由於,因...而→dikarenakan 肇因,由於
			kata 言語,言詞,念頭,慾望→dikatakan 說出

類　型	me-動詞字首/尾	di-被動用法	範　　　　　　　　　　　　　　　　　　　　　　　　　　　例
			kategori 類別→dikategorikan 把…列入
			keluar 出去→dikeluarkan 拿出,頒布,生產,出口,發出,發表
			kembali 回來→dikembalikan 放回,歸還,折返,使…重演
			kena 觸及,沾上,命中,挨,受→dikenakan 繫,穿,用,使觸及
			kerah 勞役→dikerahkan 召集,動員
			kering 乾的,乾燥的,貧乏,枯竭→dikeringkan 弄乾,曬乾
			khawatir 擔心,著急→dikhawatirkan 被人擔憂
			kucil 擠出,壓出→dikucilkan 擠,壓,排斥,孤立
			kukuh 堅固,穩固,堅定→dikokohkan 使堅固,確認
			lahir 出生,外表,有形的→dilahirkan 生育,產生,發表
			laku 行為,作法→dilakukan 做(事)
			lestari 持久的,持續的→dilestarikan 保護,維持,留置
			letak 地點→diletakkan 放置
			lewat 經過,走過,超過→dilewatkan 放過,錯過,使超過
			longgar 寬鬆的,鬆脫,不嚴密→dilonggarkan 使寬鬆,放寬
			main 玩,進行,演奏,表演,做(壞事)→dimainkan 扮演
			maksud 目的,意圖,意思→dimaksudkan 表示…意思
			Mandarin 中文,華文→dimandarinkan 被寫成中文是
			masuk 放入,引進,納入→dimasukkan 放入,引進
			menang 獲勝,得勝,勝利獎品,勝過→dimenangkan 贏得
			meneruskan 繼續,使穿過→diteruskan 被延續
			merayakan 慶祝→dirayakan 慶祝
			musnah 消滅,毀滅→dimusnahkan 消滅,毀滅,銷毀
			nama 名字,叫做,稱號,頭銜,名聲→dinamakan 所謂的
			nanti 等,等一下,即將,待會,以後→dinantikan 等待,期待
			nobat(就職/加冕典禮)大鼓→dinobatkan 舉行登基典禮
			nonaktif 不活躍→dinonaktifkan 使不活躍
			nyata 清楚的,明顯的→dinyatakan 陳述,宣布,表示,聲明
			pamer 炫耀→dipamerkan 炫耀
			pancar 噴射,噴出,照射→dipancarkan 噴出,射出
			pasar 市場→dipasarkan 銷售
			perlu 必須,需要,為了→diperlukan 被需要,被認為必要
			persepsi 直覺,洞察力→dipersepsikan 感覺,使有洞察力
			pertama 第一,首次→dipertamakan 放在第一位
			pikir 想,思考→dipikirkan 思考,考慮,思念,懷念,關心,重視
			pindah tugas 換工作→dipindahtugaskan 換工作
			pisah 分開,分離,分散→dipisahkan 分開,分離,分散
			pusara 墳墓→dipusarakan 安葬,下葬,葬在
			rahasia 秘密,機密,秘訣→dirahasiakan 把…保密起來
			ramai 熱鬧,旺盛,人多→diramaikan 使熱鬧,使吵吵鬧鬧
			realisasi 實行,實現→direalisasikan 使實現
			rekomendasi 推薦,介紹→direkomendasikan 推薦,介紹
			remeh 瑣碎的,細微的→diremehkan 小看,瞧不起,低估
			rencana 計畫,報告→direncanakan 計劃,草擬,起草
			sah 合法→disahkan 合法化,始生效,證實

類　型	me-動詞字首/尾	di-被動用法	範　　　　　　　　　　　　　　　　　　　　　　　　　例
			saji 服務→disajikan 端出,上菜,招待
			salah arti 誤認,誤解→disalahartikan 誤認,誤解
			salah guna 濫用→disalahgunakan 濫用
			samar 模糊不清→disamarkan 使昏暗,隱藏,喬裝,偽裝
			saran 建議,提議→disarankan 建議,宣傳,提倡
			sebab 因為→disebabkan 引起,使得
			sebar luas 廣泛流傳→disebarluaskan 使擴散,使普及
			sebar 傳播,散播→disebarkan 傳播,散播
			selamat 安全,祝福,祝→diselamatkan 拯救,使安全
			sesuai 符合,適合→disesuaikan 使合適,使相符,使一致
			sisa 剩下的→disisakan 使剩餘,使剩下
			steril 無菌的,消毒的,不育的→disterilkan 被消毒
			takdir 天意,命運→ditakdirkan 天生一對,命中註定
			tambat 栓在,停泊→ditambatkan 栓在,吸引,扣人心弦
			tanggal 脫落,掉落,蛻(皮)→ditanggalkan 脫掉,取下
			tangguh 延期→ditangguhkan 延期,暫緩,暫停
			tempat 場地→ditempatkan 安置,安放,放,裝,安排,安頓
			temu 相遇→ditemukan 發明,創造,發現,看到
			terbit 出版,引起→diterbitkan 核發,發行
			terjun 跳下→diterjunkan 使落下,下降,空投,空降,投身於
			terus 繼續→diteruskan 被傳遞,送交,轉交,繼續
			tetap 仍然,固定的,長期的→ditetapkan 維持,規定,決定
			tugas 任務,工作→ditugaskan 把任務交給,責成
			turun 下→diturunkan 使落下,卸下,使下台,降低,式微
			uang 錢→diuangkan 兌現
			uji coba 測試→diujicobakan 測試
			umum 公認,公開→diumumkan 公布
			utama 主要的→diutamakan 重視,把…放首位
			wajib 應當,必須,有義務→diwajibkan 必須,交由…負責
	me-i	di-i	aku 我,個人,自身→diakui 被承認,認可
			anugerah 天賜,賞賜,獎賞→dianugerahi 賜予,賞賜
			basmi 燒光,焚毀→dibasmi 燒光,焚毀,消滅
			batas 界線,程度→dibatasi 劃界,分隔,限制,管制,下定義
			bekal 謀生手段,生活必需品→dibekali 給…提供
			cekok 灌藥,硬灌,強迫灌輸,填鴨式→dicekoki 灌(藥)...給
			ceramah 聊天,健談→diceramahi 聊天,健談,碎碎念
			curiga 懷疑,猜疑→dicurigai 被…懷疑,被猜疑
			gemar 愛好,喜好,嗜好→digemari 喜愛,愛好
			halang 阻礙,妨礙→dihalangi 阻礙,妨礙
			hampir 接近,幾乎,差一點→dihampiri 接近,靠近,介入
			hujan 雨→dihujani 像雨點般落在,頻頻發出
			ikut 跟隨,伴隨,陪同,一起→diikuti 其次
			jatuh 跌倒,判決,判處→dijatuhi 遭受
			jauh 遠→dijauhi 被避開,遠離,躲避
			juluk 取綽號→dijuluki 給…取綽號

類　型	me-動詞字首/尾	di-被動用法	範　　　　　　　　　　　　　　　　　　　　　　　　　例
			karunia 慈悲,仁慈,恩賜,恩惠→dikaruniai 被賞賜,被賦予
			kawan 朋友,同伴,配料,下酒菜→dikawani 陪伴,陪同
			kenal 認識→dikenali 被認出
			ketahu 知道,懂得,會,過問→diketahui 被發現,被知道
			kunjung 參觀,訪問,造訪→dikunjungi 參觀,訪問,探望
			latar belakang 背景→dilatarbelakangi 背景在於
			lengkap 完整,齊全→dilengkapi 補足,補齊,裝備,配備
			lindung 保佑,保護→dilindungi 保佑,保護
			lingkar 圈,圓周→dilingkari 劃圈,纏繞,圍繞
			lunas 還清,付完→dilunasi 還清,償還,履行
			mahkota 王冠,統治者→dimahkotai 給...加冕,冠以...
			masuk 進來→dimasuki 進入
			mengurangi 打折,減少,減輕,降低(地位)→dikurangi
			nikmat 恩賜,享受,舒服的,爽快的→dinikmati 造福
			obat 藥→diobati 診斷
			pengaruh 影響,作用,勢力→dipengaruhi 對...產生影響
			penuh 滿的,充滿,全部→dipenuhi 滿足,完成,實現,符合
			pungkir 否認,違背,違抗→dipungkiri 否認,違背,絕不做
			resap 滲入,滲透,浸潤→diresapi 滲入,大量吸收,瀰漫
			sakit 生病→disakiti 使痛苦,虐待
			sepakat 同意,一致→disepakati 同意,贊成,批准
			serta 和,和...一起,加入→disertai 伴隨,陪同,參加
			suka 喜歡→disukai 被喜歡
			tindak lanjut 下一步→ditindaklanjuti 做下一步動作
			tuju 目的,方向,目的地→disetujui 同意,贊成,贊同
			tumbuh 生長→ditumbuhi 生長在
	memper-	di-per	memperberat 加重,使...沉重→diperberat 加重,使...沉重
			memperbesar 放大,擴大→diperbesar 被放大
			mempercepat 加速,加快→dipercepat 加速,加快
			memperkecil 縮小,使變小→diperkecil 被縮小
			memperlebar 拓寬→diperlebar 拓寬
			memperlonggar 使寬鬆,放寬→diperlonggar 使寬鬆,放寬
			memperluas 擴大,擴展→diperluas 被擴展
			memperoleh 能夠,可以,得到→diperoleh 能夠,得到,獲得
			memperpanjang 延長,延續→diperpanjang 延長,延續
	memper-kan	di-per-kan	memerhatikan 注意,關注[8]→diperhatikan 被注意
			memperbincangkan 談論,商談→diperbincangkan 談論
			memperbolehkan 允許→diperbolehkan 被許可
			mempercontohkan 當榜樣,舉為例→dipercontohkan
			memperdagangkan 販賣→diperdagangkan 被販賣
			memperkirakan 預期,預估→diperkirakan 預期,預估
			memperlihatkan 出示,顯示→diperlihatkan 出示,顯示

---

[8] 現在用法「perhati(關心,重視)→memerhatikan(注意,關注)」，舊式用法是「hati(小心)→memperhatikan(注意,關注)」，但被動詞都是「diperhatikan」。

類　型	me-動詞字首/尾	di-被動用法	範	例
	memper-i	di-per-i	memperlengkapi 裝備→diperlengkapi 補齊	

例句

- Kamar hotel dibersihkan setiap hari.
  飯店房間每天都被打掃。(102 印導)

- Acara ke kebun binatang dibatalkan, karena ada harimau lepas dari kandang.
  去動物園的行程被取消，因為有老虎從籠子脫逃。(103 印導)

- Besok pagi jam 8 Anda sekalian diharapkan berkumpul di lobi hotel.
  明天早上 8 點請你們全部在飯店大廳集合。(104 印導)

- Aula Memorial Chiang Kai-Shek adalah monumen peringatan yang didirikan untuk mengenang Presiden Chiang Kai-Shek. Jumlah anak tangganya ada 87 buah, sama dengan usia Presiden Chiang Kai-Shek saat meninggal.
  中正紀念堂是為了紀念蔣中正總統而建的紀念碑，台階總數有 87 個，與蔣中正總統死亡時年紀相同。(104 印導)

- Karena ada angin topan, maka pelabuhan udara ditutup, oleh karena itu semua penerbangan dihentikan, sehingga perjalanan kami terpaksa ditunda.
  因為有暴風，所以機場關閉，因此全部航班暫停，以致我們的旅行被迫取消。(105 印導)

- Kalau belanja di pasar malam, kadang-kadang harganya bisa ditawar walaupun sudah murah sekali.
  如果在夜市購物，雖然已經很便宜，有時仍然可以殺價。(105 印導)

- Sarapan pagi yang terkenal di kota Tainan adalah sup daging sapi yang jarang ditemukan di kota lain, maka jangan sampai dilewatkan.
  台南市有名的早餐是在其他城市很少見到的牛肉湯，因此不要錯過。(106 印導)

- Pisau buah yang disembunyikan di dalam dompetnya tidak bisa dibawa naik ke kabin pesawat karena dilarang keras membawa benda tajam ke kabin pesawat.
  藏在他錢包裡的水果刀不能帶上飛機，因為嚴格禁止帶尖銳物品進機艙。(106 印導)

- Wisata budaya dan kuliner bisa juga dilakukan di daerah jalan Dihua, karena ada banyak bangunan tua artistik dan juga ada banyak warung/depot makanan kecil khas Taiwan di sana.
  文化旅遊和美食旅遊也能夠在迪化街區進行，因為有許多人工老建築物和也有許多有台灣風味的零食小店在那裡。(106 印導)

- "Wisata bahari"dalam pariwisata adalah kegiatan wisata yang dilakukan meliputi daerah pantai dan pulau-pulau sekitarnya.
  旅行中的"海灘旅遊"是指所從事的旅遊活動與海灘地區和週邊島嶼有關。(107 印導)

- Travel check ini tidak bisa diuangkan, karena tanda tangan yang ada di bagian atas tidak sama dengan yang ada di bawah ini.
  這張旅行支票不能兌現，因為上方欄位的簽名與下方的不同。(107 印導)

- "Warung internet" yang dimaksudkan dengan "warnet."
  "Warnet"所指的意思是"網咖"。(107 印導)

➢ Anda harus diperhatikan saat mengunjungi restoran yang ada di Indonesia memberi uang tip setelah menikmati makanan.
當造訪印尼餐廳時，你必須注意飯後給小費。(107 印導)

➢ Angklung adalah alat musik tradisional Indonesia yang terbuat dari bambu dan dibunyikan dengan cara digoyangkan.
昂格隆(印尼搖竹)是由竹子製成的印尼傳統樂器，利用搖擺方式發聲。(107 印導)

➢ Walaupun banyak negara memberikan izin bebas visa, tetapi masa berlaku paspor harus lebih dari 6 bulan baru diperbolehkan masuk.
雖然許多國家給予免簽證，但是護照有效期必須超過 6 個月才被允許入境。(108 印導)

➢ Saat berkunjung ke kebun binatang, perilaku yang memberi makan hewan liar harus dihindari.
當去動物園參觀時，應該避免做餵食野生動物的行為。(108 印導)

➢ Dadar telur tiram/Oacien sangat disukai turis domestik maupun asing. Pembuatan/Cara memasak:Campurkan tiram, telur, sayur dengan 2 sendok makan tepung tapioka cair, lalu goreng samapi matang kecokelatan. Bila perlu, tambahkan saos pedas atau saos tomat. Paling tepat dimakan bersama saos tomat.
蚵仔煎不論國內或外國觀光客都很喜歡，蚵仔煎作法：混合蚵仔、蛋、青菜，用 2 匙調羹勾芡，之後煎熟成褐色，視需要加辣椒醬或番茄醬，最正確是和番茄醬一起吃。
(106、109 印導)

➢ Wisata belanja sangat cocok dilakukan pada akhir tahun karena banyak mal akan mengadakan obral tahunan pada akhir tahun.
購物旅遊很適合在年底從事，因為許多購物中心會在年終舉行年度大拍賣。(110 印導)

➢ Baju putih yang dipakai sudah menguning/menjadi kuning karena sudah terlalu lama disimpan.
穿著的白色上衣已經變黃，因為已經存放太久了。(110 印導)

➢ Banyak jajanan pasar khas Taiwan yang sangat digemari banyak orang, dadar telur tiram/omelet tiram, tahu bau goreng, dan teh susu mutiara adalah daftar jajanan yang sering ditemukan di pasar malam Taiwan.
許多台灣特色的市場小吃被許多人喜愛，蚵仔煎、臭豆腐和珍珠奶茶是在台灣夜市常見到的小吃。(110 印導)

➢ Wajah Mirna dan adik kembarnya bagai pinang dibelah dua. Yaitu, wajah adik Mirna mirip dengan wajah Mirna.
Mirna 的臉和她的孿生妹妹好像切成兩半的檳榔，也就是 Mirna 妹妹的臉與 Mirna 相似。(110 印導)

➢ Barang yang sudah dibeli tidak boleh dikembalikan, tapi boleh tukar tambah. Yaitu boleh bertukar barang dengan memberi tambahan uang, tapi tidak boleh bertukar dengan pembeli lain.
已經購買的物品不可以退還，但是可以付費更換，也就是說支付額外費用可以換貨，但是不可以跟其他買家交換。(111 印導)

➢ Istilah "jam karet" sering dipakai untuk menjelaskan tidak tepat waktu.
專門術語"彈性時間"經常是用來說明不守時。(111 印導)

➢ Tempe adalah makanan yang merakyat di Indonesia, sedangkan Mi sapi adalah makanan merakyat di Taiwan. Arti kata "makanan merakyat" adalah yang mudah diperoleh.

119

黃豆餅(天貝)是印尼庶民食物，而台灣的平民食物則是牛肉麵，"庶民食物"是指到處可見的意思。(111 印導)

➢ MRT adalah salah satu alat transportasi yang praktis dan nyaman, tetapi memiliki beberapa larangan yang harus diperhatikan saat bepergian dengan MRT.
捷運是其中一種實用和舒適的交通工具，但是搭乘捷運旅行有幾個必須注意的禁令。
(112 印導)

➢ Penumpang tidak diperbolehkan untuk makan dan minum di dalam MRT.
乘客不可以在捷運裡吃喝。(112 印導)

➢ Setelah pesawat mendarat, penumpang akan diarahkan ke area pengambilan bagasi di bagian menuju lobi dan tunggu sekitar 10 menit atau lebih, petugas akan menaruhkan barang penumpang di rel berjalan untuk diambil.
在飛機降落後，乘客會被引導去往入境大廳方向的行李領取處，大約等待 10 分鐘或更久，員工會擺放乘客行李在轉動的軌道上供領取。(112 印導)

➢ Untuk faktor eksternal yang terdiri dari kondisi politik dan legal; ekonomi; sosial dan budaya; serta alam dan ekologi dipengaruhi oleh kondisi negara tersebut secara global.
外部因素由政治與法律、經濟、社會和文化情形，以及被該國以全球的角度影響自然及生態的狀況所組成。(112 印導)

➢ Acara penting ini sebaiknya dikedepankan.
這個重要行程最好排在前面。

➢ Pekerjaan Anda itu mesti dipertamakan.
你的工作必須放在第一位。

➢ Dari aksennya dapat diketahui bahwa dia berasal dari Indonesia.
從他的口音可以聽出他來自印尼。

➢ Dia belum mengerti apa yang dimaksudkan oleh ayahnya.
他還未明白他父親的意思。

➢ Betisnya penuh bintul bekas digigit nyamuk.
他的小腿滿是蚊子叮咬過的小腫包。

➢ Kapan Anda dilahirkan?
您何時出生？

➢ Novel "Seqalu : Formosa 1867" ini dimahkotai dengan "novel terbaik 2021".
"斯卡羅" 這本小說被譽為" 2021 年最佳小說" 。

➢ "Metaverse" adalah sebuah dunia virtual yang bisa dikunjungi melalui perangkat VR, AR dan MR. Dianggap sebagai internet generasi berikutnya.
"元宇宙"是一個能夠透過虛擬實境(VR)、擴增實境(AR)和混合實境(MR)而進入的虛擬世界，被認為是下一世代的網際網路。

➢ Kenangan kami bersamanya begitu sulit untuk dilupakan.
我們共同的回憶那樣難以忘懷。

➢ Kerjasama pihak sekolah dan orang tua sangat dibutuhkan untuk mengatasi masalah kenakalan anak-anak.
校方和父母很需要合作處裡小孩調皮的問題。

- Seafood seharusnya dimakan setelah masakkan matang.
  海鮮最好煮熟之後吃。

- Jangan dimasuki hati= Jangan dimasukkan ke hati.
  不要放在心上/別介意，別放在心上。

- Dia tidak dihitung pegawai tetap, berbeda banyak dibandingkan sebelum pandemi.
  他不算固定職員，跟疫情前相比差很多。

- Makanan yang paling dirindukan Saya adalah susu kedelai dan cakwe toko sarapan Taiwan.
  我最懷念的就是台灣早餐店的豆漿和油條。

- Orang yang bersikap plin-plan tidak dapat dipercayai.
  態度曖昧的人不可相信。

- Warga diingatkan untuk menjaga kehangatan tubuh.
  提醒民眾要保持身體溫暖。

- Survei menunjukkan bahwa semakin banyak PMA tidak lagi memilih Jepang, namun Taiwan yang lebih dekat dari Vietnam. Selain masalah gaji, tiket pesawat juga lebih murah. Selain itu, beberapa media asing menyebutkan bahwa sistem PMA di Taiwan lebih transparan dibandingkan Jepang dan masyarakat Taiwan juga lebih bersahabat terhadap warga Vietnam.
  調查指出越來越多外籍移工不再選擇日本，而是較靠近越南的台灣，除了工資問題外，機票也較便宜，此外，機家外國媒體說台灣外籍移工的制度相比於日本較透明，台灣人對越南人也較友善。

- Ada barang yang harus dilaporkan?
  有需要申報的物品嗎？

- Jangan lupa ditawar.
  別忘了殺價(討價還價)。

- Selain disebabkan unsur pandemi, juga dikarenakan terus turunnya tingkat kelahiran sebanyak 8.000-an bayi dari 23.000-an pada 2018 menjadi 14.000-an pada 2022.
  除了疫情因素造成之外，也因為出生率持續從 2018 年 23,000 多人到 2022 年為 14,000 多人，減少高達 8,000 多名嬰兒。

- Yuan Eksekutif menegaskan tidak akan memberikan pemberitahuan menerima uang melalui pesan SMS. Masyarakat diimbau untuk tidak membuka pesan SMS yang tidak dikenal.
  行政院強調不會利用手機簡訊來發領錢的通知，呼籲民眾不要開啟不認識的手機簡訊。

- Pesan teks yang mencurigakan akan langsung tersambung dengan saluran anti penipuan 165 dan diblokir.
  可疑的文字簡訊將直接轉給反詐騙 165 專線並封鎖。

- Di daerah Nusa Tenggara Timur Indonesia, ditemukan Pedang Kuno, arca Buddha dan alat musik gendang terbuat dari logam perunggu dari zaman perunggu, diduga berasal dari waktu yang lebih lama yakni 3.000 tahun lalu.
  在印尼東努沙登加拉地區，發現青銅器時期用金屬銅製作的古劍、佛像和鼓樂器，懷疑起源超過 3,000 年前。

- Bonus uang tunai NT$ 6.000 yang telah dinantikan akan segera diluncurkan.
  已經等待許久的 6,000 元現金獎勵即將推出。

> Diperkirakan pada tahun ini 1.218 persimpangan berisiko tinggi akan diperbaiki untuk menghapus nama Taiwan sebagai "neraka" bagi pejalan kaki.
> 預估今年將改善 1,218 個高危險性的路口，以消除行人"地獄"的名聲。

> Saat ini telah selesai diotopsi untuk diperiksa.
> 現在已經結束解剖調查。

> Di Indonesia, Hari Ibu dirayakan setiap 22 Desember dan ditetapkan sebagai perayaan nasional. Sementara di Taiwan dan lebih dari 75 negara, Hari Ibu dirayakan pada hari minggu pekan kedua Mei.
> 印尼母親節是每年 12 月 22 日慶祝，且固定成為國定假日，而在台灣和超過 75 個國家，母親節在 5 月第 2 個禮拜天慶祝。

Ayat I-2.2.被動詞(ter-)

「被動詞(Kata Kerja Pasif)」的另 1 種形式「ter 被動詞」也很常見，具有「最、無意的、被...(=di-)、行為結果...」等意義，甚至還有一些「ter-」開頭的字，不是「ter-被動詞」，而是「人格化名詞」，請參考「III-1.5.4.延伸閱讀」說明，下面整理常見例子：

範例(被動詞 ter-)

類　　型	me-動詞字首/尾	ter-被動用法	範　　　　　　　　　　　　　　　　　　　　　　　　　　　　　　　　例
ter-/te-	me-	ter-/te-	ancam 威脅,恐嚇→terancam 威脅,警告 angin 風→terangin 被風吹,聽到風聲 atur 安排,喬,部署,(規)定在→teratur 有秩序的,定期 bakar 烤,燒→terbakar 燒光 balik 顛倒,倒轉,翻轉,背面,返回→terbalik 顛倒,倒裝,翻覆 batas 界線,範圍,程度→terbatas 受到限制,限量的,有限的 bebas 免於,自由→terbebas 脫離 benam 下沉→terbenam 沉沒,(太陽)西下 bentang 展示,攤開,打開→terbentang 展現,展開 bentuk 形狀,結構,彎曲→terbentuk 造成,構成,建立,設立 betik 傳播,油然而生→terbetik(消息)傳播,(感情)油然而生 biasa 普通,習慣→terbiasa 已成習慣,習慣(性) bius 沒有知覺,失去知覺,昏迷→terbius 被麻醉 bonceng 免費搭車→terbonceng 掛名 bongkar 拆,卸→terbongkar 拔,起,卸,拆除,拆毀,拆開,揭露 buai 搖曳,搖盪→terbuai 搖搖晃晃,陶醉,沉醉 buka 開,打開→terbuka 坦率的,開放的,公開的 bukti 證據→terbukti 被證實,得到證實 catat 記錄→tercatat 記錄 cebur 撲通→tercebur 掉進,落入,陷入 cengang 驚訝,發呆→tercengang 驚訝,目瞪口呆 daftar 名單,表格→terdaftar 已登記 dahsyat 恐懼,驚恐→terdahsyat 恐懼,害怕,令人害怕的 dampak 衝擊,碰撞,影響,效果→terdampak 受到影響 dampar 衝擊→terdampar 衝到岸上,擱淺 dapat 能夠,可以,得到,獲得→terdapat 有,有著

類　　型	me-動詞字首/尾	ter-被動用法	範　　　　　　　　　　　　　　　　　　　　　　　　　　例
			data 資料,數據→terdata 據統計
			dekat 附近,靠近,親近→terdekat 在附近
			dengar 聽→terdengar 能聽得見,聽到,聽說,傳來(聲音)
			desak 擠,擁擠→terdesak 被擠,被迫,被排擠
			diri 建立→terdiri 由...組成
			dorong 推→terdorong 被推動,受驅使
			duduk 坐,居住→terduduk 突然坐下,坐下來了,沉澱
			duga 猜測,臆測,測量→terduga 涉嫌的,料想到,猜測到
			empas 猛擲,猛甩→terempas 被扔出去,被甩出去
			gantung 懸掛式→tergantung 取決於,懸而未決
			geletak(亂)躺→tergeletak 倒在地上
			geliat 扭動,扭曲→tergeliat 扭傷了
			gelincir 打滑→tergelincir 滑倒,出軌,失言,失手,失足
			gerai 專櫃,竹塌,挖,掘,散開→tergerai 披散著
			goda 引誘,誘惑,調戲→tergoda 被引誘,被誘惑,被調戲
			golong 劃分,分類,歸類→tergolong 被分類
			guling 滾→terguling 滾動著,滾下來,翻倒了,被推翻的
			guncang 猛烈搖晃→terguncang 搖動
			gusur 拉走,拖走→tergusur 被拉走,被排擠
			hampar 覆蓋,鋪平→terhampar 伸展著,鋪開著
			haru 攪拌,搗亂,附身→terharu 被感動
			hasut 煽動,挑撥→terhasut 煽動性的
			hempas 猛擲,猛甩→terhempas 被扔出去,被甩出去,猛擊
			hindar 走開,離開→terhindar 逃脫,躲開
			imbas 搖晃,氣流,推動,影響→terimbas 影響,搧(風)
			ingat 記得,想起,注意→teringat 忽然想起,無意間想到
			isi 內含物,內餡,容積,(果)肉→terisi 已填補,已裝上
			jadi 做成,變成,可以,→terjadi 發生,形成,組成
			jamin 保證→terjamin 有保障
			jangkau 取得,達到→terjangkau 負擔得起的,平價的
			jangkit 傳染,傳播→terjangkit 被傳染,被傳播
			jebak 陷阱,圈套→terjebak 落入陷阱/圈套,被困住
			jerat 活結,圈套→terjerat 被勒住,落入圈套,受騙上當
			jerumus 陷入,跌入,陷害→terjerumus 陷入,身陷,掉入
			jual 賣,出售→terjual 賣掉了,已售出
			kait 鐵鉤,圈套,關係,關聯→terkait 被鉤住,與...有關聯
			kandung 袋子,口袋→terkandung 包含,包括
			kapar 河漂垃圾,漂流木→terkapar 到處躺著
			ke muka 向前,有名的,知名的→terkemuka 有名的,著名的
			kecoh 欺騙→terkecoh 被騙
			kecuali 除外,例外,還,在...同時→terkecuali 豁免,除外
			kejut 吃驚,嚇呆→terkejut 吃驚,嚇呆,嚇一跳
			kelupas 脫皮,剝落→terkelupas 脫皮,剝落
			kenal 認識→terkenal 有名的
			kena 觸及,命中,承受,課(稅)→terkena 已裝上,被觸及,受

類　　　型	me-動詞字首/尾	ter-被動用法	範　　　　　　　　　　　　　　　　　　　　　　例
			kepung 圍繞著→terkepung 被包圍
			kesan 印象,感想,足跡→terkesan 留下印象,印下深刻
			kontaminasi 交互感染→terkontaminasi 被交互感染,中毒
			kuak 張開,打開,敞開→terkuak 張開,打開,敞開
			kulai 懸垂→terkulai(無力的)下垂
			kutuk 詛咒→terkutuk 傷天害理的,絕子絕孫的,該死的
			laksana 舉止行為,特性→terlaksana 已實現,已完成,已遂
			lalu 經過,穿過,以前的,過去→terlalu 太,很,過分
			lanjur 被推向前,繼續,延續→terlanjur 已說出口
			lantar 引起,荒廢→terlantar 露天閒置,荒廢,無人照料
			latih 訓練→terlatih 受過訓練,訓練有素的
			lena 恍惚→terlena 陶醉在
			lepas 放開,脫逃,獨立的,之後→terlepas 已脫離
			lerai 調解,排解,排除(疾病)→terlerai 被分開
			letak 地點→terletak 位於
			lewat 經過,走過,超過,越過→terlewat 跳過,被越過,省略
			libat 纏繞→terlibat 纏上,涉及,受牽連
			lihat 看→terlihat 被看到,被發現,無意看到,突然發現
			longsong 滑坡→terlongsong 丟失的
			lonjak 跳躍→terlonjak 驕傲,自大,大頭症
			membelah 裂縫,分成兩半→terbelah 破碎,分成兩半
			nama 名字,頭銜,名聲→ternama 有名的,出名的,著名的
			nyata 清楚的,明顯的→ternyata 顯然地
			ombang-ambing 漂泊→terombang-ambing 上下顛簸
			padu 團結,結實→terpadu 整合式,統一的
			paksa 強制,強迫→terpaksa 被迫
			paku 釘子→terpaku 釘死,呆若木雞,愣住不動,被吸引
			pampang 展現,張開→terpampang 展開,呈現
			papar 解釋,說明→terpapar 闡述,闡明,展現
			patri 焊錫→terpatri 被焊在一起,緊緊黏合在一起
			pecah 破,偵破,爆裂,爆發,洩露→terpecah 分開
			pelajar 學生→terpelajar 受過教育的,有學問的,有教養的
			peleset 滑跤→terpeleset 滑跤
			pendam 埋藏,隱藏,蘊藏→terpendam 被埋藏,蘊藏著的
			perangkap 陷阱,捕捉籠→terperangkap 掉陷阱,受騙,上當
			pergok 突然遇見,撞見,被當場發現→tepergok 遇見,撞見
			perinci 詳細,仔細→terperinci 細分
			pesona 魅力,符咒,咒語→terpesona 被迷住
			pisah 分開,分離,分散→terpisah 分開,分離
			rendam 浸,泡,淹→terendam 被淹
			sadar 醒悟,甦醒,有意識的,覺醒→tersadar 記起,醒來,覺悟
			sakit 生病→tersakit 染病,遭病痛
			sambar 搶奪,猛撲,劈打,吞沒→tersambar 被(雷)劈打
			sandung 絆住→tersandung 被絆住,遇到阻礙
			sebar 傳播,散播→tersebar 分布,被散布,傳播

類　　型	me-動詞字首/尾	ter-被動用法	範　　　　　　　　　　　　　　　　　　　例
			sedak 哽,卡在(喉嚨)→tersedak 哽住,噎住,(脖子被掐)抽搐
			sedia 準備,籌備→tersedia 已準備好,現成的
			selubung 頭巾,偽裝→terselubung 掩蓋著,隱藏的
			sembunyi 躲,躲藏→tersembunyi 被藏起來,隱蔽著
			sendiri 自己的,本身的,獨自→tersendiri 個別,單獨
			sentuh 摸,觸摸,感動→tersentuh 受感動,受刺激,被傷害
			sepit 夾子,鉗子,鑷子→tersepit 被夾住,被卡住
			serah 交付,託付→terserah 你決定就好,隨你,隨便,隨你便
			seret 拖,拉,強行帶走→terseret 受連累
			sesat 迷路,走錯路→tersesat 迷路,犯錯,誤入歧途
			setrum 電流→tersetrum 通電
			siar 播音,進行廣播→tersiar 已傳開,已公布,已擴散
			singgung 戳,刺激,侵犯→tersinggung 受刺激,受損,侮辱
			sirat (漁)網眼→tersirat 蘊含的,隱藏的
			sisa 剩下的→tersisa 剩下來的
			sumbat 塞子→tersumbat 被塞住,被堵住,填滿了,塞滿了
			tarik 拉→tertarik 被吸引
			tata 規則→tertata 治理,布局,安排,調整,布置,設計
			tentu 當然→tertentu 一定,固定的,某
			tera 印記,戳記→tertera 被印刷,蓋過印,被公布
			tidur 睡,睡覺,臥,躺→tertidur 睡著,不知不覺入睡
			timbun 堆→tertimbun 被掩埋
			tindih 重疊,層層堆積,密密麻麻→tertindih 被壓,被抑制
			tinggal 留下,居住,落後→tertinggal 被留下,被遺忘,落後
			tulis 寫→tertulis 書面的
			tunda 延期→tertunda 延期
			tunduk 低頭,投降,遵守,屈服→tertunduk 低著頭
			ulang 重複→terulang 重複了,重做了
			ungkit 一起一落,一上一下→terungkit 撬開,重提(舊事)
			urai 散的→terurai 散開了,解開了,鬆開了
			urus 經營,管理,處理→terurus 保養好,管理好
			usir 驅趕,驅逐,轟走→terusir 被驅趕
			wujud 存在,實物,實體→terwujud 被實現
	me-kan	ter-kan	abai 粗心,疏忽,馬虎,大意→terabaikan 被忽視,被輕視
			baru 新的→terbarukan 被變成新的
			kendali 控制,駕馭,韁繩→terkendalikan 駕馭,控制,掌握
			selesai 結束→terselesaikan 被完成,被解決
	me-i	ter-i	atas 上方→teratasi 被解決,超過,擊敗,克服,平息
			bengkalai,荒廢→terbengkalai 半途而廢,棄置,無所事事
			jalan 路→terjalani 走得過去
			lampau 超越,超過→terlampaui 被超越
			lempar 丟,擲→terlempari 被砸
			noda 汙點,污漬,瑕疵→ternodai 弄髒,使有汙點,玷汙,污辱
			tinggi 高,高級→tertinggi 升高
	memper-	ter-per	memperdaya 欺騙,愚弄,使上當→teperdaya 上當受騙

➤ Segala macam kebutuhan tersedia di pasar swalayan, bahkan lebih lengkap daripada pasar tradisional.
超市備有所有的必需品，比傳統市場齊全。(102 印導)

➤ Penduduk aborigin Taiwan terdiri dari banyak suku, yang resmi terdaftar ada 16 suku.
台灣原住民由許多種族組成，正式登記的有 16 個種族。(103 印導)

➤ Alishan adalah suatu tempat wisata yang sangat terkenal.
阿里山是很有名的景點。(104 印導)

➤ Kopor yang terlalu besar biasanya dilarang dibawa naik ke kabin pesawat, maka harus dibagasikan dulu ketika cek in.
太大的手提箱通常禁止帶上飛機，因此必須在辦理報到時先託運。(104 印導)

➤ Berhati-hatilah saat berwisata sendirian, Anda harus waspada dengan pedagang yang menawarkan barang dagangan, kadang-kadang mempunyai niat terselubung.
注意個人旅遊時，必須警覺推銷商品的商人，有時擁有隱藏的意圖。(105 印導)

➤ Menukar uang hendaknya di tempat yang sah atau di bank agar tidak tertipu.
換錢應該在合法場所或銀行，以免被騙。(105 印導)

➤ Saya hanya tertarik dengan film Amerika yang menarik.
我只被迷人的美國電影吸引。(106 印導)

➤ Pesawat terbang tamu Anda yang hendak dijemput ternyata terlambat, maka Anda akan tetap menunggu sampai mereka tiba dan mengantar mereka ke hotel.
你應該接待的客人的飛機通知會晚到，因此你將持續等待直到他們抵達並送去飯店。(106 印導)

➤ Ang Lee adalah sutradara film yang terkenal dari Taiwan.
李安是來自台灣有名的電影導演。(107 印導)

➤ Pembeli : Berapa harga tas ini? 這個皮包價格多少？
Penjual : Yang ini NTD1.000. 這個新台幣 1 千元。
Pembeli : Wah, mahal sekali. Boleh kurang harganya? 哇，很貴，可以減價嗎？
Penjual : Sudah harga pas, kualitasnya terjamin, Bu! 已經不二價，品質保證，太太。
Pembeli : Oh begitu, saya ambil yang ini saja. 那樣呀，我拿這個就好。
Penjual : Baik, Bu. Silahkan membayar di kasir. Terima kasih, Bu. 好的，太太，請在收銀檯付錢，謝謝太太。(108 印導)

➤ Sikap perilaku seorang pramuwisata ramah adalah menunjukkan baik hati, manis tutur kata, suka bergaul dan menyenangkan dalam pergaulan, suka membantu, dan suka tersenyum.
友善導遊的做事態度是好心指示、說好話、喜歡交際並讓人愉快、喜歡助人及喜歡微笑。(108 印導)

➤ Dari jumlah tersebut, 25% berasal dari Tiongkok Daratan, diikuti oleh wisatawan Asia Tenggara di posisi kedua sebesar 23%. Selain jumlahnya yang besar, wisatawan Asia Tenggara juga memiliki daya beli yang tinggi.
從這數字來看，25%來自中國大陸，其次是東南亞觀光客多達 23%位居第二，除了數目多以外，東南亞觀光客也有高的購買力。(108 印導)

➢ Pasar malam di Taiwan sangat terkenal di dunia.
台灣的夜市舉世聞名。(109 印導)

➢ Maokong yang terletak di atas bukit adalah wisata alam kebun teh Taiwan. Gondola Maokong adalah kereta gantung yang membawa turis asing dari kebun binatang Taipei ke daerah Maokong. Di sini tamu asing bisa menikmati udara segar, kemudian juga bisa menikmati teh khas Maokong.
位在小山丘上的貓空是台灣茶園的自然之旅，貓空纜車是帶外國旅客從台北市動物園到貓空地區的吊掛車廂，在這裡外國客人能夠享受新鮮空氣，之後也能夠品嘗貓空特色茶。(109 印導)

➢ Pengenalan administrasi dan organisasi pada daerah wisata atau daerah yang dijadikan objek wisata, sehingga daerah tersebut tertata dengan rapi dan banyak dikunjungi wisatawan asing dan lokal.
機關和組織對旅遊地區的介紹或成為景點時，該地區被外國和本地觀光客有序且頻繁地參訪。(110 印導)

➢ Penyebaran Corona Virus Disease 2019 (COVID-19) di Indonesia saat ini sudah semakin meluas, dengan jumlah kasus terpapar COVID-19 semakin bertambah dari hari ke hari. Kita harus berhati-hati dalam menghadapi penyebaran virus ini.
現在疫情在印尼的傳播已經越來越廣，個案數目說明疫情越來越嚴重，我們面對這病毒的散布必須小心。(110 印導)

➢ Tamu kawula muda akan tertarik dengan kuliner pasar malam Taiwan yang sudah terkenal.
年輕的客人會被已經有名的台灣夜市美食所吸引。(111 印導)

➢ Harga yang sangat terjangkau, jumlah lauk yang lengkap dan banyak, adalah ciri khas bento KA Taiwan.
價格可以負擔，菜量也很多，這是台灣鐵路便當的特色。(111 印導)

➢ A: Apakah saya boleh duduk di dekat jendela? A：我可以坐在窗邊嗎？
B: Maaf, saat ini hanya tersisa tempat duduk di dekat lorong. B：抱歉，現在只剩靠走道的座位。(112 印導)

➢ Semua keperluan yang berhubungan dengan perjalanan wisata telah disusun dengan baik, sehingga membuat temannya merasa sangat terharu dan sangat berterima kasih kepadanya.
全部跟旅程相關的必需品已經擬定好，所以讓朋友覺得很感動，並非常感謝他。(112 印導)

➢ Pengemudi bus wisata mau pesan tiga porsi ayam goreng untuk dibawa pulang.
遊覽車司機要點 3 份炸雞外帶。

➢ Lepas Ramadhan ini kita akan berwisata ke Taiwan pada Lebaran.
齋戒月之後，我們將在開齋節假期去台灣旅遊。

➢ Hal itu masih merupakan rahasia yang terselubung.
那件事仍然是個沒有揭露的秘密。

➢ Lirik lagu "Cinta Sejati" itu membuat saya merasa terharu/hati tersentuh.
"真愛"那首歌詞讓我感動。

➢ Gadis itu masih terduduk sendiri di bangku taman itu.
那少女仍然一個人坐在公園長椅上。

➢ Cuaca masih panas dan terik dalam beberapa hari ini, sangat mudah terjadi hujan petir di sore hari.
這幾天天氣仍然炎熱，下午很容易發生雷雨。

➢ Saya terbiasa memanggil anda begitu.
我習慣這樣叫你。

➢ Sehari sebelum pilkada serentak 9-in-1 di Taiwan, terlihat para calon sibuk berkampanye pemilu. Masing-masing pihak penuh kepercayaan, namun tidak berani memastikan bisa menang.
在台灣 9 合一地方選舉前 1 天，可以看到候選人們忙著從事競選活動，各方充滿信心，但不敢確定能贏。

➢ Terdampak kekurangan tenaga kerja dan inflasi, upah tahunan rata-rata pekerja Taiwan tahun ini berjumlah NT$ 677.000, tertinggi dalam tujuh tahun, naik 3,1% dari tahun lalu.
受到勞動力短缺和通貨膨脹的影響，台灣勞工平均年所得總共新台幣 677,000，是過去 7 年來最高，比去年上漲 3.1%。

➢ Gempa susulan yang hingga kini tercatat lebih dari 80 kali.
迄今記錄到超過 80 次餘震。

➢ Pelangi umumnya terdiri dari spektrum 7 warna.
彩虹一般由光譜 7 色組成。

➢ Karena permintaan tidak tercukupi, maka harga tergantung mekanisme pasar.
因為需求無法被滿足，所以價格取決於市場機制。

➢ Pengumpulan data informasi dari balon udara pengintai pada tingkatan tertentu akan lebih banyak dari satelit pengintai.
在特定高度由偵察氣球所蒐集的情資可能比偵察衛星還多。

➢ Ekor anjing itu terkulai.
那隻狗的尾巴下垂著。

➢ Waktu keberangkatan dan ketibaan pesawat penumpang rata-rata tertunda sekitar 2 jam.
客機抵離時間平均延誤大約 2 小時。

➢ Sejak muda hidupnya terombang-ambing.
他從小生活漂泊不定。

I-2.2.1. 小提醒 (ter 字首)

有「r」字首的原形動詞，被動詞僅須加「te」，被動詞可以用「ter」當字首，可是「ter」當字首的卻不一定是被動詞，例如「terjemah(翻譯)」、「terkadang(偶爾,很久一次,有時候)」和「tersendiri(個別,單獨)」等，有「ter」字首卻不是被動詞，而「terlebih(最,太多)」的「ter」則是很常見的「paling(最)」的意思，製表如下：

類　　型	ter-字首	範　　　　　　　　　　　　　　　　　　　　　　　　　　　例

ter-	ter- = paling(最)	terpenting(最重要)→paling penting、terenak(最美味)→paling enak、teratas(最上方,排名第 1)→paling atas、terdekat(最靠近)→paling dekat、terpopuler(最受歡迎)→paling populer

例句

➢ Mari saya antar Anda ke dokter, rumah sakit terdekat ada di belakang hotel ini.
　讓我送你去看醫生吧,最近的醫院在飯店後面。(103 印導)

➢ Lugang Changhua ada banyak kuil terbuka dan bangunan tradisional. Yang terkenal dengan Kuil Longshan dan Gang Mo Lu/Gang raba/sentuh tetek.
　彰化鹿港有許多開放寺廟和傳統建築物,以龍山寺及摸乳巷有名。(107 印導)

➢ Jika mengunjungi Taiwan, jangan lupa untuk membeli buah tangan khas Taiwan terpopuler nastar.
　如果來台灣,不要忘記購買最受歡迎的台式伴手禮鳳梨酥。(109 印導)

➢ Biro Pariwisata Taiwan menyebut Danau Matahari Bulan sebagai danau terindah di Taiwan. Keindahan danau terbesar Taiwan itu bisa dinikmati dari berbagai sudut. Dari sisi yang satu, danau tersebut terlihat seperti matahari sementara dari sisi lainnya terlihat seperti bulan.
　台灣觀光局提到日月潭是台灣最美麗的湖泊,能夠從不同的角度欣賞台灣最大湖泊的美麗,這湖從一邊看起來像太陽,而從另一邊看起來像月亮。(109 印導)

➢ Kebun Raya Fushan di Yilan adalah kebun tumbuhan terbesar di Asia. Kebun ini hanya terbuka untuk 500 turis pada hari biasa dan 600 tamu pada hari libur.
　宜蘭的福山植物園是亞洲最大的植物園,只開放平常日 500 名、假日 600 名訪客。(110 印導)

➢ Memilih tempat penginapan hendaknya memilih tempat yang strategis, yaitu **ter**akses ke terminal maupun ke daerah dekat dengan restoran atau depot, bukan mempunyai fasilitas hotel bintang lima tapi harga murah meriah.
　挑選住宿地點應該選擇策略性的地點,也就是最容易進出轉運站或是容易去附近餐廳或小賣店的地點,而不是擁有 5 星飯店設施但是價格便宜可接受的。(111 印導)

➢ Amerika utara akan menyambut Hari Natal terdingin dalam 40 tahun.
　北美將迎接 40 年來最冷的聖誕節。

Ayat I-2.3.被動詞(ke-/ke-an)

另 1 種「ke 被動詞」,曾經出過 1 次考題,舉例如下:

類　型	字　首	ke-/ke-an 被動用法	範　　　　　　　　　　　　　　　　　　　　　　　例
ke-	me-	ke-/ke-an	bobol 崩潰,缺口→kebobolan 被偷,遭竊 dapat 能夠,可以,得到,找到,收到,遭到→kedapatan 被發現 hujan 雨→kehujanan 被雨淋 jebak 陷阱,圈套→kejebak 落入陷阱,被困住 kontrol 控制,支配,監督→kekontrol 被控制,受控制 lewat 經過,走過,超過,越過→kelewat 跳過,被越過,省略 pergok 突然遇見,撞見,被當場發現→kepergok 遇見,撞見

129

			seduh 沖,泡→keseduhan 被(開水)燙 susup 滲透→kesusupan 被扎到 tahu 知道,認識,懂得,會,過問→ketahuan 被知道,被發現 tinggal 留下,居住,落後→ketinggalkan 被留下,被遺忘,放棄 tipu 騙→ketipu 被騙 uber 追趕,追捕→keuber 追上了,追到了

例句

➤ Badannya basah kuyup karena kehujanan.
因為被雨淋,他的身體濕透。(106 印導)

➤ Rumahnya kebobolan, barang-barang yang berharga habis disikat.
他家遭竊,全部的貴重物品被偷光。

➤ Daripada kejebak macet, mending makan bareng teman.
與其塞在路上,還不如跟朋友一起吃飯。

➤ Tidak ada yang ketinggalkan?
沒有漏掉什麼嗎?

➤ Kakinya kesusupan duri.
他的腳被刺扎到。

I-2.3.1.延伸閱讀(ke-字首特例)

被動詞也可以用「ke」當字首,但非常少見,通常用「ter」被動詞代替,例如:「tipu(騙)→ketipu/tertipu(被騙)」,也就是「ketipu」可用「tertipu」代替。「ke」當字首的不一定是被動詞,還有「名詞化、人/物、第、這」等意思,整理如下表:

類　　　　　　　型	意　　　　義	範　　　　　　　　　　　　例
ke-	被動詞	ketipu 被騙(=tertipu)
	有條件/特色	kekasih 情人 kekasih hati 心愛的人 kehendak 慾望,願望
	人/物	ketua 負責人,主管,老闆
	第(序數)[9]	menempati posisi kelima 排名第 5
	這	ketiga bersaudari 這三姊妹

例句

➤ Jika Anda merasa kedinginan di dalam pesawat, Anda dapat melakukan hal berikut ini, sepertinya meminta selimut ekstra pada awak kabin, meminta air panas untuk menghangatkan tubuh, atau mengenakan jaket yang telah disiapkan sebelumnya.
如果在機艙裡感到太冷,你可以做下列事情,比如向機組員要額外毛毯、要熱水暖活身體或穿上之前已準備好的夾克。(112 印導)

---

[9] 詳見 Ayat II-3.1.順序(Urutan)及 Ayat II-3.3.數量詞(Kata Bilangan)說明。

➤ Kekasihnya ada banyak sekali.
他有很多的情人。

➤ Para pemegang saham menyetujui usulan ketua sidang untuk menahan pembagian deviden.
股東們同意會議主持人保留股利分配的提議。

➤ Dia diangkat menjadi ketua OSIS (organisasi siswa intra sekolah) di sekolahnya.
他被推舉成為他學校學生會的會長。

➤ Dina akhirnya memutuskan hubungan dengan kekasih hatinya karena hubungan mereka tidak direstui masing-masing orang tua mereka.
蒂娜中斷跟心愛的人的關係，因為她們的關係不被雙方父母祝福。

➤ Suhu dalam ruang sidang itu membuatnya kedinginan sehingga dia berkali-kali menggosokkan kedua tangannya.
那會議廳裡面的溫度弄得太冷，以致他好幾次搓著雙手。

Ayat I-2.4.被動詞(-an)

類　　型	字　　　尾	被 動 用 法	範 例
-an	-an	-an	kawal 警戒,守衛,看守,防護→kawalan 被監護的,被看守的

例句

➤ Dia dijatuhi hukuman kawalan selama 5 tahun.
他被判 5 年軟禁。

印尼傳統文化

> 1.air(水)→berair(有水)→mengair(變成水)→mengairi(澆水,灌溉)
> 2.angin(風)→berangin(起風,有風,有眉目,有線索)→mengangin(颳風,起風)
> 3.awan(雲)→berawan(有雲,多雲)→mengawan(形成雲,升入雲層)
> 4.hujan(雨)→hujan gerimis(毛毛雨)→menggerimis(下毛毛雨)
> 5.kerja(工作)→mengerjakan(做事,做作業))→mempekerjakan(僱用)
> 6.kabut(濃霧)→berkabut(起霧)→mengabuti(噴射,噴灑,使籠罩在霧中)
> 7.suami(丈夫)→bersuami(有丈夫)→mempersuamikan(嫁給...)
> 8.istri(太太)→beristri(有太太)→memperistri(娶...為妻)
> 9.menarik arisan(收會錢)
>
> (問題在第 11 頁)

第 2 章 Bab II

Pasal II-1.字首尾 Imbuhan

Pasal II-2.疑問詞 Kata Tanya

Pasal II-3.單位量詞 Kata Angka Satuan

Pasal II-4.倒裝句 Kalimat Terbalik

Monumen Nasional (Monas),
Jakarta
獨立紀念碑(雅加達)

人非聖賢孰能無過 Sepandai-pandainya tupai melompat, sekali akan gawal juga

II_字首尾(Imbuhan)/疑問詞(Kata Tanya)/單位量詞 (Kata Angka Satuan)/倒裝句(Terbalik)

> *1.印尼文"某"要怎麼說？mana saja 和 mana-mana 意義與用法有何不同？*
> *2.你知道哪些印尼文"疑問詞"？*
>
> <u>答案在第137、146頁</u>

Pasal II-1. 字首尾(Imbuhan)

　　「字首尾(Imbuhan,Afiks)」是由「字首(Awalan,Prefiks)」、「崁字(Sisipan,Infiks)」、「字尾(Akhiran,Sufiks)」及「首尾字(Gabungan,Konfiks)」等組成，前面提過的「Ber動詞、Me動詞(1)及(2)、Pe-開頭的各類名詞」等變化都是，有的印尼文教科書會把字首尾依使用頻率高低簡單分成3類：「字首(前綴)」、「字尾(後綴)」、「首尾字(環綴)」。

　　印尼文許多外來語(Afiks Serapan/Asing,Kata Pinjam)有特殊的「字尾」，例如「字尾」為「-wan,-wati,-man」是來自於「梵文(Sanskerta)」；而「-ah,-at,-i,-in,-wi」則是來自於「阿拉伯文(Bahasa Arab)」，至於「-al,-asi,-if,-ika,-is,-isme,-logi,-or,-tas」等「字尾」可知是源自西方的文字(Bahasa Barat)，在此僅針對比較特殊的來說明、複習一下。

Ayat II-1.1. 字首(se-)

類　　　　　　型	意　　　　義	範　　　　　　　　　　　　　　　例
se-	一	sebotol 一瓶 segendang kertas 一捲紙 sehari 一天 sejodoh 一對,一雙 sejoli 一對男女,一對親密夥伴 sekawan 一群,一夥,一幫 sekelap/sekejap mata 一眨,一閃 sekilas 乍看,一瞬間,一瞥 sekumpulan 一群 selajur rumah 一排房子 semalam 一晚,昨晚 seorang 一人,自己,單獨 separuh 一半 sepihak 單方面 sepotong es 一支冰塊 serangkaian 一系列 serupa 一種 setengah 一半,二分之一,有些,一部分,不完全 setubuh 一體
	全,全部,所有	sedunia 全世界 seIndonesia 全印尼

類　　　　　　　　型	意　　　　　義	範　　　　　　　　　　　　　　　　例
		sekeluarga 全家
		sekujur 渾(身),全(身)
		sepenuh 全部的,全滿的
		serumah 同一房間,同居
		seTaiwan 全台灣
	和...相同	kalau kecil sebegini 如果同樣這麼小
		rekan senegara 同鄉夥伴
		seangkat kita 與我們同年
		sebagaimana diketahui 眾所周知
		sebagaimana 和...一樣,好像,正如
		sebaya 同年齡的
		sebegini 像這樣的
		sebegitu 像那樣的
		sebesar 一樣大,多達,相當於
		segenggam 拳頭般大小的
		seimbang 均衡的,均等的,平均的
		seiring 同行,一起,隨著
		sejajar 相同高度/水平面
		sejawat 同業,同行,相同職位
		sejenak 一會兒,片刻
		sejumlah 一些
		sekampung 同鄉
		sekata 相同說法,情投意合
		sekejap 一眨眼,一瞬間
		sekeliling 四周,周圍
		seketika 剎那,片刻,當時,馬上,立即
		selagi 當還...的時候,正當...,在...期間
		selaras 和諧,協調,一致,相符
		semaksimal mungkin 盡最大可能
		semarga 同姓
		semasa-masa 隨時,任何時候
		semasa 當/在...時候
		semata 只是,完全是,從...的角度來看
		semaumu 如你所願
		semula 原來的,最初的,當初的
		senilai 等值
		sepemandangan 目視距離
		seputar 周圍
		seragam 同一種,規格統一的
		serentak 同時,一起
		serupa 同種,同樣,好像
		sesaat 一瞬間,瞬息,剎那間,一眨眼
		sesama 同樣的,同等的
		setara 一般高,並列,相同的,相當
		setempat 本地,同一地,當地

類　　　　　　　型	意　　　　　　義	範　　　　　　　　例
		setipis selembar rambut 和 1 根頭髮一樣薄 tak sebanyak dahulu 沒有和以前一樣多
	一...就	sehabis 一結束...就 sepulang 一回來...就 sesampai 一到...就 setiba di bandara 一抵達機場
	...達,至...	peralatan seberat empat ton 重達 4 噸裝備 sebanyak 多達,至多 sedalam 深達 selama 長達 selebar 寬達 sesegera 盡快
	根據,符合	sebagai 彷彿,好像,成為,作為 secara 以...身分,照 sekadar 根據,僅是,盡力而為的,大約 selaku 好像,如同,作為,以...身分 setahu saya 據我所知 tanpa seizin pihak berwenang 不符合權責方許可

例句

➤ Seorang pemandu wisata sebaiknya memiliki sikap yang ramah, sabar dan semangat.
領隊最好擁有友善、沉著和有精神的態度。(102 印導)

➤ Harga telur ayam sekilo Rp9.000,00.
雞蛋價格 1 公斤印尼幣 9,000 元。(102 印導)

➤ Semalam Anda tidak bisa tidur nyenyak, sehingga hari ini Anda ngantuk sekali, sebagai pemandu wisata Anda tetap bekerja sesuai dengan jadwal perjalanan tanpa lengah sedikitpun.
你昨晚無法熟睡,以至於今天一直打瞌睡,身為領隊,你仍然按照旅遊行程表工作,一點也沒有馬虎。(103 印導)

➤ Kami sekeluarga suka berwisata ke pantai, sedangkan mereka lebih suka ke museum.
我們全家喜歡去海灘旅遊,而他們較喜歡去博物館。(105 印導)

➤ Tugas seorang pramuwisata adalah memberi kenyamanan dan informasi yang berhubungan tempat wisata.
1 位導遊的任務是提供舒適以及和旅遊景點相關的資訊。(112 印導)

➤ Saya akan memberi Anda secangkir kopi.
我會給你 1 杯咖啡。(112 印導)

➤ Tentu saja, Anda boleh makan sesuka hati.
當然,你可以隨心所欲的吃。(112 印導)

➤ Suku-suku ini sekilas punya kemiripan dengan suku-suku asli Indonesia, seperti suku Dayak dan Mentawai.
這些種族乍看之下,與印尼原住民族有類似性,例如 Dayak 族與 Mentawai 族。(112 印導)

➤ Sikap dasar yang dibutuhkan sebagai seorang pemandu ideal, setidaknya Anda suka bergaul dan tidak bersifat pendiam.
擔任理想的導覽人員需要的基本態度，至少喜歡社交和沒有沉默寡言的個性。(105 印導)

➤ Kerjakan sedapatmu!
你儘量做！

➤ Terima kasih sepenuh hati.
全心感謝你們。

➤ Seiring dengan dibukanya akses pariwisata di seluruh dunia, Taiwan sedang berbenah dan mempersiapkan diri untuk menyambut kembalinya wisatawan.
隨著全世界重新開放旅遊入境，台灣本身正在盤點並準備迎接觀光客回流。

➤ Perbuatannya tidak selaras dengan ucapannya.
他做的和說的不一致/言行不一。

➤ Saya disuruh guru olahraga untuk mengitari lapangan sebanyak 3 kali.
我被體育老師命令繞著操場走高達 3 圈。

➤ Bos memberikan imbalan sebesar NT$ 2.500.
老闆給予高達 2,500 元新台幣的酬勞。

➤ Ada sebanyak 14 gunung berketinggian di atas 8.000 meter di dunia. Di Nepal sendiri ada 8 gunung, termasuk Gunung Everest, yang menjadi lokasi favorit pendaki gunung.
世界上有超過 14 座山高度超過 8,000 公尺，光在尼泊爾就占 8 座，包括登山客喜歡的地點聖母峰。

➤ Orang-orang yang sealiran lebih mudah bekerja sama.
觀念相同的人比較容易合作。

➤ Anda setinggi anak itu.
你和那孩子一樣高。

➤ Keluarganya di Taiwan sangat sedih sebegitu menerima kabar.
他在台灣的家人接到那樣的消息很難過。

➤ Sektor pariwisata di Bali baru mulai pulih, tetapi RKUHP yang baru disahkan Indonesia tentang larangan tinggal serumah dan hubungan seks di luar pernikahan membuat pasangan yang ingin berwisata merasa khawatir.
巴里島旅遊業剛開始恢復，但是印尼剛通過有關婚外同居與性關係的刑法修正案，讓想來旅遊的情侶感到擔心。

➤ Salju bertebaran seiring menurunnya suhu. Salju pertama musim dingin turun di Gunung Xueshan tanggal 12 pagi. Sejumlah tempat di sekitar puncak gunung diselimuti salju setebal 5 cm.
隨著溫度降低雪花四散，冬天初雪 12 日上午降在雪山，在山頂周遭一些地方被雪覆蓋厚達 5 公分。

➤ Di sini ada pohon natal setinggi 15 m yang bisa berputar.
在這裡有高達 15 公尺能夠旋轉的聖誕樹。

➤ Jumlah kecelakaan lalu lintas yang melibatkan sepeda listrik meningkat dari 3.000-an menjadi 9.000-an kasus dalam lima tahun terakhir, angka kematiannya juga naik dari 15 menjadi 63

orang, separuh lebih adalah kaum lansia.
涉及電動自行車的交通事故數目過去 5 年從 3,000 件增加到 9,000 件，死亡人數也從 15 人上升到 63 人，超過一半是老年人。

➢ Pelaku utama bermarga Nguyen membantu membuatkan kartu KTP dan ARC palsu untuk rekan senegaranya asal Vietnam.
阮姓主嫌幫助來自越南的同鄉製作假的外僑居留證及身分證。

➢ Seusai lawatan ke Jepang, dia melanjutkan kunjungan ke Taiwan dengan agenda yang bersahaja.
一結束日本之行，他繼續行程低調的訪問台灣。

➢ Pusat Komando Epidemi Sentral (CECC) akan mengadopsi kebijakan hampir serupa dengan Korea Selatan, yakni tidak memaksakan pengenaan masker dalam ruangan, tapi mandat tetap berlaku di transportasi umum dan lembaga pengobatan, dan dianjurkan bagi yang bergejala.
中央疫情指揮中心將採取跟南韓幾乎相同的政策，也就是室內不強制戴口罩，但是在大眾交通工具及醫療機構，口罩禁令仍然實施，有症狀的人建議仍然戴口罩。

➢ Setibanya di bandara, mereka disambut dengan tepuk tangan meriah.
他們一抵達機場，就被熱烈的掌聲迎接。

➢ Sesampai di rumah, dia terus memasak.
一到家他就煮飯。

➢ Turki hanya menimbulkan gempa skala 6 ke atas sebanyak tiga kali sejak tahun 1970-an.
從 1970 年代開始，土耳其只出現 6 級以上地震達 3 次。

➢ Pemerintah mengadopsi kebijakan hampir <u>ser</u>upa dengan Korea Selatan.
政府採取跟南韓幾乎相同的政策。

II-1.1.1.延伸閱讀

印尼文「整個,全體,全部」還有許多用法，例如：「Anda sekalian/Anda semua(你們全體)」、「segenap negeri(全國)」、「sesama keluarga(同一個家庭)」、「seIndonesia(全印尼)」、「kami sekeluarga(我們全家)」等。

II-1.1.2.延伸閱讀(某)

「seorang」是指「一人」，而「seseorang」則是指「某(一個)人」，印尼文其它「某」的用法還有「tertentu」、「suatu」，如下：

類　　　　　型	範　　　　　　　　　　　　　　　　　　　　　例
se-某	seseorang 某(一個)人、sesuatu 事宜,某事,某物、sewaktu 當...時候,與...同時、sesewaktu 偶爾
tertentu 某	orang tertentu 某人、tempat tertentu 某地
sembarang 任何	sembarang waktu 任何時候、sembarang tempat 任何地方

| suatu 某 | suatu hari 某日、suatu ketika 某年某月某日、suatu waktu 某個時間、suatu tempat 某地 |

例句

> Dalam interaksi pemandu wisata dengan turis, tutur kata yang penuh humor sangat penting, sebab bisa menjadi minyak pelumas dalam suasana yang kaku apabila terjadi sesuatu dalam perjalanan.
> 在領隊與觀光客的互動中，如果行程發生某些事情造成氣氛僵硬，這時幽默的話語很重要，可以成為潤滑劑。(103 印導)

> Menyodorkan sesuatu kepada tamu dari Indonesia hendaknya dengan tangan kanan akan lebih sopan.
> 拿某物給來自印尼的客人，應該用右手會比較禮貌。(104 印導)

> Menyaksikan kota Taipei dari Elephant Hill adalah sesuatu hal yang menyenangkan. Tangga menuju ke bukit dan daerah pegunungan sudah rapi, tetapi butuh tenaga ekstra bagi turis yang jarang berolahraga.
> 從象山欣賞台北市是令人愉快的事情，走向小山的山區階梯已經完成，但是對於很少運動的觀光客來說需要特別的體力。(108 印導)

> Suatu hari nanti, operasi industri berpeluang terjadi di atas bulan.
> 之後某天，產業運作有機會在月球上發生。

II-1.1.3. 小提醒

筆者以前在印尼工作時經常坐計程車或租車，若要告訴司機「迴轉」，當時我會說「putar balik(迴轉)」，加上比手畫腳的肢體動作，司機通常也沒誤會過，不過越學越多後才知道印尼文「putar balik」除了「迴轉」的意思外，還有「顛三倒四、語無倫次」的完全不同意義喔！

II-1.1.4. 延伸閱讀(pra/pasca)

類　　　　型	意　　　義	範　　　　　　　　　　　　　　　　　　　　　例
pra-	先,預先	pra kemerdekaan Indonesia 印尼獨立前 prabayar 預付 prakiraan 預測,占卜,算命 pranikah 婚前 praperadilan 審判前 prasejarah 史前的 prasekolah 學齡前的,入學前的 prasyarat 先決條件,前提
pasca	後,之後	pasca gempa 地震後 pasca mati 死後 pasca pandemi 疫情之後 pasca siang hari 午後 pulsa pascabayar 手機月繳帳單

- Menurut prakiraan cuaca, hujan akan terus turun selama seminggu. Saya rekomendasikan untuk selalu membawa payung ke mana pun Anda pergi.
根據氣象預報，雨將持續下整週時間，我建議你不論去哪裡都帶著傘。(107、109 印導)

- Warga diimbau untuk memerhatikan informasi prakiraan terbaru dan mengambil tindakan pencegahan hadapi kondisi dingin.
呼籲居民注意最新預報資訊並採取抗寒的行動。

- Peternak diimbau untuk mewaspadai penyebaran wabah flu burung virus H5N1.
呼籲養殖戶提高警覺 H5N1 禽流感病毒的散布。

- Selain mempunyai "Pintu Kemana Saja Doraemon", kehidupan pasca pandemi sama sekali tidak menjadi lebih baik.
除非擁有哆啦 A 夢(小叮噹)的任意門，否則疫情之後的生活完全不會變得更好。

- Di era pasca-pandemi, ekonomi global berangsur pulih.
後疫情時代，全球經濟逐漸恢復。

- Industri pariwisata dan katering Taiwan sekarang sedang menyediakan untuk era pasca-pandemi.
台灣旅遊和餐飲產業現在正在為後疫情時代做準備。

- Tahun ini 2023 adalah Tahun Baru Imlek pertama pasca perbatasan dibuka.
今年 2023 年是邊境解封後第 1 個農曆新年。

- Arus pariwisata domestik pasca pelonggaran pengendalian pandemi telah memicu bangkit kembalinya bisnis industri mamin.
在疫情管控鬆綁之後，國內旅遊人潮已經再次刺激餐飲業景氣。

- Pasca pandemi, suasana wisata lokal menghangat, sehingga turut memopulerkan kawasan perkemahan semasa musim sakura, bahkan mendobrak rekor baru.
疫情後本地旅遊氣氛越來越熱絡，以至於露營地區在櫻花季跟著受歡迎，突破新紀錄。

- Museum Kereta Api Indonesia di Ambarawa di Jawa tengah yang tidak jaul dari Semarang. Museum itu menampilkan koleksi perkeretaapian dari masa Hindia Timur Belanda hingga pra kemerdekaan RI yang meliputi sarana, prasarana dan perlengkapan administrasi.
印尼火車博物館在中爪哇安巴拉瓦，距離三寶壟不遠，博物館展出荷屬東印度時期到印尼獨立前的鐵路收藏品，包含設施、基礎建設及行政裝備。

- Tren wisman (Wisatawan Mancanegara) berangsur meningkat pasca pandemi. Hampir 30% ingin mengunjungi Green Island dan berendam air panas juga merupakan objek wisata terpopuler kelima di kalangan wisatawan.
疫情之後外國觀光客逐步地增加，大約 60%想參觀綠島，泡溫泉也是外國觀光客群最受歡迎的旅遊目標第 5 名。

- Formosa Chang menjadi pelopor kenaikan harga pasca tahun baru Imlek.
鬍鬚張成為農曆新年後價格上漲的先鋒/第 1 家/開第 1 槍。

II-1.1.5.延伸閱讀(swa-字首)

類 型	意 義	範 例
swa-	自己從事	pasar swalayan(自助)超市 swadaya 自辦 swafoto 自拍 swakarsa 自發的,自主的 swa-penatu 自助洗衣 swasta 私人的,民間的 toko swalayan 便利商店(超商)

Ayat II-1.2.字尾(-nya)

印尼文「字尾(Akhiran)」是「-nya」的情形非常的多，說明如下：

類 型	意 義	範 例
-nya	(所有格/第 3 人稱代名詞) 他,他的,他們的	badannya merana 他身體消瘦 bukunya 他的書 dicucinya(被)他洗的... dimasaknya(被)她煮的... dirinya 他自己 hidupnya merana 他日子難過 Hp-nya 他的手機 identitasnya dirahasiakan 他的身分被保密 katakannya 他說 memarahinya 斥責他 orangtuanya 他父母 tambahnya 他補充(說明)
	真,呢,了(強調)	cantiknya!真美呀！ harganya?價格呢？ Hp-nya dia 他的那支手機 tamunya?客人呢？
	(形容詞/動詞→名詞)	adanya 存在,情況,這些人 dalamnya 深度 diambilnya tindakan 採取的行動 jalannya 速度 lamanya(時間)長度 panjangnya(距離)長度
	(名詞/形容詞/前置詞→副詞)	aturannya 按理,本應,按常理 biasanya 通常 katanya 聽見,聽到,聽說 ke depannya 之後,未來 kedengarannya 聽起來 khususnya 特別地 makanya 所以嘛 memangnya 難道,本來(就) mestinya 應有的,理應 nyatanya/kenyataannya (很)明顯地

		pokoknya 基本上
		rasanya 感覺上
		rupanya 看起來
		singkatnya 簡單地說,總而言之,總之
		tahunya 只知道,就知道
		umpamanya 假如,比如,如果
		umumnya 一般
		untungnya 運氣好地
	(禮貌用法)	namanya?您大名？
		umurnya?您幾歲？

例句

➤ Kalau bergaul dengan orang Indonesia, sebaiknya jangan membawa barang kepadanya dengan tangan kiri, dengan tangan kanan akan lebih sopan.
如果跟印尼人交往，最好別用左手拿東西給他，用右手會比較禮貌。(103 印導)

➤ Masa kini makanan Taiwan biasanya dimakan dengan porsi kecil dan banyak jenis, yakni makan sampai kenyang, makan dengan baik, makan samapi puas.
現在台灣吃飯通常少量多樣，也就是吃飽、吃好、吃巧。(105 印導)

➤ Wisata budaya dan kuliner bisa dilakukan di Blok Historis Bopiliao, karena banyak bangunan tua bersejarah dan pasar malam di dekatnya.
文化旅遊和美食旅遊可以在剝皮寮歷史區實施，因為有許多有歷史的老建築和夜市在它的附近。(108 印導)

➤ Itu dia orangnya, hanya tahu makan saja.
他就是那個人，只會吃飯。

➤ Sudah pasti jawabannya tidak.
已經確定的答案是沒有。

➤ Adik laki-laki tidak sengaja menjatuhkan piring yang dicucinya karena licin.
因為滑，弟弟不小心打碎他洗的盤子。

➤ Ibu sedang memanaskan kembali makanan yang sudah dimasaknya.
母親正在再次加熱她已經煮好的食物。

➤ Karena takut dia mengurungkan niatnya untuk mengatakan keinginannya kepada orang tuanya.
他因為害怕，放棄向父母說明他意願的想法。

➤ Tidak ada yang dibutuhkannya lagi.
他不再需要什麼了。

➤ Sepatu yang dipakainya tampak kebesaran dari ukuran kakinya.
他穿的鞋子看起來比他腳的尺寸大太多了。

➤ Kita berteladan kepadanya.
我們向他學習。

➤ Mereka juga adanya.
還是他們這些人。

➢ Diambilnya tindakan itu tidak menguntungkan warga setempat.
採取那個行動對當地居民沒有好處。

➢ Sudah sampai waktunya.
時間已經到了。

➢ Karena waktu penanganannya sangat singkat, cukup sulit membantunya keluar dari kesulitan.
因為處理時間很短，幫助他們脫離困難相當難。

➢ Umpamanya kamu tidak datang, siapa yang akan menggantikanmu?
如果你不來，誰來代替你？

➢ Baju itu sudh dibelinya.
他已經買了那件衣服。

➢ Siapa yang melihatnya?
誰有看到他們？

➢ Sejumlah orang menyerukan yel-yel untuk menyambutnya.
一些人大聲加油呼喊以歡迎他。

➢ Jangan banyak cakap, nanti disonteknya kamu.
別多嘴，他會揍你的。

➢ Sesuai tradisi, prosesi perpisahan umumnya tidak dilakukan dari tahun baru Imlek hingga Festival Lentera.
根據傳統，出殯一般來說不會在農曆新年到元宵節之間舉行。

➢ Rupanya dia hanya hendak melagak orang saja.
看起來他只是想要嚇唬人罷了。

➢ Disumbatkannya dot itu ke mulut bayinya.
他把奶嘴塞進嬰兒嘴裡。

➢ Mulutnya disumbat oleh perampok dengan sapu tangan.
他的嘴被強盜用手帕堵住了。

➢ Dia tidak dapat berbicara karena nasi tersumbat dalam mulutnya.
因為嘴裡塞滿飯，他說不出話來。

➢ Serahkan saja uang untuk penyumbat mulutnya.
給他錢堵住他的嘴。

➢ Percekcokan terjadi antara dua darinya.
其中兩人發生爭吵。

II-1.2.1. 延伸閱讀(所有格-nya 字尾)

「字尾(-nya)」的應用非常廣，尤其是「所有格、第 3 人稱代名詞」這種用法的意義「他(它)的/他(它)們的」，而除了「penduduknya yang ramah(它的居民友善)」這種簡單、明確的用法外，還有一些常見但我們不一定熟悉的說法，摘要整理如下：

類　　　　　型	範　　　　　　　　　　　　　　　　　　　　　例

-nya	di dekatnya 在它附近、di dalamnya 在它裡面、membawa kepadanya 帶給他、dari sisi positifnya 從它的正面、sedang musimnya 正是它們的季節、dari namanya 從它的名字而來、tidak memetiknya 不摘它們、bisa melihatnya 能看到它、menyediakan sendok untuknya 為他們準備湯匙

例句

➤ Bagi tamu Indonesia yang tidak terbiasa menggunakan sumpit, sebaiknya menyediakan sendok dan garpu untuknya.
對於不習慣使用筷子的印尼客人來說，最好為他們準備湯匙和叉子。(104 印導)

➤ Pengunjung: Lukisan ini sangat bagus, saya ingin berfoto dengan lukisan ini! 訪客：這幅畫很棒，我想跟這畫一起拍照！
Pramuwisata: Maaf, Anda tidak boleh berfoto di sini! 導遊：抱歉，你不可以在這裡拍照。
Pengunjung: Mengapa? 訪客：為什麼？
Pramuwisata: Ada pengumuman dilarang mengambil gambar atau memotret pada pintu masuk. 導遊：在入口處有禁止拍照或攝影的公告。
Pengunjung: Terima kasih, saya tidak membacanya ketika masuk. 訪客：謝謝，我進來時沒看到。(112 印導)

➤ A: Tas saya hilang, di dalamnya ada kamera! A：我的皮包掉了，裡面有照相機！
B: Mari kita lapor ke kantor polisi. B：我們一起去警察局吧。(112 印導)

➤ Masing-masing desa itu dimaksudkan untuk mewakili budaya suku yang berbeda. Setiap suku digambarkan dengan jelas, dari busana tradisonal, model rumah dan ukirannya. Menariknya di sini juga terdapat tempat ritual di masa lalu, seperti dinding dengan rak penuh tengkorak "musuh".
各自的村落代表不同的種族文化，每個種族從傳統服裝、房屋形式及雕刻都被清楚地描述，在這裡它吸引人的地方還有過去的祭祀場地，例如牆壁上擺滿了"敵人"頭蓋骨的架子。(112 印導)

II-1.2.2.延伸閱讀(合併詞-nya)

當遇兩個以上名詞的「合併詞(Kata Majemuk)」要加「-nya」時，應該加在哪一個名詞後面呢？原則上加在「名詞」後面，例如「beking kuat(後台硬)」是名詞「beking(後台)」加上形容詞「kuat(有力)」，所以「-nya」應加在名詞「beking(後台)」後面，成為「bekingnya kuat(他的後台硬)」，請參考下例：

類　　　　　型	範　　　　　　　　　　　　　　　　　　　　　　例
合併詞-nya	lamanya pidana penjara 刑期、sifat-sifat khas-nya sendiri 它個別風格的一些特色、bekingnya kuat 他後台硬、ada untung dan ruginya 有它的優缺點、daya tempur senjata nuklirnya 它們核子武器作戰能力、kapalnya kecil 那小船

例句

➤ Sebab bekingnya kuat, dapat dilakukan delik dalam kondisi-kondisi tertentu.
因為他後台很硬，能在特定的一些情形下從事不法行為。

bendawi 物質的	gurunisasi 荒漠化
duniawi 世俗的	kimiawi 化學的

Ayat II-1.3.字首尾(se-nya)

字首尾「se-nya」若中間是「重複詞」，有「盡可能的、最」的意思，可參考「Ayat IV-2.1 重複詞③兩個相同名詞(se-nya)」的用法。

類　　　　型	意　　　　義	範　　　　　　　　　　　　　　例
se-nya	(副詞)一...就	sekembalinya 一回來就
	(連接詞/副詞)	seandainya 如果 sebaliknya 相反地 sebelahnya 一方面 sebenarnya 事實上 sebetulnya 其實 seharusnya 應該,理應 sejujurnya 老老實實地,不瞞您說 selanjutnya 然後,在那之後 selayaknya 理應,理所當然,合情合理,恰當的 selebihnya 剩下的 selengkapnya 完整地,整套地 sememangnya 事實上,其實,理應 semestinya 應有的,適當的,理應,本應 sepantasnya 按理,理應 sepatutnya 理應,應該,適當地,合理地,當然,理所當然 sepenuhnya 全部,完全 sesungguhnya 實際上
	盡可能的,最	sebagainya 類似的 sebaiknya 最好 secepatnya 盡快 seenaknya 隨意,盡情地,任意,隨心所欲 sejelek-jeleknya 再差也 sekecil-kecilnya 最小,盡可能小 sekurang-kurangnya 至少 selama-lamanya 最久,盡可能久 sepuasnya 隨你喜歡 sesungguhnya 事實上 setidaknya 至少
	(+時間名詞)整	seharinya 一整天

例句

> Kalau kamu ingin pergi ke luar negeri, sebaiknya menggunakan alat transportasi pesawat terbang.
> 如果你想出國，最好使用交通工具飛機。(102 印導)

➢ Sebenarnya ada banyak sekali (tempat) permandian air panas di Taipei, daerah yang terkenalnya adalah di Beitou.
事實上在台北有很多溫泉浴場，有名的地區是在北投。(104 印導)

➢ Kata berdarmawisata sebenarnya berarti berjalan-jalan ke luar kota atau bahkan ke luar negeri.
旅遊這字的意義實際上具有去市外或去國外走走的意思。(105 印導)

➢ Sebaiknya kita bertanya dulu apa makanan yang tabu bagi tamu yang dipandu, agar kita bisa memilih makanan yang cocok untuknya.
我們最好先詢問所帶領的客人有什麼食物禁忌，以便我們能夠挑選適合他們的食物。
(106 印導)

➢ Seandainya wisatawan sakit di perjalanan, ketika sakitnya memburuk, segera mengantar ke rumah sakit terdekat.
如果觀光客在旅程中生病，當病情惡化時，馬上陪同送去最近的醫院。(108 印導)

➢ Gunawan merencanakan perjalanan wisata keliling Eropa tahun depan. Kali ini pertama kali dia melakukan perjalanan dengan sahabatnya, Gunawan sangat antusias. Oleh karena it, dia ingin merencanakan perjalanannya dengan sebaik-baiknya.
Gunawan 計畫明年繞著歐洲旅行，這次是他第 1 次跟好友旅行，Gunawan 很興奮，因此，他想盡可能好好地規劃旅程。(112 印導)

➢ Saya penasaran siapa sebenarnya wanita cantik itu.
我非要弄清楚那漂亮的女人實際上是誰。

➢ Peternak tidak berani sepenuhnya mengalihkan kenaikan biaya modal langsung kepada konsumen melalui harga jual.
飼主不敢將直接成本費用上漲完全轉嫁給消費者。

II-1.3.1.延伸閱讀(特殊字首尾)

印尼文「字首尾(Imbuhan,Afiks)」在文法上細分為「字首(Awalan,Prefiks)」、「崁字(Sisipan,Infiks)」、「字尾(Akhiran,Sufiks)」及「首尾字(Gabungan,Konfiks)」等，除了常用的動詞、名詞變化之外，還有一些比較少被介紹的，例如：

類　　　　　　　型	範　　　　　　　　　　　　　　　　　　　　　　　　例
adi-	adidaya,adikuasa 超級大國、
dwi-	dwikewarganegaraan 雙重國籍
per-	pertanda 記號,符號,信號,徵兆、
re-an	rumput 草→rerumputan 各種野草,垃圾堆 runtuh 崩潰,倒塌,坍方,垮台→reruntuhan 廢墟,殘骸
-el-	sidik 指紋,手印→selidik 調查
-em-	turun 下,抄錄,臨摹→temurun turun-turun 祖傳的→turun-temurun
-er-	gigi 牙齒→gerigi
-ha-	baru 新的,剛,才→baharu memperbarui 修正(法規),更新,翻新→memperbaharui pembaruan 更新,翻新,革新,改革→pembaharuan cari 找,尋找→cahari

-s	fisiologi 生理學→fisiologis 生理學的 agamis 宗教的
-wi	kimia 化學→kimiawi 化學的 bendawi 物質的 Romawi 羅馬的
-ng-	saking 由於,因為→sangking

例句

> Katolik Romawi di mana?
> 羅馬天主教堂在哪裡？

Pasal 11-2.疑問詞(Kata Tanya)

印尼文疑問詞(Kata Tanya)有「apa[10]、berapa、kapan、mana、siapa」等 5 個，除直接使用外，例如：「perusahaan mana?(哪一家公司？)」，還有下面 2 種用法常容易弄混，分類如下：

類 型	意 義	範 例
apa/berapa/kapan/mana/siapa 疑問詞加 **saja**	都好,不論(<u>多用在肯定句</u>)	apa saja 不論什麼,哪些東西,什麼都好 berapa saja 不論多少,多少都好 kapan saja 不論何時,何時都好 mana saja 不論哪裡,哪些地方,哪兒都好 siapa saja 不論誰,哪些人,誰都好
apa/berapa/kapan/mana/siapa 疑問詞重複	任何(<u>多用在否定句</u>)	apa-apa 任何東西,任何事情 berapa-berapa 任何數量 kapan-kapan 任何時間 mana-mana 任何地方,到處 siapa-siapa 任何人

例句

> Siapa saja yang mau ikut pergi ke pantai?
> 哪些人要跟去海灘？(107 印導)

> Siapa saja yang ikut saya ke stasiun kereta api?
> 哪些人跟著我去火車站？(109 印導)

> Tidak perlu memerhatikan apa yang tabu karena Anda sendiri juga tidak tahu mana yang haram mana yang tidak.
> 不需要注意什麼禁忌，因為你自己也不知道什麼禁止什麼不禁止。(111 印導)

> Tidak bisa menyeberang jalan kapan saja dan di mana saja.
> 不論何時何地都不能穿越馬路。(112 印導)

> A : Ada apa? 有什麼事？
> B : Apa ini? 這是什麼？
> A : Apa ya... Saya belum pasti. 是什麼呀...我不確定。

---

[10] 疑問詞「apa(什麼)」延伸變化「mengapa(為什麼、為何、做什麼)，但平常口語用法常說「kenapa」。

B : Tidak apa-apa. 沒關係/沒事。

➢ A : Anda tidak apa-apa? 你沒事嗎？
B : Tidak ada apa-apa, jangan panik! 沒什麼事，別緊張！

➢ Kalian perlu apa saja untuk pergi ke Bali?
你們去巴里島需要哪些東西？

➢ Mereka datang dari mana saja?
他們來自哪些地方？

➢ Banjir besar di dekat Bundaran HI Jakarta! Air datang dari mana-mana!
雅加達印尼飯店的圓環附近大淹水，水從四面八方來。

➢ Binatang liar apa saja dimakan saya saat bekerja di Jakarta Indonesia, antara lain biawak,
trenggiling, kelelawar, ular, dan sebagai(dsb).
在印尼雅加達工作時，不論什麼野生動物我都吃，例如：大蜥蜴、穿山甲、蝙蝠、蛇和
其他類似的。

➢ Saya merasa tidak akan terjadi apa-apa.
我覺得什麼事都不會發生。

➢ Jangan curiga! Orang itu bukan apa-apa saya.
不要懷疑，那個人不是我的什麼人。

➢ Siapa-siapa yang pergi duluan dan siapa-siapa yang belakangan?
哪些人先去，哪些人後去？

➢ Mencurahkan apa-apa yang terkandung di dalam hatinya.
傾訴任何掛念在他心裡的事。

➢ Kalau ada apa-apa, segera lapor kepada komandan.
如有任何狀況，馬上向指揮官報告。

➢ Berapa gembiranya hati aku melihat kemajuanmu.
看到你的進步，我多麼地高興。

II-2.1.延伸閱讀(疑問詞用法)

疑問詞用法也必須注意，例如下：

疑問詞種類	範例用法
apa/apakah	Ada apa?有什麼事？ hari apa?星期幾？ bulan apa?幾月？ apa profesi perempuan itu?那女的職業是什麼？ Apa yang dilakukan kamu?你做了什麼？ Seperti apa ciri-cirinya?他的特徵像是什麼？ Apa yang perlu dilakukan saat terjadi gempa?當發生地震需要做什麼？ Barang apa?什麼東西？ apakah anda Bapak Yanto?您是 Yanto 先生嗎？

	apakah anda guru?您是老師嗎？
berapa	tanggal berapa?幾號？ tahun berapa?哪 1 年？ anak ke berapa?排行老幾？ berapa banyak kasus?有多少案件？
kapan	malam kapan?哪 1 天晚上？ kapan jadwal latihan bulutangkis?羽毛球練習的行程是何時？
mana	pernyataan mana?哪 1 個說法？ mana dapat 哪能,豈能 informasi mana yang benar?哪一個資訊是正確的？ mana mungkin 怎麼可能 mana tahu 哪裡知道,誰知道,天曉得
siapa	siapa laki-laki itu?那男的是誰？ Barang siapa ini?這是誰的東西？

Pasal II-3.單位量詞(Kata Angka Satuan)

前面提到過，除「介係詞」外，「單位量詞」也是前置詞的一種，單位量詞包括「單位」及「數量」，是用來表示「人、事物、動作、數量」的詞，這在印尼文中是很重要的，必須注意正確用法，才能清楚表達意思。

Ayat II-3.1.順序(Urutan)

印尼文「基數(Angka Pokok)」與「序數(Angka Urut)」的轉換，最簡單就是使用「ke-」，不過「ke-」的序數放在名詞前或後，意義可是完全不一樣的喔，說明如下：

種　　　　類	位　　　　置	意　　義	範　　　　　　　　　　　例
ke-	放名詞後	第	anak ketiga 第 3 個小孩,老三 pihak ketiga 第三方,局外人
	放名詞前	這	kedua anak 這兩個小孩 kedua sisi 兩邊

例句

➢ Sampai sekarangpun, setelah puluhan tahun, saya tetap mencintai kedua jenis satwa itu, yaitu zebra dan jerapah.
即使到現在，已經過了幾十年，我仍然喜愛斑馬和長頸鹿那兩種動物。(105 印導)

➢ Saya suka kedua duanya.
我兩樣都喜歡。

➢ Hubungan kedua negara mulai memanas.
兩國關係開始緊張。

➢ Dari kelas satu sampai kelas enam SD, saya selalu menduduki peringkat ketua di kelas saya.
從小學 1 到 6 年級，我全都在班上排第二名。

➢ Dia duduk dibarisan keempat saat menonton film di teater tadi.
他剛剛坐在電影院第 6 排看電影。

➢ Taman bermain itu dikelilingi kelima gedung pencakar langit.
那遊樂園被這 5 棟摩天大樓圍繞著。

➢ Gempa dahsyat awal bermagnitudo 7,8 dan 7,5 menewaskan lebih dari 4.300 korban jiwa di kedua negara dan menghancurkan sekitar 5.000 bangunan setempat.
最初可怕的地震強度 7.8 與 7.5 級，造成這兩個國家超過 4,300 人死亡，並摧毀大約 5 千棟當地建築物。

➢ Kedua kubu saling beradu mulut.
雙方陣營互相口角。

➢ Kedua pihak antar-selat menemui jalan buntu.
海峽兩岸雙方走到死胡同。

Ayat II-3.2.單位(Satuan)

單位用法可以正確表示你的意思，舉例來說，除了肢體語言之外，如果只用「satu pisang」要如何清楚說明「一支(sebuah)」香蕉或「一串(serangkai)」香蕉呢？「sebuah buku(一本書)」和「seperangkat buku(一套書)」要如何區分？而「一滴水(setetes air)」就很難用肢體語言形容，另外，「setumpuk awan hitam(一團烏雲)」，如果不用「tumpuk(團,疊)」這個單位量詞，是很不容易正確形容原意的，其他還有「uang dua tumpuk(兩疊鈔票)」、「sekeping tanah(一塊地)」及「per butir telur teh(每顆茶葉蛋)」等例子也是，下表彙整常用單位，其中「( )」括號內的名詞是指適用的例子(對象)：

範例(單位)

barel(一)(木,油)桶	dosis 劑(疫苗)
batang 棵(樹),支(筆),條(河),塊(肥皂,黃金)	ekor(適用動物)隻,條,尾,頭...
batu 顆(牙)	ember,tong(水)桶,gentong(水)缸
bentuk 枚(戒指,手鐲)	gabung 捆(柴),把(蔥)
berkas 捆(稻草),束(光),件(卷宗)	gayung 瓢,椰殼瓢,勺子
bidang 塊,張,面	gelas 杯(玻璃杯)
biji 粒(米),顆(蛋,葡萄)	gelintir 顆粒,丸,小撮
bilah 把(刀),支(矛),片(刀劍,箭,片狀物)	gendang 筒,捲(紙)
botol 瓶(水)	gros 籮(12 打)
buah 個,輛,艘,間,座...(適用人或動物以外)	gumpal(量詞)塊(泥),團,朵(雲)
bungkus 包(香菸,茶葉)	halaman(書,報紙)頁(數)
butir 粒(子彈),顆(蛋),份(文件),(法規條文)目	helai 張(紙),條,塊(布),片(葉),件,根(頭髮)
cangkir 杯(馬克杯)	ikat 束,捆,把
cawan 茶碗,茶杯,(單位)碗,杯	iris 片
cocok 串(肉)	jin 斤,台斤(福建話),kati(印尼文)
deret 排(房屋,隊伍),列,行	joli 對(男女)

kawan/kawanan 夥(強盜),幫,集團,群(魚)		putaran 圈	
kepal 團(飯),把(米)		qui 廿四張紙	
keping(片狀物)片,張,塊(地)		rangkai/rangkaian 串(珍珠),束(花環),卷(書)	
kodi 廿個		renceng 串(葡萄,爆竹)	
kumpulan 群(動物)		rim(一)刀,500 張紙(=25 kodi)	
lajur 排(房子,樹),行,列		ronde 局,回合,輪(比賽)	
lembar 張(紙),條,塊(布),片(紙),件		ruas 節(甘蔗)	
lempeng 片(玻璃),塊(磚狀物)		set 副(假牙)	
liang 兩(福建話),tahil(印尼文)		sikat 把(香蕉)	
lusin(一)打,12 個		siung 瓣(大蒜)	
minggu,pekan 週		sosok 具(屍體),個(人)	
paket 包(裹)		suap/suapan 口(食物)	
pasang 雙(鞋),套(衣服),對(夫妻),副(碗筷)		tangkai 枝(花)(花的量詞)	
patah 個(字),句(話)		tetes 滴(水)	
perangkat 套(衣服,桌椅,書籍,餐具)		tumpuk 團(雲),堆,疊(紙),群(遊客)	
porsi 份(餐)		tusuk 串(肉)	
potong 段(話),件(衣服),塊(肉,餅乾),片(麵包)		unit 台(車)	
pucuk 封(信),支(槍),門(炮)		urat 根(藤條),條,只(手鐲)	

例句

➤ Saya mau sepuluh lembar uang seribu, sisanya ganti lima ribu.
我要 10 張 1,000 元，剩下的換 5,000 元。(104 印導)

➤ Pelayan restoran : Ibu mau makan apa? 女士要吃甚麼？
Muryanti : Minta satu porsi nasi goreng, lima tusuk sate ayam dan satu botol Coca Cola. 給我
1 份炒飯、5 串雞肉沙嗲和 1 瓶可口可樂。(106 印導)

➤ Borobudur adalah sebuah candi Buddha yang terletak di kabupaten Magelang.
婆羅浮屠是一座位在 Magelang 縣的佛寺。(107 印導)

➤ Jangan lupa membawa tiga lembar foto ke pabrik.
不要忘記帶 3 張照片去工廠。(109 印導)

➤ Bapak, saya mau pesan tiga porsi nasi goreng yang pedas.
先生，我要訂購 3 份辣的炒飯。(109 印導)

➤ Ada beberapa ekor ikan dalam kolam.
有幾尾魚在池塘裡。(109 印導)

➤ Nasi itu dimakannya dua tiga suap saja.
那碗飯他只吃了 2、3 口。

➤ Jumlah anjing gelandangan di taman itu belasan ekor.
那個公園的流浪狗數目有 10 幾隻。

➤ Dewan Pertanian(COA) akan mengedarkan sedikitnya dua juta helai kupon pariwisata

pertanian yang diharapkan bisa menstimulasi industri pertanian.
行政院農業委員會將發出大約 200 萬張農遊券，希望能刺激農業。

➢ Presiden AS memerintahkan pelepasan 1 juta barel minyak per hari dari cadangan minyak strategis negara itu selama enam bulan.
美國總統下令每天釋出 1 百萬桶國家戰略儲備原油，為期 6 個月。

➢ Saya ingin memesan kopi 5 gelas.
我想點 5 杯咖啡。

➢ Saya bawa 2 potong baju.
我帶兩套衣服。

➢ Kami punya kurang lebih 1.500 orang karyawan.
我們大約有 1,500 名員工。

➢ NT$ 15 per butir telur teh, tetapi toserba sedang mempromosi untuk membeli sepuluh butir telur teh sekaligus seharga NT$ 100.
每顆茶葉蛋 15 元，但超商正在促銷，買 10 顆茶葉蛋總價 100 元新台幣。

➢ Polisi menahan dua tersangka sekaligus serta menyita barang bukti berupa 60 lembar uang kertas palsu.
警方拘留共 2 名嫌疑人並查扣證物 60 張假紙鈔。

➢ Satu rangkaian kereta cepat Komodo Merah terdiri dari 7 gerbong, kapasitas 556 penumpang.
一列紅色科摩多高速鐵路由 7 節車廂組成，可載 556 名乘客。

➢ Sebuah bus yang berbelok tanpa melambat.
一輛轉彎沒有減速的巴士。

➢ Sebuah mobil SUV yang mengangkut sekawanan pekerja migran Indonesia.
一輛載有 1 群印尼移工的 SUV 休旅車。

Ayat II-3.3.數量詞(Kata Bilangan)

印尼文「數量詞(Kata Bilangan)」非常多，下面整理常見的數量/數值相關用法範例給大家參考，可以比較看看我們常說的中文數量，印尼文是如何使用，幫助大家記憶。

範例(數量)

①數字/數值(Angka/Bilangan)
2 sampai 3 ribu orang 二到三千人
angka Arab 阿拉伯數字
angka korban meninggal terus bertambah 死亡人數持續增加
angka Romawi 羅馬數字(I, II, III…)
batas usia minimal 最小年齡限制
belas 十一至十九→belasan ribu 上萬,一萬多→tercatat ada 440.000-an 登記有 44 萬多件→belasan juta 上千萬,一千多萬
di bawah,ke bawah 以下
dua bilangan 兩位數

151

gedung Taipei 101(satu kosong satu)台北 101 大樓
ke atas 以上→12 tahun ke atas 十二歲以上→lansia di atas 65 tahun 六十五歲以上老人
kosong,nol,nihil 零,空無→nol kasus meninggal 零死亡案例
membalik ke halaman 90 回到第 90 頁
nilai 分數,數值,評分→60 nilai 60 分(數)→indeks/nilai Ct Ct 值→nilai tambah 加分→senilai 等值→ dengan nilai jaul yang sangat tinggi 有很高的賣家評價
popularitas,jiwa 人口→23 juta jiwa 二千三百萬人口→menembus 5 juta jiwa 突破 5 百萬人
puluh 十→belasan 十幾→puluhan,10-an 幾十,數十,十位數→berusia 20-an tahun awalnya 廿多歲 出頭→60-an 六十多
ratus 百→seratusan 一百多→ratusan 幾百,數百,百位數→beratus 好幾百→300-an 三百多→ seratusan orang 一百多個人→ratusan ribu orang 幾十萬人
ribu 千→seribuan 一千多→ribuan 幾千,數千,數以千計,千位數→beribu-ribu 有好幾千→berusia ribuan tahun 幾千歲
satu 一→satuan 單位,個位數
tengah dua 一個半→tengah tiga puluh 二十五→tengah empat ratus 三百五十→tengah lima ribu 四 千五百
tunggal,singular 單獨,單一(的),單數(的)→jamak,plural 複數(的)
②數學(Matematika)
angka penuh,bilangan bulat 整數
angka pokok 基數→4 Toserba terbesar 四大便利商店→4 perusahan pengapalan terbesar dunia 世界 最大 4 家航商→gunung tertinggi ke tiga di dunia 世界第 3 高峰→kota terbesar kedua 第 2 大城市
angka urut 序數→tahap pertama 第一階段
bagi 除,比,對於,區分,為了,對...而言→dibagi sepuluh 分成 10 份→jika dibagi menjadi tujuh wilayah 如果區分為 7 個地區
banding 相比→1 banding 3 一比三→dibandingkan 和...相比→dibandingkan periode yang sama tahun lalu,dibandingkan dengan periode yang sama tahun sebelumnya 和去年同期相比→ dibandingkan tahun-tahun sebelum 和前幾年相比→dibandingkan dengan negara maju lain 相比於 其他先進國家
bulatkan/pembulatan,genapkan 四捨五入
desimal 小數→0.1 nol koma satu→0.23 nol koma dua puluh tiga→1.02 satu koma nol dua
dwi,dobel,ganda 雙,二,雙重
ganjil 奇,單→angka/bilangan ganjil 奇數,單數
genap 整,足→angka/bilangan genap 偶數,雙數→genap 1 tahun 滿 1 年
hanya lebih banyak 0.8%只有多百分之 0.8
kali 乘→tabel perkalian,kali-kali 乘法表→tabel perkalian 1 sampai 9,tabel multiplikasi sembilan kali sembilan 九九乘法表
kurang 減
lembap mutlak/nisbi 絕對/相對溼度
lipat 折疊,倍,摺(衣物)→berlipat 加倍→meningkat tiga kali lipat 增加三倍→meningkat beberapa kali lipat 增加幾倍
pangkat 2 平方→pangkat 3 三次方,立方→5 pangkat 2 五的平方→5 pangkat 3,pangkat 3 dari 5 五的 三次方
pecahan 分數→sepertiga/dua pertiga/seperempat/empat perlima 三分之一/三分之二/四分之一/五

分之四	
pembilang 分子→penyebut 分母	
sama dengan 等於	
satu dari setiap tiga orang 每 3 人中有 1 人	
tambah 加	
tanda akar 根號→akar pangkat 2,akar kuadrat 平方根	
tri/tri- 三→tri fungsi 三大功能	

③ 長度(Panjang)

centimeter 公分(cm)	mile 英里(mil)
kilometer 公里(km)	mil laut,nautical miles 海浬,浬
meter 公尺(m)	

④ 面積(Keluasan)/體積(Volume)

are 公畝(=10x10 公尺=30 坪)
hektare 公頃(=100x100 公尺=3000 坪=100 公畝)→lahan seluas 89 hektare tersebut 該廣達 89 公頃的土地
radius 半徑→diameter 直徑
segi 邊,角,(表格)格→segi tiga 三角形→persegi 正方形,平方→600 meter persegi 600 平方公尺→persegi panjang 長方形,矩形
semenjana 中等的
timbal,timbal balik 兩邊,兩旁
volume 容積,體積→volume sebesar 100 meter kubik 一百立方公尺體積→60.000 kubik meter tanah 六萬立方公尺的泥土

⑤ 計算(Hitung)

44 kasus mencapai 20% dari kasus kriminal 這 44 個案件，占刑事案件的百分之 20
adegan kedua dari babak pertama 第 1 幕第 2 場
banjir setinggi setengah badan orang 淹水半個人高
berkisar ribuan hingga puluhan ribu 在幾千到幾萬之間
bersatu/berdua/bertiga 團結/兩個一起/三個一起→bertiga-tiga 三個三個的→kita berempat 我們 4 個人→pergi berdua 兩個一起去
berulang kali 重複,屢次→lain kali 下 1 次→terakhir kali 上 1 次,上次
bulan 月→bulanan 以月計,每個月的
dihitung dari Mei 從 5 月算起
hari 日→harian 以日計,每日的→sewa harian 日租
kantor/kelas itu beranggota 12 orang 那辦公室/班級有 12 個成員
minggu 週→mingguan 以週計,每週的
salah satu 其中之一→salah dua 其中之二→salah satu dari 5 五個之一→salah seorang pembaca 其中一位讀者→5 dari 6 orang 六人中的五人→satu dari setiap 150 orang 每 150 人中的 1 人→salah satu bagian 其中一部分
satu-satu,satu demi satu,satu per satu 一個接一個,一比一(平手)→satu-satunya 單獨的,唯一的
tahun 年→tahunan 以年計,年度的,每年的
tiga kakak beradik 三姊妹,三兄弟→tiga/ketiga bersaudari 這/三姊妹

⑥單位(Satuan)

1 slop kotak rokok 一條香菸=10 bungkus rokok 十包香菸

6 butir MOU 六份 MOU

deret 排,列,行,級數→sederetan 一排,一連串→2 deret rumah baru 兩排新屋

karat(鑽石)克拉,(黃金)K 金

kelas 2 SD 小學 2 年級→kelas 1 SMP 國中 1 年級

mutu 2.4K 金→emas sepuluh mutu 廿四 K 純金

satu kotak 12 butir 一盒 12 粒

⑦重量(Bobot)

berat bruto 0,40 gram 毛重 0.4 公克	kilo 公斤
jin,kati 台斤	liang,tahil 兩

⑧金額(Jumlah)

jumlah 總數→berjumlah 合計→berjumlah besar 數量龐大的

juta,tiao 百萬,條

miliar 十億(M,10 萬美金)

NT$ 32 banding US$ 1 一元美金換 32 元新台幣

Rp9.000,00 印尼盾九千元

triliun 兆(T,1 億美金)

⑨百分比(Persentase)

persen(%),persentase 百分比→50 persen 百分之 50→70%-nya 它的百分之 70

⑩時間(Waktu)

berjam-jam 有幾個小時→jam-jaman 按小時計算

di waktu yang bersamaan 同時

jam setengah lima 四點半→pukul setengah sembilan malam 晚上 8 點半

jam,pukul 小時→menit 分鐘→detik 秒→detik-detik 當下,瞬間

jarum detik 秒針→jarum jam 時針

lima jam setengah,lima setengah jam 五個半小時

persis 正好,正(中),準→persis pukul 8 八點整

tepat waktu per jam 每小時整點→setiap setengah jam 每半小時

tepat waktu 準時,守時→telat dari waktu 遲到

⑪時段(Jangka)

antara tahun 2012 dan 2016 二０一二年到二０一六年間→berkisar antara 20 dan 30 tahun 大約在 20 歲到 30 歲之間

berjangka pendek 短期的→jangka menengah-panjang 中長期

bermalam 2 hari 過夜 2 晚

besok,esok hari/hari esok 明天,次日→besoknya,esok harinya,keesokan harinya,keesokannya,hari berikutnya 隔天,次日,第 2 天,翌日

dalam jangka singkat ini 在短時間之內

dari hari ke hari,waktu terus berlalu,hari berganti minggu,minggu berganti bulan,detik demi detik,hari berganti hari,minggu berganti minggu,bulan berganti bulan 日復一日

dari pagi sampai malam 從早到晚→dari dulu sampai sekarang 從以前到現在→ sampai

sekarang,hingga kini 迄今,到目前為止→hingga akhir Februari tahun ini 截至今年 2 月底止	
dini hari,pagi buta,fajar,subuh 凌晨,清晨,黎明	
hari 日,天→setengah hari 半天→sehari 一天→seharian,sehari-harian 一整天→sepanjang hari 整天 →sehari-hari 天天,每天→berhari-hari 有好幾天→laun-laun hari 前幾天,過了幾天	
kala 當,時間,時候,時期,時代→pada kala 當時→di kala 在...時候→di kala susah 在困難的時候	
ke depan 之後,接下來,未來→sejak kini ke depan 從今以後→dalam tujuh hari ke depan 接下來 7 天 之內	
kemarin lusa/dulu,2 hari yang lalu 前天,2 天前	
kurun 時代,時期,週期→kurun waktu,periode 期間→dalam kurun waktu 1 jam 在 1 小時時間週期裡	
lusa,besok lusa,dua hari yang akan datang 後天	
malam 晚上→semalam,tadi malam/malam tadi,kemarin malam/malam kemarin 一晚,昨晚→ semalaman 一整晚→malaman 晚一點→malam-malam,kemalaman 很晚,太晚→larut malam 深夜→ tengah malam 半夜,午夜	
masa lalu,terakhir kini 過去→kini,masa kini,sekarang,saat ini 現在→masa datang/depan 未來,將來	
masa libur musim dingin 寒假期間	
pas 100 hari dari sekarang 距離現在剛好 100 天	
sehari sebelum 前一天→tiga hari menjelang keberangkatan 出發前 3 天	
selama satu bulan penuh 整整 1 個月的期間→pada 10 bulan pertama tahun ini 今年前 10 個月→ peningkatan berturut-turut 20 bulan 連續 20 個月增加→dalam enam bulan terakhir kini 在過去 6 個 月之內→bulan naik 上半月→akhir bulan depan 下個月底→pada pertengahan hingga akhir Oktober 十月中下旬→minggu/bulan/tahun muka 下週/下個月/明年	
selang 間隔→berselang 相隔→selang sehari 相隔 1 天→belum lama berselang,belum berselang lama 不久以前,隔不久→tidak berselang lama 沒隔很久	
senja,senja buta 傍晚,黃昏	
seribu tahun sekali 一千年 1 次	
setahun 一年→setahun suntuk 一整年→sepanjang tahun 整年→sewindu 四年→dekade 十年→ satu dekade terakhir 過去十年→selama sekian tahun 這些年期間→dalam lima hari berturut-turut 在連續 5 天之內→tahun yang lalu,tahu kemarin 去年→tahun berikutnya 第 2 年,翌年,隔年,次年→ dua tahun silam 前 2 年,過去 2 年→beberapa tahun belakang,dalam beberapa tahun terakhir 過去幾 年→dari tahun ke tahun 年復一年,一年又一年→pada tahun-tahun sebelumnya 在前幾年→ sepanjang 20 tahun 長達 20 年→pertengahan tahun 年中→pertengahan/paruh tahun pertama/kedua,paruh awal/akhir tahun 上/下半年→setengah tahun 半年→sepanjang 20 tahun 長達 20 年→kepala tahun 年初,年頭→pengujung/penghujung tahun 年末	
setara dengan satu hari per minggu 相當於每週 1 天→minggu terakhir 最後 1 週	
setiap 17 Mei 每年 5 月 17 日	
suntuk 到頭,到頂,整整→sehari suntuk 一整天→semalam suntuk 一整夜→sampai dua jam suntuk 足 足 2 小時	
tengah siang,tengah hari 中午,正午→sore/petang 下午→usai siang/sore,pasca siang hari 午後	
terkepung sepanjang tiga hari 被包圍長達 3 日	
waktu penyangga tiga bulan 緩衝時間 3 個月
⑫ 紀年(Kronik)

abad 世紀,百年→seabad 一世紀→tahun 20-an abad ke-21[11]二十一世紀 20 年代	

abad 世紀,百年→seabad 一世紀→tahun 20-an abad ke-21[11]二十一世紀 20 年代

kuartal,seperempat 四分之一→pada kuartal pertama 2022 在 2022 年第 1 季

mundur ke 2021 後退到 2021 年

pada akhir tahun 1990-an hingga awal tahun 2000-an 在 1990 年代末期到 2000 年初期

pada Pemilu Presiden 2024 在 2024 年總統大選時

tarikh Hijrah 回曆→Hijrah(H)回曆元年(西曆 622 年起算)→回曆 1443 年(1443H=2021M,西曆 2021 年 8 月 9 日到 2022 年 7 月 28 日)

tarikh/kurun Masehi 西元,公元→Masehi(M)基督的,基督誕生之年→tahun 2022(2022 M)西元 2022 年

tarikh 曆,曆法,年數→tarikh 500 sebelum Nabi Isa(BC：Before Christ)西元前 500 年→tarikh akhir abad ke-20 西元二十世紀末(AD：Anno Domini)

⑬ 月份(Bulan)

akhir Mei 五月底→pertengahan April 四月中→awal Juni 六月初

pada Oktober mendatang 在接下來的 10 月

⑭ 星期(Minggu)

berminggu-minggu 數週,有好幾週	Rabu malam,malam Kamis 週三晚上
Jumat 星期五,(回教)週五集體做禮拜	setiap akhir minggu malam 每週末晚上
minggu depan hari Selasa,Selasa depan 下週二	

⑮ 溫度(Suhu)

derajat 度(°)→derajat Celsius/Fahrenheit 攝氏(°C)/華氏(°F)溫度→30 derajat di bawah nol 零下 30 度→minus 20 derajat Celsius 攝氏零下 20 度

musiman 季節性的

rata-rata,pukul rata 平均→suhu rata-rata 平均溫度→tidak merata 不平均→kenaikan rata-rata NT$ 5-10 漲幅平均新台幣 5 到 10 元

suhu 溫度,體溫→cuaca bersuhu dingin 寒冷氣候

⑯ 地震(Gempa bumi)

episentrum 震央→hiposentrum 震源[12]

Gempa 6,1 Skala Richter 芮氏規模 6.1 級地震→Gempa berkekuatan magnitudo (M) 5,8 /Gempa M 5,8 dengan kedalaman 16,7 km 地震強度 5.8 級、深度 16.7 公里→bermagnitudo 4-5 有 4 至 5 級的強度→pusat gempa berada di kedalaman 29 km 地震中心位在 29 公里深度

⑰ 名次(Peringkat)

hadiah nomor satu 頭等獎

juara 冠軍→pemenang kedua 亞軍

medali 獎牌→medali emas/perak/perunggu/besi 金/銀/銅/鐵牌

piala 獎杯

seri 平手→seri 1-1 一比一平手(念法 seri satu satu)→30-30(念法 tiga puluh sama)

⑱ 經緯(Bujur & Lintang)

bujur 經度→99,62 bujur timur 東經 99.62 度

lintang 緯度→2,04 lintang selatan 南緯 2.04 度→garis lintang 38(南北韓北緯)38 度線

---

[11] 「21 世紀(Abad Ke-21)」是指「西元 2001-2100 年」,而「20 年代(Tahun 20-an)」則是指「2021-2030 年間」。

[12] 根據台灣中央氣象局地震測報中心的說明,「震源(hiposentrum)」是地震錯動的起始點,是在地層深處,而「震央(episentrum)」則是震源在地表的投影點。

pada posisi 26,56°LU dan 124,47°BT 北緯 26,56 度及東經 124,47 度	
siku 直角	
sudut 角度→merupakan sudut 30 形成 30 度角	
⑲位置(Lokasi)/方向(Arah)	
belahan bumi utara 北半球→utara tepat 正北方	
berbalik 180° 一百八十度大轉彎	
di atas 2.000 meter dari permukaan laut 在海拔 2,000 公尺以上	
di belahan dunia lainnya 在世界另一半	
dua arah berbeda 兩個不同方向	
pertigaan/perempatan jalan 三岔路口/十字路口	
searah jarum jam,putaran searah jarum jam 順時針方向→lawan arah jarum jam 逆時針方向	
tempat tertentu 某地	

例句

➤ Setiap jam kantor, jalan pasti macet.
每次上下班時間，路上一定塞車。(102 印導)

➤ Semalam hujan turun dengan lebat. Akibatnya, banyak jalan terendam air.
昨晚下大雨，結果許多道路淹水。(103 印導)

➤ A : Berapa harga jeruk per-jin? (1 jin sama dengan 600 gram) 橘子每斤價錢多少？(1 斤等於 600 克)
B : Harga jeruk per-jin 50 NTD. 橘子價錢每斤新台幣 50 元。(104 印導)

➤ Kini perfilman Indonesia didominasi oleh film barat, meskipun demikian popularitas film lokal tidak hilang di kalangan masyarakat.
現在印尼電影業被西方電影支配，雖然如此，本地電影仍然受歡迎。(105 印導)

➤ Dia bersin-bersin di pagi hari, karena semalam lupa berselimut waktu tidur.
他上午一直打噴嚏，因為昨晚睡覺時忘記蓋棉被。(105 印導)

➤ Tujuh puluh lima rupiah lima puluh sen. Jika ditulis dalam bentuk angka, penulisannya yang benar adalah Rp 75,50.
印尼幣 75 元 50 分，如果以數字形式寫下，它的正確寫法是 Rp 75,50。(107 印導)

➤ Di tengah malam, ada tamu Anda yang tiba-tiba perutnya sakit sekali, maka Anda segera membawanya berobat ke rumah sakit terdekat.
你的客人在半夜突然肚子很痛，所以你馬上帶他去最近的醫院就醫。(107 印導)

➤ Taiwan adalah negara yang sangat indah dengan penduduk yang sangat ramah, sepanjang tahun banyak wisatawan yang mengunjungi Taiwan. Yang sangat bersahabat untuk turis asing.
台灣是居民友善的美麗國家，整年都有很多觀光客來台灣參觀，對外國觀光客來說是很好客的。(107 印導)

➤ Selama periode bulan Januari-September 2018, tingkat konsumsi wisatawan Asia Tenggara berhasil menduduki urutan kedua dengan nilai transaksi mencapai US $2,7 miliar. Namun, jumlah ini masih belum dapat mengungguli wisatawan asal Tiongkok Daratan yang berada di peringkat pertama, dengan total transaksi mencapai US $3,02 miliar.

在 2018 年 1 至 9 月間，東南亞觀光客消費排名以 27 億美金交易金額占第 2 位，雖然這數字仍未能超越第 1 名的中國大陸觀光客的總交易 30 億 2 千萬美元。(108 印導)

➢ Pesawat akan mendarat pada pukul setengah sembilan malam/20:30.
飛機將在晚上 8 點半降落。(109 印導)

➢ Kapal feri berangkat pada pukul setengah sembilan pagi/8:30 pagi.
渡輪早上 8 點半出發。(109 印導)

➢ Gajah lebih besar dibanding semut.
跟螞蟻比起來，大象比較大。(110 印導)

➢ Efek pendinginan radiasi pada dini hari/pagi buta akan membuat suhu di wilayah selatan mungkin bisa mencatat rekor suhu terendah sejak memasuki musim dingin.
清晨的輻射冷卻效果將造成南部地區的溫度可能會創下進入冬季以來最低的溫度紀錄。(110 印導)

➢ Pemandu wisata hendaknya jangan datang telat dari waktu yang dijanjikan.
領隊應該不要比答應的時間晚到。(111 印導)

➢ Berapa kurs Dolar Baru Taiwan ke Rupiah Indonesia hari ini?
今天新台幣換印尼幣匯率多少？(112 印導)

➢ Kereta Api Hutan Alishan adalah warisan budaya yang tak ternilai untuk Taiwan, yang juga merupakan satu-satunya jalur kereta api pegunungan yang memiliki makna sejarah dan pariwisata penting di Taiwan.
阿里山林業鐵路是台灣無可衡量的文化遺產，也是台灣唯一具有歷史及重要觀光價值的山區火車線。(112 印導)

➢ Kamu satu-satunya wanita khusus sepanjang hidupku.
妳是我一生中唯一特別的女人。

➢ Konon dia mendapat hadiah nomor satu.
據說他得到頭等獎。

➢ Saya duduk di kursi keempat dari depan.
我坐在前面第 4 排的座位。

➢ Status pelaku berompi kuning ini, dari 102 orang 80 di antaranya merupakan pelajar kemudian 22 orang lainnya pengangguran.
這些穿著黃色背心的嫌犯狀況，102 人中有 80 人是學生，其他 22 人是無業狀態。

➢ Dalam perjalanan sabu di tengah laut menerima titik koordinat di S.08.2006 dan E102.20.27 dari atasannya.
在冰毒的海上運送過程中，接到上級指示，接貨坐標點在南緯 8 度 12 分 2 秒和東經 102 度 20 分 27 秒。

➢ Lokasi landasan terbang/pacu pada posisi 26,56°LU dan 124,47°BT.
飛機跑道位置在北緯 26,56 度及東經 124,47 度。

➢ 44 kasus ini mencapai 20% dari kasus kriminal.
這 44 個案件，占刑事案件的百分之 20。

➢ 125 adalah 5 pangkat 3/pangkat 3 dari 5.

125 是 5 的 3 次方。

- ➤ Seratus perempat sama dengan dua puluh lima.
  100 的四分之一等於 25。

- ➤ Sepuluh dibagi tiga bersisa satu.
  10 除以 3 餘 1。

- ➤ Sekitar 60% wilayah Taiwan ditutupi oleh hutan.
  台灣 60%地區被森林覆蓋。

- ➤ Saya mendapat warisan seperempat bagian.
  我得到四分之一的遺產。

- ➤ Angkutan umum di Jakarta dapat beroperasi dengan kapasitas 100 persen.
  雅加達的公共運輸能夠以 100%載客量營運。

- ➤ Suhu di Tainan berada pada sekitar 10 derajat, suhu di Kinmen dan Matsu kurang dari 5 derajat.
  台南氣溫 10 度左右，金門和馬祖的氣溫不到 5 度。

- ➤ Malaysia merupakan produsen minyak kelapa sawit terbesar kedua. Pada masa kini, panen setiap bulan berkurang 50 ton dibandingkan sebelumnya.
  馬來西亞是世界上第 2 大的棕櫚油生產國，跟之前相比，現在每個月的收成減少 50 噸。

- ➤ Hari Ulang Tahun-Republik Indonesia (HUT-RI) pada setiap 17 Agustus.
  印尼共和國國慶日在每年的 8 月 17 日。

- ➤ Menurut ketentuan hukum negara, jam lembur harus dibayar dua kali lipat dari upah biasa.
  國家法律規定，加班費必須為平常工資的兩倍。

- ➤ 3 langkah penting saat gempa bumi : jongkok, berlindung, dan pegang erat.
  地震發生時 3 個重要步驟：蹲下、保護和抓緊。

- ➤ Ada gejala-gejala yang menunjukkan akan terjadi gempa bumi bermagnitudo 7 ke atas.
  有跡象表示將發生強度 7 級以上的地震。

- ➤ Bento bentuk oktagon itu adalah produk laris sepanjang 20 tahun akan dihentikan atas pertimbangan modal.
  那八角形便當是長達 20 年的熱銷產品，將基於成本考量停售。

- ➤ Warga yang dilahirkan pada tahun 2005 yang akan dianggap genap 18 tahun pada tahun 2023 berjumlah sekitar 210.000 orang.
  出生於 2005 年而在 2023 年滿 18 歲的居民人數約 21 萬人。

- ➤ Sebelumnya, pemancingan dengan umpan dikhawatirkan akan mencemari sumber daya air sehingga pemancingan dilarang dalam 10 tahun terakhir. Banyak masyarakat berasumsi jika instansi terkait tidak melakukan penanganan, tindakan tersebut (tsb) akan merusak ekologi taman.
  之前擔心用餌釣魚會汙染水資源，所以過去 10 年禁止釣魚，許多居民推測，如果有關單位不處理，這行為將破壞公園生態。

- ➤ Gempa yang terjadi pada kemarin, membuat banyak bangunan rumah roboh. Begini foto-

fotonya dilihat dari udara.
發生在昨天的地震造成許多房屋建築倒塌，從空中看到的照片是這樣。

➢ Ada yang mengatakan warga sudah terbiasa dengan gempa di Indonesia, karena Indonesia terletak di sabuk seismik Samudra Pasifik, gempa dan tsunami berpotensi menimbulkan bencana fatal.
有人說印尼民眾已經習慣地震，因為印尼位在太平洋地震帶上，地震和海嘯可能出現致命災難。

➢ Tingkat berat badan berlebih di Taiwan terus meningkat dari tahun ke tahun.
台灣體重過重的程度年復一年的持續增加。

➢ Suhu di Gunung Taiping berada di bawah nol derajat, karena kandungan air dalam udara tidak mencukupi, sehingga tidak turun salju, namun telah menarik minat banyak pelancong naik ke atas gunung menantikan turunnya salju.
太平山的氣溫在零度以下，因為空氣中含水量不足，所以不會下雪，但是已經吸引許多遊客爬到山頂等雪的興趣。

➢ Permintaan paspor meningkat seiring melonjaknya perjalanan ke luar negeri, waktu tunggu permohonan paspor mencapai 2,5 hingga 3,5 jam atau bahkan 4 jam pada masa puncaknya.
護照需求隨著出國旅遊大增而增加，護照申請等待時間達到 2 個半小時到 3 個半小時，有時尖峰時期要到 4 小時。

➢ Sedangkan di Taiwan, fabrikasi chip 3nm telah memasuki tahap uji coba produksi massal pada paruh kedua tahun ini, sementara pabrik chip 2nm sedang dibangun dan pabrik chip 1 nm sedang direncanakan.
而在台灣，3 奈米晶片製造在今年下半年已經進入量產測試階段，而 2 奈米工廠正在建造，同時 1 奈米晶片廠正在規劃。

➢ Puncak gunung yang mencapai 3.767 meter dari permukaan laut. Warga dilarang beraktivitas dengan radius 8 kilometer dari puncak gunung. Letusan kali ini terjadi setelah genap 1 tahun selang letusan terakhir yang mengakibatkan sedikitnya 50 korban jiwa.
火山口距離海拔 3,767 公尺，居民被禁止在火山口半徑 8 公里內從事活動，這次噴發距離最近造成少數 50 人死亡的噴發已經滿 1 年。

➢ Persentase kenaikan harga rata-rata mencapai 20%.
平均價格上漲的比率達到 20%。

➢ Puluhan ribu korban yang kehilangan tempat tinggal akhirnya mengungsi ke dalam pusat perbelanjaan, gedung olahraga dan masjid.
好幾萬失去住所的災民最後避難到購物中心、運動大樓及清真寺裡面。

➢ Per tanggal 20 Senin depan, pemakaian masker ditentukan sendiri oleh warga.
從下週一 20 號開始，由民眾自己決定是否戴口罩。

➢ Abad ke-20 mulai pada tahun 1901 sampai tahun 2000.
西元 20 世紀從 1901 年開始到 2000 年為止。

➢ Banyak museum Indonesia ada pameran arca Buddha, Bonang Gamelan, dan Keris perunggu dari dinasti Majapahit abad ke-10 Masehi.
許多印尼博物館有西元 10 世紀滿者伯夷王朝青銅鑄的佛像、甘美朗銅鑼組及格里斯短劍展覽。

- Di distrik Anping Tainan, Eternal Golden Castle dan Anping Old Fort juga sangat terkenal. Melihat pemandangan asli sambil mengunjungi salah dua tempat bersejarah yang ada di Tainan.
  在台南安平區的億載金城與安平古堡也很有名，一邊看真正美景，一邊參觀在台南的這兩個歷史景點。

- Pelancong asing yang memenangkan undian akan diberikan tiket digital bernilai NT$ 5.000 ketika memasuki Taiwan yang langsung bisa diambil di bandara.
  中獎的外籍觀光客將獲得新台幣 5 千元的數位票券，進入台灣時可直接在機場領取。

- Dalam kabin yang berkode rahasia, penyelidik CGA menemukan total 235 kardus, dengan rokok selundupan sebanyak 11.750 slop kotak 條, bernilai nyaris mencapai NT$ 7,5 juta.
  在有密碼的艙房內，海巡署調查人員發現 235 箱、高達 1 萬 1,750 條走私香菸，市價將近 750 萬新台幣。

- Persis pukul 8 dia datang.
  他正好 8 點來了。

- Hingga kini masih belum menemukan satu pun nyawa yang masih hidup.
  到現在仍然無法發現任何生命跡象。

II-3.3.1.延伸閱讀(時間表示方法①)

用法	時間
pagi 早上	04:00-10:00
siang 中午	10:00-14:00
sore 下午	14:00-18:30
petang 下午	16:30-18:30
malam 晚上	18:30-04:00
tengah malam 半夜,午夜	23:00-01:00
larut malam(西方)深夜	01:00-05:00
dini hari,pagi buta,fajar,subuh(東方)凌晨	01:00-05:00
subuh-subuh 清晨	05:00-07:00

II-3.3.2.延伸閱讀(時間表示方法②)

用法	時間	印尼語文用法
一般	7.15 pagi (上午 7 點 15 分)	jam tujuh lebih/lewat lima belas menit jam tujuh lebih/lewat seperempat
	11.45 (11 點 45 分)	jam dua belas kurang lima belas menit jam sebelas lebih/lewat empat puluh lima menit jam setengah dua belas lebih/lewat lima belas menit
	3.25 sore (下午 3 點 25 分)	pukul setengah empat kurang lima menit sore pukul tiga lebih/lewat dua puluh lima menit sore pukul tiga seperempat lebih/lewat sepuluh menit sore

軍隊	pukul 20.47 (兩洞四拐) 11.45 (么么四五) 01.10 (洞么么洞) 3.25 (三兩五)	kosong satu sepuluh pukul dua kosong empat tujuh sebelas empat lima tiga dua lima
大概	11.45 (快 12 點) 3.25 (快 3 點半)	kira-kira/hampir jam 12 kira-kira/hampir jam setengah empat

II-3.3.3.延伸閱讀(小時/半點)

時間的表示，除了在課本上學到的正式/標準用法外，平常也有機會接觸到口語或地區的非正式用法，如下：

範例	正式/標準用法	非正式/口語用法
小時	pukul	jam[13]
5 個半小時	lima jam setengah	lima setengah jam
4 點半	jam setengah lima	jam empat setengah

➢ Pukul setengah sembilan malam/20:30.
  晚上 8 點半。(109 印導)

➢ Pukul setengah lima sore sama dengan pukul empat lewat tiga puluh menit sore.
  下午 4 點半和下午 4 點過 30 分一樣。(111 印導)

➢ Tamu dijadwalkan akan tiba pada pukul 21.30 nanti. Waktu kedatangan juga bisa dikatakan sebagai pukul 9 lewat 30 menit malam hari nanti.
  客人待會預定 9 點半會抵達，抵達的時間也能夠說成待會晚上 9 點 30 分。(111 印導)

II-3.3.4.延伸閱讀(日期用法)

印尼文「hari」有「天,日,星期」等意思，「詢問日期」的疑問句用法規則不難，只要記得若是用「阿拉伯數字(Angka Arab)」表示的「日、年」，例如「12 日(tanggal 12)」、「2021 年(tahun 2021)」，疑問詞要用「berapa」，而像「週、月及季節」的表示方法不是阿拉伯數字，疑問詞「原則上」就要用「apa」，各種詳細用法請參考下表說明。

類別	前 2	前 1	當次	後 1	後 2	疑問
日 hari	前天/2 天前 kemarin dulu/kemarin lusa/2 hari yang lalu	昨日 kemarin	今日 hari ini	明天 besok	後天/2 天後 lusa/besok lusa/2 hari yang akan datang	幾號？ **tanggal berapa?**
週 minggu	上上週 2 minggu yang lalu	上週 minggu lalu minggu kemarin	本週 minggu ini	下週 minggu depan	下下週 2 minggu yang akan datang	星期幾？ **hari apa?**

---

[13] 「jam」有「鐘錶,時鐘,小時,鐘頭,點,時,時間,時刻,工作/營業時間」等意義，而「pukul」則有「打,敲,擊,點,時」等意思，用在時間「幾點,幾時」時，雖然可以互通，不過印尼正式用法則是「pukul」較常用。

月[14] bulan	上上月/2 個月前 2 bulan yang lalu	上個月 bulan lalu bulan kemarin	本月 bulan ini	下個月 bulan depan	下下月/2 個月後 2 bulan yang akan datang	幾月份？ **bulan apa?**
年 tahun	前年/2 年前 2 tahun yang lalu	去年 tahun lalu tahun kemarin	本年 tahun ini	明年 tahun depan	後年/2 年後 2 tahun yang akan datang	哪一年？ **tahun berapa?**

例句

➢ Kami minggu kemarin bertamasya ke Gunung Yangming.
我們上週去陽明山遊覽。(102 印導)

➢ Dalam perjalanan naik bus ke Kaohsiung kemarin, saya tertidur sampai ke tempat tujuan.
昨天搭巴士去高雄的旅程中，我一直睡到目的地。(104 印導)

➢ Berbeda dengan tahun yang lalu, liburan kali ini kami berencana dalam perjalanan ke kampung, kami akan mampir ke beberapa tempat wisata yang ada di Jawa Barat, setelah itu baru melanjutkan perjalanan.
不同於去年，這次放假我們規劃在回家鄉的行程中，會順便繞去幾個西爪哇的景點，之後才繼續行程。(105 印導)

➢ A：Kapan kamu berwisata ke Taiwan? 你何時去台灣旅遊的？
B：Saya berwisata ke Taiwan di tahun 2018 lalu. 我之前 2018 年去台灣旅遊。(108 印導)

➢ A：Saya minggu depan pulang ke Jakarta. 我下週回雅加達。
B：Berapa lama penerbangan dari Taiwan ke Jakarta? 從台灣到雅加達飛行多久？
A：Jika penerbangan langsung sekitar 5 jam. 如果直飛，大概 5 小時。(111 印導)

➢ Esok hari lebih baik.
明天會更好。

II-3.3.5.延伸閱讀(星期用法)

星期一 hari Senin	星期二 hari Selasa	星期三 hari Rabu	星期四 hari Kamis	星期五 hari Jumat	**星期六** **hari Sabtu**	**星期日** **hari Minggu**

例句

➢ Hari ini selasa, lusa adalah hari Kami, kemarin hari Senin.
今天星期二，後天是星期四，昨天是星期一。(109 印導)

II-3.3.5.1.小提醒(星期+晚上)

印尼文比較特殊的用法是「星期+晚上」，例如「週四晚上」有「Kamis malam」和「malam Jumat」兩種說法，這在過去的印尼語導遊考試出題過 2-3 次喔！

---

[14] 「bulan(月亮)」也可以寫成「rembulan」，而「datang bulan」是指「月經來」，正式用法是「menstruasi(月經)」，「衛生棉」則是「pembalut」。

II-3.3.6.延伸閱讀(月份用法)

西曆月份(Bulan Masehi)

一月 Januari	二月 Februari	三月 Maret	四月 April	五月 Mei	六月 Juni
七月 Juli	八月 Agustus	九月 September	十月 Oktober	十一月 November	十二月 Desember

回曆月份(Bulan Hijrah)

一月 Muharam	二月 Safar	三月 Rabiul awal	四月 Rabiul akhir	五月 Jumadil awal	六月 Jumadil akhir
七月 Rajab	八月 Syakban	九月 Ramadan	十月 Syawal	十一月 Zulkaidah	十二月 Zulhijah

例句

➢ Banyak wisatawan dari Indonesia merasa kedinginan waktu berkunjung ke Gunung Alishan di bulan Januari.
許多來自印尼的觀光客，1 月份參觀阿里山時感到寒冷。(106 印導)

➢ Karena perubahan iklim, sekarang di Taiwan antara bulan Desember dan Februari termasuk musim dingin.
因為氣候改變，現在台灣從 12 月到 2 月間算是冬季。(109 印導)

II-3.3.7.小提醒(月份口語用法)

印尼人敘述月份，除了正式用法外，平常還可以看到更簡單的序數用法，月份用阿拉伯數字 1 至 12 表示，比如 3 月不用「Maret」而說「bulan 3」，印尼語導遊筆試曾出過此類題目，至於「農曆 7 月」則是說「Juli kalender Imlek」、「Bulan 7 kalender Imlek」或「Bulan Hantu(鬼月)」。

例句

➢ Setiap tahun bulan dua belas tanggal 25 adalah Hari Raya Natal.
每年 12 月 25 日是聖誕節。(109 印導)

➢ Tanggal 1 bulan 7 kalender Imlek memasuki bulan hantu. Yang juga berarti pembukaan pintu neraka. Pintu yang biasanya tertutup rapat, kini dibuka selama 1 bulan, agar para arwah dapat berlibur di alam manusia.
農曆 7 月 1 日進入鬼月，也就是鬼門開，鬼門通常是關的，現在開門 1 個月，讓孤魂野鬼可以來人世間休息。

II-3.3.8.延伸閱讀(季節用法)

春季 musim semi	夏季 musim panas	秋季 musim gugur	冬季 musim dingin	哪個季節？ **musim apa?**

雨季 musim hujan	旱季 musim kemarau/kering	

例句

➤ Setiap musim panas, jumlah wisatawan asing yang datang ke Taiwan meningkat drastis.
每年夏季來台灣的外國觀光客數目大幅增加。(105 印導)

➤ Mendaki pegunungan Taiwan di musim gugur paling nyaman karena daerah pegunungan berudara bersih, sejuk dan stabil.
秋季登台灣的山岳最舒適，因為山區有清新、涼爽且穩定的天氣。(106 印導)

➤ Di Taiwan ada empat musim. Musim panasnya sangat panas seperti di Indonesia.
台灣有 4 季，夏季和印尼一樣很熱。(109 印導)

➤ Musim semi adalah salah satu waktu terbaik untuk berlibur ke Taiwan. Berbagai daerah di Taiwan selalu mengadakan festival bunga di saat musim semi.
春季是其中一個去台灣旅遊最好的時間，台灣各地在春季都有花季。(112 印導)

II-3.3.9. 小提醒

印尼有一些單字與數字有關，例如「Kesebelasan(足球隊)、Tujuh-belasan(獨立紀念日)、pusing tujuh keliling(暈頭轉向)、menujuh/penujuh hari(做/頭七)」...等。

例句

➤ Kesebelasan itu bisa menjadi kuda hitam dalam pertandingan kali ini.
那個足球隊在這次比賽中會成為黑馬(爆冷門)。

➤ Memikirkan biaya penujuh hari ayah saja sudah pusing tujuh keliling.
光想到父親頭七(祭拜)的費用，就已經傷腦筋了。

II-3.3.10. 延伸閱讀(位置/方向)

印尼文的方向表示法，例如「sebelah timur betul(正東方)」，基本用法如下：

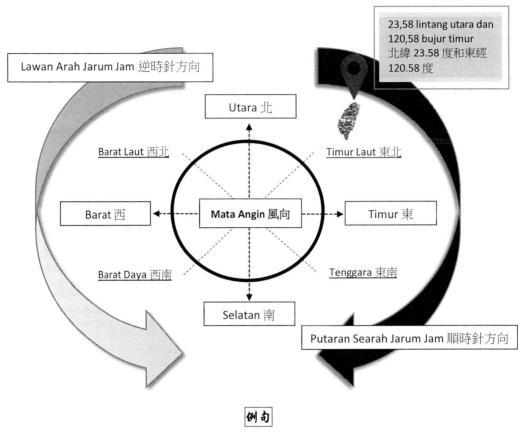

23,58 lintang utara dan
120,58 bujur timur
北緯 23.58 度和東經
120.58 度

例句

> Pada 2017, turis dari Asia Tenggara yang berkunjung ke Taiwan meningkat 30 persen dari tahun sebelumnya. Angka terbanyak berasal dari warga negara mayoritas muslim, seperti Malaysia dan Indonesia.
  2017 年東南亞觀光客來台比前一年增加 30%，最多的人數來自於穆斯林為主的國家，例如馬來西亞和印尼。(108 印導)

> Dalam angka 1/2(seperdua), 1 adalah pembilang, 2 adalah penyebut.
  在 2 分之 1 這數字裡，1 是分子、2 是分母。

> Luas Taiwan adalah kira-kira 36.000 kilometer persegi. Di Taiwan berpenduduk 23 juta orang dan tinggal 270 juta orang di Indonesia.
  台灣面積約為 3 萬 6,000 平方公里，在台灣居住 2,300 萬人口，在印尼居住 2 億 7,000 萬人。

> Tentara Pembebasan Rakyat China menembakkan beberapa rudal balistik jenis Dongfeng ke perairan di sebelah timur laut dan barat daya Taiwan.
  中國解放軍發射幾枚東風系列彈道飛彈到台灣的東北和西南邊。

II-3.3.11.延伸閱讀(方向表示-上下右左前後)

印尼文的方向表示方法，還有「上、下、右、左、前、後」的延伸組合，例如：「di kiri bawah(在左下方)、di ujung kanan atas(在最右上方)、bagian kiri belakang(左後方部位)」等，詳如下：

	上方 atas	下方 bawah	前方 depan	後方 belakang
右邊 kanan	kanan atas 右上方	kanan bawah 右下方	kanan depan 右前方	kanan belakang 右後方
左邊 kiri	kiri atas 左上方	kiri bawah 左下方	kiri depan 左前方	kiri belakang 左後方

例句

➢ Silakan tandatangan di pojok kiri bawah kontrak.
請在合約左下角簽名。

➢ Bagian kanan bawah uang kertas jika dilihat dari sudut pandang tertentu akan terlihat tulisan angka yang disamarkan, kiri bawah akan ada bias cahaya dan logo transparan akan terlihat.
紙鈔的右下方如果從特定角度看會看到隱藏數字，左下方將會看到光線折射和透明標誌。

II-3.3.12.延伸閱讀(方向表示 45°/22.5° 角)

印尼文 45° 角的表示方法，有規則也有不規則變化，如下：

類　　　型	用　　　　　　　　　　　　　　　　　　　　　法
規則變化	Timur Laut 東北、Barat Laut 西北
不規則變化	Tenggara 東南、Barat Daya 西南

若要再細分，像羅盤(Kompas)一樣，還可從最北端(0°)，以順時針方向、每 22.5° 角來劃分表示(括號內為縮寫)：

角度	方向(縮寫)	角度	方向(縮寫)
0°/360°	Utara 北(U)	180°	Selatan 南(S)
22.5°	Utara Timur Laut 北北東(UTL)	202.5°	Selatan Barat Daya 南南西(SBD)
45°	Timur Laut 東北/北東(TL)	225°	Barat Daya 西南/南西(BD)
67.5°	Timur-Timur Laut 東北東(TTL)	247.5°	Barat-Barat Daya 西南西(BBD)
90°	Timur 東(T)	270°	Barat 西(B)
112.5°	Timur Tenggara 東南東(TTG)	292.5°	Barat-Barat Laut 西北西(BBL)
135°	Tenggara 東南/南東(TG)	315°	Barat Laut 西北/北西(BL)
157.5°	Selatan Tenggara 南南東(STG)	337.5°	Utara Barat Laut 北北西(UBL)

例句

➢ Jumlah taifun di sekitar Samudera Pasifik Barat Laut dan Laut Cina/Tiongkok Selatan berpeluang mencapai 24-26 buah.
在西北太平洋和南海附近的颱風總數有機會達到 24 至 26 個。

➢ Gempa dengan pusat di 12 km barat-barat daya kota kecil ini dengan kedalaman 17,9 km mengakibatkan banyak kerusakan. Kebocoran gas, banyak tiang listrik tumbang dan keretakan jalan dilaporkan di sejumlah wilayah.
地震中心在這小鎮的西南西方，深度 17.9 公里，造成許多損失，全區通報瓦斯漏氣、許多電線杆傾倒及路面龜裂。

II-3.3.13.延伸閱讀(星座)

相對於中國農曆的「24 節氣(24 Posisi Matahari)」，在印尼較多使用「西洋 12 星座(Konstelasi/Rasi Bintang)」，其說法如下：

牡羊座 Aries	金牛座 Taurus	雙子座 Gemini	巨蟹座 Kanser	獅子座 Leo	處女座 Virgo
天秤座 Libra	天蠍座[15] Skorpio	射手座 Sagitarius	摩羯座 Kaprikornus	水瓶座 Akuarius	雙魚座 Pises

例句

➢ Konstelasi merupakan kelompok 12 rasi bintang yang terdiri dari Aries sampai Pises.
星座是指從牡羊座到雙魚座的 12 個星座組合。

II-3.3.14.小提醒(數字、字母及符號念法)

印尼文數字的念法也要特別注意，例如「seri 1-1 一比一平手」念法「seri satu satu」、「30-30」念法「tiga puluh sama」；而「mantap@gmail.com」念法「M-A-N-T-A-P akeong G-M-A-I-L titik C-O-M」。

Pasal II-4.倒裝句(Kalimat Terbalik)

印尼文也有「倒裝句(Kalimat Terbalik)」，倒裝句的句首可放「形容詞、副詞、介係詞、動詞/被動詞、語助詞、否定式」等，而且滿常見的，歸類整理如下：

句　首　類　型	範　　　　　　　　　　　　　　　　　　　　　　　　　　　　例
形容詞	cantik sekali cewek itu 那女孩很漂亮 sangat dingin minggu kemarin?上週很冷嗎？ sudah cukup baik mobil ini 這部車已經夠好了
副詞	kalau diberi upah tinggi, niscaya mau dia 如果給高薪，他當然想要 nanti saya datang 我待會來 sekarang saya sedang belajar bahasa Indonesia 我現在正在念印尼文
介係詞	di pasar malam kami lihat banyak orang 在夜市我們看到許多人
動詞/被動詞	berangkatlah tamunya sekarang juga 他的客人現在也出發囉 pengumpulan alat bukti terus kami lakukan 我們持續在做物證蒐集 perlu juga berangkat pagi-pagi 也需要早早出發
語助詞	begitulah ceritanya 他的故事就是那樣的啦
否定式	belum datang dia 他還沒到 bukan dia yang paling rajin di kelas 他不是班上最用功的 tidak baik kalau Anda tidak hadir 你最好出席/你不出席不好 tidak mudah (untuk) lulus ujian itu 不容易通過考試 tidak tahu saya dia sudah di sana atau belum 我不知道他是否已經在那裏了

例句

---

[15] 印尼文「天蠍座(Skorpio)」也可以說「bintang kala」，「kala」是指「蠍子」。

➢ Apakah bisa Anda menerima permohonan maaf saya?
是否你可以接受我的道歉？(111 印導)

➢ Sudah lama kami berkawan.
我們已經是老朋友了。

➢ Kurang tahu mengapa dia tidak masuk kerja hari ini.
不太知道他今天為何沒來工作。

➢ Disampaikan Biro Cuaca Pusat (CWB), akibat pengaruh angin muson timur laut, hujan berpeluang turun di seluruh Taiwan.
氣象局通知，由於東北季風影響，雨有機會下在全台灣。

➢ O ya, ada saya bawa surat untukmu.
對了，我給你帶了 1 封信來。

➢ Nanti, kalau sudah besar, mau jadi apa?
你長大以後想做什麼？

➢ Telah aku sampaikan salammu kepada dirinya.
我已經轉達你的問候給本人。

➢ Pengumpulan alat bukti terus kami lakukan.
我們持續在做物證的蒐集。

➢ Bagi saya tidak penting dia datang atau tidak.
對我來說，他來不來不重要。

➢ Dengan uang pribadi dia traktir rombongannya.
他自費請那團體。

➢ Situasi yang sering kita lihat di Taiwan adalah lalu lintas yang macet dan berantakan, bahkan terkadang tetap berantakan meski tidak macet.
在台灣我們經常看到的情況是塞車又混亂的交通，而有時候雖然不塞車但仍然混亂。

➢ Namun ada orang menduga kedatangan Miyabi ke Jakarta mungkin menjadi ajang jebakan Batman buat Anies. Tokoh yang banyak disebut sebagai bakal capres 2024.
然而有人懷疑小澤瑪麗亞來雅加達可能是設計給阿尼斯的圈套，他是被許多人認為將會成為 2024 年印尼總統候選人的人物。

➢ Terjadi kecelakaan lalu lintas di Jalan Tol Nasional No. 3 seksi Baihe Tainan arah utara pada tanggal 13 sekitar pukul 20.00 malam.
在國道 3 號高速公路台南白河路段北向 13 日晚間 8 時左右發生交通事故。

第 3 章 Bab III

Pasal III-1.名詞 Kata Benda
Pasal III-2.關係代名詞 Kata Ganti Relatif
Pasal III-3.家族關係表 Kekerabatan

Kawah Putih, Bandung
牛奶湖(萬隆)

一分錢一分貨 Ada rupa ada harga

III_名詞(Kata Benda)/關係代名詞(Kata Ganti Relatif)/家族關係表(Peta Kekerabatan)

Pasal III-1.名詞(Kata Benda)

> **1.**siap 衍伸的 persiapan、penyiapan 與 bahas 變化成 perbahasaan、pembahasan 意義不同嗎?
> **2.**tuan rumah 是指"家裡的大人"嗎?
> **3.**網路流行用語"歪樓",印尼文怎麼說?
> **4.**印尼也有"惡整新生儀式"?
>
> 答案在第252頁

印尼文的有趣變化,主要是「動詞(Kata Kerja)」、「形容詞(Kata Sifat)」或「名詞(Kata Benda)」在加上「Per-an、Pe-an、-an、ke-an、Pe-、Si-」等字首尾(Imbuhan)後,會產生許多有相關意思的名詞延伸變化,這是有基本規則的,但也容易弄混,尤其書寫時必須特別注意,例如:「air(水)」的「Per-an」變化是「perairan(領海)」,而「Pe-an」變化則是「pengairan(灌溉)」,另外一個例子,「buka(開,打開)」的「Per-an」變化是「perbukaan(開齋飯前的甜點)」,而「Pe-an」變化則是「pembukaan(開拓,開墾,開發)」,所以知道字根和延伸變化的關連性,應該就比較容易記憶。

Ayat III-1.1.名詞(字首尾 Per-an)

原形動詞、形容詞或名詞等字根加上「Per-an」字首尾都可以成為名詞,較常用在「口語」時,常見字摘要如下表:

範例(名詞 Per-an)

adab 教養,禮貌,文明→peradaban 文明
adil 公平的,公正的,正義的→peradilan 司法,(法官)審理,審判
ajar 教育→pelajaran 課程,課業
alat 工具→peralatan 工具,器具
anak 子女,小孩,後代,出生於某地的人→peranakan 混血印尼人,...裔印尼人
api 火→perapian 火爐,壁爐
atur 安排,喬,部署,(規)定在→peraturan 規定
bahasa 語言→perbahasaan 諺語,禮貌,禮節
baik 好→perbaikan 改善,改革
banding 相比,相當,上訴(二審),重審,訴願→perbandingan 比例,比較,比喻
batas 界線,限度,範圍,程度→perbatasan 邊界
beda 差別→perbedaan 區別,差異,分歧
bekal 謀生手段,生活必需品,便當,出遠門攜帶的物品,配備的東西→perbekalan 供應品
belanja 購物,日常開支,生活費→perbelanjaan 購物(場所),開支
belanja 購買→perbelanjaan 購物
bincang 談論,商談→perbincangan 商談,討論
buat 做(事)→perbuatan 所做的事,行為
budak 奴隸,奴僕,小孩,走狗→perbudakan 奴隸→perbudakan seksual 性奴
buka 開,打開→perbukaan 齋戒月吃開齋飯前的甜點

bukit 小山,山坡→perbukitan 丘陵

buku 書,簿,關節,(竹)節→perbukuan 簿記,帳務

buru 追捕,打獵→perburuan 狩獵,獵物

cakap 說,談→percakapan 會話,對話

cekcok 爭吵,口角,吵嘴,爭奪→percekcokan 爭吵,吵架

cepat 快→percepatan 加速,加快

cetak 印刷,模子→percetakan 印刷廠

coba 試,試一試,假如,請→percobaan 試,試驗

dagang 商業→perdagangan 貿易

dalam 內,深,深奧→pedalaman 內陸

damai 和平→perdamaian 和平,和解

daya 力量→perdayaan 詭計,詐術,騙術

debat 辯論,爭論→perdebatan 辯論,爭論

derita 感染(病),受苦難→perderitaan 苦難,痛苦

ekonomi 經濟→perekonomian 經濟狀況

film 電影→perfilman 電影業

gaul 社會→pergaulan 社交,交際,打交道

gelang 環,環狀物,鐲子→pergelangan 腕,踝

gelar 頭銜,稱號,外號,綽號,攤開,展開→pergelaran 演出,表演

gerak 行動,動作,預感,預兆,徵兆→pergerakan 行動,運動,移動

geser 磨擦,移動,轉移,改變→pergeseran 摩擦,糾紛,爭執,調動,變動

golak (水)沸騰,動盪,動亂→pergolakan 動盪,動亂,激動

gulat 摔角,扭打,角力→pergulatan 摔角,扭打,角力,搏鬥

guna 使用→pergunaan 用法

guru 老師→perguruan 學校

hati 心→perhatian 關心,關懷,注意,重視

hias 打扮,裝飾→perhiasan 裝飾品

himpun 集中,集合,聚集→perhimpunan 團體,社團,協會,集合地點

hitung 計算→perhitungan 結算,清算,結帳,估計,考慮

hotel 旅館→perhotelan 旅館業

hubung 相連,聯繫→perhubungan 交通,交通工具

ikan 魚→perikanan 捕魚業

industri 工業,產業→perindustrian 工業

ingat 記得→peringatan 警告,紀念

jalan 走→perjalanan 旅遊,旅程,行程

jamu 客人,來賓→perjamuan 宴會

jangkit 傳染,傳播→perjangkitan 傳染,蔓延

janji 答應→perjanjian 合約,條約,協定,聖經

jodoh 對象,配偶,媒合,配對→perjodohan 婚姻,婚事

juang 奮鬥→perjuangan 戰鬥,鬥爭

judi 賭博→perjudian 賭博,博弈

jumpa 會面→perjumpaan 會面,見面

kali 倍,乘,次,回→perkalian 乘法,乘積

kantor 公司,辦公室→perkantoran 辦公地區

kapal (機械動力)大船,艦→perkapalan 航海,航行,船隊,艦隊,航運,船塢

kata 言語,言詞,念頭→perkataan 話語,話術

kebun 園,農場→perkebunan 園藝,園地,農場,種植園

kelahi 吵架,打架→perkelahian 打架,鬥毆,格鬥

kemah 帳篷→perkemahan 露營區,營地

kembang biak 繁殖→perkembangbiakan 繁殖,配種

kembang 發酵,擴大,發展→perkembangan 發展,拓展

kenal 認識→perkenalan 介紹,認識

kereta api 火車→perkeretaapian 火車(產業)

kira 以為,猜測,估計,判斷→perkiraan 估計,推測,考慮,計算,預算

kota 城市→perkotaan 都會區

kumpul 集合,聚集→perkumpulan 團體,協會

laku 行為,作法,有效,暢銷→perlakuan 待遇,接待,處遇

lambat 緩慢,晚的,落後,遲到→perlambatan 緩慢,落後

lawan 對手→perlawanan 反抗,抵抗,抗爭,相反,反面

lawat 遊覽,旅遊,探望,弔唁→perlawatan 遊覽,旅遊

lengkap 完整,齊全→perlengkapan 設備,裝備,配備

lindung 保佑,保護,躲避→perlindungan(法律)保護,庇護,躲避處

lindung 保護→perlindungan 保護

luas 寬的,寬廣→perluasan 擴大,擴充,擴張

main 玩→permainan 遊戲

maklum 知悉,了解,諒解,都明白的,可以理解的→permakluman 聲明,宣言

mandi 洗澡→permandian 沐浴

masalah 問題,事情→permasalahan 問題,事情

minta 要求→permintaan 需求,請求

minyak 油→perminyakan 石油業

mohon 請求→permohonan 申請,請求,懇求

muka 臉,前面→permukaan 表面

napas 呼吸→pernapasan 呼吸

nikah 婚姻→pernikahan 婚姻,婚事,婚禮,姻緣

nyata 清楚的,明顯的→pernyataan 陳述,表明,聲明

orang 人→perorangan 個人

padu 團結,結實→perpaduan 融合

pajak 稅,稅務,稅賦,特許權,店鋪,市場攤位→perpajakan 稅收

panjang 長的→perpanjangan 延長

pelonco 菜鳥,新生→perpeloncoan 虐待新生,惡整儀式

perinci 詳細,仔細→perincian 詳細敘述,敘述結果,敘述方法

perkosa 性侵,強姦→perkosaan 性侵,強姦

pisah 分開,分離,分散→perpisahan 分居,離別,告別

pos 郵政,郵局,郵件,驛站→perposan 郵政

putar 轉,旋轉→perputaran 旋轉,變化,交替,(貨幣)流通,(資金)周轉,循環

raga 顯耀,裝模作樣→peragaan 實踐結果,證明結果

rakit 木筏,竹筏,配對→perakitan 裝配,組裝

rampas 搶奪,搶劫,剝奪,褫奪(權力)→perampasan 沒收,充公

rampok 強盜,搶匪→perampokan 搶劫案

rampung 完成,完畢,竣工→perampungan 完成,完工

rangsang 刺激的,刺鼻的,使人興奮的→perangsangan 刺激,使興奮
rasa 感覺→perasaan 感覺
ratifikasi(條約,協定)批准,追認→peratifikasian 批准
rawat 照料→perawatan 護理
raya 碩大,浩大→perayaan 慶典,節慶
rebut 搶奪,搶劫→perebutan 爭奪
rembes 滲入,滲透→perembesan 滲透,潛入
rilis 釋放→perilisan 釋放,發布
rumah 房屋→perumahan 住宅區
runding 講,討論,商討,溝通→perundingan 會談,談判
sahabat 好朋友→persahabatan 友誼,友好關係
saing 競爭→persaingan 競爭
salin 複本,影本,複製品,生產→persalinan 生產,分娩
sama 一樣,同樣,相同→persamaan 相同,相等,平等,比較,比喻,共同點,相似之處
satu 一,一個→persatuan 團結,統一,聯盟,協會,聯合會
sedia 準備,籌備,備好→persediaan 準備工作,籌備工作,備用品,儲備,(經費)補助
selingkuh 不老實,不正當→perselingkuhan 劈腿,腳踏兩條船,外遇,不忠,不專情,背叛
selisih 差別,分歧→perselisihan 分歧,爭執,糾紛→mediasi perselisihan 糾紛調解
sembah 合十敬拜,膜拜→persembahan 供品,祭祀用品
sembunyi 躲藏→persembunyian 藏身處
sendi 關節→persendian 關節
senjata 武器→persenjataan 武器裝備,各種武器
seorang 一人,自己,單獨→perseorangan 個人的,私人的
sepak bola 足球賽→persepakbolaan 足球事務
sepakat 同意,一致→persepakatan 協議
serikat 團體,協會,聯合會,聯邦,公司,同盟,聯盟→perserikatan 聯盟
sero 股票→perseroan(股份)公司
sesuai 符合,適合,按照→persesuaian 適合,符合,吻合
seteru 仇敵,仇人→perseteruan 敵對,仇視
setubuh 一體→persetubuhan 性交
setuju 同意,一致→persetujuan 同意,批准,准許,許可,一致,相符,協議,協定
siap 準備→persiapan 準備,預備
sidang 會議,(法院)庭訊,偵查庭,審判庭→persidangan 會議,(院檢)庭訊
silang 交叉(+,x),交錯,來來往往→persilangan 交織,互相交叉,縱橫交錯
simpang 分岔,岔開→persimpangan 路口
soal 問題→persoalan 問題,討論議題
syarat 條件→persyaratan(規定的)條件
tahan 防止→pertahanan 防衛,防禦
tali 繩,帶→pertalian(親屬)關係,聯繫
tambah 增加,添加,加入,更加,越→pertambahan 增加,添補
tambang 礦,礦山,礦井→pertambangan 礦業
tanding 對手,敵手,比賽→pertandingan 競賽,競爭,對比,對照
tanggung jawab 責任→pertanggungjawaban 責任,職責
tani 農夫→pertanian 農業

tanya 問→pertanyaan 問題	
tarung 碰撞,爭論,爭辯→pertarungan 碰撞,打架,搏鬥	
taut 闔上,閉合,互相交錯,連在一起,會合,相遇,吻合,與...相關→pertautan 聯繫,關係	
teman 朋友→pertemanan 友誼	
temu 相遇→pertemuan 會見,會晤,集會,會談,會議,社交,交往,聚會,會合處	
tengah 中間→pertengahan 當中的	
tengkar 爭吵,爭論→pertengkaran 爭吵,爭論	
tenis meja 桌球→pertenismejaan 桌球	
tentang 對面,關於,有關,正上方,在...上下/左右→pertentangan 對立,對抗,矛盾,衝突,爭論	
tenun 紡織→pertenunan 紡織工廠,紡織工業	
tikai 爭執,衝突→pertikaian 爭執,衝突	
timbang 平衡→pertimbangan 考慮,想法,諮詢	
toko 商店→pertokoan 商業區	
tolong 麻煩,幫忙,救命→pertolongan 救治,救濟,幫助,援助	
tualang 流浪,漂泊→pertualangan 冒險行為,投機取巧,流浪,漂泊	
tukar 搬,(兌)換,更換→pertukaran 交流	
tumbuh 生長→pertumbuhan(農)作物,成長,發展	
tumpah 溢出,灑出,倒出→pertumpahan 溢出,灑	
tunjuk 指著,表演→pertunjukan 表演,節目	
uang 錢→peruangan 金融/貨幣情況	
ubah 改變→perubahan 改變,變更,變化	
ulang 重複→terulang 重複了,重做了→perulangan 重複,反覆(現象)	
wakil 代表,代理人,副的→perwakilan 代表處,代表事宜	
wujud 存在,實物,實體→perwujudan 形狀,外型,表現	
zina 通姦→perzinaan 通姦行為	

例句

➢ Dalam penerbangan domestik di Taiwan, para penumpang dilarang membawa senjata dan peralatan tajam yang membahayakan ke kabin pesawat.
在台灣國內航線,乘客禁止攜帶武器和會造成危險的尖銳工具進入機艙。(103 印導)

➢ A：Jam berapa pertunjukan dimulai? 表演幾點開始?
B：Pertunjukan akan dimulai sebentar lagi. 表演再一下就會開始。
A：Pertunjukan ini memakan waktu berapa lama? 這表演花費多久時間?
B：Kira-kira dua jam lamanya. 大約 2 小時。(104 印導)

➢ Di kawasan yang ada papan peringatan "Gedung ini bebas rokok", Anda dilarang merokok di kawasannya.
在有警告牌"這棟大樓禁止吸菸"的地方,你被禁止在這地區吸菸。(106 印導)

➢ Perlengkapan standar yang harus dibawa saat wisata ke wilayah pegunungan adalah tas yang berisi air minum, handuk kecil.
去山區旅遊必須攜帶的標準配備是裝有飲水和小毛巾的大背包。(107 印導)

➢ Perlengkapan yang akan dibawa saat melakukan wisata ke pantai ada sandal, kacamata hitam, dan krim pelindung matahari.
去海灘旅遊時,會帶的裝備有拖鞋、太陽眼鏡和防曬乳液。(107 印導)

- Berapa lama perjalanan dengan THSR dari Taichung ke Kaohsiung?
  從台中到高雄搭高速鐵路的路程要多久？(107 印導)

- Jadwal perjalanan wisata di musim panas salah satunya adalah ke Taman Nasional Taroko, Hualien. Demi kenyamanan perjalanan, turis-turis sebaiknya mengenakan pakaian casual (santai) dengan sepatu olah raga yang nyaman.
  暑假的旅遊行程表之一是去花蓮太魯閣國家公園，為了旅程舒適，觀光客最好穿著輕便服裝搭配舒服運動鞋。(108 印導)

- Salah satu jadwal perjalanan wisata di musim panas Taiwan adalah ke Taman Nasional Taroko Hualien, atau arung jeram di sungai Xiuguluan.
  台灣夏季的觀光旅遊行程之一是去花蓮太魯閣國家公園或在秀姑巒溪激流泛舟。(108 印導)

- Para turis asing akan menikmati lautan bintang yang indah di taman perkebunan Wuling Taichung.
  外國旅客們將享受在台中武陵農場的美麗星海。(108 印導)

- Wayang Potehi Taiwan adalah pertunjukan seni yang mementaskan tentang cerita dewa-dewa Taoisme, maka sering bisa ditonton di depan kuil-kuil.
  台灣布袋戲是藝術表演，演出跟道教有關的神祉故事，所以經常能夠在廟前看到。(109 印導)

- Para turis asing akan menikmati pertunjukan gunting bulu domba di taman perkebunan Qinjing Nantou.
  外國旅客將享受南投清境農場的剪(綿)羊毛秀。(109 印導)

- Sasa tiba-tiba pingsan saat mendaki gunung Yangming. Pemandu wisata segera melakukan pertolongan pertama sebelum dibawa ke rumah sakit terdekat.
  Sasa 爬陽明山時突然暈倒，領隊在帶去最近的醫院之前，馬上實施現場急救。(110 印導)

- Mengambil gambar yang indah di sepanjang perjalanan.
  沿途拍攝美麗的照片。(111 印導)

- Pelajaran saya tinggal sedikit lagi selesai.
  我的課程還剩下一點就完成了。

- Taifun ini akan membawakan kerusakan pertanian dan perikanan
  颱風將帶來農漁損失。

- Kami hanya ingin persaingan dan bukan konflik sengit.
  我們只想競爭，而不是激烈衝突。

- Pelaku usaha yang tidak memenuhi permintaan dan tidak melakukan perbaikan akan didenda.
  沒有符合要求和沒有好好執行的店員將被罰款。

III-1.1.1.延伸閱讀(Pe-an 特例)：

實務上整理資料時又發現一些特例，「Pe-an」名詞的變化並不與「III-2.Pe-an」系列名詞變化規則完全相同，例如：「gunung(山)」就不是按字首「g」的變化規則加上「peng-an」字首尾，而是直接加上「Pe-an」而成為「pegunungan(山區,山脈,山地)」，事實上「pegunungan」是「per-gunung-an」省略「r」而來，其他少數特例如下：

buka 開,打開→pebukaan 齋戒月吃開齋飯前的甜點	
dalam 內,深,深奧→pedalaman 內陸	
desa 鄉下→pedesaan 鄉間	
gunung 山→pegunungan 山區	
jalan 路→pejalan 路人,愛走路的人	
karang 庭院→pekarangan 院子	
kerja 工作→pekerjaan 行業,職業	
perang 戰爭→peperangan	
pohon 樹→pepohonan 樹叢,樹林	
rampok 強盜,搶匪→perampokan 搶劫案	
rawat 照料→perawatan 護理	
rebut 搶奪,搶劫→perebutan 爭奪	
ternak 牲畜→peternakan 養殖業	
tualang 流浪,漂泊→petualangan 冒險行為,投機取巧,流浪,漂泊	

例句

➢ Berwisata di daerah pedesaan Taiwan sering ada acara makan masakan khas daerah tersebut.
  去台灣鄉間旅遊經常有享用當地特色料理的行程。(104 印導)

➢ Orang yang pekerjaannya membawa tur disebut sebagai pramuwisata atau pemandu wisata.
  導遊或領隊是帶領旅行團的專職人員。(107 印導)

➢ Suhu di pegunungan lebih dingin, jangan lupa untuk membawa jaket.
  山區溫度比較冷,不要忘了帶夾克。(110 印導)

III-1.1.2.延伸閱讀(Per-特例)

名詞「Per-an」有少數省略字尾「-an」,而成為字首「Per-」的特殊變化,也就是成為「數量詞(Kata Bilangan)」的一種,例如「per(每,從,按,接)」,其他範例如下:

perdetik 每秒
perjam 每小時→upah perjam 時薪
per-jin/perjin 每斤
perkilogram 每公斤
persegi 正方形,平方→persegi panjang 長方形,矩形
satu per satu 一個接一個
sepertiga/dua pertiga/empat perlima 三分之一/三分之二/五分之四

例句

➢ Mereka keluar satu per satu.
  他們一個接一個出去了。

➢ Harga buah srikaya ini perkilogram berapa?
  這個釋迦每公斤多少錢?

III-1.1.3.延伸閱讀(團體)

印尼文「團體」有好幾種說法，類型、意義及範例摘要如下表：

類型/意義	範　　　　　　　　　　　　　　　　　　　　　　　　　　　　例
golongan 集團,階層,界	golongan radikal 激進派、golongan menengah 中間階層、golongan kecil 少數派、golongan darah 血型
ikatan 團體,協會	Ikatan Pekerja Indonesia di Taiwan(IPIT)印尼在台勞工聯盟
kawanan 集團	kawanan penyelundup 走私/偷渡集團、kawanan ikan 魚群
komplotan 黑幫,犯罪集團	komplotan penipu 詐騙集團
kumpul/perkumpulan 團體,協會	perkumpulan amal 慈善團體、kumpul kebo 同居
lompok/kelompok 團體	Kelompok kriminal bersenjata(KKB)持械犯罪集團、kelompok keagamaan 宗教團體、tur kelompok 團體旅遊、kelompok hak asasi manusia(HAM)人權團體、kelompok berisiko tinggi 高風險族群
perhimpunan 團體,社團,協會	perhimpunan mahasiswa 大學學生會
rombongan 團體	rombongan wisata 旅行團
serikat 團體,協會,聯合會,聯邦,公司,同盟,聯盟	Serikat Pekerja Rumah Tangga Kota Taoyuan 桃園市家庭看護工職業工會、Perserikatan Bangsa-Bangsa(PBB)聯合國、Amerika Serikat(AS)美利堅合眾國
sindikat 團體	sindikat penipuan/penipu 詐騙集團、sindikat pemalsuan dokumen 偽造文書集團
wadah 機構,組織,團體	wadah kekuasaan 權力機構

例句

➢ Selasa depan saya akan memandu rombongan wisata dari Indonesia berkeliling Taiwan dan Penghu.
下週二我將帶領來自印尼的旅行團去環繞台灣和澎湖。(107 印導)

III-1.1.4.延伸閱讀(價格/費用)

印尼文「價格、費用、金額」會依據不同領域而有不同的用法，是有一些規則可循，除了「imbalan(酬勞)、beasiswa(獎/助學金)、santunan(援助金,救濟金)、pesangon(補償費,遣散費)、subsidi(補貼)、sara(退休金,養老金,贍養費)...」之外，其他用法如下：

類　　型	意　　　　　　義	範　　　　　　　　　　　　　　　　　　　　　　　例
biaya	費用(學校,停車,公用事業,運輸,電費,建設,戰爭,成本)	biaya sekolah 學費、biaya parkir 停車費、biaya tambahan 附加費用、biaya pelayanan 服務費、biaya air(自來)水費、biaya listrik 電費、biaya gas alam 天然瓦斯費、biaya tetap 固定費用,經常性費用、biaya makan di luar 外食費用、biaya pendaftaran 掛號費、biaya pengiriman 運費、biaya parsial 部分負擔、biaya kelebihan bagasi 行李超重費

dana	費用(生活)	dana bantuan 援助金,救濟金、dana subsidi 補貼金、dana subsidi wisata 旅遊補助(金)、dana ganti rugi/kerugian 損害賠償(基)金
harga	價格(貨物)	harga naik 漲價、potong harga 減價、harga barang 物價、harga mati/pas 不二價、harga saham 股價、harga buka argo(計程車)起跳價
iuran	費用(會所),月費	iuran anggota 會員費、iuran listrik(每月)電費
ongkos	費用(運送,匯款,郵寄,膳食,酬金,工錢)	ongkos kirim 運費,郵資,匯(款)費、ongkos sewa rumah 租屋費用、ongkos rawat inap 住院費
premi	(保險)費	premi asuransi 保險費、premi sewa 租金補貼
subsidi	補貼,補助	subsidi peralatan hemat energi 節能家電補助、subsidi tidak mengecualikan hartawan 不排富的補貼
tagihan	催收款	tagihan listrik 電費帳單
tarif	費用(交通)	tarif taksi 計程車費、tarif awal/tarif buka pintu 起跳費用(起跳價)、penyelarasan tarif 補足費用(補票)、tarif listrik 用電費用(率)、tarif progresif 累進費用(率)、tarif ojek online 網約載客機車費用、tarif tiket 票價
tunjangan	津貼,加給	tunjangan hari raya(宗教)節日津貼、tunjangan jabatan 職務加給、tunjangan pembelian propert/rumah 購屋津貼、tunjangan kelahiran 生育津貼、tunjangan anak 育兒津貼
uang	金錢,費用	uang hadiah 獎金、uang sara 退休金,養老金,贍養費、uang duka/sungkawa 奠儀、uang jamin/jaminan/kancing 保證金,保釋金、uang pesangon 離職金[16]、uang penghargaan 感謝金[16]、uang penggantian hak 權利補償金[16]、uang bandar 賭本、uang taruhan 賭注、uang emas 金幣、uang muka/tikaman 訂金,預付款、uang panas 熱錢,游資、uang meja 訴訟費,官司費、uang sekolah/(大學)kuliah 學費、uang makan 伙食費、uang komisi 佣金、uang lauk-pauk 菜錢

例句

➢ Sebagian besar harga barang di toko-toko besar berharga pas, jarang bisa ditawar lagi, kecuali ada diskon.
大商店的物價大部分都不二價,除了折扣之外,很少能再減價。(107 印導)

➢ Moda transportasi di Kota Taipei sangat lengkap, wisatawan bisa bepergian dengan praktis. Banyak lokasi wisata yang dapat dicapai dengan menggunakan kendaraan umum. Ongkos transportasi yang diperlukan juga relatif murah, sehingga biaya perjalanan tidak memberatkan wisatawan.
台北市的交通模式很完整,觀光客旅行可以實地搭乘,許多旅遊地點能夠搭乘大眾交通工具到達,需要的交通費用也相對便宜,所以旅遊費用不會造成觀光客的負擔。(112 印導)

---

[16] 印尼勞工法律規定,員工不論自願辭職還是被資遣,雇主都必須支付「離職金(Uang pesangon)」;如果員工工作較久,還必須多給「感謝金(Uang penghargaan)」;另外若離職時仍有未休年假等等,也必須折換成「權利補償金(Uang penggantian hak)」給予員工。

➢ Jika koper Anda melebihi batas jumlah, berat dan ukuran jatah bagasi, Anda akan dikenakan biaya kelebihan bagasi.
如果你的行李箱超過行李限額的數量、重量及尺寸，你將被徵收行李超重費。(112 印導)

➢ Semakin banyak jam konsumsi listrik, semakin tinggi tarif listriknya di musim panas.
夏季用電越多，電費越高。

➢ Untuk pembelian AC dan kulkas dengan efisiensi energi tingkat satu akan menerima subsidi sebesar NT$ 3.000 per unit. Warga mengatakan bahwa ini akan menjadi dorongan yang sangat besar.購買 1 級能效冷氣和冰箱每台將得到最多 3,000 元新台幣補助，民眾說這將成為很大的助力。

➢ Program subsidi wisata domestik dari Biro Pariwisata Taiwan juga mulai beroperasi pada tanggal 15 Juli 2022 dengan subsidi akomodasi maksimum NT$ 1.300 per malam.
台灣觀光局推出的國內旅遊補助計畫從 2022 年 7 月 15 日開始運作，每晚住宿補助最高新台幣 1,300 元。

➢ Apakah meninggikan tunjangan kelahiran sungguh bisa meningkatkan keinginan warga untuk melahirkan?
是否提高生育津貼真的能夠提升民眾生育意願？

➢ Inflasi telah membuat masyarakat sulit untuk membayar biaya makanan dan energi yang melonjak.
通貨膨脹已經讓民眾難於支付高漲的食物和能源費用。

III-1.1.5.延伸閱讀(運動場地)

印尼文「運動場地」主要有下列幾種說法：

類　　型　　/　　意　　義	範　　　　　　　　　　　　　　　例
gelanggang(大型)競技場	gelanggang olahraga(gelora)體育場、
gimnasium 室內體育館	gimnasium badminton 室內羽球場
kolam 池塘	kolam renang 游泳池
kompleks(綜合)建築群	kompleks gelanggang olahraga 綜合運動園區、
lapangan/ban(戶外)場地,廣場	lapangan sepak bola 足球場、lapangan tenis(單一)網球場、lapangan bisbol 棒球場、lapangan sekolah 學校操場、lapangan golf 高爾夫球場、lapangan panahan 射箭場
stadion(露天有看台,單一項目)運動場	stadion utama 主場館、stadion air 水上運動場、stadion tenis(正式比賽)網球場、

例句

➢ Kompleks gelanggang olahraga ini meliputi stadion utama, stadion tenis, lapangan sepak bola, lapangan bisbol, dan gimnasium badminton, dsb.
這座綜合運動園區包含主場館、網球場、足球場、棒球場和室內羽球場等等。

III-1.1.6. 小提醒

代名詞「ke sini(到這裡來,過來)」等於「kemari」。

Ayat III-1.2. 名詞(字首尾 Pe-an)

「Pe-an」字首尾的名詞常見於「**書寫**」用法,意思多為「場地、過程、方法、動作...」,主要是由 Me 動詞系列「Me-/Mem-/Men-/Meng-/Meny-」等 5 種字首類型延伸變化成名詞,和「Per-an」名詞比較起來,「Pe-an」名詞帶有動作的意味較多,範例如下:

範例(名詞 Pe-an)

類　型	Me 動詞	Pe-an 用法	字　　首	範　　　　　　　　　　　　　　　　　　　　例
pe-an	me-	pe-an	l,m,n,ng,ny,r,w,y	labuh 下垂→pelabuhan 港口 lacak 充足,到處都有,足跡,痕跡→pelacakan 查證,追查 lacur 糟糕,倒楣,淫蕩→pelacuran 賣淫(行為) laksana 舉止行為,特性,好像→pelaksanaan(刑罰)執行 lampias 順利→pelampiasan 發洩 langgar 違反→pelanggaran 輕罪,違規 lantik 任命,委任→pelantikan 任命,就職 lapis 層,排,行,表層,薄層→pelapisan 塗層 lapor 報告,陳報→pelaporan 報告,陳報,通報 latar 表面,地面,底,前院→pelataran 背景,底色,前院 latih 訓練→pelatihan 培訓 layar 螢幕,幕→pelayaran 航行,航海,航海業 lebur 溶解,融化→peleburan 溶解,銷毀,摧毀,熔爐 lelang 拍賣→pelelangan 拍賣,拍賣行 lemah 弱→pelemahan 軟化,削弱 lepas 放開,脫逃,開闊的→pelepasan 釋放,解職,解除 lesap 消失,不見→pelesapan 消失過程 lestari 持續的→pelestarian 保持,保護,維護,保養 lihara 維持→peliharaan 被飼養的(人畜) lihat 看→**penglihatan 視力,視野,看法**[17] longgar 鬆→pelonggaran 鬆動 lukis 繪畫→pelukisan 繪畫,描述,描寫 lunas 還清,付完→pelunasan 償還,履行(義務),贖罪 makam 墳墓→pemakaman 墓地 mandi 洗澡→pemandian 浴室,浴場 mogok 中途停頓,拋錨,罷工→pemogokan 罷工 mukim 住所,居民→pemukiman 安置處所 musnah 消滅,毀滅→pemusnahan 消滅,毀滅,殲滅 nama 名字,頭銜,頭銜,名聲→penamaan 命名,取名 nanti 等,等一下,即將,待會,以後,就會→penantian 等待 nilai 分數,數值,評分→penilaian 估價,評價 nobat(就職/加冕典禮)大鼓→penobatan 加冕,登基 nomor 號碼→penomoran 編號,流水號

---

[17] 「lihat(看)」的名詞「penglihatan(視力,視野,看法,觀察)」,並沒有按照「l」字首的變化規則成為「pelihatan」。

類　型	Me 動詞	Pe-an 用法	字　　首	範　　　　　　　　　　　　　　　　　　　　　　例
				ramal 預測→peramalan 占卜,算命
				rantau 海岸,異鄉,海外→perantauan 僑居國,僑居地
				resmi 正式→peresmian 正式宣布
				retas 拆線→peretasan 駭客攻擊活動
				rinci 詳細→perincian 細節,細目
				rombak 拆掉,改造,改組→perombakan 拆毀,改革,改裝
				rosot 大跌,大減,下降→perosotan(溜)滑梯
				waris 遺產→pewarisan 繼承
				wayang 古典戲劇→pewayangan 有關爪哇古典戲劇的
				wujud 存在,實物,實體→pewujudan 使實現,使擬人化
	mem-	pem-an	b,f 字首	baca 讀→pembacaan 閱讀,(法案)宣讀
				bagi 除,比,對於,為了,對...而言→pembagian 分配,除法
				bahas 研究,調查→pembahasan 研討,評論
				balak 原木→pembalakan 伐木業
				balas 回報,回答→pembalasan 答復,報復,報仇
				bantai 肉→pembantaian 屠宰,屠殺
				baru 新的→pembaruan 更新,翻新,革新,改革
				basmi 燒光,焚毀,消滅→pembasmian 燒毀,消滅,肅清
				batas 界線→pembatasan 劃出界線,分隔,限制,限定
				bayar 付款→pembayaran 支付
				bebas 自由→pembebasan 釋放
				beda 差別,分歧→pembedaan 區別方法
				bekal 謀生手段,生活必需品→pembekalan 提供,供應
				beku 凝固的,凝結的→pembekuan 冰凍,凍結
				belajar 學習,念書→pembelajaran 學習
				belanja 購物→pembelanjaan 購物(場所),開支
				bela 看護,陪葬,防衛,辯護→pembelaan 殉葬,保衛,辯護
				bengkak 腫包→pembengkakan 腫起來過程
				benih 種子,幼苗,胚胎,根源,起源→pembenihan 苗圃
				bentuk 形狀,結構,彎曲→pembentukan 成立,組成,形成
				berantas 根除→pemberantasan 取締,整肅
				berdaya 有力量→pemberdayaan 有能力,有辦法
				beritahu 通知→pemberitahuan 通知,通報
				berita 通知,新聞,消息→pemberitaan 通知,報導,消息
				beri 給→pemberian 給予,送的東西,贈品
				berlaku 進行,作為,有效→pemberlakuan 執行,生效
				berondong 掃射→pemberondongan 掃射行為
				bersih 乾淨的→pembersihan 清洗,掃除,掃蕩,收拾,清除
				biak 繁殖,養殖→pembiakan 繁殖,養殖
				bibit 種子→pembibitan 苗圃
				bicara 說,保證→pembicaraan 討論,談話
				bina 訓練,培養→pembinaan 輔導,指導
				bobol 崩潰,缺口→pembobolan 穿洞手法
				boikot 抵制→pemboikotan 抵制行為
				bongkar 拆,卸→pembongkaran 卸(貨),拆除,拆毀

類　型	Me 動詞	Pe-an 用法	字　　首	範　　　　　　　　　　　　　　　　　　　　　例
				borong 大批,全部→pemborongan 大批,包辦,搶購 buat 做(事)→pembuatan 製作方法 budak 奴隸,奴僕,小孩,走狗→pembudakan 奴役(行為) budaya 文化→pembudayaan 推廣 buka 開,打開→pembukaan 開拓,開墾,開發 bukti 證據→pembuktian 證明,證實 buku 書→pembukuan 寫書,出書,簿記 bulat 圓→pembulatan 四捨五入
			p 字首 (去 p)	padam 熄滅→pemadaman 平息,滅火,撲滅 palsu 假的,偽造的→pemalsuan 偽造,假冒 panas 熱,熱的,熱烈的,激烈的→pemanasan 前戲 pandang 看→pemandangan 風景,景色 pandu 領導,帶領→pemanduan 嚮導,帶領,領港,領航 panggang 烤,燒→pemanggangan 烤具,烤架 panjang 長→pemanjangan 延長,延伸 pantau 探望,監視→pemantauan 監測 pasar 市場→pemasaran 行銷,銷售,上市 pecat 撤職,開除→pemecatan 撤職,開除,解雇 peleset 滑跤→pemelesetan 搞笑的方法 pelihara 飼養,保養→pemeliharaan 維護,養護,照料 peran 演員,角色,球員→pemeranan 角色 peras 勒索→pemerasan 勒索 pergi 去→pemergian 出遠門 periksa 檢查,審查→pemeriksaan 檢查,調查,審查 perinci 詳細,仔細→pemerincian 敘述方法 perintah 命令→pemerintahan 行政管理 perkosa 性侵,強姦→pemerkosaan 性侵,強姦 pesan 訂購,提醒→pemesanan 訂購 pijah 生(產),產(卵),下(蛋)→pemijahan 產卵 pikir 想,思考,想法,意見→pemikiran 想法,思想,觀念 pindah 更換→pemindahan 轉移 potong 切斷,斬,砍→pemotongan 扣除 proses 程序→pemrosesan 加工過程 puas 滿意→pemuasan 滿足 pulih 恢復→pemulihan 恢復,復原,救濟 pungut 徵收→pemungutan 撿,引用,收養,認領,表決 putar balik 迴轉→pemutarbalikan 混淆方法,作弄方法 putar 轉,旋轉→pemutaran 上映,放映
	men-	pen-an	c,d,j,z 字首	cabut 拔→pencabutan 取消,收回,撤銷 campur aduk 混合→pencampuradukan 混合,攪拌 cantum 癒合,刊載→pencantuman 癒合,登載,張貼,列入 capai 到達→pencapaian 達成的目標 cari 尋找→pencarian 尋找,職業,收入 cemar 髒的,汙染,敗壞→pencemaran 弄髒,汙染 cetak 印刷,模子→pencetakan 印刷,鑄造

類　　型	Me 動詞	Pe-an 用法	字　　　首	範　　　　　　　　　　　　　　　　　　　　　　　　例
				citra 形象,印象,影像→pencitraan 形象,印象
				copot 掉下,脫落→pencopotan 撤除,開除,拆開,摘除
				cuci 洗→pencucian 洗衣店,洗滌
				curi 偷竊,竊盜→pencurian 偷竊
				daftar 名單,表格→pendaftaran 登記,註冊
				dalam 內,深,深奧→pendalaman 深入,深化
				damai 和平→pendamaian 調解,調停
				damping 靠近,親密→pendampingan 陪同
				dana 費用,基金→pendanaan 籌措費用,募集基金
				dapat 能夠,可以,得到→pendapatan 收入
				datar 平的,平坦的,平淡→pendataran 平整,平地
				data 資料→pendataan 蒐集資料
				daya guna 用處,效率→pendayagunaan 使用
				daya 力量→pendayaan 欺騙(行為)
				dekat 附近,靠近,親近→pendekatan 接近,靠近,打交道
				dengar 聽→pendengaran 聽覺
				derita 感染(病),受苦難→penderitaan 苦難,痛苦
				desa 鄉下,村落→pedesaan 鄉間
				dingin 冷→pendinginan 冷卻
				diri 建立,站立,建設→pendirian 立場,主張,見解,建立
				duduk 居住→pendudukan 占領,占據
				jadwal 行程表,時間表→penjadwalan 排班
				jaga 醒著,守衛,注意,振作→penjagaan 守衛,照顧,保護
				jambret 搶奪→penjambretan 搶奪,強盜
				jarah 戰利品→penjarahan 掠奪手法,掠奪過程
				jatah 指標,分配額,限額,配額,限重→penjatahan 分配
				jelajah 周遊,遊歷→penjelajahan 遊歷,考察
				jelas 清楚的→penjelasan 解釋,說明
				jemput 接(人),迎接→penjemputan 迎接工作,邀請
				jual 賣→penjualan 販賣
				jurus 直的,直接的→penjurusan 專業,專科
				ziarah 朝聖,祭拜,探視→pen<u>z</u>iarahan 聖地,陵墓,墳地
			t 字首 (去 t)	tadah 器皿,窩藏→penadahan 接受贓物,持有贓物
				tagih 癮,癖好,討債→penagihan 催討,催收
				tambah 增加,添加,加入,更加→penambahan 增加,添補
				tampak 看起來→penampakan 外貌,外觀
				tampil 出現→penampilan 出現,出場
				tampung 收容,接納→penampungan 收容,容納,蒐集
				tangan 手→penanganan 使用,處理,操作
				tangguh 延期→penangguhan 推遲,拖延
				tanggulang 擋水木樁→penanggulangan 防治,救済,救濟
				tangkar 養殖,孵化→penangkaran 養殖場,繁殖過程
				tarik 拉→penarikan 拖,拉,撤退
				tatar 培訓,進修,維護,強化→penataran 培訓
				tawar 淡而無味的→penawaran 討價,還價,供應

類　型	Me 動詞	Pe-an 用法	字　　　首	範　　　　　　　　　　　　　　　　　　　　　　　　例
				tayang 捧,托,傳來→penayangan 轉播,播放
				tebar 四散,散落→penebaran 撒,散布
				tegak 站立,直立,→penegakan 豎立,確立
				telantar 無人照料的,廢棄的→penelantaran 荒廢,忽視
				teliti 仔細→penelitian 研究
				tembak 射擊→penembakan 射擊
				tempat 場地→penempatan 放置
				temu 相遇→penemuan 發現,發明
				tenggelam 沉,下沉→penenggelaman 淹沒
				tenun 紡織→penenunan 紡織
				terang 光線,明亮的→penerangan 宣傳
				terap 安裝→penerapan 安裝,實行,運用
				terbang 飛→penerbangan 飛行,班機
				terbit 出版,引起→penerbitan 出版
				terima 接受,接見,接→penerimaan 收到,接收,招收,接待
				terjemah 翻譯→penerjemahan 翻譯
				terus 繼續→penerusan 繼續,延續
				tetap 仍然,固定的,長期的→penetapan 規定,履行
				tetas 斷開,孵,孵化→penetasan 孵化
				timbun 堆→penimbunan 囤積,堆積
				tindak 行為→penindakan 處分,懲治,查處
				tindas 壓,用力壓→penindasan 壓迫,鎮壓
				tinggal 留下,居住,落後→peninggalan 遺址
				tingkat 樓層,等級,台階→peningkatan 提高,增強,加強
				tinjau 瞭望,視察,參觀→peninjauan 監視,觀察,審查
				titip 託→penitipan 寄放,委託,寄售
				tolak 推,拒→penolakan 推,抵擋,拒絕,驅逐,避邪,拒止
				tua 老→penuaan 老化
				tukar 搬,更換→penukaran 交換,更換
				tulis 寫→penulisan 寫作
				tumpas 毀滅,消滅→penumpasan 毀滅,消滅
				tunggak 積欠,拖欠,拖延→penunggakan 積欠,拖延
				turun 下,抄錄→penurunan 下來,卸下,降低,減少,下坡
	meng-	peng-an	g,h,kh,母音 (a,e,i,o,u) 字首	gali 挖→penggalian 挖取
				gelap 非法的,黑暗的,不清楚→penggelapan 侵占(行為)
				gelar 頭銜,稱號,外號,綽號,攤開→pagelaran 演出,表演
				geledah 搜查,搜身→penggeledahan 搜索
				gerebek 圍捕,(突擊)檢查→penggerebekan 圍捕,搜捕
				granat 手榴彈→penggranatan 投擲手榴彈,用手榴彈詐
				harga 價格→penghargaan 尊敬,獎勵
				hemat 節儉,節省→penghematan 節約,節省
				henti 停止,中止→penghentian 停止,中止
				hidup 活,生活,生存→penghidupan 生活,生計,生活方式
				hijau 綠→penghijauan 綠化
				hina 卑微,下等,恥辱→penghinaan 侮辱,汙衊

類　型	Me 動詞	Pe-an 用法	字　　首	範　　　　　　　　　　　　　　　　　　　　例
				hitung 計算→penghitungan 計算,統計
				hormat 尊敬,敬禮→penghormatan 致敬,崇拜,敬禮,敬意
				khianat 背叛→pengkhianatan 叛逆
				ada 有→pengadaan 供應,籌備
				adil 公平→pengadilan 法院,法庭
				adu domba 挑撥離間→pengadudombaan 挑撥離間法
				adu 鬥,賽→pengaduan 鬥,賽,告狀,告發,陳情
				aju 提出(申請)→pengajuan 申請,送交
				aku 我,個人,自身→pengakuan 承認,認可,確認,懺悔
				alam 自然,環境,經歷→pengalaman 經驗,體驗
				alih 轉移,遷移→pengalihan 更替,轉變
				alir 流動→pengaliran 流動,引水
				aman 安全,安定→pengamanan 拘留,監禁,安全措施
				amat 注視,細看→pengamatan 觀察,監督,監視
				ambil alih 接管→pengambilalihan 接管(手段)
				ancam 威脅,恐嚇→pengancaman 威脅
				aneka ragam 各式各樣→penganekaragaman 各種方法
				anggur 閒著,失業→pengangguran 失業
				angkat 扛,收拾,收養,代,輩→pengangkatan 抬起,任命
				angkut 搬走→pengangkutan 運輸,搬運
				aniaya 酷刑,虐待,迫害,殘暴→penganiayaan 虐待,殘害
				antar 送,...際,...之間→pengantaran 交(貨)
				asin 鹹的→pengasinan 醃製
				asuh 培育,養育,撫養→pengasuhan 撫育,培育
				atas nama 以...名義,代表→pengatasnamaan 用名義
				awas 小心→pengawasan 轄區,監督,監視,監控
				ebor 鑽孔→pengeboran 鑽探
				edar 運行,流通,循環,流傳→peredaran 運行,流通,循環
				erti 懂→pengertian 理解,意義
				ikat 束,捆,連結→pengikatan 捆,束,綁,繫
				iklan 廣告→pengiklanan 廣告刊登
				ikutserta 參加,參與→pengikutsertaan 參加,參與
				inap 住宿,過夜→penginapan 旅館,飯店
				intai 偷看,暗中監視→pengintaian 偵察,崗哨,觀察哨
				irit 節省的,節儉的,節約的→pengiritan 節約,節省,節儉
				isap/hisap 吸,抽,允→pengisapan 吸,抽,剝削
				obat 藥→pengobatan 治療
				olah 提煉,加工→pengolahan 提煉,加工
				operasi 行動,手術→pengoperasian 作業,實施,營運
				uber 追趕,追捕→penguberan 追逐,追捕,追蹤
				ucap 表示,說→pengucapan 說法
				umum 公認,公開,公共的→pengumuman 宣布,公告
				undi 籤→pengundian 抽籤
				undur 後退,退出,延期→pengunduran 撤回,引退,延期
				unjuk 表示,顯示→pengunjukan 交出,指示

類　型	Me 動詞	Pe-an 用法	字　　　首	範　　　　　　　　　　　　　　　　　　　　例
				urus 經營,管理→pengurusan 經營,管理
			k 字首 (去 k)	kaji 研究,學習(宗教)→pengajian 教義/**pengkajian 探討** kambang 漂浮在水面上→pengambangan 浮動 kapal(機械動力)大船,艦→pengapalan 裝船,貨運 ke depan 之後,未來→pengedepanan 提前,提出,提交 ke muka 向前,著名的,知名的→pengemukaan 提出方法 kecuali 除外→pengecualian 例外,豁免 kelola 經營,管理→pengelolaan 經營,管理 keluar 出去→pengeluaran 開支 kembali 回來,返回→pengembalian 償還,遣返,恢復 kembang biak 繁殖→pengembangbiakan 繁殖配種法 kembang 擴大,發展→pengembangan 發展,促進,發揚 kendali 控制→pengendalian 控制 kepung 圍繞著→pengepungan 包圍,圍攻 kerah 勞役,衣領→pengerahan 動員,召集,調動 keroyok 圍毆→pengeroyokan 圍毆 ketahu 知道,認識,懂得,會,過問→pengetahuan 知識 ketat 緊的,緊縮的→pengetatan 收緊,緊縮 kibar 飄揚,飛舞→pengibaran 升(旗),懸掛 kirim 寄→pengiriman 郵寄,外送,託運,派遣 korban 受害者,傷者→pengorbanan 做出犧牲,奉獻 kuasa 權力,職權→penguasaan 統治,授權,委託 kuat 強壯,有力,堅固,耐用,強烈→penguatan 加強 kukuh 堅固,穩固,堅定→pengukuhan 鞏固,加強,確認 kurang 少,缺,減,不夠→pengurangan 減少,縮小,扣除 kurung 括號,圍牆場地,包圍→pengurungan 包圍,囚禁
	meny-	peny-an	s 字首 (去 s)	salah arti 誤認,誤解→penyalahartian 誤解過程 salah guna 濫用→penyalahgunaan 濫用 salur 水管,水溝,路線,途徑→penyaluran 引入,引導,轉達 sambung 連接→penyambungan 連接,延續 sandera 人質→penyanderaan 劫持人質 sangkal 否認→penyangkalan 反駁,抗辯,駁斥 saring 過濾→penyaringan 過濾,提煉 satu 一,一個→penyatuan 合併,聯合,統一 seberang 穿越→penyeberangan 平交道 sedia 準備,籌備→penyediaan 籌備,預備 sedot 吸→penyedotan 抽取,吸取,吸收 seduh 沖,泡→penyeduhan 沖泡方法 segel 鉛封,封條→penyegelan 密封,查封 sekat 隔斷,隔開→penyekatan 阻隔 selamat 安全,平安,祝福,祝→penyelamatan 救援(工作) selaras 和諧,協調,一致→penyelarasan 協調一致,調整 selenggara 經營→penyelenggaraan 行政 selesai 結束→penyelesaian 完成,解決,處理完畢 selidik 仔細→penyelidikan 仔細檢查

類 型	Me 動詞	Pe-an 用法	字 首	範 例
				selundup 走私,偷渡→penyelundupan 潛入,滲透,走私
				sembelih 殺,宰殺→penyembelihan 宰殺,宰割,屠殺
				sembuh 痊癒→penyembuhan 治癒,治好
				sembunyi 躲,躲藏→penyembunyian 隱藏,隱匿
				sempit 窄→penyempitan 變窄,緊縮,約束
				semprot 噴,噴射→penyemprotan 噴,噴灑
				seragam 同一種,規格統一的→penyeragaman 規格相同
				serah 交付,託付→penyerahan 順從,聽天由命,投降
				serbu 進攻,攻擊,衝鋒,襲擊→penyerbuan 進攻,攻擊
				sergap 襲擊,突擊,臨檢→penyergapan 襲擊,突擊,臨檢
				sesuai 符合,適合,按照→penyesuaian 使相符,配套措施
				setor 付款→penyetoran 繳納,存款
				sewa 租→penyewaan 出租
				silang 交叉,交錯,雜交→penyilangan 使交叉,進行雜交
				siram 洗澡,沐浴,淋浴→penyiraman 澆灌,淋
				sisih 讓開,避開,隱居→penyisihan 避開,分開,分居,排斥
				sisip 插入,崁入→penyisipan 插入過程
				suap 口(食物),賄賂→penyuapan 行賄,收買
				sulap 魔術,戲法→penyulapan 變戲法,舞弊
				sulingan 蒸餾物→penyulingan 蒸餾,提煉
				susup 滲透→penyusupan 滲入,潛入,滲透
				susut 減少→penyusutan 減少,縮水
	menge-	penge-an[18]	單音節字	bom 炸彈→pengeboman/pemboman 轟炸
				cek 檢查→pengecekan 核對,檢查
				rem 煞車→pengereman 煞車
				sah 合法→pengesahan 批准,准許,承認
				tes 測試→pengetesan 檢驗,測驗

例句

- Pemandangan di gunung Yangming sangat indah.
  陽明山的風景很美。(102 印導)

- Pelayanan pokok untuk rombongan wisatawan asing adalah menyediakan jadwal kunjungan yang jelas, transportasi, tempat menginap, tur wisata dan juga sebagai penerjemah bila perlu. Itu adalah tanggung jawab dan tugas seorang pemandu wisata yang profesional.
  外國觀光團的基本服務是準備詳細參觀行程、交通工具、住宿地點、觀光旅遊和必要時也擔任翻譯,那是專業領隊的責任和工作。(103 印導)

- A : Di mana ada tempat penukaran uang? 在哪裡有錢幣兌換處?
  B : Dari sini, lurus sampai lampu merah, kemudian belok ke kanan. 從這裡直走到紅綠燈,然後右轉。(105 印導)

- Pesawat dari Taiwan dengan nomor penerbangan CAL761 akan segera mendarat di terminal 2.
  來自台灣的中華航空 761 班機馬上將降落在第 2 航廈。(105 印導)

---

[18] 「Penge-an」名詞:專門用在單音節字的「Me 動詞」,現代用法也可以回歸到原本 Me 動詞的變化,比如「cat(油漆)」的名詞,可以用「pengecatan」或「pencatan」。

➢ Bebek peliharaan nenek saya di desa bertelur setiap hari.
我奶奶在鄉下飼養的鴨子每天下蛋。(106 印導)

➢ Dengan atmosfir keindahan alam dan udara yang sejuk, anak-anak bisa terlibat dalam ragam kegiatan pertanian seperti bercocok tanam, pembibitan, perkebunan, dan peternakan. Selain itu, anak-anak juga bisa menunggang kuda poni, memberi makan kelinci, ayam, dan bebek.
圍繞著自然美麗及涼爽空氣的氣氛，小孩們能夠參與務農活動，例如耕種、苗圃、花園和養殖場，此外，小孩也可以騎小馬、餵食兔子與雞、鴨。(106 印導)

➢ Kalau index pencemaran udara PM 2.5 sangat tinggi, maka sebaiknya kita bermasker kalau berada di luar.
如果空氣汙染指數 PM 2.5 很高，所以待在外面，我們最好戴口罩。(107 印導)

➢ Beberapa pencitraan buruk bagi industri pariwisata adalah virus flu burung, bencana alam, dan kisruh sosial dan gejolak politik.
對旅遊業的幾個不好的影響是禽流感、天災、社會混亂和政治動盪。(108 印導)

➢ Penerbangan China Airlines dengan nomor penerbangan CI2983, dari Jakarta menuju ke Taipei akan terlambat dua jam, yaitu pesawat China Airlines akan berangkat dua jam lebih lambat dari jadwal yang ditentukan.
中華航空從雅加達飛往台北的編號 CI2983 班機將延誤 2 小時，也就是華航班機將比表定時間晚 2 小時起飛。(109 印導)

➢ Pengumuman di bandara : Penerbangan nomor A001 akan berangkat dan penumpang sudah bisa masuk ke dalam pesawat.
機場宣布：編號 A001 的班機即將起飛，乘客已經可以登機。(110 印導)

➢ Pemesanan kamar Songsyue Lodge di Gunung Hehuanshan dan Villa Taipingshan di Yilan dilaporkan sudah penuh untuk Desember.
據報合歡山松雪樓和宜蘭太平山的房間預訂已經滿到 12 月。

➢ Pelonggaran perbatasan Taiwan mulai berlaku 15 Juni, dan layanan transit dipulihkan juga di Bandara Internasional Taoyuan.
台灣國境鬆綁從 6 月 15 日開始實施，桃園國際機場轉機服務也被恢復。

➢ Bagaimana cara pembayarannya? 怎麼付款呢？
Dapat membayar melalui kantor pos atau saat barang diantar. 可以到郵局匯款或貨到付款。

➢ Sekitar 300-an warga Taiwan di perantauan bersiap sejak pagi untuk menyambut hangat.
大約 300 多位在僑居國的台灣人一早就熱情迎接。

III-1.2.1.延伸閱讀

「Pe-an」名詞變化規則可以參考 Me-動詞的變化。

類　　　型	意　　　　　　　　　　　　　　　　義	範　　　　　　　　　　　　　　　　例
pe-an	Me-動詞名詞化 (l,m,n,ng,ny,r,w,y 及 k 字首)	kerja 工作→pekerjaan 行業 labuh 下垂→pelabuhan 港口 rampok 強盜,搶匪→perampokan 搶劫案 rawat 照料→perawatan 護理

例句

> Untuk menangani pandemi COVID-19, jajaran pemerintah pusat dan daerah harus tetap waspada dan situasi yang kita hadapi masih sangat luar biasa yang harus direspon dengan kebijakan yang cepat dan tepat.
> 為了處理疫情，中央及地方政府領導階層必須持續警戒，我們面對的情況仍然很特殊，政策必須快速且正確的反應。

III-1.2.2.延伸閱讀(Per-an/Pe-an 名詞比較)

許多字根都有「Per-an」和「Pe-an」的名詞變化，但意義稍有差異，有的字根只有單一變化，有的兩種變化都有，前面提過兩者主要的差別在於「口語或書寫用法」與「動作含義的多少」，一般來說，「Pe-an」名詞的動作含義比「Per-an」名詞多，下表摘要整理一些差異比較明顯的例子供大家比較。

原形動詞	名詞(Per-an)	名詞(Pe-an)
adil 公平的,公正的,正義的	peradilan 司法	pengadilan 法院,法庭
air 水	perairan 領海	pengairan 灌溉
batas 界線,範圍,程度	perbatasan 邊界	pembatasan 劃出界線,分隔,限制
buat 做(事	perbuatan 所做的事,行為	pembuatan 作法,製作方法
budak 奴隸,奴僕,走狗	perbudakan 奴隸	pembudakan 奴役(行為
buku 書,簿	perbukuan 簿記,帳務	pembukuan 寫書,出書,記帳
cetak 印刷,模子	percetakan 印刷廠	pencetakan 印刷,鑄造
dalam 內,深,深奧	pedalaman 內陸	pendalaman 深入,深化
daya 力量	perdayaan 詭計,詐術,騙術	pendayaan 欺騙(行為)
gerak 行動,動作,徵兆	pergerakan 行動,運動,移動	penggerakan 發動,調動
kali 倍,乘,次,回	perkalian 乘法,乘積	pengalian 乘
laku 行為,作法	perbuatan 所做的事,行為	pembuatan 製作(方法)
padu 團結的,結實的	perpaduan 融合,合併	pemaduan 使混合,使統一
pisah 分開,分離,分散	perpisahan 分居	pemisahan 分開,分離,分裂
satu 一,一個	persatuan 團結,聯盟,協會,聯合會	penyatuan 合併,聯合,統一
sedia 準備,籌備	persediaan 準備工作,備用品	penyediaan 籌備,預備
sesuai 符合,適合,按照	persesuaian 適合,符合,吻合	penyesuaian 使適合,使符合
siap 準備	persiapan 準備,預備	penyiapan 籌備
silang 交叉(+,x),交錯,雜交	persilangan 交織,縱橫交錯	penyilangan 使交叉,進行雜交
tambah 增加,加入	pertambahan 增加,添補	penambahan 增加,添補
temu 相遇	pertemuan 會見,集會,會議,社交	penemuan 發現,發明
tukar 搬,(兌)換,更換	pertukaran 交流	penukaran 交換,更換
tunjuk 指著,表演	pertunjukan 表演,展覽	penunjukan 指出,指點
ulang 重複	perulangan 重複,反覆(現象)	pengulangan 重複,重作,重說

例句

> Tempat wisata Taiwan adalah perpaduan antara wisata modern, tradisional dan keindahan alam.

台灣觀光景點是現代旅遊、傳統和自然美麗的集合體。(105 印導)

➤ Tolong perbesar poster ini!
麻煩放大這張海報。

➤ Foto itu sudah kami perkecil.
我們已經縮小那張照片。

➤ Harga kaca pembesar ini berapa?
這個放大鏡多少錢？

III-1.2.3. 小提醒

「Penanggulangan」中文可以解釋為「防治」或「防制」，前者用法例如「傳染病防治法(UU pencegahan penyakit menular)」、「家庭暴力防治法(UU Pencegahan kekerasan dalam rumah tangga)」和「嚴重特殊傳染性肺炎防治及紓困振興特別條例」，後者有「毒品危害防制法」與「人口販運防制法(UU Pencegahan perdagangan orang/manusia)」，根據台灣法務部的函釋，「防治」包含預防、治療、處遇、整治；而「防制」包含預防、制裁危害。

III-1.2.4. 小提醒

雅加達老城區有名的「pecinan(唐人街)」，雖然乍看之下是「cina」的「Pe-an」名詞形式，不過拼法有不同喔。

Ayat III-1.3. 名詞(字首尾 Ke-an)

除「Per-an、Pe-an」名詞之外，「動詞、形容詞或名詞」在加上「ke-an」字首尾成為名詞後，也會產生意義相關聯的詞性變化，具有「集合、群體、專業、學術、感覺、程度、太/非常、場地、不是故意的動作、類似於、在...情況、有關聯的情形...」等許多意義，除成為「名詞」外，「ke-an」字首尾的字還可以變為「形容詞、比較級或動詞」，舉例如下表：

範例(名詞 Ke-an)

abai 忽視→keterabaian 疏忽
absah 有效→keabsahan 有效性
adab 教養,禮貌,文明→keadaban 教養,修養,禮貌,禮節
ada 有→keadaan 情況,狀況,情形,處境
adil 公平的,公正的,正義的→keadilan 公平,正義
agen 經紀人,代理,代辦,仲介→keagenan 代理,代銷
agung 偉大,宏偉→keagungan 偉大,宏偉
ahli 專家→keahlian 專長,技能
ajaib 奇異的,古怪的,不可思議的→keajaiban 奇蹟,神秘現象,奧秘
alpa 疏忽,大意→kealpaan 疏忽,大意
aman 安全→keamanan 維安,治安
aneka ragam 各式各樣→keanekaragaman(種類)多樣性

anggota 會員,成員,肢體→keanggotaan 會籍	
asli 原來的,真正的,純的,道地的→keaslian 真實性	
awet 耐久,耐用的→keawetan 耐久性,保持年輕	
baik 好的→kebaikan 善行,善意	
bakar 燒→kebakaran 火災,失火,著火	
balik 顛倒,倒轉,反,翻轉,背面,反面,回,返回,重,又,再→kebalikan 反面,相反(的)	
bangga 自豪的→kebanggaan 自豪	
bangkrut 倒閉,破產→kebangkrutan 倒閉,破產	
bangsawan 貴族→kebangsawanan 貴族出身,貴族身分	
bangsa 國家→kebangsaan 國籍,國家的,民族的→lagu kebangsaan 國歌	
banjir 淹水→kebanjiran 大批湧來,充滿著,被水淹	
banyak 許多→kebanyakan 大多,數量,通常地	
baru 新的,剛,才→kebaruan 新穎,新特質	
bebas 自由→kebebasan 自由,獨立	
becus 本事,能耐→kebecusan 本事,能耐	
bejat 破損,破爛,敗壞,腐化,墮落,淫蕩,淫亂→kebejatan 敗壞,腐化,墮落,犯行	
benci 恨,憎恨,討厭→kebencian 仇恨	
berada 待在,位在→keberadaan 存在,在場,生存空間,存放	
beragama 信奉...宗教,篤信宗教的→keberagamaan 信教議題	
berangkat 出發→keberangkatan 起飛	
berani 勇敢於,敢於,不怕→keberanian 勇氣,膽量,勇敢精神	
berat 重量,重的,繁重的,嚴重→keberatan 不同意,反對,不願意,不喜歡,異議,抗告	
berbeda 有差別,不同→keberbedaan 差異性,不同點,區別	
berkah 賜福,恩賜,保佑,福氣→keberkahan 福氣,幸福	
berlanjut 繼續下去→keberlanjutan 永續性	
bersih 乾淨,清潔,清澈,清白,純潔,純真→kebersihan 清潔,純潔,純正,清白	
beruntung 走運,獲利→keberuntungan 幸運,好運	
besar 大的,大小,已長大的,重大的,自大的→kebesaran 偉大的,太大了	
betul 對的→kebetulan 無意發生的,巧合	
biasa 普通,習慣→kebiasaan 習慣	
bijaksana 聰明的→kebijaksanaan 智慧	
bijak 明智的→kebijakan 政策,才能	
bingung 不知所措,茫然,驚慌失措,暈頭轉向→kebingungan 著急,不知所措,慌張,(心裡)混亂	
bocor 漏水→kebocoran 洩漏	
bohong 謊話,假的,騙人的→kebohongan 謊話,欺騙	
boleh 能夠,可以,許可,允許→kebolehan 能力,才能	
budaya 文化→kebudayaan 文化	
bulat 圓的,完全,一致,整→kebulatan 球狀,圓形,整體性,(意見)一致	
buruk 壞→keburukan 壞事,惡行,腐敗,醜陋	

butuh 需要→kebutuhan 必需

cacat 缺點,缺陷,不足→kecacatan 失能,缺陷

camat 鄉長,鎮長→kecamatan 鄉,鎮,鄉/鎮公所

candu 鴉片,上癮,嗜好→kecanduan 上癮,嗜好

cantik 美麗→kecantikan 選美,美容,美麗

capai/capek 累,疲倦→kecapaian/kecapekan 累,疲倦,太累,過於疲倦

celaka 倒楣,不幸→kecelakaan 災難,災禍,事故

cemas 不安,擔憂→kecemasan 不安,擔心,恐懼

cenderung 傾斜,傾向,傾心,愛慕→kecenderungan 傾向,趨勢

cepat 快→kecepatan 速度

cerah 晴朗的,明亮的→kecerahan 清晰度,明亮度

cerdas 智力高,聰明,精明→kecerdasan 智慧,才智,智能

ceroboh 粗心,疏忽→kecerobohan 粗魯,冒失

cewek 婦女,女性,女友→kecewek-cewekan 女性化

cocok 合適,適當,穿針,針刺,串→kecocokan 符合

curang 舞弊,欺騙→kecurangan 舞弊,欺騙(行為)

curiga 懷疑,疑心,警覺心→kecurigaan 懷疑,疑心

dahulu 以前,過去,先,之前→kedahuluan 先進,領先,被搶先

dalam 深,深奧→kedalaman 深度

damai 和平→kedamaian 安寧,安靜,太平

dapat 能夠,得到→kedapatan 被發現

datang 來→kedatangan 蒞臨,到訪

dekat 附近,靠近,親近→kedekatan 親近感,親近關係

dendam 恨,仇恨,怨恨,熱戀,愛慕→kedendaman 怨恨,戀情

dengar 聽→kedengaran 聽得到,聽得見

dermawan 慈善家→kedermawanan 善行,義舉,慈善,慈悲心腸

diam 居住→kediaman 住處,住所

diktator 獨裁者→kediktatoran 獨裁政治

dinamis 有生氣的,有活力的→kedinamisan 朝氣,生氣,活力

dingin 冷,冷淡的→kedinginan 寒冷,受寒,太冷,挨凍

dokter 醫生→kedokteran 醫學

duduk 居住→kedudukan 住所,駐地,位置,地位,身分

dulu 以前,過去,先,之前→keduluan 先進,領先,被搶先

duta 使者,使節→kedutaan 使館

efektif 有效的,生效的→keefektifan 有效性

ekonomi 經濟→keekonomian 有關經濟的

fana 暫時的,短暫的→kefanaan(人生)短暫

gagal 失敗→kegagalan 挫折

gairah 慾望,熱情,激情→kegairahan 激動

galau 亂哄哄的,吵雜的,雜亂的→kegalauan 吵雜,雜亂
geger 譁然,轟動,混亂,騷動,騷亂→kegegeran 譁然,轟動,騷動
gelisah 坐立不安,心神不寧,焦慮,不安,緊張,忐忑→kegelisahan 不安,擔心,憂慮
gemar 愛好,喜好,嗜好→kegemaran 愛好,嗜好
gemuk 胖,肥→kegemukan 肥胖
gesit 敏捷,手腳快→kegesitan 動作敏捷,眼明手快
giat 努力,積極,勤勉→kegiatan 活動
gigih 堅定→kegigihan 堅定性,固執
goyang 搖動,搖晃→kegoyangan 動盪,波動
habis 空的→kehabisan 用完了
hadir 出席,在場→kehadiran 在場,出席
hakim 法官→kehakiman 司法
hancur 粉碎,毀壞→kehancuran 毀壞,粉碎
hangat 溫的,熱情的,親熱的,熱烈的→kehangatan 溫暖,溫馨
hangus 烤焦→kehangusan 焦,糊,燒焦
harmonis 和諧的,融洽的→keharmonisan 和諧,融洽,共好
harus 應當,必須→keharusan 必然性,應當做的事
haru 攪拌,搗亂,附身→keharuan 感動,激動,感傷
haus 口渴→kehausan 渴,渴望
hebat 棒[19]→kehebatan 偉大
heboh 吵鬧,騷亂→kehebohan 騷亂,騷動
hening 清澈的,透明的→keheningan 清澈,透明,安靜,寧靜
hidup 活的→kehidupan 人生,生活
hilang 消失,遺失→kehilangan 消失,遺失,喪失,失去了
hitam 黑色,黑色的→kehitaman 烏黑,漆黑,太黑
hormat 尊敬,敬禮→kehormatan 尊嚴,榮譽
hujan 雨→kehujanan 被雨淋
hutan 森林→kehutanan 林務
ikhlas 真誠的,真心的→keikhlasan 誠心,誠意,真誠,真心
ikutserta 參加,參與→keikutsertaan 參加,參與
ilahi 神聖的→keilahian 神性
indah 美,漂亮→keindahan 美麗,優美,美觀,美感
Indonesia 印尼→keIndonesiaan 印尼學
ingin 要,想要→keinginan 慾望,渴望,願望
inisiatif 倡議,主動,首創→keinisiatifan 主動性
islam 回教→keIslaman 回教學
istimewa 專門的→keistimewaan 特點,特性

---

[19] 「hebat(棒)」通常是稱讚別人,而「mantap(讚,厲害)」則多用在稱讚自己。

jadi 發生→kejadian 發生,事情,(聖經)創世紀	
jahat 犯罪,壞事→kejahatan 犯罪行為,重罪	
jail 惡作劇,愛戲弄人的→kejailan 惡作劇(方法),頑皮	
jatuh 跌倒,判決,判處→kejatuhan 被...打中,掉下,下跌,陷落	
jauh 遠→kejauhan 遠處,遠距離,太遠	
jaya 勝利,成功,興隆,昌盛,光榮,偉大→kejayaan 光榮,偉大,成功	
jenuh 飽和,厭煩→kejenuhan 飽和狀態	
jiwa 生命,靈魂,精神,人口→kejiwaan 精神狀況	
juara 冠軍→kejuaraan 錦標賽	
juru 專業人士→kejuruan 專業,專科	
kacau 亂,混亂,暴動,騷亂,騷動→kekacauan 混亂,騷動	
kaisar 國王→kekaisaran 帝國	
kalut 混亂,無秩序的,亂七八糟的,胡言亂語,語無倫次的→kekalutan 紊亂,混亂,騷亂,動亂	
kasih 愛→kekasihan 愛情,憐憫	
kaya 有錢,富有,豐富,全能的→kekayaan 財富,財產,富裕,富有,威權,無所不能	
kebal 刀槍不入,免疫力,豁免,不受法律追溯→kekebalan 刀槍不入,免疫力,豁免權	
kecewa 失望,感到遺憾→kekecewaan 失望,感到遺憾,沮喪,不成功,失敗	
kecil 小的→kekecilan 細小,微小,太小	
kejang 僵硬,痙攣→kekejangan 僵硬,痙攣	
keliru 錯誤,不正確,弄錯,搞錯,犯錯,誤入歧途→kekeliruan 錯誤,誤會,誤解,失誤,疏忽	
keluarga 家庭,家人,親屬→kekeluargaan 親屬(關係),血緣關係,兄弟情誼,手足之情	
kemas 整理好,有條不紊→pengemasan 包裝,收拾,整理	
kenang 回憶→kenangan 記憶	
kental (味道)濃厚的→kekentalan 濃度,密度,太濃	
kerabat 同胞,近親,親戚,親屬,家族→kekerabatan 親屬關係	
keras 用力,大力→kekerasan 暴力	
kering 乾的,乾燥的,貧乏,枯竭→kekeringan 乾旱,乾燥,擱淺,枯竭,太乾燥	
kesal 感到不愉快,懊惱,沮喪,厭倦,惱火→kekesalan 懊惱,沮喪,厭倦	
khas 有特色的→kekhasan 特點,特色,獨特風格,特殊功能	
khawatir 擔心,著急→kekhawatiran 關心	
kini/kinin 現在,現今,目前,此時此刻→kekinian/kekininan 現代的,當代的	
konsuler 領事的→Kekonsuleran 領事事務	
kosong,nol 零→kekosongan 空的,空虛,缺乏	
kotor 髒的,卑鄙的,下流的→kekotoran 骯髒,汙染,卑鄙,可恥的	
kuat 強壯,有力,堅固,耐用,強烈,很又能力→kekuatan 力量,力氣,實力,強度	
kukuh 堅固,穩固,堅定→kekukuhan 堅強,堅定,堅韌	
kurang 少,缺,減,不夠,不足,缺乏,差,不怎麼夠→kekurangan 不足,缺少,缺點	
lahir 出生,外表→kelahiran 出生,外表,世俗	
lain 其他→kelainan 異常,反常	

laku 行為,作法,有效,暢銷→kelakuan 行為,舉止,品行,事情,情形

lalai 疏忽,大意,懈怠,漫不經心→kelalaian 大意,疏忽,不注意

lamban 慢吞吞,遲緩,緩慢→kelambanan 遲緩,緩慢

lancar 順暢→kelancaran 順利進行

langkah 步驟,步伐→kelangkahan 出軌,通姦

langsung 直接,持續,繼續,進行,舉行→kelangsungan 延續

lanjut 繼續,高級,冗長→kelanjutan 繼續,延續

lapar 餓→kelaparan 挨餓,飢餓

lapuk 腐爛的,陳舊的,陳腐的→kelapukan 陳腐,腐爛

lebih 多出,超出→kelebihan 優勢,長處,多餘,誇大,多出,多餘,剩下

lelah 累,疲倦,疲勞,厭倦了→kelelahan 勞累,疲倦,疲憊

lemah 弱→kelemahan 弱點

lembap 潮濕的,濕潤的→kelembapan 濕度,濕氣

lembek 軟的,鬆軟的,軟弱的→kelembekan 鬆軟,軟弱,太軟,太爛

lengkap 完整,齊全→kelengkapan 完整性,備齊,必備物品

lestari 持久的,持續的→kelestarian 持續性,不變狀態

lesu 疲乏無力,萎縮,委靡不振→kelesuan 疲乏,過於疲累,(市場)疲軟

letih 疲乏的,疲憊的→keletihan 疲乏,疲憊,太疲乏了

liar 野生的,野蠻的,非正規的→keliaran 野性

lihat 看→kelihatan 看得到,看起來

luar 外→keluaran 產品,出埃及記(舊約第 2 卷)

luas 寬的→keluasan 面積

lucu 有趣的,滑稽的,可愛的,好笑的→kelucuan 滑稽事情(故事,表演)

lumpuh 癱瘓→kelumpuhan 癱瘓,無力,停滯

lurah 村長→kelurahan 村,村公所

lurus 直的,筆直的,正直的,直接的→kelurusan 直,正直,公正

luwes 美觀,好看,有氣質的,靈活的,能隨機應變的→keluwesan 靈活性

macet 卡位,停滯,阻塞,堵塞→kemacetan 中斷,停頓,堵塞

mahal 貴的,高價的,貴重的,難得的,少有的→kemahalan 物價昂貴時期,太貴了

mahir 精通的,熟練的→kemahiran 熟練

maju 前進→kemajuan 進展,進步

makmur 興隆,旺盛→kemakmuran 興隆,繁榮,富裕,豐衣足食

malam 晚上→kemalaman 很晚

malu-malu 害羞,羞愧,不好意思,羞恥,羞辱,恥辱→kemalu-maluan 非常害羞,羞答答

malu 害羞→kemaluan 生殖器,恥部

mampu 有能力,能→kemampuan 能力

manis 甜→kemanisan 甜味,太甜了

manusia 人→kemanusiaan 人性

marah 生氣,罵,責備→kemarahan 怒氣

masyarakat 社會,公眾→kemasyarakatan 社會的,社會性的
matang 熟→kematangan 成熟,熟透了
memeleset 滑跤→kemelesetan 搞笑的主題,故意偏離的主題,離題,歪樓
menang 獲勝,得勝,勝利獎品,勝過→kemenangan 勝利,成功,優點
menteri 部長→kementerian 部
merdeka 自由的,獨立的,自主的→kemerdekaan 獨立,自由
merosot 大跌,大減→kemerosotan 跌落,墮落
mesti 一定,必然,當然,必須,應該→kemestian 應盡的義務,規定,必然性,必然的事
mesum 骯髒的,齷齪的,卑鄙的,下流的→kemesuman 骯髒,汙穢,齷齪,猥褻,淫亂
mewah 豪華,奢侈,奢華→kemewahan 豪華,奢侈,奢華
miring 傾斜的,歪向一邊,偏袒,不公的→kemiringan 傾斜程度,歪斜情形,不公正,偏心
mirip 類似的→kemiripan 相似性
miskin 貧窮→kemiskinan 貧困,貧窮
mudah 容易→kemudahan 便利性
mundur 退,後退,退化,退步,倒退→kemunduran 退步,減少,減弱,退出
mungkin 可能,也許→kemungkinan 可能性
musnah 消滅,毀滅→kemusnahan 消滅,毀滅,滅亡
naas 不吉利,倒楣→kenaasan 晦氣,不吉利
naik 上升,登→kenaikan 上漲,升遷
nakal 頑皮,調皮→kenakalan 頑皮,調皮,惡作劇
negara 國家→kenegaraan 國家的
ngeri 害怕,恐懼,毛骨悚然→kengerian 恐懼感
nikmat 恩賜,享受,舒服的,爽快的→kenikmatan 享受,舒服,愉快
nyaman 舒服→kenyamanan 自在,舒服
nyata 清楚的,明顯的→kenyataan 真實
onar 暴動→keonaran 騷亂,騷動
optimis 樂觀主義,樂觀的人→keoptimisan 樂觀主義
pabean 海關→kepabeanan 海關事務
padat 堅硬的,緊密的,擁擠的,(人口)密集,稠密,固體,(內容)充實→kepadatan 密度,過於稠密的
panas 熱,熱的,熱烈的,激烈的,緊張的→kepanasan 熱,熱度,溫度,受熱,中暑,太熱,酷熱
panik 恐慌→kepanikan 恐慌,驚慌
panitera 書記官→kepaniteraan 秘書處
panjang 長的→kepanjangan 長度
pasti 確定,確認→kepastian 確定性
patut 適當的,正當的,應該,應當,理應,值得,怪不得,難怪→kepatutan 想法,見解,正當性,合理性,符合
peduli 管,關心→kepedulian 關懷,照顧
peka 敏感→kepekaan 靈敏性,敏感度
pemerintah 政府→kepemerintahan 治理
pemimpin 主持人,領導者,負責人,領袖,指南→kepemimpinan 領導權

pengap 悶熱,窒息,霉臭→kepengapan 窒息,遭到窒息

penting 重要的→kepentingan 利益,興趣,重要

perak 銀→keperakan 銀白色

percaya 相信→kepercayaan 信仰,信任(感)

pergi 去→kepergian 出門,旅行,旅程,去世

perkasa 勇敢,勇猛,強壯,威武,韌性→keperkasaan 勇敢,勇氣,強權,權力,武力

perlu 必須,需要,要緊的,為了→keperluan 必要性,需要,必需(品)

piawai 有才華的,卓越的,能幹,幹練,準確→kepiawaian 技能

pilih 挑→pilihan 選擇

pintar 聰明的→kepintaran 聰明,機智

polisi 警察(人)→kepolisian 警察(機關,單位,事務)

populer 流行的,普及的,受歡迎的→kepopuleran 流行情況,普及性

presiden 總統→kepresidenan 總統事務,總統官邸

prihatin 悲痛,沉痛,關切,憂慮,擔心→keprihatinan 悲痛,沉痛,關切,憂慮,擔心

puas 滿意,滿足→kepuasan 滿意度

pulau 島→kepulauan 群島

punah 毀滅,絕種,消失→kepunahan 毀滅,絕種,滅亡

punya 有,持有,擁有→kepunyaan 所有物

putus 中斷→keputusan 決定,裁決,判決,裁判

racun 毒,毒物,毒品,毒藥→keracunan 中毒

ragam 種類,同心,一致,和睦→keragaman 多樣性,差異,同心,和睦

ragu 猶豫,懷疑→keraguan 猶豫,懷疑

rahasia 秘密,機密,秘訣,訣竅→kerahasiaan 秘密狀況

raja 國王→kerajaan 王國,王室

rajin 勤勞,努力→kerajinan 手工藝

rakyat 百姓,人民→kerakyatan 庶民的,人民的

ramah 善良,友善,親切→keramahan 善良,友善,親切

ramah-tamah 和藹可親,親切熱情→keramah-tamahan 和藹可親,親切,熱情,人情味

ramai 熱鬧,旺,人多,大眾→keramaian 人群,熱鬧,繁華

remaja 青春,青年→keremajaan 青春

rendah 低→kerendahan 低的,低下,低賤,謙卑

resah 焦急,不安,心神不寧→keresahan 焦慮,不安,擔憂

retak 裂縫→keretakan 裂開,出現裂痕,產生分歧

riah 歡樂的,快樂的,熱烈的,熱鬧的→kemeriahan 熱烈,熱鬧

ribut 吵鬧,喧囂,爭吵,吵架,繁忙,忙碌,動亂,騷動→keributan 喧囂,爭吵,繁忙,動亂

rusak 壞,故障→kerusakan 破壞,毀壞,(被動)遭到破壞

rusuh 騷亂,暴動,粗魯→kerusuhan 騷亂,混亂

sabar 沉著,耐心的→kesabaran 耐心,寬容

sadar 醒悟,甦醒,回神,有意識,覺醒→kesadaran 意識,知覺

sah 合法→kesahan 合法化	
sakit 生病→kesakitan 痛苦	
sakti 神通廣大,超自然力,神力,魔力→kesaktian 超自然力,魔法	
salah paham 誤解→kesalahpahaman 誤解,誤會	
salah 錯的→kesalahan 錯誤	
sama 相同→kesamaan 共同點,相同點	
sampai 到,直到→kesampaian 已達到,已實現	
sangsi 懷疑,疑心→kesangsian 懷疑,疑心,猜疑	
satu 一,一個→kesatuan 統一,單一的,獨一無二的	
sayang 可憐,可惜,感到遺憾→kesayangan 心愛,疼愛	
sebelas 十一→kesebelasan 足球隊	
sedih 傷心的→kesedihan 痛苦,悲傷	
seduh 沖,泡→keseduhan 被(開水)燙	
sehari 一天→keseharian 每天的習慣,日常生活	
sehat 健康→kesehatan 衛生	
seimbang 均衡的,均等的,相稱的,平均的→keseimbangan 平衡,相稱	
sejahtera 安定,繁榮,福利→kesejahteraan 安定,繁榮,福利	
selamat 祝→keselamatan 安全,平安	
selaras 和諧,協調,一致,相符→keselarasan 和諧,協調一致	
seluruh 全部,全體→keseluruhan 全部,全體	
sempat 有空,有時間→kesempatan 機會,空閒	
semrawut 混亂,凌亂,亂七八糟→kesemrawutan 混亂情形	
semut 螞蟻→kesemutan 發麻	
senang 高興,愉快,快樂→kesenangan 喜悅,愉快,舒服,幸福,喜好,愛好,感到滿意	
sendiri 自己的,本身的,獨自→kesendirian 孤獨,孤單,獨居,獨特性,個性	
sengsara 苦難,困苦→kesengsaraan 痛苦,苦難,折磨	
seni 藝術→kesenian 藝術	
senjang 不對稱的,不平均的→kesenjangan 差距,鴻溝	
sepaham 同意,一致→kesepahaman 同意,一致,共識	
sepakat 同意,一致→kesepakatan 成交	
sepi 寂靜,冷清,蕭條,寂寞→kesepian 安靜,冷清,寂寞,(感到)孤單	
serius 嚴重的,重大的→keseriusan 嚴重性,重要性,認真,緊急	
sesuai 符合,適合,按照→kesesuaian 相符,一致	
setan 魔鬼,撒旦,壞蛋,(罵人)混蛋,王八蛋,鬼東西→kesetanan 魔鬼附身,中邪,著魔	
setara 一般高,並列,相同的→kesetaraan 平等	
siaga 隨時準備,戒備,準→kesiagaan 警戒(狀況)	
siang 白天,日間→kesiangan 睡過頭,遲到,來晚	
siap 準備,籌備,備好,安排,(口令)立正,各就各位,是,收到,了解→kesiapan 準備程度	
sibuk 忙,忙於→kesibukan 忙碌,繁忙	

silap 疏忽,大意,失誤,錯覺,看錯→kesilapan 過失,過錯,疏失	
simpang siur 互相交叉,錯綜複雜,絡繹不絕,眾說紛紜→kesimpangsiuran 交織,來來往往,川流不息	
simpul 結→kesimpulan 結語,結論	
stabil 穩定的→kestabilan 穩定度	
suka 喜歡→kesukaan 快樂,高興,喜悅,愛好,嗜好,所喜歡的	
sukses 成功→kesuksesan 成功	
sulit 難的→kesulitan 困難,困境,困擾	
sungguh 真的,確實的,全心全意的,認真的,很,非常,的確,事實上→kesungguhan 認真,全心全意	
sunyi 靜,寂靜,冷清的,空蕩蕩的,蕭條的,排除(念頭)→kesunyian 寂靜,幽靜,(感到)寂寞(孤單,冷清)	
susila 有禮貌的,有教養的,有道德的→kesusilaan 禮儀,禮節,禮俗,倫理	
susup 滲透→kesusupan 被扎到	
tagih 癮,癖好→ketagihan 上癮	
takut 害怕→ketakutan 很害怕	
tamak 貪婪的→ketamakan 貪心,貪婪	
tangguh 堅韌的,堅強的,堅固的→ketangguhan 堅韌,堅強,堅固,堅韌	
tebal 厚的→ketebalan 厚度	
tegak 站立,直立,堅定的→ketegakan 正直,筆直	
tegang 緊的,緊繃的,僵硬的,緊張→ketegangan 懸疑,緊張	
tegas 清楚的,明確的,堅定的,果斷的→ketegasan 清楚,明確	
teliti 仔細→ketelitian 細心	
tenagakerja 勞動力→ketenagakerjaan 勞動	
tenang 寧靜,安靜,平靜,冷靜,安定,穩定→ketenangan 寧靜,安靜,平靜,冷靜	
tentu 當然→ketentuan 規定,決定,確定,認定	
tepat 準,正確→ketepatan 正確性,準確性	
terampil 熟練的,敏捷的→keterampilan 技巧,技能	
terang 光線,明亮的→keterangan 解釋,說明	
terbatas 受到限制的,限量的,有限的→keterbatasan 有限性,侷限性	
terbuka 坦率的,開放的,公開的→keterbukaan 開放	
tergantung 取決於,懸而未決→ketergantungan 依賴(度)	
terisi 已填補,已裝上→keterisian 已填補數量	
terlalu 太,很,過分→keterlaluan 太過分了,不講道理,太離譜了,過頭了	
terlambat 晚了→keterlambatan 遲到,延誤	
terlibat 纏上,涉及,受牽連→keterlibatan 牽連,捲入,介入	
terus terang 直率,坦率,老實說→keterusterangan 坦率,直爽	
terus 直走,繼續不停,一直,直通,穿過,一…就,馬上,立刻→keterusan 錯過,過頭	
tetap 仍然,固定的,堅持→ketetapan 固定,法令規定	
tiada 沒有,不,不在→ketiadaan 缺少,缺乏,沒有,一無所有	
tidak hati-hati 不注意→Ketidak hati-hatian 疏於注意	
tidak mampu 無能力→ketidakmampuan 無能	

tidak mau 不願意→ketidakmauan 不願意	
tidak naik 不上漲,不增加→ketidaknaikan 不上漲程度	
tidak nyaman 不舒服→ketidaknyamanan 不適	
tidak pasti 不確定→ketidakpastian 不確定性	
tidak percaya 不相信→ketidakpercayaan 不信任感	
tidak puas 不滿意→ketidakpuasan 不滿意度	
tidak setara 不相同→ketidaksetaraan 不平等程度	
tidak tegas 不清楚的,不明確的,不堅定的→ketidaktegasan 前後矛盾,不一致,不清楚,不明確	
tidur-tiduran 躺下→ketidur-tiduran 愛睡,愛睏,貪睡	
tidur 睡,睡覺,臥,躺→ketiduran 睡過頭,不知不覺入睡,床(=tempat tidur)	
timpang 跛,瘸,不公平的→ketimpangan 跛,瘸,不公平的,不平衡的,有缺陷的	
tindih 重疊,層層堆積,密密麻麻,僅靠→ketindihan(動詞)被壓在下面,(動詞)夢魘	
tinggal 留下,居住,落後→ketinggalan 剩下的,遺忘,落後	
tinggi 高→ketinggian 高度	
tua 老→ketuaan 太老,太舊,(顏色)太深,(果實)太熟	
tulus 真誠的→ketulusan 誠意	
tumpah 溢出,灑出,倒出→ketumpahan 灑出的液體,被灑,沾滿	
turun 下→keturunan 子孫,後裔,後代	
uang 錢→Keuangan 財政,金融	
ulet 韌,不易斷,倔強,不屈不撓,堅忍不拔→keuletan 韌性,倔強	
unggul 超越,超過,優秀的,卓越的→keunggulan 優點,優勢	
unik 獨特→keunikan 獨特性	
untung 利潤,命運→keuntungan 利潤,命運	
usaha 事業,工作,努力,勤勉→perusahaan 公司,企業	
utama 主要的→keutamaan 優越,美德	
utuh 完整,完好→keutuhan 完整,完好	
wajib 必須→kewajiban 責任,職責,義務	
walah 無法負荷→kewalahan 招架不住,忙不過來	
wanita 女人,女性→kewanitaan 女人特質	
warga-negara/warga negara 國民,公民→kewarga-negaraan/kewarganegaraan 國籍,公民身分	
waspada 警戒,警備→kewaspadaaan 警報,警戒	
waswas 懷疑,疑心,疑惑,猶豫,憂慮,不安,擔憂→kewaswasan 懷疑,猶豫,憂慮	
wenang 權力→kewenangan 權,權力	
wibawa 威信,權望→kewibawaan 威信,權望	

例句

➢ Karena kecerobohannya, maka pasportnya ketinggalan di kamar hotel.
因為他的疏忽,所以護照遺忘在飯店房間。(103 印導)

➢ Setiap pasar malam mempunyai keunikan tersendiri, ada yang banyak menjual pakaian dan

aksesoris, ada pula yang lebih mengkhususkan pada makanan dan minuman seperti oa jien yaitu dadar telur isi tiram dan zhen zhu nai cha atau es susu mutiara yang tidak akan dilewatkan para wisatawan.
每個夜市擁有本身的獨特性，有許多在賣服飾和配件，也有的專門賣飲食，例如蚵仔煎和珍珠奶茶，觀光客不應該錯過。(104 印導)

➢ Turis yang kehilangan pasporny, sebaiknya Anda membawanya melaporkan hal ini ke kantor polisi dulu dan membawanya ke kantor perwakilan negaranya.
觀光客遺失護照，最好先帶去警察局報案，並且帶去他國家的代表/辦事處。(105 印導)

➢ Kami harus memasang tenda sendiri, memasak sendiri, dan sering kehujanan dan kedinginan.
我們必須自己搭帳篷、自己煮飯，而且經常被雨淋又寒冷。(105 印導)

➢ Salah satu makanan kue populer Taiwan adalah kue nastar nanas, menjadi salah satu lambang kebanggaan nasional.
台灣受歡迎的糕點之一是鳳梨酥，是國家自豪的象徵之一。(106 印導)

➢ Dia selalu membuat kopi yang kemanisan untukku.
他一直煮太甜的咖啡給我。(106 印導)

➢ Kebudayaan merupakan daya tarik utama Pulau Bali.
文化是巴里島的主要吸引力。(107 印導)

➢ Karena keunikan dan keindahan tempat wisata, keramahan penduduk setempat serta makanan yang enak, banyak turis yang tidak bosan untuk datang ke Taiwan.
因為景點的獨特性和美麗、當地居民的友善和好吃的食物，許多觀光客來到台灣不會無聊。(107 印導)

➢ Pemandu Wisata：Bapak kelihatan capai hari ini. Ada apa? 您今天看起來累累的，怎麼了？
Pak Yono：Kepalaku pusing dan badanku sedikit panas. 我頭暈和身體發燙。
Pemandu Wisata：Mungkin Bapak kena flu. Sebaiknya saya menemani Bapak ke dokter dan minta disuntik. 也許感冒了，我最好陪您去看醫生並打針。(108 印導)

➢ Kalau wisatawan keracunan makanan, ke rumah sakit harus dilakukan terlebih dahulu.
觀光客如果食物中毒，必須先去醫院。(109 印導)

➢ Saat Check-out, harus teliti memeriksa barang jangan ketinggalan di hotel.
退房時，必須仔細檢查不要遺留物品在飯店。(109 印導)

➢ Kemacetan kendaraan di jalan raya dapat menyebabkan polusi. Arti "polusi" di sini adalah "pencemaran udara."
大馬路上的交通工具塞車會造成汙染，這裡"汙染"是指"空氣汙染"。(110 印導)

➢ Memeriksa kelengkapan dokumen-dokumen perjalanan wisata, memberikan petunjuk tentang destinasi yang menarik, dan mengantar wisatawan baik rombongan maupun perorangan yang mengadakan perjalanan dengan bis, kereta api, kapal laut, pesawat terbang dan jenis transportasi lainnya adalah tugas dari seorang pemandu wisata atau pramuwisata.
檢查旅遊文件的完整性、提供目的地吸引人的說明，以及載送團體或個人觀光客去搭乘巴士、火車、輪船、飛機及其他交通工具，這是領隊或導遊的任務。(110 印導)

➢ Untuk keselamatan penumpang, Anda tidak diperbolehkan untuk merokok di dalam pesawat.
為了乘客的健康，你不被允許在機艙內抽菸。(111 印導)

➢ Membuat kemah dan menikmati keheningan alam gunung.
搭帳棚欣賞山上環境的寧靜。(111 印導)

➢ Untuk faktor internal yang terdiri dari kelengkapan lembaga wisata; infrastruktur wisata; serta sumber daya wisata lebih mengarah kepada kesiapan negara tersebut dalam menyediakan hal-hal tersebut di atas.
內部因素由旅行機構完整性、旅遊基礎設施以及該國在準備上述事情的旅遊資源準備程度所構成。(112 印導)

➢ Saya takut ketinggian.
我怕高。

➢ Bukan kebanyakannya yang penting, melainkan mutunya.
重要的不是數量而是質量。

➢ Dia selalu mencari kesibukan, tidak pernah bersantai-santai.
他一直自找麻煩,不曾放輕鬆。

➢ Saya tidak punya kesabaran dan kebaikan hati seperti itu.
我沒有像那樣的耐心和善心。

➢ Dulu ayah saya merokok, sekarang tidak.
我父親以前抽菸,現在不抽了。

➢ Ibu membuatkan ayah kopi tubruk kesukaannya.
母親沖泡父親喜愛的即溶咖啡。

➢ Kemampuan bermain bola dia menyaingi kemampuan pemain profesional.
他打球的能力與專業球員不相上下。

➢ Tubuhnya gemetar begitu hebat karena kedinginan.
因為寒冷,他的身體發抖的那樣激烈。

➢ Tahun ini adalah kesempatan terakhir saya untuk meraih gelar juara pada lomba ini.
今年是我最後一次機會在這比賽爭取冠軍。

➢ Hampir setiap kali pulang, dia selalu ketiduran di bus.
幾乎每一次回家,他都在巴士上睡過頭。

➢ Ukuran sebuah kemakmuran dari masing-masing orang berbeda-beda.
每個人對富裕的衡量標準不同。

➢ Sudah seminggu ayah pulang kemalaman karena lembur.
父親已經一週因為加班很晚回來。

➢ Kekacauan itu terjadi hanya karena satu orang yang tidak tertib mengantre.
那場混亂的發生只是因為 1 個不守排隊秩序的人。

➢ Dulu Jakarta namanya Batavia.
以前雅加達被稱為巴達維亞。

➢ Untuk kepentingan bersama, kami rela berkorban.
為了共同的利益,我們甘願犧牲。

➢ Tidak kedengaran. Bisa bicara lebih keras?

聽不太清楚，能夠講大聲一點嗎？

➤ Ada pejabat Kementerian Ekonomi mengaku bahwa 2023 akan menjadi tahun yang <u>penuh</u> dengan ketidakpastian.
有經濟部官員承認，2023 年將成為充滿不確定性的一年。

➤ Kesempatan turun salju di pegunungan akan sangat kecil.
山區降雪的機會將很小。

➤ Keragaman etnis adalah salah satu tema yang dihadirkan dalam festival. Lentera anyaman bambu setinggi 7 meter ini dinamai "Kami di Sini", melambangkan budaya imigran baru di Taiwan.
民族多樣性是其中一個被加在節日裡的主題，高度 7 公尺的竹編燈籠命名為"我們在這裡"，象徵著台灣的新移民文化。

➤ Kekurangan tidur dianggap bisa memengaruhi pembelajaran anak dan remaja, juga merugikan kesehatan fisik dan kestabilan emosi.
睡眠不足被認為會影響孩童和青少年學習，也破壞身體健康和情緒穩定。

➤ Dia merasa kesunyian ditinggalkan oleh keluarganya.
家人離開了，他感到寂寞。

➤ Saya sangat kesepian sendirian.
我自己一個人很寂寞。

III-1.3.1.<u>延伸閱讀</u>(ke-an 形容詞用法)

下表是「Ke-an」中間為重複詞的用法，詞性變成「形容詞」，這在「IV_副詞」章節的「重複詞(Kata Ulang)」部分會有詳細說明。

kecapaian/kecapekan 太累,過於疲倦	kelembekan 太軟,太爛
kecokelat-cokelatan 褐色,棕色	keletihan 疲乏,疲憊,太疲乏了
kedinginan 寒冷,受寒,太冷,挨凍	kemahalan 太貴了
kehitaman 烏黑,漆黑,太黑	kemarah-marahan 非常憤怒,大發脾氣
keibu-ibuan 女性的,婦女的,母性的	kemerah-merahan 淡紅
kekanak-kanakan 幼稚,孩子氣的	ketidur-tiduran 愛睡,愛睏,貪睡
kekentalan 濃度,密度,太濃	ketinggian 高度,高級,高尚,高處,太高
kekeringan 乾旱,乾燥,擱淺,枯竭,太乾燥	ketuaan 太老,太舊,(顏色)太深,(果實)太熟
kekuning-kuningan 淡綠	kewanita-wanitaan 女性化

例句

➤ Taiwan mempunyai banyak tempat wisata, pemandangan alam yang indah dan keramah-tamahan penduduk adalah aset Taiwan yang sangat unik.
台灣有很多旅遊景點、美麗的自然風景和居民的人情味，是很獨特的台灣資產。

➤ Karena anak tunggal dan selalu dimanja, maka sampai dewasa pun sifatnya masih kekanak-kanakan.

因為是獨生子而且被寵壞，所以長大成人了都還有幼稚的個性。

III-1.3.2.延伸閱讀(ke-an 動詞用法)

「Ke-an」詞性也可以變成「動詞」的特例如下：

kebanjiran 大批湧來,充滿著,被水淹	kemasukan 著魔,鬼神附身,進了
keduluan/kedahuluan 被搶先	kerusakan 破壞,毀壞,(被動)遭到破壞
kehilangan 消失,遺失,喪失,失去了	keseduhan 被(開水)燙
kejatuhan 被...打中	kesusupan 被扎到
kelaparan 挨餓,飢餓	ketindihan(動詞)被壓在下面,(動詞)夢魘
kemakanan 被吃光,被腐蝕	

例句

➢ Menghargailah setiap makanan di atas piring Anda, karena banyak saudara-saudari kita yang kelaparan.
請珍惜你盤裡的食物，因為有許多我們的兄弟姊妹挨餓著。

➢ Sejak menjual secara online, saat ini saya kebanjiran pesanan dari luar negeri.
自從線上銷售，我現在有大批國外訂單湧入。

➢ Dia pingsan karena kejatuhan batu es sebesar kelereng.
他因為被跟彈珠一樣大小的冰雹打中而昏倒。

III-1.3.3.延伸閱讀(ke-an 特殊否定用法)

有一些「Ke-an 名詞」，可以在單字中直接加「salah」、「tidak」或「kurang」，使成為反義字(Antonim)，整理如下：

字　　　　　　　　　根	Ke-an 名詞	Ke-tidak-an 名詞(否定用法)
adil 公平的,公正的,正義的	keadilan 公平,正義	ketidakadilan 不公平
ajar 教育	kekurangan 不足,缺少,缺點	kekurangajaran 無禮行為,缺德
becus 本事,能耐	kebecusan 本事,能耐	ketidakbecusan 做不出來的情形
berani 勇敢於,敢於,不怕	keberanian 勇氣,膽量	ketidakberanian 擔心的情形
berhasil 有成效地,成功的	keberhasilan(獲得的)成果	ketidakberhasilan 不成功,失敗程度
hadir 出席,在場	kehadiran 在場,出席	ketidakhadiran 不在場,不出席
hati-hati 小心,注意	Kehati-hatian 小心,注意	Ketidak hati-hatian 疏於注意
mampu 有能力	kemampuan 能力	ketidakmampuan 無能
mau 要	kemauan 願望,意願	ketidakmauan 不願意,無意願
naik 上漲,增加	kenaikan 上漲,升遷	ketidaknaikan 不上漲程度
nyaman 舒服	kenyamanan 自在,舒服	ketidaknyamanan 不適
paham 了解,理解	salah paham 誤解	kesalahpahaman 誤解/誤會程度
pasti 確定	kepastian 確定性	ketidakpastian 不確定性
percaya 相信,信仰,信任	kepercayaan 信仰,信任(感)	ketidakpercayaan 不信任感
puas 滿意,滿足	kepuasan 滿意度	ketidakpuasan 不滿意度

sama 相同	kesamaan 共同點,相同點	ketidaksamaan 不同點
seimbang 均衡的,均等的	keseimbangan 平衡,相稱	ketidakseimbangan 不平衡,不相稱
setara 並列,相同的,相當	tidak setara 不相同	ketidaksetaraan 不平等程度
stabil 穩定的	tidak stabil 不穩定的	ketidakstabilan 不確定性
tahu 知道,認識,懂得,會,過問	ketahuan 已被知道,被發現	ketidaktahuan 不被知道
tegas 清楚的,明確的,堅定的	ketegasan 清楚,明確	ketidaktegasan 前後矛盾

例句

- Inkonsistensi dan ketidaktegasan dari pihak pemerintah ini tentunya sangat meresahkan masyarakat.
  政府的前後矛盾及忽視問題的嚴重性確實讓人民很不安。

- Pandemi COVID menyebabkan ketidakseimbangan antara pasokan dan permintaan.
  疫情造成供需之間不平衡。

- Perekonomian global akan tetap melemah pada paruh kedua tahun 2022, ditambah faktor geopolitik dan fluktuasi lainnya, pertumbuhan ekonomi Taiwan masih penuh ketidakpastian.
  在 2022 年下半年全球經濟將持續疲弱，加上地緣政治及其他波動，台灣經濟成長仍然充滿不確定性。

- Dalam sebuah ajang pertandingan olahraga yang begitu besar, ternyata di dalamnya terdapat banyak ketidakadilan yang keterlaluan, bahkan masalah eksploitasi hak asasi manusia.
  在 1 座這麼大的運動競賽場地，很明顯的裡面有許多很離譜的不公平，人權剝削的問題。

- Ini mungkin adalah tujuan dari Tiongkok yang ingin melihat tindakan yang diambil Amerika Serikat dalam menyampaikan ketidakpuasannya.
  這可能是中國的目的，想要看美國在表達不滿意時所採取的行動。

- Kata "ciyus" berarti "serius" biasanya diekspresikan dalam sebuah kalimat tanya yang menunjukkan ketidakpercayaan kepada pernyataan lawan bicara.
  "ciyus"這個字表示"認真的"，通常出現在疑問句裡，表達對說話對方的話有不信任感。

III-1.3.4.延伸閱讀(ke-an 衍伸變化)

印尼文有一些名詞變化並不是直接由字根而來，而是由其他詞「衍伸」變化而來，也就是由字根變化後的衍伸詞，再次變化以產生相關意義的字詞，其他類似的「合併詞/複合詞」變化，請參考「IV-2.1.4.延伸閱讀(不同名詞組合②：複合詞延伸用法)」一節，「ke-an 衍伸變化」舉例如下：

範例(ke-an 衍伸變化)

字　　　　　　　　根	衍　　　伸　　　詞	ke-an 名詞延伸用法
ada 有	berada 待在,位在	keberadaan 存在,在場,生存空間
agama 宗教	beragama 信奉宗教,篤信宗教的	keberagamaan 信教議題
batas 界線,限度,程度	terbatas 受到限制的,有限的	keterbatasan 有限性,侷限性
beda 差別,分歧	berbeda 有差別,不同	keberbedaan 差異性,不同點,區別

字　　　　　　　　　根	衍　　　伸　　　詞	ke-an 名詞延伸用法
buka 開,脫,打開	terbuka 開放的,公開的	keterbukaan 開放
gantung 懸掛式	tergantung 取決於,懸而未決	ketergantungan 依賴
haru 攪拌,搗亂,附身	terharu 被感動	keterharuan 感動,感觸,感慨
hasil 成果,產品,成功	berhasil 有收成,有成效地	keberhasilan(獲得的)成功,成果
henti 停止	berhenti 停止,中止	pemberhentian 停放
imbang 平衡,相稱,對比	seimbang 均衡的,相稱的,平均的	keseimbangan 平衡,相稱
isi 內餡,容積,(果)肉	terisi 已填補,已裝上	keterisian 已填補數量
laku 行為,作法,有效	berlaku 進行,做出...行為,有效	pemberlakuan 執行,生效
lalu 經過,以前的,過去	terlalu 太,很,過分	keterlaluan 太過分,不講道理
libat 纏繞	terlibat 纏上,涉及,受牽連	keterlibatan 牽連,捲入,介入
orang 人	seorang 一人,自己,單獨	perseorangan 個人的,私人的
perintah 命令,指令	pemerintah 政府	kepemerintahan 治理
ragam 種類,類型,樣式	beragam 各式各樣/seragam 同一種,規格統一的	keberagaman 多樣性/penyeragaman 規格相同
rani 勇敢	berani 勇敢於,敢於,不怕	keberanian 勇氣,膽量,勇敢精神
sedia 準備,備好	tersedia 已準備好,現成的	ketersediaan 準備好的(程度)
tara 對等,對手	setara 一般高,並列,相同的	kesetaraan 平等
untung 利潤,命運	beruntung 走運,獲利	keberuntungan 幸運,好運
urus 經營,管理,處理	pengurus 管理員,業者,主辦人	kepengurusan 經營,管理

例句

➢ Bahkan, sekarang ini ketersediaan tempat ibadah di Taiwan semakin banyak. Sekarang terdapat tempat beribadah di taman kota atau juga stasiun kereta api atau Kereta Cepat.
而且，現在在台灣設有禱告場所的越來越多，在都市公園、火車或高鐵站現在也有禱告場所。(109 印導)

➢ Taiwan perlu meningkatkan koneksi transportasi yang dibutuhkan oleh para pelancong dan ketersediaan notifikasi berbahasa Inggris yang jelas pada lingkungan pariwisata.
台灣需要加強旅客需要的交通連接與清楚的觀光環境英語告示的完善程度。

Ayat III-1.4.名詞(字尾-an)

字尾為「-an」的名詞，具有「人、專業、複雜、計算、科學、學術、場地、器具、方法、結果、被做的事、全部/整體...」等多種含意，摘要舉例如下表：

範例(名詞-an)

acu 瞄準,鑄造→acuan 參考,模子
adon 揉麵→adonan 麵糰
adu 鬥,賽→aduan 鬥,賽,告狀,告發
ajak 邀,請,約,勸誘→ajakan 邀請,勸誘
akhir 後,最後,末尾,終,底→akhiran 字尾,後綴

alas 基礎,襯墊物→alasan 原因,理由	
alir 流動→aliran 觀念,流體,氣流	
alun 長浪→alunan 悠揚,起伏	
alur 溝,槽→aluran 溝槽,規矩,家譜	
ancam 威脅→ancaman 恐嚇,警告	
andal 依靠,依賴→andalan 親信,心腹,靠得住,強項	
anggap 認為,以為,當作→anggapan 看法,意見,想法	
angin 風→angin-anginan 喜怒無常,很難搞	
angkat 扛,抬,收拾(衣物,餐具),收養→angkatan 派遣,委任,軍隊,部隊	
angkut 搬走→angkutan 載運的貨,運輸,搬運	
angsur 分期的→angsuran 分期付款	
anjung(地板較高)廳堂,廂房,高台→anjungan 展覽室,陳列館	
anut 信仰→anutan 信奉,信仰,信仰的,所信仰的人	
anyam 編織→anyaman 編織物	
apit 夾著,夾住→capitan 夾子,鉗子,鑷子	
arah 方向→arahan 方向	
asin 鹹的→asinan 醃菜,醃的食物,鹹菜	
asuh 養育,撫養→asuhan 教育,撫養	
atas 上面→atasan 上級,長官	
aum(獅虎)咆嘯聲,怒吼聲→auman 吼聲	
awal 初,始,起初,最初,開頭→awalan 字首,前綴	
ayun 搖盪→ayunan 鞦韆,搖籃	
baca 讀→bacaan 文章	
bacok 砍,劈→bacokan 砍,劈(結果,方法)	
bahas 研究,調查→bahasan 評論,討論,辯論	
balap 比賽→balapan 競賽	
balas 回報,回答→balasan 回復,回答	
bangun 建立,建設→bangunan 建築物	
bantah 爭吵,口角→bantahan 否認,反駁	
bantu 幫助,協助→bantuan 援助,幫助,援助物	
baris 行,列,排隊→barisan 隊伍	
batang 長條狀物,幹,莖,桿,棵,支,條,塊,架子→batangan 長條狀物,柵欄,欄杆	
batas 界線,分界線,限度,範圍,程度→batasan 界線,定義	
bawah 下面→bawahan 下屬	
bawa 拿,帶...去→bawaan 攜帶物品	
bayang 影子,陰影→bayangan 影子,陰影	
belah 裂縫,裂口,分成兩半,切成幾塊,一半,邊→belahan 裂縫,裂痕,切開物,半粒,一半,親戚,對半分	
belai 愛撫,撫慰,勸誘→belaian 愛撫,撫慰,勸誘	
belas 十一至十九的基數→belasan 十幾	

belok 轉彎,彎曲→belokan 轉彎處	
bentrok 相撞,衝撞,爭吵,火拼,衝突,磨擦→bentrokan 相撞,衝撞,爭吵,爭執,火拼,衝突,磨擦,矛盾	
bimbing 引導→bimbingan 輔導,指導	
bocor 漏水→bocoran 漏洞	
bonceng 免費搭車→boncengan(機車)後座,(單車)置物架	
bongkah 團,塊,傲慢,無理→bongkahan 團,塊	
bordir 刺繡→bordiran 刺繡(品)	
borong 大批,全部→borongan 大批,全部	
buat 做→buatan 製造的東西,人造的,人工	
bujang(男子)未結婚,不結婚→bujangan 單身,單身漢	
buka 開(門),脫(衣服),打開→bukaan 打開東西的器具	
bulan 月→bulanan 以月計,每個月的	
bungkus 包(香菸,茶葉)→bungkusan 包裹	
buron 逃亡,逃跑→buronan 通緝犯,逃犯	
butir 粒,顆,份,(法規條文)目→butiran 粒狀物	
cadang 備用→cadangan 儲備,後備,備用	
cair 液體的,溶化,溶解→cairan 溶液	
cakup 吞食,一口咬住,舀,包括→cakupan 範圍,覆蓋	
canda 玩笑→candaan 玩笑	
catat 記錄→catatan 紀錄,筆記,註釋,註腳	
cekung 凹,陷→cekungan 凹,陷	
cengkeram(爪子,指甲)抓,支配,控制→cengkeraman 抓,抓住,支配,控制,掌握,魔爪	
cetus(點火)劈啪聲→cetusan 火花,火星	
cicil 分期付款→cicilan 分期付款	
coba 試,試一試,假如,請→cobaan 試驗,考驗	
colok 刺,戳洞→colokan 插頭	
contek/sontek 抄襲,模仿,作弊→contekan/sontekan 抄襲的東西	
cuci 洗→cucian 洗的物品	
cuplik 摘錄,引用→cuplikan 摘錄,引用,片段	
curah 降雨量→curahan 傾倒物	
dakwa 控告,控訴,起訴→dakwaan 控告,訴訟,官司	
dalam 裡面→dalaman 內臟	
dandan 打扮,梳妝→dandanan 化妝品,裝飾,服飾	
dapat 能夠,得到→dapatan 收入	
darat 陸地,土地→daratan 陸地	
desak 擠,擁擠→desakan 推擠,排擠,催促,敦促,逼迫	
didik 教育→didikan 教養	
dongeng 故事,童話,神話,無稽之談→dongengan 無稽之談	
dorong 推(實體)→dorongan 推動,推力,督促,鞭策,鼓勵,鼓舞	

duga 猜測,臆測→dugaan 推測,猜想,懷疑,意料

dukung 支持→dukungan 支持

dulu 以前,過去,先,之前→duluan 先

eja 拼(說,寫)→ejaan 拼字,拼法

ejek 嘲笑,諷刺,挖苦,揶揄→ejekan 嘲笑,譏笑,諷刺,笑柄

embus 吹氣,氣流→embusan 吹氣,氣流

gabung 束,捆→gabungan 聯合,聯盟,搭配,複合

gagas 設想,醞釀→gagasan 方案,主義,想法

galang 支撐物→galangan 船塢,支架

ganggu 打擾,騷擾,妨害,好煩→gangguan 干擾,打擾,騷擾,妨害

ganjar 酬謝,獎賞,懲處→ganjaran 酬謝,獎賞,懲罰,報應

gantung 吊,懸,掛→gantungan 吊掛的人或物,衣架,投靠對象,依託

gelandang 流浪→gelandangan 流浪漢

genang 浸,泡,淹→genangan 淹沒,聚集

gencat 中斷,停止→gencatan 中斷,停止

gendong 揹,抱→gendongan 揹/抱著的東西,揹巾

getar 振動,顫抖,發抖→getaran 振動,震動,顫抖,抖動

gilir 輪流→giliran 輪班

golong 劃分,分類,歸類→golongan 類,集團,階層,界

goreng 炸,煎→gorengan 炸物

gumpal 塊,團,朵→gumpalan 團,塊

guncang 猛烈搖晃→guncangan 震動,震驚

gunduk 堆→gundukan 堆

gurau 玩笑,笑話→gurauan 玩笑

hadap 朝向→hadapan 面前,前面

halang 阻礙,妨礙→halangan 阻礙,障礙

hambat 阻礙,妨礙,阻擋→hambatan 障礙(物),讓分

hambur 散落,四散的,紛紛跳下水→hamburan 散落物

hampar 覆蓋→hamparan 鋪平

hancur 粉碎,毀壞→hancuran 碎片,溶液

hantam 拳,捶,擊,打,敲,揍→hantaman 打擊,抨擊,襲擊

harap 希望,請→harapan 希望,期望,期許,請

hardik 嚴正駁斥→hardikan 責罵

hari 日→harian 以日計,每日的

hembus 呼氣→hembusan 氣流,吹出的風

hibur 安慰,慰問→hiburan 安慰,慰問

hidang 端出→hidangan 飯菜,餐飲

hina 卑微,下等,恥辱→hinaan 侮辱,汙衊

hujat 誹謗,汙衊,詆毀→hujatan 誹謗事物

hukum 法律→hukuman 刑罰,判決

huni 居住→hunian 居住的,住宅的

idam 特殊飲食→idaman 渴望,願望,心儀

ikat 束,捆→ikatan 團體,協會,束,捆,連結,聯合,合同,結構

imbau 呼籲,呼喊→imbauan 叫喚,呼喚,召喚

imbuh 額外添加的物品→imbuhan 字首尾

impi 夢,夢幻→impian 夢,夢想,夢幻

incar 瞄準,緊盯,覬覦→incaran 覬覦,令人垂涎的(人,物)

ingat 記得→ingatan 記憶,記憶力,神志,知覺,記性

ingus 鼻涕→ingusan 流鼻涕的,年幼無知的,乳臭未乾的

iris 切片→irisan 切片,薄片

jabat 同事→jabatan 職務,職權,行政機關

jahit 縫→jahitan 縫(針)

jajah 周遊,走遍,進行殖民統治→jajahan 殖民地,屬地

jajan 小吃,點心→jajanan 小吃,點心,零嘴

jaja 叫賣→jajaan 叫賣的商品

jalin 交織→jalinan 編織物,編寫

jamin 保證→jaminan 保證,擔保

jamu 客人,來賓→jamuan 宴會

jangkau 伸手取得,達到→jangkauan(伸手)構得到的距離,達到,射程

janji 答應,承諾→janjian 答應,承諾

jarah 戰利品→jarahan 戰利品,俘虜

jaring 網路,網絡→jaringan 網路,網絡

jarum 針,針狀物,指針,詭計→jaruman 縫,詭計,老鴇

jawab 回答,答覆→jawaban 答案

jebak 陷阱,圈套→jebakan 陷阱,圈套

jemput 接(人),迎接→jemputan 迎接,邀請

jerit 喊叫,尖叫聲→jeritan 尖叫聲,哀叫

juluk 取綽號→julukan 綽號,美名,暱稱

Jumat 週五,(回教週五)集體做禮拜→Jumatan 集體做禮拜

jurus 直的,直接的→jurusan 方向,路線,(大學)系,組

kabur 逃跑→kaburan 逃亡

kaleng 罐,馬口鐵→kalengan 罐頭

kandung 袋子,口袋,錢袋,囊袋→kandungan 包含的東西,內含,子宮

kantor 辦公室,政府機關→kantoran 辦公室

karang 珊瑚→karangan 珊瑚礁

kasih 愛→kasihan 可憐,同情

kawak 老邁,老朽,老舊→kawakan 經驗豐富的,老牌的,老資格的

kawal 警戒,守衛,看守,防護→kawalan 被監護的,被看守的

kawan 朋友,同伴→kawanan 夥,幫,集團
kecam 批評,譴責,指責,銘記在心→kecaman 批評,指責,譴責
kejut 吃驚,嚇呆,愣住→kejutan 出人意外,震驚
keluyur 遊蕩,閒晃,趴趴走,遊手好閒→keluyuran 遊蕩,閒晃,趴趴走,遊手好閒
kemas 整理好→kemasan 包裝
kembali 回來,返回,重,又,再→kembalian 找零,找回零錢
kenal 認識→kenalan 熟人
kendara 交通工具→kendaraan 交通工具
keping 薄片物,扁平東西,(片狀物量詞)片,張→kepingan 碎片,碎塊
kepul 濃煙,雲團→kepulan 冒出的濃煙
kepung 圍繞著→kepungan 包圍,圍攻
kerangkeng 鐵籠,囚室→kerangkengan 鐵籠,囚室,有欄杆的嬰兒床
kerja 工作→kerjaan 工作,職業,麻煩事
kerumun 群眾,聚集,蜂擁而上→kerumunan 群,聚集
kias 比喻,寓言,諷刺,暗指,範例→kiasan 類推,比喻,引伸意義,隱喻,寓言,諷刺,(故事的)教訓,訓誨
kilau 光澤,光輝,亮光,反光→kilauan 發光物
kincir 水車,風車→kinciran 水車,風車
kirim 寄,致→kiriman 寄,送,託運,郵件,包裹
kisar 旋轉,轉動,約莫,在...之間→kisaran 旋轉,磨子,大約
kobar 燃燒→kobaran 火焰,火勢,旺盛鬥志
kondang 有名的,著名的→kondangan 應邀赴宴
kontrak 合約→kontrakan 合約
kotor 髒的,卑鄙的,下流的→kotoran 骯髒物,排泄物,垃圾
kubang 沾滿汙泥→kubangan 水坑,泥沼
kubur 墳墓,墓穴→kuburan 墓地
kumpul 集合,聚集→kumpulan 群,集,庫
kuning 黃(色)的→kuningan 黃銅
kunjung 參觀,訪問,造訪→kunjungan 參觀,訪問
kurung 括號,有圍牆的場地→kurungan 籠子,圈,牢房,監獄(拘留所)
lacur 糟糕,倒楣,淫蕩
lalap 生蔬菜→lalapan 吃的生菜
lampir 附上,檢附→lampiran 附件,附錄
landas 基地,基礎→landasan 墊腳石,立足點,基地,基礎,根基
langgan 訂購→langganan 買家,顧客
lantar 引起,造成,露天閒置,荒廢,無人照料,流離失所→lantaran 原因,緣故,因為,由於
lapis 層,排,行,表層,薄層→lapisan 層,階層,(衣服)內裡
larang 禁止→larangan 禁令
latih 訓練,熟練→latihan 練習,訓練,演習
laut 海→lautan 洋,大海

lawak 滑稽的→lawakan 滑稽的事

lawat 遊覽,旅遊,探望,弔唁→lawatan 遊覽,旅遊

layan 服務→layanan 服務

ledak 爆炸→ledakan 爆炸,爆破,爆發,激增,爆滿

lekuk 凹陷的,穴,窩→lekukan 凹陷處

lembar 張,條,塊,片,件→lembaran 章,頁

lempeng,片,塊→lempengan 板塊,片,塊,磚狀物

lengkung 弓形,半圓形,彎曲,拱起→lengkungan 拱門,圓頂

leseh 有草蓆的地板→lesehan 有草蓆的地板

letus 爆裂聲→letusan 爆炸,爆發

libur 放假→liburan 假期

lingkar 圈,圓周→lingkaran 圓圈,範圍

lingkung 自然,環境→lingkungan 圈子,範圍,地域,環境

lintas 經過→lintasan 通過,道,徑

lipat 折疊,倍,摺(衣物)→lipatan 疊,疊好的東西

longsor 坍塌→longsoran 坍塌

lowong 空的,寬敞的→lowongan 空缺,缺額

luap 溢出,暴漲,高漲→luapan 溢出的(東西),高昂的(情緒)

lukis 繪畫→lukisan 圖畫

lulus 通過→lulusan 畢業生

main 玩→mainan 玩具

makan 吃→makanan 食物

makelar 經紀人,掮客,中間商,仲介→makelaran 做仲介

malam 晚上→malaman 晚一點

manis 甜→manisan 蜜餞

mending 最好,不如,還不如→mending**an** 最好,不如,還不如

meter 公尺→meteran 表,錶,計

mimpi 夢,夢幻→mimpian 夢,夢想,夢幻

minggu 週→mingguan 以週計,每週的

muat 容得下,裝得下,裝,容納→muatan 貨物,負荷,容量,內容

musim 季節→musiman 季節性的

naung 遮蔽,庇護→naungan(樹)蔭,庇護,保護

nyanyi 歌唱→nyanyian 歌曲

obrol 聊天→obrolan 閒聊,空談,鬼扯

olah 提煉,加工→olahan 提煉,加工

oles 塗,抹→olesan 塗,抹

olok 揶揄,嘲諷,玩笑→olokan 笑柄

omong 語言→omongan 話題

pahat 鑿,雕刻→pahatan 雕刻,雕刻物

pakai 穿,用→pakaian 服裝	
panah 箭→panahan 射箭(術)	
pancur 噴射→pancuran 噴泉,水龍頭	
pandang 看→pandangan 注視	
pandu 領導,帶領→panduan 領導者,指導者,嚮導,領隊,指南	
panggang 烤,燒→panggangan 燒烤物	
panggil 呼叫,叫→panggilan 呼叫,叫(名),傳喚,徵召	
pangkal 底,起點,根源→pangkalan 基地,碼頭,場地	
pangku 大腿到膝蓋部分→pangkuan 膝上,懷裡	
panjang 長→panjangan 延長,延續	
panjat 爬,攀,登,上坡,上訴→panjatan 攀爬的地方,階梯,台階,斜坡	
pantang 禁忌→pantangan 禁忌,忌諱	
pantul 反彈,彈跳→pantulan 反射	
parkir 停車→parkiran 停車場	
parut 刨絲器→parutan 刨出的絲	
pasang 安裝,雙(鞋)→pasangan 對,二人,配偶	
patah 折斷,斷裂→patahan 折斷部分,斷層,斷裂物	
patok 柱,椿→patokan 木椿,標竿,準則,準繩,基準,標準	
pecah 破,偵破,爆裂,爆發,洩露→pecahan 碎片,破碎物,分數	
peleset 滑跤→pelesetan 搞笑的成果	
pelihara 養,飼養,培植,保養,養育,維護,照顧→peliharaan 被飼養	
pensiun 退休金,領退休金→pensiunan 退休者	
penyet(壓,踩)扁→penyetan 壓扁的東西	
perabot 工具,器具,零件,家具,用具→perabotan 工具,器具,零件,家具,用具	
perang 戰爭→peperangan 戰爭	
peran 演員,角色,小丑→peranan 演員,角色,球員,作用	
percik 滴,濺,潑→percikan 濺	
pesan 預訂→pesanan 訂單	
piara 養,養育,撫養→piaraan 家禽,家畜,小老婆,小三	
pijak 踏板→pijakan 踏板,立足點	
pikir 想,思考,想法,意見,見解→pikiran 思想,想法,智慧,精神狀態	
pikul 擔子→pikulan 扁擔	
pilih 挑→pilihan 選擇	
pimpin 主持,帶領→pimpinan 領導,指導,被…領導的,指南,入門	
pinggir 旁邊→pinggiran 旁邊,邊緣	
piring 盤子,碟子→piringan 碟形物	
posting 貼文,po 文→postingan 發文,po 文	
puji 讚美→pujian 表揚	
pukul 拳,捶,擊→pukulan 打擊,拳頭	

puluh 十→puluhan 數十,十位數

putar 轉,旋轉→putaran(繞)圈子,旋轉

putus 中斷→putusan 決定,決議,(法院)判決,裁判,斷了的東西

racik 削片,切絲→racikan 薄片,細絲

ramal 占卜,算命→ramalan 占卜,算命

rancang 構思,設計,計畫→rancangan 草案,方案,藍圖,規劃

rangkai 串,束→rangkaian 連結

rangkum 捆,抱→rangkuman 抱,擁抱,大綱,摘要

ratus 百→ratusan 數百,百位數

rayu 誘惑,哄,騙,慰藉→rayuan 哄騙的話,安慰的話

rebus(水)煮(沸),燒開→rebusan 煮過的東西,水煮的東西

rebut 搶奪,搶劫→rebutan 爭奪的目標

rekam 痕跡,錄→rekaman 錄製(聲音),錄音,燒錄

rekan 同伴,同僚→rekanan 同事,合夥者

renung 注視,沉思,探頭→renungan 沉思,思慮,思考

retak 裂縫→retakan 縫,裂痕

ribu 千→ribuan 數千,數以千計,千位數

rinci 詳細,仔細→rincian 細節,詳細說明

ringkas 緊湊,不占地方,精簡→ringkasan 摘要,簡化

rintang 阻礙,妨礙,阻擋→rintangan 阻礙,障礙,阻力

rintih 呻吟聲→rintihan 呻吟聲

ruang 房間,室,艙,間隔,空間,專欄→ruangan 場所,場地,範圍,領域

rumah 房屋→rumahan 像在家一樣,家裡生產的東西

rumus 縮寫,公式,化學式→rumusan 公式,定理,定義

saing 競爭,對抗,並排的,獠牙→saingan 競爭對象,競爭者,對手

saji 服務→sajian 食物,飯菜,祭品,供品

samar 模糊不清,隱藏的→samaran 偽裝,假裝

sambar 搶奪,猛撲,劈打,吞沒→sambaran 劈打

sambil 一邊…一邊→sambilan 兼職,副業

sambung 連接→sambungan 連接,聯繫

sambut 回應,反應→sambutan 歡迎,迎接,接待,招待,款待,反應,答覆,回答,評論,迴響

samping 旁邊→sampingan 次要的,附帶的

sanggah 反駁,駁斥,否認,反抗,抗拒,抗議→sanggahan 反駁,否認,反抗,抗拒

sangkal 否認→sangkalan 否認,拒絕,反駁,抗辯

sangkut 勾住,卡住→sangkutan 掛勾,障礙,關係,關聯

santun 有同情心的→santunan 援助金,救濟金

sarap 雜物,渣滓→sarapan 早餐,墊底

sasar 瞄準→sasaran 靶,目標

satu 一→satuan 單位(度量衡,機關...),個位數

sayat 薄片→sayatan 切片

sebar 傳播,散播→sebaran 散播的事物

sebut 叫,稱呼→sebutan 說到,敘述到,語錄,稱呼,發音,稱謂,人稱

sedia 準備,籌備,備好,安排→penyedia 提供者

sedot 吸→sedotan 吸管

seduh 沖,泡→seduhan 用開水沖泡的飲料

sekap 關,囚禁,監禁,搗住,塞住→sekapan 拘留犯,拘留處

sekat 隔斷,隔開物,隔牆,隔板,隔膜→sekatan 阻礙物,絆腳石,障礙

selamat 安全,平安,祝福,祝→selamatan 祈福宴

selingkuh 不老實→selingkuhan 小三,小王,情婦,外遇(對象)

seling 交替→selingan 間隔,穿插物

selundup 走私,偷渡,鑽入,躲進→selundup**an** 走私

sembarang 任意,隨便,隨意→sembarangan 隨意,隨隨便便

semprot 噴,噴射→semprotan 噴霧劑(器)

sendiri 自己的,本身的,獨自→sendirian 自己一個人,單獨

sengat 毒刺→sengatan 刺痛,灼燒

sentuh 摸→sentuhan 摸,感動

serang 攻擊→serangan 攻擊,(運動)進攻

serbu 進攻,攻擊,衝鋒,襲擊→serbuan 進攻,攻擊,衝鋒

sero 股票→perseroan(股份)公司

serpih 殘缺的,破損的→serpihan 碎片,殘骸

setor 付款→setoran 付款

sewa 租→sewaan 出租(物品)

sial 倒楣的,不吉利的,厄運的→sialan 真倒楣

siar 播音,進行廣播→siaran 傳播的消息,廣播(內容)

siksa 煎熬,拷打→siksaan 酷刑,虐待,迫害,殘暴

silang 交叉,交錯,來來往往,雜交→silangan 雜交的

simpan 儲存,簡短的,扼要的→simpanan 保存的東西,存放處,隱藏物,隱瞞物

sindir 互相諷刺,冷嘲熱諷→sindiran 諷刺

singkat 縮短,節省→singkatan 縮寫

sisip 插入,崁入→sisipan 插入物,崁入物

sita 沒收(充公),查扣→sitaan 充公物品

siul 口哨聲,鳥叫聲→siulan 口哨聲,鳥叫聲

sokong 支柱,撐架→sokongan 支持,贊助,擁護

sorot 光,光線→sorotan 聚光燈,焦點

suap 口(食物),賄賂→suapan 口(食物),贓款,賄款

suguh 招待,款待→suguhan 招待的東西

suling 蒸餾物→sulingan 蒸餾物

sumbang 贈送→sumbangan 捐款,獻金,禮品,貢獻,協助

sunat 割包皮→sunatan(回教徒)割禮

sungguh 真的,確實的,全心全意的,認真的,很,非常,的確,事實上→sungguhan 真的,確實的

suntik 打針→suntikan 打針,注射

suruh 命令→suruhan 信使,命令

susun 安排,陳列,整理,擬定(議程),編列→susunan 堆積物,結構,構造,組織系統,陣容

susut 減少,縮水→susutan 消耗,損失,折舊

tagih 癮,癖好,討債,催討→tagihan 催收物,催收款

tahan 忍耐,防止→tahanan 拘留所,受收容人

tahap 階段→tahapan 階段,分階段的,分期的

tahlil 清真言→tahlilan 清真言(萬物非主，唯有真主)

tahun 年→tahunan 以年計,年度的,每年的

tambah 增加,添加,加入,更加,越→tambahan 額外,附加物,補充,額外的,增補,尤其是,又

tampil 出現→tampilan 出現(事務),出場(事物)

tandu 轎子,擔架→tanduan 轎子,擔架

tanggap 反應→tanggapan 反應,看法,理睬,體會

tanggung 負擔,保證→tanggungan 負擔,保證

tangis 哭,哭泣→tangisan 哭泣

tangkap 逮捕→tangkapan 捕獲物,囚犯,俘虜,被捕狀態

tanjak 斜張,斜掛→tanjakan 斜坡

tantang 挑戰,挑釁,叫陣→tantangan 挑戰

tari 跳舞→tarian 舞蹈

taruh 擺放,賭注,放置→taruhan 賭注

tatap 看,注視→tatapan 凝視

taut 闔上,閉合,互相交錯,連在一起,會合,相遇,吻合,與...相關→tautan 交錯的結果,關係,聯繫

tawar 討價還價→tawaran 推銷,兜售,討價或還價,花招,噱頭

tawur 祭祀→tawuran 爭吵

tebus 兌現,贖回,贖(罪),彌補(罪過),雪(恥),挽回→tebusan 贖金,贖回的物品

tekan 按,壓→tekanan 壓力

tembak 射擊,開槍,開火→tembakan 射擊,發射,射門,投籃

tembus 穿透,滲透→tembusan 通道,(公文)副本

temu 相遇→temuan 發現,拾得物

tenteng 提,拎→tentengan 手提包

tenun 紡織→tenunan 紡織品,紡織法

tepi 邊→tepian 方面,邊緣

tepuk 掌聲,拍打,拍手,鼓掌→tepukan 掌聲,鼓掌

tera 印記,戳記→teraan 章戳,印章

teriak 喊叫,尖叫聲→teriakan 喊叫,尖叫聲

terjang 踹,踢,攻擊,進攻→terjangan 踹,踢

terjemah 翻譯→terjemahan 翻譯,筆譯

terobos 突破→terobosan 衝破,穿越
terpa 猛撲,撲打→terpaan 猛撲,撲打
terus 直走,繼續不停,一直,直通,穿過,一…就,馬上,立刻→terusan 運河
tetas 斷開,孵,孵化→tetasan 拆線
tetes 滴,水滴→tetesan 滴,點
timbang 平衡→timbangan 秤
timpa 砸,偷→timpaan(精神)沉重負擔,贓物
tindak 行為→tindakan 行動,行為,處分,處置
tingkat 層,樓層,等級,台階,程度,等級,階段→tingkatan 層,級,程度,等級,階段
tinjau 瞭望,視察,參觀,偵察,考慮,研究,觀測→tinjauan 監視,觀察,評論
tolak 推,拒→tolakan 推,推進,拒絕,推辭,打折扣,減價
tonjol 皮膚隆起,疙瘩→tonjolan 突起物,突出物
tuduh 控告,起訴→tuduhan 控訴,控告,指控
tujuhbelas 十七→Tujuh-belasan 獨立紀念日(8 月 17 日)
tuju 目的,方向,目的地→tujuan 方向,目標,目的,受詞,目的地
tulis 寫→tulisan 文字
tumbuh 生長→tumbuhan 植物
tumpah 溢出,灑出,倒出→tumpahan 灑出物
tumpeng(圓錐)薑黃飯塔→tumpengan 有薑黃飯塔的宴會
tunggak 積欠,拖欠,拖延→tunggakan 尾款,剩下的工作
tunjang 腳骨,支撐物→tunjangan 津貼,加給
turun 下,抄錄→turunan 子孫,後裔,後代,抄本
uber 追趕,追捕→uberan 追逐
ukur 量→ukuran 數量,尺寸,衡量標準
ulang 重複→ulangan 重複,測驗,小考
ulas 闡述,分析→ulasan 闡述,講解,評論,分析
undi 籤→undian 籤,獎,獎券,彩票
unggul 超越,超過→unggulan 卓越的,優良的,種子選手
ungkap 表示,表達,說明,揭露,揭穿,透露→ungkapan 慣用語
untai(單位量詞)串,串繩→untaian 鏈
upah 工資,薪水→upahan 打工者,吃頭路者,員工,工資,酬勞
urai 散的→uraian 說明,分析
urut 編號→urutan 次序,順序
usik 逗弄,挑逗,打擾→usikan 騷擾,打擾,挑逗
usung 抬→usungan 轎子,擔架
waris 遺產→warisan 遺產
wawas 觀點,意見,看法→wawasan 觀點,意見,看法,見解,見聞

例句

➤ Setiap musim liburan, banyak orang berdarmawisata ke Bali.
每當放假季節，許多人去巴里島旅遊。(102 印導)

➤ Selain sebagai pemandu wisata, saya juga bekerja sambilan sebagai supir taxi.
除了擔任領隊，我也兼職擔任計程車司機。(103 印導)

➤ Kunjungan ke Lanyu dibatalkan karena ada angin Taiphoon.
去蘭嶼的旅遊行程因為颱風而取消。(103 印導)

➤ Di taman nasional Taiwan para pengunjung dipandu dengan memperkenalkan alam yang dilestarikan, maka Anda boleh menikmati tanaman dan bunga-bunganya dan tidak merusak atau memetiknya.
台灣國家公園介紹被保護的環境給訪客，所以你可以欣賞農作物和花卉，而不要破壞或摘它們。(104 印導)

➤ Ukuran tas yang diizinkan untuk dibawa naik ke kabin pesawat, sekarang telah lebih kecil dari ukuransebelumnya.
被允許帶上飛機的皮包尺寸，跟之前尺寸比起來，現在已經比較小。(105 印導)

➤ Kancing-kancing baju yang besar ini telah membuat bajumu tambah bagus.
大衣的鈕扣已經讓你的上衣(看起來)更棒。(106 印導)

➤ Pasar malam di seluruh Taiwan selalu dibuka mulai sore hari hingga larut malam, di sana banyak dijual makanan kecil khas Taiwan, pakaian, aksesoris dan masih banyak kejutan lainnya untuk digali.
全台灣的夜市從下午開始營業直到深夜，在那裡販賣許多台式小吃、服裝、飾品，並且還有許多其他驚喜有待發掘。(106 印導)

➤ Tamu Muslim biasanya akan memilih restoran yang ada tanda halal. Ketika tidak ada makanan halal, makanan vegetarian bisa menjadi pilihan alternatif yang baik.
穆斯林客人通常會挑選有清真認證/哈拉(Halal)標誌的餐廳，當沒有哈拉食物時，素食可以成為好的替代選擇。(108 印導)

➤ Udara di lingkungan kami sangat kotor terkena polusi. Polusi udara itu disebabkan oleh asap pabrik dan asap kendaraan bermotor. Masyarakat berusaha mengurangi polusi dengan penghijauan. Hal itu diharapkan dapat mengurangi polusi udara dan memperindah pekarangan rumah.
我們環境裡的空氣因為被污染而很髒，空氣汙染是由工廠和機動車輛的黑煙造成，民眾利用綠化來努力減少污染，希望能夠減少空氣汙染並讓家園更美。(108 印導)

➤ Lintasan sepeda dan pejalan kaki di Danau Matahari Bulan memiliki panjang sekitar 30 kilometer. Lintasan sepeda yang dikelilingi pemandangan gunung, air danau dan kabut tebal yang menyerupai lukisan. Lintasan sepanjang itu dapat ditempuh dalam waktu sekitar 3,5 jam.
日月潭的自行車道和行人步道長度大約有 30 公里，圍繞山景、湖水和濃霧的自行車道像畫一樣，沿途道路可以在大約 3 個半小時內逛完。(109 印導)

➤ Museum Istana Nasional Taiwan ada bangunan yang luas dan megah. Tiga harta di museum Istana Nasional Taiwan adalah Batu Daging Samcan, Giok Sayur Sawi Putih dan Mao Gong Ding. Saya sendiri paling suka Patung Batu Zaitun Perahu.
台灣故宮博物院有寬廣和雄偉的建築物，故宮三寶是肉形石、翠玉白菜和毛公鼎，我個人最喜歡雕橄欖核舟。(109 印導)

➤ Wisata untuk menikmati makanan-makanan khas dan unggulan di tempat tujuan wisata

adalah definisi dari wisata kuliner.
在旅遊目的地品嘗有特色與卓越的美食是美食旅遊的意義。(110 印導)

➤ A : Maaf, berat bawaan Anda melebihi batas bobot yang diperbolehkan. 抱歉，你攜帶物品的重量超過被允許的重量限制。
B : Baik, saya akan membayar denda. Berapa yang harus dibayarkan per kilogram? 好的，我會付罰款(超重費)，每公斤必須付多少？(110 印導)

➤ A : Saya ingin membeli sepatu ini. Ada ukuran 23? 我想要買這鞋子，有 23 號的尺寸？
B : Tunggu sebentar, saya periksa dulu. 等一下，我先查看看。(110 印導)

➤ Penyedia jasa penukaran uang adalah dari uang asing ke uang lokal atau sebaliknya.
換錢服務的提供者是從外幣換成本國貨幣或反向兌換。(111 印導)

➤ Kami bingung karena pilihan yang terlalu banyak.
因為選擇太多，我們不知所措。

➤ Mereka tinggal di remah sewaan di daerah kota Taipei Baru.
他們住在新北市區的出租房屋。

➤ HP itu yang membeli di pasar malam sangat murah harganya, tetapi kasar buatannya.
那個在夜市買的手機價錢很便宜，但是製作粗糙。

➤ Sebelum berwisata ke luar negeri, sebaiknya lipat pakaian baik-baik supaya ringkas.
去國外旅行之前，最好把衣服收納好，比較不占空間。

➤ Silakan mencolokkan ke soket listrik dulu.
請先將插頭插入插座。

➤ Gigi buatan saya di mana?
我的假牙在哪裡？

➤ Riset menemukan, minyak nabati yang disuling dengan suhu tinggi akan menghasilkan karsinogen, termasuk makanan gabungan seperti pangsit, mi instan dan hamburger.
研究發現，高溫精煉的植物油會產生致癌物，包括複合食品，例如水餃、泡麵和漢堡。

➤ Orang buruk sudah mendapat ganjaran yang setim pal dengan dosanya.
壞人已經受到應有的懲罰。

➤ Amerika Serikat sedang berusaha meraih kembali statusnya sebagai pemimpin semikonduktor global; juga memicu kekhawatiran pengalihan teknologi canggih dari Taiwan ke AS.
美國正努力再次取得全球半導體領導者的地位，也引起先進技術從台灣移轉到美國的擔憂。

➤ Saya tidak perlu jemputan oleh siapa pun.
我不需要任何人接。

➤ Bawaan anda banyak sekali.
你帶的東西好多。

➤ Apa tujuan anda ke Indonesia?
你來印尼的目的是什麼？

➤ Maaf, kembaliannya kurang.

抱歉，少找(零)錢。

> Pulau Bali memperoleh julukan Pulau Dewata.
> 巴里島獲得神仙之島的美名。

> Setelah menanti selama 23 tahun, Festival Lentera Taiwan ke-34 kembali digelar di kota Taipei.
> 在等待了 23 年之後，第 34 屆台灣燈會再次在台北市舉辦。

> Kepingan salju turun dari langit, bagian atas Gunung Yushan terlihat memutih.
> 雪花從天而降，玉山上部看起來雪白。

III-1.4.1.延伸閱讀(-an 名詞的人含義)

有一些「字尾-an 名詞」具有「人」的意義，整理如下：

angkat 扛,抬,收拾,收養→angkatan 軍隊,部隊
atas 上面→atasan 上級,長官
bawah 下面→bawahan 下屬
buron 逃亡,逃跑→buronan 通緝犯,逃犯
gantung 吊,懸,掛→gantungan 吊掛的人,投靠對象,依託
gelandang 流浪→gelandangan 流浪漢
jarah 戰利品→jarahan 俘虜
kenal 認識→kenalan 熟人
langgan 訂購→langganan 買家,顧客
lulus 通過→lulusan 畢業生
pandu 領導,帶領→panduan 領導者,指導者,嚮導,領隊
pasang 安裝,雙(鞋)→pasangan 對,二人,配偶
pensiun 退休金,領退休金→pensiunan 退休者
rekan 同伴,同僚→rekanan 同事,合夥者
saing 競爭,對抗,並排的,獠牙→saingan 競爭對象,競爭者,對手
selenting 散布(謠言)→selentingan 流言
selingkuh 不老實→selingkuhan 小三,小王,情婦,外遇(對象)
tahan 忍耐,防止→tahanan 拘留所,受收容人
tangkap 逮捕→tangkapan 囚犯,俘虜
turun 下→turunan 子孫,後裔,後代
unggul 超越,超過→unggulan 種子選手
upah 工資,薪水→upahan 打工者,吃頭路者,員工

例句

> Ganda putri bulu tangkis Indonesia meraih medali emas pertama Indonesia di Olimpiade. Pemerintah Indonesia berjanji akan memberikan hadiah uang tunai sebesar Rp5 miliar, sebuah rumah dinas dan 5 ekor sapi. Selain itu, pemilik restoran bakso juga akan memberi mereka satu orang satu cabang restoran.
> 印尼羽毛球女雙獲得印尼奧運史上第 1 面金牌，印尼政府承諾將提供高達 50 億印尼幣

獎金、1 棟公家住宅和 5 匹牛，此外，肉丸餐廳老闆也將給他們 1 人 1 間分店。

➢ Taiwan sendiri adalah pulau kecil yang terletak di antara Tiongkok, Jepang dan Filipina.
台灣本身是一個坐落在中國、日本和菲律賓之間的小島。

III-1.4.2.延伸閱讀(-an 名詞的計算含義)

具有「計算」含意的字尾「-an」名詞整理如下：

belas 十一至十九的基數→belasan 十幾	ratus 百→ratusan 數百,百位數
bulan 月→bulanan 以月計,每個月的	ribu 千→ribuan 數千,數以千計,千位數
hari 日→harian 以日計,每日的	satu 一→satuan 單位,個位數
minggu 週→mingguan 以週計,每週的	tahun 年→tahunan 以年計,年度的,每年的
puluh 十→puluhan 數十,十位數	

例句

➢ Bilangan 1234, satuannya 4, puluhannya 3, ratusannya 2, ribuannya 1.
數字 1234，個位數是 4、十位數是 3、百位數是 2、千位數是 1。

III-1.4.3.延伸閱讀(壓力用法)

印尼文「壓力」用法，整理歸納如下：

類　型　/　意　義	範　　　　　　　　　　　　　　　　　　　　　　　　　　　例
tekanan 壓力	tekanan darah 血壓、tekanan udara 氣壓、tekanan politik 政治壓力、mengurangi tekanan 減輕壓力
tegangan 壓力,張力	tegangan listrik 電壓

Ayat III-1.5.人格化名詞(字首 pe-)

除了「guru」、「polisi」等單字本身就是指「做...事」的人，印尼文最常見的「人格化、擬人化(Pewujudan/Antropomorfis)」名詞就是字首為「Pe-」但沒有任何字尾的名詞，多數是依照 Me 動詞變化規則而來，當然除了「人、者」之外，也可以有「被...的人、設備、器具、工具、職業/專業、特徵、有特徵者、原因、行為者...」等意思，例如「penegak hukum(執法人員,執法機關)」，詳細用法及範例可參考下表。

範例(人格化名詞字首 Pe-)

類型	Me-動詞	Pe-用法	字　　　　首	範　　　　　　　　　　　　　　　　　　　　例
pe-	me-	pe-	l,m,n,ng,ny,r,w,y	lacak 足跡,痕跡→pelacak 追蹤工具 lacur 糟糕,倒楣,淫蕩→pelacur 妓女,娼妓 laga 格鬥,搏鬥,碰撞→pelaga 鬥的動物,好鬥的 lahap 貪吃→pelahap 貪吃鬼,大胃王,餓死鬼,貪心(婪)者 laku 行為→pelaku 從事...的人,從業者,嫌犯 lamar 追求,求婚→pelamar 追求者,求婚者

類型	Me-動詞	Pe-用法	字　　　首	範　　　　　　　　　　　　　　　例
				lampung 浮,漂浮→pelampung 浮標,浮筒
				langgan 訂購→pelanggan 買家,顧客,用戶
				langgar 違反→pelanggar 違者,違法者,犯規者,襲擊者
				lapor 報告→pelapor 報告人,報案人
				lap 抹布→pelap 抹布
				lari 跑→pelari 跑者,田徑選手
				latih 訓練,熟練→pelatih 教練
				laut 海→pelaut 船員,船工,討海人,水手
				layan 服務→pelayan 服務生
				lempar 丟,扔,擲,砸→pelempar 丟擲者
				lengkap 完整,齊全→pelengkap 補充(物),配料
				lepas 解脫,放開,脫逃,獨立的,開闊的→pelepas 解除,消除
				lerai 調解,排解,排除(疾病)→pelerai 調解人
				lihat 看→pelihat/**penglihat 觀察家**[20]
				luang 有空的,方便的→peluang 機會,空隙
				lukis 畫→pelukis 畫家
				main 玩→pemain 演員,球員
				makan 吃→pemakan 吃...的人,吃...的動物
				maklum 知悉,了解,諒解,可以理解的→pemaklum 知情者
				malas 懶惰→pemalas 懶惰者,懶惰的,喜歡偷懶的(人)
				malu 害羞,羞辱,恥辱→pemalu 害羞的(人),靦腆的(人)
				manis 甜→pemanis 裝飾品,迷魂藥
				marah 生氣,罵,責備→pemarah 愛發脾氣的(人)
				menang 勝利→pemenang 勝利者
				milik 財產→pemilik 擁有者,老闆,物主
				minat 興趣,愛好→peminat 愛好者
				minum 飲,喝→peminum 喜歡喝酒的(人),酒鬼
				mobil 汽車→pemobil 開車者
				mohon 請求,申請→pemohon 申請人
				motor 機車→pemotor 機車騎士
				muda 年輕→pemuda 年輕男性
				mudik 返鄉→pemudik 返鄉者
				mula 起源,開端,最初→pemula 初學者,先驅者
				nanti 等,等一下,即將,待會,以後,就會→penanti 等待的人
				nasihat 勸告→penasihat 顧問,謀士,規勸者
				ngeri 害怕→pengeri 容易害怕的人
				nyanyi 歌唱→penyanyi 歌星,歌手
				raih 拉,拽,拉近,拉攏→peraih 獲得者,得到者,贏得者,盤商
				rajin 用功,勤勞,努力→perajin/**pengrajin 工匠,手工業者**
				rampok 強盜,搶劫→perampok 強盜,土匪
				rancang 構思,設計→perancang 設計師
				rantau 海岸,異鄉,海外→perantau 漂泊者,流浪漢,僑民
				rawat 照料→perawat 護士

---

[20] 「lihat(看)」的名詞「觀察家」可以按照規則用「pelihat」或不照規則用「penglihat」兩種用法。

類型	Me-動詞	Pe-用法	字　　　首	範　　　　　　　　　　例
				redam 模模糊糊,消音,滅音→peredam 消音器,滅音器
				rekat 黏,貼,糊→perekat 漿糊,膠水
				retas 拆線→peretas 駭客
				rias 裝飾,化妝→perias 化妝師,美容師
				rintis 羊腸小徑→perintis 開拓者,先驅,先鋒部隊
				riset(科學)研究→periset 研究員
				rokok 香菸→perokok 癮君子,抽菸者
				rompak 海上搶劫→perompak 海盜
				rusak 壞,故障→perusak 破壞者,破壞工具
				rusuh 騷亂,暴動,粗魯→perusuh 搗亂者,暴徒
				waris 遺產→pewaris 繼承人
				warna 顏色→pewarna 染料
				warta 新聞,消息→pewarta 播報者
				wawancara 採訪→pewawancara 採訪者,記者
mem-	pem-	b,f 字首		baca 讀→pembaca 讀者
				bajak 強盜→pembajak 劫持者
				balak 原木→pembalak 伐木工
				bangkang 違抗,反叛→pembangkang 異議人士,反抗者
				bangkit 起來,引起→pembangkit 發生器
				bantu 幫忙→pembantu 支援物品,保母,幫手,幫傭,傭人[21]
				basmi 燒光,焚毀,消滅→pembasmi 消滅者
				batas 界線→pembatas 分隔線
				bawa 拿,交,帶...去→pembawa 攜帶者
				belajar 學習,念書→pembelajaran 學習
				bela 看護,防衛,辯護→pembela 復仇者,辯護律師/人
				beli 買→pembeli 買家,顧客
				benci 恨,憎恨,討厭,懷恨在心→pembenci 厭惡者,憎恨者
				bentuk 形狀,結構→pembentuk 構成...的,組織者,建立者
				berita 通知,新聞,消息→pemberita 新聞記者,報導者
				berontak 反抗,抗拒→pemberontak 叛亂分子
				bersih 乾淨的→pembersih 清潔液
				bicara 說→pembicara 講者,演說者
				bimbing 引領,引導→pembimbing 導師,帶領者,嚮導
				bisnis 商務,商業→pebisnis 商人,商務客
				blokir 封鎖→pemblokir 封鎖,凍結
				bobol 崩潰,缺口→pembobol 破壞者
				bor 鑽頭→pembor 鑽頭,鑽探器具
				buat 做(事)→pembuat 製造者,做...的人
				buka 開→pembuka 開瓶器,開拓者,開發者,序,前言
				bulu tangkis 羽毛球→pebulutangkis 羽毛球選手
				buluh 竹→pembuluh 管子
				bungkus 包→pembungkus 包裝

[21] pembantu 或 babu 是指「家庭幫傭、傭人、女傭」，處理一般家務，與需要較多技能的 suster(保母)有所區別，保母薪水通常較高，專責照顧小孩，較少分攤家務；pembantu 又稱 pekerja rumah tangga(PRT)或 asisten rumah tangga(ART)，在荷蘭殖民時期開始使用 babu/baboe(女僕)這稱呼。

類型	Me-動詞	Pe-用法	字　　首	範　　　　　　　　　　　　　　　　　　　　例
				buru 追捕,打獵→pemburu 獵人,獵具
			p 字首 (去 p)	padam 熄滅→pemadam 消防人員 pakai 穿,用→pemakai 使用者 pancing 釣竿→pemancing 釣客 pandu 領導,帶領→pemandu 導覽員 pangkas 理髮→pemangkas 理髮師 pangku 大腿→pemangku 管理者 panjat 爬,攀,登,上坡,上訴→pemanjat 爬者 pantau 探望,拜訪,監視,跟蹤→pemantau 監視者,跟蹤者 pasok 供應,支付→pemasok 供應商 patung 雕像→pematung 雕塑家 pecah 破,爆裂→pemecah 斷路器 pegang 拿著,握著→pemegang 持有者 pelihara 養,飼養,培植,保養,維護,照顧→pemelihara 飼主 peran 演員,角色,球員→pemeranan 角色 peringkat 等級,評比,名次,排名→pemeringkat 評比者 perintah 命令,指令→pemerintah 政府 perkosa 性侵,強姦→pemerkosa 性侵犯 pikul 擔子→pemikul 挑夫 pilih 挑,選擇→pemilih 選民,選擇者 pimpin 主持,帶領→pemimpin 主持人,領導者,負責人 pindai 掃描→pemindai 掃描器 pinjam 借→peminjam 借款人,借方 pisah 分開→pemisah 隔離物,仲裁者 potong 切斷,砍,段→pemotong 切磋者,切割器 potret 照片→pemotret 攝影師,拍照者 produksi 生產,製造→pemroduksi 生產者/商 pukul 拳,捶,擊,打,敲→pemukul 打人者,敲打工具 putih 白→pemutih 漂白,漂白水
	men-	pen-	c,d,j,z 字首 [22]	cadang 備用→pencadang 提案人,提議者 cakar 爪→pencakar 耙子 candu 鴉片,上癮→pecandu/pencandu 上癮者,癮君子 cari 尋找→pencari 尋找者,尋求者 cinta 愛→pencinta 愛好者 copet 搶劫→pencopet 搶匪 cuci 洗→pencuci 洗滌工具 cukur 刮(鬍),剃(頭)→pencukur 刮鬍刀,理髮師 culik 綁架→penculik 綁匪 curi 偷竊,竊盜→pencuri 小偷,扒手 dagang 貿易,商業→pedagang 商人 dahulu 先→pendahulu 前人,前身 daki 登,攀,爬→pendaki 登山客

---

[22] 相同字根的「Me 動詞」名詞化和「Pe 人格化名詞」的差別，詳見「III-1.5.5.延伸閱讀」；以及人格化名詞不去字首直接加上「pe-」的特例，詳見「III-1.5.6.延伸閱讀」。

類型	Me-動詞	Pe-用法	字　　首	範　　　　　　　　　　　　　　　　　　　例
				dakwa 控告,控訴→pendakwa 原告 damping 靠近,親密→pendamping 陪同人員,隨行者 dapat 能夠,得到→pendapat 觀點,意見,看法 datang 來→pendatang 進入者 demo 示威,示威遊行→pendemo 示威者 dengar 聽→pendengar 聽眾 derita 感染(病)→penderita 患者 diam 安靜→pendiam 沉默寡言的人 dingin 冷→pendingin 冷藏設備,冷卻器 diri 站,建立→pendiri 創辦人 donor 捐血者,捐助者→pendonor 捐助者 dorong 推(實體)→pendorong 推力,動力,推動者 duduk 居住→penduduk 居民,居住者 dukung 支持→pendukung 支持者 jabat 同事→pejabat 公務員,官員,重要官員 jahat 壞的,惡→penjahat 壞人,犯罪者 jahit 縫,縫紉→penjahit 裁縫師 jajah 周遊,走遍,進行殖民統治→penjajah 殖民者 jajak 測量,試探,揣摩,了解→penjajak 探險家,測試者 jalan 路→pejalan/penjalan 執行者,愛走路者,愛外出的人 jambret 搶奪,強盜→penjambret 搶奪/強盜犯 jamin 保證,交保,保釋→penjamin 保證人 jarah 戰利品→penjarah 掠奪者,搶匪 jebak 陷阱→penjebak 誘捕工具,設陷阱者 jelajah 周遊,遊歷,巡視,考察→penjelajah 考察者 jemput 接(人),迎接→penjemput 接人者 jepit 夾→penjepit 夾子,鉗子,鑷子 jernih 清澈的,透明的→penjernihan 澄清,淨化 jorok 骯髒,齷齪,噁心→penjorok 垃圾人,噁心傢伙 jual 賣→penjual 賣家 juang 奮鬥→pejuang 鬥士 judi 賭博→penjudi 賭徒 judo 柔道→penjudo 練柔道者/pejudo 柔道選手 ziarah 朝聖,祭拜→peziarah/penziarah 朝拜者,祭祀者 zina 通姦→penzina 通姦者
			t 字首 (去 t)	tahana 座位,地位,尊嚴→petahana 現任,在職者 takut 害怕,恐懼,毛骨悚然→penakut 膽小的,膽小鬼 tampung 收容,接納→penampung 收容所 tanak 煮→penanak 廚師,伙夫,煮飯器具 tanda tangan 簽名,簽署→penanda tangan 簽名者,簽署人 tanda 符號,標示,單據→penanda 用來標記的東西,標誌 tanggung 保證→penanggung 保證人,監護人,被保險人 tangis 哭,哭泣→penangis 愛哭的,愛哭者 tangkap 逮捕→penangkap 捕捉者 tani 農夫→**petani 農夫**

類型	Me-動詞	Pe-用法	字　　　首	範　　　　　　　　　　　　　　　　例
				tantang 挑戰,挑釁,叫陣→penantang 挑戰者,挑釁者
				tarik 拉→penarik 拖曳者,拖拉工具
				tari 跳舞,舞蹈→penari 舞者
				tarung 碰撞,爭論,爭辯→penarung 阻礙者
				tatar 培訓→**penatar 講師/petatar 學員,受訓者**
				tata 規則→penata 安排者
				tebang 砍,砍伐→penebang 砍伐者
				tegak 站立,堅定的→penegak 樹立者,創立者
				telusur 沿著,順著→penelusuran 調查,追溯,順著
				tembak 射擊,開槍→penembak 射手
				tenis meja 桌球→**penenis meja 桌球愛好者/petenis meja 桌球選手**
				tenis 網球→**penenis 網球愛好者/petenis 網球選手**
				tentang 對面,關於,正上方→penentang 反對者,對手
				tenun 紡織→penenun 紡織工具,織布機
				terbang 飛→penerbang 飛行員
				terima 接受,接見→penerima 接受者
				terjemah 翻譯→**penerjemah 翻譯人員/peterjemah 通譯**
				ternak 牲畜→peternak 農場主,養殖戶,飼主
				terus 繼續→penerus 繼承人
				tidur 睡,睡覺,臥,躺→penidur 愛睡覺的人,催眠藥
				tikam 刺,戳→penikam 刺人者
				tilik 眼光→penilik 監督者,檢查員
				tinggi 高,高級→petinggi 高層,高官
				tinju 拳擊,拳頭→**peninju 出拳者/petinju 拳擊手**
				tipu 騙→penipu 騙子
				tolak 推,拒→penolak 推物工具,抵擋物,辟邪物,推手
				tolong 救命,麻煩,幫忙→penolong 幫助者,救生工具
				tonton 看→penonton 觀眾
				tualang 流浪,漂泊→**petualang 流浪漢,遊民,冒險者**
				tugas 任務→**penugas 派任務者/petugas 工作人員**
				tukar 更換→penukar 交換者
				tulis 寫→penulis 作家,作者
				tumbuk 用杵搗碎→penumbuk 杵
				tumpang 搭乘→penumpang 乘客
				tunjang 腳骨,支撐物→penunjang 支持者
				tunjuk 指著→**penunjuk 指示器/petunjuk 指示,指南**
				tuntut 要求,控告→penuntut 要求者,原告,起訴人,檢察官
				tutup 關,打烊,蓋子→penutup 結束者,結尾,塞子,蓋子
				tutur 話,敘述,講→penutur 說話者,揚聲器
	meng-	peng-	g,h,kh,母音(a,e,i,o,u)字首	gagas 設想,醞釀→penggagas 創始人 gali 挖→penggali 挖掘者 ganti 改變→pengganti 接任者,代替品 garis 線→penggaris 尺 gawai 工作,作品→**pegawai 職員,工作人員**

227

類型	Me-動詞	Pe-用法	字　　首	範　　　　　　　　　　　　　　　　　　　　例
				gemar 愛好→penggemar 愛好者,粉絲
				gembira 高興→penggembira 啦啦隊員
				gendong 揹,抱→penggendong 揹者,抱者,揹的工具
				gugat 控告,控訴,告發→penggugat 原告
				gula 糖→penggula 愛吃糖的人
				guna 使用,好處→pengguna 使用者,用戶
				halang 阻礙,妨礙→penghalang 障礙物,阻礙物
				hancur 粉碎,毀壞→penghancur 砸碎者
				hangat 溫的,熱情的,熱烈的→penghangat 暖氣機
				hapus 刪除,消失→penghapus 擦除工具,擦子
				hasut 煽動,挑撥→penghasut 煽動者
				himpun 集中,集合,聚集→penghimpun 集合體
				hitung 計算→penghitung 計算者
				hubung 聯絡→penghubung 聯絡人
				huni 居住→**penghuni 居民,居住者/pehuni 守護神**
				khianat 背叛→pengkhianat 叛徒
				khotbah 傳教→pengkhotbah 傳教士,講道者
				acara 行程,節目,訴訟→pengacara 律師
				adu domba 挑撥離間→pengadu domba 挑撥離間者
				ajar 教育→**pengajar 教育者,老師/pelajar 學生**
				aman 安全→pengaman 安全人員,安全設備
				amat 注視,細看,非常,很→pengamat 觀察家,監督者
				aniaya 酷刑,虐待,迫害,殘暴→penganiaya 虐待者
				antara 在(縫隙)之中→pengantara 仲介,中間人,調停者
				antar 送(人),...之間→pengantar 前言,送行者
				anut 信仰→penganut 信徒
				asuh 培育,養育,撫養→pengasuh 撫育員,保母
				awam 公眾的,眾人的,一般的,普通的→pengawam 發起人
				awas 小心→pengawas 保全人員,保全設備
				awet 耐久,耐用的→pengawet 儲存容器,防腐劑
				edar 運行,流通,循環,流傳→pengedar 販賣者
				emis 乞討→pengemis 乞丐
				ikut 跟隨,伴隨→pengikut 追隨者,信徒,參加者
				imbuh 額外添加的物品→pengimbuh 額外物,附屬物
				inap 過夜→penginap 過夜者
				ingat 記得,記住,想起→pengingat 記性好的人
				intai 偷看,暗中監視→pengintai 偵探,偵察者
				iring 伴隨→pengiring 跟隨者,隨從,隨員,隨扈
				isap 吸,抽,允→pengisap 吸的工具/人
				olah 提煉,加工→pengolah 加工工具
				uji 考試,檢驗→penguji 主考官,試劑
				ujung 盡頭→pengujung 底,末
				ungsi 避難,逃難→pengungsi 難民
				unjuk 通知,顯示→pengunjuk 指示器,指針
				urus 經營,管理,處理→pengurus 管理員

類型	Me-動詞	Pe-用法	字　　　首	範　　　　　　　　　　　　　　　　　　　例
				usaha 事業,工作,努力,勤勉→pengusaha 商人
			k 字首 (去 k)	kagum 讚嘆,欽佩,欣賞,讚美→pengagum 崇拜者,愛慕者 kaji 研究,學習(宗教)→**pengkaji 研究人員,學習(宗教)者** karang 珊瑚,編→pengarang 串珠細繩,作家,作者,寫作者 kawal 警戒,守衛,防護→pengawal 警衛人員,衛兵,保鑣 kelana 漫遊,流浪,遊蕩→pengelana 流浪者,遊蕩者,遊民 kelola 經營,管理,處理→pengelola 管理員,業者 kemudi 駕/開(車)→pengemudi 駕駛員 kenal 認識→pengenal 記號,標誌,特徵 kerah 勞役,衣領→pengerah 召集人,動員者 kerat 段,片,塊,一部分→pengerat 砍人者,砍人器具 kering 乾的→pengering 乾燥器 khianat 背叛→pengkhianat 叛徒
				khotbah 傳教→pengkhotbah 傳教士,講道者 kirim 寄→pengirim 寄件者 kontrol 控制,支配→pengontrol 監督者,管理者 korek 刮,摳→pengorek 刮刀,挖掘者,怪手 kotor 髒的,卑鄙的,下流的→pengotor 不愛乾淨的人,髒鬼 kritik 批評,譴責→pengkritik 評論家,批評者,愛挑剔者 kuasa 權力,職權,法律代理人→penguasa 統治者,掌權人 kunjung 參觀,訪問,造訪→pengunjung 訪客
	meny-	peny-	s 字首 (去 s)	sabar 沉著,耐心→penyabar 有耐心的人 sakit 生病→penyakit 病,疾病,壞習慣,惡習,弊病,毛病,壞蛋 samun 搶劫→penyamun 搶匪,強盜 sandang 衣食,肩帶,遭受→penyandang 布條,遭受苦難者 sandera 人質→penyandera 劫持人質者 sangga 支柱,支架→penyangga 支柱,支架,緩衝 sapu 掃把→penyapu 掃帚,清除者,清潔人員 saring 過濾→penyaring 過濾器 sebab 因為→penyebab 原因 sedot 吸→penyedot 吸食者,吸食器具 seduh 沖,泡→penyeduh 沖泡工具 segar 舒暢,輕鬆,爽快,新鮮→penyegar 補藥,滋養補品 sekap 關,囚禁,監禁,摀住,塞住→penyekap 囚禁者 sekat 隔斷,隔開→penyekat 分隔物 selamat 安全→penyelamat 救護員,救護工具 selam 潛水→penyelam 潛水者,潛水夫 selenggara 經營,管理,從事→penyelenggara 主辦者 selidik 仔細,認真→penyelidik 調查員 seludup 潛入→penyeludup 走私者,偷渡客 selundup 走私→penyelundup 走私者,偷渡客 semprot 噴,噴射→penyemprot 噴霧劑(器) sendiri 自己的,獨自→penyendiri 獨居者,個性孤僻者 sepak bola 足球賽→pesepakbola(職業)足球員 sepeda 單車→**penyepeda 單車騎士/pesepeda 單車選手**

類型	Me-動詞	Pe-用法	字　　　首	範　　　　　　　　　　　　　　　　　　　　　　　例
				serang 攻擊→penyerang 攻擊者 serta 和,和...一起,加入→**peserta 參加者,參選人** setir 方向盤→penyetir 駕駛員,司機 sewa 租→penyewa 租用者 siar 播音,進行廣播→penyiar 播音員,播音室,傳播者 siksa 煎熬,拷打→penyiksa 虐待者 sintas 生存的→penyintas 存活者,生還者 siram 洗澡,沐浴,淋浴→penyiram 噴灑的液體 sokong 支柱,撐架→penyokong 支持者,贊助人,擁護者 suka 喜歡→penyuka 喜好者 sumbat 塞子→penyumbat 塞子 sunting 髮飾→penyunting 編輯(人員) suplai 供應,供給→penyuplai 供應者 suruh 命令→**penyuruh 下令者/pesuruh 受命者** susup 滲透→penyusup 潛入者 syair 詩,詩歌→pensyair 詩人
menge-	penge-	單音節字	bom 炸彈→pengebom 做炸彈者,炸彈客 cat 油漆→pengecat 油漆工 lap 抹布→pengelap 抹布 las 焊接→pengelas 焊接工 tua 老→pengetua 長輩,長者

例句

➢ Para penumpang diminta membayar dengan uang pas.
乘客們被要求支付剛好的金額(不找零)。(103 印導)

➢ Di Taiwan banyak tempat dilarang merokok, perokok harus memerhatikannya.
台灣許多場所禁止吸菸，癮君子必須注意。(103 印導)

➢ Apakah ada makanan pencuci mulut/makanan penutup?
是否有飯後水果及點心？(104 印導)

➢ Kereta api cepat (THSR) adalah Shinkansen versi Taiwan. Kecepatannya bisa sebesar 300 km perjam, bisa membawa penumpang asing dari utara Taiwan (Taipei) ke selatan (Kaohsiung) hanya dalam satu jam setengah kurang lebih.
高速鐵路是台灣版的新幹線，速度能夠高達每小時 300 公里，可以在大約 1.5 小時內載外國乘客從台灣北部(台北)到南部(高雄)。(106 印導)

➢ Saya minta pembantu menyapu lantai kamar kita.
我要求備人打掃我們房間的地板。(106 印導)

➢ Kancing-kancing besar ini telah menjadi pemanis bajumu.
這些大鈕扣已經變成你上衣的裝飾品。(106 印導)

➢ Hualien kaya budaya, adat dan istiadat berbagai penduduk asli Taiwan seperti: Amis, Atayal, Taroko, Bunun, Saisiyat, Paiwan, Tao, Sakizaya, Tsou, Kavalan dan Sediq.
花蓮有各種豐富的台灣原住民族的文化、風俗及習慣，例如，阿美、泰雅、太魯閣、布農、賽夏、排灣、達悟、薩奇萊雅、鄒族、噶瑪蘭和賽德克。(107 印導)

➤ Saat melakukan kunjungan ke pura yang ada di Pulau Bali, maka pengunjung harus mengenakan pakaian yang sopan.
當參觀巴里島寺廟時，訪客必須穿著符合禮節的服裝。(107 印導)

➤ Salah satu unsur pendukung industri pariwisata adalah hotel. Pengertian dari hotel adalah industri yang menyediakan jasa penginapan, makanan dan jasa penunjang lainnya.
觀光業其中一個重要環節是飯店，飯店是提供住宿服務、食物和其他支援服務的產業。
(108 印導)

➤ Penggemar fotografi bisa menemukan gawai fotografi terkini maupun edisi kolektor pada Camera Street yang mempunyai nama resmi Bo-ai Road yang tidak jauh dari Ximending.
攝影愛好者可以在離西門町不遠，名為博愛路的攝影街上發現最新的攝影設備或收藏版本。(108 印導)

➤ Memerhatikan pantangan makanan/boga tamu Muslim, membawa mereka ke restoran halal dan ada jadwal salat untuk mereka.
注意穆斯林客人的飲食禁忌，帶他們去有清真認證/哈拉(Halal)的餐廳並安排禱告行程。
(109 印導)

➤ Peminat wisata medis dan operasi plastik di Taiwan cukup banyak, diantaranya wisatawan dari Tiongkok, Jepang, Korea Selatan, dan Australia.
台灣醫療旅遊和整形手術的愛好者很多，其中觀光客來自中國、日本、南韓及澳洲。
(110 印導)

➤ Taiwan telah menjadi negara pertama di Asia yang melarang konsumsi daging anjing dan kucing. Pelanggar akan dikenakan denda maksimum NT$ 250.000.
台灣已經成為亞洲第 1 個禁止食用貓狗肉的國家，違者將被處以最高 25 萬新台幣的罰款。(112 印導)

➤ Kecepatan maksimal Kereta Cepat Indonesia China (KCIC) mampu mencapai 350 KM per jam, sehingga waktu tempuh Jakarta-Bandung yang sebelumnya membutuhkan 3 jam, kelak hanya perlu 40 menit.
中印高速鐵路最大速度能夠達到每小時 350 公里，所以以前雅加達到萬隆車程時間需要 3 小時，以後只要 40 分鐘。

➤ Sambil meneriakkan nama keponakannya, penyintas gempa ini berusaha menemukannya di tengah reruntuhan.
一邊叫喊姪子的名字，地震生還者一邊努力在殘骸中尋找。

➤ Qatar telah menyewa penonton bayaran dari Pakistan untuk mengisi stadion selama sepakbola Piala Dunia. Setiap penonton menerima US$10 per hari dan 3 kali makan per hari, disertai dengan akomodasi gratis.
卡達在世界盃足球賽期間，僱用來自巴基斯坦的付費觀眾填補體育場空位，每個觀眾每天獲得 10 美元、每日 3 餐並且提供免費住宿。

III-1.5.1. 小提醒

「Pe-人格化名詞」有些容易弄混，例如「sakit(生病)」，但「生病的人(病人)」就不是「penyakit」，「penyakit」是指「疾病」的意思，而「penderita(病人,患者)」則是由「derita(感染)」變化而來，這是 COVID-19 疫情期間，很常弄混的兩個字。

III-1.5.2.小提醒

如果字首為「Pe-」但加上字尾「-an」的名詞，雖然還是名詞，但就不是「人格化」，而會產生不同意思的名詞，閱讀、書寫時要小心，例如：「beli(買)→pembeli(買家)→pembelian(購買)」與「jual(賣)→penjual(賣家)→penjualan(販賣)」。

例句

➤ Festival Aborigin di Hualien adalah Harvest Festival berlangsung selama kira-kira satu bulan, termasuk tari-tarian, lagu puji-pujian dan penjualan barang panen.
花蓮原住民的節慶是持續幾乎1個月時間的豐年祭，包含舞蹈、讚美歌曲和農產品販賣。

III-1.5.3.延伸閱讀(房間用法)

印尼文房間用法有「kamar」及「ruang」兩種，有基本上、原則性的習慣分類，舉例如下：

類　型	意　　　　　義	範　　　　　　　　　　　　　　　　　　　　　　　　　　　例
kamar	房間 (有門或較小)	kamar tidur 臥房、kamar mandi 浴室、kamar single 單人房、konser kamar 室內音樂會、kamar rias 化妝室
ruang/ ruangan	房間 (無門或較大)	ruang tunggu/keberangkatan 候機室、ruang duduk/tamu 客廳、ruang makan 飯廳,餐廳、ruang sidang 會議室、dekor ruangan 房屋裝潢、ruangan dalam 室內、ruang gawat 急診室、ruang kapal 船艙、ruang dansa 舞廳、ruang tertutup 關上/上鎖的房間、ruang kedap suara 隔音室、ruang/ruangan kerja 辦公室、ruang susu 乳房

例句

➤ Kita akan berkumpul di ruang makan pukul 07.45.
我們7點45分將在餐廳集合。(102 印導)

➤ Kamar tidur sudah saya bersihkan.
臥房我已經打掃。

➤ Bagi majikan yang tidak mampu menyediakan kamar yang memenuhi syarat, PMA tetap harus menjalani karantina mandiri di asrama atau hotel karantina.
對於不能準備符合規定房間的雇主，移工仍然必須單獨隔離在宿舍或隔離旅館。

III-1.5.4.延伸閱讀

「人格化名詞(Pewujudan)」有少數特殊字詞的變化不是加字首「Pe-」，包括一些「ter-」開頭的字卻是「人格化名詞」，如卜供大家參考。

dakwa 控告,控訴,起訴→terdakwa 被告
gugat 控告,控訴,告發→tergugat 被告
hadir 出席,參加→hadirin 與會者,出席者,來賓
laksana 舉止行為,特性,彷彿,好像,例如→terlaksana 已實現,已完成,已遂

pidana 刑事犯罪,罪行→terpidana 犯罪者		
sangka 料想→tersangka(tsk)疑犯,犯罪嫌疑人,涉案關係人		
tangkap 逮捕→tertangkap tangan/basah 現行犯		

例句

➤ Perdana menteri mengucapkan selamat datang kepada para hadirin.
行政院長向與會者表示歡迎。

➤ Baik pendakwa maupun tergugat diminta hadir di pengadilan.
不論原告還是被告都被要求出庭。

III-1.5.5.延伸閱讀(人格化名詞特殊變化①)

印尼曾有人討論過相同字根的「Me 動詞」名詞化和「Pe 人格化名詞」的差別,基本上是根據字根的首字母是否為「p,t,k,s」等鼻音(Bunyi Nasal)變化來區別,意義可分成 2 類,詳如下表:

類　型	詞性/意義	範　　　　　　　　　　　　　　　例
主動	「Me-動詞」變化,<u>主動做動作的人</u>	ajar 教育→pengajar 教育者,老師 suruh 命令→penyuruh 下令者,發號施令者 tatar 培訓,進修→penatar 講師,教練 tugas 任務→penugas 指派任務者
被動	「Pe-人格化名詞」變化,<u>被動接受動作者</u>	ajar 教育→pelajar 學生 suruh 命令→pesuruh 受命者,受指派者 tatar 培訓,進修→petatar 學員,受訓者 tugas 任務→petugas 執行任務者,工作人員 serta 一起,加入→peserta 參加者,參選人
業餘	「Me-動詞」變化,<u>一般性或業餘做動作的人</u>	golf 高爾夫→penggolf 高爾夫愛好者 judo 柔道→penjudo 柔道愛好者 sepeda 自行車→penyepeda 自行車騎士 sulap 魔術,戲法→penyulap 變戲法的人 tenis 網球→penenis 打網球者 terjemah 翻譯→penerjemah(兼職)翻譯人員 tinju 拳擊,拳頭→peninju 出拳者 tunjuk 指著→penunjuk 指示器,指示物
專業	「Pe-人格化名詞」變化,<u>專業或職業從事某動作者</u>	golf 高爾夫→pegolf 高爾夫選手 judo 柔道→pejudo 柔道選手 sepeda 自行車→pesepeda 自行車選手 sulap 魔術,戲法→pesulap 魔術師 tenis 網球→petenis 網球選手 terjemah 翻譯→peterjemah(專業)通譯人員 tinju 拳擊,拳頭→petinju 拳擊手 tunjuk 指著→petunjuk 指示,指南 sepak bola 足球賽→pesepakbola 足球員

例句

> Masa kini di Taiwan ada tempat menginap yang ramah sepeda di mana mana untuk memudahkan para penyepeda asing berwisata ke sana.
> 台灣現在到處都有自行車友善住宿地點，讓外國自行車騎士容易去那些地點旅遊。

III-1.5.6.延伸閱讀(人格化名詞特殊變化②)

人格化名詞有少數特例，比如「c,d,j 字首」的字根，不加「pen-」而是加「pe-」的特例，另有「t 字首」及「s 字首」的字根，人格化名詞不需去「t」或「s」後加上「pen-」或「peny-」字首，而是直接加上「pe-」，還有「g」字首字根不加「peng-」而直接加上「pe-」的少數特例，特整理如下：

類　　　　型	意　　　　義	特　殊　變　化　範　例
pe-人格化名詞特例	c,d,j 字首的字根	dagang 貿易,商業→pedagang 商人 jalan 路→pejalan 行人 juang 奮鬥→pejuang 鬥士 judo 柔道→pejudo 柔道選手
	t 字首的字根	tatar 培訓→petatar 學員 tenis 網球→petenis 網球選手 tinju 拳擊,拳頭→petinju 拳擊手 tugas 任務,工作→petugas 執行任務者,工作人員 tunjuk 指著→petunjuk 指示,指南
	a 字首的字根	ajar 教育→pelajar 學生
	s 字首的字根	sepeda 自行車→pesepeda 自行車選手 suruh 命令→pesuruh 受命者,受指派者 syair 詩,詩歌→pensyair 詩人
	g 字首的字根	gawai 工作,作品→pegawai 職員,工作人員

例句

> Jalan Dihua bukan sembarang jalan, walaupun kecil dan sempit, di kedua sisi penuh dengan pertokoan yang menjual barang-barang dari makanan hasil laut yang mahal seperti sirip ikan dan sarang Walet, jamur kuping dan jamur shitake impor maupun lokal sampai obat-obatan tradisional Tiongkok juga tersedia di sana, bahkan menjadi pusat grosir semua barang kebutuhan hampir seluruh pedagang di Taiwan.
> 迪化街不是普通的街道，雖然又小又窄，在兩邊充滿著賣昂貴海產食品的商店，比如魚翅和燕窩、進口或本地的木耳和香菇(冬菇/花菇)，連中國傳統藥品在那裡也有，是幾乎所有台灣商人的生活必需品批發中心。(106 印導)

> Bagi para pencinta sepeda, Danau Matahari Bulan menjadi salah satu tujuan bersepeda terbaik di Taiwan.
> 對於自行車愛好者，日月潭成為台灣最好的騎自行車目的地之一。(109 印導)

> Saat mengajak tamu Anda mengunjungi Museum Istana Nasional, sebaiknya memberitahukan tamu Anda untuk mematuhi aturan kunjungan dan pengarahan dari petugas museum.
> 當邀請你的客人參觀故宮博物院時，最好通知客人遵守參訪規定及博物館工作人員的指引。(110 印導)

Ayat III-1.6.人格化名詞(字首 si)

還有一種「si」開頭的人格化名詞,在正式或商業書信、傳真往來,開頭都會寫的「sipengirim(寄件者)」就是一例,其他用法及範例整理如下:

類　　　　型	用　　　法	意　　　　　　　　　　義	範　　　　　　　　　　　　　　例
si (<u>可空格或不空格</u>)	+人	人,者(指本人或親暱,鄙夷)	si bayi 這小奶娃 si dia 那個他,他那傢伙,情人,戀人 si pria 這男的,臭小子 sipengirim 寄信者
	+人名	那...(親暱,鄙夷)	si aman 阿曼那傢伙
	+形容詞	那...(親暱,鄙夷)	si berutang 欠錢的傢伙 si gemuk 那胖子 si kecil 小傢伙(嬰兒) si manis 小美人兒
	+動物	那...(貶意,罵人)	si babi 那隻豬 si jago merah 火災[23]
	+名詞	...的人,...子(親暱,鄙夷)	si kumis 有鬍子的人,小鬍子 si kutu buku 書蟲 si sakit 病人

例句

➢ Rumah Indra hangus dilalap si jago merah.
   Indra 家被大火吞沒燒毀。(110 印導)

➢ Bagusnya Xinshe Castle cocok berduaan sama si dia, apalagi mengambil foto prewed.
   新社莊園古堡很棒,適合跟你的他(她)兩人單獨在一起,尤其拍婚紗照。

III-1.6.1.延伸閱讀(罵人用語)

「si 字首人格化名詞」有些具有「鄙夷、貶意」,可以用來罵人,比如「si babi 那隻豬」,如同「kerbau」,除了正常意思「水牛」外,還有「蠢貨、傻瓜、笨蛋」等罵人的隱含意義,這跟直接罵人的「髒話(Kata kotor)」不同,但使用都要非常謹慎。其他如「mengacungkan jempol/ibu jari(翹起大拇指)」有「稱讚、棒、帥」的意思,但若「mengacungkan jari tengah」或「memberi jari tengah」則是「比中指」的意義,具有挑釁、污辱意味,讀者可不要隨便亂用喔!

anjing,binatang 畜生
anjing 狗東西
Babi lu!你是豬呀!你這豬玀!
banyak bacot 多嘴
besar gajah 大草包,傻頭傻腦

---

[23] 110 年印尼語導遊筆試曾考「si jago merah」的意思,答案是「火災」的俗稱,「jago」是指「公雞,頭頭,行家,能手」。

biar mampus 情願死	
budak 走狗	
dasar anak 臭小孩	
dasar mata keranjang,dasar buaya darat 色鬼/花花公子	
dasar monyet 猴死囝仔	
dasar pikun 小糊塗蟲	
dasar rayuan gombal 騙子	
dasar tukang gosip 長舌夫/婦,搬弄是非的小人	
fucek,mengentot/ngentot 幹,操	
gemar buku, terlampau/terlalu kebuku-bukuan 書呆子	
jablay (jarang dibelai)婊子,騷貨,花癡	
kerbau 蠢貨,傻瓜,笨蛋,水牛	
mampus aku 我就遭了	
mampus(粗話)死,喪命,該死的,糟糕,倒楣,要命	
mampuslah kau!你這該死的！	
memberi/mengacungkan jari tengah/hantu/mati 比中指	
mengentut, tahi 放屁,放狗屁,去你的,廢物	
orang yang terkutuk itu 那該死的人	
penjorok 垃圾人,髒東西,噁心的傢伙	
Penyakit,enyah engkau(罵人)壞蛋！你滾開	
setan 魔鬼,撒旦,壞蛋,(罵人)混蛋,王八蛋,鬼東西	
si babi 那隻豬	
si gemuk 那胖子	
si pria 臭小子,這男的	
tahi, tahi anjing 狗屁	
tai/tahi 去你的,放狗屁,屎,糞便	

例句

➢ Si Agung mengacungkan jari tengah kepada penyepeda itu.
阿貢那傢伙對自行車騎士比中指。

Ayat III-1.7.人格化名詞(特殊字首尾)

除了前面介紹的各類人格化名詞外，還有一些有特殊字首尾的人格化名詞，例如「wira(勇士,英雄)」，有的還特別區分男、女性別，要注意性別不要用錯，整理給大家參考。

Artikel III-1.7.1.人格化名詞(字根 wira)

perwira 軍官	wirapraja 政治家
purnawirawan 退休人士	wiraswasta 企業家

wirawan 勇士,英雄	wirawati 女兵

例句

- ➤ Gunung ketinggian puncuk lebih dari 3.000 meter di Taiwan ada 268 buah gunung, yang termasuk puncuk tertinggi di Asia Timur yaitu Gunung Yu/Yushan yang 3.952 meter.
  台灣高度超過 3,000 公尺的山峰有 268 座,包括東亞最高峰,3,952 公尺的玉山。

Artikel III-1.7.2.人格化名詞(字首 pra-)

prakiraan 預測	prasekolah 學齡前的,入學前的
praperadilan 審判前	prasyarat 先決條件,前提

Artikel III-1.7.3.人格化名詞(字首 pramu-)

pramugara(男)空服員	pramuria 舞女,(夜總會)女招待,女服務生
pramugari(女)空服員	pramusaji(餐廳)女服務生
pramugayani 女美容師	pramutamu(旅館)接待員
pramuka 童子軍	pramuwidya(博物館)導覽員
pramuniaga 店員	pramuwisata 導遊
pramupijat 女按摩師	pramuwisma 保母,女傭,房務人員
pramupintu 門房	

例句

- ➤ Pramuwisata yang pandai sekali dwibahasa atau multibahasa bisa sebagai jembatan budaya antara Taiwan dan Indonesia dengan kelebihan bahasa.
  擅長雙語或多語的導遊,能夠利用語言優勢擔任台灣與印尼之間的文化橋樑。

Artikel III-1.7.4.人格化名詞(字首 tuna-)

「tuna」有「傷、損壞」等意思,放在字首的特例彙整如下:

tunaaksara 文盲,不識字
tunadaksa,cacat fisik/tubuh 身障,肢體障礙(者),殘障
tunagizi 營養不良
tunagrahita,cacat mental 精神障礙(者),精障,智障,弱智
tunakarya 失業(者)
tunanetra 視障者→buta 瞎,盲
tunarungu 聽障者,聽覺功能障礙,瘖→tuli 聾
tunawicara 語障者,言語功能障礙(者)→bisu 啞

tunawisma 無殼蝸牛(族),無房者	
tuna 傷,損壞	

Artikel III-1.7.5.人格化名詞(字尾-a/-i、-wa/-wi、-wan/-man/-wati、-m/-mah)

印尼文有許多字尾規則,其中「-wan、-man、-wati」字尾的人格化名詞是來自於「梵文(Bahasa Sanskerta)」,摘要整理一些例子供大家參考:

almarhum 男往生者→almarhumah 女往生者
bangsawan 貴族
bendaharawan 財務人員
biarawan 修士→biarawati 修女,尼姑
budayawan 文化學者
cendekiawan 學者,知識分子
dermawan 慈善家
dewa 神→dewi 女神,仙女
hartawan 有錢人
ilmuwan 科學家
informan 線民
jutawan 百萬富翁
karyawan 男雇員→karyawati 女雇員
mahasiswa 男大學生→mahasiswi 女大學生
modalwan 資本家
negarawan 政治家
olahragawan 運動選手→olahragawati 女性運動選手
pahlawan 英雄,勇士→pahlawati 女英雄
pariwisatawan 旅客
pemuda 年輕男性→pemudi 年輕女性
peragawan 男模特兒→peragawati 女模特兒
pidanawan 刑事犯
pirsawan(電視)觀眾
punakawan(國王或貴族)護衛,隨從
purnawirawan 退休人士
pusakawan 男繼承人→pusakawati 女繼承人
pustakawan 圖書管理員
putra 兒子,王子→putri 女兒,公主
rohaniwan 神職人員
santriwan(習經院)男學生→santriwati(習經院)女學生
sastrawan 文學家
saudara 兄弟→saudari 姊妹

seniman 男藝術家→seniwati 女藝術家	
sukarelawan 男志工,男自願者,男義工→sukarelawati 女志工,女義工	
usiawan 老年人	
wartawan 記者→wartawati 女記者	
wirausahawan 自由職業者,自營作業者	
wirawan 勇士,英雄→wirawati 女兵	
wisatawan 旅客→wisatawati 女遊客	
wisudawan 男畢業生→wisudawati 女畢業生	

例句

➢ Anak tunggalnya telah lulus ujian sebagai pramugari di tahun lalu.
他的獨生女去年已經通過考試成為空服員。(104 印導)

➢ Museum dan art gallery adalah tempat wisata untuk wisatawan yang suka melihat barang antik, karya seni, dan koleksi seni.
博物館與藝廊是觀光客看古物、藝術創作和藝術收藏品的喜好景點。(107 印導)

➢ Wisatawan mempercayakan aktivitasnya kepada pramuwisata. Karena itu, pramuwisata harus menemani, mengarahkan, membimbing dan memberikan saran yang baik kepada wisatawan.
觀光客把活動委託給導遊,因此導遊必須陪伴、引導、指示並提供好的建議給觀光客。(108 印導)

➢ Dia adalah anak kedua dari tiga bersaudara.
他是三兄弟中排行老二的。

Artikel III-1.7.6.人格化名詞(-vora 字尾)

印尼文有許多字尾規則,其中「-vora」字尾的例子供大家參考:

herbivora 草食	karnivora 肉食	omnivora 雜食

Artikel III-1.7.7.人格化名詞(性別)

bin 回教徒的兒子→binti 回教徒的女兒
duda 鰥夫→janda 寡婦
haji 麥加(大)朝聖過的男性→hajah(大)朝聖過的女性
jantan 公,雄→betina 母,雌

例句

➢ Transportasi umum di Taiwan adalah aman, handal dan efisien. Transportasi umum di Indonesia adalah ojek, becak, bajaj, bemo, angkot.

大眾交通工具在台灣是安全、可靠又有效率的，而印尼的大眾交通工具有載客機車、人力三輪車、動力三輪(嘟嘟/摩托)車、(無門)迷你小巴、市區小巴。(108 印導)

➢ Mbak itu Dewi binti Usman.
　那少女是回教徒 Usman 的女兒 Dewi。

Ayat III-2.1.人稱代名詞(Kata Ganti Orang)

		書寫/正式	口語	字尾簡寫
第一人稱	我	saya/beta	aku/gua/gue	-ku
第二人稱	您/你	Anda	kamu/loe/lu/engkau[24]	-mu/kau
	君/小姐	saudara/saudari	saudara/saudari	
	先生/女士	bapak/ibu	pak/bu	
第三人稱	他	dia/beliau[25]	ia	-nya
第一人稱	我們	kita/kami[26]	kita/kami	
第二人稱	你們	kalian,Anda semua/Anda sekalian	kamu semua/kamu sekalian	
	先生們/小姐們	saudara-saudara/saudari-saudari	saudara-saudara/saudari-saudari	
	男士們/女士們	bapak-bapak/ibu-ibu	bapak-bapak/ibu-ibu	
第三人稱	他們	mereka	mereka	-nya

例句

➢ Ani : Bagaimana kabarmu, Lina? Lina 你好嗎？
　Lina : Kabarku baik. 我很好。(110 印導)

➢ Kami naik kapal pesiar ke Ita Thao untuk makan siang. Makanan terkenal di sana ada teh Taiwan, sayap ayam, ikan bakar, mochi panggang, dll.
　我們搭乘遊艇去伊達邵吃午餐，那裡有名的食物有台灣茶、雞翅、烤魚、烤麻糬等。
　(110 印導)

➢ Kata-kata bijak hidup seperti air mengalir memberikanmu kedamaian hati.
　生活智慧小語如同流水讓你心情平和。

➢ Aku bangga padamu!
　我以你為榮！

➢ Tubuhnya sederhana, tidak tinggi dan tidak rendah.
　他身材適中，不高也不矮。

---

[24] 「engkau(你)」是對同輩或地位較低者使用，可以簡寫為「kau」，不過特別的是在禱告時，是對「真主(Tuhan)」尊稱的「人稱代名詞(祂)」。
[25] 「dia/ia(他)」是一般用法，而「beliau(他)」則是針對「老人或有地位的人」。
[26] 「kita(我們)」是包含聽者，而「kami(我們)」則是不含聽者，不難區分。
[27] mbak 雖然可用來稱呼「小姐,少女」，但也常用在叫「女服務生,女店員,女傭,不知姓名的年輕女子」，有時使用上容易被誤會，為免困擾，可用較中性的「kakak(阿姊)」或「adik(小妹)」來代替。

> 「Filosofi Kopi」：Hidup itu seperti kopi, pahit bagi pembenci dan nikmat bagi penyuka, tapi kopi tidak perlu pura-pura manis. Maka, jangan mengubah dirimu agar bisa diterima orang lain.
> 「咖啡哲學」：生活如同咖啡，對厭惡者來說是苦的，對喜好者來說是享受，但是咖啡不需要假裝甜，所以不要為了能讓別人接受而改變你自己。

III-2.1.1.延伸閱讀(稱呼)

整理一些平常會聽到稱呼別人的用法，但彼此不一定有親屬關係，也不一定有上、下尊稱的輩分，如下：

abang/bang/bung 老兄,大哥	
adik perguruan 師弟,師妹	
bapak gede(pakde)大哥,大叔	
bapak 先生	
empek(父親哥哥)伯伯,大伯	
engkau(對同輩或地位較低者)你	
gadis 小姐,少女,姑娘	
ibu 女士,母親	
kakak beradik 姊妹/兄弟→bersaudari 姊妹	
kakak perguruan 師兄,師姐	
mas(男服務生/店員,不知姓名的年輕男子)先生	
mbak(女服務生/店員,不知姓名的年輕女子)小姐,少女[27]	
nona/non(未婚)小姐[28]	
nyonya(已婚)夫人,女士,太太	
om 大叔,老伯	
tante 阿姨,大媽	
tuan muda 少爺	
tuan(地位較高男性)先生	

例句

> Om Telolet Om!
> 大叔，按個喇叭吧！(印尼年輕人曾流行對公車司機按喇叭感到的興奮/小確幸)

> Buku wisata pertama saya dengan bahasa Indonesia adalah "Rp 3 juta keliling Taiwan". Penulisnya adalah ibu Claudia Kaunang yang orang Indonesia.
> 我的第一本印尼語旅遊書籍是"印尼幣 3 百萬逛台灣"，它的作者是印尼人 Claudia Kaunang 女士。

---

[27] mbak 雖然可用來稱呼「小姐,少女」，但也常用在叫「女服務生,女店員,女傭,不知姓名的年輕女子」，有時使用上容易被誤會，為免困擾，可用較中性的「kakak(阿姊)」或「adik(小妹)」來代替。
[28] nona/non 是指「小姐,少女,姑娘」，有時也可用 non(小姐)來表示「妳」。

- Jepang adalah tuan rumah "CPTPP (Perjanjian Progresif dan Komprehensif untuk Kemitraan Trans-pasifik)" pada tahun 2021. Sementara Taiwan mengajukan aplikasi atas nama "Zona Tarif Terpisah Taiwan, Penghu, Kinmen, Matsu".
  日本是"跨太平洋夥伴全面進步協定" 2021 年的輪值主席國,而台灣以"台澎金馬個別關稅領域"的名義提出申請。

- Apa kabar, Bapak-bapak dan Ibu-ibu?
  各位先生及女士,大家好嗎?

Pasal III-2.關係代名詞(Kata Ganti Relatif)

印尼文有一個類似英語的「關係代名詞(Kata Ganti Relatif)」,最常見的就是「yang」,意思是「…的人、…的事、…的物/東西」,使用時機非常廣泛,句子加了「yang」後,意義會不同,有時 1 個句子裡還會有 2 個「yang」,所以要多熟悉「yang」的用法,說明及例句如下:

種　　　　　類	範　　　　　　　　　　　　　　　　　　　　例
關係代名詞 Yang	Makanan yang mana kamu suka?你喜歡的食物是哪一個? = Yang mana (yang) kamu suka?你喜歡(的食物)哪一個?
	Saya makan apa 我吃什麼 Apa yang saya makan?我吃了什麼東西呀?
	pria itu tinggi 那男子高 pria yang tinggi itu 那個高的男子
	orang itu 那個人 orang tua itu 那個老人 orang yang tua itu 那個老的人 orang tua yang kaya itu 那個有錢的老人 orang yang tua dan kaya itu 那個又老又有錢的人

例句

- Kalaupun tidak ada yang melihat kita tidak boleh membawa pulang termasuk terumbu karang dan batu-batuan yang patah secara diam-diam, dan kalaupun ada yang kita sukai kita tidak bisa meminta pemandu wisata mengambilnya.
  即使沒有人看到也不可以偷偷地帶斷裂的珊瑚礁和石頭回家,即使有我們喜歡的也不能要求領隊去拿。(111 印導)

- Apakah yang tidak boleh dibawa ke dalam pesawat?
  什麼東西不可以被帶進飛機?(111 印導)

- Bento Taiwan baik nasi dan lauk-pauknya adalah nomor satu di dunia ini. Tidak ada yang bisa melawan.
  台灣便當不論飯還是菜色都是世界第一,沒有什麼能夠競爭。(111 印導)

- Apa yang harus diperhatikan jika dalam rombongan tur Anda terdapat tamu muslim?
  如果在你的旅遊團裡有穆斯林客人,什麼事必須注意?(112 印導)

- A: Permisi, saya mau sewa sepeda. A:不好意思,我要租自行車。
  B: : Oke, silakan pilih sepeda yang Anda senangi. Yang besar NT$ 100 per jam, yang kecil NT$ 50 per jam. B:沒問題,請挑選你喜歡的自行車,大台(自行車)每小時 100 元新台幣,小

台每小時 50 元。(112 印導)

➤ Yang satu namanya Jerry, yang satu lagi namanya Jefrico.
其中一位的名字是 Jerry，另一位名字是 Jefrico。

➤ A : Yang mana (yang) kamu suka? 你喜歡哪一個？
B : Yang murah itu. 便宜的那個。
A : Apakah ada yang lain? 還需要其他的嗎？

➤ A : Bapak mau yang mana? 先生要哪一個？
B : Saya mau yang kecil itu. 我要那個小的(東西)。

➤ Ada yang bisa saya bantu?
有什麼(事情)我可以幫忙的？

➤ Ada yang datang dari Taipei, ada yang datang dari Taichung, dan ada juga yang datang dari Kaohsiung di kelas.
班上有台北來的(人)，有台中來的(人)，也有來自高雄的(人)。

➤ Untung tidak ada yang terluka.
幸好沒有人受傷。

➤ A : Siapa yang tahu? 誰知道？
B : Tidak ada yang tahu. 沒有人知道。

➤ Adiknya yang sering dipuji-puji bos.
老闆經常稱讚的(人)是他的弟弟。

➤ Yang punya usia lebih pengalaman.
有年紀(的人)經驗較豐富。

➤ (Apa) Yang dinamakan bantuan itu sebenarnya pinjaman.
所謂援助(的東西)實際上是借貸。

➤ Yang dilihat konsumen pada saat ini adalah harga meroket.
現在消費者看到的(事情)是物價飛漲。

➤ Hidup bertetangga penuh dengan romantika. Ada yang memiliki tetangga yang menyenangkan, ada pula yang sebaliknya.
有鄰居的生活充滿了羅曼蒂克，有人的鄰居讓人高興，也有相反的。

➤ Karena dia tahu bahasa Indonesia lebih dari yang lain, maka dia memiliki lebih banyak peluang kerja.
因為跟其他人比起來，他懂一些印尼語，所以他擁有較多工作機會。

➤ Nanti kalau ada yang tanya, bilang saja kita wisatawan.
待會如果有人問，只要說我們是觀光客就好。

➤ Saya sekarang lagi ada yang tidak suka sama saya, jadi saya sekarang sedang sakit.
我現在又有不喜歡我的人，所以我現在正在難過。

➤ Pernyataan mana yang salah tentang pebulutangkis favorit anda?
有關你最喜歡的羽毛球選手，哪一個說法是錯的？

➤ Yang mana yang sakit?

243

哪裡受傷(痛)？

➢ Yang mana koper anda?
你的行李箱是哪一個？

➢ Yang paling mengerti permasalahan anda dan mantan istri anda adalah saudara sendiri.
最了解你和你前妻問題的就是您自己。

➢ Saya mau yang ini.
我要這個。

➢ Tamu-tamu sedikit yang penasaran tapi banyak yang tidak mau tahu akan.
少數客人想弄清楚，但是許多人並不想知道。

➢ A :Maaf, formulir yang putih itu untuk apa? 對不起，這張白色表格做什麼用的？
   B : Yang putih untuk imigrasi. 白色的是給移民局。
      Yang biru untuk bea cukai. 藍色的是給海關。
      Yang merah untuk catatan kesehatan. 紅色的是給健康檢疫用的。

➢ Ada yang meragukan jika data yang diumumkan oleh pemerintah berbeda dengan harga pasar yang dirasakan oleh masyarakat.
有人懷疑是否政府公布的數據與民眾感受的市場價格有差異。

➢ Menurut perkiraan Federasi Obesitas Dunia, jumlah penderita obesitas akan mencapai 1 miliar orang pada tahun 2030, yang berarti setiap satu dari lima wanita dan satu dari tujuh pria akan mengalami obesitas.
根據世界肥胖聯盟預測，2030 年肥胖症患者將達到 10 億人，表示每 5 位女性中有 1 位和每 7 位男性中有 1 位遭遇肥胖。

➢ Siapa yang ke bandara menjemput rombongan itu?
誰去機場接那團？

➢ Yang mendapat nilai rata-rata 60 ke atas dimajukan juga.
考試成績平均分數 60 以上者為及格。

➢ Terkadang hanya orang-orang yang tak didugalah yang bisa melakukan hal di luar dugaan.
有時候只有沒被懷疑的人，才能作出意料之外的事情吧。

➢ Mulai 20 Februari, wajib masker di pasar swalayan dicabut. Namun nyatanya, masih banyak yang memakai masker.
從 2 月 20 日開始，超市強制戴口罩被取消，但是很明顯地，仍然有許多人戴口罩。

➢ Saat polisi Kota New Taipei tengah mengusut kasus narkoba, tanpa disangka menemukan adanya tindakan pemalsuan dokumen kartu ARC dan Kartu Askes, yang mana diduga dijual kepada pekerja migran.
當新北市警方調查毒品案件時，確定發現有偽造外僑居留證和入出境證的行為，都有疑似賣給移工。

➢ Kartu dokumen kosong yang jumlahnya ratusan ditemukan di lokasi, sebelahnya ada mesin printer yang tengah dioperasikan, tiga tersangka tengah membuat kartu dokumen palsu, dan semuanya ditangkap.

總數幾百份的空白證件在現場被發現，旁邊有正在作業的印製機器，3 名正在製作假證件的嫌犯全部被逮捕。

➢ Yang di bibir mata pun tidak kelihatan.
就在眼前的也看不見。

➢ Susunya saya yang menjatuhkan, tumpah bercecaran di lantai. 牛奶被我打翻，灑了一地。
Susu yang saya menjatuhkan, tumpah bercecaran di lantai. 被我打翻的牛奶，灑了一地。

III-2.1.延伸閱讀(關係代名詞 di mana)

印尼文還有 1 個關係代名詞「di mana」，「di mana」在疑問詞中是「哪裡、哪一個、任何」，但關係代名詞的「di mana」意義則有「在那裏、在其中」以及類似英文關係代名詞裡的「that」的用法，通常使用在文學或書寫時，而印尼語專業人士表示，關係代名詞「di mana」有時可用「yang」代替，說明如下：

類　　　型	詞　性 / 意　義	範　　　　　　　　　　　　　　　　　　　　　例
di mana,mana	哪裡,哪一個,任何 (疑問詞)	RM di mana?餐室在哪裡？ di mana keluarga 在任何家庭 (di) mana seorang calon 任何 1 位候選人 mana tahu 哪裡知道,誰知道,天曉得 mana ku tahu 我哪裡知道,誰知道,天曉得 mana mungkin 怎麼可能 mana dapat 哪能,豈能
di mana	在那裏,在其中,(英文關係代名詞 that) (關係代名詞)	Di mana ada gula, di situ ada semut 那裡有好處，人往那裡去 hal di mana 那件事,此事
di mana-mana	到處 (代名詞)	area yang dilarang merokok di mana-mana 禁菸地區到處都是

例句

➢ Tamu yang perokok akan Anda anjurkan untuk memerhatikan tanda "dilarang merokok" yang ada di mana-mana terlebih dahulu jika hendak merokok.
你會建議癮君子客人如果想要抽菸，首先注意到處都有的"禁止吸菸"標誌。(104 印導)

➢ Di mana tamunya sekarang?
客人呢？現在在哪裡？

➢ Di mana banyak kesenangan, di situlah banyak orang datang.
那裡有好處，人往那裡去(一窩蜂)。

➢ Selain itu masyarakat disarankan untuk tidak sendirian saat bepergian ke tempat di mana beruang hitam pernah muncul, dan mengobrol di perjalanan juga akan memberi tahu beruang hitam bahwa ada orang yang lewat.
此外建議民眾不要單獨一人去黑熊曾經出現的地方旅行，旅途中聊天也會引起黑熊注意有人經過。

➢ Sejak pekan ini, di mana warga tidak lagi diwajibkan untuk mengukur suhu tubuh dan memakai masker saat keluar masuk ruang publik.
從本週開始，民眾不論在哪裡，當進出公共空間時不再強制量體溫及戴口罩。

➢ Saya berada di depan di mana itu terjadi.
我們在事發那裏(地點)的前方.

➢ Menurut perkiraan Federasi Obesitas Dunia, jumlah penderita obesitas akan mencapai 1 miliar orang pada tahun 2030, di mana satu dari setiap lima wanita dan satu dari tujuh pria akan mengalami obesitas.
根據世界肥胖聯盟預測，2030 年肥胖症患者將達到 10 億人，其中每 5 位女性中有 1 位和每 7 位男性中有 1 位有肥胖情形。

➢ Salah satu pasal dalam UU yang diumumkan oleh MOTC membagi pemeliharaan kereta TRA menjadi empat tingkat, di mana biaya akan ditanggung oleh TRA untuk tingkat 1 dan 2, dan oleh pendanaan dari MOTC untuk tingkat 3 dan 4.
交通部公布法律，其中規定將台鐵列車保養劃分為 4 級，第 1、2 級的費用由台鐵局支應，而第 3、4 級則由交通部資助。

➢ Hari ini adalah Festival Dongzhi, juga hari titik balik matahari musim dingin di mana waktu malam hari terpanjang dalam setahun.
今天是冬至，也是冬季太陽折返的那天，是 1 年之中夜晚最長的日子。

➢ Khalayak umum mengkhawatirkan beban yang dihadapi oleh Taipower, di mana harga listrik tahun depan berkemungkinan dinaikkan lagi.
公眾擔心台電的負擔，明年電價有機會再次上漲。

➢ Di Taiwan terdapat sekitar 7,07 juta alat elektronik rumah tangga yang berusia lebih dari 10 tahun, di mana AC dan kulkas mencapai 40%.
在台灣有大約 707 萬件家庭電器年齡超過 10 年，其中冷氣和冰箱占 40%。

➢ Anggota Direksi Bank Sentral Taiwan akan menggelar rapat pada hari Kamis, di mana yang menjadi pengamatan publik adalah apakah suku bunga akan kembali dinaikkan?
台灣中央銀行將在周四召開會議，其中公眾的觀察重點是利率是否會再次調升？

➢ Departemen Pertahanan Amerika Serikat merilis laporan terbaru di mana Tiongkok menargetkan pembentukan tentara yang memiliki kemampuan untuk mempersatukan Taiwan dengan kekuatan senjata pada tahun 2027 dan memperluas inventaris senjata nuklirnya di saat yang bersamaan.
美國國防部釋放出最新報告，其中指出中國設定目標，建立 2027 年有能力以軍事力量統一台灣的軍隊，並同時擴大核武庫存。

➢ Otoritas Taiwan telah melarang merokok demi mengubah Taiwan menjadi pulau yang bebas dari asap rokok. Area yang dilarang tersebar di mana-mana, mulai dari tempat umum di ruangan tertutup hingga stasiun transportasi yang beratap, dan bahkan jalan setapak di luar toko serba ada dan kedai kopi.
台灣主管機關已經禁止吸菸，為了改變台灣成為無菸害島嶼，禁菸地區到處都是，從封閉空間的公共區域到有屋頂的車站，甚至超商外的走道和咖啡店。

➢ McDonald's yang mulai Maret berencana mempekerjakan lebih dari 1.000 pegawai full-time baru dan meningkatkan upah pegawai, di mana upah dan bonus.

麥當勞從 3 月開始計劃僱用超過 1,000 名全職新員工並調漲工資，工資包括薪水和獎金。

➤ Mana jodoh kaos kaki ini?
這雙襪子的另一隻在哪裡？

III-2.2.延伸閱讀(省略人稱代名詞)

印尼文常省略人稱代名詞，一種是「表示禮貌或尊重」之意，另一種是「省略也不會影響句義理解時」，前者在服務業很常見，例句如下：

例句

➤ (Anda)Bisa dibantu(saya)?=Bisa saya bantu?
(你)需要(我)幫忙嗎？

➤ Mohon dimaafkan.
請(你)原諒(我)。

➤ Kurang jelas. Tolong diulang/diulangi?
不太清楚，麻煩重複？

➤ Kuenya dicoba.
嚐嚐糕點。

➤ Silakan diminum.
請喝。

Ayat III-2.2.指示代名詞(Kata Ganti Demonstratif)

印尼文「指示代名詞(Kata Ganti Demonstratif)」的「ini(這、這個)」和「itu(那、那個)」，可適用在「人、事、物」上面，用法包羅萬象，下表整理給大家參考：

類　　　　　型	意　　　　義	範　　　　　　　　　　　　　　　　　　　　　　例
ini	這,這個,這位 (離彼此距離較近的人事物)	apa ini 這是什麼 buku ini buku saya 這是我的書 hari ini 今天 ini dia 就是他,就是這個 ini itu 這個那個,種種 ini-ini saja 老是這些(樣) siapa ini 這是誰
itu	那,那個,那些 (離彼此距離較遠的人事物)	(pada) waktu itu 那時,當時 anak itu 那個孩子 apa itu 那是什麼 buku-buku itu 那些書 dia itu 他那個人 hari itu 那天 itu-itu juga/saja 老是那樣,老套 siapa itu 那是誰

例句

- ➤ Apa isi kotak ini?
  這盒子的裡面是什麼？

- ➤ Apa nama barang ini?
  這東西叫什麼名字？

- ➤ Ini dia yang saya cari-cari.
  我找的就是他。

- ➤ A : Ini dari mana? (電話問答)請問哪裡找？
  B : Ini ada telepon. 有(您的)電話。

- ➤ Ada perlu apa?
  有什麼需要？

- ➤ Sebenarnya kami ini pun orang Taiwan.
  其實我們也是台灣人。

- ➤ Itu dia, kunci yang saya sedang cari-cari.
  那就是我正在找的鑰匙。

- ➤ Saya akan datang besok, itu pun kalau Anda tidak keberatan.
  如果你沒有不同意，我明天會來。

Pasal III-3. 家族關係表(Peta Kekerabatan)

　　每個國家親屬關係(Pertalian Keluarga/Kekerabatan)裡的家族稱謂都有它的民族及文化特性，也不見得有「daftar asal-usul(家譜)」，印尼也不例外，印尼文對「全家族(sekeluarga,seluruh keluarga,serumah)」成員的稱謂不像中文一樣可以簡單區分清楚，比如印尼文「kakak」，是指「哥哥或姊姊」，如果一定要細分，則可加上性別「kakak laki-laki(哥哥)」、「kakak perempuan(姐姐)」，另外，中文「姊妹」簡單兩個字，若用印尼文表示，會說成「kakak perempuan beradik perempuan」這麼長一串字，可省略成「kakak beradik perempuan」，「adik(弟弟妹妹)」也是如此區別。

　　為利理解，下方是作者自繪的「**家族關係表(Peta Kekerabatan)**」，除了血親(Pertalian Darah)外，印尼文的「姻親(Keluarga Semenda)」親屬關係也沒有分得很清楚，下表用方格內括號及網底「( )」表示彼此有夫妻(Pasutri)關係，例如：「bibi(伯母,嬸嬸)、bibi(舅媽)、paman(姑丈)、paman(姨丈)、kakak/adik ipar(大嫂/弟媳)、kakak/adik ipar(姊夫/妹夫)」，可以看得出來光講「bibi」，可以代表血親關係的「伯母、嬸嬸」，也可以指姻親關係的「舅媽」，其他如「paman(姑丈、姨丈)」及「kakak/adik ipar(大嫂/弟媳、姊夫/妹夫)」也是如此。另外，父親的兄弟(伯伯、叔叔)的小孩為「堂」兄弟姊妹，所生子女稱為「姪子/姪女」；但父親的姊妹(姑姑)的小孩則要稱為「表」兄弟姊妹，所生子女則為「外甥/外甥女」，不過「姪子/姪女、外甥/外甥女」印尼文都是一樣的「anak sepupu,ponakan/keponakan」。

　　印尼人也沒有把父親或母親那邊的「家族血親(Keluarga Sedarah)」親屬關係分的那麼清楚，例如爺爺奶奶和外公外婆、伯伯叔叔姑姑和舅舅阿姨、堂兄弟姊妹和表兄弟姊妹等，印尼文都是

相同單字，若真的要細分，可在親屬後方加上「來源」也就是「dari ayah(來自父親)」或「dari ibu(來自母親)」以區別來自父或母哪一邊，也就是說「paman dari ayah」是指「伯伯叔叔」，而「paman dari ibu」則是指「舅舅」，依此類推，「kakak ipar(大嫂/姊夫)」可以說成「kakak dari suami/istri」，而「adik ipar(弟媳/妹夫)」則可以用「adik dari suami/istri(大嫂/姊夫)」表示，以詳細區別。

　　下表稱謂均特別以括號加底線及粗體「(___)」強調，以作為區別，原則上是看是否同個家族，以前大部分是以「同姓」與否作區分，比如「keluarga Chen(陳家)」，當然現在子女可選擇從父或從母姓，就不能簡單判斷了，僅列舉較為常用的，至於像「buyut(曾祖母)、kakek buyut(曾祖父)」等較不常見的，為節省篇幅並未列入，親屬關係請參考下表：

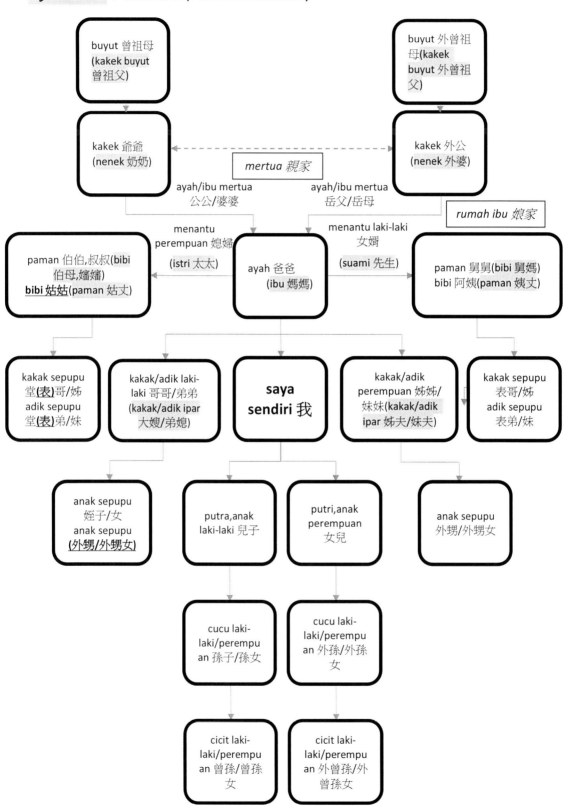

➢ Setiap hari adik saya bersepeda motor ke sekolah.
我弟弟每天騎機車去學校。(106 印導)

➢ Abdullah lebih tinggi dari kakaknya, dan tinggi kakaknya adalah 150 cm, berarti tinggi Abdullah lebih dari 150 cm.
Abdullah 比他哥哥高，他哥哥的身高是 150 公分，意思是 Abdullah 的身高超於 150 公分。(110 印導)

➢ Sepasangan cucu-nenek mengemis di hadapan stasiun kereta api utama Taipei.
一對祖孫在台北火車站前乞討。

➢ Kedua wanita mempunyai sangkutan keluarga.
這兩位女性有親戚關係。

➢ Akhir-akhir ini di Internet banyak netizen Indonesia dan Taiwan yang membahas seorang koki perempuan cantik. Dia adalah menantu Taiwan dari Indonesia dan dapat membuat beragam hidangan yang digunakan untuk ibadah festival dalam waktu yang sangat singkat, dan menjelaskan dalam dwibahasa Mandarin dan Indonesia membuat banyak ibu mertua terkesan.
最近網際網路上有許多印尼與台灣的網友在討論一位美麗的女性廚師，她是來自印尼的台灣媳婦，能夠在很短的時間內煮出各種節日拜拜用的飯菜，並以中、印尼雙語說明，讓許多婆婆媽媽印象深刻。

➢ Ada banyak orang Indonesia bekerja atau belajar di Taiwan bahkan ada yang sudah menjadi menantu perempuan Taiwan.
有很多印尼人來台灣工作或唸書，有的甚至已經成為台灣媳婦了。

III-3.1.1.延伸閱讀(長/ㄠ)

意 義	範 例
sulung 最年長的,最先的,最初的	anak sulung 長子、bibi sulung 大姑
bungsu 最小的	anak bungsu ㄠ子/小兒子、bibi bungsu 小姑

III-3.1.2.小提醒(回教婚姻)

大家都知道回教徒可以娶 4 個妻子，也就是合法的「一夫多妻制(Poligami)」，而印尼文也有「入贅(semenda/bersemenda)」和「memungut(招贅)」的用法，但「madu」這個字不只是「蜂蜜」，還可表示妻妾間關係，所以「memadu」就是「娶妾」、「娶小老婆」的意思，也可以說「menduai」，不過印尼回教徒公務員有明文規定禁止娶 4 個妻子的，除非辭職才能享齊人之福。

➢ Dia bersemenda kepada Indah.
他入贅給 Indah。

➢ Bapak Irvan dan ibu Devi bukan keluarga sedarah melainkan keluarga semenda.

Irvan 先生和 Devi 女士不是血親而是姻親。

印尼各地美食

1.siap(準備)→persiapan(準備,預備)→penyiapan(籌備)，意義稍有不同；但 bahas(研究,調查)→pembahasan(研討,評論)→perbahasaan(諺語,禮貌,禮節)，字義差別頗大。
2.tuan rumah 是指”東道主、主人、輪值主席(國)”的意思。
3.kemelesetan 是指”歪樓、離題、搞笑的主題、故意偏離的主題”的意思。
4.perpeloncoan 是”虐待新生、惡整儀式”的意思。

(問題在第 171 頁)

第 4 章 Bab IV

Pasal IV-1.副詞 Kata Keterangan
Pasal IV-2.重複詞 Kata Ulang

Kepulauan Raja Ampat, Papua Barat
四王群島(西巴布亞)

羞問路，迷於途 Malu bertanya, sesat di jalan

IV_副詞(Kata Keterangan)/重複詞(Kata Ulang)

印尼文"很多人不知道"、"不少人"、"不算大"、"不難發現"、"以防萬一"、"被嚇個半死"、"懶得鳥你"...這些常用語怎麼說？

答案都在 Ayat IV-1.1.副詞範例

Pasal IV-1.副詞(Kata Keterangan)

在文法中，副詞可以用來修飾「句子、動詞、副詞、形容詞」，印尼文的副詞有很多，茲整理如下表。

Ayat IV-1.1.副詞

以下介紹副詞，其中部分副詞還列有「同義字(Sinonim)」以及延伸用法，幫助讀者實際運用；另外副詞之中很重要的一部分就是「時間副詞(近來、迄今...)、地方副詞(這裡...)、情狀副詞(慢慢地...)、程度副詞(非常...)、肯/否定副詞(當然、絕不...)及頻率副詞(每天、經常...)」等，特別分類整理使用範例，以利實際應用：

範例(副詞)

agaknya,kelihatan/kelihatannya,kiranya,rupanya,tampaknya 看起來
agak 一點點,少數,滿,相當→agak besar 大一點→agak jauh 相當遠
akan segera 即將
akan terus berlanjut 將持續進行
akhir ini 近來→akhir-akhir ini 最近以來
akhirnya,akibatnya,alhasil,hasilnya 最後,結果,終於
alih-alih 不料,想不到,不是...而是
amat,banget,sangat,sekali 非常,很
anak yang pemalas 懶惰的小孩
aturannya 按理,本應,按常理
bagaimana mungkin 怎麼可能
bagaimana sekali pun 縱然如此
bagaimana 怎樣→sebagaimana,bersama...dengan 和...一樣
baik...maupun/maupun 不論...還是,不是...就是
baik 好→kurang baik 不太好→lebih baik 比較好→sangat baik 很好
balik,kembali,lagi,pula 重,又,再,也,還
banyak lagaknya 愛做作,愛裝模作樣
banyak pikir 想太多
barangkali,mungkin 可能,也許,或許
baru 剛,才→baru bisa 就會→baru enak 才好吃→baru mau 剛要,正要→baru saja 才剛→baru ada 才有
baur seperti penduduk setempat 像本地居民一樣融入

beberapa waktu terakhir 過去一段時間
belaga pintar 裝做聰明的樣子
belakangan ini,baru ini/baru-baru ini/terbaru,sekarang ini,dewasa ini 最近,目前
belum banyak berubah 還沒有很多改變
belum lama ini 不久之前
belum lama pula 不久之前也…
belum tentu 不一定
berapa 幾個→beberapa 好幾個→seberapa 那麼多→beberapa waktu lalu 之前一段時間→beberapa saat 一段時間
berbaris dalam 3 deret 排 3 排隊伍
berbeda banyak 差很多→berbeda jauh 差很遠
berbuntut panjang 曠日廢時
berhubungan,berkait/berkaitan/terkait,mengenai,sehubungan,tentang,yang bersangkutan(ybs)有關,關於,有關聯,相關人等,當事人
berikut ini adalah,sebagai berikut…以下是,如下→berikut rinciannya 以下是細節
berjalan perlahan 慢慢走
berjarak jauh 相距遠
berkulit badak 厚臉皮
bersumpah tidak akan…發誓不會…
bertambah-tambah,bertambah-tambah lagi,bertambah-tambah pula 一再增加,不斷增加,尤其是,再說
bertolak belakang 互相背對背
berubah menjadi lebih…變得更…
biasa-biasa saja 馬馬虎虎
biasanya 通常
bisa mabuk 會醉的
bisa-bisa 搞不好
buat banyak orang tak berdaya 讓許多人無力
bukan hanya/saja…tetapi juga 不僅…而且→bukan…tetapi/melainkan 不是…而是→bukan berarti 不是表示
bukan tidak 不是不(是)→tiada tidak 沒有不(有)→bukan tidak percaya 不是不相信
bukannya 不但不
dadak/mendadak,tiba-tiba,sontak 突然地
dalam demikian itu 於此同時
dan lain lain(dll)等等
dan sebagai/sebagainya(dsb)和類似的
dari awal hingga hayat menjemput/akhir,dari awal sampai akhir 自始自終,從頭到尾
dari pengalaman sebelumnya 根據之前的經驗
dari sekarang ke muka 從現在起
dari uraian di atas 綜上所述
demikian 這樣,如此,以至於

dengan demikian 基於此	
dengan kata/perkataan lain 換句話說	
di depan umum 公開地,大庭廣眾地	
di luar perkiraan 預料之外	
dikurangi setengah 被減半	
dini,dulunya,masa lalu 過去,早期	
doang,hanya,saja 只,只不過,全是→bikin susah doang 只是製造麻煩→air doang 全是水	
enggan memberikan komentar 不願表示意見	
entah 不知道,不清楚,或許,不知...還是不,不管...還是→entah apa(yang)不知道...什麼→entah asin entah manis 不管鹹還是甜→entah-entah 或許,說不定→entah datang entah tidak 不論來或不來	
hampir,kurang lebih,nyaris,sekitar-sekadar 大約,將近,左右,差點,四周,差一點,幾乎→nyaris mati 差點沒命	
hanya senang-senang 只是好玩	
hanya untuk jaga-jaga 以防萬一	
hanya untuk referensi 謹供參考→ini hanya untuk referensi saja 這謹供參考而已	
harus,mesti,usah,wajib 必須,有義務,一定→tidak usah 不需要	
hendaknya,seharusnya,sepantasnya 應該,理應,按理,最好,希望→tidak sepantasnya 不應該	
hingga akhir Februari tahun ini 截至今年 2 月底止→hingga kini,sampai sekarang 迄今,到目前為止	
hujan dengan lebat sekali 雨下很大	
ingin,mau,hendak,pengen,pingin 要,想要	
jadi biarkan saja 所以不管(它),隨它去吧	
jalanin saja 隨緣	
jangan-jangan 可別,說不定,恐怕,可不要	
jangkanya 理應	
jarang 不常,很少	
jauh lebih tinggi/rendah 高多了/低多了→jauh lebih sedikit 少多了	
jika/kalau tidak ingin 如果不要,以免→agar tidak 為了不要,以免	
jual lagak 擺架子,裝模作樣	
juga, pun 也→juga masih belum 也還沒有	
kadang-kadang/terkadang,sekali-sekali,sesekali 偶爾,很久一次,有時候→sekali-kali tidak 完全不,絕無	
kalau tidak salah 如果沒錯	
kalau-kalau 也許,或許,萬一	
kalau 如果,假設,萬一,比如說,那...呢?→kalau dapat 如果可以的話→kalau anda?那您呢？	
kayanya/kayaknya,layaknya,sepertinya(感覺)好像,比如,如同,感覺上→layak 合適的,適當的→selayaknya 理應,理所當然,合情合理	
kebalikannya(上下)顛倒,相反的	
keburu 早一步,匆匆忙忙,來得及→jangan keburu-buru 不要慌慌張張→masih keburu 還來得及→tidak keburu 來不及	
kelompang 中空的→lompong,kosong lompong 空空的,空空洞洞的	
Kemasan rokok kretek Dji Sam Soe isi 12 batang 內含 12 支 234 牌丁香菸的包裝盒	

kendati demikian,meski/meskipun,sekalipun,walau/walaupun 雖然,即使,雖然如此,儘管如此	
kerap,kerap kali,sering,sering kali 經常,常常	
keren 潮,瀟灑,神氣,帥氣→keren habis 潮極了,帥呆了	
kesekian kalinya 這麼多次,多次地,再次	
kian,kian ke mari,makin baik,semakin,semakin hari semakin 越來越,這麼多→sekian 這些,一些,就這樣→sekianlah dulu 就先這些吧→semakin hari semakin banyak 越來越多→kian hari kian 越來越	
kira-kira 大約,大概,將近,左右,上下,說不定,也許,或許,恐怕,估計,猜測,預料,別過分,考慮後果→kira-kira sedikit 放規矩些,自量一點→tidak kira-kira 太過分了	
kondisi pemesanan hotel penuh 飯店訂房情形很滿	
kondusif 有利於	
kukus sampai matang 蒸到熟	
kunjung 參觀,訪問,造訪,曾經→tidak kunjung 不曾,從未	
kurang beres 有些反常,不太正常	
kurang bersahabat 不太好客,不太友好	
kurang 不太→kurang suka 不太喜歡→tidak begitu suka 不是/沒那麼喜歡→paling tidak suka 最不喜歡	
lagi pula 再說,何況	
lahap 貪吃,餓死鬼似的→makan dengan lahap 狼吞虎嚥地吃	
lambat-laun,pelan-pelan,perlahan-lahan 慢慢地,久而久之	
lamun 但是,不管,發呆,沉思,恍神→lamun bagaimana 不管怎樣	
lawan bicara 說話對方	
lebih dari cukup 綽綽有餘	
lebih 比較→lebih suka 比較喜歡→lebih tidak suka 比較不喜歡→lebih lanjut 進一步,後續的→lebih baik,mending/mendingan,sebaiknya 最好	
lemah laun 慢條斯理	
lihat dulu 再說→lihat saja 光看而已	
lumayan 還(算)好,還可以,馬馬虎虎,還過得去→lumayan bagus 還算好	
maha 偉大的→maha baik/besar/tinggi 出類拔萃的,登峰造極的/非常偉大的/至高無上的	
makan besar 大吃大喝	
makan lebih dari 3 macam 吃超過 3 種	
malas makan 懶得吃	
mandi keringat 汗流浹背	
masa bodoh 隨...的便,我不管了,不聞不問,漠不關心,懶得鳥你	
masa/masak/masakan 怎麼可能,哪會,難道,是嗎,是真的	
masih tersisa arak sedikit 還剩下一點酒→hanya tersisa 3 juta orang 只剩下 3 百萬人	
masih terus bertambah besar 仍然持續大量增加	
masih tidak diketahui nasib 仍然下落不明	
masuk akal 有道理	
mau tidak mau 不得不	
melihat dengan jelas 看清楚	
memakan waktu dua detik 費時 2 秒	

memandang rendah 看不起
memang 的確,確實,本來,真的→memang begitu 的確如此
membawa turun gunung 帶下山
memberi bantuan dengan ikhlas 真誠地給予幫助
memiliki banyak sekali suku 擁有很多部族
mengaku dirinya 自稱
mengantre 排隊→剛剛大排長龍的那個 tadi yang mengantre panjang sekali itu→paling tidak suka mengantre terlalu lama 最不喜歡排隊太久
mengapa tidak 為什麼不(行)
mengasah otak 絞盡腦汁
mengurangi ongkos 削減費用→mengurangi tekanan 減輕壓力→mengurangi tenaga kerja 裁減人力
meningkat besar 大幅增加
menyambut langsung 親自迎接
moga-moga,mudah-mudahan,semoga 但願,希望
mulanya,mula-mula 起初,當初,一開始,自從
mungkin juga ada 可能也有
murah mulut 嘴甜 ˃murah tangan 慷慨,大方的
nahas 不吉利,倒楣→nahasnya 很遺憾地
naik menjadi 上升到
nakalnya bukan main 頑皮的不得了
namun pada intinya 但是重點是
nantinya 稍後,待會
nanti 等,等一下,即將,待會,以後→nanti dulu,nanti sebentar 等一下→hari nanti 將來
nekat 執著,不顧一切,鋌而走險,(不顧後果)冒險,膽大妄為,不甘心,不認輸
niscaya,tentu saja,tentunya 當然
nomor satukan 第一優先
numpang tanya 借問→numpang lewat 借過
orang 人→perorangan 個人→seorang 一人,自己,單獨→perseorangan 一個人的,私人的→saya seorang 我自己→seorang diri 自己一個人
pada asasnya/prinsipnya,pada dasarnya 基本上,原則上
pada saat yang sama 同時→hilang di waktu yang bersamaan 相同時間消失→di tahun yang sama 在同一年
padahal,sebenarnya,sebetulnya,sesungguhnya 事實上,實際上,其實
paling cepat akan...最快將...
paling 最,掉過頭,轉過臉,轉變(立場,方向,信仰)→paling tidak 至少,最不→paling sedikit 至少
pandai 善於,聰明的→pandai bicara 會耍嘴皮→pandai melukis 善於繪畫
pantas 適當的,迅速的,合理的,難怪
paruh/setengahmati 半死→terkaget/terkejut setengah mati 被嚇個半死
pas betul 剛剛好→jahat betul 壞透了→percaya betul 深信不疑,完全相信→tahu betul 十分了解,非常熟悉
pasca 後,之後→pasca mati 死後

pasrah mati hidup 聽天由命
pekerjaan sebelum 之前的工作
pendeknya 簡而言之
penuh dengan...到處充斥著...
penuh konsentrasi 全神貫注
perdana 第一,首(創),最前面的
perlahan sedikit 慢一點
pernah 曾經→belum/tidak pernah 不曾
persis 正好,正(中),準→Persis pukul 8 dia datang 他正好 8 點來了→persis kena kepalanya 正中他的頭部
per 每/從/按/接,彈簧,電燈泡
pesat 快速地,迅速地
pikir-pikir lagi 再想想
pintas,sepintas lalu/lintas 順道一提
pulang sampai rumah langsung tidur 回到家倒頭就睡
putar jalan 繞路→putar jalan jauh 繞遠路→putar jalan tikus, putar potong jalan 繞捷徑/小路
repot amat 很麻煩
ringkasnya,tegasnya 總而言之,總之
ronde 局,回合,輪→menang dalam ronde terakhir 最後 1 局贏了
rumah bagaikan kapal pecah 家裡一團亂
sadar tidak sadar 似醒非醒,迷迷糊糊的
saja 只有...而已,只是,總是,老是,一直,連...也,然而,任何,輕易的,隨意的,最好是,很→santai saja 放輕鬆就好→santai sejenak 放鬆一下→cuek saja 無所謂啦→lihat saja 光看而已
saking,sangking 由於,因為
saling berpandang 互相交換眼神
sama sekali 完全,全部,通通,根本→sama sekali tidak benar 這根本不是事實
sampai dengan(s.d.)(效期)到
sangat giat belajar 很努力學習
sangat tidak masuk akal 很不合理的
sangat,amat 很,非常→sangat enak 非常好吃→sangat-sangat enak 非常非常好吃→sangat sedikit 很少
satu gigitan tanpa disadari diikuti dengan gigitan lainnya 一口接一口無法停止
satu sama lain 彼此→saling menolong satu sama lain 彼此互相幫助
sayang 可憐,可惜,感到遺憾→sayang sekali 太可惜
sebagai pula 更不要說,更何況
sebagian 一些,一部分→sebagian kecil/besar 一小/大部分
sebaliknya 相反地→begitu pula sebaliknya 反之亦然
sebanyak 多達→sebanyak mungkin 盡可能地多
sebelumnya 以前,前面的,事先
sebentar,sejenak 一會兒,片刻→sebentar lagi 再一下
sebisa mungkin,sebisanya/sebisa-bisanya,secukupnya,sedapat mungkin,sedapat-dapatnya 盡量,盡可

能→sekuasa-kuasanya,sekuat-kuatnya 盡最大力量,盡最大能力→sejadi-jadinya 拼命地
sedang,tengah 正在
sediakala/sedia kala 以往,以前,以前時候,往日
sedia 原先,起初,以前,向來,一向→sedianya 原先,原來,本來,本應,本該
sedikit tapi bermutu 少而精
sedikit 一點點,少數→sedikit/lebih banyak 較多,多一點
seenaknya 自由自在地,盡情地
segera 立即,馬上→secepatnya,sesegera 盡快→secepatnya mungkin,sesegera mungkin 盡可能地快
seiring berlalunya waktu 隨著時間經過
seiring 隨著(+dengan)
sejauh saat ini,sampai saat ini 到目前為止→sejauh ini pada 2021 二〇二一年迄今為止
sejumlah 共計,一些,一筆→sejumlah kecil/besar 小/大部分
sekawan burung 一群鳥→kawanan ikan 魚群
sekedar 只是
sekeliling berantakan 四周亂七八糟
selalu,semua,senantiasa,belaka 一直,永遠,總是,老是,全是,純粹是→segala/segala-gala,segenap,sekalian,sekaligus,seluruh,serba 全部,全體,一切
selama ini 迄今
selebihnya 剩下的
selengkapan 完整地→kurang lengkap 不齊,不全,不完整
selera humor/humoris tinggi 高度幽默感
semakin besar,tambah besar 越來越大
semaksimal mungkin 盡最大可能
semangat belajar yang tinggi 高度學習精神
sembarang waktu 任何時候→sembarang tempat 任何地方
semboyan yang muluk tapi tidak berisi 華而不實的口號
sempat 有空,有時間,有機會,來得及,曾經,能夠,有辦法→tidak sempat 錯過,趕不上
sepanjang pengetahuan saya,setahu saya 據我所知,就我所知
separuh,setengah 一半
sepatutnya 理應,應該,適當地,合理地,當然,理所當然
sepenuhnya 全部,完全→sepenuhnya sesuai dengan 與...完全符合
seperti berjejak di atas bara 如坐針氈
seperti,laksana,umpamanya,misalnya,contohnya,seakan/seakan-akan,seolah-olah,bagai/bagaikan/sebagai 例如,彷彿,好像
sepuasnya 隨你喜歡
setengah kenyang 半飽→setengah masak/matang 半生不熟→setengah mati 半死→setengah mengerti 似懂非懂
seterusnya 以此類推,依此類推
setidaknya,sedikitnya,sekurang-kurangnya 至少
sewaktu 當...時候,與...同時→sewaktu-waktu 隨時,任何時候→sesewaktu 偶爾
siang bolong 光天化日

singkatnya,singkat kata,tegasnya 簡單地說,總而言之,總之
skala besar 大規模
sudah,telah 已經
sulit untuk dilupakan 難忘,難以忘懷
tadi 剛才→dari tadi 從剛剛開始
tahu ada 一定有(甭操心)
tahu beres/jadi 保證辦妥,一定辦成(不必擔心)
tahunya 只知道,就知道
tahu-tahu 不知不覺,無意間
tambahan lagi/pula 尤其是,又
tanpa 不用,不需要,沒有
tegak/berdiri bulu romanya 毛骨悚然
terhadap(thd)面對
terhampar sepanjang mata memandang,terhampar luas 一望無際
terlalu dibuat-buat 太過做作
terlalu 太,過
terlebih 最,太多→terlebih dahulu,pertama-tama 首先
tersebut(tsb)此,該
terserah 您決定,悉聽尊便,你決定就好,隨你,隨便,隨你便
tertinggi dalam sejarah 在歷史上最高
terus melanjutkan 持續進行
terutama 尤其→terutama pada saat 尤其是在...的時候
tiada 沒有→tiada taranya 無與倫比的→tidak dapat tiada 不能沒有(一定要有),一定,必然,不得不 →tiada duanya 獨一無二的→tiada mengapa 不要緊,沒什麼
tiba lebih awal 較早抵達
tidak ada artinya 不算什麼(沒有意義)→tidak mengapa/kenapa 沒事,沒什麼,沒關係
tidak akan banyak berarti 不會有太大意義
tidak akan terjadi lagi 不將再次發生
tidak asing 不陌生的,不罕見的,不稀奇的
tidak banyak orang tahu 很多人不知道
tidak begitu 不是那樣
tidak berasa/merasa apa-apa 沒有任何感覺
tidak berfungsi (untuk)沒有用,故障
tidak boleh bertemu 水火不相容
tidak cuma itu 不只這些
tidak dapat dipungkiri 不能否認
tidak dapat ditukar dengan uang tunai 不得換成現金
tidak dapat tidak 不得不,不能不(必須),不會不(絕對會)→tidak dapat tiada 不能沒有(一定要有)
tidak disangka 毫無疑問的
tidak habis pikir 想不通

tidak hanya itu 不僅如此	
tidak lagi perlu 不再需要	
tidak makan siku-siku 不誠實,搞小動作	
tidak mau kalah 不服輸,不認輸	
tidak mau-mau 一直不,老是不	
tidak membuahkan hasil baik 沒有達到好成效	
tidak menghangat mendingin 不冷不熱	
tidak menutup kemungkinan 不排除…可能性	
tidak mungkin 不可能	
tidak sadarkan diri 不省人事	
tidak sedikit orang 不少人→denda yang tidak sedikit 不少的罰款	
tidak sengaja 不是故意的,不小心的	
tidak setinggi yang lalu 沒有以前一樣高	
tidak sulit menemukan 不難發現	
tidak tahu/pernah 從未,從不	
tidak tahu-menahu 毫無所悉	
tidak tahu 從未,從不→tidak tahu-menahu 毫無所悉	
tidak tega melihat 不忍心看	
tidak termasuk besar 不算大	
uang pas-pasan 錢剛好,錢夠用	
umumnya 一般來說	
untuk setiap waktu 全程	
waktu dekat 近期	
yang terakhir ini 後者	

例句

- Fajar jajan di sembarang tempat. Akibatnya, perutnya sakit.
  Fajar 到處吃零嘴，結果肚子痛。(102 印導)

- Saya mau segelas air jeruk tanpa es.
  我要一杯橘子汁不加冰。(103 印導)

- Saya suka pekerjaan sebagai pemandu wisata, walaupun sangat capai.
  我喜歡擔任領隊的工作，雖然很累。(103 印導)

- Penerbangan CAL ke Jakarta selalu tepat waktu, jarang sekali terlambat.
  中華航空飛雅加達的班機一直很準時，非常少誤點。(103 印導)

- Di mata wisatawan, pemandu wisata seharusnya sebagai ahli dan pemandu yang ideal, untuk itu, Anda harus punya sikap kerja yang bertanggung jawab dan profesional serta semangat belajar yang tinggi.
  在觀光客眼裡，領隊應該是理想的專家和導覽人員，因此必須擁有負責任的工作態度、專業及高度學習的精神。(103 印導)

- Bu Emi : Pak, masih berapa lama kita sampai ke tujuan？ 先生，我們還有多久抵達目的地？

Pak Supir : Sudah hampir sampai, kira-kira masih 5 menit lagi Bu. 已經快到了，大約再 5 分鐘，女士。(103 印導)

➢ Dalam cuaca buruk biasanya pesawat terbang akan menunda waktu keberangkatannya. 通常在惡劣天候，飛機將延後出發時間。(104 印導)

➢ Joni : Bagaimana dengan cuaca Taiwan pada musim dingin? 台灣冬季氣候怎樣？
Rahmat : Kalau ada aliran dingin pada musim dingin, suhu bisa turun sampai sepuluhan derajat. 冬季如果有冷氣團，溫度能夠下降到 10 幾度。
Joni : Berarti saya harus pakai jaket tebal dan syal supaya tidak kedinginan. 這是我必須穿厚夾克和圍巾以避寒的意思。(104 印導)

➢ Indonesia adalah negara yang mempunyai kebiasaan tawar-menawar harga, terutama (pada) saat berbelanja di pasar tradisional. 印尼是個有討價還價習慣的國家，尤其是在傳統市場購物時。(105 印導)

➢ Setiap pasar malam di Taipei berciri khas tersendiri, ada yang jual banyak makanan enak, ada pula yang jual barang-barang murah. 台北每一個夜市都有單獨的特色，有的賣美味食物，也有的賣便宜物品。(105 印導)

➢ Sebagian besar turis asing di Taiwan suka sekali berkunjung ke pasar malam dan mencoba makanan kecil khas seperti tahu bau goreng. 在台灣大部分的外國觀光客很喜歡去夜市參觀並嘗試特色小吃，比如臭豆腐。(106 印導)

➢ Untuk menjaga kelestarian alam, pendaki gunung sebaiknya membawa turun gunung sampah-sampah yang diciptakannya di atas gunung. 為了保持環境不變，登山客最好攜帶在山上製造的垃圾下山。(106 印導)

➢ Apa nama makanan Taiwan yang paling kamu suka? 你最喜歡的台灣食物名字是什麼？(107 印導)

➢ Suhu udara di gunung Taiping jauh lebih rendah dari suhu di Taipei, maka hendaknya membawa mantel tebal kalau ke sana. 太平山上的氣溫比台北溫度低多了，因此如果去那裡應該帶厚大衣。(107 印導)

➢ Menjadi seorang pramuwisata, hendaknya menampilkan sifat-sifat humoris, suka menolong dan seorang pemimpin yang baik. 成為導遊，應該拿出幽默感、喜歡助人及好領導者的特質。(108 印導)

➢ Mi sapi adalah salah satu makanan orang Taiwan. Setiap toko mengasah otak dalam pembuatan/cara memasak mi sapi yang sangat enak. 牛肉麵是台灣庶民食物之一，每一家店都絞盡腦汁尋找更美味的製法。(108 印導)

➢ Danau Matahari Bulan di Nantou adalah salah satu dari 10 tempat wisata di Taiwan yang paling direkomendasikan dan ada kira-kira 6 juta orang berwisata ke sana setiap tahun. 南投的日月潭是最被推薦的台灣 10 個旅遊景點之一，每年大約有 6 百萬人去那裡旅遊。(109 印導)

➢ Dewasa ini pariwisata telah menjadi salah satu industri andalan utama dalam menghasilkan devisa di berbagai negara seperti Thailand, Singapura, Taiwan, termasuk Indonesia. 目前觀光已經成為各國創造外匯收入的主要產業之一，例如泰國、新加坡、台灣，也包括印尼。(110 印導)

- Orang yang sombong selalu dijauhi teman-temannya. "Sombong" sama artinya dengan ungkapan "besar kepala."
  非常傲慢的人會讓朋友疏離他，"傲慢"與"大頭症"的說法意義相同。(110 印導)

- Seharusnya pesawat ABC123 tiba di bandara pukul 20:15, tetapi telah diumumkan bahwa pesawat tersebut akan mengalami keterlambatan lima puluh menit, dengan demikian pesawat baru akan tiba pukul 21:05.
  ABC123 班機 20 時 15 分應該抵達機場，但是已經通知這班飛機將晚到 50 分鐘，所以，飛機將於 21 時 5 分抵達。(110 印導)

- Tidak mungkin begitu sial, hanya sekali makan di tempat banyak orang tertular penyakit.
  不可能那麼倒楣，在許多人的場所吃飯只有 1 次就被傳染。(111 印導)

- Mencoba membujuknya untuk makan sekali saja, belum tentu kambuh alerginya, lagipula harga nasi goreng udang lebih mahal.
  試著哄騙說只吃 1 次而已，過敏又不一定復發，而且炸蝦飯價錢比較貴。(111 印導)

- Wisatawan bisa bersepeda mengelilingi Taiwan, banyak rute yang bagus karena kadang kita bisa menikmati alam pegunungan dan pantai sekaligus.
  觀光客可以騎腳踏車逛台灣，有許多很棒的路線，我們有時候能夠欣賞到山區自然環境和全部的海灘。(111 印導)

- Apa mungkin bisa sampai ke bandara dalam 10 menit?
  有可能 10 分鐘內到達機場？(112 印導)

- Pada dasarnya, penumpang harus berada di bandara setidaknya 3 jam waktu keberangkatan untuk rute penerbangan internasional.
  基本上，乘客必須在國際航班出發至少 3 小時前到機場。(112 印導)

- Hari ini agak mendung, jangan lupa bawa payung saat keluar.
  今天有些烏雲密布，外出時不要忘了帶傘。(112 印導)

- Jika kondisi politik dan ekonomi negara tersebut tergolong baik, maka biasanya tidak ada pertimbangan yang memberatkan wisatawan asing untuk melakukan perjalanan. Hal tersebut berlaku sama untuk kondisi sosial, budaya dan alam serta ekologi.
  如果該國政治及經濟情形被歸類為好的，所以通常沒有會加重外國觀光客旅遊負擔的考量，這些情形對社會、文化與自然及生態狀態一樣有影響。(112 印導)

- Kelengkapan setiap unsur sangat penting dan saling berkaitan satu sama lain, karena unsur-unsur tersebut dapat mempengaruhi keinginan wisatawan untuk mengunjunginya.
  每個要素的完整性很重要，而且會彼此互相關聯，因為這些要素能夠影響觀光客參觀的意願。(112 印導)

- Selain itu juga terdapat pengobatan tradisional yang tidak asing bagi suku-suku asli Indonesia seperti ritual ketika seorang pria sudah dinyatakan dewasa dan kepala suku.
  此外也有對印尼原住民族不陌生的傳統醫療，例如當 1 名男性被宣布成人並成為部族頭目時的祭祀。(112 印導)

- Kiranya dia tidak mau menerima kami.
  看樣子他不要接見我們。

- Rasanya kedua orang itu bukan orang baik-baik.
  感覺上那兩個人不是好人。

- Saya kurang tahu.
  我不太知道。

- Sifat orang itu kurang menyenangkan.
  那個人的個性不太討人喜歡。

- Denis dan Usman sekarang tidak berbicara satu sama lain.
  Denis 和 Usman 現在彼此不說話。

- Para yatim piatu itu amat merindukan kasih sayang.
  那些孤兒們非常渴望關懷。

- Yanto orangnya seperti anak-anak.
  Yanto 就像小孩子一樣。

- Sebagian besar orang Bali adalah umat Hindu.
  大部分的巴里島人是印度教徒。

- Saya paling tidak suka mengantre terlalu lama.
  我最不喜歡排隊太久。

- Orang Taiwan terbiasa ke luar dengan memakai baju dalam kaos kutang, sandal jepit biru-putih dan membawa tas nenek/tas belanja khas Taiwan.
  台灣人習慣外出穿吊嘎(內衣)、藍白人字拖(鞋)及攜帶阿嬤袋(台式購物袋)。

- Ruang tamu apartmen yang kita menyewa di Singapura lowong sekali, anak-anak boleh bersepeda seenaknya di dalamnya.
  我們在新加坡租的公寓客廳很寬敞，小孩們可以在裡面自由自在地騎自行車。

- Program "Sertifikasi wisata ramah muslim" yang diusung perdana oleh Kota Taipei pada tahun 2019.
  "穆斯林友善景點認證"計畫在 2019 年首次由台北市辦理。

- Namun untuk mengembalikan kondisi keindahan pantai seperti sedia kala, mungkin bukan hal mudah.
  但是想要回到如同以往的海灘美景，可能不是容易的事。

- Diceritakannya bagaimana dia melalui beberapa tahun belakang.
  他述說過去幾年怎麼過的。

- BRI (PT Bank Rakyat Indonesia Tbk) yang salah satu dari empat bank BUMN terbesar di Indonesia baru-baru ini membuka cabang di Taipei, berfokus pada layanan keuangan pekerja migran.
  印尼 4 大國營銀行之一的印尼人民銀行(BRI)最近在台北開設分行，聚焦在移工金融服務。

- Patut dia tidak bisa pergi.
  難怪他去不成。

- Barangkali dia sudah ke Taiwan.
  大概他已經去台灣了。

- Akhirnya pria itu dapat menikahi wanita idamannya.
  終於那男子能夠娶他心儀的女子為妻。

- Ibu menjepit semua pakaian yang dijemur itu agar tidak terbang tertiup angin.
  母親用夾子夾住全部在曬的衣服，以免被風吹走。

- Entah apa yang dikatakannya tadi.
  不知道他剛剛說什麼。

- Sejak kemarau melanda, air di beberapa sungai di perkampungan itu mulai menguap.
  自從乾旱席捲各地，在鄉下好幾條河的河水開始消失。

- Saya sama sekali tidak tahu.
  我完全不知道。

- Kebun sawit terhampar sepanjang mata memandang.
  棕櫚園區一望無際。

- Kita harus memperingatkannya untuk kesekian kalinya.
  我們必須再次提醒他。

- Sudah jadi adatnya tidur lambat.
  晚睡已經成為他的習慣。

- Jakarta itu seperti apa ya?
  雅加達是像什麼樣的地方？

- Dua pengunjung nyaris hanyut tergulung ombak.
  兩名訪客幾乎被海浪捲走。

- Kelihatan sekali kalau artikel ini cerita yang dibuat-buat, sama sekali tidak masuk akal.
  這文章一看就是創作文，完全不合邏輯。

- Banyak warga nyaris kehilangan nyawa dalam gempa kali ini.
  許多居民在這場地震中差點失去生命。

- Tidak sedikit PMA di Taiwan yang memilih menggunakan sepeda listrik (Kendaraan beroda dua elektrik mikro) sebagai alat transportasi.
  許多在台外籍移工選擇使用電動自行車(微型電動二輪車)成為交通工具。

- Pemerintah akan berupaya maksimal untuk membuat biaya barang kebutuhan pokok terutama pakan ternak sebisa mungkin menjadi stabil.
  政府將盡全力讓基本必需品價格盡可能穩定。

- Pusat Komando Epidemi Sentral (CECC) mengumumkan biaya karantina warga asing yang tidak memiliki kartu askes akan dibebankan kepada yang bersangkutan mulai tahun depan.
  中央疫情指揮中心公布，沒有全民健保卡的外國人隔離費用將由相關人等自行負擔。

- Tentunya masih agak sedikit tidak terbiasa.
  當然仍然有點不習慣。

- Idul Fitri dan perayaan festival harus makan makanan khusus, baru ada perasaan merayakan perayaan!
  開齋節和節慶要吃特別的食物，這樣才有過節的感覺呀！

- Kota atau kabupaten yang paling hendak dikunjungi adalah Taipei. Turis yang paling ingin datang ke Taiwan baru-baru ini adalah Jepang dan Korea Selatan.
  現在最想來台灣的觀光客是日本和南韓，最想要參觀的縣市是台北。

➢ Sebuah kapal ikan berbendera Taiwan saat berlayar di sekitar perairan Pulau Diaoyutai disinyalir terbalik, hingga kini kapten berkewarganegaraan Taiwan dan 6 ABK asal Indonesia masih tidak diketahui nasibnya.
一艘台灣籍漁船當航行到釣魚台海域附近時被發現翻覆，到現在台灣籍船長和 6 名來自印尼的船員仍然下落不明。

➢ Pengurangan jadwal penerbangan akibat pandemi COVID-19 telah menyebabkan semakin banyak warga asing terlantar atau menetap melewati izin tinggal.
因為疫情航班減少，已經造成越來越多外國人滯留或逾期停留。

➢ Menurut statistik Ditjen Imigrasi Nasional (NIA), hingga akhir Februari tahun ini, 60% lebih dari 83.000 PMA yang melarikan diri adalah orang Vietnam.
根據移民署統計，截至今年 2 月底止，8 萬 3,000 名逃逸外籍移工中，超過 60%是越南人。

➢ Mereka yang ingin kembali mencari nafkah di Taiwan, nekat menyeludup dengan bantuan sindikat penyelundupan manusia.
他們想要再次來台謀生，在人口走私集團幫助之下鋌而走險從事偷渡。

➢ Apakah termasuk pengakuan ganda, masih harus mengamati respons Beijing dan perkembangan berikutnya.
是否算是雙重承認，仍然必須仔細觀察北京的反應和後續發展。

➢ Para nelayan diimbau jangan sampai sekali-kali terjerat hukum yang ada.
呼籲漁民絕不要違反現有法律。

➢ Meminta produsen dapat memastikan produk diperiksa dan memenuhi syarat baru diekspor.
要求生產者能確保產品檢查過與符合規定才被出口。

➢ Baru 16 tahun sudah menggalah tingginya.
才 16 歲就長這麼高。

IV-1.1.1. 小提醒 (segera/sedang/sekarang/sekarang ini)

「sedang(正在)、segera(立即,馬上)、sekarang(現在)、sekarang ini(最近)」這幾個意義相近的印尼文，平常使用容易混淆，舉例如下。

例句

➢ Ada salah seorang anggota rombongan wisata pingsan, hendaknya segera memanggil ambulans.
有旅行團員暈倒，應該馬上叫救護車。(103 印導)

➢ Selain Hong Kong dan China, Taiwan pun menjadi tujuan wisata yang makin populer karena keindahan alamnya. Tidak hanya itu, sekarang ini Taiwan semakin ramah Muslim. Hal ini bisa dilihat dari semakin banyaknya tempat ibadah yang ada di Taiwan dan tersebar di semua wilayah.
除了香港和中國，台灣也因為環境優美成為越來越受歡迎的旅遊目的地，不僅如此，台灣現在越來越對穆斯林友善，這能由在台灣各地越來越多的禱告場所看出。(109 印導)

➢ Toko-toko sekarang sedang obral di Jepang.
日本現在許多商店正在打折。

➢ Apa yang sedang dibicarakan mereka?
他們正在討論什麼？

➢ Sudah cukup untuk sekarang.
現在已經夠了。

➢ Saya sedang menerjemahkan surat dari bahasa Indonesia ke bahasa Mandarin.
我正在從印尼文翻譯信件到中文。

IV-1.1.2. 小提醒 (tadi/nanti)

「tadi(剛才,剛剛)」與「nanti(待會,即將,以後,等一下)」用法的差異,例如「tadi malam(昨晚)」、「nanti malam(今晚)」,主要差別在於「tadi(剛才,剛剛)」是指「過去、已發生」,而「nanti(等一下)」則是說「未來、尚未發生」。

例句

➢ Tadi pagi sudah rusak.
今早已經壞掉了。

➢ Tadi malam saya tidur nyenyak sekali.
昨晚我睡的很熟。

➢ Jangan diambil, nanti Anda dimarahi.
不要拿,待會你會被罵。

➢ Ayo pakai baju, nanti masuk angin!
快穿上衣服,否則待會就感冒了！

➢ Makanlah sedikit, nanti sakit.
吃一點吧,不然待會生病了。

IV-1.1.3. 延伸閱讀 (也、又、再、只)

juga 也→saya juga 我也是
kembali 又,再,重,回來,返回,不客氣[29]→akan dibuka kembali 將再次開放→mengambil kembali HP-nya 拿回他的手機→mengizinkan kembali impor 允許再次進口
lagi 再,又,還有,既...又,...了,正在→ulang sekali lagi 再重複一次→masih ada banyak lagi 仍然還有許多
pula 又,再→jangan pula...pun tidak...別說...也不...
pun[30] 也,也是→jangankan...pun tidak...別說...也不...→bagaimana sekali pun 縱然如此
saja 只→hanya bercanda saja 只是開玩笑
sedang 連,甚至,而,卻,即使,也,然而,就是

例句

➢ Jangan minta potong harga lagi, dua baju saya hitung kamu seribu lima ratus NTD.

---

[29] 對方說「Terima kasih」時,我方答謝「不客氣」用語除了「Sama-sama」外,也可以說「Kembali」。
[30] 詳見 Ayat V-1.10. 介係詞(-pun)的說明。

不要再要求減價，2 件上衣我算你新台幣 1,500 元。(104 印導)

➤ Kurang dari dua jam lagi kita akan naik pesawat ke Surabaya. Jadi sekarang kita harus berangkat ke bandar udara.
還有不到 2 小時我們將搭機去泗水，所以我們現在必須出發去機場。(106 印導)

➤ A : Kapan kita berangkat? 我們何時出發？
B : Kira-kira setengah jam lagi. 大概再半小時。(107 印導)

➤ A : Saya saja mempunyai satu anak. 只有我有 1 個小孩。
B : Saya mempunyai satu anak saja. 我只有 1 個小孩。

➤ Pramuwisata kembali menyerukan : Jangan minum bir Taiwan terlalu banyak, bisa mabuk!
導遊再次呼籲：別喝太多台灣啤酒，會醉的！

➤ Jangan pasrah saja dengan nasib Anda.
不要聽從命運的安排。

➤ Jangan pula orang muda, yang tua pun tidak mau pergi.
別說年輕人，連老人也不要去。

➤ Jangankan makan, minum pun Anda tidak.
別說吃飯，你水都不喝。

➤ Jangankan berjalan, berdiri pun dia tidak bisa.
別說走路，連站起來他都不行。

➤ Ibu lagi bikin kue.
母親正在做蛋糕。

➤ Keranjang telur kosong tanpa sebutir telur pun.
裝蛋的籃子 1 粒蛋也沒有。

➤ 6 tahun berselang kami berjumpa lagi.
隔了 6 年以後，我們才又見面。

➤ Untungnya bocah laki-laki yang tertabrak itu baik-baik saja setelah mendapat perawatan medis.
被撞的小男孩在醫療照護之後很幸運地沒事。

➤ Siapa pula yang memecah kabar bahwa dia hendak dipindahkan?
誰洩漏了他將被調走的消息？

IV-1.1.4.延伸閱讀(lagi)

「lagi」的意思有很多，整理如下：

用　　　　法	意　　　　義	範　　　　　　　　　　　　　　　　　　例
lagi	正在,還在	lagi kurang sehat 正感到不太舒服
	再	sekali lagi 再一次 tidak lama lagi 再不久 tidak percaya lagi 不再相信

269

用　　　　　法	意　　　　　義	範　　　　　　　　　　　　　　　　　例
	還有,還要	belum lagi 尚未,還不包括 mau apa lagi?還要什麼？ siapa lagi?還有誰？
	又,既…又…	besar lagi bersih 又大又乾淨 sudah pergi lagi 又去了
	更加	jangan lagi 更不用說,別提
	(加強語氣)…了	kapan lagi?(更待)何時？
lagi-lagi	又是,老是,還是,總是	lagi-lagi dia 又是他
lagi pun/pula	況且,何況,再說	

例句

➤ Sekarang lagi musim dingin.
　現在正在冬季。

➤ Dia lagi makan siang.
　他正在吃午餐。

➤ Orang itu datang lagi.
　那個人又來了。

➤ Hari ini lebih dingin lagi.
　今天更冷了。

➤ Hanya tinggal dua lagi.
　只剩下兩個了。

➤ Saya sudah tidak ingat lagi.
　我已經記不得了。

IV-1.1.5.延伸閱讀(請求)

印尼文「請」這個字有許多種不同的用法，分別具有「動詞、副詞、連接詞」的詞性，使用的場合、時機和表現的態度稍有不同，例如「Duduk!坐下！→Duduklah!坐吧！→Silakan duduk.請坐。」，說明如下：

用　　　法	意　　　　　　　　　　義	例　　　　　　　　　　　　　　　句
silakan	請 (一般用法,勸導,邀請,客氣的命令)	Silakan dicoba!請嚐看看！ Silakan duduk.請坐。 Silakan masuk!請進！
mohon	請求,請原諒 (禮貌、鄭重、拜託用法,對上級/長輩)	mohon bersabar 請有耐心 mohon izin kepada atasan 向上級請求許可 mohon maaf 非常抱歉 mohon perhatian 請注意 saya mohon diri 我個人請求原諒

用　　　法	意　　　　　　義	例　　　　　　　　句
tolong	請您,麻煩,幫忙 (求助、尊重用法,對上級/長者)	tolong dikabari 請您通知 tolong diulang?麻煩重複？ tolong memanggil ambulance 麻煩叫救護車
minta	(請)給我,要求 (一般/簡單請求、要求、拜託用法,簡單要求)	minta air putih 請給我白開水 minta bon 給我帳單 minta maaf(=maaf)對不起 minta tolong 救命/幫幫我
mari	(請)來這裡,讓,走吧	mari bersulang 乾杯 Mari kita berangkat!讓我們出發吧！ Mari makan!開動了！ Mari saya kenalkan 我介紹一下 Mari, coba jajanan! 走吧，嚐嚐零食！
harap/ berharap	請,希望,期望,祈求 (期望,盼望)	Harap diam!請安靜！ harap dimaafkan 請原諒 harap antre 請排隊
-lah[31]	請 (祈使句,客氣用法)	Berkatalah yang benar!請老實說吧！ Duduklah!請坐/坐吧！ Pergilah!請先去吧！
ayo	來吧	Ayo, habiskan kue ini 來吧，(我們)吃完這蛋糕

例句

➢ Mari segera kita ke ruang keberangkatan, pesawat sudah hampir terbang.
讓我們馬上去候機室吧，飛機已經要起飛了。(103 印導)

➢ Kalau boleh saya minta tempat duduk dekat jendela.
是否可以給我靠窗的位子。(103 印導)

➢ Saya mau minta kursi dekat jendela, karena saya suka melihat angkasa yang penuh awan.
我想要靠窗位子，因為我喜歡看充滿雲的天空。(103 印導)

➢ Suster : Tolong gulung lengan baju Anda, saya mau suntik. 麻煩捲起你的衣袖，我要打針。
Joni : Baik sus. Mohon pelan-pelan karena saya takut suntik. 好的，請慢慢地，因為我怕打針。(104 印導)

➢ Kami sekeluarga sangat antusias, dan berharap liburan segera tiba.
我們全家都很渴望，希望馬上到放假日。(105 印導)

➢ Bu Karim : "Apakah adik tahu rumah Bu Sinta?"你是否知道 Sinta 女士的家？
Kemal : "Saya tahu, Bu. Mari saya antar!" 我知道，太太，請讓我送(您去)。(107、109 印導)

➢ Tolong nasihati anak-anak itu!
麻煩警告那些小孩們！(107 印導)

➢ Apa pernyataan yang sering ditanyakan petugas bandara? Contohnya tolong tunjukkan tiket kepulangan Anda atau di mana Anda tinggal selama di sini?

---

[31] 其他用法請參考 Ayat V-3.17.語助詞(-lah)的詳細說明。

什麼話語經常被機場職員問到？比如麻煩出示你的回程機票或當在這裡時，你住在哪裡？(112 印導)

➤ Kalau saya salah berbicara tolong dibenarkan.
   如果我說錯，請更正。

➤ Boleh saya minta bantuan anda?
   我可以請您幫個忙嗎？

➤ Tolong dikabari.
   請您通知。

➤ Boleh tolong dijelaskan?
   可以麻煩說明一下嗎？

➤ Berharap berlebihan akan menjadi kekecewaan.
   期望太多可能會失望。

➤ A : Mari kita nail bus ke Danau Toba.　來吧，去多巴湖的巴士上車了。
   B : Bus yang mana?　哪一輛車？
   A : Yang hijau.　綠色那輛。

➤ Mari foto di sini.
   請來這裡拍照。

➤ (Ucapan itu doa) Katakanlah: tubuhku sehat, rezekiku melimpah, dan akan selalu bahagia, Amin.
   (禱告詞)請說出：我的身體健康、我的運氣滿滿，能一輩子幸福，阿門。

IV-1.1.6.延伸閱讀(benar/betul)

「betul」有時與「benar」意思互通，除了「對的,正確的」這個意思外，其他用法如下：

用　　法	意　　　　　　　　　　義	範　　　　　　　　　　　　　　　　　　例
benar	對,沒錯,正確無誤	apa benar?真的嗎？正確嗎？ benar kata-katamu 你說的沒錯,可以這麼說
	真實的,確實的,真正的	berita itu benar 那消息是真實的
	公正的,正直的,正當的,誠實的	Berkatalah yang benar! 老實說吧！ hukum benar 公正的法律
	(副詞)真,非常(形容詞,動詞之後)	baik benar 非常好 pagi benar 真早
	(語助詞)到底,究竟(疑問詞之後)	apa benar?到底怎樣？ bagaimana benar 究竟如何
	對,沒錯,正確無誤	apa benar?真的嗎
betul	正確的,對的	hitungan betul 計算對了
	正的,筆直的,純正的	berdiri betul 站直 emas betul 純金 jalan betul 正道,正軌

用　　　　法	意　　　　　　　　　　　義	範　　　　　　　　　　　　例
	正對著	sebelah timur betul 正東方
	準確,命中	jam delapan betul pagi 早上 8 點整
	確實的,真實的,真正的,確實如此	betul saya ke sana kemarin 確實我昨天有去那裡
	(副詞)很,非常,十分	jahat betul 壞透了 mahal betul 很貴 mantap betul 很讚 percaya betul 深信不疑,完全相信 tahu betul 十分了解,非常熟悉

例句

➤ Saya orang Taiwan betul/asli.
　我是道地/純正的台灣人。

➤ Perkataannya itu memang betul.
　他的說詞的確屬實。

➤ Otaknya kurang benar.
　他的頭腦不太正常。

➤ Jauh benar rumahnya.
　他家非常遠。

IV-1.1.7.延伸閱讀(habis)

「habis」除了常見的「用完,光了,空的」意思外,還有別的用法,如下:

用　　　　　　　法	意　　　　　　　義	範　　　　　　　　　　　　例
habis/abis	完了,用完,精光	gajian habis 薪水用完 habis tenaga 精疲力盡 nasi sudah habis 飯沒有了 segera habis terpakai 馬上被用完 habis terjual 被賣完 nyaris habis dipesan 幾乎預訂一空
	完成,結束,完畢	habis bulan 月底(=akhir bulan) habis tahun 年底,年終(=akhir tahun)
	之後,後來,那麼	habis makan 飯後(=setelah makan)
	沒辦法,有什麼辦法	Habis, dia tidak mau datang 沒辦法,他不要來
	因為	habis gajian 因為薪水 Habis tidak ada uang, tentu dia menangis 因為沒有錢,他當然哭了
	(副詞)(強調語氣) 很,非常	keren habis 潮極了,帥呆了(=keren banget) mantap abis 讚透了,棒呆了 segar abis 超爽的,爽呆了

例句

> Tiket film itu sudah habis dijual.
> 電影票已經賣光了。

> Upahnya habis untuk belanja rumah tangga.
> 他的薪水都花在家庭上。

> Semua slot kamping telah habis terpesan.
> 全部露營時段已經預訂一空。

IV-1.1.8.延伸閱讀(用完/花光用法)

中文常說「...用完了,...花光了」,印尼文也有類似的用法,摘要整理如下:

類　　　　　　　型	範　　　　　　　　　　　　　　　　　　　　　　　　　　　　　例
用完,光了	minum (sampai) habis 喝光,喝完、makam habis 吃光、habis termakan tikus 被老鼠吃光、kehabisan uang 錢花光了、uangnya sudah bersih 錢全花光了、rak barang disapu bersih 貨架被掃光、bakar habis 燒光、habis memborong 買光、laris manis 賣光

IV-1.1.9.小提醒(bagaimana/sebagaimana)

根據印尼語大字典(KBBI),「bagaimana(怎樣)」的詞性是「代名詞(Pronomina)」,而「sebagaimana(和...一樣)」的詞性則變成「語助詞(Kata Bantu)」。

例句

> Bagaimana rasanya bento Taiwan? Ini adalah pertanyaan dari hampir setiap wisatawan asing yang ke Taiwan.
> 台灣便當味道怎樣?這是幾乎每個外國觀光客來台灣的問題。(111 印導)

IV-1.1.10.小提醒(semua/seluruh)

印尼文「全部」可用「semua,seluruh,segala,segenap」這幾個字,文法上的區別是「semua」後接「可數名詞」,而「segenap」則須接「不可數名詞」,例如「semua pelajar(全部學生)、seluruh dunia(全世界)、seluruh badan(全身)、sekalian(全部,你們,順便,順帶)」。

IV-1.1.11.小提醒(ingin/mau)

印尼文「想要」的用法,最常見的有「mau、ingin」,文法上來說,「mau(要)」多用在口語、疑問句中,而「ingin(想)」則多用在書寫、優雅的陳述句/正式句裡,其他「想要」還可以用「hendak,pengen」,爪哇語的「pingin」也是「要,想要」的意思。

IV-1.1.12.延伸閱讀(tiada/tanpa)

印尼文「tiada」和「tanpa」都是「沒有」的意思,要詳細區分可能需要從文法來看,如下:

用　　法	意　　　　　　義	詞性	範　　　　　　　　　　　　　　　　　　例

tiada	tidak ada 沒有,不	動詞	tiada lagi sosokmu menemaniku 再也沒有你的身影陪伴我
tanpa	tidak dengan 沒有跟	副詞	kujalani hidup tanpa kehadiranmu 我過著沒有你的生活

例句

> Tanpamu aku tiada.
> 沒了你我什麼都不是。

> Pesan minuman di McDonald's sekarang boleh pilih gelas kertas biasa atau gelas daur ulang yang bisa disewa. 7-Eleven menyediakan gelas dengan hak paten sendiri, dan MOS Burger meluncurkan layanan peminjaman gelas tanpa batas lokasi toko.
> 在麥當勞點飲料現在可以選擇普通紙杯或能夠租借的環保再生杯,小七準備個人專利杯,摩斯漢堡推出不限店址的借杯服務。

Pasal IV-2.重複詞(Kata Ulang)/疊詞(Kata Ganda)

印尼文的「重複詞(Kata Ulang)」與中文「疊詞(Kata Ganda)」有不同的意涵,「中文疊詞」例如「寫寫書、去看看、小狗狗、平平安安、不了了之、人外有人...」,與原本單字的字義幾乎相同;但印尼文「重複詞」的意思**常有**不同的變化,而且字與字之間幾乎都會使用「連字號(Tanda Hubung)」,也就是「-」做分隔,除了單字本身就是重複詞外,有時是表示「不定複數、表達開心感覺、重複同樣動作、形容東西多樣豐富、強調程度(很,非常)」等意思。

Ayat IV-2.1 重複詞

根據印尼文文法,重複詞可以用「類型」和「意義」來做分類:

分類法	意　　　　　　　　　義	範　　　　　　　　　　　　　　　　例
類型	純粹兩個相同名詞、兩個相同名詞縮寫、加字首尾的兩個相同名詞、Ber/Me 動詞化的兩個名詞、與原名詞意思不同的新名詞、兩個不同名詞的組合...	undang-undang(UU)法律、keramah-tamahan 人情味、bertanya-tanya 再三詢問、menjelek-jelekkan 詆毀、kuda-kuda 支架,三腳架,馬步、tarik-tarikan 跟會,起會、tawar-menawar 討價還價、tawar-menawarkan 互相敬酒、berhari-hari 好幾天
意義	加強、多數/一般來說、一點點、最/盡可能、一直重複、互相、各式各樣、裝扮成、說明數量(總稱)、總是/一直...	malam-malam 很晚,太晚、sehat-sehat 相當健康、serendah-rendahnya 最低、buah-buahan 水果、anak-anakan 洋娃娃、diam-diam 偷偷地、boleh-boleh saja 一定可以、batuk-batuk 一直咳嗽

　　「兩個不同名詞的組合」部分,請參考「IV-2.1.1.延伸閱讀:合併詞(Kata Majemuk)」的說明;相同兩個名詞還可以有不同類型變化,具有相同意思或延伸出不同意義的重複詞,例如「bertahu-tahu(裝懂)」和「tahu-tahuan(裝懂)」互為同義字(Sinonim),本書以字首尾相同變化來摘要分類如下表,以方便記憶:

範例(重複詞)

① 兩個相同名詞

abu-abu 灰色	iseng-iseng 隨意地
agar-agar 石花菜	jadi-jadi 成功
alang-alang 拖拖拉拉,半吊子	jam-jam 時段
alat-alat 工具,器具	jangan-jangan 可別,說不定,恐怕,可不要
alih-alih 不料,想不到,不是...而是	jelek-jelek 再差也,都很差
amit-amit 真麻煩,真要命,希望不要發生	kadang-kadang 偶爾,很久一次
anai-anai 白蟻	kali-kali 乘法表
angan-angan 幻想,空想	kanak-kanak 兒童
baling-baling 風車,螺旋槳	kata-kata 一些話
bangsa-bangsa 許多國家	kayu-kayu 工具人
barang-barang 物品	kira-kira 大約,左右
baru-baru ini 最近	kuda-kuda 支架,三腳架,馬步
belang-belang 花紋,條紋,斑痕	kumur-kumur 漱口
benar-benar 真的	kunang-kunang 螢火蟲
biji-bijian 穀物	kupu-kupu 蝴蝶
biri-biri/beri-beri 腳氣病	kura-kura 烏龜
bisa-bisa 很毒,搞不好	kurang-kurang 越是,如果不
buru-buru 匆忙,急急忙忙	laba-laba 利潤,好處
ciri-ciri 特徵,特點,記號	lagu-lagu 歌曲
cita-cita 願望,抱負,理想	langit-langit 天花板
coba-coba 試試,試一試	layang-layang 風箏
cumi-cumi 魷魚	lebih-lebih 越是,更是如此
datang-datang 一來就,常來	maki-maki 一直罵
daun amis-amisan 魚腥草	malam-malam 很晚,太晚
dekat-dekat 靠近	malu-malu 害羞
detik-detik 當下,瞬間	masing-masing 各自的
diam-diam 偷偷地	mata-mata 警察,偵探,間諜
emak-emak 婦女們	matang-matang 很熟了
empek-empek 老人,老頭	moga-moga 但願,希望
enak-enak 很好吃的,專心,埋頭,舒服,逍遙自在	mula-mula 起初,當初,一開始,自從
enggan-enggan 不大想要,不太甘願	ngomong-ngomong 說到,聊到
gado-gado 印尼沙拉	nilai-nilai 價值觀念,道德標準
gara-gara 因為	odong-odong 行動遊樂園
habis-habis 完全,徹底	olah-olah 普通的
hati-hati 小心	oleh-oleh 伴手禮
hidup-hidup 繪聲繪影的	ondel-ondel 巴達維亞大人偶
icak-icak 假的,假裝的	
icip-icip 品酒師	

onde-onde[32] 湯圓	sendiri-sendiri 各自的,一個一個地
ongol-ongol(印尼)椰粉涼糕	sia-sia 無效果,徒勞,可惜
opasang-opasang 婦女們	silah-silah 家譜
pagi-pagi 一大早,大清早	subuh-subuh 凌晨天還沒亮,清晨一早
patah-patah 結結巴巴	sungguh-sungguh 認真的
patut-patut 正派的,有道理的	sungkan-sungkan 非常客氣
pecah-pecah 許多裂痕,龜裂	tahun-tahun 幾年
pelan-pelan 慢慢地	tahu-tahu 不知不覺
pikir-pikir 想想	tahu-tahu 不知不覺,無意間
pilih-pilih 東挑西挑	takut-takut 提心吊膽,一直害怕
pura-pura 假裝,逢場作戲,冒牌的	tiba-tiba 突然地
ragu-ragu 猶豫	tidak-tidak 不三不四,不倫不類
rata-rata 平均	tidur-tidur 躺著
sama-sama 同樣的,同等的	tinggi-tinggi 一般來說高
sampai-sampai 甚至,以致	ubun-ubun 天靈蓋
sangat-sangat 非常非常地	undang-undang(UU)法律
satu-satunya 單獨的,唯一的	undur-undur 倒退嚕螃蟹,蟻獅
satu-satu 一個接一個	wanti-wanti 反覆地,再三地
sehat-sehat 相當健康	

② 兩個相同名詞(se-)

seakan-akan 彷彿,好像	seolah-olah 彷彿,好像,例如
sehari-hari 天天,每天	sesuka-suka 隨心所欲
sekali-kali 偶爾	sewaktu-waktu 隨時,任何時候
semata-semata 只是,從...的角度來看	sewenang-wenang 任意,隨便,隨隨便便

③ 兩個相同名詞(se- -nya)

seada-adanya 隨便吃	sekecil-kecilnya 最小,盡可能小
sebanyak-banyaknya 盡量多	sekuasa-kuasanya 盡最大力量,盡最大能力
sebesar-besarnya 最大限度的	sekuat-kuatnya 盡最大力量,盡最大能力
sebisa-bisanya 盡量,盡可能	sekurang-kurangnya 至少
sedalam-dalamnya 最深,盡可能深	selama-lamanya 最久,最長,永遠
sedapat-dapatnya 盡量,盡可能	semasa-masa 隨時,任何時候
sejadi-jadinya 拼命地	serendah-rendahnya 最低
sejelek-jeleknya 再差也	setulus-tulusnya 最真誠的
sejujur-jujurnya 老老實實地	setahun-tahunan 全年,一年到頭

---

[32] 印尼沒有冬季,但印尼人,尤其是華人仍會吃湯圓,印尼文「湯圓」有「onde-onde」和「ronde」兩種說法,都是從荷蘭文「ronde」而來,意思是「圓形的」。

④ 兩個相同名詞 (ke-an)

kebuku-bukuan 帶有書卷氣息	kemarah-marahan 非常憤怒,大發脾氣
kecokelat-cokelatan 褐色,棕色	kemerah-merahan 淡紅
kekanak-kanakan 幼稚的,孩子氣的	keramah-tamahan 人情味
kekuning-kuningan 淡綠	kesewenang-wenangan 橫行霸道

⑤ 兩個相同名詞動詞化 (Ber 動詞/Ber-an 動詞/Me 動詞/Me-kan 動詞/ter-被動)

bahu-membahu 肩並肩	berkepul-kepul 團團濃煙升起
berabun-rabun,petak umpet 捉迷藏,躲躲貓	berkias-kiasan 互相挖苦諷刺,互相譏笑辱罵
beragam-ragam 各式各樣,形形色色	berkobar-kobar 熊熊烈火,轟轟烈烈,慷慨激昂
berasyik-asyik 沉醉,陶醉	berkuat-kuatan 互相比力氣,互相比高下
berbahasa-bahasa 拘謹,拘束地	berkunang-kunang 閃閃發光,眼冒金星,目眩
berbondong-bondong 成群結隊,魚貫,成群地	berlambat-lambat 拖拖拉拉,慢慢吞吞
berbunga-bunga 華麗的,有點綴的	berlapis-lapis 一層又一層的
bercantik-cantik 打扮	berlari-lari 跑來跑去,東奔西跑,亂跑
bercita-cita 立志,懷有理想	berlarut-larut 越扯越遠,沒完沒了,越演越烈
bercuit-cuit 動動手指	bermacam-macam 許多種類
berdebar-debar 心跳,心悸,忐忑	bermaki-makian 互相謾罵
berdebat-debatan 互相爭論,爭辯不休	bermalas-malasan 懶懶散散,吊兒啷噹
berdeham-deham 不斷發出乾咳聲	bermesra-mesraan 談情說愛,打情罵俏,搞曖昧
berdesak-desakan 擠來擠去,互相推擠	berminggu-minggu 數週,好幾週
berduyun-duyun 成群湧入	bermudah-mudah 掉以輕心
berenak-enak 自由自在地,舒舒服服地	berolok-olok 戲謔,嘲弄,開玩笑
berenang-renang 游來游去	berpada-pada 還行,過得去,湊合,適可而止
berfoya-foya 吃喝玩樂,遊山玩水,花天酒地	berpandang-pandangan 面面相覷
berganti-ganti 不斷更換,換來換去,輪流,交替	berpeluk-pelukan 互相擁抱
bergeleng-geleng 不斷搖頭	berpukul-pukulan 互相毆打
bergesa-gesa 匆忙,急急忙忙	berpura-pura 假裝
berhantam-hantam 互相毆打	bersakit-sakit 辛辛苦苦,吃苦
berhari-hari 好幾天	bersalam-salaman 互相握手致意
beribu-ribu 成千上萬	bersama-sama 共同,一起,同時
beri-memberi 互相,禮尚往來	bersantai-santai 輕鬆,休息
berjalan-jalan 走來走去,散步,遊玩,遊覽	bersekat-sekat 有許多隔牆的,隔成許多間的
berjam-jam 有好幾個小時	bersenang-senang 很快樂
berjatuh-jatuhan 紛紛落下,不斷落下	bersiap-siap 進行準備,摩拳擦掌
berjejer-jejer 一排排的	bersungguh-sungguh 認真,盡力
berkali-kali 屢次,再三,頻繁,多次	bersunyi-sunyi 獨居,隱居
berkelok-kelok 彎彎曲曲	bertahun-tahun 好幾年

bertahu-tahu 裝懂	mengangguk-angguk 頻頻點頭
bertambah-tambah 一再增加,不斷增加	menggedor-gedor 一直猛烈敲門
bertanda-tandaan 互換戒指,訂婚	menggeleng-gelengkan 搖搖(頭)(表示否定)
bertanya-tanya 再三詢問	mengiming-iming 吸引,引誘
bertele-tele 囉嗦,七嘴八舌	mengolok-olokkan 嘲諷,戲弄,開玩笑
berteriak-teriak 大叫,尖叫	mengulur-ulur 一再拖延,加油添醋
bertimpa-timpa 接踵而來,接二連三	menjadi-jadi 越來越
bertingkat-tingkat 分等級的,一層層的	menjelek-jelekkan 詆毀
bertolak-tolakan 互相推來推去	menjerit-jerit 大叫,尖叫
berturut-turut 連續的	menyama-nyama 裝做一個樣子
berubah-ubah 不斷變化	menyapu-nyapu 揉
curiga-mencurigai 互相懷疑	menyia-nyiakan 浪費
datang-mendatangi 互相往來,互相拜訪	mewanti-wanti 再三叮嚀
debat-mendebat 互相爭論,爭辯不休	punggung-memunggung 背對背
dorong-mendorong 互相推來推去[33]	sila-menyilakan 互相謙讓
injak-menginjak 互相踐踏	silih-berganti 輪流,交替
melebih-lebihkan 誇大其辭,加油添醋	singgung-menyinggung 互相冒犯,互相刺激
meluap-luap(精力)充沛,(情緒)高昂	tarik-menarik 吸引
memanggil-manggil 一直叫喊,呼喚	tawar-menawarkan 互相敬酒
memata-matai 監視	tawar-menawar 討價還價
membawa-bawa 連累,牽扯	terangin-angin(風聲)傳開了
membela-belai 總是保護	terbahak-bahak 大笑,哈哈大笑,放聲大笑
memberat-beratkan 自誇,諉過	terburu-buru 匆匆忙忙,急急忙忙
memijit-mijit 按摩	tergila gila 太瘋狂
memperolok-olokkan 嘲諷,戲弄,開玩笑	terkeping-keping 支離破碎,四分五裂
mempersama-samakan 圍攻,圍毆	terlari-lari 逃竄,拼命逃跑,抱頭鼠竄
menakut-nakuti 恐嚇,嚇唬	terlebih-lebih 更是如此
menanti-nantikan 殷切地期盼	termimpi-mimpi 夢見
mencoret-coret 塗鴉	terombang-ambing 漂泊,上下顛簸,隨波飄盪
mencuri-curi 偷偷地	terpecah-belah 處於分裂狀態,分崩離析
mendorong-dorong 一再催促	terpincang-pincang 一跛一跛
mengacu-acu 再三考慮,仔細斟酌	tertatih-tatih 搖搖晃晃,跌跌撞撞,踉踉蹌蹌
mengada-ada 危言聳聽,胡說八道,誇大其辭	terus-menerus 持續不斷
mengaduk-aduk 不停攪拌,東翻西翻	tolong-menolong 互相幫助
mengaku-ngaku 自稱,承認,認...做	tukar-menukar 交換

⑥ 兩個相同名詞(-an)[34]

---

[33] Me 動詞放在重複詞的前或後,例如「dorong-mendorong(互相推來推去)」和「mendorong-dorong(一再催促)」,意義大不同。

[34] 除了「物品的總體」外,也常表示「玩具或模仿真實的物品」。

anak-anakan 洋娃娃,玩具娃娃	laga-lagaan 裝模作樣,裝腔作勢
anjing-anjingan 玩具狗	langit-langitan 天花板,上顎
besar-besaran 大肆的,大規模的	mati-matian 拼命的,裝死
buah-buahan 各種水果,假水果	mobil-mobilan 玩具車
bulan-bulanan 月球模型/畫,靶子,目標,獵物	mudah-mudahan 但願,希望
dengar-dengaran 聽話,輕信,道聽塗說	obat-obatan 藥
dorong-dorongan 互相推來推去	orang-orangan 假人,稻草人
ejek-ejekan 嘲笑	pas-pasan 剛好,夠用
habis-habisan 徹底,全部,體無完膚	perang-perangan 戰爭遊戲
icak-icakan 假的,假裝的	rumah-rumahan 扮家家酒
iring-iringan 隨行隊伍	sakit-sakitan 多病的,常常生病的
jadi-jadian 人扮的	sebut-sebutan 討論話題
jam-jaman 按小時計算	tahu-tahuan 裝懂
kacang-kacangan 堅果類	tarik-tarikan 跟會,起會
kecil-kecilan 小型的,小規模的	terang-terangan 直接了當地
keibu-ibuan 女性的,婦女的,母性的	tidur-tiduran 躺下
kejar-kejaran 互相追逐玩	uang-uangan 假錢,金錢狀物品
kenang-kenangan 紀念,紀念品	ugal-ugalan 胡作非為,無理取鬧
kucing-kucingan 躲貓貓遊戲	umpet-umpetan 捉迷藏,躲躲貓
kuda-kudaan 木馬,鞍馬,騎馬遊戲	

⑦兩個**不同**名詞

balik-bokong 弄反了,穿反了	kalang-kabut 混亂的,亂七八糟的,手忙腳亂的
basa basi 閒聊,客套話	kembang-kempis 氣喘呼呼,提心吊膽
berkelap-kelip 閃爍,閃閃發光	kian ke mari 越來越,走過去,來來回回
bersangkut-paut 與...有關	kotak-katik 行蹤動態,動靜,音訊
bersatu-padu 團結一致	lambat-laun 慢慢地,久而久之
bersimpang-siur 來來往往,絡繹不絕,眾說紛紜	lauk pauk 豐盛飯菜
bersorak-sorai 歡呼,喝采	liang-liuk 蜿蜒,彎彎曲曲
bersusah payah 千辛萬苦,辛辛苦苦,賣命,賣力	mondar-mandir 來來回回,徘徊
berwarna-warni 五顏六色,五彩繽紛	morat-marit 紊亂的,亂七八糟的
bolak-balik 往返,來回,反反覆覆	otak-atik 愛亂動,喜歡摳摳摸摸
desas-desus 竊竊私語,耳語,流言蜚語,謠言	pecah-belah 破碎,分裂,七零八落,四分五裂
detak detik 滴答聲	pemuda-pemudi 年輕男女
gembar-gembor 大聲叫嚷,大喊大叫,大肆宣揚	pernak-pernik 囉嗦,七嘴八舌,小物品
gerak-gerik(各種)動作	plin-plan/plintat-plintut 拐彎抹角,模擬兩可
hiruk-pikuk 喧嘩,吵鬧	porak-poranda/peranda 亂七八糟,雜亂無章
jungkat-jangkit 上下翹動,一起一落	ramah-tamah 熱情
kacau-balau 十分混亂,亂七八糟,一團糟	sayur-mayur 各種蔬菜

sekitar-sekadar 大約,將近,左右,差一點	tolak balik 往返
serba-serbi 各式各樣的	tunggang-langgang 狼狽不堪,抱頭鼠竄
sunyi-senyap 靜悄悄	utang-piutang 債務/借貸關係
teka-teki 謎語,疑問	wara-wiri 走來走去,猶豫不決,忐忑不安

例句

- Lalu lintas di jalan sangat padat pada jam-jam berangkat dan pulang kantor.
  在上下班時段，路上交通很擁擠。(102 印導)

- Di pasar tradisional, kita bisa berbelanja secara tawar-menawar.
  在傳統市場，我們可以用討價還價的方式購物。(102 印導)

- Jangan lewatkan untuk membeli pernak-pernik lucu yang ada di pasar malam Taiwan, seperti kaos, helm funky, dan payung bentuk botol yang sedang marak digunakan banyak orang.
  不要錯過在台灣夜市買好玩的小物品，例如 T 恤、時髦的頭盔以及很多人用的有名瓶子造型雨傘。(102 印導)

- Rombongan kami berjumlah 20 orang membeli banyak sekali baju di pasar malam, harganya murah sekali, sampai lupa untuk tawar-menawar.
  我們團有 20 人，在夜市買了很多上衣，價錢很便宜到忘了討價還價。(103 印導)

- Para tamu Anda berteriak-teriak di lobby hotel, maka Anda memohon mereka berbicara dengan nada suara yang lebih rendah.
  你的客人們在旅館大廳大叫，所以你請他們講話聲音小一點。(103 印導)

- Di sini ada jual perangko kenang-kenangan?
  這裡有賣紀念郵票嗎？(104 印導)

- Waktu terbaik untuk mengunjunginya adalah sekitar bulan Februari dan Maret karena bunga sakura sedang bermekaran dan kebun bunga yang berwarna-warni sedang memamerkan warna-warna terindahnya.
  最好的參觀時間是大約 2、3 月，因為櫻花正在盛開，而且五彩繽紛的花園正在展現最美的顏色。(104 印導)

- Kadang-kadang saya ikut grup mendaki gunung, perjalanan yang kami daki sangat melelahkan sekali karena memakan waktu berhari-hari.
  有時我跟團登山，因為要花好幾天，攀登的路程非常累。(105 印導)

- Sejak masa kanak-kanak, saya sering diajak bermain-main ke kebun binatang oleh kedua orang tua saya. Tua muda dan anak-anak semua suka ke sana.
  從兒童時期，我經常被父母帶去動物園玩，老少與小孩全部都喜歡去那裡。(105 印導)

- Taiwan melarang buah-buahan dan produk pertanian luar negeri dibawa masuk tanpa izin resmi.
  台灣禁止攜入沒有正式許可的外國水果和農產品。(105 印導)

- Para turis asing suka berwisata ke Jiufen di Kota Taipei Baru karena bangunan artistik di kedua sisi jalan yang berkelok-kelok.
  外國觀光客喜歡去新北市九份旅遊，因為在彎彎曲曲的街道兩旁有人造建築。(106 印導)

- Setiap kali saya bertemu untuk pertama kali dengan tamu, kami akan tukar-menukar kartu nama.
  每次我遇到初次見面的客人，我們都會交換名片。(106 印導)

- Hatinya berbunga-bunga setelah mengetahui dia telah lulus ujian.
  知道已經通過考試之後，他心花怒放。(106 印導)

- Ternyata dia selalu membawa-bawa namaku untuk kepentingan dirinya sendiri.
  明顯地，他一直為了個人利益牽扯上我的名字。(107 印導)

- Wilayah Taiwan terbagi menjadi wilayah barat dan timur. Wilayah barat terbagi lagi menjadi wilayah utara, tengah dan selatan. Masing-masing wilayah tersebut mempunyai keunikan tersendiri.
  台灣被分為西部和東部，西部再被區分為北、中和南區，每個地區都有個別的特色。(107 印導)

- Pembicaraan pramuwisata dan turis asing tidak hendaknya/pantas ada singgung-menyinggung dengan soal agama, ras dan politik.
  導遊和外國觀光客的談話間不應該冒犯宗教、種族和政治問題。(108 印導)

- Kementerian Transportasi dan Komunikasi (MOTC) menggelar konferensi pers untuk mengumumkan pencapaian kementerian selama tahun 2018. Pada sektor pariwisata, selama empat tahun berturut-turut jumlah wisatawan mancanegara yang mengunjungi Taiwan berhasil melampaui angka 10 juta per tahun.
  交通部舉行記者會公布 2018 年該部完成的事情，在旅遊業，連續 4 年期間外國觀光客訪台的總數成功超過每年 1 千萬人次的數目。(108 印導)

- Apabila ingin mendapatkan kesenangan atau keberhasilan di kemudian hari haruslah berani bersusah payah terlebih dahulu.
  如果想要在以後的日子得到愉快或成功，必須先不怕千辛萬苦。(108 印導)

- Kami berjanji akan bertemu di lobi hotel pada jam setengah sebelas, jadi saya harus bersiap-siap sekarang agar tidak terlambat.
  我們約好將於 10 點半在飯店大廳見面，所以我現在必須開始準備以免遲到。(110 印導)

- Anak kembar ini benar-benar serupa, tetapi anak kembar itu tidak mirip sama sekali.
  這雙胞胎真的很像，但那雙胞胎完全不像。(111 印導)

- Berteriak keras-keras karena akan didenda berat.
  因為會被重罰而大聲叫喊。(111 印導)

- Museum seni sedang mengadakan pameran lukisan panorama alam. Karena pameran ini merupakan karya pelukis ternama, sehingga menarik banyak pengunjung yang mengunjungi museum sampai-sampai pihak museum harus memberlakukan pembatasan pengunjung.
  藝術博物館正在舉辦自然景觀畫展，因為這展覽是知名藝術家的創作，所以吸引許多參觀者參觀博物館，甚至館方必須限制訪客。(112 印導)

- Walaupun jumlah karya lukisan yang dipamerkan tidak banyak, tetapi karya lukisan tersebut sangat hidup, pengunjung seolah-olah berada dalam lukisan, dan dapat merasakan hembusan angin yang bertiup.
  雖然展出的畫作數量不多，但是這些畫作很逼真，參觀者如同身歷其境，能夠感受到風的吹動。(112 印導)

- Ada-ada saja! 真是莫名其妙！

- Kami tentu akan bekerja baik-baik kalau dibayar mahal.
  如果付高薪，我們當然會好好工作。

- Kata-kata pramuwisata sudah menyingkapkan berbagai teka-teki yang terkandung di dalam hati saya.
  導遊的一席話解開我心中種種謎團。

- Anak-anak penduduk baru Indonesia menggunakan "Bahasa Ibunya" untuk mengejar mimpi. Berharap bisa menjadi jembatan komunikasi antara "Taiwan dan Indonesia".
  印尼新移民的小孩使用媽媽的語言(母語)追逐夢想，希望能成為台灣和印尼之間的溝通橋樑。

- Jangan coba-coba pergi ke tempat seperti itu.
  不要試著去像那樣的地方。

- Jangan bekerja alang-alang.
  做事不要拖拖拉拉。

- Berjejer-jejer taksi berhenti di tempat parkir.
  一排排的計程車停在停車場。

- Ini tidak bersangkut-paut dengan dia.
  這與他無關。

- Kita bayar masing-masing/sendiri-sendiri.
  我們各付各的。

- Populasi Taiwan menua dengan kecepatan tinggi. Turunnya angka kelahiran dan naiknya usia rata-rata adalah penyebab percepatan menuanya populasi Taiwan.
  台灣人口快速老化，出生率減少且平均年齡增加是台灣人口老化加速的原因。

- Kurang-kurang dilarang, lebih-lebih lelaki mau pergi.
  越是禁止，男性越想去。

- Banyak orang berbondong-bondong untuk mendaftar.
  許多人成群湧入報名。

- Tersebar desas-desus dia akan pensiun pada akhir tahun ini.
  傳說他將在年底退休。

- Situasi ini telah menyatukan keluarganya yang terpisah bertahun-tahun.
  這情形已經使得他分裂多年的家庭團結起來。

- Kita harus siap menyambut kematian yang datang kapan saja dengan beramalkan pahala sebanyak-banyaknya.
  我們必須盡量多做善事以準備面對不知何時到來的死亡。

- Tempat-tempat pembelanjaan yang memberikan promo atau diskon besar-besaran selalu sesak dengan keramaian pengunjung.
  提供大量促銷或折購的購物場所完全擠滿了訪客。

- Di tengah hiruk-pikuk nya ibukota, masih banyak warga yang hidup dalam kemiskinan.

在首都的喧囂之中，仍有許多居民生活在貧窮裡。

➢ Saya datang subuh-subuh buat kerja.
凌晨天還沒亮我就來做工。

➢ Saya tidak suka berlari-lari atau berjalan-jalan, rasanya capai!

我不喜歡跑來跑去或走來走去的，感覺很累！

➢ China dijadwalkan menggelar latihan militer besar-besaran di jalur perairan sibuk di sekeliling Taiwan.
中國預定在台灣周邊忙碌的領海航道實施大規模軍事演習。

➢ Kami duduk berpandang-pandangan.
我們面面相覷地坐著。

➢ Mereka menangis sambil berpeluk-pelukan.
他們一邊哭一邊互相擁抱著。

➢ Saya lebih suka ke pasar tradisional untuk membeli sayur-mayur hidup.
我比較喜歡去傳統市場買新鮮蔬菜。

➢ Obat pereda nyeri dan obat flu setidaknya disiapkan masing-masing satu kotak untuk berjaga-jaga.
止痛藥和感冒藥至少要各準備 1 盒以備不時之需。

➢ Situasi pandemi lokal berangsur mereda. Masa kini biaya karantina warga yang terdiagnosis di Taiwan saat ini tanpa mengecualikan kewarganegaraannya ditanggung sepenuhnya oleh pemerintah dengan anggaran negara. Seluruh diagnosis setelah terdiagnosis positif serta sejumlah biaya terkait atau biaya menetap di rumah sakit akan ditanggung oleh warga asing masing-masing di masa depan.
本地疫情逐漸趨緩，目前台灣確診民眾的隔離費用現在沒有排除國籍，全部用國家預算支應，未來確診之後的全部醫療診斷與相關費用或住院費用將由外國人自己負擔。

➢ Untuk menumpangi jalur kereta menuju Taipei, warga setempat sekarang tidak perlu susah payah lagi naik bus shuttle dan khawatir akan terlambat naik kereta.
為了搭乘去台北的火車線，當地居民現在不再需要費盡千辛萬苦搭乘接駁巴士還要擔心搭不上火車。

➢ Dia mata-mata yang menyamarkan diri sebagai pedagang.
他是喬裝成商人的間諜。

➢ Jika memang benar-benar parah.
如果真的確實嚴重。

IV-2.1.1.延伸閱讀(合併詞)

印尼文形容詞的位置是在名詞的後面，例如：「bambu(竹子)+runcing(尖的)→bambu runcing(削尖的竹子)」、「ban(輪胎)+kempis(縮小)→ban kempis(爆胎)」，其他還有「kartu nama(名片)」、「kartu kredit(信用卡)、「kartu emas kerja(就業金卡)」等例子，這與中文的形容詞在名詞前面是相反的。

印尼文「合併詞(Kata Majemuk)」又稱「複合詞」，有「名詞+形容詞」及「不同名詞+名詞」等兩種組合，這裡「兩個不同名詞」與之前「兩個相同的名詞組合」的「重複詞(Kata Ulang)」有所不同。舉 1 個「合併詞」的常用例子「es teh(冰茶)」與「teh panas(熱茶)」來對照說明，前者「es teh(冰茶)」是「兩個不同名詞」組合，所以是「es(冰)+teh(茶)」；而後者「teh panas(熱茶)」則是「名詞+形容詞」所以是「teh(茶)+panas(熱的)」，其他例子如下：

範例

akses tap in-tap out 嗶卡進出	periode serah-terima vaksin 疫苗交貨期
akta jual-beli 買賣契約	pulang-pergi 來回
hitam-putih 黑白,真相	sekolah-kerja 工讀
ibu hamil 懷孕婦女	soal-jawab 問答題,問答(Q&A)
jangka menengah-panjang 中長期	tanggung jawab 責任
kewarga-negaraan 國籍	warga-negara asing 外籍人士
masker non-anyaman 不織布口罩	zone ganjil-genap 單雙號區域

例句

➢ Sebagai pramuwisata yang bertanggung jawab, tidak hanya harus bisa berbahasa asing, juga harus memerhatikan kepentingan wisatawan yang dipandunya.
成為負責任的導遊，不只必須能說外語，也必須注意所接待觀光客的興趣。(105 印導)

➢ Seorang pramuwisata yang disiplin sebaiknya bersikap ramah, sabar, cekatan dan penuh tanggung jawab.
有紀律的導遊最好擁有友善、耐心、機靈和完全負責的態度。(105 印導)

➢ Orang Taiwan lebih suka baseball dan bola basket daripada sepak bola.
比起足球，台灣民眾更喜歡棒球和籃球。

IV-2.1.2.延伸閱讀(be/le/se/te 開頭特殊複合詞)

有少數特殊的「相同名詞組合的複合詞」可以簡寫成「be-/de-/le-/se-/te-」開頭的字，最常見的是「laki-laki→lelaki(男性)」，其他範例如下：

berapa-berapa→beberapa 好幾個,若干	sekali-sekali→sesekali 偶爾,很久一次
daun-daunan→dedaunan 各種葉菜,各種樹葉	tamu-tamu→tetamu 客人,來賓
laki-laki→lelaki 男性	tangga-tangga→tetangga 鄰居
langit-langit→lelangit 天花板,(帳)篷頂	tua-tua→tetua 長者,長老,首領
sama-sama→sesama 相同	tumbuh-tumbuhan→tetumbuhan 植物

例句

➢ Sebagai seorang pramuwisata ada beberapa hal yang harus diperhatikan, misalnya harus mempunyai pengetahuan dan wawasan luas, ramah dan sabar dalam melayani tamu, cekatan

dalam pekerjaan dan mempunyai selera humor tinggi.
擔任導遊有幾件事情必須注意，比如必須擁有廣闊的知識和看法，服務客人時要親切與有耐心，工作機靈且有幽默感。(105 印導)

➤ Beberapa jenis minuman Taiwan berbahan dasar teh seperti teh ulong, teh bunga melati dan teh susu mutiara.
有好幾種台灣飲料含有茶的成分，例如烏龍茶、茉莉花茶和珍珠奶茶。(106 印導)

➤ Taman Nasional banyak terdapat di Taiwan, di sana para pengunjung dilarang memetik bunga dan tetumbuhan yang ada, kita hanya boleh menikmati keindahan alam tanpa merusaknya.
在台灣可以發現許多國家公園，訪客在那裏禁止摘現場的花和植物，我們只可以沒有破壞地欣賞自然的美麗。(111 印導)

IV-2.1.3.延伸閱讀(不同名詞組合①：複合詞延伸用法)

印尼文有一些由「兩個不同名詞組合」成的「合併詞/複合詞」，有些名詞前後位置互換意義相同，像「奶粉」用「susu tepung」或「tepung susu」、「明天,次日」用「esok hari」或「hari esok」都可以，但也有一些字的兩個名詞前後位置互換後，則會產生意義可能完全不同的新字，例如：

air mengalir 流水→aliran air 水流
air minum 飲用水→minum air 喝水
air saluran 自來水→saluran air 水溝,水管
anjing gila 瘋狗→gila anjing 狂犬病
Asia Tenggara 東南亞→Tenggara Asia 亞洲東南方
berbunga-bunga 華麗的,有點綴的,有成功的跡象→bunga berbunga 利滾利
berkelanjutan 持續進行→keberlanjutan 永續性
bersenang hati 感到高興→membuat hati senang 使高興,使快樂,使愉快
besar kepala 驕傲自大,大頭症→kepala besar 大的頭
bulan terang 月夜→terang bulan 月光
dia itu 他那個人→itu dia 就是他(它)
gajian habis 薪水用完→habis gajian 因為薪水
Indonesia tenggara 東南部印尼→tenggara Indonesia 印尼東南方
kalengan makanan 食品罐頭→makanan kalengan 罐頭食品
kantong mata 眼袋→mata kantong(晚睡)黑眼圈
kemacetan lalu lintas 交通堵塞→lalu lintas macet 堵塞的交通
kereta api wisata 觀光列車→wisata kereta api 火車旅遊
layar perahu 船帆→perahu layar 帆船
memaku sepatu 補鞋→sepatu berpaku 釘鞋(有釘的鞋子)
mengapa tidak 為什麼不(行)→tidak mengapa 沒有關係
rumah karantina 隔離(檢疫)房→karantina rumah 居家檢疫
sakit kepala 頭痛→kepala sakit 頭痛,頭部受傷
salah sumbang 送錯禮→sumbang salah 通姦

selatan Vietnam 越南南部→Vietnam Selatan 南越	
tulang kerangka 骸骨→kerangka tulang 骨架	

例句

➢ Gunawan juga telah mempelajari cara bagaimana/bagaimana cara bepergian dengan kereta api dari satu negara ke negara lain di Eropa.
Gunawan 也已經學習如何在歐洲從 1 國搭火車去另 1 國旅行的方法。(112 印導)

➢ AS mengevakuasi lebih dari 7.000 warga Amerika dan warga asing lainnya di Vietnam Selatan dengan helikopter pada tahun 1975.
美國在 1975 年利用直升機撤離在南越的超過 7 千名美國公民和其他外國居民。

➢ Kita harus berhati-hati jangan digigit anjing gila, nanti mungkin diderita gila anjing.
我們必須小心不要被瘋狗咬，否則可能得狂犬病。

➢ Walaupun dia mempunyai kepala besar, tetapi bukan orang yang besar kepala.
雖然他有大的頭，但卻不是驕傲自大的人。

IV-2.1.4.延伸閱讀(不同名詞組合②：複合詞延伸用法)

與「I-1.3.2.13.延伸閱讀(動詞連用)」相同，印尼文的「合併詞/複合詞」也可以直接合併成一個字後再做「動詞」或「名詞」的各種文法變化，比如：

類　　　　　　　型	合併詞/複合詞變化(動詞/名詞)
adu domba 挑撥離間	mengadudombakan 挑撥…與…的關係/pengadudombaan 挑撥離間過程(方法)/pengadu domba 挑撥離間者
alih daya 外包	mengalihdayakan 使外包
ambil alih 接管	pengambilalihan 接管(手段)
aneka ragam 多樣,種類各式各樣	keanekaragaman(種類)多樣性/penganekaragaman 用各式各樣方法
atas nama 以…名義,代表	mengatasnamakan 以…名義/pengatasnamaan 用名義
babi buta 盲目的豬,瞎眼豬	membabi buta 莽撞,盲目地,無差別地
buku hitam 黑名單	membukuhitamkan 列入黑名單
bumi hangus 焦土	membumihanguskan 使成為焦土
campur aduk 混合	mencampuradukkan 混合/pencampuradukan 混合,攪拌
daya guna 用處,效率	mendayagunakan 使…有用,使…有效率
garis bawah 底線	menggarisbawahi 劃底線,強調
ikut serta 參加,參與	mengikutsertakan 使參加,使參與/keikutsertaan 參加,參與/pengikutsertaan 參加,參與
juru bicara 發言人,代言人	menjurubicarai 當…的發言人,當…的代言人
ke depan 往前	mengedepankan 提出,排在前面,提前/pengedepanan 提前,提出,提交
ke muka 向前,有名望的,著名的	mengemukakan 提出,建議/pengemukaan 提出方法/程序
ke samping 到旁邊,閃到一邊	mengesampingkan 移到旁邊,排擠
ke tengah 到中間,出場	mengetengahkan 把…帶到中間,使出現,提出,拿出,控告

kembang biak 繁殖	mengembangbiakkan 繁殖,配種/perkembangbiakan 繁殖,配種/pengembangbiakan 繁殖法,配種法
kereta api 火車	perkeretaapian 火車(產業)
layar putih 銀幕	melayarputihkan 搬上銀幕,拍成電影
nomor satu 第一,第一名,第一個	menomorsatukan/nomor satukan 把...放在第一優先
pecah-belah 破碎,破裂,分裂,七零八落,四分五裂	memecahbelahkan 把...打得七零八落,使分化,使分裂
pindah tugas 換工作	memindahtugaskan 使換工作
putar balik 迴轉	memutarbalikkan 顛倒黑白,混淆是非,作弄/pemutarbalikan 混淆方法,作弄方法
rumah sakit 醫院	merumahsakitkan 使...住院
salah arti 誤認,誤解	menyalahartikan 誤認,誤解/penyalahartian 誤認方法,誤解過程
salah guna 濫用	menyalahgunakan 濫用/penyalahgunaan 濫用
salah paham 誤解	menyalahpahamkan 使誤解,使誤會
sambil lalu 順便,附帶	menyambillalukan 把...視為附帶工作
sepak bola 足球賽	persepakbolaan 足球事務
sepak bola 足球賽	sepakbola 足球
tanda tangan 簽名,簽署	menandatangani/penandatanganan 簽名,簽署/penanda tangan 簽名者,簽署人
tanggung jawab 責任	mempertanggungjawabkan 對...負責任,歸...管/pertanggungjawaban 責任(制),職責
tenis meja 桌球	pertenismejaan 桌球
terus terang 直率,坦率,老實說	keterusterangan 坦率,直爽
tindak lanjut 下一步(行動)	menindaklanjuti 做下一步,接下來做
titik berat 重點	penitikberatan 重點事務
titik berat 重點	menitikberatkan 著重於,把重點放在
uji coba 測試	mengujicobakan 測試

例句

➢ Perusahaan Kereta Api Taiwan mengetengahkan bento-bento aneka aroma sesuai dengan makanan khas setiap daerah yang dilalui KA.
台灣鐵路公司推出各式美味便當是按照火車經過地區的食物特色而製作。(111 印導)

➢ kita mendayagunakan semua tenaga teknis yang ada.
我們使用了現有的全部技術能力。

➢ Pegawai negri tidak dapat menyalahgunakan jabatannya.
公務員不能濫用職權。

➢ PMA informal diborgol tanpa alasan, polisi telah menyalahgunakan wewenang yang dimilikinya.
外籍移工被無理非法上銬,警察已經濫用本身權力。

➢ Kami sangat mencintai sepak bola yang membuat kami berkumpul bersama, saling berhubungan erat dan mengenal lebih banyak teman dan menciptakan suatu hubungan

kekerabatan yang harmonis.
我們很喜歡足球賽可以讓我們聚集在一起、互相緊密聯繫、認識多朋友，並找到某種和諧的親密關係。

IV-2.1.5.延伸閱讀(粉)

印尼文食物裡的「粉」常見的有「bubuk」和「tepung」兩種，經整理後發現，如果顏色為「白色」或「可食用」的粉末，通常用「tepung」，反之，「非白色」的粉末則多用「bubuk」，筆者順便也把「bumbu(調味料,醬)」拿來做比較，讓讀者更清楚，歸納一般用法如下：

類　型　/　意　義	範　例
tepung 粉 (粉末較小較柔軟、 白色或**可食用**)	tepung terigu 麵粉、tepung kacang hijau 綠豆粉、tepung ubi 地瓜粉、tepung tapioka 太白粉、tepung tapioka cair 勾芡、tepung kanji 澱粉、tepung susu 奶粉
bubuk 粉 (顆粒較大)	bubuk cabai 辣椒粉、bubuk kari 咖哩粉、bubuk kacang manis 甜花生粉、susu bubuk 奶粉、bubuk detergen 洗衣粉、bubuk ngo hiong 五香粉、bubuk heroin 海洛英粉末、susu bubuk(沖泡)奶、bubuk kunyit 薑黃粉、bubuk merica putih 白胡椒粉
bumbu 調味料,辛香料,(沾)醬	bumbu pecel 印尼(辣)花生醬、bumbu kacang tanah 花生醬、bumbu pedas 辣醬、bumbu ngo hiong 五香粉

例句

➢ Apa persamaan dan perbedaan tepung dengan bubuk?
　"tepung"和"bubuk"有什麼異同？

➢ Salah satu jenis jajanan pasar malam khas Taiwan adalah omelet tiram/dadar telur tiram yang dibuat dari telur, selada, tepung ubi dan tiram segar.
　台灣特色的夜市小吃之一是用蛋、生菜、太白粉及新鮮蚵仔製作的蚵仔煎。(108 印導)

➢ Ayam goreng tepung Taiwan adalah daging dada ayam tanpa tulang yang digoreng dengan bumbu spesial dan campuran terigu dan tepung kanji. Makan ayam goreng tepung yang paling tepat adalah menaburi bubuk cabai, daun kemangi dan lada garam.
　台灣炸雞排是無骨雞胸肉，加上特製調味醬料混合麵粉、澱粉去炸，吃炸雞排最正確是撒上辣椒粉、九層塔和胡椒鹽。

➢ Karangannya hambar kurang bumbu.
　他的文章枯燥乏味，沒什麼潤飾。

IV-2.1.6.小提醒(luar)

印尼文「luar(外,外面)」通常都放在名詞的前方，例如：「luar angkasa(外太空)、luar negeri(國外)、luar kota dan kabupaten(外縣市)、luar pulau(離島)、luar ruang(室外)」等，不過「台灣外海」實務上卻看過「luar laut Taiwan」和「laut luar Taiwan」兩種不太一樣的用法，前者是指「luar laut(外海)+Taiwan(台灣)」，而後者則是「laut(海)+luar Taiwan(台灣外面)」，參考「luar jam kerja(工時之外)」也就是「luar(外)+jam kerja(工時)」的用法，所以就字義來說，「台灣外海」應是指「台灣以外的海」，是否「laut luar Taiwan」較符合邏輯以及認知呢？

例句

> Sekarang ini Xiaoliuqiu/Pulau Lambai sudah menjadi salah satu tempat wisata alam yang sangat populer di Taiwan. Xiaoliuqiu adalah satu pulau kecil yang terletak di luar laut Pingtung dan hanya pulau batu karang/karangan di Taiwan. Luar pulau lain semua adalah pulau gunung berapi.
> 近來在台灣的小琉球(琉球嶼)已經成為很受歡迎的自然旅遊景點之一，小琉球是位在屏東外海的一個小島，在台灣是唯一的珊瑚礁島嶼，其他離島都是火山島。(110 印導)

> Sebab ada 3 angin Taiphoon di laut luar Taiwan, Biro Cuaca Pusat (CWB) sudah merilis peringatan laut dan darat.
> 因為在台灣外海有 3 個颱風，中央氣象局已經發布海上及陸上警報。

> Tentara perang Taiwan-AS memantau bersama aktivitas kapal tentara pembebasan rakyat Tiongkok di laut luar Suao Yilan.
> 台美軍艦共同監控中國解放軍軍艦在宜蘭蘇澳外海的活動。

IV-2.1.7.延伸閱讀(反義詞)

為加深印象，簡單整理一些互相對比或有關聯性的名詞、動詞或形容詞「反義詞 (Antonim)」，以幫助讀者記憶，如下表：

akut 急性的→kronis 慢性的	lebar,luas 寬→sempit 窄
baik 好→buruk,jelek 壞,差,劣	mahal 貴的→murah 便宜的
basah 濕的→kering 乾的	matang 熟的→mentah 生的
besar 大→kecil 小	menjemput 接(人)→mengantarkan 送(人)
cantik 美→jelek 醜	muda (顏色)淺的→tua(顏色)深的
cepat 快→lambat,pelan 慢	optimistik 樂觀→pesimistik 悲觀
dalam 內→luar 外	panjang 長→pendek 短
dalam 深→dangkal 淺	ringan 輕→berat 重
gemuk 胖→kurus 瘦→langsing 苗條	tebal 厚的→tipis 薄的
ketat 緊的→longgar 鬆	tinggi 高→rendah 低,矮
kuat 強壯→lemah 弱	

IV-2.1.8.延伸閱讀(Ber-/Ter-重複詞比較)

「重複詞」裡「兩個相同名詞動詞化」的部分，其中「Ber-/Ter-」字首的「重複詞」容易弄混，說明如下：

字　　　　　　根	動　　　　　　　　　　　　　　詞	說　　　　　　　　　　　明
lari 跑	berlari-lari 跑來跑去,東奔西跑,亂跑	(主動)做動作
	terlari-lari 逃竄,拼命逃跑,抱頭鼠竄	(被動)做動作

第 5 章 Bab V

Pasal V-1.介係詞 Kata Penghubung
Pasal V-2.連接詞 Kata Konjungsi
Pasal V-3.語助詞 Kata Bantu
Pasal V-4.感嘆詞 Kata Seru

Gunung Bromo, Java Timur
婆羅摩火山(東爪哇)

遠在天邊，近在眼前 Jauh di mata, dekat di hati

V_介係詞(Kata Penghubung)/連接詞(Kata Konjungsi)/語助詞(Kata Bantu)/感嘆詞(Kata Seru)

> 1.malam 是"晚上"，那 semalam、semalamam、kemalaman、malaman、malam-malam 是什麼相關的意思？
> 2.hari 和 sehari 是指"日,天"和"一天"，那 seharian、sehari-hari、berhari-hari、dari hari ke hari 的延伸意義是什麼？
> 3.empat 是"四"，那 perempat→seperempat→dua perempat→perempatan 分別代表什麼？
>
> 答案在第338頁

文法上「虛詞(Kata Fungsi/Kosong)」包括「介係詞(Kata Penghubung)」、「連接詞(Kata Konjungsi/Jadian)」、「語助詞(Kata Bantu)」、「感嘆詞(Kata Seru)」等，會分別在本章詳細介紹印尼文用法。

Pasal V-1.介係詞(Kata Penghubung)

「介係詞(Kata Penghubung)」與「單位量詞(Kata Angka Satuan)」合稱為「前置詞(Kata Depan)」，所以也有人用「前置詞」代替「介係詞」。介係詞主要是放在不及物動詞與名詞之間，表示字詞之間的關係，所以介係詞後面一定要接名詞或名詞化的動詞，印尼文的介係詞整理如下：

範例(介係詞)

詞　　性	類　　　　　型	意　　　　　　　　　　　　　　　義	詳細說明
介係詞	akan	對於(對象,範圍,事情,動作,用途)	Ayat V-1.1.
	ala	按照...方式	
	antara	在...之中	
	atas	對,按照,因為(理由),分成,由...(負責)	Ayat V-1.2.
	bagi	為了,對...而言	Ayat V-1.3.
	bak	好像,宛如	
	dalam	在...之內(地點,情況,時段,報告),用(語言,貨幣)	Ayat V-1.4.
	dari(sampai),sedari,sejak dari	從(角度,方向),地名,原料,時間,從...,情況/事,人	
	dekat(dengan)	靠近...	
	demi	為了,接著	Ayat V-1.5.
	dengan	和,很,用	Ayat V-1.6.
	di	在(場所,方向)	Ayat V-1.7.
	jauh(dari)	離...遠	
	ke	去,到(地方)	
	kepada	(寫信)致,對,向,至(方向,對象/人),對(禮物,動物)	
	kurang(dari)	少於	
	lebih(dari)	超過,多過	
	menjelang	快到,將至	
	menurut	根據,按照	

	oleh	被	Ayat V-1.8.
	pada	在(時間,日期,行業,身體,影集,聚會,比賽,物體),依據	Ayat V-1.9.
	pun	也	Ayat V-1.10.
	sampai/hingga	到,導致	
	secara	地,以...方法,透過,以...身分,作為,照,按	Ayat V-1.11.
	tentang (=mengenai)	對面,關於,有關,正上方,在....上下/左右	
	terhadap(thd)	面對,到,給	
	untuk	給,為了(人,動物),對...來說	Ayat V-1.12.
	yaitu,yakni	也就是,即	

例句

➤ Sabar, terampil dan supel adalah syarat utama bagi pramuwisata.
對導遊而言,沉著、熟練和靈活是主要的條件。(102 印導)

➤ Didin : Halo, bisa bicara dengan Lina? 哈囉, 能夠跟 Lina 講話嗎？
Lina : Ya, saya sendiri. Dengan siapa ini? 是的, 我就是, 您哪位？
Didin : Saya Didin. 我是 Didin。(102 印導)

➤ Dalam perjalanan dari Taipei ke Hualien, saya berganti posisi dengan Lena sebagai pemandu wisata rombongan ini.
從台北去花蓮的旅行途中,我代替 Lena 成為這團的領隊。(103 印導)

➤ Kalau suka pedas, Anda bisa menambahkan sambal ke dalam makanan Anda.
如果喜歡辣,你可以添加辣椒醬在你食物裡面。(105 印導)

➤ Orang itu memukuli anjingnya dengan payung.
那人用傘打他的狗。(106 印導)

➤ Berapa jumlah orang yang ikut dalam tur ini?
在這旅行團裡有幾個人跟去？(107 印導)

➤ Untuk menikmati sunset/matahari terbenam dan seafood/makanan laut di Fisherman's wharf, Anda perlu membeli tiket kapal feri di loket dermaga Tamsui.
為了要在漁人碼頭享受日落及海鮮,你需要在淡水碼頭售票處購買渡輪船票。(108 印導)

➤ Kawasan wisata Gunung Alishan termasuk dalam denah "Wisata Ramah Muslim". Beberapa restoran di sana mendapat sertifikasi halal dari Asosiasi Muslim Taiwan yang berpusat di Masjid Besar Taipei.
阿里山觀光地區包含在"穆斯林友善旅遊"的範圍裡面,在那裡有幾間餐廳從總部在台北大清真寺的台灣穆斯林協會得到清真認證/哈拉(Halal)。(108 印導)

➤ Saat di dalam pesawat kalau tidak enak badan, kita bisa minta bantuan kepada pramugara.
當在飛機裡,如果感覺不舒服,我們可以向空服員要求協助。(109 印導)

➤ Danau Matahari Bulan berada di Wilayah Tengah di Kabupaten Nantou tidak jauh dari Kota Taichung.
日月潭位在南投縣中部,距離台中市不遠。(109 印導)

➤ Ratih sedang belajar di dalam ruang kelasnya.
Ratih 正在他的教室內念書。(110 印導)

➤ Kalah atau menang tidak akan menjadi masalah bagi saya. Yaitu, saya tidak peduli kalah atau menang.
輸或贏對我不會是問題，也就是說，我不關心輸贏。(110 印導)

➤ Lara ingin pergi ke rumah Sinta, lalu Lara bertanya kepada Alex mengenai alamat rumah Sinta.
Lara 想要去 Sinta 家，Lara 先向 Alex 詢問 Sinta 家的地址。(110 印導)

➤ Ketidak hati-hatian dalam menggunakan api unggun ketika berkemah di tempat berkemah atau kebun raya dan perusakan terumbu karang oleh para wisatawan adalah dampak negatif perkembangan pariwisata terhadap lingkungan.
在露營區或大公園露營時使用營火疏於注意，以及觀光客破壞珊瑚礁，這些是觀光發展對環境的負面影響。(110 印導)

➤ Di Taiwan ada sembilan taman nasional, 16 suku penduduk asli, dan lebih dari 530,000 imigran baru menikah jauh ke Taiwan.
在台灣有 9 座國家公園、16 個原住民族和超過 53 萬遠嫁來台的新住民。

➤ Salah satu kegiatan yang sangat bagus dalam wisata di Taiwan adalah mencoba membuat kue nanas tradisional khas Taiwan.
在台灣旅遊很棒的活動之一是試做台式傳統鳳梨酥。(110 印導)

➤ Sebagai pramuwisata, Anda harus menjelaskan informasi dan budaya setempat kepada tamu Anda.
擔任導遊，你必須說明當地的資訊和文化給你的客人。(112 印導)

➤ Apa tugas dari seorang pramuwisata atau pemandu wisata?
1 位導遊或領隊的任務是什麼？(112 印導)

➤ Kereta Api Hutan Alishan adalah warisan budaya berharga bagi Taiwan.
阿里山林業鐵路對台灣是有價值的文化遺產。(112 印導)

➤ Untuk pengunjung dari generasi muda juga tersedia taman hiburan Taman Isle yang memiliki atraksi roller coaster (kereta luncur) dan wahana seperti free-fall ('jatuh bebas') yang tertinggi di Taiwan.
為了年輕族群的訪客，也準備有歡樂世界遊樂園，擁有吸引人的雲霄飛車和全台最高的自由落體車輛。(112 印導)

➤ Kue bulan ala Vietnam ini terbuat dari (beras) ketan.
這越式肉粽是用糯米做的。

➤ Arti kata "loket" dalam Kamus Besar Bahasa Indonesia (KBBI) adalah jendela kecil di gedung bioskop atau tempat pertunjukan menjual karcis/tiket.
"Loket"這個字在印尼語大字典裡的意思是指電影院或表演場地賣票的小窗口。

➤ Menurut pendapat saya, dia tidak bersalah.
根據我的看法，他沒有錯。

➤ Foto ini mengingatkan saya kepada cinta sejati di Indonesia, yaitu mantan pacar.
這張照片使我回想起在印尼的真愛，就是前女友。

➤ Ayah mampu menyekolahkan anak-anaknya hingga sarjana.

父親有能力供小孩們到大學畢業(學士)。

➢ Saya sedang menulis artikel mengenai lingkungan hidup sebagai tugas akhir kuliah.
我正在寫關於環境保護的文章，是學期末的工作。

➢ Saya memukulkan tongkat ke pagar untuk mengusir anjing-anjing liar itu.
我用拐杖敲打欄杆以趕走那些野狗。

➢ Pesawat dengan nomor penerbangan ABC123 itu dilaporkan membawa 132 orang, yang terdiri atas 123 penumpang dan sembilan awak.
航班編號 ABC123 據報載了 132 人，包括 123 名旅客和 9 名機組員。

➢ Dugaan aliran sejumlah uang atas persetujuan kelancaran perizinan.
因為許可證快速核准而衍伸出的一筆可疑金流。

➢ Di antara PMA kerah biru dan kerah putih, wanita hampir dua kali lipat dari pria.
在白領和藍領外籍移工之中，女性幾乎兩倍於男性。

➢ Kamu les matematika kepada siapa?
你跟誰補(習)數學呢？

➢ Beberapa aspek seperti LOHAS, ekologi, belanja dan budaya sebenarnya terhadap pasar yang berbeda dapat dibuat strategi paket gabungan.
好幾方面例如樂活、生態、購物與文化，事實上對不同市場可以擬訂複合式配套策略。

Ayat V-1.1.介係詞(akan)

類　　　　　型	意　　　　　　義	範　　　　　　　　　　　例
akan	(介係詞)對於,至於(對象,範圍,事情,動作,用途)	akan hal itu 至於那件事 ingat akan janjinya 記得他的承諾
	(副詞)將,將要,一定要,會	hari tidak akan hujan 天不會下雨 minggu akan datang 下個禮拜
	至於(加強語氣)	akan sekarang ini 至於現在 akan tetapi 但是

例句

➢ Taiwan kaya akan sumber wisata budaya dan sejarah, misalnya pemandangan danau matahari bulan, kereta api kecil dan pemandangan matahari terbit di pegunungan Alishan, pemandangan indah pinggir laut di Hualien.
台灣的文化和歷史旅遊資源豐富，例如日月潭湖面風光、阿里山小火車及日出景觀、花蓮海邊美麗景色。

Ayat V-1.2.介係詞(atas)

用　　　　　法	意　　　　　　義	範　　　　　　　　　　　例
atas	上方,上面	terbang ke atas 向上飛
	上級	instruksi dari atas 上級指示

	用法	意 義	範 例
		(介係詞)對,對於	jawaban atas pertanyaan 對於問題的答案 terima kasih atas kedatangan 謝謝蒞臨
		(介係詞)按照,依據	Atas nama siapa?用誰的名字？ atas nasihat dokter 按照醫囑
		(介係詞)由於,因為	atas alasan pekerjaan 因為工作理由 atas sebab-sebab tersebut 由於這些原因
		(介係詞)...成(+動詞)	dibagi atas 分成 terdiri atas 由...組成
		由...負責	atas saya menangani 由我負責操作

例句

➢ Mereka berkunjung secara resmi ke Taiwan atas undangan pemerintah.
他們應政府的邀請正式訪問台灣。

➢ Setiap orang berharap bisa menemani orang tua di kala mereka sedang sakit. Tapi atas alasan pekerjaan, hal itu kadang susah dilakukan.
每一個人都希望能夠在父母正生病時陪伴他們，但是因為工作的理由，這種事情偶爾難以做到。

➢ Atas nama siapa?
用誰的名字(預訂)？

Ayat V-1.3.介係詞(bagi)

用　　　　法	意　　　　義	範　　　　　　　　　例
bagi	(介係詞)給...的,為...的	minuman ini bagi Anda 這飲料是給你的
	對...,對於...	bagi kami 對我們來說
	為了...,對...	memberikan kisah baginya 給他做例子
	(數學)除	hasil bagi 商數、tanda bagi 除號
	分,分配	bagi untung 利潤分配

例句

➢ Saya mengerti pentingnya arti makanan halal bagi muslim.
我知道回教認證食物對穆斯林的重要意義。(111 印導)

➢ Obat ini mujarab bagi virus Omicron.
這藥對 Omicron 病毒有效。

➢ Aktivitas ini khusus dibuat bagi kalian.
這活動特別為你們辦的。

➢ Protes yang dilakukan petugas itu sangat merugikan bagi kantor.
那名員工的抗議對公司傷害很大。

➢ Bagi warga berumur di atas 18 tahun yang sudah vaksin dosisi kedua dengan jarak 12 minggu (84 hari) dapat menerima dosis booster vaksin COVID-19.

對於 18 歲以上，已經注射第 2 劑疫苗超過 12 週(84 天)的居民，可以接種 COVID-19 疫苗追加劑。

➤ Harga kebutuhan pokok naik terus, selain karena naiknya harga bahan baku, harga listrik juga menjadi beban modal besar bagi perusahaan.
基本必需品價格持續上漲，除了原物料價格上漲外，電價也成為店家很大的成本負擔。

➤ Pengunjung diingatkan bagi yang tidak berhasil memesan tempat, dapat berkunjung di masa sebelum musim sakura atau pada awal Maret guna menghindari kepadatan arus pengunjung.
提醒無法成功預訂場地的訪客，可以在櫻花季前或 3 月初去參觀，以避開訪客人潮擁擠。

Ayat V-1.4.介係詞(dalam)

用　　　　法	意　　　　義	範　　　　　　　　　　　例
dalam	內,裡面,深,深度,深奧,深入	dalam negeri 國內 di dalam 在裡面 pakaian dalam 內衣 tarik napas yang dalam 深呼吸
	在…裡,在…內,在…中	dalam enam bulan terakhir kini 在過去 6 個月之內 dalam keluarganya 在他家庭裡 dalam kurun waktu pendek 在短時間之內 dalam penanganan kasus 在案件處理中 dalam rangka 在過程中
	用,以	dalam pakaian berwarna merah muda 穿著粉紅色服裝 diberikan dalam bentuk uang tunai 以現金形式給予 membayar gas Rusia dalam rubel 用盧布支付俄羅斯天然氣 tertera dalam bahasa Mandarin 被用中文公布
	於此同時,其時,其間	dalam demikian itu 於此同時 dalam pada itu 於此同時

例句

➤ Ada larangan berbicara selama berada dalam MRT.
當待在捷運裡有講話的禁令。(112 印導)

➤ Kursi welas asih dalam MRT hanya boleh digunakan oleh lansia dan ibu hamil.
捷運裡的博愛座只能讓老人和孕婦使用。(112 印導)

➤ Dalam hal peningkatan daya saing pariwisata sebuah negara terdapat dua hal yang harus diperhatikan yaitu faktor eksternal dan faktor internal.
在提升觀光競爭力的事情上，1 個國家有兩件事必須注意，外部因素和內部因素。(112 印導)

➤ Pertama kali dalam sejarah.
歷史上第一次。

➤ Soal dalam rumah jangan dibawa ke luar.
家醜不外揚。

- ➢ Pemerintah melarang keras mengemudi dalam keadaan mabuk.
  政府嚴格禁止酒醉狀態下駕駛。

- ➢ Hari Jumat adalah hari kelima dalam urutan nama hari.
  星期五是日期順序的第 5 天。

- ➢ Saat ini pembeli harus membayar gas Rusia dalam rubel, tidak bisa membayar dengan US dolar lagi.
  現在買家必須用盧布支付俄羅斯天然氣費用，不能再用美金付款了。

- ➢ Dia disuruh guru harus turut dalam ujian ini.
  他被老師命令必須參加這個考試。

- ➢ Nancy Pelosi tampak bersemangat dalam pakaian berwarna merah muda.
  裴洛西穿著粉紅色服裝看起來精力充沛。

- ➢ Yuan Eksekutif menyatakan bahwa hal ini masih dalam tahap pembahasan.
  行政院說本案仍在討論階段。

- ➢ Salah satu bagian yang paling penting dalam memperbaiki diri adalah selalu memberi batasan dalam pergaulan.
  改善自我最重要的部分之一是完全限制社交。

- ➢ Dalam penyelidikan polisi, seorang pria bermarga Yue berusia 40-an tahun adalah pelaku utama.
  在警方調查中，1 名游姓、40 多歲男性是主嫌。

- ➢ Di atas rambu penyeberangan, dalam jarak tiga meter di depan pejalan kaki, kendaraan harus mendahulukan pejalan kaki.
  有行人通行標誌，車輛在距離行人 3 公尺內必須禮讓行人。

Ayat V-1.5.介係詞(demi)

用 法	意 義	範 例
demi	當...便,一...就...	demi diketahui 當他一知道
	為...而...	demi negara 為了國家
	以...名義保證	demi Allah 向阿拉/真主發誓 demi Tuhan 向上帝發誓
	(連接詞)接,逐	satu demi satu 一個接一個

例句

- ➢ Perjalanan saya meneruskan, kota demi kota saya lewati.
  我的行程持續，經過一個城市接一個城市。

Ayat V-1.6.介係詞(dengan)

用　　　　　法	意　　　　義	範　　　　　　　　　　　　　　　　　　　　　　　　例
dengan	(連接詞)和,和... 一起	bergaul dengan umat Islam 跟回教徒交往 bertemu dengan teman lama 和老友相遇 dengan gejala penyakit kronis 有慢性病的症狀 ke luar dengan memakai baju dalam 外出穿內衣 pergi dengan dia 跟他去 sama dengan 與...相同 saya dengan Anda ditugaskan untuk mempersiapkan rapat ini 我和你被指派籌備這次會議 tingginya jam kerja dengan upah rendah 低工資高工時
	用,使用	buku wisata dengan bahasa Indonesia 印尼語旅遊書 dengan bentuk fisik 用實體方式 dengan dalih anggota Lions Clubs 利用獅子會成員的藉口 dengan kedok 利用偽裝 dengan langkah lunge 用弓箭步姿勢 dengan menggunakan parang 使用開山刀 dengan menurunkan pasukan militer 使用軍隊 dengan menyuguhkan penampilan 利用演出的機會出場 dengan paksaan 用強迫方式 dengan senjata lengkap 全副武裝 dengan tangan kosong 用空手 dengan tangan langsung 直接用手 makan dengan tangan 用手吃飯 masuk dan pulang kerja dengan sepeda 騎自行車上下班 membayar dengan rubel 用(俄羅斯)盧布付款 mengungkapkan kasih sayang dengan pinang 用檳榔表達情意
	根據,按照	dengan demikian 基於此 dengan karunia Yang Maha Esa(Y.M.E) 基於上天的恩賜 dengan nama Allah 基於阿拉/真主之名 dengan rahmat Tuhan 基於上帝的仁慈 dengan rasio 1:100 按照 1 比 100 的比例 dengan syarat 根據...條件 dengan usaha sendiri 靠自己努力 parfum ini ada harga spesial dengan potongan harga 10%這香水有打九折特價
	由於,關於	bagaimana dengan ujian kali ini?這次考試怎麼樣？ dengan hadirnya Ibu Presiden 由於總統女士的出席 dengan membludaknya pengunjung 由於訪客眾多 dengan sumber medis terbatas 在有限的醫療資源下
	以...為...	mengirim delegasi dengan menteri Luar Negeri sebagai ketuanya 派出以外交部長為團長的代表團
	(介係詞)	belajar dengan sungguh-sungguh 認真地學習 berbeda dengan cuaca 氣候有差別 dengan cepat 儘快地 dengan cermat 小心地,仔細地 dengan cuma-cuma 免費地

用　　　　法	意　　　義	範　　　　　　　　　　　　　　　　　　　　　　　　例
		dengan kencang 迅速地
		dengan leluasa 自由地,無拘無束地
		dengan lurus 直率地,坦率地
		dengan mencuri-curi 偷偷地
		dengan sabar 耐心地
		dengan selamat 安全地
		dengan sempurna 完美地
		dengan senang hati 非常高興地
		dengan sendirinya 自行地
		dengan teliti 仔細地
		dengan teratur 定期地
		jawab dengan baik 答得好,好好的回答
		museum penuh dengan sejarah 充滿歷史的博物館
		setuju dengan 同意
		singgung dengan soal ras 觸及種族問題
		terkenal dengan wisata agama 以宗教旅遊有名
		tidur dengan pintu terbuka 開著門睡覺
		waktu berlalu dengan cepat sekali 時間過得真快

例句

➢ Kinmen terkenal dengan permen Gong, golok peluru meriam, arak sorgum Kinmen dan patung Singa Angin.
金門以貢糖、砲彈鋼刀、金門高粱酒和風獅爺出名。(106 印導)

➢ Tawar menawar antara penjual dan pembeli, berakhir dengan kesepakatan.
在賣家與買家討價還價之後成交。(108 印導)

➢ Naik kereta api, harus beli tiket dan duduk sesuai dengan nomor tempat duduk Anda.
搭火車,必須買車票並按照你的座位號碼坐。(109 印導)

➢ Naik bus dengan jalur khusus bisa menghindari macet.
搭乘走專用道的公車能夠避開塞車。(111 印導)

➢ Di Taman Nasional di Taiwan, kita tidak bisa memilih pohon dan bunga yang disukai untuk dibawa pulang, tidak boleh memasak, memanggang sate maupun memasang api unggun, dan tidak bisa dengan leluasa memetik bunga-bunga yang sedang bermekaran.
在台灣的國家公園,我們不能挑選喜歡的花草樹木然後帶回家,不可以煮飯、烤沙嗲或是升營火,也不能任意地摘採正在盛開的花朵。(111 印導)

➢ Orang yang melakukan perjalanan dari satu tempat ke tempat lain dengan tujuan wisata maupun bisnis disebut dengan wisatawan.
從 1 個地方到另 1 個地方從事旅行的人,不論是旅遊還是商務目的都被稱為觀光客。(111 印導)

➢ A : Berapa lama perjalanan dari Taipei ke Hualien?從台北到花蓮路程多久？
B : Sekitar dua jam dengan kereta api cepat Puyuma.搭乘普悠瑪高速火車大概 2 小時。(111 印導)

➢ Dibukanya kembali pintu pariwisata juga didukung dengan ditetapkan lokasi zona hijau di Bali.

利用指定巴里島的綠區位置，來支持再次開放旅遊業的大門。(111 印導)

➢ Masyarakat Taiwan kurang menyukai makan dengan rasa yang kuat sama seperti masakan Asia Tenggara.
台灣人不太喜歡吃和東南亞料理一樣的重口味。(112 印導)

➢ Setelah puas dengan wisata budaya dan atraksi taman, Anda juga bisa melihat bunga sakura bermekaran di pohonnya dan mempelajari beberapa teknik tenun asli.
在滿足於文化觀光與園區吸引力之後，你也能看到樹上櫻花盛開，並學習好幾種原始編織技術。(112 印導)

➢ Taiwan promosikan alat-alat medis mutakhir dengan dokter-dokter terlatih.
台灣推廣最新的醫療器材並且有由訓練有素的醫生操作。

➢ Halo, saya Usman. Bisa bicara dengan Devi? 哈囉，我是 Usman，能夠跟 Devi 說話嗎？
Ya, saya sendiri. Ada apa? 是的，就是我本人，有什麼事嗎？

➢ Seorang pustakawan di pulau Jawa Indonesia mengendarai "Motor perpustakaan keliling" ke pedesaan untuk anak-anak dapat meminjam buku dengan imbalan sampah dan meningkatkan angka melek hurufnya.
印尼爪哇島 1 名圖書館員駕駛著"巡迴圖書館車"去鄉下，讓小孩能夠利用垃圾回收的收入來借書，以提高他們的識字率。

➢ Dokter mengobati anak dengan sangat baik dan ramah.
醫生很仔細且親切地診斷小孩子。

➢ Kami menelusuri hutan ini dengan panduan dari pemandu turis.
我們按照領隊的說明介紹繞著這座森林走。

➢ Silakan menunggu penyelamatan dengan sabar.
請耐心地等待救援。

➢ Polisi harus mengarahkan lalu lintas dengan membludaknya pengunjung.
由於訪客眾多，警察必須疏導交通。

➢ Dengan meredanya pandemi, perjalanan di seluruh dunia diharapkan bisa kembali aktif seperti semula.
隨著疫情趨緩，全世界的旅遊希望能夠回到像以前一樣的熱絡。

➢ Dengan memberikan penghormatan dan perlakuan yang adil bagi para pekerja, menurunkan permintaan yang irasional di mana bisa memengaruhi kesehatan mental.
利用對移工們給予尊重和公平對待，減少會影響心理健康的不合理要求。

➢ Amerika Serikat dan Filipina memulai latihan militer bersama dengan menurunkan lebih dari 2.500 pasukan militer.
美國和菲律賓使用超過 2,500 名軍隊開始一起軍事演習。

➢ Saya berbicara dengan dia muka dengan muka.
我跟他當面談。

➢ A : Dua tiket pulang pergi, boleh dibayar dengan kartu kredit? 兩張來回票，可以刷卡嗎？
B : Boleh saja. 可以。
A : Berapa totalnya? 總共多少錢？

- Dengan panjang 7,5 kilometer, jalur LRT Ankeng yang dibangun sejak tahun 2016 terdiri dari sembilan stasiun.
  長度 7.5 公里，自 2016 年開始建造的安坑輕軌線由 9 個站組成。

- Upaya penyelamatan diteruskan dengan tibanya tim SAR manca negara, termasuk Taiwan.
  救援行動隨著包含台灣在內的外國緊急救援隊的抵達而持續進行。

- Gelombang dingin alami pelemahan seiring dengan datangnya pagi, suhu pun mulai alami peningkatan, dan cuaca cerah akan berlangsung hingga Rabu ini.
  冷氣團隨著白天的到來而變弱，氣溫也開始變高，晴朗的天氣將持續到本週三。

- Para pelaku usaha telah memberikan imbauan selama bertahun-tahun dengan harapan agar PMA diizinkan masuk untuk berperan sebagai tenaga migran pariwisata dalam industri pariwisata.
  員工們已經呼籲好幾年，希望外籍移工被允許引進以扮演旅遊業的移入人力。

- Bagaimana cara untuk mengantisipasi uang palsu? Kita membedakannya dengan menggosok uang kertas dengan tangan.
  如何研判假鈔？我們用手摩擦紙鈔的方式來辨識。

- Ada ratusan orang berdemo dengan mengibarkan bendera Tiongkok di depan duta besar AS untuk Jepan.
  在美國駐日本大使前有幾百位揮舞中國國旗的抗議民眾。

Ayat V-1.7.介係詞(di)

di (sebelah/samping) kanan/kiri 在右/左邊	di kala 在...時候
di ambang pintu,di depan mata 在眼前	di luar 在外面
di atas 在上面	di pinggir/samping/sebelah/sisi 在旁邊
di bawah/kolong 在下面	di samping itu 除那之外
di belakang 在後面	di samping 在旁邊,除...之外,此外
di dalam 在裡面	di seberang 在對面
di dekat/sekitar 在附近	di sekeliling 在四周
di depan umum 公開地,大庭廣眾地	di sepanjang 沿著
di depan/muka/hadapan 在前面,面前	di tengah/antara 在中間

例句

- Pintu darurat ada di sebelah kiri.
  緊急逃生門在左手邊。(103 印導)

- Di sepanjang lintasan, penyepeda bisa berhenti sejenak mampir ke kuil-kuil berumur puluhan tahun Xuanguang dan Wenwu, dermaga Shuishe dan Xuanguang, Paper Dome, Pagoda Ci'en, dan Gunung Qinglong.
  沿著車道，自行車騎士能夠暫停片刻繞去有幾十年歷史的寺廟玄光寺和文武廟、水社及玄光碼頭、紙教堂、慈恩塔與青龍山。(109 印導)

- Di dalam Museum Istana Nasional Taiwan tersimpan berharga koleksi yang lebih dari 600.000,

mulai dari dinasti Song, Yuan, Ming, dan Qing.
台灣故宮博物院裡面儲存超過 60 萬件宋、元、明、清朝有價值的收藏品。(109 印導)

➢ Saya merasa tidak enak badan. Apakah ada klinik di sekitar sini?
我感到身體不舒服，這附近是否有診所？(112 印導)

➢ Dia mengelilingi pedesaan dengan motor roda tiganya yang sarat limbah pustaka agar anak-anak bisa mengumpulkan sampah untuk meminjam bukunya. Di samping menanam budaya membaca dan mengurangi waktu bermain internet, juga menambah kesadaran akan pelestarian lingkungan pada anak.
他利用滿載多餘書籍的 3 輪車巡迴鄉下，讓小孩能夠蒐集垃圾來交換借書，除了培養閱讀文化之外，並減少上網玩樂時間，也增加小孩的環境保護意識。

➢ Susu itu bercecaran di lantai.
牛奶灑得一地都是。

V-1.7.1.延伸閱讀(di luar)

印尼文「di luar」除了「在外面」的意義外，還有很多衍伸用法，整理如下：

用　　　法	意　　　　　　　　　　　　　　　　　　　　　義
di luar	di luar 在外面 di luar nikah 非婚姻關係 di luar pagar 不參與,不干涉 di luar adat 不符風俗習慣 di luar batas 過分,超出範圍,越軌 di luar dugaan/perhitungan 出乎意料,意料之外 di luar janji 沒有約定/預約

例句

➢ Kejadian itu sama sekali di luar dugaan saya.
那件事情完全出乎我的意料。

➢ Dalam perkara itu, saya berdiri di luar pagar.
對於那件事，我不參與。

➢ Kepergiannya di luar pengetahuan orang tuanya.
他的旅行連他父母也不知道。

Ayat V-1.8.介係詞(oleh)

類　　　型	意　　　　　義	範　　　　　　　　　　　　　　例
oleh	(介係詞)被...	diambil oleh majikan 被雇主拿去
	因為,由於	oleh karena/sebab itu 因此,所以
	對,對...來說(=bagi)	oleh ayah 對父親來說
	為...所(放形容詞後)	penuh oleh penumpang 擠滿乘客

| | | sarat oleh buah 果實累累 |

例句

➤ Oleh karena itu sebelum berangkat kami selalu merencanakan kegiatan untuk perjalanan pulang, kemudian kami akan melakukan hal-hal sesuai dengan perencanaan.
因此在我們出發前都會規劃回程的活動，然後我們會按照計畫執行。(105 印導)

➤ Harga barang-barang di toko Indo masih terjangkau oleh para TKI.
印尼店的物價，印尼外勞們還可以負擔。(106 印導)

➤ Dia sangat terpukul oleh berita buruk itu.
他被那負面新聞嚴重打擊。(106 印導)

Ayat V-1.9.介係詞(pada)

類　　型	意　　　　　義	範　　　　　　　　　　　　　　　　　　　　　　　　　例
pada	在(時間,日期,行業,身體,影集,聚會,比賽,物體),依據	menaruh perhatian pada kaum lemah 注意弱勢族群 mengembalikan uang pajak pada rakyat 退回稅金給民眾 pada saat angka kematian terus meningkat 在死亡數字持續增加之際 pada saat ini 此時,此刻 pada saat yang sama 同時 pada waktu itu 當時 tampak seperti salju putih pada puncak gunung 看起來像山頂上的白雪 tetap berada pada posisi yang sama 仍然待在原位子

例句

➤ Semua penumpang dilarang meninggalkan tempat duduk pada saat pesawat tinggal landas.
當飛機起飛時，全部乘客禁止離開座位。(104 印導)

➤ Dilarang merokok dan membuang sampah sembarangan di/pada tempat umum.
禁止在公共場所吸菸和隨地丟垃圾。(109 印導)

➤ Pada akhir minggu, ada pertunjukan musik dan tari modern di dekat stasiun MRT Ximen.
週末在西門捷運站附近有音樂表演和現代舞蹈。

➤ Kakak laki-laki menempati posisi pertama pada pertandingan pencak silat antar sekolah.
哥哥在校際印尼傳統武術比賽中得到第一名。

➤ Kain Songket yang dibeli ibu di pasar semalam itu bersulam benang emas pada pinggirannya.
母親昨晚在市場買的那塊馬來手織布，在邊緣繡有金線。

➤ Setiap orang memiliki kelemahan, namun bukan berarti kita harus menyerah pada kelemahan tsb.
每一個人都有弱點，但是並不表示我們必須向這弱點屈服。

➤ Saya tidak takut pada siapa pun.
我不怕任何人。

➤ Hasilnya, terdapat kecocokan antara bercak darah pada pisau dan kuku tersangka dengan darah korban.
結果，在嫌犯的刀和指甲的血跡中發現符合受害者的血液。

> Saya akan hadir pada perjamuan.
> 我會出席宴會。

> Sebuah studi baru-baru ini melakukan eksperimen lintas negara pada 903 karyawan dari 33 perusahaan di Amerika Serikat dan Irlandia, serta 27 pemilik perusahaan bisnis.
> 針對美國及愛爾蘭 33 間公司的 903 員工與 27 位企業主，從事的一項跨國實驗最新研究。

> Pada saat pandemi di Tiongkok semakin ganas, CECC akan memperketat pengendalian berdurasi sebulan pada penerbangan langsung dan tiga hubungan mini.
> 當中國疫情越來越嚴峻，中央疫情指揮中心對直航和小三通嚴密控制持續 1 個月。

> Kota ini pada saat ini berada dalam keadaan putus air, putus listrik dan anarki.
> 這城市現在處在斷水斷電和無政府的狀態。

> Ketika ada polisi di lokasi, pengendara pada umumnya lebih mematuhi peraturan lalu lintas.
> 當有警察在場，駕駛人一般來說比較遵守交通規則。

> Siapa menemukan pembengkakan atau suhu tinggi pada baterai?
> 誰發現電池腫脹或高溫的？

> Pada dasarnya, sudah ada kesepakatan.
> 基本上，已經有共識。

Ayat V-1.10.介係詞(-pun)

類　　　型	用　　　　　　　法	意　　　　義	範　　　　　　　　　　例
pun	-pun/-pun...juga	也,也是	begitupun kami 我們也是 saya pun mau juga 我也要
	-pun	雖然,儘管,儘管如此,即使	pintar pun tidak 雖然不聰明 sampai sekarangpun 即使到現在
	pun(...lagi)	連...何況	membaca pun tidak bisa 連讀都不會
	apa/mana/kapan/siapa/bagaimana-pun	(疑問詞)任何,不論...	bagaimanapun 無論怎樣,不管怎樣 dalam bentuk apapun 以任何形式 dengan cara apapun 以任何方式 di manapun 任何地方,哪裡都 kapanpun 任何時候 kegiatan apapun 任何活動 negara manapun 不論哪個國家 siapapun 任何人 tanpa berkata apapun 什麼都沒有說 yang manapun 任何一個
	pun...lah	開始(發生)	Hari pun gelaplah 天開始黑了
	pun	便,於是(加強語氣)	kami pun tidur 我們便睡覺
	-pun	(關聯單字)	adapun 話說,且說,而,至於 ataupun 或,別名,不論...還是 hendakpun 即使想,即使要 itupun 那也要看

			kalaupun 即使有...也
			maupun/baik...maupun 不論...還是
			meskipun 儘管如此(說),雖然如此
			sedikitpun 一點點也
			sekalipun 雖然,即使
			walaupun 雖然,即使

例句

➢ Pemandu wisata meskipun adalah usaha jasa, melayani para wisatawan, tetapi sikap dan mental harus penuh optimistik dan terbuka, jangan sampai merasa minder. Karena status pemandu wisata sama rata dengan status wisatawan.
領隊雖然是從事服務觀光客的服務業,但是態度和精神必須充滿樂觀與坦率,不要讓人感到低沉,因為領隊的狀況大致和觀光客相同。(103 印導)

➢ Baik Indonesia maupun Taiwan terletak di Asia.
不論印尼還是台灣都位在亞洲。(105 印導)

➢ Wisata belanja juga sangat diminati turis lokal maupun asing, terutama di pasar malam yang menjual barang-barangan banyak dan murah.
購物旅遊不論本地或外國旅客都感興趣,尤其是賣許多便宜物品的夜市。(105 印導)

➢ Baik Hualien maupun Taitung adalah kota yang sangat indah, adalah dua "balik kebun" Taiwan, maka turis asing ingin mengunjungi kedua kota tersebut.
不論花蓮還是台東都是很美麗的城市,是台灣的兩個"後花園",所以外國觀光客想要參觀這兩個城市。(105 印導)

➢ Dilarang untuk sengaja menginjak persembahan (Canang Sari) bunga maupun dupa yang terdapat di jalan.
禁止故意腳踩祭祀用品(供品),不論是在路上的花朵還是線香。(107 印導)

➢ Meningkatnya antusias wisatawan muslim ini mendorong pemerintah Taiwan terus mengembangkan destinasi wisata ramah muslim. Meskipun populasi muslim di Taiwan kurang dari 2 persen, kini destinasi wisata ramah muslim makin mudah ditemui.
穆斯林觀光客的需求增加,促使台灣政府持續擴大發展穆斯林友善旅遊景點,雖然台灣的回教人口不到 2%,現在穆斯林友善旅遊景點越來越容易找到。(108 印導)

➢ Meskipun pandemi COVID-19 belum berakhir, tetapi kehidupan harus terus berjalan.
雖然 COVID-19 疫情還未結束,但是生活必須持續過下去。(110 印導)

➢ Jika hal tersebut tidak dilakukan, cepat atau lambat akan berdampak pada berbagai sektor, baik sosial, budaya, pertumbuhan ekonomi akan mengalami perlambatan, industri tidak berjalan, atau masyarakat kehilangan penghasilan.
遲早影響不論社會或文化的各行各業,經濟成長將停滯不前,產業無法進步,民眾可能會喪失生產力。(110 印導)

➢ Soal bahasa pun tidak perlu khawatir akan menjadi kendala karena dokter-dokter di Taiwan banyak yang bisa berbahasa Inggris.
語言問題也不需要擔心會成為阻礙,因為許多台灣的醫生能夠說英語。(110 印導)

➢ Harganya mahal pun, tetap saya beli/Walaupun harganya mahal, saya akan tetap beli.
價格不論多貴,我都要買。

> Acara Miyabi apapun di Jakarta dikritik habis-habisan.
> 小澤瑪麗亞在雅加達的任何活動都被體無完膚地批評。

> Saya hanya diam dan tidak memberi reaksi apapun.
> 我只有安靜且沒有任何回應。

> Ditegaskan tidak menerima siapapun yang hendak mengintervensi masalah internal Tiongkok.
> 強調不接受任何人想要干涉中國內部問題。

> Harganya semahal apapun, saya juga beli.
> 價格不論多貴，我都要買。

> Adapun bonus yang diberikan kepada kami juga akan kami gunakan di sini.
> 至於給我們的獎勵，我們也將用在這裡。

> Adapun alasan menyelundupkan rokok adalah untuk menghindari pemungutan pajak.
> 話說走私香菸的理由是逃稅。

Ayat V-1.11.介係詞(secara)

看印尼的文章或新聞報導常常會見到「secara」這個字，整理字義及用法如下：

用　　　　　法	意　　　　義	範　　　　　　　　　　　　　例
secara	...地	secara acak 隨機地 secara alami 自然地 secara berangsur 逐步地,一點一點地 secara bergiliran 輪流地 secara berkala 定期地 secara berlebihan 過度地 secara bersyarat 有條件地 secara bertahan 有耐心地 secara bertahap 分階段地 secara beruntung 運氣好地 secara berurutan 依序地 secara besar-besaran 大量地 secara cermat/seksama 小心地 secara cuma-cuma 免費地 secara detail 詳細地 secara drastis 大幅地 secara efektif 有效地 secara eksplisit 明確地,清楚地 secara ekstensif 廣泛地 secara gratis 免費地 secara halus 有禮貌地 secara horisontal 水平地 secara ilegal 非法地 secara irit 節約地 secara khusus 特別地 secara kilat 瞬間地

用　　　　　法	意　　　　義	範　　　　　　　　　　　　　　例
		secara komprehensif 全面地
		secara langsung 直接(親自)地
		secara mandiri 自主地
		secara mendadak,secara tiba-tiba 突然地
		secara menyeluruh 全面地
		secara nyata 明顯地
		secara otomatis 自動地
		secara paksa 強行地
		secara pantas,secara semestinya 適當地,應該地
		secara paralel 併行地,同時地
		secara pasrah 認命地
		secara pasti 確定地
		secara perlahan 緩慢地
		secara proaktif 積極主動地
		secara rasional 合理地,理性地
		secara resmi 正式地
		secara sadar 自覺地
		secara sah 合法地
		secara sangat ketat 很嚴格地
		secara sederhana 簡單地說
		secara seksama 小心地
		secara sembarangan 隨意地
		secara sepihak 單方面地
		secara singkat 簡單地說
		secara spesifik 具體地
		secara spontan 自發地
		secara substansial 重大地,大量地
		secara tegas 清楚地,明確地
		secara tepat sasaran 精確地,掌握重點地,正中目標地
		secara teratur 定期地
		secara terbuka 公開地,公然地
		secara terpisah 分別地
		secara tersembunyi 偷偷地,祕密地
		secara tertulis 以書面方式
		secara tidak disengaja/sengaja 無意間
		secara tidak langsung 不直接地
		secara tidak semestinya 不適當地,不應該地
		secara tulus 真誠地,誠懇地
		secara wajar 正常地,自然地
	以...方法,透過 (=dengan cara)	secara bergulir 滾動地,以滾動方式
		secara berombongan/berkelompok 以團體方式
		secara curang 以詐欺方式
		secara daring/online 透過網路
		secara digital 以數位方式
		secara fisik dan mental 以身體和智力的方式

用　　　　　法	意　　　　義	範　　　　　　　　　　　　例
		secara fisik manual 以人工實體方式
		secara gradual 以漸進的方式
		secara kekeluargaan 透過血緣關係
		secara keseluruhan 總的來說,總體來說
		secara musyawarah 透過協商
		secara optimal 以最佳的方式
		secara otodidak 以自學方式
		secara parsial 以部分方式
		secara tatap muka 以親自前往的方式
		secara virtual 以虛擬方式
	以...身分,作為 (=dengan,sebagai)	secara VIP 以貴賓身分
	照,按 (=menurut)	secara adat 按照習俗 secara definisi 按照定義 secara harfiah 照字面上來看

例句

➤ Ketika tamu Anda membuang kertas pembungkus makanan secara sembarangan, Anda memungut dan membuangnya ke tong sampah, dan secara halus meminta mereka untuk memerhatikan hal ini.
當你的客人隨意地丟棄食物包裝紙時,你撿起來並丟到垃圾桶,同時有禮貌地要求他們注意這件事。(103 印導)

➤ Melakukan tur secara berombongan ada untung dan ruginya karena segala sesuatu sudah diatur dengan baik, tetapi tidak bisa bebas.
從事團體旅遊有它的優缺點,因為全部的事情都已經安排妥當,但是不能自由自在。(104 印導)

➤ Dalam menghadapi keluhan turis, pramuwisata harus dapat menangani secara arif dan bijaksana dengan menggunakan prinsip-prinsip mendengarkan, memahami, dan menangani.
面對觀光客的抱怨,導遊必須能夠利用傾聽、理解以及管理的理論,有智慧且聰明地處理。(108 印導)

➤ Jangan membuang sampah secara sembarangan oleh para turis ketika mereka mendaki gunung, contoh : pegunungan Himalaya di Tibet.
觀光客登山時不可任意丟棄垃圾,例如:西藏的喜馬拉雅山脈。(110 印導)

➤ Sejak mewabahnya COVID-19, guna menghindari terjadinya penularan, sebagian besar aktivitas dilakukan melalui daring (online) seperti kegiatan rapat yang selama ini dilaksanakan bersama-sama dalam suatu ruangan, sekarang menggunakan aplikasi Zoom dan lainnya.
從 COVID-19 蔓延開始,為避免發生傳播,大部分的活動都透過線上實施,比如這段時間的會議活動,現在使用 Zoom 和其它的應用程式,跟在室內所做的一樣。(110 印導)

➤ Selain daftar kegiatan, tempat penginapan pun telah direservasi secara daring.
除了活動表,住宿地點也已經線上預訂。(112 印導)

➤ Untuk memperkenalkan budaya yang lebih lengkap, ada juga panggung dengan pertunjukan tarian tradisional, kerajinan, dan demonstrasi otentik lainnya yang ditampilkan secara berkala.

為了較完整介紹文化，也有定期展出的傳統舞蹈表演與其他原物展覽的舞台。(112 印導)

➢ Karena pameran memiliki aturan berlakunya waktu dan hak cipta jadi video ini tidak memperkenalkan isi pameran secara detail.
因為展覽有播放時間與版權的規定，所以這影片不詳細介紹展覽內容。

➢ Indonesia memiliki banyak umat Islam yang secara politis lebih condong ke musuhnya Israel yakni Palestina, dan masyarakat Indonesia diresapi sentimen penolakan setelah Timnas Israel lolos masuk kompetisi.
印尼有許多回教徒政治上較傾向以色列的敵國巴勒斯坦，在以色列國家隊通過資格賽後，印尼民眾一直瀰漫著拒絕的氣氛。

V-1.11.1.延伸閱讀(dengan/secara 意義相同)

印尼文有一些使用「dengan」和「secara」意義相同的用法，整理如下：

dengan cermat 小心地,仔細地=secara cermat
dengan paksaan 用強迫方式=secara paksaan
dengan teratur 定期地=secara teratur

Ayat V-1.12.介係詞(untuk)

用　　　　法	意　　　　義	範　　　　　　　　　　　　　　　　　例
untuk	為了,為,讓	untuk bekerja 為了工作 untuk negara 為了國家
	給	tiket ini untuk Anda 這票給你
	作...用	daun untuk sayur 葉子可以做菜
	作為,成為	dia dipilih untuk ketua 他被選為主席

例句

➢ Berbagai wisata untuk menambah wawasan dan pandangan hidup.
各種旅遊是為了增加觀點與生活見聞。(112 印導)

➢ Pengunjung: Permisi, saya ingin tahu apakah baju ini cocok untuk saya apa tidak, di mana ada kamar pas? 訪客：不好意思，我想知道這件上衣適不適合我，試衣間在哪裡？
Pramuniaga: Di belakang kasir. 店員：在收銀台後面。(112 印導)

➢ Penumpang: Berapa jatah bagasi saya? 乘客：我的行李限重多少？
Petugas: Untuk kelas ekonomi Anda 20 kg. 職員：你是經濟艙有 20 公斤。(112 印導)

➢ Dia membuka pintu untuk tamu.
他為客人開門。

➢ Saya butuh uang untuk bayar hutang.
我需要錢來還債。

➢ Tidak akan lupa untuk selama-lamanya.
永遠不能忘記。

> Saya datang ke sini untuk pertama kali.
> 我第 1 次來這裡。

> Ini penting sekali untuk diketahui setiap orang.
> 讓每個人知道，這很重要。

> Dia memberikan makanan untuk anjing kesayangannya namanya "Hsiung-hsiung".
> 他餵食他心愛的名叫"雄雄"的狗。

V-1.12.1. 延伸閱讀(介係詞連用)

印尼文有時會看到介係詞連用的情形，例子如下：

例句	文法說明
tidak baik bagi saya untuk menunggu di sana 在那裏等待，對我而言並不好	「untuk」與介係詞「bagi」一起出現，此時「untuk」是「為了、為、讓」的意思，而「bagi」則是「對...而言」的意思
di atas 2.000 meter dari permukaan laut 在海拔 2,000 公尺以上	di、atas、dari 三個介係詞
dipersiapkan secara matang dari awal 一開始就有經驗的做準備	secara、dari 兩個介係詞

例句

> ketika Anda membuka tutup nasi bento, segera tercium bau harum semerbak gurihnya lauk-pauk di dalam kotak bento, dan bento sering dilengkapi dengan sebutir telur kecap yang gurih rasanya, ditambah lagi dengan tekstur nasi Taiwan yang lembut tapi ada sedikit kenyal, pokoknya tiada duanya di atas dunia ini.
> 當你打開便當盒的蓋子，馬上就聞到便當裡飯菜可口的香味，便當經常搭配 1 顆感覺可口的滷蛋，還添加了基本上是當今世界上獨一無二，柔軟中帶一點彈性的台灣米飯。
> (111 印導)

> Tidak baik bagi saya untuk menunggu di sana.
> 在那裏等待，對我而言並不好。

> Koki menyelipkan hotdog ke dalam roti.
> 廚師把熱狗夾在麵包中。

> Ini adalah penampilan sikap bersahabat dari Fiji pada Taiwan.
> 這是斐濟對台灣友好態度的展現。

> Saya berterima kasih atas dukungan pada Taiwan dari sekutu demokrasi.
> 我感謝來自民主盟友對台灣的支持。

Pasal V-2. 連接詞(Kata Konjungsi)

「連接詞(Kata Konjungsi/Jadian)」是位在「句子與句子」或「名詞與名詞」之間，表示彼此之間的關係，「連接詞」與「介系詞」最大的差別是「連接詞」可以連接「2 個句子或 2 個名詞」，而「介係詞」只能在之後接「名詞」，綜整使用範例如下：

範例(連接詞)

agar,supaya(spy)為了,使得,以便
andai/andai-andai,seandainya,contohnya 比方說,如果說,例如,假如
antara lain(a.l.)其中,例如
apalagi,lagipula 而且,尤其,何況→apalagi kalau/jika 尤其
asal/asalkan,melulu 最初的,起源,原狀,只要
atau 或
bagai/bagaikan/sebagai,kayaknya,laksana,misalnya,seakan/seakan-akan,seolah-olah,seperti,umpamanya 彷彿,好像,例如
bahkan,sedang/sedangkan 而,連,甚至
bahwa(=連接詞 that)
berhubung 鑑於,鑒於→sehubungan 有關
berisi,termasuk,mencakup 包含,包括
berkat,gara-gara,karena,lantaran,mentang-mentang,sebab,soalnya 因為,由於,因...而→oleh karena/sebab itu 因此,因而
bila,ketika,saat,selama,waktu 何時,當→saat 時,時刻,片刻,剎那,(命運)時刻→bila 時間,時候,何時,當...時候,如果→bila perlu 必要時,如果需要
bukan saja...malah 不只...還(有),甚至
bukan...melainkan 不只...而是...
dalam pada itu 於此同時
dan,serta 和
diantaranya 在其中
dulu,lalu 先,以前
hingga,sampai 到,直到
jadi,maka 所以,於是,因此
jangan sampai 別讓
jangankan 別說是→jangankan...malah/malahan 別說是...反而→jangankan...sedangkan 別說是...連
jika, apabila,seandainya 如果→kalau 如果,那...呢？
justru,malah,malahan 反而,還
kelak,lantas 直接,立即,以後
ketimbang 與…相比
lebih lanjut 接著
lebih...daripada 比...更,與其→lebih besar daripada itu 比那個更大→lebih mahal daripada ini 比這個更貴
melainkan 而是
mulai dari,sejak,semenjak 從,從...起
mumpung 趁
namun,tetapi/tapi 可是,儘管,然而→namun jika benar terjadi 然而如果真實發生
rangka 框架,輪廓,範圍→dalam rangka 在過程中
sambil 一邊...一邊→sembari 邊...邊...,一面...一面...
sebelum 之前→sebelum itu 在那之前

sehingga 以致,以至於(+負面/否定字詞)	
selain(包含自己)除了,除非→kecuali(不含自己)除了→di sisi lain,selain itu 除此之外	
sementara 當,而,同時,暫時→sementara itu 於此同時→untuk sementara 暫時,臨時→ditutup sementara 暫時關閉	
sesaat 片刻,瞬間→sesaat itu juga 即時,當場,就在當時→sesaat lamanya 片刻,一刹那,一瞬間→saat naas/nahas 不吉利的時刻→saat sempurna 良辰吉時	
setelah,sesudah 之後→habis itu,kemudian,lalu,selanjutnya,sesudah itu,setelah itu 然後,在那之後	
tatkala 當...時候→pada tatkala itu 當時,那時→tatkala disetujui 當同意時	
tetap 仍然	

例句

➢ Agar tidak terlambat, kami besok harus berangkat pagi-pagi sekali, karena takut lalu lintas macet.
為了不要遲到，我們明天必須很早出發，因為怕交通堵塞。(103 印導)

➢ Setiap penumpang jika pesawat sedang terbang diharapkan selalu mengenakan sabuk pengaman ketika sedang duduk.
每位乘客即使飛機正在飛行，坐下時也請全程使用安全帶。(104 印導)

➢ Berwisata ke Danau Matahari Bulan sangat menarik, karena juga bisa menikmati tarian kesenian penduduk asli Taiwan di sana.
因為也能夠在那裡欣賞到台灣原住民藝術舞蹈，所以去很吸引人的日月潭旅遊。(105 印導)

➢ Daerah Maokong selain ada gondola juga banyak kebun teh, tempat ini adalah daerah wisata dekat pinggir kota Taipei.
貓空地區除了纜車外，也有很多茶園，這地方是靠近台北市邊緣的觀光地區。(105 印導)

➢ Di Kebun Binatang Taipei, saya juga bisa melihat banyak jenis satwa langka, misalnya koala yang suka tidur, panda yang lucu sekali, dan juga tapir, badak serta ikan-ikan jenis jaman purba, bahkan burung, monyet, burung kuntul dan masih banyak lagi.
在台北動物園，我也能夠看到許多稀有動物，例如喜歡睡覺的無尾熊、很滑稽的熊貓、獏、犀牛與古代魚類，還有鳥、猴子、白鷺鷥和其他有的沒的。(105 印導)

➢ Saya meminjamkan buku saya kepada Siti supaya Siti bisa baca buku.
我借書給 Siti，讓 Siti 能夠讀書。(106 印導)

➢ Saya akan berkunjung ke Indonesia jika sudah cukup tabunganku.
如果已經存夠錢，我會去印尼參觀。(106 印導)

➢ Sambil minum, onde hitam (mutiara) yang ditambahkan ke dalam teh susu akan mendatangkan pengalaman baru pada lidah kita saat kita mengunyah mutiara yang kenyal ini!
一邊喝加在奶茶裡的黑色丸子(珍珠)，我們一邊咀嚼有彈性的珍珠，這會為我們的舌頭帶來新的體驗！(108 印導)

➢ Ketika tiket pesawat elektronik hilang, maka tidak perlu melakukan apa-apa karena semua data tersimpan dan tersambung di database maskapai penerbangan.
當電子機票遺失時不需要做任何事，因為全部資料都被連線儲存在航空公司的資料庫。(108 印導)

> Rina adalah anak yang rajin sedangkan Doni adalah anak yang pemalas.
> Rina 是勤勞的小孩，而 Doni 是懶惰的小孩。(108 印導)

> Perpustakaan sekolah menyediakan buku referensi dan buku bacaan penunjang pelajaran.
> Buku referensi biasanya digunakan untuk pembelajaran di kelas. Sedangkan buku penunjang
> digunakan untuk memperkaya wawasan siswa. Para siswa bebas memilih sesuai dengan
> kebutuhannya.
> 學校圖書館有參考書及課程輔助閱讀書籍，通常參考書用在課堂學習，而課程輔助閱讀
> 書籍被用來充實學生的觀點，學生可依照個人需求自由挑選。(108 印導)

> Setelah selesai makan dan minum, bekasnya harus dibuang di tempat sampah.
> 在吃喝結束之後，剩下的東西必須丟到垃圾場。(109 印導)

> Kalau membeli barang yang salah, mau tukar barang, harus membawa kwitansi dan barang.
> 如果買錯東西想要更換，必須帶著收據和物品。(109 印導)

> Suhu udara di gunung Yangming lebih rendah daripada suhu di kota Taipei, maka hendaknya
> membawa jaket tebal saat ke sana.
> 陽明山氣溫比台北市溫度更低，所以應該攜帶厚夾克去那裡。(109 印導)

> Bukan dia, tetapi saya yang akan berwisata ke Kota Kaohsiung.
> 不是他，而是我將去高雄市觀光。(109 印導)

> Di pasar malam terdapat banyak jenis makanan dan minuman. Sebelum membeli, kita harus
> tanya dulu harganya agar tidak tertipu.
> 在夜市有許多種類的食物與飲料，在購買之前，我們必須先問清楚它的價格，以免被
> 騙。(109 印導)

> Tina selalu sopan sehingga dia punya banyak teman.
> Tina 非常有禮貌，所以有許多朋友。(110 印導)

> Saya memilih berwisata ke gunung tetapi malah diajak ke pantai.
> 我選擇去山區旅遊，但是反而被邀請去海灘。(110 印導)

> Tidak ada yang abadi atau kekal di dunia ini.
> 在這世界沒有什麼是永恆或永久的。(110 印導)

> Apabila tamu Anda ingin memesan kamar hotel, jenis dan jumlah kamar yang diinginkan,
> tanggal kedatangan dan keberangkatan, dan nama tamu yang menginap di hotel adalah
> informasi yang diperlukan oleh pihak hotel.
> 如果你的客人想要預定飯店房間，想要的房型與間數、抵離日期以及住宿飯店客人的姓
> 名，被認為是必要的資訊。(110 印導)

> Selain bangunan gereja dan kuil tua ada batu bata merah khas Eropa, juga ada banyak
> seniman jalanan yang bernyanyi, melukis, mematung di alun-alun stasiun MRT Tamsui atau di
> sisi sungai.
> 除了教堂和老寺廟的建築物有歐洲特色紅磚外，也有許多街頭藝人在淡水捷運站的廣場
> 或河邊唱歌、繪畫、雕刻。(110 印導)

> Tamu muslim hendak berkeliling pasar malam di Taipei, ada yang sangat penting harus Anda
> perhatikan yaitu menjelaskan kuliner enak termasuk bahan-bahannya halal atau tidak, agar
> tamu tidak salah makan makanan haram.
> 穆斯林客人想逛台北的夜市，你必須注意非常重要的事是清楚說明美食是否含有回教認

證食材，以免客人誤食不符合回教教規的食物。(111 印導)

➤ Satu hal yang sangat tabu ketika mendaki gunung di Taiwan adalah membuang sampah sembarangan di gunung, tidak dibawa turun gunung.
當你在台灣登山時，非常禁忌的一件事就是在山上隨意丟垃圾，沒有帶下山。(111 印導)

➤ Untuk orang yang tidak mempersoalkan makanan halal atau tidak, tentu sangat sulit untuk menolak tawaran makan Bento Kereta Api, apalagi yang isi daging iga babi kecap maupun goreng.
不管有無食物清真認證的問題，一定很難拒絕鐵路便當的兜售，尤其是滷豬排或炸豬排的菜色。(111 印導)

➤ Toilet Taiwan merupakan toilet kering, sehingga dalam toilet tidak terdapat bak dan gayung.
台灣廁所是乾式，以至於廁所裡面沒有水槽和水瓢。(112 印導)

➤ Dalam pameran kali ini, pengunjung dapat menikmati lukisan sambil belajar melukis dengan bimbingan pelukis profesional yang diundang oleh pihak museum.
在這次的展覽裡，參觀者可以一邊欣賞畫作，一邊由館方邀請的專業畫家指導學習畫畫，(112 印導)

➤ Supaya perjalanan ini menyenangkan, dia telah menyusun daftar kegiatan selama berwisata.
為了旅程讓人感到高興，他已經擬定旅途活動表。(112 印導)

➤ Setelah lulus dari universitas, dia bekerja di perusahaan asing.
在大學畢業後，他在外國公司工作。

➤ Saya berbicara bila perlu saja.
必要時我才說話。

➤ Dilambainya taksi itu supaya berhenti.
揮手讓那輛計程車停下來。

➤ Semua berdiri ketika orang mulia itu masuk.
當大人物進場時，全體起立。

➤ Ayah segera menepikan mobilnya ketika mesin mulai mengeluarkan asap.
當引擎開始冒煙，父親馬上靠邊停車。

➤ Kopi ilegal ini dinilai berbahaya bagi kesehatan, bahkan bisa menyebabkan kematian.
這非法的咖啡被評估對健康有害，甚至可能造成死亡。

➤ Dokter menyarangkan agar ibu menurunkan kelebihan berat badannya.
醫生建議母親減少多餘的體重。

➤ Kami bersantap siang sambil membalut bahcang.
我們一邊吃午餐一邊包粽子。

➤ Bila Taiwan menghadapi masalah, maka Jepang juga demikian.
台灣有事，就是日本有事。

➤ Lebih baik bermain bola daripada bermain komputer.
與其玩電腦，情願打球。

➤ Anaknya memang nakal, apalagi kalau di sekolah.

那孩子真調皮，尤其在學校。

> Suhu terdingin semenjak memasuki musim dingin pada tahun ini akan terus berkelanjutan dengan suhu terendah bisa mencapai 10°C.從今年入冬以來最冷的溫度將持續，最低溫可能達到攝氏 10 度。

> Kampung ini lebih maju ketimbang kampung-kampung di sekitarnya.
> 跟周圍其他村子比起來，這個村子更先進。

> Pelaku perjalanan asing harus selalu berkonsentrasi penuh saat menyeberangi jalan, karena apabila ada sedikit lengah, mungkin akan tertabrak oleh mobil.
> 外國旅客過馬路時應該一直全神貫注，因為如果有一點點疏忽，將可能被車撞。

> Saya bahkan sudah menyiapkan celana jeans.
> 我連牛仔褲都準備好了。

> Pakar menyarankan agar pemerintah mempertimbangkan perekrutan PMA.
> 專家建議政府考慮外籍移工的聘僱。

> Lantas terbalik di selokan di luar pagar pembatas.
> 之後翻覆在護欄外側的排水溝。

V-2.1.1.延伸閱讀(除了)

印尼文「除了」有「selain、kecuali」兩種說法，基本上的分類原則是「包不包含後面名詞」，比如「selain(包含後面名詞)」與「kecuali(不含後面名詞)」，平常要習慣使用，才不會對話時因思考而卡卡的，說明及範例如下：

用　　　法	意　　　義	範　　　　　　　　　　　　　　　　　　　　　　　　　　　例
selain	除了 (包含後面名詞)	selain saya 除了我之外(**包含**我本人)
kecuali	除了 (不含後面名詞)	kecuali hari minggu/libur 週日/假日除外(**不包含**週日/假日)

例句

> Selain pulau Taiwan, bisa wisata ke pulau kecil lain.
> 除了台灣本島，可以去其他小島觀光。

V-2.1.2.小提醒

印尼文「例如、比如」主要是用「seperti,contohnya,misalnya,umpamanya,laksana」這幾種說法，最主要差別在於「seperti 前面不加逗點」，而其他的字前面可以加逗點。

例句

> Saat berwisata ke luar negeri, ada banyak hal yang harus diperhatikan, contohnya musim, hari libur dan festival menarik, keamanan dan ketentuan khusus negara tujuan.
> 去國外旅遊時，有許多事情必須注意，比如說目的國的季節、放假日和吸引人的節慶、安全與特別規定。(105 印導)

- Buah Rambutan yang kulitnya seperti ditumbuhi rambut.
  水果紅毛丹的外皮好像長了頭髮。(107 印導)

- Apakah Anda pernah mendengar lagu Indomesia, misalnya "Cinta Sejati" yang ternyanyi Bunga Citra Lestari dan sebagai(dsb)?
  你曾經聽過印尼歌曲，例如 Bunga Citra Lestari 唱的"Cinta Sejati"和其他的歌嗎？

Ayat V-2.1.連接詞(jika)

用　　　法	意　　　　　　義	範　　　　　　　　　　　　　　　　例
jika	如果,假如	jaka program masih berlaku 如果計畫仍然有效
	即使…也 (jika…sekalipun/jika…pun)	jika mati sekalipun…即使犧牲也… jika ada pun 即使有也…
	如果…就(jika…maka)	jika saya pergi, maka tampak kesalahan 如果我去，就可看出錯誤

例句

- Jika kesulitan dalam berbahasa asing, maka kita harus sering memeriksa buku kamus.
  如果說外語有困難，我們就必須經常查字典。(105 印導)

- Gerhana matahari terjadi jika bulan berada antara matahari dan bumi, sedangkan Gerhana bulan terjadi jika bumi berada antara matahari dan bulan.
  日蝕發生在月亮在太陽和地球之間，而當地球在太陽及月亮中間就形成月蝕。

Ayat V-2.2.連接詞(kalau)

用　　　法	意　　　　　　義	範　　　　　　　　　　　　　　　　例
kalau	如果	kalau hujan 如果下雨
	假如,要是,假設	kalau tidak ada 假如沒有
	就…來說,就…而論	kalau saya 就我來說
	(連接詞)(不知道發生)	saya tidak tahu, kalau dia sudah pergi 我不知道他已經去了
	當,在(+時間)	kalau malam 在晚上
	(疑問詞)那…呢？	kalau Anda?那您呢？
	(+pun)即使…也	kalau pun ada 即使有

例句

- Kalau tiket kereta api Anda hilang, kamu bisa membeli tiket lagi.
  如果你的火車票遺失，你可以再次買票。(109 印導)

- Tamu Anda kalau berbelanja suka tawar-menawar dengan setiap penjual.
  你的客人在購物時喜歡跟每一個店家討價還價。(111 印導)

- Kalau dia ikut, saya pun ikut.
  他去我也去。

- Kalau tidak mau, bagaimana?

要是不願意，怎麼辦？

➢ Kalau jodoh, pasti bertemu.
如果有緣的話，一定會見面。

➢ Kalau pun tidak ada, tidak apa-apa.
即使沒有也沒有關係。

➢ Kalau sampai ada yang terlupakan.
如果有東西忘記。

➢ Kalau pulang, apa kegiatan anda?
回家後，做什麼活動？

Ayat V-2.3. 連接詞(maka)

用　　　法	意　　　　義	範　　　　　　　　　　　　　　　　　　　例
maka	因此,所以 (=makanya,maka itu)	maka malas makan 因此懶得吃
	然後,於是,就	maka cepat tidur 於是早睡
	(連接詞)(=bahwa)	Apa sebab maka dia tidak setuju?他不同意的原因是什麼？
	(開頭語)	Maka tersebut perkataan...話說...

例句

➢ Kalau tidak bisa tawar menawar, maka cari saja toko dengan harga mati.
要是不能討價還價，就只去不二價的商店。(104 印導)

Ayat V-2.4. 連接詞(jadi)

用　　　法	意　　　　義	範　　　　　　　　　　　　　　　　　　　例
jadi	做成,成功	tidak jadi 不成功,行不通,不能夠
	做,當,變成	Mengapa jadi begitu?怎麼變成那樣呢？
	現成的	barang setengah jadi 半成品 obat jadi 成藥
	因此,因而	jadi punya rumah mewah dan mobil mewah 所以擁有豪宅及名車
	可以,能行(=jadilah)	kapan saja jadi 不論何時都可以
	誕生	hari kota Taipei 台北城建城日

例句

➢ Minggu depan jadikah kita pergi ke Taiwan?
下週我們去得成台灣嗎？

➢ Karena tidak ada tempat duduk lagi, jadi kami berdiri saja.
因為沒有座位，所以我們只能站著。

> Baru saja akan menjemput Ayahnya ke bandara, Doni kehilangan kunci mobil sehingga dia tidak jadi menjemput.
> 才剛要去機場接他的父親，Doni 汽車鑰匙不見了，以致他不能夠去接。

V-2.4.1.延伸閱讀(為了)

用　　法	意　　　　　義	範　　　　　　　　　　　　　　　　　　例
untuk	(介係詞)為,為了 (+名詞/動詞)	pulang ke kampung untuk melihat ibu 回鄉下為了看母親
sehingga	(連接詞)以致 (+負面字詞)	terus mengobrol sehingga guru marah 一直聊天，以致老師生氣
agar,supaya	(連接詞)為了,以便 (+正面字詞)	belajar sangat keras supaya bisa lulus ujian 為了能通過考試，非常努力念書 supaya aksi vandalisme tidak terulang 為了破壞行為不要發生
guna	(語助詞)為了,用以	meminjam uang guna membeli makanan 為了買食物而借錢
demi	(介係詞)為了,接著	demi kesehatan 為了健康
bagi	(介係詞)為了,對...而言	bagi saya 對我來說

例句

> Saya membeli kamus ini untuk anak saya.
> 我為小孩買這本字典。

> Kita berjuang guna membangun masyarakat yang aman dan makmur.
> 我們為了建設安全與繁榮的社會而努力。

> Demi kemerdekaan kami rela berkorban.
> 我們願意為了獨立犧牲。

> Baik bagimu, belum tentu baik bagiku.
> 對你來說好的，對我來說未必。

> Saya tidak suka matematika, bagi saya terlalu dalam.
> 我不喜歡數學，對我來講太深奧。

> Setelah menjalani pemeriksaan, jasad babun akan dikirim ke laboratorium Institut Penelitian Hewan (AHRI) di Tamsui untuk diotopsi guna mencari penyebab kematian.
> 在調查後，狒狒的身體將提供給淡水的家畜衛生試驗所解剖，以尋找死因。

V-2.4.2.延伸閱讀(道歉)

印尼文「請求別人原諒」的用法，差異說明如下：

用　　法	意　　　　　　　　義	範　　　　　　　　　　　　　　　　例
maaf	對不起,原諒(我),抱歉(有做錯,麻煩別人...)	maaf, saya terlambat 抱歉，我遲到 maafkan saya 原諒我 minta/meminta maaf 請求原諒 Mohon maaf lahir dan batin 請原諒我今年所犯的錯

		mohon maaf 懇請原諒
permisi	不好意思,請允許(我),告辭了,借過	permisi dulu 先告辭

例句

➤ Maaf! Saya tidak bisa traktir kamu, karena saya kehabisan uang.
抱歉！我不能請客，因為我錢用完了。(106 印導)

➤ Wisatawan : Permisi, harga baju ini berapa? 不好意思，這件上衣價錢多少？
Pelayan toko : Harganya empat ratus NT. 價錢是新台幣 400 元。
Wisatawan : Wah, terlalu mahal. Bisa kurang sedikit? 哇，太貴，能夠少一點嗎？
Pelayan toko : Bisa. Kalau begitu, saya kasih tiga ratus NT. 可以，如果太貴，我算你新台幣 300 元。(106 印導)

➤ Hendra akan menerima permohonan maaf Dermawan. Antonim dari "menerima" pada kalimat tersebut adalah "menolak."
Hendra 將接受 Dermawan 的道歉，在這句子中"接受"的反義詞是"拒絕"。(108 印導)

➤ Permisi, di manakah tempat duduk say?
不好意思，我的座位在哪裡呀？(109 印導)

➤ A : Permisi, di mana Anda beli tahu bau goreng itu? 不好意思，你在哪裡買那個臭豆腐？
B : Maaf, boleh ulangi sekali lagi? 對不起，可以再重複(說)一次嗎？
A : Tentu saja, di mana Anda beli tahu bau goreng itu? 當然，你在哪裡買那個臭豆腐？(110 印導)

➤ A : Maaf, berapa jauh ke pelabuhan Keelung? 對不起，去基隆港多遠？
B : Sekitar seratus meter dari sini. 從這裡大概 100 公尺。(110 印導)

Pasal V-3. 語助詞(Kata Bantu)

　　學習印尼文進入中、高級階段，會發現許多之前學過，但意義迴異的用法，例如「語助詞(Kata Bantu)」及「感嘆詞(Kata Seru)」，若只用初級階段學過的程度，實在很難理解、掌握真義，筆試也曾出現過相關用法，但外語導遊筆試不會專門考「語助詞」及「感嘆詞」這兩部分，而且就算不知正確意義，讀者對句子的理解不會有太大影響，不過對於想提升自我印尼文程度者，是可以用做學問的研究心態來深入學習的。

　　「語助詞」又稱「語氣詞」或「助詞」，可置於「句首」、「句中」或「句尾」，過去學習印尼文時曾經看過一些常見的語助詞，筆者做簡單的分類，語助詞出現位置的分類是原則性(有少數例外)，分類如下：

位　　　　　置	類　　　型	意　　　　　　　義	詳　細　說　明
句首/中/尾	alang	非常	Ayat V-3.1.
	begini/begitu	這樣/那樣	Ayat V-3.2.
	betapa	尤其是,多麼	Ayat V-3.3.
	biar	讓...吧,隨他	Ayat V-3.4.
	bukan	不是,極	Ayat V-3.5.
	coba	試,假如,請	Ayat V-3.6.

dapat	能夠,可以	Ayat V-3.7.
deh/dehh	好了,啦,吧	Ayat V-3.8.
dong/donk	吧,嘛,喔,啦	Ayat V-3.9.
guna	為了	Ayat V-3.10.
iya/ya	是呀	
-kah	嗎,吧,呀	Ayat V-3.11.
-kali	吧	
kan/-kan	不是嗎,不將	Ayat V-3.12.
-keles	吧	
kok	啊,怎麼,哼	Ayat V-3.13.
-lah	呀,請,吧,啦	Ayat V-3.14.
mah	嘛,呢	Ayat V-3.15.
makin/semakin	越來越	Ayat V-3.16.
nih	這樣呀	Ayat V-3.17.
oh	噢	
saja	只...而已	Ayat V-3.18.
sang	這,那	Ayat V-3.19.
sih	到底,倒是,嘛	Ayat V-3.20.
toh	不是,還是	Ayat V-3.21.
wah	哇,唉	
ya	是的,啊,是嗎	Ayat V-3.22.

以下例舉一些新聞報導及文章中常見到的「語助詞」用法給讀者參考,依上表的順序摘要介紹如下:

Ayat V-3.1.語助詞(alang)

類　　　　型	意　　　　義	範　　　　　　　　　　　例
alang	不大不小	hari alang 非市集日的一般日
	多麼,何等	alangkah baiknya 多好呀
tidak alang	...的不得了,非常,異常(=bukan alang)(否定用法)	bukan alang marahnya 非常生氣 tidak alang banyaknya orang 人多的不得了

例句

➢ Alangkah indahnya pemandangan danau matahari bulan!
日月潭風景多麼美麗呀!

➢ Tidak alang banyaknya orang berkumpul di alun-alun stasiun MRT Ximen pada akhir minggu.
週末聚集在西門捷運站廣場的人多的不得了。

Ayat V-3.2.語助詞(begini/begitu)

類　　　　型	意　　　　義	範　　　　　　　　　　　例
begini	這樣,如此	begini ceritanya 故事是這樣的

	這麼,如此地	begini besar 這麼大
sebegini	像這樣...的	sebegini banyak 像這樣多的
begitu	那樣	Dunia begitu besar 世界那麼大 Jangan begitu!別那樣！
	那麼,多麼,非常	begitu mahal 太貴了,貴死了 tidak begitu suka 不是那麼喜歡
	一...就... (begitu... begitu, begitu...lalu, begitu...lantas)	Begitu berbaring begitu tertidur 一躺下就睡著
sebegitu	像那樣的	sebegitu sistem komputer 像那樣的電腦系統

例句

- ➤ Bagaimana kamu bisa begini?
  你怎麼會這樣？

- ➤ Saya tidak begitu suka anjing.
  我不是那麼喜歡狗。

- ➤ Tidak pernah saya melihat pemandangan yang sebegini indahnya.
  我不曾見過像這樣美麗的風景。

- ➤ Saya kira tidak begitu=Saya tidak berpikir begitu=Saya tidak berpikir seperti itu=Bukan begitulah.
  我不這麼認為。

Ayat V-3.3.語助詞(betapa)

類型	意義	範例
betapa	怎樣,如何	betapa membuat 如何製作
	如同,像...一樣	betapa adat penduduk 按居民習俗
	不用說	betapa berjalan 不用說走
	尤其是,更是如此 (=betapa pula)	betapa pula keluargannya 尤其是他家人
	多麼,何等	betapa gembiranya hati 心裡多麼高興 betapa khusyuk 極為虔誠
	無論如何,不管怎樣 (=betapapun)	betapa sakitnya 不管怎樣痛

例句

- ➤ Betapa besarnya rumah dia.
  他的房子多麼大。

322

> Betapa indah pemandangan di sini!
> 這裡的風景多美呀！

> Betapa khusyuk mereka beribadah.
> 他們禱告極為虔誠。

Ayat V-3.4.語助詞(biar)

類　　　　型	意　　　　義	範　　　　　　　　　　　　　　　　例
biar	讓...吧,隨他... (=biarlah/biarkan)	biar dipilihnya sendiri 讓他自己選擇 biarkan dia menangis 讓他哭吧 biarlah begitu saja!隨他那樣吧！
	以便,俾利	biar kuat bekerja 有力量去工作
	儘管,即使(=biarpun)	biar mati saya tidak pergi 我死也不去 biarpun begitu 儘管如此
	與其...不如	biar lapar daripada mengemis 與其挨餓不如乞討
	不論...還是 (=biar...maupun... ,maupun...biarpun ,baikpun...biarpun...)	biar tepat biar salah 不管是對是錯
	不理會,不管,放任	jangan biarkan penyakitnya 別不管他的病

例句

> Bacalah berulang-ulang biar lebih lancar.
> 反覆朗讀以便更流暢。

> Biarpun hujan, saya akan datang juga.
> 即使下雨，我也要來。

> Belilah biar sedikit biar banyak, asal ada saja.
> 買吧！不論是多是少，只要有就好。

> Jangan biarkan anak-anak itu bermain di jalan.
> 不要放任那些小孩在馬路上玩耍。

Ayat V-3.5.語助詞(bukan)

類　　　　型	意　　　　義	範　　　　　　　　　　　　　　　　例
bukan	不是,非	bukan begitulah(我)不這麼認為 bukan pertama kali 不是第一次
	(否定疑問詞)不是嗎？ 難道不是？ (=bukankah,bukantah)	Hari ini hari kamis, bukan?今天週四，不是嗎？
	不是...(加強語氣)	Bukan dulu sudah berbicara 以前不是已經說過

bukan main	極,極其,不得了	Bukan bermain bagusnya 好玩極了
bukan hanya...tetapi juga	不僅...而且...,不是...而是...(=bukan saja...tetapi juga,tidak hanya...tetapi juga,tidak hanya...namun juga)	Dia bukan hanya kaya tetapi juga ganteng 他不僅有錢而且帥

例句

➢ Itu bukan Amir. Itu Rahmat.
那不是 Amir，是 Rahmat。(104 印導)

➢ Seorang pramuwisata yang baik, tidak hanya bisa berbahasa asing juga harus sedikit banyak mengetahui latar budaya negara asal tamu yang dipandu agar tidak mengesankan kurang professional.
好的導遊，不只能夠說外語，也必須多理解所帶客人的母國文化背景，以免有不專業的印象。(106 印導)

➢ Kebiasaan "jam karet" tidak hanya terjadi di Indonesia, melainkan juga di negara-negara Amerika Latin seperti Peru. Istilah "jam karet" di sini berarti suka terlambat.
"彈性時間"的習慣不只發生在印尼，也在一些拉丁美洲國家，比如祕魯，這裡的專門術語"彈性時間"具有喜歡遲到的意思。(110 印導)

➢ Bukan main cantiknya wanita itu.
那女子非常美麗。

➢ Akibat dampak hujan deras, tidak hanya harga ketumbar yg naik beberapa kali lipat, harga kubis dan mentimun juga naik hampir dua kali lipat.
大雨影響的結果，不僅香菜價格漲好幾倍，高麗菜和黃瓜價格也上漲幾乎 2 倍。

Ayat V-3.6.語助詞(coba)

類　　　　型	意　　　義	範　　　　　　　　　例
coba	試,試一試	coba terbang 試飛 kegiatan coba/tes makan 試吃活動
	假如(=coba kalau)	coba tidak ada uang 假如沒有錢
	(祈使句)請	coba lihat 請看看 Coba tebak 猜猜看
	(討厭,不愉快語氣)	Coba!真是的/瞧！
	(挑釁語氣)	Coba ambil!拿看看呀！

例句

➢ Coba saya cek dulu.
我先試著檢查看看。

➢ Coba lihat, bagaimana kacaunya pekerjaan Anda.
請瞧瞧，你的工作真是一團糟。

> Coba, dia menangis lagi.
> 真是的！她又哭了。

Ayat V-3.7. 語助詞(dapat)

「dapat」在印尼文裡常見到，可是除了「能夠、可以、得到」之外，大家卻不一定知道它延伸變化的各種意義及用法，舉例如下：

用　　　　法	意　　　　　　　　　　　　義	範　　　　　　　　　　　　　　例
dapat	能夠,可以,得到,獲得,找到,取得,受到,收到,遭到	dapat ancaman 受到威脅 dapat berbahasa Indonesia 能說印尼語 dapat malu 受辱 dapat surat 收到信 dapat tahu 得知,獲悉 kalau dapat 如果可以的話
berdapat	合適,適當,相遇	harganya tidak berdapat 價格不合適
mendapat	得到,獲得,取得,受到,遭到,遇到	mendapat luka parah 受重傷 mendapat untung 獲利
mendapatkan	去找,發現,贏得,獲得,爭取	mendapatkan mesin baru 發明新機器
mendapati	獲得,遇到,發現	mendapati banyak soal 遇到許多問題
terdapat	有,有著	kalau terdapat kekurangan 如果有缺點
pendapatan	收入,所得,發明	pendapatan setahun 年收入
kedapatan	被發現	orang itu kedapatan sedang mencuri 那人被發現正在偷竊
pendapat	觀點,意見,看法,見解,見聞	pendapat hukumnya 他的法律意見
berpendapat	認為,主張	berpendapat dia ada kesalahan 認為他有錯誤

例句

> Saya senang berdarmawisata, karena berdarmawisata dapat menambah pengetahuan.
> 我喜歡去旅遊，因為旅遊能夠增加知識。(102 印導)

> Tidak sulit mendapatkan depot-depot yang menjual masakan Indonesia di dekat terminal KA Taipei.
> 台北火車站附近不難發現賣印尼料理的小店。(105 印導)

> Membuang sampah di sungai dapat mengganggu kehidupan ikan.
> 丟垃圾在河裡會妨害魚的生活。(106 印導)

> Selain itu melakukan aktivitas wisata akan mendapatkan kebahagian dan ketenangan jiwa pikiran yang mampu melepas stres, gelisah, serta pikiran negatif lainnya, sehingga membuat Anda menjadi lebih percaya diri dan memberi banyak manfaat kesehatan.
> 從事觀光活動除了會得到幸福感與精神安定，同時有釋放壓力、不安以及其他負面想法的功能，以至於讓你變得更自信且對健康有許多的好處。(107 印導)

> Jika teman kita mendapat masalah kita harus memberikan saran.

如果我們的朋友有問題，我們應該提供建議。(107 印導)

- Banyak orang tidak menyadari bahwa menjaga kebersihan tubuh dapat mengurangi risiko terkena penyakit berbahaya. Sebagian besar penyakit yang diderita manusia, sebenarnya dapat dicegah dengan menjaga kebersihan diri secara menyeluruh, secara teratur dan berkesinambungan.
  許多人不了解保持身體清潔能夠減少感染危險疾病的風險，大部分感染人類疾病的病人，事實上能夠利用全面、定期且連續性地保持本身清潔來防止疾病。(108 印導)

- Alat-alat transportasi umum kereta bawah tanah MRT, kereta api cepat HSR dan bus yang dapat digunakan di Taipei.
  在台北能夠利用地下捷運、高速鐵路及公車等大眾交通工具。(109 印導)

- Tidak turunnya hujan di kawasan tengah dan selatan Taiwan berdampak terhadap persediaan air. Untuk dapat mencukupi kebutuhan air sehari-hari masyarakat setempat, pemerintah melakukan pembatasan pengairan irigasi pertanian.
  台灣中南部地區不下雨，對水的儲備會有影響，為了能夠滿足本地民眾每日用水需求，政府實施農業灌溉用水的限制。(110 印導)

- Indonesia dengan populasi lebih dari 270 juta jiwa terletak di sabuk vulkanik lingkar pasifik. Pada negara dengan kepulauan terbesar di dunia ini terdapat hampir 130 gunung berapi aktif.
  印尼超過 2 億 7,000 萬人口住在環太平洋火山帶上，在這有世界上最大群島的國家，有130 座活火山。

- Dokter berpendapat wisatawati Indonesia itu harus segera dioperasi di Taiwan.
  醫生認為那位印尼籍女遊客應該立即在台灣動手術。

- Uangnya kami sudah dapat.
  我們錢已經拿到了。

- Kunci mobil yang hilang itu sudah dapat.
  那把遺失的車鑰匙已經找到了。

Ayat V-3.8.語助詞(deh)

類　　　　　　型	意　　　　　義	範　　　　　　　　　　　　　　　　　例
deh/udeh	好了,吧,啦,了	Ayo deh, masuk!來吧，進去！

例句

- Sudah deh, jangan banyak ngobrol.
  可以啦，別聊太多。

- Demi beli tas branded untuk pacarnya,dompetnya sampai menangis, akhir bulan bakal bokek deh.
  為了給女友買名牌包，他的錢包大失血，月底準備吃土吧。

- A: Pesan ayam geprek 1 prosi. 點一份(印尼)脆皮炸雞。
  B: Ditunggu deh. 等一下啦。
  A: Selamat menikmati. 請慢用。

Ayat V-3.9.語助詞(dong/donk)

類　　　　　型	意　　　　　義	範　　　　　　　　　　　　　　　　　　　例
dong/donk	(句尾)...吧,嘛,喔,啦！ 對吧(=bukan),當然呀 (=tentu saja)	Ayo, dong!來吧！ mau ... dong 我要... Tolong dong!幫幫忙啦！

例句

➢ Jangan begitu dong!
別這樣嘛！

➢ Kalau bukan Anda, siapa dong yang harus bertanggung jawab atas referendum?
如果不是你，誰必須為公民投票負責任，對吧？

➢ Kira-kira dong, kalau ngomong.
說話注意分寸。

Ayat V-3.10.語助詞(guna)

類　　　　　型	意　　　　　義	範　　　　　　　　　　　　　　　　　　　例
guna	用途,好處,益 處,用處	Apa gunanya membaca buku itu?讀那本書有什麼好處？ Vitamin C banyak gunanya 維他命 C 有許多用途
	為了(=untuk), 用以	guna menipu petugas 為了欺騙官員 Meminjam uang guna membeli makanan 借錢為了買食物

例句

➢ Sejak mewabahnya COVID-19, guna menghindari terjadinya penularan, sebagian besar
aktivitas dilakukan melalui daring (online) seperti kegiatan rapat, belajar mengajar.
從 COVID-19 疫情肆虐開始，為了避免傳播發生，大部分的活動透過線上(網路)來從事，
例如會議、教學活動。(110 印導)

➢ Jepang tengah mengusung program perlakuan baik, guna memikat para profesional muda
bidang tekonologi skala tinggi dan pakar lainnya.
日本為了吸引高階科技領域的年輕專業人士及其他專家，正在實施 1 個好計畫。

Ayat V-3.11.語助詞(-kah)

類　　　　　型	意　　　　　義	範　　　　　　　　　　　　　　　　　　　例

		apakah?是不是/是嗎？
-kah	...嗎/吧？ (加在**疑問名詞**後)	berangkatkah?出發了嗎？ bisakah/bolehkah...?可以...嗎？ bukankah?不是嗎？難道不是？ dapatkah?可以嗎？ diakah?他嗎？ maukah anda?您要不要？ pernahkah?曾經...嗎？ sepedakah?自行車嗎？ tahukah kamu?你知道嗎？
	是否,...呀？ (加在**疑問詞**後)(加強語氣)	bagaimanakah?如何呀？ berapakah?多少呀？ manakah?哪裡呀？哪一個呀？

例句

➤ A : Maaf, bolehkah tukar tempat duduk dengan Anda? 抱歉，可以跟你換座位嗎？
   B : Boleh, di manakah tempat duduk Anda? 可以，你的座位在哪裡呀？(104 印導)

➤ A : Bisakah Anda mengarahkan saya ke gerbang nomor 11? 你可以指引我去 11 號門嗎？
   B : Jalan ke depan lalu belok kiri. 往前走然後左轉。(110 印導)

➤ Pernyataan di bawah ini manakah yang benar?
   在底下的說法哪一個是對的？(111印導)

➤ A : Dimanakah tempat duduk saya?我的座位在哪裡呀？
   B : Tempat duduk kamu di dekat jendela.你的座位在窗戶附近。(111 印導)

➤ Manakah yang merupakan tempat pemberhentian untuk alat transportasi darat?
   哪一個是陸上交通工具停放的場地？(112 印導)

➤ Pukul berapakah jamuan malam akan dimulai?
   晚宴幾點開始呀？(112 印導)

➤ Penumpang: Saya agak terburu-buru. Bisakah Anda mengemudi sedikit lebih cepat? 乘客：我很趕，你可以再開快一點嗎？
   Supir: Maaf, saya sudah sangat cepat dan mendekati batas kecepatan. 司機：抱歉，我已經很快了，而且接近速限。(112 印導)

➤ Bukankah setiap-setiap restoran/warung di Taiwan dipasang jaringan internet free?
   在台灣每一間餐廳/小吃店不是都有免費網際網路嗎？

➤ Dapatkah saya masuk?
   我可以進去嗎？

➤ Apakah kamu bisa bantu saya ambil foto?=bisakah bantu saya ambil foto?
   你可以幫我拍照嗎？

➤ Tahukah kamu?
   你知道嗎？

> Berapa besarkah bonus yang bisa diperoleh adalah hal paling diprihatinkan oleh banyak
> pekerja pada masa-masa akhir tahun.
> 能夠獲得多大的紅包/獎金是許多員工年終時刻最令人關心的事情。

Ayat V-3.12.語助詞(kan/-kan)

類　　　　　型	意　　　　　義	範　　　　　　　　　　　　　　例
kan/-kan	不是嗎,可不是嗎,豈不是(=bukankah)	Sepatu ini kan sudah tua?這鞋子不是已經舊了嗎？
	不將,絕不(=tidak akan)	Saya tidak kan pergi 我絕不去

例句

> Kalau ini kan orang belanja sedikit?
> 如果這樣,人不是只買一點點嗎？

Ayat V-3.13.語助詞(kok)

類　　　　　型	意　　　　　義	範　　　　　　　　　　　　　例
kok	(句首,句中)怎麼(表示疑問,不滿,生氣...),為什麼(=kenapa)	kamu kok menguap terus? 你怎麼一直打哈欠？ kok bisa?怎麼行/受得了？ kok lama amat sih?怎麼那麼久？ Kok perlu?為什麼需要？ kok rupanya aneh sekali?為什麼它的形狀很奇怪？ kok saya dimaki-maki juga?怎麼我也被罵？ kok sibuk?怎麼這麼忙呀？ kok tahu?這也知道？
	(句尾)吧,呀(強調否認,加強否認語氣)	bukan karena marah kok 不是因為生氣吧 bukan saya kok 不是我呀 tidak parah-parah amat, kok!沒有很嚴重吧！

例句

> Kok begitu sikapnya?
> 怎麼那種態度呀？

> Kok anda mau-maunya selingkuh sama dia?
> 你怎麼跟他搞在一起？

> Kok ada yang orang nonton anime, satu malam habis satu season.
> 怎麼會有人看動畫(漫),1晚上看完1季呀？

> Saya benar-benar tidak tahu hal ini kok!
> 我真的不知道這件事呀！

Ayat V-3.14.語助詞(-lah)

類　　　型	意　　　　　義	範　　　　　　　　　　　　　　　　　　　　　　例
-lah	呀！(強調)	di situlah?在那裡呀？ dialah!他呀！
	(祈使句)請(客氣)	cobalah baca tulisan ini 請試著讀這篇文章 izinkanlah saya 請允許我 makanlah seada-adanya 請隨便吃吧
	吧,啦(加重)	barulah memutuskan menaikkan harga jual 才決定調漲售價吧 belajarlah!學習吧！ Istirahatlah!休息吧！ mampuslah kau!你這該死的！ mantaplah 讚啦 sekianlah dulu!就先這些吧！ sudahlah 算了吧
	很(動詞/形容詞後)	jelaslah 很明顯 maklumlah 這可以理解

例句

➢ Pekerjaan seorang pramuwisata meliputi banyak hal, oleh karena itu pramuwisata bukanlah pekerjaan yang mudah.
導遊的工作與許多事情有關，因此導遊不是容易的工作。(107 印導)

➢ Informasi yang dibutuhkan oleh pramuwisata haruslah digali dari sumber-sumber yang benar-benar relevan dan dapat dipercaya sehingga informasi yang didapat benar-benar berkualitas dan memberikan manfaat sebagaimana diharapkan.
導遊需要的資訊應該從相關正確及可信的來源中發掘，以致於正確地獲得預期的有品質與有益處的資訊。(108 印導)

➢ Lihatlah sayap indah dari seekor kupu-kupu yang sedang terbang itu.
請看那 1 隻正在飛的蝴蝶的美麗翅膀。(110 印導)

➢ Bapak-bapak dan ibu-ibu boleh jalan-jalan dan belanja di jalan tua Jiufen. Di sinilah kita berkumpul setelah dua jam.
各位先生女士可以在九份老街逛街和購物，我們 2 個小時後在這裡集合。(110 印導)

➢ Perkecillah poster ini!
請縮小這張海報！

➢ Datang bekerja ke Taiwan bukanlah mimpi!
來台灣工作不是夢呀！

➢ Syukurlah anda menyukainya.
您喜歡就好呀。

➢ Percayalah pada saya.
請相信我吧。

➢ Biarlah kami yang bayar!
請讓我們買單吧！

➢ Hati-hatilah keluar pada malam hari.

晚上出門請小心。

➤ Buatlah kue itu sendiri, jika memang Anda mampu!
自己做蛋糕吧，如果你真的有本事！

➤ Sangatlah sulit untuk mencapai standar gaji pokok yang ditetapkan dalam program tersebut.
訂定在該計畫裡以達到基本工資標準很難吧。

➤ Biro Cuaca Pusat (CWB) menjelaskan bahwa gunung lumpur bukanlah gunung berapi, masyarakat diimbau untuk jangan terlalu khawatir.
中央氣象局澄清泥火山不是火山啦，呼籲民眾不要太過擔心。

➤ Bayarlah berapa kamu makan!
吃多少你就付多少吧！

Ayat V-3.15.語助詞(mah)

類　　　　　型	意　　　　　義	範　　　　　　　　　　　　例
mah	嘛,呢	Sekarang mah lain!現在呢，可不一樣了！

例句

➤ Saya mah tidak tahu.
我不知道呢。

➤ Saya mah salah terus deh.
我嘛，一直錯誤呢。

Ayat V-3.16.語助詞(makin/semakin)

類　　　　　型	意　　　　　義	範　　　　　　　　　　　　例
makin/semakin	越來越,更...	dia makin marah 他更生氣
	越...越... (makin...makin...)	makin sedikit makin mahal 越小越貴
	越來越... (makin lama makin...)	makin lama makin murah 越來越便宜

例句

➤ Melalui berbagai pameran pariwisata yang diadakan di dalam dan luar negeri, pariwisata Taiwan semakin dikenal dan diminati, terbukti dari semakin banyaknya turis manca negara yang datang.
透過在國內、外舉辦各種旅展，台灣觀光越來越被知道及感興趣，越來越多外國觀光客來就是證據。(108 印導)

➤ Peluang melihat bulan semakin malam akan semakin besar.
越晚看到月亮的機會越大。

➤ Ibukota Indonesia Jakarta makin lama makin maju.

印尼首都雅加達越來越進步。

➢ Saya makin lama makin gemuk karena kurang berolahraga pada masa pandemi Corona.
在 COVID-19 疫情流行期間，我因為缺少運動而越來越胖。

➢ Bahasa Indonesia sungguh membuat kita semakin belajar semakin menarik.
印尼文真的是越學習越吸引人。

➢ Pembelajaran bahasa Indonesia akan semakin lama semakin menarik.
印尼文的學習會越來越有趣。

Ayat V-3.17.語助詞(nih)

類　　　　　型	意　　　　　義	範　　　　　　　　　　　　　　　　例
nih	這(=ini),喏	Nih, bawa anaknya!喂，把這小孩帶走！
	(強調,加強語氣)	Saya mau yang ini nih!我要的就是這一個耶！

例句

➢ Cuci nih bajunya!
把這衣服洗一洗！

➢ Begini nih kalau bekerja!
如果工作就得這樣子！

➢ Wah, tahun baru Imlek sudah tiba nih!
哇，農曆新年已經到了耶！

Ayat V-3.18.語助詞(saja)

類　　　　　型	意　　　　　義	範　　　　　　　　　　　　　　　　例
saja	只...而已,只是	hanya Anda saja 只有你
	總是,老是,一直	marah saja 總是生氣
	連...也	membaca saja tidak dapat 連讀都不會
	都好,不論(疑問詞加 saja) (多用在肯定句)	membayar saya berapa saja 付給我多少都好
	輕易的,隨意的	ditangkap saja 輕易抓起來
	最好是	kalau begitu, pulang saja 如果那樣，最好回去
	很...(加強語氣)	ujian itu mudah saja 那考試很容易

例句

➢ Siapa saja dilarang masuk.
不論誰都禁止進入。

➢ Belum dibayar, sudah diambil saja.

還沒付錢就隨便拿走。

V-3.18.1.延伸閱讀(-pun/-saja 比較)

印尼文常見到疑問詞或代名詞後面接介係詞「pun(任何,不論)」或語助詞「saja(都好,不論)」的用法,意思容易弄混,可以參考 Ayat V-1.9.介係詞(-pun)說明,整理以下對照表讓大家比較異同:

疑問詞/代名詞	-pun(任何,不論)	saja(都好,不論)
apa 什麼	apapun 任何	apa saja 不論什麼
bagaimana 如何	bagaimanapun 無論怎樣	bagaimana saja 不管怎樣
berapa 幾個	berapapun 無論幾個	berapa saja 不管幾個
kapan 何時	kapanpun 任何時候	kapan saja 不論何時
mana 哪裡 yang manapun 哪一個 di mana 在哪裡	manapun 任何地方 yang manapun 任何一個 di manapun 任何地方	mana saja 不論哪裡
mengapa 為什麼	X	mengapa saja 不論為什麼
siapa 誰	siapapun 任何人	siapa saja 不論誰

例句

➢ Untuk melakukan perjalanan naik pesawat ke luar negeri selama pandemi, calon penumpang harus melakukan check-in terlebih dahulu. Dokumen apa saja yang perlu disiapkan untuk check-in di bandara?
疫情期間搭機出國旅遊,乘客必須先辦理報到,在機場報到時需要準備什麼文件?(112印導)

Ayat V-3.19.語助詞(sang)

類型	意義	範例
sang	(冠詞)(用於神,皇帝,高貴者前)(表示尊敬)	sang dewa 神 sang istri 老婆大人 sang Master Hsing Yun 星雲大師 Sang pawang king kobra 操控眼鏡蛇的巫師,玩蛇人 sang raja 國王陛下
	(用於故事,人格化動物前)	sang buaya 鱷魚先生
	神聖的(物質名詞前)	sang hati 神聖/虔誠的心 sang Merah Putih 神聖的紅白旗(印尼國旗)
	神(名詞前,神格化)	sang api 火神 sang nasib 命運之神
	這,那(嘲笑,諷刺語氣)	sang anak perempuan 那女孩 sang istri ke luar rel 那個出軌的太太 sang pacar 這個情人

➢ Banyak orang ke vihara untuk berdoa kepada sang nasib.
許多人去寺廟向命運之神祈禱。

➢ Pelaku mengaku emosi kesal melihat perilaku kasar dan aniaya sang ayah terhadap ibu, maka mencekiknya hingga mati dan mutilasi. Akhirnya dia membuang potongan mayat di selokan.
嫌犯承認因為看到父親那傢伙對母親的粗暴行為和虐待所產生的不滿情緒，所以悶死父親並分屍，最後丟棄屍塊在排水溝裡。

➢ Sang wanita merupakan seorang selebtwit atau selebriti Twitter yang memiliki banyak pengikut.
那女的是一名擁有許多支持者的推特網紅。

➢ Untungnya petugas loket bank melihat adanya transaksi besar aneh dalam akun rekening sang pria dan menghubungi polisi. Dengan info yang ada, polisi pun berhasil menangkap 2 tersangka dan menolong sang korban.
幸好銀行櫃台員工看到那男的帳戶有可疑的大筆交易而聯繫警察，根據既有的資訊，警察也成功逮捕 2 名嫌犯並協助受害的人。

➢ Satu jam kemudian, polisi menerima laporan dari sang istri dan menahannya usai interogasi. Tersangka adalah seorang wanita berusia 60-an tahun yang mengalami kekerasan rumah tangga jangka panjang dari suaminya.
1 個小時之後，警察接到那位太太的報案，在偵訊之後監禁她，涉案人是 1 位長期遭受丈夫家暴的 60 多歲女性。

Ayat V-3.20.語助詞(sih)

類　　　　　　型	意　　　　　義	範　　　　　　　　　　　　　　　　例
sih/si	究竟,到底	apa sih?到底是什麼？
	確實,倒是(語氣反轉)	bagus sih bagus 好倒是好 jauh sih tidak 遠倒是不遠 masa sih?真的嗎/真的假的？
	嘛	berbicara sih 說說(而已)的嘛

例句

➢ Siapa sih yang sebenarnya takut?
到底是誰真的害怕？

Ayat V-3.21.語助詞(toh)

類　　　　　　型	意　　　　　義	範　　　　　　　　　　　　　　　　例
toh	不是,還是	toh besok pagi 不是明天早上 toh sesama orang?不是同一個人嗎？

例句

➢ Tidak peduli karena toh besok pagi sang tamu sudah berangkat pulang ke negaranya.

我不在乎，因為客人不是明天早上就出發回國了嘛。(111 印導)

> Dia toh belum berangkat!
> 他不是還沒走嘛！

Ayat V-3.22.語助詞(ya)

類　　　　　型	意　　　　義	範　　　　　　　　　　　　例
ya	是,是的,對(肯定,同意)	Ya, saya sendiri 是的，我本人
	呀,啊(語助詞,強調用法),到底,究竟	Jangan lupa ya 別忘了呀 Kalau bukan dia, ya siapa lagi?如果不是他，到底還有誰？
	呀,啊(感嘆詞)	Ya Allah 真神阿拉啊
	是嗎,對嗎(疑問詞)	Dia guru, ya?他是老師，是嗎？

例句

> Apa ya nama buku itu?
> 那本書到底叫什麼名字？

> Semua orang sudah tahu, ya?
> 大家都知道了，對嗎？

Pasal V-4.感嘆詞(Kata Seru)

「感嘆詞(Kata Seru)」通常置於「句首」，亦可放在「句尾」，舉 1 印尼文「感嘆詞」的例子，就是表示內心「痛苦、驚訝、惋惜…」時用的「aduh/waduh,walah/wah/weh (哎呀,糟了)」，以下介紹其他幾種常見的感嘆詞用法，如下：

詞　　性	類　　　　　型	意　　　　　　　　義	詳 細 說 明
感嘆詞	aduh/waduh,walah/wah/weh	哎呀,糟了,媽呀,天呀	
	ayo/ayoh/ayuk/yuk	走吧,一起吧,走啦	Ayat II-4.1.
	syukur	太好了,謝天謝地	Ayat II-4.2.
	ampun	拜託,饒了我,赦免,(我的)天呀,真要命	Ayat II-4.3.
	lha	喂,疑,蛤	Ayat II-4.4.
	lho	哇,呀,哎呀,啊,唷,喲,囉	Ayat II-4.5.
	nah	哎呀,好了,這樣吧,是的,對嘛	Ayat II-4.6.
	o,oh,oho,oi/ooi	喲,噢,哦,吧,哎,喂,唉,唷,喔,嗯,啊哈,啊	Ayat II-4.7.

Ayat V-4.1.感嘆詞(ayo/ayoh/ayuk/yuk)

類　　　　　型	意　　　　義	範　　　　　　　　　　　　例
ayo/ayoh/ayuk/yuk	(句首)(感嘆詞)喂！來	Ayo, bangun!喂，起床！

	吧！(邀請,催促,號召)(=mari,ayo)	Ayo, maju terus!來吧！繼續前進！
	(句尾)(語助詞)吧	

➢ Ayo, berangkat sekarang!
  來吧，現在出發！

➢ Ayo lihat matahari terbit!
  來看日出吧！

Ayat V-4.2.感嘆詞(syukur)

類　　　　　型	意　　　　　義	範　　　　　　　　　　　例
syukur	太好了,謝天謝地	Syukur ...太好了... Syukurlah!謝天謝地呀！

➢ Syukur, saya sudah lulus Ujian Negeri Pramuwisata Bahasa Indonesia pada tahun 2021.
  太好了，我已經通過 2021 年印尼語導遊國家考試了。

➢ Syukuri apa yang ada, hidup adalah anugerah, tetap jalani hidup ini melakukan yang terbaik!
  感謝你所擁有的，生活是一種恩典，持續過這樣的生活是最好的作為(讓生活盡你所能)！

Ayat V-4.3.感嘆詞(ampun)

類　　　　　型	意　　　　　義	範　　　　　　　　　　　例
ampun	拜託,饒了我,赦免	memberi ampun 寬恕 minta ampun 求饒
	(我的)天呀,真要命	Ya, ampun!啊，天呀！

➢ Saya akan memberi ampun kepada orang yang sudah tobat.
  我將對悔改的人給予寬恕。

➢ Orang tua itu berbesar hati mengampuni anaknya yang durhaka.

  那父母仁慈的饒恕他們不孝的小孩。

Ayat V-4.4.感嘆詞(lha)

這裡的「感嘆詞(lha)」和前面介紹過的「語助詞(-lah)」，乍看之下有點像，但「語助詞(-lah)」是接在名詞、動詞之後使用，而「感嘆詞(lha)」則是單獨使用，例如下：

類　　　　型	意　　　義	範　　　　　　　　　　　　　　例
lha	喂,疑,蛤(表示否認的意思)	Lha, saya bukan orang buruk!喂，我不是壞人！

例句

➤ Lha, tidak bos ada di luar negeri?
　 疑，老闆不是在國外嗎？

Ayat V-4.5.感嘆詞(lho)

這裡的「感嘆詞(lho)」可以放在句首、句中或句尾，如下：

類　　　　型	意　　　　義	範　　　　　　　　　　　　　　例
lho	哇,呀,哎呀(表示驚訝,震驚)	Lho, tingginya orang asing itu!哇，那外國人真高呀！ Lho, sampai jadi begini.哎呀，怎麼(搞成)這樣子？
	啊,唷,喲,囉(強調語氣)	ini bukan janji lho 這不是承諾喲

例句

➤ Maaf lho abang, saya bukan bermaksud kritik.
　 抱歉唷，大哥，我不是批評的意思。

Ayat V-4.6.感嘆詞(nah)

類　　　　型	意　　　　義	範　　　　　　　　　　　　　　例
nah	哎呀(表示鬆口氣,放心)	Nah, buku ini yang saya sibuk mencari!哎呀，這本書是我急著尋找的！
	好了,這樣吧(轉換語氣/話題,提議)	Nah, sekarang jawablah pertanyaan saya.好的，現在請回答我的問題
	是的,對嘛(表示肯定,讚賞)	Nah, itu baru betul!是的，那才對嘛！

例句

➤ Nah, ini uang seratus ribu rupiah, pergilah beli.
　 好了，這裡有 10 萬印尼幣(盾)，去買吧。

Ayat V-4.7.感嘆詞(o,oh,oho,oi/ooi)

類　　　　型	意　　　　義	範　　　　　　　　　　　　　　例
o	(驚訝)喲,噢 (懷疑)哦 (突然醒悟)哎	O, begitu 喔，原來如此 O, Jaya, ada tamu datang 喂，Jaya，有客人來了 O, mengapa begitu?喲，怎麼那樣子？ O, ya 哎

	(祈求)吧 (呼喊)喂	
oh	(感嘆)唉 (驚訝,懷疑)唷,喔 (理解,醒悟)嗯	Oh, kasihan benar dia 唉,他真可憐 Oh ya, satu lagi 哦,對了,還有一件事
oho	(嘲諷)喲,啊哈	Oho, kamu naik pangkat?喲,你升官囉?
oi/ooi	(叫人)喂,啊 (讚美)啊	Oi, tidak duduk?喂,不坐會啊?

例句

➢ O, maafkan saya, Tuhan!
主啊!請寬恕我吧。

➢ Oh, bapak ini polisi?
喔,你是警察呀?

➢ Oh begitu, sekarang baru saya mengerti.
喔,是這樣呀,我現在才明白。

➢ Oi, yang di depan, jalan!
喂,前面的,走呀!

印尼齋戒月

1.malam(晚上)→semalam(一晚,昨晚)→semalaman(整晚)→kemalaman(很晚)→malaman(晚一點)→malam-malam(很晚,太晚)。
2.hari(日,天)→sehar(一天)→seharian(一整天)→sehari-hari(天天,每天)→berhari-hari(好幾天)→dari hari ke hari(日復一日)。
3.empat(4)→perempat(分 4 份)→seperempat(4 分之 1)→dua perempat(4 分之 2)→perempatan/perempatan jalan(十字路口)。

(問題在第 292 頁)

第 6 章 Bab VI

Pasal VI-1.外來語 Bahasa Serapan
Pasal VI-2.縮寫 Akronim
Pasal VI-3.簡寫 Stenografi

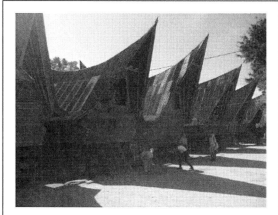

Danau Toba, Sumatra Utara
多巴湖(北蘇門答臘)

生米已經煮成熟飯 Nasi sudah menjadi bubur

VI_外來語(Bahasa Serapan)/縮寫(Akronim)/簡寫(Stenografi)

> *1.blacklist 是英文"黑名單",而印尼文 mem-blacklist 是相同的意思?*
> *2.BP2MI 和 PWP2 這兩個縮寫是代表什麼印尼政府機關?*
> *3.我買車花了一個 M?去年我的 PT 賺了一個 T?*
> *4.在印尼玩 PTTA 也要申請許可?妳的 BH 尺寸多少?*
> *5.mejikuhibiniu?這是印尼文嗎?*
>
> 答案在第 393 頁

Pasal VI-1.外來語(Bahasa Serapan)

印尼語中有為數不少的「外來語(Bahasa serapan/Afiks asing)」,1945 年 8 月 17 日印尼獨立後,選用馬來語(Melayu)為官方語言,因為過去有超過 400 年被殖民歷史[35],加上國際移民和商貿交流,印尼語不僅混合了爪哇語[36],還有阿拉伯語、印度梵語、中國南方方言(福建、客家、廣東、潮州等)、荷蘭語、日語、英語等各種外來語言,甚至外來語與印尼語混合成為複合詞的情形也不少,曾聽過印尼人戲稱印尼語為「Bahasa gado gado(印尼沙拉式的語言)」,意思是印尼語像印尼沙拉一樣,匯集有各種外來的語言。本人也是利用這次準備導遊考試的機會,才有系統地整理印尼文中的外來語部分,有的印尼語直接使用外來語單字,拼法都一樣,不過雖然拼字相同但發音可差異很大,筆者試著摘要分類如下表:

Ayat VI-1.1.外來語(飲食類)

印尼華人(裔)廣義上人數約有 1,000 萬人,但不到印尼總人口 2 億 7,000 萬人的 4%,不過隨著早年從中國移民下南洋,印尼社會隨處可見來自中國南方(福建、廣東、潮州、海南...)的外來語,尤其以飲食部分最常出現。

範例(外來語:飲食類)

Aiyu,ficus pumila 愛玉	bakso 肉丸,貢丸
Ang Ku Que 紅龜粿(福建話),kue kura-kura merah	bakwan(炸的)肉圓
	bandoh 辦桌(台語)
Angco 紅棗	biandang 便當(台語)
babi Hong 紅燒肉	bihun 米粉(福建話)
bak kut teh 肉骨茶	cakwe 油條
bakcang 肉粽(福建話)	cap cai 炒(青)菜(福建話)
bakmi 肉燥麵(福建話)	casio 叉燒(肉)
bakpao 肉包(福建話)	
bakpia 肉餅	

---

[35] 葡萄牙西元 1509-1595、西班牙 1521-1529、荷蘭 1602-1942、法國 1806-1811、英國 1811-1816 及日本 1941-1945,合計被殖民 448 年。

[36] 「Bahasa Jawa(爪哇語)」分為表尊重的「Krama(高級爪哇語)」,多為政軍界、長輩、有影響力者使用,而「Ngoko(普通爪哇語)」則是一般人說的、較親暱的爪哇語。

cha 茶(廣東話),teh(福建話)[37]	Mochi 麻糬(日文),kue ketan(印尼文)
cincau 仙草(福建話)	pangsit 餛飩,扁食,水餃,
ciu 酒(福建話)	pinang 檳榔
enoki 金針,jamur enoki 金針菇	popiah(台)薄餅,(印尼)潤餅
fuyunghai 芙蓉蛋	rambutan 紅毛丹(馬來文)
kailan 芥藍	samcan 五花肉[39]
kimchi 泡菜(韓文)	seafood 海鮮(英文),makanan laut(印尼文)
kuah 肉湯(潮州話)	shitake 椎茸(日文),jamur shitake 香菇
kucai 韭菜(福建話)	siobak 燒肉
kue 糕點,粿(福建話)	siomay 燒賣
kwetiau 粿條(潮州話)	tahu 豆腐(福建話)
kyuri 小黃瓜(日文)	taoco 豆瓣醬
leci 荔枝(福建話)	tapioka 木薯(英文),singkong(印尼文)
lengkeng 龍眼(福建話)	tauge 豆芽(福建話)
lobak 蘿蔔(福建話)	teh 茶(福建話)
loquat 枇杷(廣東話)	teko 茶壺(福建話),kendi,poci(印尼文)
lumpia(台)潤餅,(印尼)(炸)春捲[38](福建話)	Yam Seng 飲勝(廣東話),乾杯
mantou 饅頭	yansui 香菜(福建話),daun ketumbar(印尼文)
mi instan 泡麵	Yee Seng 魚生(廣東話)
mi 麵	

例句

➢ Selain tempat wisata yang menarik, Taiwan juga terkenal dengan makanannya yang sangat enak. Mulai dari suku Minnan Fujian, orang Hakka, penduduk asli sampai imigran baru, dari binatang langka pegunungan segar sampai kuliner laut.
除了有吸引力的旅遊景點,台灣也以很好吃的食物有名,從福建閩南族、客家人、原住民到新住民,從山珍到海味。(105 印導)

➢ Nasi bento yakni nasi kotak atau lazim disebut "Biandang", yang kadang bulat kadang kotak-kotak.
餐盒就是飯盒,或者常被稱為"(台語)便當",有時圓形有時方形。(111 印導)

➢ Salah satu tamu-tamu alergi pada seafood.
其中一位客人對海鮮過敏。

Ayat VI-1.2.外來語(非飲食類)

印尼與印度的淵源頗為久遠,不僅印尼史上最大帝國印度教王國「滿者伯夷

---

[37] 「茶」在印尼文有「cha(廣東話)」和「teh(福建話)」兩種說法,據悉,「cha」是葡萄牙人自廣東走海路、陸路傳入歐洲、中亞時的說法;而「teh」則是由荷蘭人、西班牙人自福建走海路傳入歐洲時的用語。

[38] 台語「lumpia」在台灣是指「潤餅」,可是到了印尼卻變成「(炸)春捲」的意思,」的意思,在印尼「lumpia basah(蒸春捲)」與「lumpia goreng(炸春捲)」分別表示蒸的或油炸的春捲。

[39] 印尼只講「samcan(五花肉)」是特別指市場賣生的五花豬肉,通常與其它字合用,例如:「siobak samcan(五花燒肉)」等。

(Majapahit)」和第 2 大帝國佛教王國「室利佛逝/三佛齊(Sriwijaya)」曾統治印尼這塊土地，連印尼的國名「Indonesia」也是「Indo(印度)」與「nesia(島嶼)」兩字(希臘語)結合而來的，所以外來語中有一些來自印度語，應該也容易理解。

此外，印尼早期移民來自中國福建、廣東等地，所以經常看到日常說話中參雜福建語的情形，例如「gocap(50)、cepek(100)、gopek(500)、seceng(1.000)、noceng(2.000)、goceng(5.000)、ceban(10 ribu/1 萬)、goban(50 ribu/5 萬)、cepek ceng(100 ribu/10 萬)、cetiao(1 juta/100 萬)、gotiao(5 juta/500 萬)」等。

範例(外來語：非飲食類)

Ang Pao/angpao 紅包(福建話)	koyen 過年
bajaj 動力三輪(嘟嘟/摩托)車(印度文)	liang 兩(福建話),tahil(印尼文)
bemo 白貓(無門迷你小巴)	loe,lu 你(福建話)
Cap Go Meh 十五暝,元宵節(福建話)	mahasiswa 大學生(印度文)
cicak 壁虎(馬來文)	matahari 太陽(印度文)
Dji Sam Soe 二三四(丁香菸廠牌)(福建話)	opasang-opasang 婦女們
duit 錢(馬來文),uang(印尼文)	Peh Cun 划舟
gua,gue 我(福建話)	peh ling cun 划龍舟
Guangdong 廣東	pengki 畚箕(福建話)
guru 老師(印度文)	puasa 齋戒月(梵文),Ramadan(阿拉伯文)
hoki 福氣(台語)	raja 國王(印度文)
Hokkien/Hokkian 福建(話)	roti 麵包(印度文)
Idul Fitri 開齋節(阿拉伯文),Lebaran(印尼文)	Sa Cap Meh 三十暝,除夕(福建話)
Imlek 陰曆(福建話)	sabun 肥皂(法日台語)
jin 斤,台斤(福建話),kati(印尼文)	Singkawang 山口洋(客家語)
juta 百萬(印尼文),tiao 條(潮州話)	tajir 商人(阿拉伯文)
kecoa 蟑螂(福建話),lipas(印尼文)	tatung 乩童(客家話)

例句

➤ Bersembahyang ke kuil-kuil di Taiwan, kadang-kadang boleh meliht untuk pertunjukan Tangki/Tatung.
在台灣的寺廟拜拜，偶而可以看到乩童表演。

➤ Anak-anak memakai topi yang terbuat dari kulit jeruk bali yang konon membawa "hoki".
小孩們頭戴著傳說中可帶來"福氣"的柚子皮製成的帽子。

➤ Bicara manis, kalau tidak pulang duit!
保證甜，不甜退錢！

Ayat VI-1.3.外來語(與外文拼字完全相同)

範例(外來語：拼字相同)

abstain (投票)棄權	elite 精英
adaptor 轉換器	era 時代,紀元
altar 祭壇,聖壇	Fahrenheit 華氏
ambulance 救護車	festival 節日,節慶日
antigen 抗原	film 電影
April 四月	flu 感冒
Aqua 水	flyer 傳單
arena 舞台,場地	fondue (瑞士)起士火鍋
are 公畝	formal 正式的
asparagus 蘆筍	Fujian 福建
Austronesian 南島語言	funky 時髦的
backlog 校正回歸	gluten 麩質蛋白,筋
badminton 羽球	golf 高爾夫
barter 以物易物	gossip 閒話
bar 酒吧	gradual 漸進的,逐漸的,逐步的
bilateral 雙邊的	Hakka 客家
bilingual 雙語的	hamster 倉鼠
bistro 餐酒館	hoax 騙局,玩笑,惡作劇
blacklist 黑名單	hotel 旅館,飯店
blender 攪拌機	humor 幽默
blog 網路日誌,網誌,部落格,博客	ideal 理想的
Bonito 柴魚	iguana 鬣蜥,酷斯拉
botox 肉毒桿菌	insomnia 失眠
brutal 殘忍的,粗暴的	internet 網際網路
bumblebee 大黃蜂	karaoke 卡拉 OK
bus 公車,巴士	kilometer 公里
Celsius 攝氏	kimono (日本)和服
check-in 報到	kiwi 奇異果
data 資料	koala 無尾熊
debt 債務	kumkuat 金桔
debut 出道,初次演出	label 標籤
detail 細節,詳情,詳細	laboratorium 實驗室
diabetes 糖尿病	laptop 筆記型電腦
diameter 直徑	lift 電梯
dispenser 飲水機	lobster 龍蝦
donor 捐血者,捐助者	lockdown 封鎖
drama 戲劇	lunge 弓箭步
drone 無人機	make-up 化妝
duty-free shop 免稅商店	Maosoleum 陵
egoist 自私自利的人	melon 哈密瓜

menu 菜單	sanitizer 洗手液
meteor 流星	scan 掃描
meter 公尺	semester 學期
Minnan 閩南	separator 路口柵門,分隔物,分隔島,護欄
modus operandi 犯罪手法	skywalk 天空步道
molotov 土製汽油彈,莫洛托夫雞尾酒	slogan 口號,標語
monitor 監控	soda 蘇打,汽水
moral 士氣,風紀,道德	sponsor 贊助商,贊助人
nautical miles 海浬,浬	stapler 釘書機
netizen 網民	start 開始
nostalgia 懷舊,復古	status quo 現狀
November 十一月	status 身分,地位,狀態
online 網路的,線上的	stigma 汙名,恥辱
opera 歌劇	stroke 中風
orbit 軌道	styrofoam 保麗龍
osteoporosis 骨質疏鬆症	subtitle 字幕
outsourcing 外包	surplus 盈餘,剩餘
oven 烤箱	tap 輕觸,點擊,輕拍
panda 熊貓	target 目標,對象
panorama 景色	terminal 總站
Phoenix 鳳凰	thermometer 體溫計
phytoncide 芬多精	Tiongkok 中國
piano 鋼琴	tips 小技巧,小費
pistol 手槍	token 代幣
poster 海報	tornado 龍捲風
postingan 發文,po 文,貼文	tram(單軌)電車
propaganda 宣傳	transformator 變壓器
pub 酒家,酒館	trekking 徒步旅行
quinoa 藜麥	tsunami 海嘯
quintuple 五倍的	Uighur 維吾爾族
radio 無線電,廣播電台	video 影片
radius 半徑	virus 病毒
referendum 公民投票	vlog 影片日記,影片部落格
reshuffle 拆掉,拆毀,改造,改建,改組,退役	volume 容積,體積
resume 個人簡歷	xenophobia 仇外心理
robot 機器人	Youtuber 直播主,實況主
Safari 野生動物園	zebra 斑馬
salon 沙龍,髮廊	zigzag 之字形,Z 字形
sandal 拖鞋,涼鞋	

➢ Kata ganti orang yang pantas dipakai dalam percakapan formal untuk diri kita sendiri adalah "saya".
在正式會話裡，我們對自己適合使用人稱代名詞的"我"。(105 印導)

➢ Pramuwisata yang ideal adalah pandai mengetahui selera tamu dengan cepat.
理想的導遊擅長快速了解客人的感受。(106 印導)

➢ Indonesia dan Taiwan menggunakan standar voltase yang berbeda. Taiwan menggunakan tegangan listrik 110V, maka yang negara asalnya menggunakan 220V harus menggunakan adaptor.
印尼與台灣使用不同的電壓，台灣使用 110 伏特電壓，所以來自使用 220 伏特的國家必須使用轉換器。(107、108 印導)

➢ Panorama lautan awan di puncak Alishan sangat menawan. Banyak orang yang suka mengambil foto bersama di sana sebagai kenang-kenangan.
在阿里山頂的雲海景觀很迷人，許多喜歡拍照的人都去那裡留下紀念。(110 印導)

➢ Bagi orang Taiwan sendiri, aroma nostalgia seperti ini sudah terpatri lekat dalam lubuk hati setiap orang Taiwan.
對於台灣人本身而言，像這樣的懷舊香味已經銘刻在每 1 個台灣人的內心深處。(111 印導)

➢ Apakah bisa tolong bantu tekan "like" pada facebook, akun resmi LINE atau media sosial(medsos) toko-toko dan restoran-restoran khas Taiwan?
可否能夠麻煩幫忙在台灣特色店家和餐廳的臉書、LINE 官方帳號或社交媒體按"讚"？

➢ Mau "dine in" atau "take out"?=Mau makan di sini atau dibungkus?
要內用還是外帶呢？

➢ Pihak sponsor yakni Biro Pariwisata dan agen perjalanan lokal membawa para anggota tim penjelajah untuk melawat lokasi penginapan dan restoran ramah muslim.
贊助方觀光局和當地旅行社帶領考察團成員遊覽住宿地點及穆斯林友善餐廳。

Ayat VI-1.4.外來語(花卉)

花卉有像「bunga matahari(向日葵)」是這樣的純印尼文組合，也有許多為「複合詞」，規則為將「英語 Flower」換成「印尼文 Bunga」，然後放在複合詞的前面，如下表：

bunga Amorphophallus Titanum,bunga bangkai 屍花,巨花/泰坦魔芋
bunga Aster/Krisan 菊花
bunga Bakung 水仙花
bunga Calendula 金盞花
bunga Calla Lily 海芋
bunga canola 油菜花
bunga Dandelion 蒲公英
bunga Hydrangea 繡球花
bunga kuning robai 蠟梅

bunga Lili/Daylily 金針花	
bunga lilin/lolipop 金苞花,黃蝦花	
bunga Lisianthus 桔梗	
bunga Lotus,Padma,bunga teratai 荷花,蓮花	
bunga Mesona 仙草花	
bunga Padma Raksasa,bunga Rafflesia Arnoldii(印尼)大王花,霸王花	
bunga Pink Muhly Grass 粉黛亂子草	
bunga Plum 梅花	
bunga Randu/randu alas 木棉花	
bunga Roselle 洛神花	
bunga Sakura 櫻花	
bunga soba 蕎麥花	
bunga telang 蝶豆花,蝶花豆,蝶豆,藍蝴蝶,藍花豆	
bunga Tulip 鬱金香	
Bunga Tung 桐花,油桐花(5 月雪)	
bunga wisteria 紫藤花	
Bungga Lupinus 魯冰花,羽扇豆	
Bungga Primroses 報春花	

例句

➢ Di sebelah kiri dan kanan Anda, terbentang luas sawah tanaman bunga lotus yang menjadi ciri khas desa GuanYin, Taoyuan.
在你的左、右手邊,綿延的蓮花田是桃園觀音鄉的特色。(103 印導)

➢ Di taman nasional Taiwan, para turis asing boleh menikmati barang panen dan bunga-bunganya, tidak merusak atau memetiknya.
在台灣國家公園,外國旅客可以享受農產品和花卉,並不破壞或摘它們。

➢ Hujan Plum tiba, kawasan tengah ke selatan waspada bencana. Ketinggian banjir di jalan Zhongshan Kota Changhua lebih dari setengah ban, warga melewati jalan dengan hati-hati. Jalan Nanchang juga digenangi air, banyak kendaraan yang terendam.
梅雨來臨,中、南部發出災害警報,在彰化市中山路淹水的高度超過半個輪胎,居民要小心過馬路,南彰路也被水淹沒,許多車輛泡在水中。

➢ Daun sikejut tidak menguncup kalau tidak disentuh.
你不去碰觸它,含羞草的葉子就不會閉合。

Ayat VI-1.5.外來語(拼字有規則變化)

印尼文使用外來語的範圍非常廣,有許多單字除了印尼文外,還同時通用外來語,例如「火山」,除了印尼文本身的「gunung berapi」外,還可用外來語「vulkan」。而印尼文採用外來語的變化規則很容易懂,例如:

外來語原字字尾	印尼文字尾變化
sion/tion/cy/sy	si

ties/ty	tas
gion/gy	gi
c/s	k
dy	di
ty	ti
ment	men

整理對照表如下表，其中「括號( )」內為「外文原字」，採用「印尼文+中文字義+原文」的方式呈現，括號內為外文原文：

範例(外來語：拼字有規則變化)

aborsi 墮胎(abortion)
adaptasi 適應(adaptation)
adopsi 採用,採取,採納(adoption)
advokasi 擁護,崇尚(advocation)
aerobik 有氧運動(aerobic)
afiliasi 附屬,聯繫,有關(affiliation)
agen 經紀人,代理,代辦,仲介(agent)
Aglutinatif 黏著語(agglutinative)
agresif 激進的,攻擊性的,挑釁的(aggressive)
agresi 激進攻擊性,挑釁(aggression)
Agustus 八月(August)
akademi 研究院(academy)
akomodasi 住宿設施(accommodation)
akronim 縮寫(acronym)
aksen 口音,腔調(accent)
aksesoris 配件(accessories)
akses 使用權,通道,(進)入口,存取(access)
aksi 行動,行為(action)
aktif 積極的(active)
aktivitas 活動(activities)
aktual 實際的,新發生的(actual)
akuarium 水族館(aquarium)
akuatik 水生的,水上的,水中的(aquatic)
akuntan 會計,會計師(accountant)
akun 帳號(account)
akupuntur 針灸(acupuncture)
akurat 準確的(accurate)
akut 急性的(acute)
alergen 過敏原(allergens)
alergi 過敏(allergy)

alfabet 字母(alphabet)

alfanumerik 字母數字(alphanumeric)

alkohol 酒精(alcohol)

alokasi 分配(allocation)

alternatif 替換物,代替方案(alternative)

amatir 業餘的,業餘愛好者(amateur)

ambiguitas 模棱兩可(的話),模糊(的話),曖昧,雙關語(ambiguity)

ambisi 野心,抱負(ambition)

ambulans 救護車(ambulance)

amendemen(法條)修正(amendment)

amnesti 大赦,特赦(amnesty)

amplop 信封(envelope)

analisis 分析(analysis)

anarki 無政府狀態,混亂狀態,無法無天(anarchy)

aneksasi 併吞,合併(annexation)

anestesi 麻醉,麻痺,麻木(anesthesia)

anomali 異常(abnormality)

anonim 匿名(anonymity)

antik 古董(antique)

antisipasi 預料(anticipation)

antonim 反義字(antonyms)

antropomorfis 擬人的(anthropomorphic)

antusias 熱情,熱心,渴望(enthusiasm)

apartemen 公寓房間(apartment)

apatis 無感情,冷淡的,漠不關心(apathy)

apel 蘋果(apple)

aplikasi 應用,申請(application)

apresiasi 感激,感謝(appreciation)

arbitrase 仲裁(arbitration)

arkeologi 考古(archeology)

arktik 北極的(arctic)

arogan 傲慢,自大,驕傲(arrogant)

arsitektur 建築(architecture)

artistik 人造,人工(artificial)

aset 資產(asset)

asfiksia 窒息(asphyxia)

asimetris 不對稱(asymmetrical)

asimilasi 同化(assimilation)

asimtomatik 無症狀(asymptomatic)

asisten 助理,助手(assistant)

asma 氣喘(asthma)

asosiasi 協會(association)

aspek 方面(aspect)

asteroid 小行星(asteroid)

astronomi 天文學(astronomy)

astronot 太空人(astronaut)

asumsi 假設,假定(assumption)

atase 隨員,專員,使館職員(attaché)

ateis 無神論者(atheist)

Atlantik 大西洋(Atlantic)

atletik 田徑運動(athletic)

atlet 田徑選手(athlete)

audiensi publik 公眾(audience public)

audiensi 聽眾,觀眾(audience)

audisi 試鏡(audition)

augmentasi 增強(augmentation)

autentik 正宗的,真正的,可靠的(authentic)

autopsi 驗屍,屍體解剖(autopsy)

avokad 酪梨(avocado)

bakteri 細菌(bacteria)

balkon 陽台(balcony)

balon 氣球(balloon)

bambu 竹(bamboo)

bangkrut 倒閉,破產(bankrupt)

barel (木,油)桶(barrel)

baterai 電池(battery)

bazar 市集,市場(bazaar)

beranda 陽台,走廊,(網站)首頁(verandah)

biologi 生物(biology)

bioteknologi 生物科技(生技)(biotechnology)

birokrasi 官僚主義(bureaucracy)

biroktatisasi 官僚化(bureaucratization)

biro 社,局,處(bureau)

bir 啤酒(beer)

bisnis 商業(business)

blokade 封鎖(blockade)

blokir 封鎖,凍結(blockade)

blok 區域,塊,積木,阻擋(block)

boikot 抵制(boycott)

bolpoin 原子筆(ballpoint)

bom 炸彈(bomb)

bos 老闆(boss)

botol 瓶(bottle)

bot 長統靴(boot)

brokoli 青花菜,(綠)花椰菜,西蘭花(broccoli)

brosur 手冊(brochure)

buku 書(book)

bumerang 迴力鏢(boomerang)

bungker 掩體(bunker)

carter 包車/機(charter)

cek 檢查(check)

ceri 櫻桃(cherry)

cokelat 巧克力(chocolate)

debridement 清創(debridement)

dedikasi 奉獻,獻身(dedication)

definisi 定義(definition)

deformasi 變形(deformation)

deklarasi 宣言,聲明,文告,(海關)報關單,具結書(declaration)

dekorasi 裝飾,裝潢(decoration)

dekor 裝潢(décor)

dekriminalisasi 除罪化(decriminalization)

dek 甲板(deck)

delegasi 代表團(delegation)

demensia 癡呆(dementia)

demokrasi 民主(democracy)

demokratis 民主的(democratic)

demonstran 示威者(demonstrant)

demonstrasi 示威,示威遊行(demonstration)

deodoran 除臭劑(deodorant)

departemen 部門(department)

deportasi 驅逐出境(deportation)

depresi tropis 熱帶低氣壓(depression tropical)

depresiasi 貶值(depreciation)

depresi 憂鬱,低氣壓,沮喪,蕭條,不景氣(depression)

desain 設計(design)

Desember 十二月(December)

desentralisasi 去中心化,分權(decentralization)

destinasi 目的,方向,目的地(destination)

deteksi 偵測(detection)

detergen 洗潔劑(detergent)

devaluasi(政策操作)貶值(devaluation)
deviden 股利(dividend)
diagnosa 診斷(diagnosis)
difraksi 繞射(diffraction)
digitalisasi 數位化(digitization)
diktator 獨裁者(dictador)
dinamika 動態,動力學(dynamics)
dinamis 有生氣的,有活力的(dynamic)
dinasti 朝代(dynasty)
direksi 董事(directors)
direktur 主任(director)
disabilitas 身心障礙,失能(disability)
disinfektan 消毒劑(disinfectant)
disiplin 紀律(discipline)
diskon 打折(discount)
diskotik 迪斯可舞廳(discotheque/disco)
diskriminasi 歧視,不平等待遇(discrimination)
diskriminatif 歧視的(discriminative)
diskualifikasi 失格(disqualification)
diskusi 討論(discussion)
disriminasi 歧視(discrimination)
distribusi 分配,分布(distribution)
diversifikasi 多角化,多元化(diversification)
divisi 部門(division)
dobel 兩倍(double)
dokter 醫生,博士(doctor)[40]
doktrin(宗教的)教義,教旨,主義,信條,政策,學說教條(doctrine)
dokumen 文件(document)
dolar 元(dollar)
dominan 主導的,主要的,佔優勢的(dominant)
dominasi 支配(domination)
domisili 住所,戶籍(domicile)
donat 甜甜圈(donut)
dosis 劑(dose)
drainase 排水(系統)(drainage)
drastis 大幅的,激烈的(drastic)
duplikasi 複製(duplication)
durasi 持續,持久(duration)

---

[40] 「醫生」和「博士」的英文都是「doctor」，但印尼文是用「dokter(醫生)」和「doktor(博士)」做區別。

edisi 版本(edition)

edukasi 教育(education)

efektif 有效的,生效的(effective)

efektivitas 效力(effectiveness)

efek 作用,效果(effect)

efisien 有效率(efficient)

ekologis 生態的(ecological)

ekologi 生態(ecology)

ekonomi 經濟(economy)

eksakta 準確的,正確的,精密的(exact)

eksesif 過多的(excessive)

ekses 超過,過量(excess)

eksis 存在(exist)

eksit 出口(exit)

ekskavasi 挖掘(excavation)

ekskavator 挖土機(excavator)

eksklusif 專屬的,專用的,豪華的,高檔的(exclusive)

eksotis 異國風情(exotic)

ekspansi 擴張,擴展(expansion)

eksperimen 實驗(experiment)

eksplisit 明確的,清楚的(explicit)

eksploitasi 剝削,開發(exploitation)

eksplorasi 探險(exploration)

ekspor 出口(export)

Eksposisi 博覽會(Exposition)

ekspos 暴露,揭發(expose)

ekspresi 表達,表示(expression)

ekspres 快速(express)

ekspropriasi 徵用(expropriation)

ekstensif 廣泛的,大量的,大規模的,大面積的(extensive)

ekstrakurikuler(extracurricular)課外的

ekstra 額外的,外加的,特加的(extra)

ekstrim 極端(extreme)

eks 前任的(ex)

elastis 彈性的,靈活的(elastic)

elektabilitas 可選舉性(electability)

elektronik 電子(electronic)

eliminasi 消除,消失,清除,消滅(elimination)

embargo 禁運(embargo)

embolik 栓塞(embolic)

emisi 排放(emission)
emosional 情感的,情緒的,沮喪的,哀傷的,傷感的(emotional)
emosi 情緒,情感(emotion)
empati 同理心,神入,移情(empathy)
energi 能源(energy)
ensiklopedi 百科全書(encyclopedia)
epilepsi 癲癇(epilepsy)
episentrum 震央(epicenter)
erosi 侵蝕(erosion)
erupsi 噴發,爆發(eruption)
es krim 冰淇淋(ice cream)
eskalasi 升級(escalation)
eskalator 電扶梯(escalator)
estetika 美學(aesthetics)
es 冰(ice)
etalase 櫥窗(法文 étalage)
etika 倫理,道德(ethics)
evakuasi 撤離,撤退,疏散(evacuation)
evaluasi 評估(evaluation)
fabrikasi 製造,捏造,虛構,偽造(fabrication)
fakta 事實,實情(fact)
fakultas 學院,學系(faculty)
farmasi 藥房(pharmacy)
fase 階段,狀態(phase)
fasilitas 設施(facility)
favorit 最喜歡的(favorite)
Febuari 二月(February)
fenomena 現象(phenomenon)
fermentasi 發酵(fermentation)
fesyen 流行(fashion)
filosofi 哲學(philosophy)
fisika 物理(physics)
fisik 肉體的,身體的(physical)
fisiologis 生理學的(physiological)
fisiologi 生理學(physiology)
fitur 特徵,特性,特色,特點(feature)
fluktuasi 波動(fluctuation)
fobia 恐怖症(phobia)
fokus 焦點,中心(focus)
fondasi 地基,基礎(foundation)

forensik 鑑識(forensic)

formula 公式(formula)

formulir 表格,聲明書(form)

fotografer 攝影師(photographer)

fotografi 照相/攝影術(photography)

fotokopi 影印(fotocopy)

foto 照片(photo)

fraksi 小部分,片段,議會黨團(fraction)

franchise 特許經營權(franchise)

frekuensi 頻率(frequency)

fruktosa 果糖(fructose)

frustasi 挫折(frustration)

fucek 幹(fuck)

gage(精確)測量,標準尺寸(gauge)

galaksi 銀河(galaxy)

garasi 車庫(garage)

gastronomi 美食(gastronomy)

gelas 玻璃(glass)

generasi 一代(generation)

generator 發電機(generator)

geng 幫派(gang)

genosida 種族滅絕,大屠殺(genocide)

geografi 地理(geography)

geopolitik 地緣政治(geopolitics)

geosentrisme 地球中心說,天動說(geocentricism)

gimnasium 室內體育館,健身房(gymnasium)

gitar 吉他(guitar)

glukosa 葡萄糖(glucose)

gol 射門得分(goal)

gonore 淋病(gonorrhea)

grafik 圖形(graphics)

grafiti 塗鴉(graffiti)

granat 手榴彈(grenade)

grosir 批發(grocery)

grup 團體(group)

halusinasi 幻覺(hallucination)

harmonika 口琴(harmonica)

harmonis 和諧的,融洽的(harmonious)

harmoni 和諧(harmony)

harpun 魚叉(harpoon)

hedonis 享樂主義的,享樂主義者(hedonism)
hektar 公頃(hectare)
helikopter 直升機(helicopter)
heliosentris 太陽中心說,地動說(heliocentricism)
helm 頭盔,鋼盔(helmet)
hemoragik 出血性的(hemorrhagic)
herpes 皰疹(herpes)
heterofon 多音字(heterophone)
hidran 消防栓(hydrant)
hidrometeorologi 水文氣象(hydrometeorology)
higienis 衛生(hygienic)
hiperaktif 過動的(hyperactive)
hipertensi 高血壓(hypertension)
hipnotis 催眠(hypnotize)
hipoksia 缺氧(hypoxia)
hiposentrum 震源(hypocenter)
hipotermia 低溫(hypothermia)
homofon 同音(異)字(homophone)
homonim 諧音,同音(異義/同形/異形)詞(homonym)
homoseksualitas 同性戀者(homosexuality)
horisontal 水平(horizontal)
hormon 賀爾蒙(hormone)
humaniora 人文(humanity)
humoris 幽默的(humorous)
identifikasi 身分,識別,鑑定,辨認(identification)
identitas 身分(identity)
ideologis 意識形態的(ideological)
ide 點子(idea)
ikonik 偶像的,符號的,代表性的(iconic)
ilegal 非法的(illegal)
imajinasi 想像(力),空想,幻想(imagination)
imej 圖像,印象,形象(image)
imigran 移民,移入人口(immigrant)
imigrasi 移民(immigration)
implementasi 執行(implementation)
impor 進口(import)
imunitas 免疫(immunity)
indeks 指數(index)
individu 個人的,單獨的(individual)
industri 工業,產業(industry)

infanteri 步兵(infantry)

infertilitas 不孕症(infertility)

infiltrasi 滲透(infiltration)

inflamasi 發炎,燃燒(inflammation)

inflasi 通貨膨脹(inflation)

Infleksi 屈折語(inflectional)

informan 線民(informant)

informasi 資訊,消息(information)

infrastruktur 基礎建設,基礎設施(infrastructure)

inggris 英文,英國(english)

inisiatif 倡議,主動,首創(initiative)

inkonsistensi 不一致(inconsistency)

inkonstitusional 違憲的(inconstitutional)

inokulasi(疫苗)接種,(植物)接芽(inoculation)

inseminasi 授精,播種(insemination)

insentif 獎勵(incentive)

instruksi 指示,說明,教導(instruction)

instrumen 儀器(instrument)

integrasi 整合(integration)

integritas 完整,正直(integrity)

intens 密集的(intensive)

interaksi 互動(interactive)

interasi 互動,交流,相互作用(interaction)

internasional 國際的(international)

interogasi 偵訊,訊問(interrogation)

interpretasi 翻譯,解釋,說明(interpretation)

intervensi 干涉,干預(intervention)

interviu 面談(interview)

intimidasi 威脅,恐嚇(intimidation)

introspeksi 反省,自我檢討(introspection)

intrusi 入侵,侵襲,闖入(intrusion)

invasi 入侵(invasion)

inventarisasi 盤點(庫存)(inventorization)

inventaris 庫存(inventory)

investasi 投資(investment)

investigasi 調查(investigation)

irasional 不合理的,不理性的(irrational)

irigasi 灌溉(irrigation)

ironi 諷刺(irony)

isu 討論議題(issue)

jaket 夾克(jacket)

Januari 一月(January)

jip 吉普車(jeep)

Juli 七月(July)

jumbo 巨大的(jambo)

Juni 六月(June)

jus 果汁(juice)

kabin 機艙(cabin)

kaisar 國王(Caesar)

kakao 可可(cocoa)

kaktus 仙人掌(cactus)

kalender 日曆(calendar)

kalkulasi 計算(calculation)

kalori 熱量(calorie)

kamera 照相機(camera)

kampanye 活動,戰役(campaign)

kamping 露營(camping)

kampus 校園(campus)

kamp 營隊(camp)

kandidat 候選人,考生,應考者,候補者,求職者(candidate)

kanguru 袋鼠(kangaroo)

kanker 癌症(cancer)

kano 獨木舟(canoe)

kantin 食堂,飲食部,小賣部(cantin/canteen)

kapabilitas 能力(capability)

kapasitas 容量(capacity)

kapten 船長,隊長,上尉(captain)

karakteristik 特質,特性(characteristic)

karakter 特點(character)

karantina 隔離(quarantine)

karat 克拉(鑽石),K 金(黃金)(carat)

karbohidrat 碳水化合物(carbohydrate)

karbon monoksida 一氧化碳(carbon monoxide)

kardiovaskular 心血管(cardiovascular)

karier 事業,工作,生涯(career)

kari 咖哩(curry)

Karnaval 嘉年華(carnival)

karosel 旋轉木馬(carousel)

karsinogen 致癌物(carcinogen)

kartu pos 明信片 (post card)

kartun 動畫,卡通(cartoon)
kartu 卡(card)
kasir 收銀台(cashier)
kastil 城堡,宮殿(castle)
katapel 彈弓(catapult)
katedral(天主教)大教堂(cathedral)[41]
kategori 類別(category)
katering 餐飲外燴(catering)
katun 棉紗(cotton)
kelas 等級,班級,教室(class)
kemoterapi 化學治療(化療)(Chemotherapy)
Keramik 陶瓷(ceramic)
klaim 認領,聲稱,索賠,所有權,請求權(claim)
klamidia 披衣菌(chlamydia)
klasifikasi 分類,歸類,澄清(classification)
klasik 經典的(classic)
klaster 群聚,聚落,群體(cluster)
klausul 條款,條文(clause)
klerikal 文書的,一般事務的(clerical)
klik ikon 點圖示/圖標(click icon)
klinis 臨床的(clinical)
klip 迴紋針,夾子(clip)
klisé 陳腔濫調,八股,俗套,底片,複製品(cliché)
klon 克隆,無性生殖,複製,複製品(clone)
kloset 洗手間(closet)
klub/kelab 俱樂部(club)
koalisi 聯合,結合(coalition)
koboi 牛仔(cowboy)
kode bar 條碼(bar-code)
kode 符號,代碼,密碼(code)
kod 鱈魚(cod)
kognitif 認知(cognitive)
kohabitasi(未婚)同居(cohabitation)
koherensi 連貫性,一致性,凝聚(coherence)
kokain 古柯鹼(cocaine)
kolaborasi 合作(collaboration)
koleksi 收藏品(collection)
kolektor 收藏者(collector)

---

[41] 「katedral」是指「(天主教)大教堂」,如果一般教堂通稱「gereja」。

kolesterol 膽固醇(cholesterol)

kolom 專欄(報刊),欄(column)

kolonialisme 殖民主義(colonialism)

kolonial 殖民(colonial)

kolorektal 直腸(colorectal)

Komando 指揮(Command)

koma 逗點,逗號(comma)

komedi 喜劇(comedy)

komentar 評論(commentary)

komisi 佣金(commission)

komitmen 承諾(commitment)

komoditas 商品(commodity)

kompartemen 置物箱(compartment)

kompas 羅盤(compass)

kompeten 有能力的,能勝任的(competent)

kompetisi 競賽,比賽(competition)

kompleks 合成的,複雜的,綜合的,建築群(complex)

komplet 完全的,全部的,齊全的(complete)

komprehensif 全面的(comprehensive)

komputer 電腦(computer)

komunikasi 通信,通訊(communication)

Komunike 公報(Communiqués)

komunis 共產主義(communism)

komunitas 社區(community)

komuter 通勤者(族)(commuter)

kondisi 情況(condition)

kondom 保險套(condom)

kondusif 有利於(conducive)

konferensi 會議(conference)

konfigurasi 配置,布局(configuration)

konfirmasi 確定,確認(confirmation)

konflik 衝突(conflict)

konfrontasi 對峙(confrontation)

konglomerasi 企業集團,控股集團(conglomerate)

konkret 具體的,實際的(concrete)

konkurensi 同時發生,意見一致,同意(concurrency)

konotasi 內涵(connotation)

konsekuensi 結果(consequence)

konseling 諮詢(counseling)

konsensus 共識(consensus)

konsentrasi 集中(concentration)

konservasi 保護,保存(conservation)

konser 音樂會(concert)

konsesi 讓步(concession)

konsolidasi 鞏固,加強,合併(consolidation)

konspirasi 陰謀(conspiracy)

konstan 不變(constant)

konstelasi 星座(constellation)

konstitusi 憲法(constitution)

konstruksi 建築物(construction)

konsuler 領事的(consular)

konsultasi 諮詢(consultation)

konsumen 消費者(consumer)

konsumsi 消費(consumption)

kontainer 貨櫃(container)

kontak 接觸(contact)

kontaminasi 交互感染(contamination)

konten 內容(content)

konter 反對,對抗,反擊(counter)

konter 櫃台(counter)

kontes 競賽,比賽(contest)

kontingen 代表隊,代表團(contingent)

kontradiksi 矛盾(contradiction)

kontrak 合約(contract)

kontrasepsi 避孕(contraception)

kontra 反(counter)

kontribusi 貢獻,奉獻,捐助(contribution)

kontrol 控制,支配,監督(control)

kontroversi 爭議(controversy/controversial)

konveksi 對流(convection)

konvensi 協定,協議,公約,慣例(convention)

konverter 變壓器(converter)

koordinasi 配合,協調(coordination)

koordinat 坐標(coordinate)

koperasi 合作社(cooperation)

kopi 複本,影本/咖啡(copy/coffee)

koridor 走廊(corridor)

korosi 腐蝕,侵蝕(corrosion)

korporasi 大型公司(corporation)

korsel 旋轉木馬,行李輸送帶(carousel)

korupsi 貪汙(corruption)

kosmetik 化妝品,整容的(cosmetic)

kostum 戲服,禮服(costume)

kriket 板球(cricket)

kriminalitas 犯罪行為(criminality)

kriminil 犯罪(criminal)

krim 鮮奶油,膏狀物,乳液,精華(cream)

kripto 加密貨幣(crypto)

krisis 危機(crisis)

kristal 水晶(crystal)

kritik 批評(critique)

kronik 紀年,編年史(chronicle)

kronis 慢性的(chronic)

kroni 親朋好友,親信(cronies)

kronologi 年表,時間序(chronology)

kruk 拐杖(crutch)

kru 全體人員(crew)

kualitas 性質,品質(qualitation)

kualitatif 定性,質化(qualitative)

kuantitas 數量(quantity)

kuantitatif 定量,量化(quantitative)

kuartal 四分之一(quarter)

kubik 立方(cube)

kuesioner 問卷(questionnaire)

kuis(quiz)測驗

kuliner 美食(culinary)

kultur 文化(culture)

kumkuat 金桔(kumquat)

kupon 折價券,免費體驗券(coupon)

kurikulum 課程表(curriculum)

kurir 信使/差,(運輸)交通(courier)

lampu 電燈(lamp)

lanskap 風景,景觀,景色(landscape)

legalisasi 合法化(legalization)

legalisir 使合法化,法律上認可的(legalize)

legenda 傳奇(legend)

legislatif 立法的(legislative)

lensa 鏡片(lens)

ligamen 韌帶(ligament)

liga 聯盟(league)

lipstik 口紅(lipstick)

lobi 大廳(lobby)

lokasi 位置(location)

loker 置物櫃(locker)

lokomotif 火車頭,重型機車(locomotive)

lotre 彩券(lottery)

magis 神奇的(magic)

magnitudo 震度,強度(magnitude)

makaroni 通心粉(macaroni)

maksimal 最大(maximum)

mal 購物中心(mall)

manajer 經理(manager)

mangga 芒果(mango)

manipulasi 操縱,操控(manipulation)

maraton 馬拉松(marathon)

Maret 三月(March)

masa inkubasi 潛伏期(incubation period)

masker 口罩(mask)

matematika 數學(mathematics)

materi 物質,(理論,寫作)素材(material)

mayoritas 大多數,大部分(majority)

mediasi 調解(mediation)

medis 醫學,醫療(medical)

Mei 五月(May)

mekanisme 機制(mechanism)

Mekdonal 麥當勞(McDonald's)

memori 記憶(memory)

menit 分鐘(minute)

menstruasi 月經(menstruation)

menyimulasikan 模擬(simulate)

metabolik 代謝的(metabolic)

metabolisme 新陳代謝(metabolism)

mikroskop 顯微鏡(microscope)

mikrowave 微波(microwave)

mikro 微型(micro)

militer 軍事(military)

mimikri 擬態,模仿(mimicry)

minim 最小的(minimum)

miokarditis 心肌炎(myocarditis)

miselium 菌絲體(mycelium)

misterius 神秘的(mysterious)

mistis 神秘(mystic)

mitigasi 減輕(mitigation)

mitos 傳說,神話(mythos)

mobilisasi 動員(mobilization)

mobilitas 機動性(motility)

mobil 車輛(mobile)

moda 模式(mode)

molestasi(molestation)性攻擊,調戲,猥褻,性騷擾,欺負,作弄,妨害,干擾,折磨,使煩惱

molestasi 欺負,作弄,調戲,(性)騷擾(molestation)

momen 片刻,時刻,瞬間(moment)

moneter 金融的,財政的,貨幣的(monetary)

monoteisme 一神論(monotheism)

monoton 單調(monotone)

monsun 季風(monsoon)

Monumen 紀念碑(Monument)

moralitas 道德(morality)

mortalitas 死亡(率)(mortality)

mosaik 馬賽克(mosaic)

mosi 提議,提案(motion)

motif 動機(motive)

multi-fitur 多功能的,多才多藝的(multi-featured)

multikulturalisme 多元文化主義(multiculturalism)

multikultural 多元文化(multicultural)

musik 音樂(music)

mutilasi 肢解,毀損(mutilation)

mutualisme 互惠主義,互利共生(mutualism)

nama 名字(name)

nanometer 納米(nanometer)

narkotik/narkotika 毒品(narcotic)

narsisisme 自戀(narcissism)

narsistik 自戀的(narcissistic)

nasional 國立的(national)

natalitas 出生(率)(natality)

navigasi 導航(navigation)

nazifikasi 納粹化(nazification)

nefrologi 腎臟科(nephrology)

negatif 負面,陰性的(negative)

negosiasi 談判,協商(negotiation)

netralisir 中和,稀釋(neutralize)

netralitas 中立化(neutrality)

netral 中立(neutral)

neuroimun 神經免疫(neuroimmune)

nominal 名義上的,票面的(nominal)

nonaktif 不活躍(non-active)

noneksakta 不準確的(nonexact)

normalisasi 正常化(normalization)

notifikasi 通知,通告,告示(notification)

nuklir 核子(nuclear)

nutrisi 營養(nutrition)

obesitas 肥胖(obesity)

objektif 客觀的(objective)

objek 對象,目標,物體,目的(object)

obligor 義務人(obligator)

obstruksi 阻止,阻礙,阻塞(obstruction)

ofensif 冒犯的,侵犯性的,攻擊性的,令人不悅的,進攻的(offensive)

oftalmologi 眼科(ophthalmology)

oke 好的(okay)

oksigen 氧氣(oxygen)

oksitosin 催產素(oxytocin)

oktagon 八角形(octagon)

Oktober 十月(October)

Olimpiade 奧林匹克運動會(Olympics)

operasi 行動,手術,作業(operation)

oponen 對手,敵手,反對者(opponent)

oposisi 反對(opposition)

opsi 選擇(option)

optik 光學(optic)

optimal 最佳的,最好的,最大限度的(optimal)

optimistik 樂觀的(optimistic)

optimis 樂觀主義,樂觀的人(optimism/optimist)

oranye 橘色(orange)

orator 演說家(orator)

organik 有機的(organic)

organisasi 組織(organization)

orgasme 高潮(orgasm)

orkestra 樂隊(orchestra)

osilasi 振盪(oscillation)

otentik 真正的(authentic)

otomatis 自動(automatic)

otopsi 解剖(autopsy)
otoritarianisme 極權主義,威權主義(authoritarianism)
otoritas 主管機關,當局(authorities)
ozon 臭氧(ozone)
paket 包裹(packet)
pandemi 大流行病(pandemic)
panik 恐慌(panic)
paralel 平行的,並列的,類似的,同時發生的,相同的(parallel)
parkir 停車(parking)
parlemen 國會(parliament)
parsel 包(裹)(parcel)
parsial 部分的(partial)
partai 黨(party)
partisipasi 出席,參加(participation)
partisi 隔板(partition)
pasien 病人(patient)
Pasifik 太平洋(Pacific)
paspor 護照(passport)
paten 專利(patent)
patologis 病態的,病理的(pathological)
patriotik 愛國的(patriotic)
patroli 巡邏(patrol)
paviliun 廂房,場館,亭(pavilion)
pensil 鉛筆(pencil)
pensiun 退休(pension)
pepaya 木瓜(papaya)
per kapita 人均國內生產毛額(per capita)
periode 期間(period)
permanen 永久的,持久的,常設的(permanent)
persen(%)百分比(percent)
persentase 百分比(percentage)
persepsi 直覺,洞察力(perception)
personil 人員(personnel)
perspektif 看法,眼力,前途,展望,觀點(perspective)
persuasi 說服,勸說(persuasion)
pesimistik 悲觀(pessimistic)
pestisida 農藥,殺蟲劑(pesticide)
petisi 請願(petition)
petrokimia 石化(petrochemical)
Pijin 洋涇浜(Pidgin)

piknik 野餐(picnic)

piksel 像素(pixel)

pilot 機長(pilot)

pil 藥片(pill)

pinguin 企鵝(penguin)

pipa 管道,管線(pipe)

pir 梨(pear)

piyama 睡衣褲(pajama)

plakat 標語牌,布告(placard)

plastik 塑膠(plastic)

plat/pelat 鐵板,(車)牌(plate)

poin 點,分數(point)

poligami 一夫多妻制(polygamy)

poliklinik(綜合)門診(polyclinic)

polisemi 多義字(polysemous)

polisi 警察(police)

politik 政治(politics)

politisasi 政治化(politicization)

polusi 汙染(pollution)

popularitas 流行,受歡迎(popularity)

populer 受歡迎(popular)

pop-up 彈出(pop-up)

porno/pornografi 色情書刊(電影),色情著作(pornography)

posisi 位置(position)

positif 正面的,肯定的,陽性的(positive)

postur 姿勢(posture)

potensi 效力,影響力,潛力(potency/potention)

praktik 實務(practice)

praktis 實用的,實際的(practical)

prediksi 預估(prediction)

prematur 過早的,早產兒,早熟(premature)

premi 保費(premium)

Presbiterian 長老會(Presbyterian)

presentasi 簡報(presentation)

presiden 總統(president)

presisi 精確(precision)

prestasi 成就,益處,給付,履行,付款(prestation)

prevalensi 流行,普遍,普及(prevalence)

prinsip 原理,原則(principle)

prioritas 優先(priority)

proaktif 積極主動的,預應的(proactive)

produksi 生產,製造(production)

produsen 生產(producing)

profesionalisme 專業精神(professionalism)

profesi 職業(profession)

proklamasi 公告,宣言,聲明(proclamation)

promosi 推廣(promotion)

proporsionalitas 比例(proportionality)

proporsi 比例(proportion)

prosedur 程序(procedure)

prosesi 遊行(procession)

proses 過程(precess)

prospek 展望(prospect)

prostitusi 賣淫,妓女(prostitution)

proteksionisme 保護主義(protectionism)

proteksi 防護,保護(protection)

protes 抗議(protest)

protokol 指引,協議,議定書,草約(protocol)

provokasi 挑釁(provocation)

provokatif 挑釁的

proyeksi 投影(projection)

proyek 工程(project)

psikiater 精神科醫生(psychiatrist)

psikolog 心理學家(psychologist)

psikoterapi 心理治療,精神療法(psychotherapy)

pubertas 青春期(puberty)

publikasi 公布,發表,出版,發行(publication)

publik 公眾,公開,公共,公用(public)

qui 廿四張紙(quire)

radiasi 輻射(radiation)

radikalisme 激進主義(radicalism)

raket 拍子(racket)

rakit 木筏,竹筏(raft)

rakit 槳,球拍(racket)

rak 架子(rack)

rasional 合理的,理性的(rational)

Rasis 種族主義者,種族主義的(racist)

ratifikasi(條約,協定)批准,追認(ratification)

realisasi 實行,實現(realization)

realita 現實(reality)

referensi 參考(reference)

reformasi 改革(reformation)

registrasi 登記(registration)

rehabilitasi 復原,復職,復健,勒戒(rehabilitation)

reklamasi 開墾,開拓(reclamation)

reklame 告示牌(reclame)

rekomendasi 推薦,介紹(recommendation)

rekonstruksi 重建,改造,復原,重現(reconstruction)

rekor 紀錄(record)

rekreasi 休閒(recreation)

rekrut 招募,徵人(recruit)

relaks/rileks 放鬆(relax)

relatif 有關係的,相對的(relative)

relevan 相關的,有關的(relevant)

religi 宗教(religion)

relik 舍利子(relic)

remitansi 匯款(remittance)

Renaisans 文藝復興(時期)(Renaissance)

renovasi 裝修(renovation)

replika 複製品,拷貝(replicate)

repot 報告(report)

representasi 代表(representation)

reproduksi 繁殖,複製(reproduction)

republik 共和國(republic)

resep 食譜,藥單(recipe)

reservasi 預訂(reservation)

residivis 累犯,慣犯(recidivist)

residu 殘留物(Residue)

resi 收據(receipt)

resolusi 解析度(resolution)

resonan 共振(resonance)

respons 回應,反應(response)

restitusi 賠償(restitution)

restoran 餐廳(restaurant)

retaliasi 報復,回報(retaliation)

retret 撤退(retreat)

retrospektif 回顧(retrospective)

reunifikasi 重新統一(reunification)

reuni 同學會,校友會(reunion)

revisi 修正,修訂,修改(revision)

revitalisasi 振興,復興,復甦,新生,重生(revitalization)

revolusi 地球公轉,革命(revolution)

riil 真實的,實際的(real)

rilis 釋放(release)

rim(一)刀,500 張紙(ream)

riset(科學)研究(research)

risiko 危險,風險(risk)

risol 油炸餡餅(荷蘭語 rissole)

roket 火箭(rocket)

rolet 輪盤(roulette)

rotasi 地球自轉(rotation)

rumor 謠言(rumour)

rute 路線(route)

rutin 例行的,習以為常的(routine)

sains 科學(sciense)

salut 行禮,敬禮(salute)

sampel 樣品(sample)

sampo 洗髮精(shampoo)

sanitasi 衛生(sanitation)

sanksi 懲罰,制裁(sanction)

satelit 衛星(satellite)

saturasi 飽和(saturation)

segregasi 分離,隔離(segregation)

seismik 地震的(seismic)

seismologi 地震學(seismology)

sekop 鐵鏟(scoop)

sekresi 分泌(secretion)

sekretaris 秘書(secretary)

seksi 性感的(sexy)

seksi 區段(section)

seksual 性的(sexual)

sektor 部分(sector)

selebriti 名人,明星,藝人(celebrity)

seleksi 選擇(selection)

selule(cellular)手機

semen 水泥(cement)

semikonduktor 半導體(semiconductor)

senioritas 年資,資歷(seniority)

sensasi 感動,感覺,感情(sensation)

sensitivitas 靈敏性,敏感度(sensitivity)

sentimen 情緒(sentiment)
sentral 中央的(central)
September 九月(Septemper)
serebrovaskular 腦血管(cerebrovascular)
sertifikatakte 證書(certificate)
setan 魔鬼,撒旦(satan)
setop 停止,停下,停車(stop)
sianida 氰化物(cyanide)
siber 網路(cyber)
sifilis 梅毒(syphilis)
siklon(印度洋)氣旋(cyclone)
siklus 循環(cycle)
simpatik 同情的(sympathetic)
simpati 同情(sympathy)
simulasi 模擬(simulation)
sindikat 集團(cyndicate)
sinergis 協同的(synergistic)
sinkronisasi 同步(synchronization)
sinonim 同義字(synonyms)
Sinterklas 聖誕老人(Santa Claus)
sinyal 訊號(signal)
sirene 警報器(siren)
sirkulasi 循環,流通(circulation)
sistem 系統(system)
situasi 情況(situation)
Skala Richter 芮氏規模(Richter scale)
skala 刻度,比例,範圍,規模(scale)
skandal 醜聞(scandal)
skor 分數(score)
smes 殺球(smash)
solidaritas 團結一致(solidarity)
sop/sup 清湯(soup)[42]
sosialisasi 社會主義化(socialization)
sosial 社交(social)
spektrum 光譜(spectrum)
sperma 精子,精液(sperm)
spesial 特別的(special)
spesifik(specific)具體的,明確的

[42] 印尼語「sup」是指「清湯」，而「soto」則是指加了椰漿等的「濃湯」。

spesimen 樣本(specimen)

spion 間諜活動,間諜組織(espionage)

sporadis 零星的,分散的,偶爾發生的(sporadic)

stabil 穩定的(stable)

stadion(露天有看台,單一項目)運動場(stadium)

stagnan 停滯不前的,膠著的,不景氣的(stagnant)

standardisasi 標準化(standardization)

standar 標準(standard)

statistik 統計(statistics)

stempel 印章(stamp)

stenografi 簡寫(stenography)

stereotip 刻板印象(stereotype)

sterilisasi 結紮,絕育,滅菌(sterilization)

stigmatisasi 污名化(stigmatization)

stimulasi/stimulir 刺激(stimulation/stimulate)

stoking 絲襪(stockings)

strategis 策略的(strategic)

strategi 策略(strategy)

stroberi 草莓(strawberry)

struktur 結構(structure)

studi 學習(study)

subjektif 主觀的(subjective)

subjek 主題,主體(subject)

subsidi 補貼(subsidy)

substansial 重大的,大量的,可觀的(substantial)

substitusi 代替,替換(substitution)

subtropis 亞熱帶(subtropical)

suer 發誓(swear)

sukses 成功(success)

suplai 供應,供給(supply)

suplemen 補充(supplement)

supranatural 超自然(supernatural)

susis 香腸(sausage)

suspek 疑似的,嫌疑的,嫌疑犯(suspect)

suvenir 紀念品(souvenir)

sweter 毛衣(sweater)

syok 震驚(shock)

syuting 拍攝(shooting)

tabu 禁忌,忌諱(taboo)

takometer 轉速表(tachometer)

taksi 計程車(taxi)
taktik 戰術(tactics)
taktil 觸覺的(tactile)
taktis 戰術(tactical)
tato 紋身(tattoo)
teater 電影院(theater)
teh 茶(tea)
teknisi 技術人員(technician)
teknologi 技術,科技(technology)
tekstil 紡織(textile)
tekstur 質地,質感,手感(texture)
teks 原文,本文字幕,講稿,經文(text)
telemedis 遠距醫療(telemedicine)
telepon 電話(telephone)
teleskop 望遠鏡(telescope)
televisi(TV)電視(television)
tema 主題(theme)
tenis 網球(tennis)
Teorema Pythagoras 畢氏定理(Pythagorean theorem)
teori 理論,原理(theory)
terapis 治療師(therapist)
termal 熱的(thermo)
termobarik 熱壓式(thermobaric)
teroris 恐怖分子(terrorist)
tes 測試(test)
tiket 票(ticket)
tipe 類型(type)
tisu 面紙(tissue)
toksikologi 毒物學(toxicology)
toleransi 容忍,寬容,忍受(tolerance)
tomat 番茄(tomato)
topik 議題,主題(topic)
topologi 拓撲,地形,地勢(topology)
tradisi 習俗,傳統(tradition)
tragedi 悲劇(tragedy)
traktor 牽引機,鐵牛(tractor)
transaksi 交易(transaction)
transformasional 轉型的(transformational)
transformasi 變化,轉化(transformation)
transisi 過渡(期),轉變(transition)

transmisi 傳送,傳播(transmission)
transportasi 運輸,交通,交通工具(transportation)
travel cek 旅行支票(travel check)
tren 趨勢(trend)
troli 行李推車(trolley)
tropis 熱帶(tropical)
truk 卡車(truck)
Tuberkulosis(TBC)肺結核(Tuberculosis)
turisme 旅遊,觀光(tourism)
turis 旅客(tourist)
tur 旅遊(tour)
unifikasi 統一(unification)
unik 獨特(unique)
universitas 大學(university)
urbanisasi 城市化,都市化(urbanization)
vaksinasi 注射疫苗(vaccination)
vaksin 疫苗(vaccine)
vakum 真空,吸塵器(vacuum)
vandalisme 故意破壞(vandalism)
varian 變異的(variance)
variasi 種類(variation)
variatif 變化的(variative)
vas 花瓶(vase)
vena 血管(veins)
ventilasi 通風,流通(ventilation)
verifikasi 確認,驗證(verification)
versi 版本(version)
vila 別墅(villa)
visi 願景,眼光(vision)
vokalis 歌手(vocalist)
voltase 電壓(voltage)
vulkanik 火山的(volcanic)
vulkan 火山(volcano)
wanprestrasi 違約(荷蘭語 wanprestatie)
zona 區(zone)

例句

> Tas tangan istrinya ketinggalan dalam kompartemen di pesawat terbang.
> 他太太的手提包遺忘在飛機置物箱內。(103 印導)

> Keselamatan penerbangan saat ini menjadi topik penting.

航空安全現在是重要的課題。(104 印導)

➢ Menjadi seorang pramuwisata, menepati janji dan datang tepat waktu adalah etika kerja yang sangat penting.
成為導遊，遵守承諾以及準時抵達是很重要的工作倫理。(104 印導)

➢ Jika pemandangan alam menjadi prioritas Anda selama berlibur di Taipei, Taman Nasional Yangmingshan harus menjadi destinasi pertama yang tidak boleh dilewatkan. Taman nasional yang terletak di dekat Gunung Shamao dan Gunung Qixing ini menawarkan pemandangan pegunungan yang megah dan udara yang sejuk kepadamu.
在台北旅遊，如果自然風景是你的首選，陽明山國家公園一定是不能錯過的首選目的地，將紗帽山和七星山附近國家公園的雄偉山景及涼爽空氣介紹給你。(104 印導)

➢ Profesionalisme seorang pramuwisata sangat penting, tetapi memiliki sifat baik juga sangat penting, maka seorang pramuwisata harus memenuhi kedua persyaratan tersebut.
導遊的專業精神很重要，但是擁有好的人格特質也很重要，所以導遊必須符合這兩個條件。(105 印導)

➢ Menjadi pramuwisata rombongan itu gampang-gampang susah, susahnya adalah kalau ada tamu yang sakit mendadak di tengah malam karena harus mencarikan dokter.
擔任這團的導遊看起來容易實際辛苦，如果半夜突然有生病的客人必須找醫生。(105 印導)

➢ Saat menggunakan eskalator, orang Taiwan biasa mengantre tertib/teratur di sebelah kanan.
搭乘電扶梯時，台灣人習慣守秩序地排隊在右邊。(105 印導)

➢ Nilai valuta asing berubah-ubah setiap hari, karena itu tidak ada nilai tukar yang tetap konstan sama setiap saat.
外幣匯率每天一直變動，所以沒有匯率一直固定不變的。(105 印導)

➢ Sebagai seorang pramuwisata yang bertanggung jawab dan disiplin harus memiliki pemikiran positif dan etika kerja.
成為負責任且有紀律的導遊必須擁有正面的想法和工作倫理。(107 印導)

➢ Saya puas berbelanja di koperasi karena barangnya bagus dan harganya murah.
我很滿意在合作社購物，因為物品好而且價格便宜。(107 印導)

➢ Keris adalah senjata tradisional Indonesia yang ada kekuatan magis atau supranatural.
格里斯短劍是印尼傳統武器，有神奇或超自然力量。(107 印導)

➢ Letak Hotel A sangat strategis, berada tepat di tengah kota. Hotel ini juga mudah dijangkau dari berbagai arah. Transportasi umum juga banyak yang melintas di depan hotel tersebut, tidak heran kalau banyak wisatawan dalam dan luar negeri menginap di Hotel A.
A 飯店的位置很有策略性，正好位在市中心，該飯店也容易從各方向到達，很多大眾交通工具經過飯店前方，如果很多國內、外觀光客住在 A 飯店也不要驚訝。(108 印導)

➢ Standar kesehatan yang tinggi, harga barang yang masuk akal, transportasi yang praktis dan pusat perbelanjaan yang menarik membuat Taiwan menjadi sebuah objek yang pantas untuk wisata medis.
高健康標準、合理的物價、實用的交通和吸引人的購物中心，使台灣成為醫療旅遊的適當地點。(108 印導)

➢ Lima destinasi di antara destinasi wisata ramah muslim adalah Gaia Hotel di pegunungan

Beitou, Chiang Kai-shek Memorial Hall, Muslim Beef Noodles Restaurant, National Palace Museum Taipei, dan Taipei Cultural Mosque.
其中 5 個穆斯林友善旅遊景點是北投山區的大地酒店、中正紀念堂、回教牛肉麵餐廳、台北國立故宮博物院及台北文化清真寺。(108 印導)

➤ Arti kata "deportasi" dalam pariwisata memulangkan seseorang ke negeri asalnya karena tidak memiliki izin tinggal yang benar.
在旅遊裡"驅逐出境"這個字的意思是送某人回他的來源國，因為沒有合法的居留許可。
(109 印導)

➤ MRT/Subway adalah moda transportasi yang paling praktis dan nyaman di Taipei, Taichung dan Kaohsiung.
捷運是台北、台中及高雄最實用和舒適的交通模式。(108、110 印導)

➤ Cerita komedi adalah cerita yang dapat membuat kita menjadi tertawa.
喜劇故事是能夠讓我們發笑的故事。(110 印導)

➤ Jalan-jalan di mal bisa dibilang hal yang menyenangkan. Bagi yang butuh barang bisa langsung belanja, tapi bagi yang hanya cuci mata/melihat-lihat saja seperti saya bisa langsung duduk manis di foodcourt-nya.
逛購物中心可以算是讓人高興的事情，對於需要的物品能夠直接購買，但是對於像我一樣只是看看而已的人，可以全程直接待在購物中心的美食街裡。(110 印導)

➤ Tentunya kita ingin kembali bekerja, belajar, dan beribadah, serta bersosialisasi/beraktivitas agar bisa produktif di era pandemi ini.
我們的確想要回到工作、學習和祈禱，並從事社交活動，為了要在疫情期間仍能夠有生產力。(110 印導)

➤ Kinoa yang berasal dari Amerika Selatan sudah menjadi makanan sehat favorit kaum selebriti dan juga menjadi salah satu sumber nutrisi dalam krisis pangan yang tengah mengglobal.
來自南美洲的藜麥已經在國際掀起熱潮，是明星族群的養生聖品，也變成全球糧食危機中的營養來源之一。

➤ Tempe yang sangat disukai orang Indonesia, kacang kedelai fermentasi ini adalah makanan khas Indonesia, digoreng dan dimakan dengan cabai hijau.
印尼人很喜愛天貝(黃豆餅)，這發酵的黃豆是印尼式食物，炸過並搭配青辣椒吃。

➤ Wagyu adalah daging sapi autentik asal Jepang yang diakui memiliki kualitas terbaik di dunia.
和牛是來自日本的正宗牛肉，被認為擁有世界最好品質。

➤ Sepertinya hatinya sudah membatu, melihat kondisi itu pun tidak ada rasa empati darinya.
他好像鐵石心腸，看到這個情形他也沒有同理心。

➤ Warga sedunia menyambut fenomena "Oposisi Jupiter" atau saat di mana Jupiter berada di jarak terdekat dengan bumi.
全世界的居民迎接"木星衝"的現象，也就是木星距離地球最近的位置。

➤ Sebuah depresi tropis di perairan timur Filipina berpeluang menguat menjadi taifun skala menengah.
在菲律賓東方海域的一個熱帶低氣壓有機會增強成為中度颱風。

➤ Kombinasi dengan latihan kekuatan otot dan senam aerobik setiap minggu dapat membantu meningkatkan laju metabolisme tubuh, juga dapat membakar lemak untuk menurunkan berat

badan secara efektif.
每週組合運用肌力訓練及有氧舞蹈能夠幫助快速增加身體新陳代謝，也能燃燒脂肪以有效地減少體重。

➢ Negara-negara Nordik seperti Norwegia dan Denmark, yang jam kerja per tahun karyawannya tidak melebihi 1.400 jam, jauh lebih rendah daripada Inggris yang hanya 1.800 jam, tidak hanya dinilai sebagai negara paling bahagia, namun juga menempati peringkat kelima teratas di dunia dalam hal pendapatan rata-rata per kapita.
北歐國家例如挪威和丹麥，每年員工工時不超過 1,400 小時，遠低於英國 1,800 小時，不只被評為最幸福的國家，而且人均國內生產毛額也名列世界第 5 名。

➢ Mau naik taksi ke bandara. 想搭計程車去機場。
Pakai argo atau carter? 要跳表或包車？

➢ Eks bintang film porno Jepang, Maria Ozawa (Miyabi) akan datang ke Indonesia untuk acara gala dinner di Jakarta.
日本已退役的色情影星(AV 女優)小澤瑪麗亞將來印尼參加雅加達的正式晚宴。

➢ Ada 12 warisan budaya tidak benda Indonesia yang diakui UNESCO.
有 12 項印尼非物質文化遺產獲得聯合國教科文組織認可。

➢ PT Kereta Api Indonesia mengoperasikan Kereta Panoramic. Fasilitas Kereta Panoramic beda dari kereta yang pernah ada di Indonesia. Penumpangnya bisa menikmati panorama dengan lebih optimal.
印尼鐵路股份有限公司推出觀景列車的營運，觀景列車的設備與目前印尼已有的車廂不同，乘客能夠更好地欣賞美景。

➢ Situasi gempa dunia telah memasuki periode aktif.
世界地震情勢已經進入活躍期。

VI-1.5.1.延伸閱讀(外來語動詞化①：一般變化)

越來越多印尼文除了直接使用外來語言外，外來語單字更可以**直接**做動詞變化，例如：

adopsi 採取,採取,採納→mengadopsi 採用,採取,採納
agenda 議程→mengagendakan 安排行程
akses 使用權,通道,(進)入口,存取→mengakses 使用,存取
aktif 積極的,主動的→mengaktifkan 使活耀,啟用,活化
apresiasi 感激,感謝→mengapresiasi 感激,感謝
asumsi 假設,假定→mengasumsikan 假設,假定
asuransi 保險,保險金→mengasuransikan 投保
blacklist(黑名單)→mem-blacklist(列入黑名單)
boikot(抵制)→memboikot(抵制)
date 約會→mengedate 去約會
dedikasi 奉獻,獻身→mendedikasikan 使奉獻,使獻身
definisi 定義→mendefinisikan 下定義
demonstrasi 示威,示威遊行,展示,示範→mendemonstrasikan(實地)展示,示範(操作)
distribusi 分配,分布→mendistribusikan 分發,配給
dominasi 支配,佔有→mendominasi 佔

donor 捐血者,捐助者→mendonorkan 捐獻
download 下載→men-download 下載
efisien 有效率→mengefisienkan 提高效率
eksekusi 死刑→mengeksekusi 處死,執行死刑
fasilitas 協助,便利,方便→memfasilitasi 協助,使便利
fitur 特徵→memfitur 建立特徵
global 全球的,全世界的→mengglobal 全球化
identifikasi(身分)→mengidentifikasi(識別身分)
implementasi 執行→mengimplementasikan 實施
informasi 資訊,情報,消息→menginformasikan 使提供情報,消息
instruksi 指示,指南,說明,教導,指揮→menginstruksikan 下令,命令,指示
integrasi 整合→mengintegrasikan 使整合
interasi 互動,交流,相互作用→menginterasikan 使互動,使交流
inventarisasi 盤點(庫存),清點存貨→menginventarisasikan 使盤點,清點
komentar 評論→mengomentari 發表評論,抨擊
konfirmasi 確定→mengonfirmasi 確認
koordinasi 配合,協調→mengkoordinasikan 使配合,使協調,調整
label 標籤→melabelkan 貼標籤,標註
mitos 傳說,神話→memitoskan 使成為傳說
netralisir(中和,稀釋)→menetralisir(中和,稀釋)
nonaktif 不活躍→menonaktifkan 使不活躍
normal 正常→menormalkan 常態化,正常化
nutrisi 營養→menutrisi 進補
operasi 行動,作業→mengoperasikan 派去作戰
optimal 最佳的,最大限度的→mengoptimalkan 使最佳,使最大限度
orbit 軌道→mengorbit 繞...軌道
politik 政治,政治學,政策,策略,詭計,計謀→memolitikkan 使政治化
politisasi 政治化→memolitisasi 使政治化
reparasi 修理,維修→mereparasi 修理,維修
respons 回應,反應→merespons 回應,反應
retaliasi 報復,回報→meretaliasi 報復,回報
reunifikasi 統一→mereunifikasi 統一
riset(科學研究)→meriset(進行科學研究)
simulasi 模擬→menyimulasikan 模擬
video(影片)→memvideokan(錄影)

例句

> Seorang pramuwisata harus mampu mengatasi berbagai keluhan wisatawan. Bersikap tenang, mengidentifikasi permasalahan atau keluhan wisatawan, lalu mencari dan menemukan solusinya, dan mengatasi keluhan dengan prosedur yang berlaku yang harus dilakukan pramuwisata apabila terjadi persoalan atau perubahan yang menimbulkan keluhan dari wisatawan.
> 導遊必須有能力解決觀光客的各種抱怨，態度平和、分辨觀光客的問題或抱怨，然後尋

求並找出它的解決方案，如果觀光客的抱怨產生問題或改變，則必須由導遊實施有效方法來平息。(110 印導)

➤ Menginformasikan agen perjalanan yang baik kepada tamu supaya disukai oleh tamu yang dibawa.
提供好的旅行社資訊給客人，讓你帶的客人喜歡。(112 印導)

➤ Sebelum terbang, kru pesawat akan mendemonstrasikan prosedur keselamatan dalam pesawat tentang sabuk pengaman, masker oksigen, pakaian pelampung, jalur evakuasi dan kartu keselamatan.
在起飛前，機組員會示範操作飛機內有關安全帶、氧氣面罩、浮力背心、逃生通道及安全卡等安全程序。(112 印導)

➤ Selain Kereta Api Hutan Alishan memiliki fungsi sebagai pengembang pariwisata setempat, pemerintah pusat juga bekerja sama dengan pemda membangun nilai budaya khas Alishan melalui konsep lanskap kultural kereta api dan industri kehutanan Alishan dengan menginterasikan kebudayaan, pariwisata, dan kreativitas.
阿里山林業鐵路除了擁有當地觀光發展者的功能外，中央政府也和地方政府透過火車文化景觀概念與阿里山林業，合作開發文化、觀光和創意互動的阿里山特色文化評估。
(112 印導)

➤ Kantor Kepresidenan Taiwan mengapresiasi penegasan pendirian AS dan oposisi terhadap segala aksi merusak status-quo yang diajukan Biden, juga menegaskan kembali bahwa perdamaian dan kestabilan Selat Taiwan adalah harapan masyarakat internasional.
台灣總統府感謝美國立場明確，並對拜登所提的故意破壞現狀的行為表示反對，也再次強調台灣海峽的和平與穩定是國際社會的希望。

VI-1.5.2.延伸閱讀(外來語動詞化②：不變化的例外)

　　源自「外來語」的印尼文動詞變化規則「有時」也有特例，比如「prioritas(優先)」，雖然字首是「p」，但 Me 動詞變化卻是直接加「mem」成為「mem-prioritaskan」；另外字首是「s」的特例，「stabil(穩定的)→menstabil(穩定)→menstabilkan(使穩定)」，Me 動詞變化「字首 s」不用省略，不過套用在名詞又會有不同，例如：「proses 程序→memproses 加工,提煉,起訴→pemrosesan 加工過程」。

　　按照 Me 動詞規則加上前綴動詞變化，但原字根的「p、s、t」字首是否省略，則是要看「第 2 個字母」是「母音(Huruf Vokal)」還是「子音(Huruf Konsonan)」，若是子音的話原則上不變化，比如「produksi(生產,製)→memproduksi(生產,製造)」，而母音則要變化，例如「simulasi(模擬)→menyimulasikan(模擬)」，但也有一些例外，「publikasi(公布,發表,出版,發行)→mempublikasi」，「publikasi」這個字的第 2 個字母是母音「u」，但卻不變化，製表如下：

kategori 類別→mengkategorikan 把...列入
klarifikasi 澄清→mengklarifikasi 弄清楚,澄清
kontribusi 貢獻,奉獻,捐助→mengkontribusikan 貢獻,捐助
populer 流行的,普及的,受歡迎的→mempopulerkan/memopulerkan 使普及,推廣
posting 貼文,po 文→memposting 發文
presentasi 簡報→mempresentasikan 做簡報
prioritas 優先→memprioritaskan 優先(給),使優先

produksi 生產,製→memproduksi 生產,製造	
program 計畫→memprogram 列入計畫→memprogramkan 擬訂計畫	
promosi 推廣→mempromosikan 推廣	
propaganda 宣傳→mempropagandakan 宣傳	
proses 程序→memproses 加工,提煉,起訴→pemrosesan 加工過程	
protes 抗議→memprotes 抗議	
provokasi 挑釁→memprovokasi 挑釁	
publikasi 公布,發表,出版,發行→mempublikasi/memublikasikan 公布,發表,出版,發行	
publish 出版→mem-publish 出版	
scan 掃描→menscan/men-scan 掃描	
sirkulasi 循環,流通→mensirkulasi 循環,流通	
sosialisasi 社會主義化→mensosialisasikan 社交,交際,交往,聯誼	
stabil 穩定的→menstabil 穩定→menstabilkan 使穩定	
steril 無菌的,消毒的,不育的→mensterilkan 使消毒	
stimulasi 刺激→menstimulasi 刺激	
subsidi 補貼(金)→mensubsidi 補貼	
transfer 匯,轉→mentransfer 轉換	
transformasi 變化,轉化→mentransformasikan 轉換成	

例句

➢ Banyak restoran yang memprioritaskan layanan take-out atau bawa pulang selama pandemi.
許多餐廳疫情期間優先提供外帶服務。(112 印導)

➢ Penyelenggara berharap dapat mempromosikan pertandingan sepak bola ini ke negara-negara yang mempekerjakan PMA, seperti Jepang dan Korea Selatan.
主辦者希望能夠推廣這種足球比賽到僱用外籍移工的國家,比如日本和南韓。

➢ Presiden AS Joe Biden memuji TSMC sebagai pendorong industri manufaktur AS yang akan mengkontribusikan puluhan ribu lowongan kerja. Acara diramaikan dengan kehadiran petinggi raksasa teknologi, termasuk CEO Apple, AMD dan Micron. CEO Apple Tim Cook membuktikan, Apple akan menjalin kerja sama lebih erat dengan TSMC, kelak akan ada chip produksi AS sendiri.
美國總統拜登讚揚台積電擔任美國製造業的推動者,將提供數萬個工作機會,活動因科技大咖出席而蓬蓽生輝,包括蘋果、超微及美光的執行長,蘋果執行長提姆庫克證實,蘋果承諾將跟台積電合作更密切,之後將有自己的美國生產晶片。

➢ Prihatin besar dari industri teknologi AS menonjolkan harapannya mengurangi ketergantungan pada chip buatan Asia dan mentransformasi tata letak global.
美國科技業的相當重視,顯示減少對亞洲製造晶片依賴與全球布局轉換的期望。

➢ University of Arizona beberapa hari lalu memublikasikan sebuah foto unik permukaan Planet Mars berbentuk wajah beruang.
亞利桑那大學幾天前公布 1 張火星表面出現熊臉的獨特照片。

VI-1.5.3. 小提醒 (外來語混合變化)

前面有提到印尼語花卉是將外來語與印尼文「bunga」結合,例如「bunga Lotus(蓮花」」,

但另有一些印尼文是「部分採用」外來語的組合，比如：「inframerah(紅外線)」，這是採用「紅外線」的英文「infrared」的前半部「infra-」，後半部則是使用印尼文「-merah(紅)」，其他還有「multibahasa(多語的)」、「multibudaya/multikultural(多元文化)」、「mal perbelanjaan(購物商場)」、「autodidak(自學)」等例子。

VI-1.5.4.延伸閱讀(大多數)

kebanyakan bangunan 大多數建築物	
mayoritas warga 大多數居民	
orang kebanyakan 多數人,大多數人	

例句

➢ Seperti kebanyakan orang Taiwan, saya juga suka berwisata ke daerah pegunungan yang banyak di Taiwan.
跟多數台灣人一樣，我也喜歡去台灣的山區旅遊。(105 印導)

➢ Gaya hidup masyarakat sekarang, kebanyakan suka membagi waktunya sebagian untuk bersantai misalnya berwisata, tidak melulu bekerja saja.
現在民眾的生活風格，大多數都喜歡劃分一部分時間來放鬆，例如旅遊，不只是工作而已。(105 印導)

➢ Kebanyakan pengunjung mengadakan perjalanan mandiri ke Jepang dan Korea, dan rute Eropa juga sangat populer untuk perjalanan rombongan Tahun Baru Imlek.
多數旅客自由行去日本和韓國，歐洲線也很受農曆新年團的歡迎。

➢ Banyak orang yang berjalan-jalan dan berolahraga di taman pada pagi hari, meskipun saat ini masker tidak wajib dipakai di luar ruangan, kebanyakan orang masih terbiasa memakai masker saat keluar, hanya beberapa yang tidak memakainya.
許多人早上在公園散步和運動，雖然現在不強制在室外戴口罩，多數人外出時仍然習慣戴口罩，只有幾個不戴口罩的。

➢ Dengan mengerti banyak arti kata ini sangat memudahkan anda dalam memahami, menyampaikan dan berkomunikasi dengan orang lain.
按照多數人的理解，這個字的意義很容易讓你理解、表達和跟其他人溝通。

➢ Kebanyakan penumpang bersikap menerima.
多數乘客抱持可以接受的態度。

Pasal VI-2.縮寫(Akronim)

Ayat VI-2.1.縮寫(Akronim/Singkatan)/首字母縮寫(Berinisial/Rumus)

印尼文很常出現縮寫(Akronim/Singkatan)，學理上大概可以區分為 2 大類，詳如下：

種　　　　　　類	意　　　　　　義	範　　　　　　　例
首字母縮寫 (Berinisial/Rumus)	每個字的**第 1 個字母**縮寫成 1 個新字(新字全部大寫)	ABG(anak baru gede)青少年 BBM(bahan bakar minyak)油料

| 縮寫
(Akronim/Singkatan) | 每個字的**前幾個字母**縮寫成 1 個新字(新字首字需大寫) | Dinsos(Dinas Sosial)社會福利機構、Pemkot(pemerintah kota)市政府、Rudenim(rumah detensi imigrasi)移民收容所 |
| | 取每個字的**部分字母**(不一定首字)縮寫成 1 個新字(新字全部小寫) | bandara(bandar udara)機場、pelakor(perebut lelaki orang)小三、pasutri(pasangan suami istri)夫妻 |

　　筆者最近看一部 2018 年的印尼電影「Aruna & Lidahnya(美味調查中)」，其中提到 1 個印尼政府機關的首字母縮寫「PWP2」，電影中翻譯成「傳染病管制局」，印尼語發音「pe-we-pe-dua」，實際上「PWP2」這機關的原名是「Direktorat Penanggulangan Wabah dan Pemulihan Prasarana(流行疾病搶救及基礎設施恢復局)」，中文簡稱為「傳染病管制局」；另外，印尼文「permenkumham(司法人權部長法規)」這個字，事實上是由「Peraturan Menteri Hukum Dan Ham」這幾個字的縮寫而來，前面兩個例子，查字典不一定查得到，必須在網際網路上搜尋才能找到它們的「原字(Kepanjangan)」。

　　連在雅加達市區隨時可上下車的市區小巴「Angkot」竟然是「Angkutan Kota(城市運輸)」的縮寫，常見的「機場(Bandara)」也是「Bandar Udara」的縮寫。大家一定知道「冷氣(AC)」和「廁所(W.C.)」分別是由英語「Air Conditioner」及「Water Closet」而來，但有些縮寫的原文不是來自英文，例如：「女性胸罩 BH(beha)」，這是來自荷蘭語「Buste Hpunder」的「首字母縮寫(Berinisial)」，而印尼法律用語「違約(Wanprestrasi)」也是源自荷蘭語的「Wanprestatie」。

　　交易金額 10 億印尼幣，常簡寫為「M」，就是「Miliar(2023 年 5 月 14 日匯率約 6 萬 7 千多美金)」的意思，而一兆印尼幣簡稱「T」，則是「Triliun」的意思，下面摘錄一些常用「縮寫(Singkatan)」及「首字母縮寫(Berinisial)」給讀者參考，下表範例前方為「縮寫」，後方則為「原字」及中文說明，印尼語導遊筆試當然也曾出現過相關考題：

範例(縮寫)

ABG：anak baru gede 青少年
ABK：anak buah kapal 船員,船工,討海人
AC：Air Conditioner 冷氣
Afsel：Afrika Selatan 南非
alutsista：Alat Utama Sistem Senjata 國防裝備
AMDAL：analisis dampang lingkungan 環境影響評估(環評)
ananda：anak anda 您的小孩
APINDO：Asosiasi Pengusaha Indonesia 印尼企業家協會
ART：asisten rumah tangga 幫手,幫傭
ABS：asal bapak senang 討好上司
ADUMPI：Asosiasi Daur Ulang Plastik 塑膠再生協會
BAB：buang air besar 大便
batagor：bakso tahu goreng 印尼關東煮
bandara：bandar udara 機場
baper：bawa perasaan 憂鬱,小題大作,多愁善感,情緒化,自作多情

BBM：bahan bakar minyak 油料
BH：(荷蘭語)buste hpunder 胸罩
BIN：Badan Intelijen Nasional(印尼)國家情報局
BM：banyak mau 很想要
BMS：banyak mau sekali 非常想要
BNN：Badan Narkotika Nasional(印尼)國家緝毒局
BNP2TKI：Badan Nasional Penempatan dan Perlindungan Tenaga Kerja Indonesia 印尼勞工安置保護局
BP2MI：Badan Perlindungan Pekerja Migran Indonesia 印尼移工保護局(2017 年由 BNP2TKI 更名而來)
BPOM：Badan Pengawas Obat dan Makanan(印尼)食品藥物監督局
bumil：ibu hamil 懷孕的女人
BUMN：Badan Usaha Milik Negara 國營企業
capres：calon presiden(印尼)總統候選人
cekal：cegah tangkal 管制(申請案,入出境...)
cerpen：cerita pendek 短篇小說
CPI：Indeks Persepsi Korupsi 清廉印象指數
curhat：curahan hati 傾訴,傾吐心事,心裡話
curas：pencurian dengan kekerasan 加重竊盜
DBD：demam berdarah dengue 出血性登革熱
DC：debt collector 討債者
DPD：Dewan Perwakilan Daerah 地方代表理事會(上議院,136 席)
DPR：Dewan Perwakilan Rakyat 人民代表會議(下議院/國會,575 席)
Dinsos：Dinas Sosial 社會福利機構
Dirjen：Direktur Jenderal 總局長 [43]
Ditjen：Direktorat Jenderal 總局,總處[43]
Dr.：doktor 博士
Drs.：(荷蘭語)Doktorandus 碩士
Dukcapil：direktorat jenderal kependudukan dan pencatatan sipil(印尼內政部)人口與民事登記局
EGP：emang/memang/memangnya gue pikirin 你問我我問誰,關我屁事,不關我的事
FUTSAL：futbol de salon 五人制室內足球
gelora：gelanggang olahraga 體育場,體壇
gowes：genjot ora genjot wis teles(騎)自行車
HAM：hak asasi manusia 人權
HP：Handphone 手機
humas：hubungan masyarakat 公共關係
HUT-RI Ke-77：Hari Ulang Tahun-Republik Indonesia Ke-77 印尼共和國第 77 屆國慶日
IKM：industri kecil dan menengah 中小企業

---

[43] 「Ditjen」是「Direktorat Jenderal(總局)」的縮寫，是指「機關」；而「Dirjen」是「Direktur Jenderal(總局長)」的縮寫，是指「人」，兩者不要弄混。

INTERPOL：Organisasi Polisi Kriminal Internasional 國際刑警組織

IOM：Organisasi Internasional untuk Migrasi 國際移民組織

IPEF：Indo-Pacific Economic Framework 印太經濟架構

Ir.：insinyur 工程師

isoman：isolasi mandiri 自主隔離

isoter：isolasi terpusat 集中隔離

jablay：jarang dibelai 花癡,騷貨,婊子

Jabodetabek：Jakarta 雅加達+Bogor 茂物+Depok 德波+Tangerang 丹格朗+Bekasi 勿加泗=雅加達大都會區[44]

japri：jalur pribadi,jaringan pribadi 私訊,私聊

JI：Jemaah Islamiyah 回教祈禱團

jukir：juru parkir 停車管理員

KA：kereta api 火車

kakanwil：kepala wilayah propinsi 省區負責人

KUA：Kantor Urusan Agama 宗教事務局

kapolda：kepala kepolisian daerah 地區警察局長

KDEI：Kantor Dagang dan Ekonomi Indonesia 印尼貿易經濟辦事處

KDRT：kekerasan dalam rumah tangga 家庭暴力,家暴

kedubes：kedutaan besar 大使館→kedutaan besar Republik Indonesia(KBRI)印尼大使館

Kejati：Kejaksaan Tinggi 高等檢察署,高檢署

kemendagri：kementerian dalam negeri 內政部

kemenhub：Kementerian Perhubungan(印尼)交通部

kemenkes：kementerian Kesehatan(印尼)衛生部

kemenlu(台)/kemlu(印尼)：kementerian luar negeri 外交部

kalayang：kereta melayang 航廈電車,高架電車

KK：kartu keluarga(印尼)戶籍謄本

Korsel：Korea Selatan 南韓

KPK：Komisi pemberantasan Korupsi(印尼)肅貪委員會

krismon 98：krisis moneter Asia 1998 亞洲金融風暴(98 年金融危機)

KSP：koperasi simpan pinjam 龐氏騙局,老鼠會

KTP：kartu tanda penduduk(印尼)身分證

KUHAP：Kitab Undang-Undang Hukum Acara Pidana 刑事訴訟法

KUHP：Kitab Undang-Undang Hukum Pidana 刑法,刑事法

lalin：lalu lintas 交通

lansia：lanjut usia 老人

lantatur：layanan tanpa turun 得來速

LGBT：Lesbian, Gay, Biseksual, Transgender 同志通稱(女同性戀者,男同性戀者,雙性戀者,跨性別者)

LSM：lembaga swadaya masyarakat 民間組織

M：Masehi 基督誕生之年,西元

---

[44] 請參考 VI-2.2.4.延伸閱讀的詳細說明。

M：miliar 十億印尼幣

Mabes polri：Markas Besar Kepolisian RI 印尼警察總部

Mabes：markas besar 總部

malming：malam minggu 星期六晚上

mager：malas gerak 懶得動

mamin：makanan dan minuman 餐飲

mantul：mantap betul 非常正確,非常棒

manula：manusia usia lanjut 老人

medsos：media sosial 社交媒體

mejikuhibiniu：merah 紅、jingga 橙、kuning 黃、hijau 綠、biru 藍、nila 靛、ungu 紫(warna pelangi 七彩顏色)

migas：minyak dan gas bumi 石油和天然氣

miras：minuman keras 烈性飲料

MK：mahkamah konstitusi 憲法法庭

MUI：Majelis Ulama Indonesia 印尼回教學者理事會

NAD：Nanggroe Aceh Darussalam 亞齊特區

narkoba：narkotika dan obat-obat terlarang 毒品及管制藥品

nasgor：nasi goreng 炒飯

nastar：nanas tar 鳳梨酥

NATO：Pakta Pertahanan Atlantik Utara 北大西洋公約組織

N.B.：notabene 請注意,順便,再者(信末簽名後附加的話)

NGO：organisasi non pemerintah 非政府組織

NIK：Nomor Induk Kependudukan(印尼)身分證號

NPWP：Nomor Pokok Wajib Pajak(印尼)稅號,繳稅編號

NU：Nahdlatul Ulama 回教教士聯合會,伊聯

ojol：ojek online 網約載客機車

ordal：orang dalam 內線,裡面的人

ORGANDA：Organisasi Angkutan Darat 陸路運輸組織

ormas：organisasi kemasyarakatan 社會組織,民間組織

OSIS：organisasi siswa intra sekolah 學生會

P3K：Pertolongan Pertama Pada Kecelakaan 災難現場救治

pakde：bapak gede 大哥,大叔

parekraf：Pariwisata dan Ekonomi Kreatif 旅遊暨創意經濟

parpol：partai politik 政黨

pasutri：pasangan suami istri 夫妻

pebinor：perebut bini orang 小王

pelakor：perebut lelaki orang 小三

Pemda：pemerintah daerah 地方政府

Pilpres 2024：Pemilu Presiden 2024 2024 年總統大選

pemilu：pemilihan umum 選舉

Pemkab：pemerintah kabupaten 縣政府

Pemkot：pemerintah kota 市政府

PDKT：pendekatan 交往,追求,靠近,接近,打交道

permenkumham：Peraturan Menteri Hukum Dan Ham 司法人權部長法規

Pilkada：Pemilihan kepala daerah) nine-in-one Taiwan 台灣 9 合 1 縣市長(地方首長)選舉

PKC：Partai Komunis Cina 中國共產黨,中共

PKL：pedagang kaki lima 小販攤主

PLRT：penata laksana rumah tangga 家事幫傭

PLTN：Pembangkit Listrik Tenaga Nuklir 核能發電廠

PMA：pekerja migran asing 外籍移工

polda：kepolisian daerah 地區警察局

Polwan：Polisi Wanita 女警

ponsel：telepon seluler 手機

PPKM：Pelaksanaan/Pemberlakuan Pembatasan Kegiatan Masyarakat 民眾活動限制措施

PPLN：pelaku perjalanan luar negeri 國外旅行者

PPN：Pajak Pertambahan Nilai 加值稅,(台)加值型營業稅,(印尼)增值稅,(星)消費稅

PRT：pekerja rumah tangga 幫手,幫傭

PSK：pekerja seks komersial 性工作者

PT：pengadilan tinggi 高等法院/perseroan terbatas 股份有限公司

PTTA：pesawat terbang tanpa awak 無人機(drone)

Pujasera：pusat jajanan serba ada 美食廣場(街)

puskesmas：pusat kesehatan masyarakat 衛生所

PWP2：Direktorat Penanggulangan Wabah dan Pemulihan Prasarana(印尼)流行病管制局,流行疾病搶救及基礎設施恢復局

RM：rumah makan 餐室

RS：rumah sakit 醫院

RT：rukun tetangga 鄰

rudal：peluru kendali 導彈,飛彈

Rudenim：rumah detensi imigrasi(印尼)大型移民收容所

ruko：rumah toko 店屋

RW：rukun warga 里

sajam：senjata tajam 尖銳武器

satgas：satuan tugas 專案(小組)

SD：sekolah dasar 小學

sdm：sendok makan 湯匙

SDM：sumber daya manusia 人力,人力資源

sdt：sendok teh 茶匙

sekjen：sekretaris jenderal 秘書長,總書記

sidak：inspeksi mendadak 臨檢,突擊檢查

sikon：situasi dan kondisi 情況和條件

sinetron：sinema elektronik 電視劇,影集

SM：sebelum Masehi 西元前

SMA/SMU：sekolah menengah atas/umum 高中

SMK：sekolah menengah kejuruan 高職

SMP：sekolah menengah pertama 國中

SDM：sumber daya manusia 人力,人力資源

SKCK：Surat Keterangan Catatan Kepolisian(印尼)良民證,警察紀錄證明

STM：Surat Tanda Melapor(印尼)流動人口登記

STNK：surat tanda nomor kendaraan 行車執照

T：triliun 一兆印尼幣

tagar：tanda pagar 標籤

TPNPB-OPM：Tentara Pembebasan Nasional Papua Barat - Organisasi Papua Merdeka 西巴布亞民族解放軍-自由巴布亞運動組織

tilang：bukti pelanggaran 違反交通法規,(違反交通法規的)罰款

timnas：tim nasional 國家隊

TK：taman kanak-kanak 幼稚園

TKI：tenaga kerja Indonesia 印尼勞工

TNKB：Tanda Nomor Kendaraan Bermotor(機動車輛)車牌

toserba：toko serba ada 便利商店

TPK：tindak pidana korupsi 貪汙犯罪行為

TPPO：tindak pidana perdagangan orang 人口販運犯罪行為

tt：tentang 與...有關,關於

ttl：tempat, tanggal lahir 出生地和生日

TTM：teman tapi mesra 曖昧對象

TV：televisi 電視

UKBIPA：Uji Kemahiran Berbahasa Indonesia bagi Penutur Asing 外籍人士印尼語文能力測驗

ultah：ulang tahun(出)生日(期),誕辰

valuta asing(valas)外幣

vegetarian(VG)素食

VKSK：visa kunjungan saat kedatangan 落地簽證

W.C.：water closet 廁所/wanita cantik 漂亮女性

wakapolda：wakil kepala kepolisian daerah 地區警察局副局長

wamil：wajib militer 服兵役,徵兵

warkop：warung kopi 咖啡店

warnet：warung internet 網咖

wartel：warung telepon 電話房

webinar：web seminar 網路會議

WIB：waktu Indonesia barat 印尼西部時間(雅加達,越,泰...)

wisman：wisatawan mancanegara 外國觀光客

WIT：waktu Indonesia timur 印尼東部時間(巴布亞,新幾內亞,日,韓...)

例句

> "Ruko" dan "Warkop" dimaksudkan masing-masing dengan "rumah toko" dan "warung kopi".
"Ruko"與"Warkop"分別是"店屋"和"咖啡店"的意思。(102 印導)

> Tamu yang sakit tiba-tiba hendaknya diantar ke RS untuk berobat.
突然生病的客人，應該送到醫院就醫。(104 印導)

> Tempat ini sudah dijadikan pusat budaya yang dilestarikan pemda karena bangunan-bangunannya kuno dan sangat bersejarah.
這個地點已經變成地方政府保護的文化中心，因為是古老而且很有歷史性的建築物。
(106 印導)

> Menurut data statistik Kementerian Ketenagakerjaan (MOL) dan Agensi Imigrasi Nasional (NIA), jumlah pekerja migran asing (PMA) yang bekerja di Taiwan telah melampaui 700 ribu orang, di antaranya 260 ribu orang berasal dari Indonesia, dan 90% diantaranya adalah Muslim. Diantaranya, jumlah perawat rumah tangga juga telah melampaui 260.000 orang.
依據勞動部與移民署的統計資料，截至 2021 年 5 月，在台灣的外籍移工數目已經超過 70 萬人，其中 26 萬人來自印尼，而且當中 90%是回教徒(穆斯林)，至於家庭看護工的數目也已經超過 26 萬人。(108 印導)

> Saat kita berkunjung ke pasar malam, dompet dan hp harus disimpan baik-baik.
我們去夜市參觀時，錢包和手機必須收好。(109 印導)

> Menurut informasi, tim satuan tugas (Satgas) menemukan ada suatu kelompok kriminal bersenjata (KKB) di Taiwan serta sindikat penipuan khusus untuk mengunci rekan sesama kampung halaman dan PMA kaburan Indonesia.
根據情報，專案小組發現某個台灣的持械犯罪集團夥同詐騙集團專門鎖定印尼同鄉和逃逸外籍移工。

> Di Taiwan toko serba ada (Toserba) di mana mana. Toserba bukan toko biasa saja, melainkan adalah perpaduan berbagai layanan, antara lain toko, bank, kantor pos, kantor pajak, restoran, loket.
台灣到處有便利商店，便利商店不是普通商店而已，而是商店、銀行、郵局、稅務局、餐廳、售票亭等各種服務的結合。

> Di Indonesia juga ada makanan kecil mirip dengan kimchi khas Taiwan yang namanya acar, seperti acar timun, acar bawang putih, acar lobak yang biasanya makan dengan nasi goreng (nasgor).
印尼也有類似台式泡菜的開胃小菜，它的名字是醃菜，例如醃大黃瓜、醃大蒜和醃白蘿蔔，通常和炒飯一起吃。

> Untuk memastikan ventilasi, jendela di ruang ber-AC sekolah harus dibuka.
為了確保通風，學校冷氣房的窗戶必須打開。

> Sekolahnya hanya sampai batas sekolah menengah kejuruan (SMK) saja.
他只讀到高職而已。

> Tenaga kerja Indonesia(TKI) dan Penata laksana rumah tangga (PLRT) di luar negeri berjumlah hampir 4.500.000, adalah pahlawan devisa Indonesia.
在國外的印尼勞工和家事幫傭合計約 450 萬人，是印尼的外匯英雄。

➤ Menteri Pariwisata dan Ekonomi Kreatif (menparekraf) menyatakan terima kasih dari lubuk hati yang sedalam-dalamnya.
印尼旅遊暨創意經濟部長表達衷心地感謝。

➤ "Gowes" adalah aktivitas mengayuh pedal pada sepeda, dan orang jaman sekarang banyak menyebut kata "gowes" daripada mengayuh.
"Gowes"是踩自行車踏板的活動，跟"踩"字比起來，現代人較多稱呼"Gowes"這個字。

➤ Saya sering menghimpun cerpen-cerpen bahasa Indonesia yang bernilai dari majalah dan surat kabar.
我經常從雜誌報紙上蒐集有品質的短篇印尼語小說。

➤ Berlanjutnya kenaikan harga barang berdampak langsung pada industri makanan dan minuman (mamin).
持續物價上漲直接影響餐飲業。

➤ Dewan Perwakilan Rakyat(DPR) RI mengesahkan Rancangan Kitab Undang-Undang Hukum Pidana(RKUHP).
印尼人民代表會議立法通過刑法修正草案。

➤ ADUMPI singkatan dari "Asosiasi Daur Ulang Plastik".
ADUMPI 是"塑膠再生協會"的縮寫。

➤ Menurut data bank sumber daya manusia (SDM), sejumlah 94% pegawai kantor berniat ganti pekerjaan usai liburan Imlek, mencatat rekor tertinggi dalam 14 tahun.
根據人力銀行的資料，高達 94%的辦公職員有意在農曆年後換工作，這是過去 14 年來最高紀錄。

➤ Industri pariwisata dan perhotelan melejit pesat setelah dibukanya kembali wilayah perbatasan sehingga timbul krisis sumber daya manusia (SDM).
在邊境再次開放之後旅遊和飯店業急遽發展，造成人力危機出現。

➤ Para pelaku usaha berlomba menjadi yang terdepan di barisan pemburu SDM.
員工們競相成為獵人頭隊伍的最優先目標。

VI-2.1.1. 小提醒(pom/pompa)

印尼人幾乎都叫「加油站」為「pom bensin」，事實上「pom」是「pompa(幫浦)」的簡寫，就像「bapak」簡寫為「pak」和「ibu」簡寫為「bu」一樣，詳細說明可參考之後「Pasal VI-3.簡寫(Stenografi/Steno)」單元的內容。

VI-2.1.2. 延伸閱讀(B1/B2)

各位讀者如果曾經去過多巴湖(Danau Toba)遊玩，這是距離蘇門答臘(Sumatra)棉蘭市(Medan)數小時車程的美麗湖泊，號稱世界上最大的火山湖，在一路搭車去多巴湖的途中，會發現許多餐廳外面標註「B1、B2」的牌子，這是甚麼意思呢？

B1→Biang=Anjing(狗)
B2→Babi(豬)

謎底揭曉！這是當地「巴達族(Batak)」的語言，標示「B1」表示餐廳有賣巴達族語「Biang」就是「狗肉(Anjing)」的意思，而「B2」則表示有提供「豬肉(Babi)」製的料理，也有人說因為「Babi」有兩個「b」字母，所以用「B2」，下次有機會去當地時，可不要挑錯餐廳、吃錯菜喔？！

VI-2.1.3.延伸閱讀(書寫用縮寫)

下表這幾個是常會在印尼的報章、雜誌、文章及公文書中看到的書寫用首字母縮寫(Berinisial/Rumus)，但與「Ayat VI-2.1.」規則不同，雖然由每個字的「第 1 個字母」縮寫成 1 個新字，但新字全部用「小寫」，當然印尼語導遊筆試也出過相關考題：

antara lain 其中,例如(a.l.)	sampai dengan (效期)直到(s.d.)
dan lain lain 等等(dll)	tersebut 此,該(tsb)
dan sebagai/sebagainya 和類似的(dsb)	yang bersangkutan 有關,關於(ybs)

例句

➢ Pemandu wisata yang ideal membutuhkan pengetahuan yang cukup di berbagai bidang a.l.: seni budaya, sejarah, arsitektur, adat istiadat, agama, sastra dll.
理想的領隊需要在各個領域擁有足夠知識，例如文化藝術、歷史、建築、風俗習慣、宗教、文學等。(103 印導)

➢ Karena pulau Penghu terletak di luar Pulau Taiwan, maka kita harus naik kapal atau pesawat untuk mencapai pulau tsb.
因為澎湖島位在台灣本島之外，所以我們必須搭船或飛機去該島。(105 印導)

➢ Jika ke luar negeri, beberapa dokumen penting yang harus kita bawa adalah paspor dan visa untuk masuk ke negara tsb.
如果出國，有幾個重要文件我們必須帶的是護照及入境簽證。(107 印導)

➢ Surabaya mempunyai banyak wisata sejarah seperti Soerabaja Tempo Doeloe, gedung-gedung tua peninggalan zaman belanda dan sebagainya(dsb).
泗水擁有許多歷史旅遊景點，例如泗水傳統印尼文化廣場、荷蘭時代舊大樓遺址，以及類似的。(107 印導)

➢ Istilah "daring" adalah terhubung melalui jejaring komputer, internet, dan sebagainya(dsb).
專門術語"daring"是指利用電腦連線網際網路來對外聯繫。(110 印導)

➢ Satwa dan serangga yang langka di Taiwan ada Macan Tutul Awan, Harimau Batu, Beruang Hitam Formosan, Monyet Formosan, Penyu Hijau, Ikan Salmon Formosan, Mudskipper, Spoonbill Berwajah Hitam dan Kupu Kupu Papilio Buntut Luas, dll.
台灣的稀有動物及昆蟲有雲豹、石虎、台灣黑熊、台灣獼猴、綠蠵龜、台灣鮭魚(櫻花鉤吻鮭)、彈塗魚、黑面琵鷺及寬尾鳳蝶等等。

➢ Dewan Pembangunan Nasional (NDC) Taiwan menjelaskan kupon revitalisasi quintuple, berbagai lembaga dan instansi negara juga memadukannya dengan penambahan kupon lainnya, a.l. ada kupon belanja makanan, kupon Fun/seni hiburan, kupon agrowisata, kupon wisata pertanian, kupon wisata dalam negeri/domestik, kupon olahraga, ditambah lagi dengan kupon budaya Hakka, kupon i-Aborigin, dan kupon revitalisasi lokal dengan total lebih dari 13 juta paket.

台灣國家發展委員會說明 5 倍振興券，各政府機關與機構也搭配推出其他加碼券，例如：好食券、藝 FUN 券、農遊券、國旅券、動滋券，再增加客庄券、i 原券及地方創生券，共超過 1,300 萬份。

VI-2.1.4.延伸閱讀(Jabodetabek)

「Jabodetabek(雅加達大都會區)」是由「Jakarta(雅加達)、Bogor(茂物)、Depok(德波)、Tangerang(丹格朗)和 Bekasi(勿加泗)」等 5 地區組成，1970 年代末期，雅加達大都會區簡稱為「Jabotabek」，當時只有「Jakarta(雅加達)、Bogor(茂物)、Tangerang(丹格朗)和 Bekasi(勿加泗)」等 4 地，而「Depok(德波)」在 1999 年納入「Jabotabek」，因此「雅加達大都會區」改為「Jabodetabek」這縮寫迄今。

Pasal VI-3.簡寫(Stenografi/Steno)

跟印尼人非正式溝通，尤其是使用 WhatsApp、LINE、臉書(FB)、IG(Instagram)等社交媒體(Medsos)，常常會看到與上述縮寫不太一樣的「簡寫(Stenografi/Steno)」，尤其是「重複詞符號(Angka Dua)」，例如「tidak apa-apa(沒關係)→tidak apa2、buah-buahan(水果)→buah2an、mudah-mudahan(希望)→mudah2an」等等，而且每個人用的簡寫還有些差異，像「paling」有人用「plng」，也有人寫「pling」。這些簡寫雖然外語導遊筆試不會考，但反而日常生活非常實用，使用縮寫及簡寫的機會非常多，大家準備考試之餘可以輕鬆看看下表，充實未來與印尼人溝通的能力，同時拉近彼此間的距離。

範例(簡寫)

		aku/ku	bapak→pak	banget→bgt
省略母音		barang→brng		
		bawa→bw	dalam→dlm→dl	dari→dr
		dengan→dng	dia→ia	ibu→bu
		jalan→jl	kamu/mu→kau→loe/lu	karena→karna
		kepada→kpd	makan→mkn	pada→pd
		paling→plng/pling	pulang→plng	sebelah→sblh
		selamat→mat	siapa→sapa	supaya→spy
		tentang→tt	terhadap→thd	tetapi→tapi→tp
		untuk→utk	yang→yg	
近似音	ng→g ai→e au→o/w 重複詞符號→2	adalah→ialah/adlah	bagaimana→gimana	bangun→bngn→bgn
		begini→gini	begitu→gitu	cabai→cabe
		capek→cape	habis→abis	kalau→kalo→klo
		mau→mo→mw	mengapa→kenapa	nyampai→nyampe
		pakai→pake→pke	saja→aja→aj→sj	
數字		sampai→sampe→smpe→smp	seperai→sprei	setiap→tiap

代替	sudah→udah/udh→sdh →dh	tahu→tau→tw	tidak→enggak→nggak→ gak→ga
	buah-buahah→buah2an	mudah-mudahan→ mudah2an	tidak apa-apa→gapapa→ gpp→tidak apa2

例句

➢ Kenapa diam aja?
為什麼不說話？

➢ Di psr mlm ia ga sulit mkn buah2an TW yg enak utk pke cabe & bw plng.
在夜市不難吃到好吃的台灣水果，可以加辣並且外帶。

➢ Apapun makanannya, dapat bagi tagihannya pake LINE SPLITBILL.
任何食物都可以使用 LINE SPLITBILL 來分拆帳單。

➢ Wanita gak bisa hidup tanpa anak karna anak adlah harta yg plng brharga dr apapun.
女性不能生活沒有小孩，因為小孩無論如何是最無價的財富。

VI-3.1. 小提醒(口語用法禁忌)

口語用法要分清楚場合，例如：「Ngapain?(在做什麼？)」、「Lagi ngapain?(現在在做什麼？)」等用法，若對長輩說，可是很不禮貌的喔！另外，印尼口語的「lu-lagi, lu-lagi」是指「又是你！又是你！」的意思，因「kamu→lu」，具有「粗鄙中帶著不悅」的隱義，使用時要小心，很容易被聽者認為不尊重喔。

VI-3.2. 延伸閱讀(省略特定字母)

印尼文會見到一些「省略特定字母」或「字母替換」但意義仍相同的特例，整理如下：

類　　　型	字　　母　　省　　略　　變　　化
a→X	amarah 生氣→marah
a→e	frasa 短語→frase、amandemen→amendemen
ad→i	adalah 是→ialah
b→X	besok 明天→esok
e→X	emas 黃金→mas
h→X	habis 結束→abis、hempas 猛擊→empas、klithih 小混混→klitih、nahas 倒楣→naas、sih 究竟,確實→si、kasih 給,給以,讓→kasi、thiwul(木薯製成)素肉鬆→tiwul、hangat 溫的,熱情的,親熱的,熱烈的→anget、himpit 擠,擁擠的→impit、hisap 吸,抽,允→isap、lihat 看→liat
i→X	peribahasa 諺語→perbahasa
k→X	kayak/kayaknya 好像,感覺上→kaya/kayanya、kitar 周圍,附近→itar
m→X	mimpian 夢想→impian、memang 的確→emang、masam 酸的→asam、memasang 設置,安裝→emasang
n→X	kinin 現在,現今,目前,此時此刻→kini

n→t	nongkrong 蹲→tongkrong
p→X	panutan 信奉,信仰,信仰的,所信仰的人→anutan、pempek 印尼天婦羅/甜不辣→mpek-mpek/empek-empek
s→X	stoples(放糕點)有蓋玻璃罐→toples
se→X	sedikit 一點點,少數,滿,相當→dikit,sikit
w→X	waduh 哎呀,糟了→aduh

➢ Menurut kalian orang Jepang itu kaya(k) gimana ya?
你們認為日本人感覺怎樣？

➢ Aduh, sayang sekali saya tidak bisa ikut!
哎呀，我不能參加很可惜！

➢ Definisi kata "sikit" di Kamus Besar Bahasa Indonesia (KBBI) adalah "sedikit".
"Sikit"這個字在印尼語大字典裡的定義是"一點點"。

VI-3.3.延伸閱讀(ku-/-ku)

「我(saya)」的口語用法除了「福建話」的「gua、gue」之外，最常見的「印尼文」是「aku」，而「aku」還可以省略母音「a」成為「ku」，位置可以放在「動詞」的「字首(ku-)」或「名詞、介係詞」的「字尾(-ku)」，整理如下：

類型	詞性	範例
ku-	動詞	ku-dengar sakit kepala kamu 我聽說你頭痛 kulihat anakmu duduk di sana 我看到你的小孩坐在那裏
	被動詞(di-/ter- -ku)	sepedamu masih kupinjam/dipinjamku 你的腳踏車仍被我借用
-ku	名詞	kamarku di mana?我的房間在哪裡？
	介係詞	dia datang ke sini untukku 他為了我來這裡

➢ Kudekati ibuku dan kutanyaknya, makanan kecil dimana?
我靠近母親並問她，點心在哪裡？

➢ Di Lawang Sewu Semarang, istriku pun terkejut setengah mati. Kami tidak berani ke sana lagi.
在三寶壟的千門屋，我太太被嚇個半死，我們再也不敢去了。

➢ Gadis yang kupuja itu berbajukan gaun putih panjang.
那位我喜歡的少女穿著長的白袍。

➢ Sesuatu kutuliskan di bukunya rumahku.
我寫了一些東西在我家的書裡。

印尼各地美景

1.mem-blacklist(列入黑名單)。

2.BP2MI 和 PWP2 這兩個縮寫分別是印尼政府機關"印尼勞工保護局(Badan Perlindungan Pekerja Migran Indonesia：BP2MI)"及"流行病管制局(Direktorat Penanggulangan Wabah dan Pemulihan Prasarana：PWP2)"。

3.10 億印尼幣(Miliar)簡寫"M"、1 兆印尼幣(Triliun)簡稱"T"、perseroan terbatas(PT)股份有限公司。

4.pesawat terbang tanpa awak(PTTA)無人機，BH 胸罩(荷蘭語 buste hpunder)。

5.mejikuhibiniu：紅、橙、黃、綠、藍、靛、紫(merah,jingga,kuning,hijau,biru,nila,ungu)。

(問題在第 340 頁)

第7章 Bab VII

Pasal VII-1.多義字 Polisemi/同音異字 Homofon

Pulau Bali, Bali
巴里島(巴里)

人不是鐵打的 Barang-barang dari besi pun lama-lama jadi rusak juga

VII_多義字(Polisemi)/同音異字(Homofon)

> 1.*如果你的舌頭夠靈活，DKI 及 TKI、bir 與 pir、bohong 和 pohon、labu 及 rabu、pandai 與 pantai、tulis 和 turis、udara 及 utara、bom 及 pom...這些字能清楚地發音嗎？*
> 2.*英文 beta、daring、liar、pencil、DIY、uber 也有拼字相同的印尼文，但意思大不同喔！*
> 3.*發音近似的 oleh-oleh、onde-onde、ondel-ondel、odong-odong、ongol-ongol、ogoh-ogoh...你能唸得清楚嗎？*
> 4.*beruang 是指什麼？*
>
> 答案在第 403 頁

Pasal VII-1. 多義字(Polisemi)/同音異字(Homofon)

印尼文不難入門，因為拼字使用 26 個英文字母，但其中超過一半的字母發音與英文有明顯的差異，準備考試過程中，也發現不少困擾著我的「同音(異)字(Homofon,Kata Sebunyi)」，為準備印尼語導遊筆試、口試，建議可用不同方式加強聽、說能力，個人平常可利用手機連上右側「Google 中印尼文翻譯」網頁查詢中文、印尼文「簡單」字義對照，還可以順便聽發音來學習，這網頁絕大部分的發音是沒問題的。我以前在印尼工作時的印尼籍同事 H 君，他可以在電話中和對方交談，一個字一個字的唸出字母，而彼此完全不會拼錯，實在很羨慕。

Google 中印尼文
翻譯及發音

Ayat VII-1.1 多義字(Polisemi)：拼法完全相同的字

在此不深入探討語言學理上有差異的「多義字(Polisemi)」或「同形詞(Homonim)」，姑且以「多義字」概括，為求方便記憶，我特別自行整理下方的「多義字(Polisemi)」與「同音(異)字(Homofon)」的對照表，其中「多義字」最常見到的就是「tahu(知道)」和「tahu(豆腐)」，而且這部分在「Google 中印尼文翻譯」網頁中是無法查到不同意思的，其他的摘要如下表：

範例(多義字：拼字相同)

acu 舉拳,舉槍/acu 鑄造
agar 為了/agar 石花菜
alam 自然/alam 經歷
alang 橫的,橫樑/alang 不大不小/alang 贈品
alih 轉移,轉讓/alih 不料,想不到,不是...而是
amat 非常,很/amat 仔細觀察,注視,細看
anggar 計算,預算/anggar 擊劍
anggur 葡萄/anggur 閒著,沒事幹,失業
arak 酒/arak 遊行
asal 最初的,起源,原狀/asal 只要
bagi 對,為了/bagi 除,分配

bajak 海盜/bajak 耕,犁

bak 好像,宛如/bak 池,槽,盆

bala 軍隊,部隊/bala 災難,危險,不幸

bandar 水溝/bandar(海)港/bandar 幕後操縱者

bangga 自豪,驕傲,榮幸/bangga 不聽話,棘手的,不順手的

ban 場地/ban 輪胎

baru 新的/baru 才,剛,正在

basi(食物)餿了,變味,(新聞)舊的,老的,(咒語)失靈,失效/basi 附加費,加班費,貼水,折讓(扣)

bela 看護,護理/bela 陪葬,防衛,保衛,辯護

bentur 彎曲/bentur 相撞

berkat 因為/berkat 賜福

beruang 有錢,富有的/beruang 熊

bilang 數量,數字,算/bilang(口語)說

bisa 能夠/bisa 毒素

bongkah 團,塊/bongkah 傲慢,無理

buku 書,簿/buku 關節,(竹)節

buram 模糊,暗淡/buram 草圖,藍圖,草稿,草案

buru 急的/buru 追捕

butuh 需要,需求/butuh 男性生殖器,屌

cantik(人,物)美麗的,漂亮的/cantik 好色,淫蕩

capai 到達,占/ capai 累,疲倦

caruk 剝樹皮/caruk 貪吃

cas 絆倒/cas 充電

centang 記號,標誌/centang 打,揍

cocok 適合/cocok 針刺,串

colok 刺,戳洞/colok 火把

dadah(口語)再見,拜拜/dadah 提供成藥,麻醉品

diam 沉默,靜止/diam 居住

diri 本身/diri 站立,建立

dodol(西爪哇)甜食,椰子糕/dodol 愚蠢

gelar 頭銜,稱號,外號綽號/gelar 攤開,展開

gelora(gelanggang olahraga)體育場,體壇/gelora 波濤洶湧,激情

gendang 鼓/gendang 筒,捲

gerai 專櫃,竹塌/gerai 挖,掘/gerai 散開

getas 脆,易折斷的,易灰心的/getas 明確的,清楚的,斷然的,乾脆的

golek 木偶/golek 滾動,翻滾

halus 有禮貌/halus 軟的

hambur 散落,四散的/hambur 紛紛跳下水

imbal 歪斜的,不平整的,不對稱的,不平衡的,不公平/imbal 酬勞,酬金,報酬

jamu 客人/jamu 草藥
jatuh 跌倒/jatuh 判決
jejak 著地,足跡,言行/jejak 筆直的,井然有序的
joli(一)對/joli 轎子/joli 小船
jorok 突出,深陷/jorok 猛推/jorok 骯髒,噁心
julur 徘徊,走來走去/julur 爬,爬行
kabur 逃亡,逃跑/kabur 看不清,模糊不清,曖昧
kala 當,時間,時候,時期,時代/kala 蠍子
kali 次/kali 河
karangan 編製品,文章,著作/karangan 珊瑚礁
karang 編製,編串,寫作,創作/karang 珊瑚/karang 庭院
karat 鏽/karat 克拉,K金
kasih 愛/kasih 給
kembang 花/kembang 發酵,擴大,發展
kerah 勞役/kerah 衣領
kompleks 合成的,綜合的/kompleks(綜合)建築群
konter 櫃台/konter 反對,對抗,反擊
kopi 複製,錄製/kopi 咖啡
kunjung 參觀,訪問,造訪/kunjung 曾經
labur 粉刷/labur 資助
lacak 充足,到處都有/lacak 足跡,痕跡
lahan 陸地,土地/lahan 慢慢,緩慢,小聲
lambung 胃/lambung 彈跳,跳高
lamun 但是,不管/lamun 發呆,沉思,恍神
landa 碰撞,冒犯,違反/landa 淘洗
lantar 引起,造成/lantar 露天閒置,荒廢
laras 音調,和諧,協調,一致/laras 直的,槍管
layar 帆/layar 螢幕
lemas 軟弱無力,柔軟的/lemas 窒息
les(校外的)課程,課業,補習,課後輔導,家教,向…補習/les 表,一覽表/les 框/les 韁繩
liang 孔,眼,穴/liang 蜻蜓
madu 蜂蜜/madu 妻妾間關係
magang 實習(生),學徒,打工/magang 熟透的
masa 時候,期間,時代/masa 哪會,哪可能,難道,是真的,是嗎
materi 焊(接)/materi 物質,(理論,寫作)素材
medan 場,草場,廣場,場所,圈子/Medan 棉蘭
menawarkan 使冷淡,討價還價,中和(毒性),解毒,掃興,氣餒/menawarkan 展示,定價,報價,推銷,提供,推薦,介紹給,討價還價
mendiang 烤乾,烘乾/mendiang 已故者

nanti 等,等一下/nanti 即將,待會,以後
objek/obyek 對象,目標,目的,物體/obyek 外快
olah 普通的/olah 提煉,加工
otak 頭腦,智力/otak 冒失/otak 蕉葉烤魚板
pada 在(時間),於,給,向,根據,依據,為了/pada 夠,足夠,滿意,滿足/pada 都,全都,一起
paling 最/paling 掉過頭,轉變(立場,方向,信仰)
papar 平的,平坦的/papar 招募(士兵)
pasang 雙,對,副,套/pasang 刊登,設置,安裝,鋪設,點(燈),放(爆竹),開(槍),下注,許願/pasang 漲潮
pas 通行/pas 剛好
patah 折斷,斷裂/patah 個(字),句(話)
Paus 羅馬教皇/paus 鯨魚
pesan 預訂/pesan 叮嚀,提醒
pos 郵政/pos 崗哨
pukul 點,時/pukul 打,敲,擊
pulas 擰,搓繩,顛倒/pulas 上色,粉刷/pulas 熟睡
pura 假裝/pura 寺廟
ragam 舉止,行為,動作,種類,類型,樣式,風格,曲調,調子/ragam 同心,一致,和睦
raga 顯耀,裝模作樣/raga 籐球/raga 身體
rakit 木筏,竹筏/rakit 配對
rasa 味道,感覺/rasa 汞,水銀
repot 報告/repot 忙,麻煩的
rompak 海上搶劫/rompak 摧毀,毀壞,弄倒
rukun 回教五功[45]/rukun 和睦,融洽,互助組織
saing 競爭,對抗/saing 並排的/saing 獠牙
saku 衣袋,褲袋/saku 分離,隔絕,孤立
salak 蛇皮果/salak 狗叫聲
salut 套,封套,包裝紙/salut 行禮,敬禮
sampai 達,到,為止,到達,實現,足夠,以致/sampai 把…掛在,披著,掛著
sandang 衣食/sandang 肩帶,忍受,遭受
sasar 迷路/sasar 瞄準
sedang 正在/sedang 中等/sedang 連,而,卻,也
sekali 一次/sekali 很
seksi 性感的/seksi 區段
selak 插入/selak 門閂/ selak 催促
selang 間隔/selang 軟管
selip 夾在,插在/selip(車輪)打滑,擦肩而過
senggang 空閒,閒暇/senggang 頑固,固執
sering 經常,常常/sering 苗條,纖細

---

[45] 回教 5 功(Rukun)：念功(Syahadat)、禮功(Salat)、課功(Zakat)、齋功(Siyam)、朝功(Haji)。

simbah 濕透/simbah 掀起,撩起,捲起	
sontek 抄襲,模仿,作弊/sontek 揍,用力撞/sontek 撬開	
suling 笛子,汽笛/suling 蒸餾物/suling 倒栽蔥	
sumbang 捐獻,捐助,送禮/sumbang 傷風敗俗的,不道德的,亂倫的,錯誤的,刺眼的,刺耳的,難聽的	
tahu 知道/tahu 豆腐	
tanda 符號/tanda 劊子手	
tanggal 日期,日/tanggal(樹葉,牙齒)脫落,掉落,蛻(皮)	
tatar 培訓,進修/tatar 維護,強化	
tawar 淡的,失靈,不起作用,冷淡的,冷漠的,灰心的,緩和,減退,好轉,枯燥乏味/tawar 出價,討價還價	
tembak 射擊,開槍/tembak 方向,目標,指向	
tepis(用手背)擋,擋開,輕彈/tepis 輕觸	
terjang 踹,踢/terjang 攻擊,進攻	
tetua 長者,長老/tetua 雀斑	
timpal 相應的,合適,恰當/timpal 插嘴,打斷話	
tingkat 樓層,等級/tingkat 上升	
tuju 目標,方向,目的(地),意圖/tuju 魔法,巫術,符咒	
menulari orang lain 傳染其他人	
turun 下/turun 抄錄,臨摹	
undang 邀請/undang 法規	
unjuk 通知/unjuk 表示,顯示	
usul 建議/usul 起源,原本的,本性	
utara 北,北方/utara 說明,表達,表示,指向,闡述	
waswas 懷疑,疑惑,憂慮/waswas 壞念頭,蠱惑	

例句

➤ Postingan tersebut telah menimbulkan diskusi panas di antara netizen di Internet, dan banyak netizen yang meninggalkan pesan.
該貼文已經在網際網路的網民間出現熱烈討論，並且有許多網民留言。

➤ Sikapnya belum jelas, masih kabur bagi kami.
他的態度不明朗，我們還搞不清楚。

➤ Anak-anak pada lari.
孩子們都跑了。

➤ Baru saja memasuki tahun baru.
才剛進入新年。

Ayat VII-1.2.同音異字(Homofon)

「同音異字」因為發音類似無法清楚分辨出來，再加上要捲舌發音的部分，往往困擾著非原籍印尼的我們，印尼朋友曾試著解釋：「印尼語 d 發輕音 t、t 發重音 d(tha)，而 b 發輕音 b、p 發重音 b(bha)」，但對台灣人來說，要如何正確發捲舌音「r」，或者發音時練習「送氣」與

「不送氣」，才能使發音近似的「b/p、c/j、d/t、g/k、l/r」等字母發音有所區別，這需要不斷的練習，舌頭才會靈活，例如「DKI(daerah khusus ibukota 首都特區)[46]」及「TKI (tenaga kerja indonesia 印尼勞工)」兩個字，要多練習到聽者能分辨出差異。希望讀者發音標準又清楚，像我前同事 H 君一樣，下表整理一些「拼法稍有差異」的同音異字給大家對照練習。

範例(同音異字)

abang 大哥/ambang 門檻
adu 鬥/aduh 哎呀/aduk 混合
ambil 去拿/ampil 出現
angin 風/anjing 狗
angka 數字/angkat 扛
babak 遍體鱗傷/bapak 先生
badak 犀牛/Batak 巴達族
badik 單刃匕首/batik 蠟染(布)
bajak 海盜/pajak 稅
bakar 燒烤/pagar 欄杆/pakar 專家
bakat 天分/pakat 同意
baku 標準/paku 釘子
banci 人妖,娘娘腔/panci 鍋子
bantai 肉,屠殺/pandai 聰明/pantai 海灘
bantu 幫忙/pantu 指南
batu 石頭/padu 融合
bawa 拿/bawah 下面
bedah 手術/betah 在家
beda 差別,分歧/beta 我,本人/peta 地圖
belang 花紋/pelan 慢
berak 大便/perak 銀
beras 米/peras 汁
betik 傳播,油然而生/petik 摘下來
bir 啤酒/pir 梨/pier 碼頭
bisu 啞/bisul 腫包
Bogor 茂物/borgol 手銬
bohong 說謊/pohon 樹
bolos 逃掉/boros 浪費/polos 素的/poros 軸,(矛,柱)尖端,末端
bon 帳單/bom 炸彈,站
bos 老闆/pos 郵政/pos 崗哨
buntu 不通/buntut 尾巴
buta 瞎/Buddha 佛教

---

[46] 印尼有 3 個特區，分別是雅加達(DKI Jakarta)、日惹(DIY)及亞齊(NAD)。

dadar 蛋捲/datar 平坦的

dada 胸部/da-da 再見/data 資料/tata 規則

dampak 影響/tampak 看起來

dari 來自/tali 繩子/tari 跳(舞)

debu 灰塵/tebu 甘蔗

dendang 唱/tentang 有關/tendang 踢

didik 教育/titik 句點

DKI(daerah khusus ibukota)首都特區/TKI(tenaga kerja indonesia)印尼勞工

duda 鰥夫/duta 使節

duga 猜/duka 悲哀

duit 錢/dwi 雙

dukung 支持/dukun 巫師,巫醫

duri 刺/tuli 聾

gadang 熬夜/kadang 偶爾

gado-gado 印尼沙拉/kado-kado 禮物

gagak 烏鴉/kakak 哥哥姐姐

gamis 阿拉伯長袍/kamis 週三

gandung 浮筒/gantung 吊,懸,掛

gardu 崗亭,崗哨/kartu 卡

gawal 失誤/kawal 警戒

gelas 高腳杯/kelas 班級/keras 大力

gendang 東方大鼓/kentang 馬鈴薯

gila 神經病,瘋的/kira 以為

gosong 焦了,糊了/kosong 零,空無

halus 有禮貌,軟的/harus 必須

hambar 淡而無味/hampar 覆蓋

iga 肋骨/ika 不同

jalan 路/jalang 妓女/jarang 很少

kaca 玻璃/kacang 花生

kalau 如果/galau 亂哄哄的,吵雜的,雜亂的

kalung 項鍊/karang 麻袋

kambing 羊,山羊/ kamping 露營

kaya 富有/gaya 風格

kebal 刀槍不入/kepal 團,把

kedua 第二/ketua 老闆

kendala 阻礙/kentara 顯而易見的,明顯的

ketiga 第三/ketika 當

labu 南瓜/rabu 週三

lagi 再,又/laki 男性

lagu-lagu 歌曲/ragu-ragu 猶豫

lahan 土地,小聲/lahang 甘蔗汁

laksana 行為,彷彿,好像/raksana 巨人,巨大的

lali 麻痺,麻木/lari 跑

lambung 胃/lampu 燈/lampung 浮/rambu 路標

landai 平緩的/lantai 地板,樓層/rantai 鏈

landas 基礎/lantas 直接

lawan 對手/rawan 不安全

layan 服務/layang 飛

ledak 爆炸/letak 地點

lembar 張/lempar 丟,擲

libat 涉及/lipat 摺疊,倍

lulus 通過/lurus 直走

lupa 忘/rupa 形狀

lusa 後天/rusa 鹿

macam 種類/macan 老虎

mahal 貴的,高價的,貴重的/mahar(男給女)聘金,聘禮

makam 墳墓/makan 吃/magang 實習,打工

malam 晚上/malang 可憐

manca 外國的/manja 嬌慣的

martabak 印尼油煎餅/martabat 地位,等級,威信

melek 認識,能看書的/merek 商標,廠牌

membeli 買/memberi 給

Pancasila 建國 5 原則/Pencak silat 傳統武術

pandang 看/pantang 禁忌

pelan 慢/peran 演員

per 每,彈簧/pers 新聞界

pudar 暗淡的,蒼白的,褪色的/putar 轉,旋轉

rancang 設計/ranjang 床

rekam 痕跡,痕/rekan 同伴,同僚

rombak 拆掉,拆毀,改造,改建,改組,退役/rompak 海上搶劫,摧毀,毀壞,弄倒

salin 副本/saling 互相

sandang 衣食/santan 椰漿

saran 建議/sarang 巢

sedia 原先,起初,以前,向來,一向/setia 忠,忠貞,效忠,忠誠,守信,專情

selai 果醬/serai 香茅

semangat 加油/semangka 西瓜

semi 春(季)/seni 藝術

tahu 知道,豆腐/tahun 年

taman 公園/tanam 種植	
tambak 池塘/tampak 看起來	
tanggal 日期/tangkal(驅鬼)符咒,驅逐,防止	
tanggap 反應,理會,採納/tangkap 逮捕	
tangis 哭/tangkis 招架	
tatap 看/tetap 仍然/tetapi 可是	
tauge 豆芽/tauke 頭家,華人資本家	
teman 朋友/demam 發燒	
tengara 信號/tenggara 東南	
timba 打水桶,吊桶/timpa 砸,偷	
tulis 寫/turis 遊客	
tunggu 等,等待/tungku 爐灶	
ubah 改變/upah 工資	
udang 蝦子/utang 債務	
udara 天氣/utara 北	

例句

➤ Cuaca Taiwan sangat berbeda dengan cuaca di Indonesia. Salah satu perbedaan adalah musim. Di Indonesia hanya ada 2 musim ,yaitu musim hujan dan kering, sedangkan Taiwan setahun memiliki 4 musim, yaitu musim semi, panas, gugur dan dingin.
台灣氣候與印尼的很不同，其中一個差別是季節，在印尼只有雨季和乾季 2 季，而台灣一年擁有 4 季，就是春、夏、秋、冬季。(104、107、108 印導)

➤ Paman Budi adalah seorang pakar kesehatan. Kata "pakar" berarti orang yang ahli dalam suatu bidang.
Budi 叔叔是健康專家，"專家"這個字是指在某個領域裡的專業人士。(110 印導)

➤ Lambang negara Indonesia berbentuk burung Garuda Pancasila dengan semboyan Bhinneka Tunggal Ika yang berarti "Berbeda-beda tetapi tetap satu" ditulis di atas pita berwarna putih yang dicengkeram oleh Garuda.
印尼國徽以展翅鷹形式呈現，鷹爪抓著寫有國家格言「殊途同歸」的白色綬帶。

1.DKI(首都特區)及 TKI(印尼勞工)、bir(啤酒)與 pir(梨)、bohong(說謊)和 pohon(樹)、labu(南瓜)及 rabu(週三)、pandai(聰明)與 pantai(海灘)、tulis(寫)和 turis(遊客)、udara(天氣)及 utara(北部)、bom(炸彈)與 pom(幫浦)。
2.印尼文 beta(我、本人)、daring(網路的,線上的)、liar(野生的,野蠻的)、pencil(孤立)、DIY(Daerah Istimewa Yogyakarta 日惹特區)、uber(追趕,追捕)。
3.oleh-oleh(伴手禮)、onde-onde(湯圓)、ondel-ondel(巴達維亞大人偶)、odong-odong(行動遊樂園)、ongol-ongol(印尼椰粉涼糕)、ogoh-ogoh(巴里島寧靜日的妖魔鬼怪偶像)。
4.beruang 是指名詞的「熊」和動詞的「有錢」及形容詞的「富有的」。

(問題在第 395 頁)

第 8 章 Bab VIII

Pasal VIII-1.官方用語 Bahasa Formal
Pasal VIII-2.宗教用語 Keagamaan
Pasal VIII-3.醫療衛生 Medis & Kesehatan
Pasal VIII-4.印尼文標準化 Standardisasi
Pasal VIII-5.社交用語 Bahasa Gaul

Pulau Komodo, Nusa Tenggara Timur
科摩多島(東努沙登加拉)

人言可畏 Pisau senjata tiada bisa, bisa lagi mulut manusia

VIII_官方用語(Bahasa Formal)/宗教用語 (Keagamaan)/醫療衛生(Medis & Kesehatan)/印尼 文標準化(Standardisasi)/社交用語(Bahasa Gaul)

> 1.*polisi tidur*(警察睡覺)、*polisi seratus*(一百元警察)、*meja hijau*(綠色桌子)、*uang meja*(桌上的錢)、*lidah buaya*(鱷魚的舌頭)、*naik kuda hijau*(酒醉)、*tikus belanda*(荷蘭老鼠)、*burung hantu*(鬼鳥)？
> 2.打叉(X)和打勾(V)，以及*韓劇*'*魷魚遊戲*'的「○、□、△」這些符號的印尼文如何說？
> 3.印尼文也有"人與人的連結"的暗示性詼諧用法嗎？
> 4.印尼文社交用語"我哪知道"、"關我屁事"...這些用語怎麼說？
>
> 答案在第 462 頁

　　除了準備外語導遊人員印尼語筆試及口試的讀者，本書也適用有意願參加其他國家考試印尼文組的台灣讀者參考，例如有興趣報考「外交特考(外交領事人員類科印尼文組)、移民行政人員特考(選試印尼文)與僑務行政高考(選試印尼文)」的讀者，鑑於這 3 種考試都有「中文翻譯印尼文」、「印尼文翻譯中文」和「寫短文(應用文撰寫、印尼文作文)」的部分，而且常出政治、經濟、社會、國際、外交、僑務、執法、移民等相關時事題目，如果能用正式官方用語及正確單字回答，相信會對獲取高分是有幫助的！

　　此外，近年印尼語導遊考試的趨勢是越來越活用，會與時事、潮流、新知等熱門議題結合，比如 111 年筆試閱讀測驗最後 1 大題考「Lokasi Zona Hijau di Bali(巴里島防疫綠區位置)」、110 年筆試閱讀短文第 1 部分「New Normal di Tengah Pandemi COVID-19」就是有關印尼的防疫作為，而「穆斯林友善旅遊(Wisata Ramah Muslim)」的內容，則是 108、109 年連續兩年出現在閱讀短文，因此讀者除了要多涉獵中文新聞、吸收各方資訊外，也必須知道印尼文相對用法以及印尼的重要時事，以為因應。

Pasal VIII-1.官方用語(Bahasa Formal)

當然，如果讀者未來有興趣想接觸與印尼語有關的政府投標案，比如政府機關、公營事業或公立學校委由旅行社代辦公務出國、接待外國訪團案、舉辦台印尼國際(視訊)會議、官方文件翻譯成印尼文、印尼語(文)教學、司法或行政通譯等等，那就更需了解兩國各類官方用語，根據「世界貿易組織(WTO)」統計，各國政府採購市場的規模約占該國國內生產毛額(GDP)的 10%至 15%，而政府預算推估至少有一半需以政府採購方式執行，所以多涉獵一些官方用語，對參與政府標案絕對有幫助的。

例句

➢ Karena kecerobohannya, maka paspornya ketinggalan di kamar hotel.
　因為他的疏忽，所以護照遺忘在飯店房間。(103 印導)

➢ Dia batal ke Singapura pagi ini, karena lupa paspornya sudah mati.
　他今早取消去新加坡，因為忘記護照已經過期。(104 印導)

➢ Paspornya sudah kadaluwarsa maka dia tidak bisa ke luar negeri sebelum memperbarui paspornya.
他的護照已經過期，所以在更新護照之前，他不能出國。(106 印導)

➢ Beberapa pencitraan buruk bagi industri pariwisata adalah virus flu burung, bencana alam, dan kisruh sosial dan gejolak politik.
對旅遊業的幾個不好的影響是禽流感、天災、社會混亂和政治動盪。(108 印導)

➢ Paspor diplomatik adalah paspor yang diberikan kepada pegawai negeri, pejabat negara tertentu yang akan melakukan perjalanan ke luar dari negaranya karena tugas diplomatik.
外交護照是給予因為外交任務將出國從事公務行程的公務員及重要官員。(110 印導)

➢ Negara Indonesia, Singapura, Malaysia, Burma, Kamboja, Vietnam, Filipina, Thailand, Laos dan Brunei Darussalam terletak di Asia Tenggara.
印尼、新加坡、馬來西亞、緬甸、柬埔寨、越南、菲律賓、泰國、寮國和汶萊等國位在東南亞。(110 印導)

➢ Sebelum melakukan perjalanan ke luar negeri hendaknya mengecek masa berlaku paspor.
在出國從事旅行之前，應該檢查護照效期。(111 印導)

➢ Menparekraf terus berkoordinasi dengan Kementerian dan lembaga terkait terutama Kementerian Luar Negeri, Kementerian Hukum dan HAM, Kementerian Kesehatan, Satgas COVID-19, dan Pemerintah Provinsi Bali agar kebijakan Travel Corridor Arrangement (TCA) dapat berjalan tepat waktu.
印尼旅遊暨創意經濟部長持續與各部會及相關單位協調，尤其是外交部、司法人權部、衛生部、疫情專案小組和巴里島省政府，以期旅遊走廊的政策能夠準時上路。(111 印導)

➢ Ulang tahun ke 75 berdirinya Perserikatan Bangsa-Bangsa(PBB).
聯合國成立 75 周年。

➢ Taiwan dan Jepang saling menolong satu sama lain.
台灣和日本彼此互相幫助。

➢ Sesama insan yang menjunjung tinggi kebebasan selayaknya saling bahu-membahu.
愛好自由的人類應該互相支持。

➢ Kebijakan Baru Arah Selatan dari Sudut Pandang Penduduk Imigran Baru : Kehidupan penduduk migran baru serta peran mereka dalam memperkaya keragaman budaya Taiwan, dengan vitalitas yang tidak terbatas.
從新住民視角看新南向政策：新住民在台灣，不只豐富了台灣的多元文化，也展現了無窮的生命力。

➢ Nota itu disampaikan melalui saluran diplomatik.
照會是透過外交途徑提出的。

➢ Taiwan sudah menyelenggarakan konvensi tentang gelembung wisata dengan Palau.
台灣已經和帛琉簽署有關旅遊泡泡的協議。

➢ Dia berkunjung ke tempat itu selaku duta besar.
他以大使身分訪問那地方。

➢ Proyek Kimono Jepang adalah untuk membuat desain kimono yang unik untuk total 207 delegasi Olimpiade Tokyo 2020 pada tahun 2021 demi memberikan penghormatan kepada setiap negara yang berpartisipasi.

日本和服計畫是為了設計獨特的和服給 2021 年參加 2020 東京奧林匹克運動會(奧運會)的總共 207 個代表團，以對每個參與國表達敬意。

➤ Berhubung dengan sesuatu sebab, kunjungan kami ke Republik Rakyat Tiongkok (RRT) akan dibatalkan, demikian dirjen Imigrasi Indonesia.

印尼移民總局長說，由於某種原因，我們去中國(中華人民共和國)的訪問將取消。

➤ Memorandum Saling Pengertian (MOU) akan memberikan manfaat besar sekali bagi kedua negara dalam mengenai kerjasama di bidang keimigrasian, pencegahan perdagangan manusia dan penyelundupan.

備忘錄將對這兩個國家在有關移民事務與防制人口販運及人蛇偷渡的合作提供很大的好處。

➤ Komite Urusan Luar Negeri Parlemen Eropa meloloskan laporan "Hubungan dan Kerja Sama Politik Uni Eropa-Taiwan" dan proposal amandemen terkait pada September 1 tahun 2021, lewat 60 suara pro, 4 suara kontra dan 6 suara abstain. Laporan tersebut menyebutkan bahwa Uni Eropa dan Taiwan perlu membangun kemitraan yang lebih erat dan lebih kokoh serta memantau secara seksama tekanan militer Tiongkok terhadap Taiwan.

歐洲議會外交委員會於 2021 年 9 月 1 日以 60 票贊成、4 票反對、6 票棄權，高票表決通過"台歐盟政治關係暨合作"報告及相關修正提案，這項報告指出，歐盟與台灣需要發展更緊密且更扎實的夥伴關係，並小心地監控中國對台灣的軍事壓力。

➤ Akibat dampak pandemi, Konferensi Tingkat Tinggi (KTT) APEC diadakan secara virtual.

因為疫情影響，亞太經濟合作會議(APEC)經濟領袖高峰會以網路視訊方式舉行。

➤ Presiden Amerika Serikat Joe Biden untuk pertama kalinya menyatakan "dukungan AS terhadap UU Hubungan Taiwan, dan menyatakan bahwa independen ditentukan Taiwan diri sendiri". Biden kembali menegaskan mendukung Kebijakan Satu Tiongkok di bawah "UU Hubungan Taiwan", "Tiga komunike AS-Tiongkok" dan "Enam Jaminan".

美國總統拜登第 1 次說出"依據台灣關係法，美國支持由台灣自己決定獨立"，拜登再次解釋致力於在"台灣關係法"、"美中 3 個聯合公報"及"6 項保證"之下實行一個中國政策。

➤ Drama Korea "Squid Game" memicu sebuah tren baru, juga menarik minat warga barat terhadap kebudayaan Korea Selatan. Demam Korea kini telah menjadi sebuah fenomena global baru.

韓劇"魷魚遊戲"引起一股新潮流，也吸引西方人對南韓文化的興趣，韓流現在已經成為一種新的全球現象。

➤ Komentar soal Taiwan itu disampaikan oleh mantan Perdana Menteri (PM) Jepang, Shinzo Abe, dalam sebuah forum yang digelar diskusi think-tank Taiwan. Saat berpidato via video dalam forum, Abe menyatakan bahwa "situasi darurat untuk Taiwan akan menjadi situasi darurat juga bagi Jepang". Abe juga memperingatkan bahwa orang-orang di Beijing, khususnya Presiden Xi Jinping, tidak boleh salah menilai itu karena Petualangan militer akan menjadi jalur menuju bunuh diri ekonomi.

日本前首相安倍晉三在一場由台灣智庫舉行的論壇上，以視訊演說方式發表對台灣問題的評論，提出"台灣有事等於日本有事"，安倍也正告北京領導階層，尤其是習近平主席，切勿誤判情勢，"軍事冒進將朝向經濟自殺的道路"。

➤ Swiss yang berpegang pada prinsip netralitas selama lebih dari 200 tahun juga mengumumkan melepaskan netralitas dan bergabung dalam jajaran pemberi sanksi bagi Rusia.

保持中立原則已 200 年的瑞士也宣布放棄中立，並加入制裁俄羅斯的行列。

➤ Babak/putaran pertama dialog antara Ukraina dan Rusia ini tidak mencapai mufakat.
這次烏克蘭與俄羅斯的第 1 次對話沒有達成共識。

➤ Setiap hari kedutaan besar Amerika untuk Indonesia selalu ramai oleh pendemo.
美國駐印尼大使館每天擠滿了抗議者。

➤ Jembatan bak di film 'Indiana Jones' ini pernah dikunjungi Presiden Joko Widodo pada hari ke-54 dia menjabat Gubernur DKI Jakarta.
這座橋好像在印第安納瓊斯電影出現過，佐科威總統在他擔任雅加達特區省長第 54 天時曾造訪過。

VIII-1.1.延伸閱讀(國家用法)

遇到「negara、negeri、bangsa、nusa 及 tanah air」這 5 個具有「國家」含意的字，很容易混淆，例如：「Anda berasal dari negara mana/Anda orang apa?(你是哪一國人？)」及「Anda orang mana?(你是哪裡人？)」，為易區別，整理定義及範例如下：

類　　型	意　　　　義	範　　　　　　　　　　　例
negara	國,國家 (政治用法)	kedaulatan negara 主權國家、perusahaan negara 國營企業、milik negara 國有財產、uang negara 公款、kantor perwakilan negara 代表處、manca negara 外國、warga-negara 國民、warga-negara asing 外籍人士、tiang negara 國家棟樑、pernikahan lintas negara 跨國婚姻、ujian negara 國家考試、negara yang tengah berkembang 中度開發國家、aparat negara 國家機器、lembaga negara 國家機構、kepentingan negara 國家利益、kedaulatan negara 國家主權、negara tetangga 鄰國、negara sahabat 友好國家、negara berisiko/non-berisiko tinggi 非/高風險國家、lembaran negara 政府公報、kas negara 國庫、lambang negara 國徽、abdi negara 官員,公務員、pertahanan negara 國防、negara donor 援助國、Negara barat/bule 西方國家、bendera negara 國旗、lagu negara 國歌、negara kepulauan 群島國家、perbatasan negara 國境、negara asal PMA 外籍移工來源國/原籍國、negara berorientasi ekspor 出口導向國家、negara bebas visa 免簽證國家、negara Timur Tengah 中東國家、antar negara 跨國的、negara demokrasi pro-Barat 親西方民主國家、negara berkembang 發展中國家、negara sekutu diplomatik 邦交國、eksperimen lintas negara 跨國實驗、Bapak Negara 國父
negeri	國,國家,地方,地區,家鄉 (地理用法)	pegawai negeri 公務員、anak negeri 本地人、universitas negeri 國立大學、negeri asing 外國、dalam/luar negeri 國內/外、negeri pulau 島國、kementerian Luar Negeri(kemlu)外交部、kementerian Dalam Negeri 內政部、negeri asal 來源國,原籍國、ke luar negeri 出國、negeri awan 雲國、negeri tetangga 鄰國、produk dalam negeri 國產品、segenap negeri 全國、negeri penjajah 殖民國家

bangsa	國家,民族,種族,人 (民族)	bangsa Indonesia 印尼民族、bangsa minoritas 少數民族、bangsa Burma 緬甸人、bangsa kulit putih 白種人、bangsa berwarna 有色人種、suku bangsa 部族
nusa	國家,祖國,島嶼 (印尼用法)	nusa dan bangsa 國家與民族、nusantara 印尼群島[47]
tanah air	祖國,國土	Indonesia tanah air beta 印尼是我的祖國

例句

- Di Taiwan, menjadi pramuwisata yang profesional harus lulus ujian negara. Setelah lulus, Pramuwisata ybs bebas memandu para wisatawan yang datang dari manca negara.
  在台灣成為專業導遊必須通過國家考試,通過之後,導遊可以自由接待來自國外的觀光客。(103 印導)

- Para penumpang pesawat terbang dari luar negeri dilarang membawa buah-buahan masuk ke Taiwan, Harus ditaati peraturan ini dan akan menyarankan tamu asing untuk tidak melakukannya.
  從國外來的搭機乘客禁止攜帶水果進入台灣,應該建議外國客人遵守規定不要如此做。(104 印導)

- Para turis asing manca negara selalu menyisipkan acara kunjungan ke pasar malam dalam jadwal wisatanya.
  外國觀光客全部在旅遊行程中安排有參觀夜市的活動。(104 印導)

- Kebiasaan makan orang Indonesia : Suka makan dengan duduk di lantai, suka makan dengan tangan, suka makan makanan pedas.
  印尼人吃東西的習慣:喜歡坐在地上吃、喜歡用手吃和喜歡吃辣的食物。(104、105 印導)

- Sebelum berangkat ke luar negeri, Anda harus mempersiapkan paspor. Saat melewati imigrasi harus memperlihatkan paspor.
  在出國之前,你必須準備護照,當通過移民(證照查驗)櫃檯時,必須出示護照。(105 印導)

- Saya berwisata ke gunung Taiping (yang terletak) di daerah kabupaten Yilan. Sungguh indah sekali, hampir seharian saya berada dalam awan seperti tinggal di negeri awan.
  我去位在宜蘭地區的太平山旅遊,真的很美,幾乎一整天我都待在雲裡,好像住在雲國。(105 印導)

- Jakarta adalah ibu kota Indonesia dan kota terbesar di Tanah Air.
  雅加達是印尼首都和全國最大城市。(106 印導)

- Berkunjung ke pasar-pasar malam di Taiwan, hendaknya menasihati tamu asing untuk berhati-hati pencopet/pencuri atau maling.
  去台灣夜市參觀,應該勸告外國客人小心扒手或小偷。(106 印導)

---

[47] 「Nusantara」是印尼古名,印度教統治印尼時期開始使用,因此印尼政府未來預定設置在東加里曼丹的新首都名稱,由總統佐科威選定為「Nusantara(努山塔拉)」。

- Sebelum masuk ke ruang tunggu pesawat, kita harus melakukan pengecekan paspor di imigrasi.
  進入候機室之前，我們必須在移民(證照查驗)櫃檯檢查護照。(107 印導)

- Saat wisatawan mancanegara datang ke sebuah negara, wisata kuliner pun tak bisa diabaikan. Karena sebagian besar penduduk Taiwan tidak menganut agama Islam, maka tidak dapat dipungkiri masih banyak orang beranggapan, susah mencari makanan halal di negara ini.
  當外國觀光客來到一個國家，美食旅遊不能錯過，因為大部分的台灣居民不信奉回教，所以不能否認仍有許多人認為在這個國家難於找到清真認證/哈拉(Halal)食物。(109 印導)

- Kalau wisatawan kehilangan paspor, harus melaporkan kepada kantor polisi.
  如果觀光客護照遺失，必須去警察局報案。(109 印導)

- Pedoman perjalanan yang diterbitkan oleh lembaga pemerintah terkait merupakan faktor eksternal yang mempengaruhi pariwisata sebuah negara.
  相關政府機構出版的旅遊指南是影響 1 國旅遊的外部因素。(112 印導)

- Taiwan adalah negeri yang terdiri dari pulau-pulau seperti Indonesia.
  台灣像印尼一樣，是由島嶼組成的國家。

- Kami menyanyikan lagu negara saat upacara bendera setiap senin pagi.
  我們每週一早上升旗典禮時唱國歌。

- Yuan Eksekutif sudah meluncurkan kupon revitalisasi quintuple guna merangsang kebutuhan ekonomi dalam negeri. Adapun kupon quintuple terdiri dari 10 lembar kupon, meliputi 3 lembar 1.000 dolar, 2 lembar 500 dolar, 5 lembar 200 dolar.
  行政院已經推出 5 倍振興券來促進國內經濟需要，至於 5 倍券由 10 張券組成，包括 3 張 1,000 元、2 張 500 元、5 張 200 元。

- Rupanya dia berkeluarga dengan Presiden itu.
  看起來他跟那位總統有親屬關係。

- Kedutaan besar (kedubes) Taiwan (R.O.C.) di negara tertentu harus mempekerjakan pengawas dan polisi bersenjata untuk mengamankan diplomat.
  台灣(中華民國)大使館在某些國家必須僱用保全人員及武裝警察來保護外交官的安全。

- Di Taiwan ada 6 kota (munisipaliti) khusus, 13 kabupaten(termasuk 3 luar pulau), 3 kota biasa (daerah otonomi) dan PDB per orang 26.000 U.S. dolar.
  在台灣有 6 個直轄市、13 個縣(包含 3 離島)、3 個市和國民所得每人 26,000 美元。

- Kota Taipei adalah ibu kota Taiwan, pusat pemerintahan dan kota terbesar keempat di Tanah Air.
  台北市是台灣的首都、行政中心和全國第 4 大城市。

- Kota Taipei Baru adalah kota terbesar di Tanah Air.
  新北市是全國最大的城市。

- Kota Taichung di tengah Taiwan, adalah kota terbesar kedua di Tanah Air.
  台中市在台灣中部，是全國第 2 大都市。

- Kota Kaohsiung di selatan Taiwan, adalah kota terbesar ketiga di Tanah Air.
  高雄市在台灣南部，是全國第 3 大都市。

- Malam ini saya berdinas.

今晚我值班。

➢ Dewan Pertanian(COA) mengumumkan bahwa mulai 1 September, melarang penggunaan pakan limbah/sisa makanan di peternakan.
農業委員會公告，從 9 月 1 日開始，禁止在養豬場使用廚餘餵養。

➢ Kementerian Ketenagakerjaan(MOL) Taiwan memutuskan per awal tahun 2022, selain jam kerja normal, majikan harus membayar uang lembur bagi karyawan yang ditugaskan di luar jam kerja, baik siang maupun malam.
台灣勞動部決定從 2022 年初開始，除了正常工時之外，雇主必須支付加班費給工時之外被指派工作的員工，不論中午或晚上。

➢ Tekanan inflasi semakin dirasakan di Taiwan. Industri mamin, hotel, restoran satu per satu naikkan harga.
通貨膨脹的壓力在台灣越來越可以感受到，餐飲業、旅館、餐廳一個接著一個漲價。

➢ Yuan Eksekutif Taiwan memutuskan per 1 Januari tahun 2022, gaji pegawai negeri, militer dan guru dinaikkan 4%, ini merupakan kenaikan tertinggi dalam 25 tahun.
台灣行政院決定 2022 年 1 月 1 日開始，軍公教薪資調漲百分之 4，這是 25 年來最大調幅。

➢ Keempat ihwal referendum kali ini pada 18 Desember 2021 terdiri dari pengoperasian kembali Pembangkit Listrik Tenaga Nuklir(PLTN) keempat, larangan impor babi yang mengandung ractopamine, referendum bersama pemilu, dan kasus relokasi terminal Liquefied Natural Gas(LNG). Suara tidak setuju mendominasi, maka keempat ihwal referendum tidak lolos.
2021 年 12 月 18 日這次 4 個公民投票案，由重啟核四、反萊豬進口、公投綁大選及珍愛藻礁(液化天然氣接收站遷離案)等 4 議題組成。得票率皆未跨過公投門檻，所以這 4 個公投案都沒有通過。

➢ Saat ini masyarakat Indonesia sudah mulai bisa mengambil nomor antrean paspor secara online melalui Aplikasi Pendaftaran Antrean Paspor Online (APAPO). Jumlahnya masih terbatas di tiap kantor imigrasi di Indonesia, menyesuaikan kebijakan pemerintah daerah masing-masing.
現在印尼民眾已經開始能夠透過 APAPO(線上護照排隊報名應用程式)，以線上的方式抽取號碼牌排隊辦護照，印尼每個移民局仍然限制數量，以符合個別地方政府的防疫政策。

➢ Di masa pandemi, orang Asing pemegang visa belum diizinkan memasuki wilayah RI. Pengecualian hanya diberikan kepada pemegang visa dinas, visa diplomatik, izin tinggal dinas, izin tinggal diplomatik, izin tinggal terbatas (ITAS) dan izin tinggal tetap (ITAP).
疫情期間，持有簽證的外國人不被許可進入印尼，只有公務簽證、外交簽證、公務居留許可、外交居留許可、有限居留許可及長期居留許可等例外。

➢ Kantor imigrasi di beberapa daerah Indonesia sudah mulai membuka pelayanan paspor dan izin tinggal secara tatap muka. Jumlah pemohon yang diterima terbatas dan harus sesuai dengan protokol kesehatan.
印尼有幾個地區的移民局已經開始開放親自前往申辦護照及居留許可的服務，可受理的申請人總數有限制且必須符合健康指引。

➢ Adapun kontak kantor imigrasi Indonesia dapat ditemukan pada menu "Hubungi Kami" di website imigrasi.go.id atau pada laman media sosial resmi kantor imigrasi setempat.
要聯繫印尼移民局可以在移民總局的網站 imigrasi.go.id 的"聯絡我們"選單中，或是在當

地移民局官方社交媒體網頁中找到。

➢ Pemerintah Singaoura membiayai proyek itu di Indonesia.
新加坡政府提供經費給在印尼的計畫。

➢ Kendaraan listrik dan industri baterai merupakan arah kebijakan penting bagi pemerintah Indonesia untuk membangun ekonomi hijau dan ekonomi biru berkelanjutan di masa depan.
電動交通工具和電池產業是印尼政府未來持續發展綠色經濟和藍色經濟的重要政策方向。

➢ Warna keemasan pada burung Garuda melambangkan keagungan dan kejayaan. Warna dasar pada ruang perisai adalah warna bendera kebangsaan Indonesia "merah-putih". Sedangkan pada bagian tengahnya berwarna dasar hitam.
展翅鷹身上的的金色象徵著偉大和光榮，盾牌上的底色是印尼國旗的"紅白色"，而中間區域是黑色底色。

➢ Jumlah bulu Garuda Pancasila melambangkan hari proklamasi kemerdekaan Indonesia pada tanggal 17 Agustus 1945, antara lain: 展翅鷹的羽毛總數象徵 1945 年 8 月 17 日的印尼獨立紀念日。
  ● 17 helai bulu pada masing-masing sayap. 每隻翅膀各有 17 根羽毛。
  ● 8 helai bulu pada ekor. 尾巴上有 8 根羽毛。
  ● 19 helai bulu di bawah perisai atau pada pangkal ekor. 盾徽下方有 19 根羽毛。
  ● 45 helai bulu di leher. 脖子上有 45 根羽毛。

➢ Usai menunaikan misi penyelamatan korban 5 hari di Turki, anggota tim SAR Taiwan kembali dan tiba di tanah air.
結束在土耳其執行 5 天的救援任務之後，台灣救難隊成員返抵家門。

➢ Pilot berkebangsaan Selandia Baru yang menerbangkan pesawat kecil bermesin tunggal disandera di Provinsi Papua Indonesia.
駕駛單引擎小飛機的紐西蘭籍駕駛在印尼巴布亞省被挾持。

VIII-1.2. 小提醒 (與官方公文往來)

與印尼官方公文、書信往來應使用正式印尼文，至於外來語(Bahasa Serapan)、簡寫(Stenografi)或方言(Bahasa Daerah)以及社交用語(Bahasa Gaul)等，因只適用在特定對象間，並不適合當成正式官方語言使用，不過本書「I-1.3.2.7.延伸閱讀(動詞簡化用法)」，倒是常在印尼公文書上出現。

VIII-1.3. 小提醒 (台、印尼部會名稱差異)

台灣「交通部(Kementerian Transportasi dan Komunikasi)」和印尼「交通部(Kementerian Perhubungan)」的說法不同；另外，「外交部(kementerian Luar Negeri)」在台灣縮寫為「kemenlu」，而在印尼則是「kemlu」。

VIII-1.4. 小提醒 (印尼總統)

印尼歷(現)任總統：蘇卡諾(Soekarno)建國(1945-1967)，依序為蘇哈托(Soeharto)(1967-1998)、哈比比(Bacharuddin Jusuf Habibie)(1998-1999)、瓦希德(Abdurrahman Wahid)(1999-2001)、梅嘉娃蒂(Megawati Soekarnoputri)(2001-2004)，之後為第 1、2 任(2004-2014)民選總統蘇西洛(Susilo Bambang Yudhoyono：SBY)，到現任(第 3、4 任 2014-2024 年)的佐科威(Joko Widodo)總統。

VIII-1.5.小提醒(雅加達由來)

印尼「雅加達首都特區(Daerah Khusus Ibukota Jakarta：DKI Jakarta)」人口高達 1,100 萬人，是印尼最大的城市和經濟、文化與政治中心，若包括周邊城鎮，「大雅加達地區(Jabodetabek)[48]」的居民超過 3,000 萬人，比台灣總人口還多；歷史上曾有「Sunda Kelapa(椰城)、Jayakarta(查雅加達)、Djakarta、Batavia(巴達維亞)」等舊名，現在還在流傳使用，日本殖民統治爪哇島時定 Batavia 為首都，並改為今日的名稱「Jakarta(雅加達)」，又稱「雅京」、「巴城」、「大榴槤(The Big Durian)」。

VIII-1.6.延伸閱讀(決定書與通知書)

印尼政府的政策指示、命令及指揮體系(Jajaran)和台灣不同，印尼各級行政機關首長依職權下命令，並發出「決定書(Surat Keputusan)」，所以一般會看到「總統/部長/總局長/里長決定書(Surat Keputusan presiden/menteri/dirjen/RW)」。而「通知書(Surat Edaran)」則是依據上面各機關首長頒布的決定書，再通知相關機關、單位或個人遵行的公告(文)。

VIII-1.7.小提醒(與荷蘭淵源)

「荷蘭(Belanda)」和印尼的淵源很深，從西元 1602 年荷蘭進入印尼開始，一直到 1942 年印尼脫離荷蘭獨立成功為止，印尼前後被荷蘭殖民 340 年(占殖民史四分之三的時間)，所以現在印尼到處仍可看到荷蘭文化、美食及建築物存在，語言更不用說了，例如：「risol 油炸餡餅(荷蘭語 rissole)」、「terong belanda(樹番茄)」、「tikus belanda(天竺鼠)、batu Belanda(人造寶石)」、「wanprestrasi 違約(荷蘭語 wanprestatie)」、「BH 胸罩(荷蘭語 buste hpunder)」、「Perusahaan Hindia Timur Belanda di Indonesia 荷屬東印度公司(Vereenigde Oostindische Compagnie di Nusantara)」等，連平常開玩笑的口語「mati belanda(死定了)」都與荷蘭有關。

VIII-1.8.小提醒(花板/花牌)

印尼婚喪喜慶時，也有習俗會在場地內外擺設「karang/karangan bunga(花板,花牌)」，而且婚禮或喪禮都有，如不仔細看上面的文字，從遠處有時還真難以區分到底是「karangan bunga (papan) pernikahan/wedding selamat(婚禮花板/牌)」還是「karangan bunga duka cita(喪禮花板/牌)」。

VIII-1.9.延伸閱讀(爪哇版的世界地名)

除了巴里島有神仙之島的美名，有好幾個印尼城市或地區有爪哇版的暱稱，通常是因為該印尼

---

[48] 詳見「VI-2.2.4.延伸閱讀：雅加達大都會區」。

城市與外國城市有類似性，參考如下表：

爪哇版的暱稱	印尼城市/地名
Africa van Java 爪哇的非洲	Taman Nasional Baluran(東爪哇)巴魯蘭國家公園
Carribean van Java 爪哇的加勒比海	Karimun Jawa(中爪哇)爪哇卡里蒙
India van Java 爪哇的印度	Tasikmalaya(西爪哇)打橫
Japan van Java 爪哇的日本	Tegal(中爪哇)直葛
Paris van Java 爪哇的巴黎	Bandung(西爪哇)萬隆
Swiss van Java 爪哇的瑞士	Garut(西爪哇)加魯特
Venice van Java 爪哇的威尼斯	Semarang(中爪哇)三寶壟

VIII-1.10.延伸閱讀(pusat/tengah)

印尼文「pusat」具有「中心,中心點,中央」的意思，通常指「範圍小的地點」，而「tengah」表示「中,中間,中部」，一般多指「範圍較大地區」，比較參考如下表：

類 型 / 意 義	範　　　　　　　　　　　　　　　　　　　　　　　　　　　　　例
pusat 中心,中心點,中央	Jakarta pusat 雅加達(行政)中區 pusat Jakarta 雅加達中心 pusat kota 市中心
tengah 中,中間,中部	Amerika Tengah 中美洲 kawasan tengah 中部地區 tengah kota 城市中區 waktu Indonesia tengah(WITA)印尼中部時間(巴里島,台星馬中) wilayah tengah Taiwan 台灣中部

Ayat VIII-1.2.國定例假日(台灣)

Kalender Hari Libur Nasional 國定例假日
Tahun baru 元旦(西曆 1 月 1 日)
malam tahun baru Imlek,malam akhir tahun,malam Sincia,Sa Cap Meh 除夕,卅暝(農曆臘月 12 月 29 或 30 日)
Tahun baru imlek(華人)農曆新年,Sincia 正月[49](農曆正月初一/1 月 1 日)
Festival Lampion/Lentera,Cap Go Meh 元宵節,15 暝(農曆 1 月 15 日)
Hari Bahasa Ibu Sedunia 世界母語日(西曆 2 月 21 日)
Hari Peringatan Perdamaian 28 Februari 二二八和平紀念日(西曆 2 月 28 日)
Hari Perempuan/Wanita Sedunia 國際婦女節(西曆 3 月 8 日)
April Mop 愚人節(西曆 4 月 1 日)
Festival Qingming,Chengbeng,Hari sembahyang ke makam leluhur 清明節(西曆 4 月 4、5 或 6 日)
Hari Buruh 勞動節(西曆 5 月 1 日)

---

[49] 印尼部分地區的華人會將「農曆新年」稱呼為「Sincia(新正)」，這是「Sin(baru、新的)」和「cia(bulan pertama、正月)」的合稱。

Hari Ibu 母親節(每年 5 月第 2 個禮拜天)
Festival perahu naga, (Hari) Peh Cun[50],Hari Bakcang 端午節(農曆 5 月 5 日)
Hari anti-homofobia,Hari Internasional Melawan Homofobia 國際拒絕/不再恐同日(西曆 5 月 17 日)
Hari kasih sayang ala Tionghoa (tanggal 7 Juli Imlek)七夕情人節(農曆 7 月 7 日)
Hari Ayah 父親節(西曆 8 月 8 日)
Hari Festival Hantu/Cioko,Festival Hantu Kelaparan,Festival Zhongyuan 中元節 [51](農曆 7 月 15 日)
Festival Kue Bulan,Tiongciu,Festival Bulan Purnama,Festival Pertengahan Musim Gugur 中秋節(農曆 8 月 15 日)
Hari Nasional(台灣)(雙十)國慶日(西曆 10 月 10 日)
Hari Raya Dongzhi/Tang Cie,Festival Wedang Ronde,Perayaan Onde 冬至(西曆 12 月 21 日)[51]
Hari Raya Natal(基督教)聖誕節(西曆 12 月 25 日)

例句

➢ Liburan Tahun Baru Imlek tahun 2019 cukup panjang, mulai dari 2 Februari hingga 10 Februari.
2019 年農曆新年假期夠長，從 2 月 2 日到 2 月 10 日。(108 印導)

➢ Usai menikmati liburan panjang Imlek sebanyak 10 hari, warga Taiwan kembali bekerja normal
dan siap-siap membayar liburan dengan hari kerja substitusi. Di antaranya, dua untuk liburan
Imlek sudah dibayar pada dua akhir pekan lalu.
享受多達 10 天農曆新年長假之後，台灣人回到正常工作，並準備用補班日來償還休假，
其中，2 天農曆年假已經在之前的週末補班了。

Ayat VIII-1.3.國定例假日(印尼)

Tahun baru Masehi 新年(西曆 1 月 1 日)
Tahun baru imlek(華人)農曆新年(農曆正月初一/1 月 1 日)
Isra Mikraj Nabi Muhammad SAW(回教)升天節(回曆 7 月 27 日)
Hari Suci Nyepi(印度教)寧靜日/沉思節/靜居日(印度教 Saka 曆的新年)
Wafat Isa Al Masih,Jumat Agung(基督教)耶穌受難日/耶穌逝世紀念日(復活節前的星期五)
Hari Kartini(印尼)婦女節(西曆 4 月 21 日)[51]
Hari Buruh Internasional 勞動節(西曆 5 月 1 日)
Hari Paskah 復活節(春分後的第 1 個滿月後的第 1 個星期日)
Bulan puasa Islam,Ramadhan 回教齋戒月(回曆 9 月)
Hari Raya Idul Fitri 開齋節(回曆 10 月 1 日)
Kenaikan Isa Al Masih 耶穌升天節(復活節後 40 天的星期四)
Hari Raya Waisak(佛教)衛塞節/佛誕日/佛陀日/花節(農曆 4 月 8 日)
Hari Lahir Pancasila 建國 5 原則紀念日(西曆 6 月 1 日)
Hari Ayah 父親節(西曆 6 月 20 日)
Hari Raya Haji/Idul Adha(回教)哈芝節/宰牲節/忠孝節(回曆 12 月 10 日)

---

50 「Peh Cun(划舟)」源自福建話「peh ling cun(划龍舟)」。
51 當天政府各界會「紀念和慶祝」，但不放假。

Muharram/Tahun Baru Islam 回教新年(回曆 1 月 1 日)[52]	
Hari Kemerdekaan Republik Indonesia,Tujuh-belasan 印尼獨立紀念日/國慶日(西曆 8 月 17 日)	
Maulid Nabi Muhammad SAW 穆罕默德誕辰/先知穆罕默德誕辰紀念日(回曆 3 月 12 日)	
Hari Guru Nasional 教師節(西曆 11 月 25 日)	
Hari Ibu 母親節(西曆 12 月 22 日)	
Hari Raya Natal(基督教)聖誕節(西曆 12 月 25 日)	

例句

> Saat hari raya Nyepi di Bali, semua orang dilarang untuk menghidupkan lampu, keluar rumah, atau bepergian, terkecuali untuk hal-hal darurat.
> 巴里島在寧靜日時，所有人被禁止開燈、離家外出，除非緊急事故。(107 印導)

> Hari kemerdekaan RI adalah tanggal 17 Agustus.
> 印尼共和國的獨立日是 8 月 17 日。(109 印導)

> Lagu kebangsaan Indonesia Raya berkumandang di seluruh penjuru wilayah Indonesia saat perayaan 17 Agustus.
> 當 8 月 17 日慶典時，國歌"偉大的印尼"在印尼各角落迴響著。

> Pada Hari Raya/perayaan tujuh-belasan/Hari Proklamasi Kemerdekaan, ada lomba makan kerupuk udang dan kompetisi panjat (pohon) pinang yang berhadiah jutaan rupiah.
> 在印尼國慶日，有吃蝦餅比賽和好幾百萬印尼幣獎金的爬檳榔樹競賽。

> Masyarakat Indonesia hidup dengan damai berasaskan nilai-nilai Pancasila.
> 印尼人民根據建國 5 原則的價值觀而和平的生活著。

> Ramadan dimulai dari bulan kesembilan kalender Islam dengan selisih satu atau dua hari tergantung waktu muculnya bulan baru di setiap negara. Tahun ini 2023, Ramadan dimulai dari 22-23 Maret dan berakhir pada 20-21 April.
> 齋戒月開始於回曆 9 月，取決於每個國家新月出現的時間，有 1 至 2 天差距，今年 2023 年，齋戒月開始於 3 月 22 或 23 日，結束於 4 月 20 或 21 日。

> Selama periode ini, umat Muslim tidak makan atau minum sejak matahari terbit hingga terbenam untuk menyucikan jiwa dan mengukuhkan iman mereka. Berbuka puasa saat magrib merupakan waktu berkumpul dan berbagi. Setiap keluarga berupaya semaksimal mungkin.
> 在這段期，回教徒們從日出到日落不吃不喝，以淨化靈魂並堅定他們的信仰，在昏禮(馬格里布)時開齋，是聚會和各式各樣活動的時間，每個家庭都盡可能的以最大人數的方式辦理。

VIII-1.3.1.延伸閱讀(開齋節與新年)

外界常誤認禁食 1 個月的「回教齋戒月(Ramadhan/Bulan Puasa Islam)」結束後的「開齋節(Lebaran)」就是「回教新年(Muharram/Tahun Baru Islam)」，事實上這兩者是完全不一樣的，日期相差 2 至 3 個月，只是因為回教徒在「開齋節」會大肆慶祝，類似華人節慶的除夕和新年，所以被誤認，比較如下表：

節 慶	日 期	慶 祝 活 動

---

[52] 回教「齋戒月」與「新年」的差異，請參考「VIII-1.5.1.小提醒」。

開齋節 (Lebaran)	回曆每年 10 月 1 日 (2021 年 5 月 2 日、 2022 年 5 月 12 日)	**慶祝 3 天** 外地家人返鄉、齋戒月最後 1 晚團聚共享開齋飯、開齋節當日沐浴更衣、去清真寺禱告、朝麥加敬拜、拜訪親友等
新年 (Muharram/Tahun Baru Islam)	回曆每年 1 月 1 日 (2021 年 8 月 10 日、 2022 年 7 月 30 日)	**慶祝 1 天** 禱告誦經、火把遊行等

VIII-1.3.2.延伸閱讀(各宗教紀年)

宗　　　教	新　　　　　　　　　　年	說　　　　　　　　　明
天主教 基督教 佛教 孔教	Selamat Hari Raya Tahun Baru Imlek 2023, 2574 Kongzili 祝 2023 年農曆新年及孔子曆 2574 年快樂	根據印尼孔教或儒教(Konghucu)紀年,孔子生於西元前 551 年,孔子曆算法為西元年加上 551,所以西元 2023 年為孔子曆 2574 年
回教	Marhaban Ya Ramadhan 1444 H. Selamat Menunaikan Ibadah Puasa 頌讚回曆 1444 年齋戒月,祝齋戒月愉快	西元 622 穆漢默德從麥加逃到麥地那,為回曆元年(平年 354 日/閏年 355 日),西元 2023 為回曆 1444 年
印度教	Selamat Hari Raya Nyepi, tahun Baru Saka 1945 祝印度教寧靜日及印度曆 1945 年新年愉快	根據印度曆(Kalender Saka)紀年,西元 78 年為印度曆元年,所以西元 2023 年為印度曆 1945 年

Ayat VIII-1.4.書信/公告用語

amplop,sampul surat 信封	
dikirim dengan pos 郵寄	
hormat (dari) (某人)敬啟者(某人),(某人)敬上	
isi 目錄	
judul 標題	
kantor pos 郵局	
kartu pos 明信片	
kepada yang terhormat(kepada Yth.,)(正本)收件者,敬啟者	
kesimpulan,kata penutup 結語,結論	
kilat 快遞	
lampiran,susulan 附件,附錄	
melem amplop 黏信封	
meterai 印花	
nama samaran,alias 別名,化名,筆名	
notabene 請注意,順便,再者(信末簽名後附加的話,縮寫 N.B.=P.S.)	
pengantar 前言	
perangko 郵票	
pos biasa 平郵	

pos kilat 加急郵件	
pos udara 航空郵件	
prakata 序言	
ralat 勘誤(表)	
rencana surat 信稿→merencanakan surat(繕)打信稿	
sampul 封面	
sipengirim(Sip:)寄信者	
Tembusan Yth(副本)收件者	

例句

Artikel VIII-1.4.1.範例(公告)

Pengumuman
公告

    Diumumkan kepada seluruh pengusaha dan pengguna angkutan umum. 茲通知所有公共運輸業者與乘客

    Sehubungan dengan kenaikan BBM (Bahan Bakar Minyak), Menteri Perhubungan mengeluarkan keputusan sebagai berikut. 鑑於油料漲價,交通部長頒布決定如下

1. ....
2. ....
3. ....

(內容)

    Demikian pengumuman ini dibuat untuk dilaksanakan sesuai dengan ketentuan. 為符合實施規定,特製作本公告

Jakarta, 17 Agustus 2021
(發出公告)地點和日期

Ketua Organda
陸路運輸組織主管

Artikel VIII-1.4.2.範例(正式邀請信)

Jakarta Taipei School (JTS)
Jl. Raya Kelapa Hybrida, Blok QH Kelapa Gading Permai Jakarta 14240 Indonesia
(信頭)

===

Jakarta, 22 September 2021
(寫信者)地點和日期

Nomor : (信件編號)
Hal　　: (事由)
Lamp　: (附件)
Yth. Orang Tua Siswa/siswi JTS (收信者地址)
di tempat

Dengan hormat, (開頭問候語)

....
....
(信件內容)

hari, tanggal　　: Minggu, 10 Oktober 2021
tempat　　　　 : Aula sekolah JTS
　　　　　　　　 Jl. Raya Kelapa Hybrida,
　　　　　　　　 Blok QH Kelapa Gading Permai Jakarta
waktu　　　　　 : 09.00 (WIB) – selesai

　Demikian surat undangan ini saya buat. Atas perhatiannya, saya ucapkan terima kasih. 我特別寫了這封信，我對於您的關心表示感謝

Hormat saya, 本人敬上(結尾問候語)
Kepala Sekolah 校長(信件簽名者職稱)

Endang

Drs. Endang Usman, M.Pd. (信件簽名者全名)

Artikel VIII-1.4.3.範例(信件①)

Taipei Taiwan, 7 Agustus 2021
(寫信者)地點和日期

Untuk
Sahabatku Jaya 給我的好朋友 Jaya
Jln. ...
....
Jakarta Selatan
Indonesia
(收信者姓名和地址)

　Assalamu'alaikum wr. wb. 您好(回教徒的開頭問候語)
　Hai, ...
....
....
(內文)

Wassalam,
我很好(回教徒的結尾問候語)
Sahabatmu,
你的好朋友

Devi
(寫信者)

Artikel VIII-1.4.4.範例(信件②)

Kaohsiung Taiwan, 8 Agustus 2021
(寫信者)地點和日期

Yth. Ayah tercinta 致最親愛的父親
di Surabaya Indonesia (收信者地點)

　Halo, ... (開頭問候語)
....
....
(內文)

Hormat Ananda,
您的小孩敬上(結尾問候語)

Albert
(寫信者)

420

Artikel VIII-1.4.5.範例(信件③)

Taichung Taiwan, 9 Agustus 2021
(寫信者)地點和日期

Buat
Sahabatku Budi 給我的好朋友 Budi
di Bali Indonesia (收信者地點)

Budi, (收信者)

....
....
(內文)

Sahabatmu,
你的好朋友(結尾問候語)

Hermawan
(寫信者)

Artikel VIII-1.4.6.範例(信件④)

Tainan Taiwan, 10 Agustus 2021
(寫信者)地點和日期

Untuk sahabatku, 給我的好朋友
Indah (收信者)
di Medan Indonesia (收信者地點)

Salam rindu! 好想念你(開頭問候語)

....
....
(內文)

Sahabatmu,
你的好朋友(結尾問候語)

Jefrico
(寫信者)

Ayat VIII-1.5.標點符號(Tanda Baca)

huruf besar 大寫	tanda kurung 括號(()[]{})
huruf kecil 小寫	tanda panah 箭號(→)
simbol-simbol khusus 特殊符號(@#$%^&*)	tanda sama 等號(=)
spasi 空格	tanda seru 驚嘆號(!)
tabda titik dua 冒號(:)	tanda tanya 問號(?)
tanda garis miring 斜線(/)	tanda titik koma 逗點,逗號(,)
tanda hubung 連字號(-)	tanda titik 句點,句號(.)

➢ Burung-burung itu terbang mengangkasa membentuk tanda panah.
那些鳥以箭號隊形飛向天空。

VIII-1.5.1.延伸閱讀(圈叉符號)

印尼文「打叉(X)」和「打勾(V)」以及其他「○、□、△」等符號的用法如下：

tanda centang (V)勾號	tanda segi tiga (△)三角形符號
tanda lingkaran (○)圈號,圓形符號	tanda silang (X)叉號
tanda persegi (□)正方形符號	

➢ Berilah tanda centang (V) untuk kalimat yang mengungkapkan harapan!
在表示"希望"的句子上打勾。

➢ Berilah tanda silang (X) di huruf a, b, c, atau d sebagai jawaban yang benar.
在正確答案的字母 a、b、c 或 d 上打叉。

➢ Kata-kata yang salah ejaannya dilingkari tinta merah.
在拼錯的詞上畫圈圈。

VIII-1.5.2.延伸閱讀(猜拳遊戲)

因為韓劇「魷魚遊戲」劇情中出現「lampu merah lampu hijau(123 木頭人)」的關卡，讓人不禁想知道其他遊戲的印尼文說法，例如「silang-bulat-silang(井字遊戲,圈叉遊戲)」、「teka-teki silang(填字遊戲)」、「berabun-rabun,umpet-umpetan,petak umpet(捉迷藏,躲躲貓)」，而在印尼文若要說「猜拳,划拳(Suten)」通常有 2 種用法，一種是印尼本身的「大象、人、螞蟻」，分別以「大拇指(大象)、食指(人)、小指(螞蟻)」代表；另一種是台美日等其他國家用的日本式「剪刀、石頭、布」，兩者比大小、論輸贏的規則說明如下：

類型	玩法/規則
印尼(Suten Indonesia)	gajah(大象)＞manusia/orang(人)＞semut(螞蟻)＞gajah(大象)...
台美日(Suten Jepang)	kertas(布)＞batu(石頭)＞gunting(剪刀)＞kertas(布)...

除了猜拳(Suten)遊戲，在印尼可見的傳統或遊戲例舉如下：

balap karung 套袋/麻袋賽跑
benteng 堡壘,要塞遊戲
berabun-rabun,kucing-kucingan,main cari-carian/sembunyi,petak umpet,umpet-umpetan 捉迷藏,躲躲貓
bermain ayunan 盪鞦韆
catur 西洋棋

Cenge-cenge 跳房子,(韓國)魷魚遊戲
congklak 洞家遊戲,播棋板
dadu 骰子
domino 骨牌
egrang 高蹺
galah asin(galasin),galah panjang,galah gobak sodor 全員達陣
gelanggang ayam 鬥雞
halma 跳棋
kelereng,main gundu 打彈珠
kuda-kudaan 木馬,鞍馬,騎馬遊戲
Lomba Makan Kerupuk 吃蝦餅比賽
mahyong 麻將
main gasing 玩陀螺
panjat pinang,rebutan,malam rebutan 爬檳榔樹,搶孤
panting 泥漿摔角
papan jungkat 翹翹板,蹺蹺板
permainan kartu 卡牌遊戲(bermain kartu 玩牌)
permainan lampu merah lampu hijau 123 木頭人遊戲
perosotan(溜)滑梯
sambung kata 文字接龍
silang-bulat-silang 井字遊戲,圈叉遊戲
teka-teki silang 填字遊戲
ular naga panjang 火車過山洞
ular tangga 蛇梯棋

例句

> Pada masa kecil kami sering bermain permainan lampu merah lampu hijau.
> 我們小時候經常玩 123 木頭人遊戲。

> Baik batik maupun wayang, keduanya adalah representasi budaya Indonesia yang bersumber dari tradisi, persilangan budaya, dan hasil peradaban yang berkembang di wilayah nusantara.
> 不論蠟染還是戲劇，這兩者都是印尼文化的代表，都源自於傳統、文化交融以及在印尼群島地區發展的文明產物。

VIII-1.5.3. 小提醒(鼓的用法)

印尼文「鼓」有好幾種說法，比如「Tambur(西方)鼓」、「Gendang/Genderang(印尼雙面/單面)鼓」、「Nobat(就職/加冕典禮)(大鼓)」、「kelontong(叫賣用)手搖小鼓」，實際運用

例子有「Bermain Tambur(打鼓)」、「Gendang Raya(大鼓)」、「Menobatkan(舉行登基典禮)」。

Ayat VIII-1.6.祝福/感謝/安慰用語(Ucapan Selamat/Syukur/Hiburan)

(Mohon maaf) Lahir dan batin 請原諒我今年所犯的錯,我出生到這世上帶著罪,如果有什麼對不起的地方,請原諒我
Alhamdulillah!謝天謝地！感謝阿拉/真主！
Amin!希望如此！阿門(回教徒/基督徒禱告結束用語)
Astaga!(Firullah)天呀！(願主饒恕)
Berharap yang terbaik untukmu 祝你一切順利
Bersyukur kepada Tuhan 感謝上帝
Daulat dirgahayu!祝萬歲,祝萬壽無疆,祝長命百歲！
Dirgahayu Indonesia!(正式),Hidup Indonesia!(口語)印尼萬歲！
Ikut/Turut berdukacita!節哀順變,我也很難過！
Insya Allah(未來)依靠阿拉/真主的旨意
Jaga diri!保重,當心！
Jangan malu-malu! Jangan segan-segan!不要不好意思,別客氣,不要害羞！
Jangan sungkan-sungkan!不要這麼客氣,不要這麼說！
Karena Allah 真主的旨意
Masya Allah(剛剛/過去的事物)這是阿拉/真主的美意
Menyatakan terima kasih dari lubuk hati yang sedalam-dalamnya!表達衷心地感謝！
Menyatakan turut belasungkawa,memberikan belasungkawa 致哀,表示哀悼之意,節哀順變
Minta berkat 求上天賜福
Mohon diterima!請笑納！(送禮者說)→Tidak usah repot-repot!不需要麻煩,太客氣了！(收禮者說)
penuh keberkahan 充滿福氣,充滿幸福→di bawah taburan berkat orang banyak 在許多人祝福之下
salam 您好→salam salam 幸會→kirim salam 致意,問候→memberi salam 問候,打招呼→salam tempel 握手送禮→salam sejahtera 祝(你)平安
Sampai bertemu/ketemu lagi, Sampai jumpa (lagi)!再見！
Selamat atas keberhasilan anda!畢業快樂/升遷快樂！
Selamat atas kelahiran anak anda!祝您生產順利！
Selamat bahagia!祝(您)幸福！
Selamat bekerja/bertugas!工作愉快！
Selamat berlibur!休假愉快！
Selamat berpacaran!約會愉快！
Selamat Hari Raya Nyepi tahun Baru Saka 1945 祝 1945 年 Saka 曆新年寧靜日愉快！(西元 2023=爪哇紀年 1945 年)
Selamat jalan!祝一路順風！
Selamat menempuh hidup baru!恭賀新婚！新婚誌慶！
Selamat menikmati!請慢(享)用！盡情享用！

Selamat ulang tahun(人)!祝(人)生日快樂！	
Selamat!恭喜！	
Semoga cepat sembuh!祝早日康復！	
Semoga engkau diberkati Tuhan 願上帝賜福於你→Mudah-mudahan Tuhan melimpahkan berkatnya kepada kalian 願上帝賜福於你們	
Semoga semua berjalan dengan lancar!萬事如意！	
Semoga sukses!希望(您)成功！	
Semoga usahanya semakin lancar!祝你生意興隆！	
Terima kasih atas bantuan anda!謝謝您的幫助！	
Terima kasih atas dorongannya!謝謝(您的)鼓勵！	
Terima kasih atas jamuan luar biasa ini!謝謝盛情款待！	
Terima kasih atas kedatangan Anda!謝謝您的光臨！	
Terima kasih atas kerja kerasmu!謝謝你的合作！	
Terima kasih atas perhatian bpk!謝謝先生(您)的關心！	
Terima kasih atas pujiannya!謝謝(您的)誇獎！	
Terima kasih atas undangannya!謝謝(您的)邀請！	
Terima kasih atas waktu anda!謝謝您的時間！	
Terima kasih semuanya!謝謝大家！	
Terima kasih untuk hadiah Anda!謝謝您的禮物！	
Terima kasih yang sebesar-besarnya!感激不盡！	
Terima kasih!謝謝→Terima kasih banyak!多謝！→Sama-sama,Kembali!不客氣！(答謝用語)	
Tidak apa-apa!沒關係,不要緊,沒那回事！沒事！	
Tobat kepada Tuhan 向上帝懺悔	
Turut berdukacita atas wafatnya ayah anda!對你父親的逝世表示哀悼！	

例句

> "Sampai jumpa", "Selamat jalan" dan "Sampai bertemu lagi" adalah kata perpisahan.
> "再見"、"一路順風"和"再見"是告別用語。(102 印導)

> Selamat datang di pulau Formosa Taiwan yang indah ini.
> 歡迎蒞臨這美麗的福爾摩沙島台灣。(103 印導)

> Mohon maaf atas ketidaknyamanannya.
> 很抱歉造成不愉快。

> Ini terjadi karena Allah.
> 發生這事是真主的旨意。

Ayat VIII-1.7.Papan Penunjuk Jalan 道路指示牌：交通標誌(Rambu Lalu Lintas)/ 道路標線(Marka Jalan)/路口號誌(Lampu Persimpangan)

AWAS CAT BASAH 小心油漆未乾	

AWAS COPET 小心搶劫	
AWAS JALAN LICIN 小心路滑	
AWAS KEPALA TERBENTUR 小心撞頭	
BEBAS PARKIR 可以停車	
BERPLAT NOMOR GANJIL-GENAP 單雙號車牌制	
DILARANG FOTO 禁止照相	
DILARANG MELUDAH DI SINI 禁止在此吐痰	
DILARANG MEMBAWA PENUMPANG PADA KENDARAAN BAK TERBUKA 開放車斗交通工具禁止載客	
DILARANG MEMBUANG SAMPAH 禁止丟垃圾	
DILARANG MENARIK KENDARAAN DI JALAN TOL 高速公路禁止拖車	
DILARANG MENDAHULUI DARI SEBELAH KIRI 禁止左側超車	
DILARANG PARKIR DI SINI 禁止在此停車	
DILARANG PARKIR, KECUALI RODA DUA 禁止兩輪以外車輛停車	
JALAN BUNTU 此路不通	
KECUALI HARI MINGGU/LIBUR 週日/假日除外	
KURANGI KECEPATAN SEKARANG 現在減速	
LICIN WAKTU HUJAN 天雨路滑	
MOHON MAAF ATAS KETIDAKNYAMANANNYA 很抱歉造成不愉快	
PATUHILAH RAMBU LALU LINTAS DAN MARKA JALAN 請遵守交通標誌及道路標線	
TERTUTUP UNTUK KENDARAAN 禁止通行	
TIGA DALAM SATU 三合一/三人共乘制	

例句

➢ Kalau Anda punya SIM internasional, maka Anda bisa mengemudi mobil di Taiwan.
如果你有國際駕照，你就可以在台灣開車。(103 印導)

➢ Dilarang merokok di dalam pesawat.
禁止在飛機內吸菸。(109 印導)

➢ Wisatawan yang berkunjung ke Taiwan tidak diperbolehkan mengemudi kendaraan bermotor apabila tidak memiliki SIM internasional.
來台訪問的觀光客如果沒有國際駕照，不被允許駕駛機動交通工具(機、汽車)。(110 印導)

➢ Dilarang menelepon keluarga saat pesawat lepas landas.
當飛機起飛時禁止打電話給家人。(111 印導)

➢ Polisi Indonesia larang sepeda lintasi zone ganjil-genap DKI, meski Jakarta sudah turun ke PPKM level 3, harus tetap meningkatkan kewaspadaan akan kemungkinan terjadinya lonjakan kasus COVID-19 kembali. Karena itu, polisi membatasi kegiatan yang berpotensi menimbulkan kerumunan, salah satunya bersepeda.
印尼警方禁止自行車通行雅加達特區的單雙號區域，雖然雅加達已經降到"民眾活動限制措施(PPKM)"第 3 級，對於 COVID-19 案件再次暴增的可能性必須持續加強警戒，因此，警方限制有潛在群聚可能的活動，其中之一是騎自行車。

> Kepala desa mulai membenahi jalanan yang rusak itu dengan cara mengaspal semua lubang-lubang yang membahayakan pengguna jalan.
鄉長開始整修那條毀損道路，用瀝青填補造成用路人危險的全部坑洞。

VIII-1.7.1. 小提醒(Bebas)

因「Bebas」有「免費」和「禁止」兩種意義，所以會造成路邊告示牌上的「BEBAS PARKIR」到底是指「免費停車」還是「禁止停車」的爭議，印尼網路討論多傾向前者「免費停車」的意思，所以如果寫「BEBAS BIAYA PARKIR」比較不會誤會，而「BEBAS MEROKOK」就是「禁止吸菸」的意思，這比較不會有懸念。

VIII-1.7.2. 小提醒(三合一)

雅加達曾於 2003 年開始，在每週一至五上班日實施「三人共乘制」或俗稱「三合一」，私人汽車含駕駛必須 3 人以上才可駛入特定區域，惟該制度已於 2016 年 5 月 16 日廢除。

PUKUL : 07^{00}-10^{00} dan 16^{30}-19^{00}
ANDA MENUJU KAWASAN MOBIL BERPENUMPANG 3 ORANG ATAU LEBIH

三合一/三人共乘制(2003-2016)

VIII-1.7.3. 小提醒(單雙號車牌)

雅加達「單雙號車牌制」接替「三人共乘制」，於 2016 年 8 月 30 日正式開始在每週一至五上班日實施，依私人汽車車牌號碼尾數阿拉伯數字單、雙數決定，符合「**日期**」(非**星期**)之單、雙數才可駛入特定地區。值得一提的是，台灣 2021 年 6 月 7 日因應疫情開始實施的「市場人流管制」措施，則是依身分證號尾數單、雙號，配合「**星期**」的單、雙數日期(週一三五為單、週二四六為雙)，這與印尼的作法有所不同。

PUKUL : 07^{00}-10^{00} dan 16^{00}-20^{00}
ANDA MENUJU KAWASAN PEMBATASAN LALU LINTAS GANJIL-GENAP
BERPLAT NOMOR GANJIL DI TANGGAL GANJIL
BERPLAT NOMOR GENAP DI TANGGAL GENAP

單雙號車牌制(2016-　　)

例句

> Kata "duty free shop" artinya "toko yang menjual barang-barang bebas bea cukai."
"免稅店"這個字的意思是指"販賣不用關稅物品的商店"。(105 印導)

> Orang-orang tertentu yang dibolehkan masuk ke daerah itu.
某些人被允許進入那地區。

> Toko emas itu didatangi pencuri kemarin.
> 那家金店昨天被小偷光顧。

VIII-1.7.4.延伸閱讀(世俗國家)

印尼是「回教徒為主的世俗國家」，加上隨外資、外企進入的外國人不少，所以不要懷疑，它也有多彩多姿的夜生活，尤其是首都雅加達及各大都市，國人如果去當地旅遊、洽公、參展等，夜間出門務必攜帶身分證明文件，以利遇上警察臨檢時之身分認證，減少麻煩，若有緊急需要，可直接撥打 24 小時急難救助電話，聯繫台灣「駐印尼代表處(+62-811-984-676/0811-984-676)」、「駐泗水辦事處(+62-822-5766-9680/0822-5766-9680)」或「外交部緊急聯絡中心(+886-800-085-095)」請求相關協助，保障自身權益。

VIII-1.7.5.延伸閱讀(嫌棄用法)

中文的「噁心、骯髒、齷齪...」在印尼文可是有不同程度的用法，分別用在「言行、生理、心理...」等，舉例如下：

類型	使用範例
enek 噁心,令人作嘔	bau enek sekali 味道很噁心 rasa enek 嘔心(想吐)感覺
jijik 噁心,厭惡,令人反感,頭皮發麻	Jijik, jangan dimakan 嘔心，別吃了
jorok 骯髒,齷齪,噁心	katanya sangat jorok 他的話很下流
kotor 髒的,卑鄙的,下流的,不純淨的	kata kotor 髒話 lantai kotor 髒的地板 mulut kotor 嘴裡不乾淨,出口成髒

例句

> Melihat rupanya saja saya sudah enek.
> 光看它的樣子就令我作噁。

> Saya merasa jijik melihat lalat-lalat itu.
> 我看到那些蒼蠅感到噁心。

> Dia memang penjorok.
> 他真是噁心的傢伙。

> Pakaiannya sangat kotor.
> 他的衣服很髒。

Ayat VIII-1.2.行政宣導印尼文範例(台灣)

為幫助印尼籍外來人口能得到即時的資訊，台灣內政部移民署等涉外政府機關過去一段時間很用心的製作一些印尼文版大、小海報，利用平面與社交媒體等各種管道廣為流通宣傳，例如

在網際網路上可找到的「2020 年擴大自行到案」、「2021 外來人士自動延期居(停)留專案」、「2023 年擴大逾期停(居)留外來人口自行到案專案」、「簡訊實聯制(多語版)」、「行動服務列車」及「安心採檢方案」等印尼文版宣導資料，如果讀者能大致了解其意義，希望未來能協助以印尼語對相關族群做說明，以嘉惠更多人，那本書的學習目的之一就達到了，讀者如果想要知道詳細內容，可以在網路上輸入關鍵字搜尋相關政府文宣。

Pasal VIII-2. 宗教用語(Keagamaan)

依據印尼內政部「人口與民事登記局(Dukcapil)」於 2021 年 12 月 31 日的資料，印尼宗教人口(比例)統計：穆斯林 2 億 3,809 萬人(86.93%)、2,045 萬基督徒(7.47%)、843 萬天主教徒(3.08%)、印度教徒 467 萬(1.71%)、佛教徒 203 萬(0.74%)、儒/孔教(Konghucu)有 7 萬餘人(0.03%)，以及其他宗教 12 萬多人(0.05%)。

印尼是回教徒超過總人口 85%的「世俗國家」，只有最西邊的「亞齊(Aceh)特區」實施回教法，印尼天主教加上基督教徒人數占總人口 10%，主要分布在東邊的巴布亞(Papua)、摩鹿加群島(Maluku)和東北邊的萬鴉老(Manado)等地，而觀光旅遊勝地峇里島(Bali)則是以印度教為主，至於西北邊華人比例較多的坤甸(Pontianak)與山口洋(Singkawang)，則信奉佛教比率也較多。

所以需要瞭解這幾種印尼主要宗教的相關用語，例如看到「Palang(十字)」就想起「Palang Merah(紅十字會)」，而看到「Sabit(鐮刀)」就會聯想「Sabit Merah(紅新月會)」，筆者僅簡單整理一些常見的宗教相關印尼用語給大家參考：

Ayat VIII-2.1. 回教/伊斯蘭教(Agama Islam)

範例(回教用語)

agama islam 回教,伊斯蘭教→keislaman 回教學
ajaran 教條,教義,教誨
Allah 真神阿拉→Allahu akbar 真主是至高無上的
anut 信仰 menganut 信奉
artefak Islam 回教神器
ateis 無神論者
azan 宣禮→mengazankan 宣告禱告開始,招喚禱告
berzakat 付濟貧稅
doa/berdoa 拜拜,祈禱
fatwa(回教)決定,判決,教令,教誨
gamis 阿拉伯長袍
haji 哈芝(去麥加朝聖過的男性)→hajah 哈賈(去麥加朝聖過的女性)
Haji 朝功,大朝觀,正朝,朝聖(回曆 12 月 8 日前後,期程較長,可封 Haji 名)→pergi haji 去(麥加)朝聖
halalbihalal(開齋節)尋求寬恕聚會
halal 清真認證,符合回教規範(餐飲),哈拉→label/logo/tanda halal 清真認證餐飲標誌
haram(回教)教規禁止,非法的→mengharamkan 宣布違犯(回教)教規,嚴格禁止,禁絕

429

hijab(露臉,只遮住頭頸肩)頭巾(通稱)[53]→jilbab(露臉)寬鬆長外套
ibadah(t)禮拜,崇拜→beribadah 做禮拜,去禱告
Imam 教長,伊瑪目
iman 宗教信仰,信心,信念→membawa iman 入回教,信奉回教
janur,janur kuning(表示家有喜事)竹竿
jemaah 聚集禮拜/禱告的教徒,祈禱會→jemaah haji 回教朝聖團
jenglot(印尼)魔神仔,小矮人
jin(回教傳說)鬼→halau/menghalau jin(回教)趕鬼→tangkal jin 驅鬼符咒
Jumat(回教)週五集體做禮拜
kaji 研究,學習(宗教)→mengaji 學習可蘭經,學習阿拉伯語→mengajikan(為死者)誦讀可蘭經
Kakbah 卡巴天房
keranda,keranda mayat (回教徒抬屍體)擔架
khalifah 哈里發國
khusyuk 虔誠,誠心誠意
kurban 祭品
magrib/waktu magrib 馬格里布,昏禮(日落後的祈禱,通常表示可開齋用餐)
Majelis Ulama Indonesia(MUI)印尼回教學者理事會
makhluk 真主所創造的一切(生物,人類)
marhaban(穆漢默德生日)頌歌,歌頌,(對客人)讚辭
Masjid al-Harram(麥加)大清真寺,禁寺
Masjid Besar Taipei,Masjid Agung Taipei 台北大清真寺
Masjid Istiqlal(雅加達)伊斯蒂克拉爾清真寺
masjid 清真寺→Masjidil Haram(在麥加)清真寺→Masjidil aksa(在耶路薩冷)清真寺
Mekah 聖地麥加→kiblat(麥加)指標
memangku agama Islam 信奉回教
menjalankan/menunaikan ibadah puasa 履行齋戒義務
monoteisme 一神論
Muhammad 穆罕默德→Al-Nabi(回教)穆罕默德
mukenah 禮拜服(特指女教徒白色罩袍)
musala 祈禱室
pengkaji 研究人員,學習(宗教)者
penunjuk arah kiblat(聖地麥加)方向指示
pesantren 習經院(回教寄宿學校)
pocong(回教)包頭殭屍
potong kambing 宰羊,宰羊宴會

---

[53] hijab 常作為女性回教徒頭巾的通稱,若要仔細區分,不同頭巾種類和差別如下：hijab (露臉,只遮住頭頸肩)、jilbab(露臉)寬鬆長外套、al-amira(與 hijab 雷同,內戴軟帽)頭巾、shayla(長方形圍巾) 頭巾、duppatta(東南亞回教,印度教女性)頭巾、niqab(只露出眼睛,用面紗蓋住口鼻)頭巾、abaya,chador(露臉)全身罩袍、burka(不露臉,眼睛用網紗遮住)全身罩袍。

puasa(每年 1 個月)齋戒,Saum(每月 2-3 天)齋戒,齋功→berpuasa 守齋戒→Bulan puasa Islam 回教齋戒月	
Quran 可蘭經	
rahmat 仁慈,憐憫,(真主的)慈悲,恩賜,天恩	
rohaniwan 神職人員	
sabit merah 紅新月會	
sajadah(回教徒)膜拜墊,祈禱墊	
Sakat 課功(每年奉獻收入至少 2.5%)	
Salat(回教)禱告,拜功/禮功(每天 5 次朝向麥加禱告)[54]	
santri(習經院)學生→santriwan(習經院)男學生→santriwati(習經院)女學生	
sekaten(梭羅、日惹等地)穆罕默德誕辰的夜市慶典活動	
selubung 頭巾,面紗,偽裝→selubung muka 面紗	
sembahyang/bersembahyang 禱告(完整流程,含拜拜)	
sholeh 虔誠	
silaturahmi 友誼→bersilaturahmi(開齋節)拜訪親友	
sunat 割包皮→sunatan(回教徒)割禮	
surat mualaf,pernyataan/keterangan masuk agama Islam 入回教聲明書	
Syahadat 唸功(默念清真言)	
syariat 教規→syariat Islam 回教教規	
tarawih(齋戒月)晚上的禱告	
tawaf 環繞卡巴天房(克爾白)祈禱的儀式	
ulama 回教講師	
umat islam,muslin 回教徒,穆斯林	
umat 信徒→para umat 信眾	
Umrah 小朝覲,副朝(1 年任何時候,期程較短,不封 Haji 名)	
Unitarian 一神論者	
wudu 小淨(禱告前洗淨身體)→tempat wudu 小淨室	
Ya ilahi 真主啊	
Yang Maha Esa 全能的上帝,全能的真主	
zakat fitrah 濟貧稅,開齋節布施	

例句

> Tamu yang beragama islam, biasanya akan memilih makanan yang halal.
> 信奉回教的客人,通常會挑選清真認證/哈拉(Halal)食物。(104 印導)

> Kalau mengajak tamu yang beragama islam bersantap, hendaknya memilih restoran yang ada tanda halal, atau restoran Vegetarian.
> 如果邀請信奉回教的客人吃喝,應該挑選有清真認證/哈拉(Halal)標誌的餐廳或素食餐

---

[54] 回教禱告/拜功/禮功「Salat」每天 5 次朝向麥加禱告的時間分別是印尼西部時間(WIB)04:30、12:00、15:30、18:00 及 19:00。

廳。(106 印導)

> Taiwan sekarang semakin promosikan wisata muslim. Selain tidak sulit menemukan makanan halal, juga ada tempat beribadah/musala di banyak tempat wisata.
台灣現在越來越推廣穆斯林旅遊，除了不難發現清真認證/哈拉(Halal)食物外，在許多旅遊景點也設有禱告室。(108 印導)

> Demi menyambut turis muslim datang ke Taiwan, telah tersedia makanan yang halal, juga ada tempat salat.
為了歡迎來台灣的回教觀光客，已經準備好清真認證/哈拉(Halal)食物。(109 印導)

> Walaupun hanya sedikit restoran halal yang dapat ditemukan, namun wisatawan muslim tetap dapat menemukan restoran vegetarian yang sangat bervariasi menu makanannya dan tentunya lezat dan halal.
雖然只能找到不多的清真認證/哈拉(Halal)餐廳，然而穆斯林觀光客仍然能夠找到食物多樣化的素食餐廳，而且食物的確美味且經清真認證。(109 印導)

> Di Taiwan ada beberapa masjid yang boleh dikunjungi, antara lain Masjid Besar Taipei, Longgang Masjid(Taoyuan), Dayuan At-Taqwa Masjid(Taoyuan), Taichung Masjid dan Kaohsiung Masjid.
台灣有幾間清真寺可以參觀，例如台北大清真寺、龍岡清真寺(桃園)、大園清真寺、台中清真寺和高雄清真寺。(109 印導)

> Upaya lain yang dilakukan pemerintah untuk memaksimalkan tujuan Taiwan menjadi lokasi wisata ramah Muslim adalah dengan memperbanyak jumlah rumah makan halal. Ini mungkin menjadi fokus lain yang tak kalah penting dari tempat ibadah.
為了使台灣成為穆斯林友善觀光地點的目標最大化，政府實施的其他方法是提供更多的清真認證/哈拉(Halal)餐廳，這可能是跟禱告場所一樣重要的景點。(109 印導)

> Turis muslim Indonesia di Taiwan boleh mencari restoran halal di sekitar objek wisata melalui aplikasi HP atau APP (misalnya Taiwan Halal).
印尼回教觀光客在台灣可以透過手機應用程式或 APP(例如 Taiwan Halal)尋找旅遊目的地附近的清真認證/哈拉(Halal)餐廳。(110 印導)

> Taiwan tidak hanya ada kuil-kuil Buddha yang terkenal misalnay Kuil Xingtian dan Kuil Longshan, juga ada Masjid Besar Taipei untuk umat muslim di Taiwan dan Gereja Sepatu Tinggi kaca di Chiayi.
台灣不只佛教寺廟有名，例如行天宮和龍山寺，也有針對台灣回教徒的台北大清真寺和嘉義的玻璃高跟鞋教堂。(110 印導)

> Tamu Anda dari Indonesia yang mayoritas warga negaranya beragama Islam, sebaiknya Anda bertanya kepadanya dulu : Apakah ada makanan tabu yang perlu saya perhatikan selama wisata Anda di Taiwan?
你的客人來自居民信奉回教佔多數的印尼，你最好先問他們：在台灣旅遊期間是否有需要我注意的飲食禁忌？(111 印導)

> Bagi wisatawan beragama muslim, sebaiknya membawa mereka ke rumah makan yang "halal".
對於信奉回教的觀光客來說，最好帶他們去"清真認證"餐廳。(111 印導)

> Wisata ziarah adalah jenis wisata yang berkaitan dengan adat istiadat dan kepercayaan yang

dianut.
朝聖旅遊是與風俗習慣和信奉的信仰有關的旅種。(112 印導)

➢ Salah satu opsi masakan yang bisa dipilih kaum muslim jika tidak ada restoran halal di sekitar adalah masakan vegetaris.
如果附近沒有回教認證餐廳，其中一個穆斯林族群可以選擇的料理選項是素食餐。(112 印導)

➢ Kemudian dilanjutkan dengan menyantap hidangan restoran yang menyediakan makanan halal untuk wisatawan muslim. Selain makanan halal, restoran ini juga menyediakan musala.
之後繼續品嘗可為穆斯林觀光客準備回教認證食品的餐廳推出的佳餚，除了回教認證食品，餐廳也備有祈禱室。(112 印導)

➢ Wisatawan yang beragama Islam, mereka tidak bisa makan makanan yang berisi babi.
信奉回教的觀光客，他們不能吃含有豬肉的食物。

➢ Daging sapi halal bagi orang Islam.
回教徒可以吃牛肉。

➢ Di Taiwan beraneka ragam agama dan kepercayaan, misalnya agama Buddha, Taoisme, Katolik, Kristen/Nasrani, Islam, Hindu dan lainnya.
台灣有各種宗教和信仰，例如佛教、道教、天主教、基督教、回教/伊斯蘭教、印度教等。

➢ Berdasarkan "Global Muslim Tourism Index (GMTI) 2021", Taiwan menempati posisi kedua di antara negara-negara non-Muslim (non-OKI, Organisasi Kerjasama Islam) sebagai salah satu destinasi wisata terbaik di dunia untuk kaum Muslim pada tahun 2021.
根據"2021 年全球穆斯林旅遊指南"，台灣在非穆斯林國家(非回教合作組織)旅遊目的地排名第 2，對穆斯林族群來說，是世界最好旅遊目的地之一。

➢ Dibandingkan tahun-tahun sebelum, Taiwan sekarang semakin promosikan wisata muslim, ada tempat beribadah di banyak tempat wisata.
和前幾年相比，台灣現在越來越推廣穆斯林旅遊，許多旅遊景點都有禱告室。

➢ Umat Islam Indonesia sangat kompak.
印尼回教徒很團結。

➢ Sehabis mengambil wudu, umat Islam/Muslin segera bersembahyang.
回教徒小淨結束後馬上做禮拜。

➢ Para umat islam wajib berpuasa.
回教徒們必須要守齋戒。

➢ Jangan kaget, kadang-kadang ada orang-orang muda berperan sebagai pocong dan keranda mayat berkeliaran di jalan yang gelap gulita pada malam hari Halloween di Indonesia.
不要驚訝，有時候在印尼萬聖節晚上，年輕人會假扮殭屍和抬著運屍體的擔架在漆黑的街上遊蕩。

➢ Naik Haji adalah salah satu dari lima rukun Islam, dimana umat Islam wajib naik haji setidaknya sekali dalam seumur hidup.
(麥加)朝聖是回教 5 功之一，回教徒不論身在何處，一生都必須去麥加朝聖至少一次。

> Waktu lebaran banyak orang bersilaturahmi ke rumahnya.
> 開齋節假期時很多人到他家拜訪。

VIII-2.1.1. 小提醒(小淨)

印尼男性回教徒禱告前必須用水洗淨「手、口、鼻孔、胳膊、頭、腳」等身體部位,這是「小淨(Wudu)」,通常都會去「小淨室(Tempat Wudu)」,對於剛到印尼或對回教不太了解者,常分不清「小淨室」與「男廁」,容易造成誤會,要特別小心。

Ayat VIII-2.2. 基督教(Kristen)/天主教(Khatolik)

範例(基督教/天主教)

Allah 上帝,神→Tuhan 耶和華,上帝→Yesus 耶穌
altar 祭壇,聖壇
bang 念經
biarawan 修士→biarawati 修女
biksu 僧侶,和尚
diharu setan 被魔鬼附身
dikaruniai 4 orang anak(被主賞賜)生了 4 個小孩
engkau 祢(禱告時真主的人稱代名詞)
gereja 教堂
katedral(天主教)大教堂
kayu salib/saling,tiang salib 十字架,十字形→menyalib/menyalibkan 釘在十字架上→mati disalib 被釘死在十字架上
Kejadian 創世紀(舊約第 1 卷)→Keluaran 出埃及記(舊約第 2 卷)→Wahyu 啟示錄(新約最末卷)
kemasukan 著魔,鬼神附身
kesepuluh firman 十誡
Khatolik 天主教
khotbah 傳教,布道→pengkhotbah 傳教士,講道者
kitab 書,經書→Alkitab 聖經→Kitab perjanjian lama,Kitab Wasiat Lama 舊約聖經→Kitab Wasiat Baru,Kitab Wasiat Baru 新約聖經
Kristen,Nasrani 基督教
lilin 蠟燭
loh batu 石版
Malaikatulmaut 死神
Malaikat 天使
nabi 先知→nabi Musa 先知摩西
neraka 地獄→neraka dunia/manusia 人間煉獄,悲慘世界
oknum 個人,人士,(基督教)上帝自稱→Allah satu tiga oknum 上帝是三位一體
palang 十字→palang merah 紅十字會

paroki(天主教)教區	
pastor(天主教)神父→pendeta(基督教)牧師	
Paus Katolik Yohanes Paulus II 天主教教宗若望保祿二世	
pesona 符咒,咒語→memesonakan 施符咒,使著迷	
Presbiterian 長老會	
sanggar 小教堂,室內祭壇	
setan 魔鬼,撒旦→iblis 惡魔	
sihir 法術,魔術,妖術→menyihir 對...施法,對...下蠱,用法術迷惑→ilmu sihir 法術,魔術→ahli sihir 法師,巫師→kena sihir 中邪,著魔,下蠱	
surga 天堂,天國	
tabut perjanjian 法櫃,約櫃	
Taurat,Kitab Taurat 律法書(猶太教法典),舊約聖經	
vampir 吸血鬼	
vihara/wihara,biara 修道院	

例句

➢ Tuhan menunjukkan kekayaannya.
上帝顯示其無上的權威。

➢ Biara Fo Guang Shan kini terdapat sekitar 300-an cabang ordo di berbagai negara di dunia.
佛光山現在在世界各國大約有 300 多間分院。

Ayat VIII-2.3.其他宗教(Agama Lain)

範例(其他宗教)

(agama) Buddha 佛教→Buddha Mahayana 大乘佛教→Buddha Theravada 小乘佛教→Buddha Vajrayana 藏傳佛教	
(梵文)sarisa,relik 舍利子→10 sarisa bundar dengan warna berlainan 十顆顏色不同的圓形舍利子	
acara gotong Tepekong/Tuapekong 抬大伯公(土地公)神像遊行活動	
altar rumah dewa bumi 家裡拜土地公的神壇	
arwah 靈魂,精神	
berkah/berkat 賜福,恩賜,保佑,福氣	
bidadari 仙女,女神	
biksu 僧侶,和尚→menjadi biksu 出家	
Canang Sari 小花盒(巴里島印度教敬拜用)	
candi(一般)廟,寺→Candi Borobudur 婆羅浮屠佛寺→Candi Prambanan 普蘭巴南印度廟	
Confucianism,Konghucu 孔教,儒教,儒家思想(紀年=2023 年+西元前 551 年孔子生日)	
Confucianism,Konghucu 儒教,孔教	
dewa 神→Dewa Bumi 土地公,財神(爺)→Dewa Handan 寒單	
dewi 女神,仙女→Dewi Matsu 媽祖	
dukun 巫師,巫醫	

dupa 線香(拜拜用)→pembakaran dupa 燒香	
hantu 鬼→hantu lapar 餓鬼	
hanya menantikan takdir 聽天由命	
Hindu,Hinduisme 印度教	
joli 轎子,小船→joli dewa 神轎	
Juli kalender Imlek,bulan 7 kalender Imlek,bulan Hantu 農曆 7 月/鬼月	
karma(輪迴)因果報應,造業,咒語,詛咒	
kelenteng,rumah berhala 孔廟	
kepala arwah(祭典)主菜,首要祭品	
kesatria 印度種姓制度的武士和貴族(第 2 種姓)	
kuil(道教)道觀	
leluhur 祖先	
Maitreya Buddha 彌勒佛	
mati kena tuju 中邪而死	
mengucapkan sumpah 發誓	
menunaikan kaul 還願	
nyola 香爐	
ordo 宗教組織(成員按照組織的規則生活)→cabang ordo 別院,分院,道場	
pawang 有特殊本領的人,巫師→pawang hujan 可呼風喚雨的巫師	
pembimbing agama 宗師	
pengajian 100 hari kematian(人死後)百日法會	
penujuh hari(人死後)頭七→menujuh hari,persembahyangan hari ketujuh 頭七法會(祭拜)	
pintu neraka terbuka/tertutup 鬼門開/關	
potong ayam 斬雞頭發誓	
Pu Du(中元)普渡	
pura(印度教)寺廟	
raksana pemakan manusia 吃人的巨人	
sembah 合十敬拜,膜拜	
tangkal(驅鬼)符咒,驅逐,防止→tangkal bala 消災符咒	
Taoisme 道教	
upacara perpisahan 告別式	
upeti 貢品	
vihara/wihara,biara(佛教)佛堂,佛寺,(尼姑)庵	
Yudaisme 猶太教	
zombie 殭屍→mumi 木乃伊	

例句

> Gereja adalah satu tempat beribadah, tapi Gereja Sepatu Tinggi dan Gereja The Luce Chapel yang hanya kita boleh ambil foto saja, kedua-dua gereja adalah di Daerah Chiayi dan Taichung.

教堂是禱告場所之一，但是高跟鞋教堂與路思義教堂，我們只能拍照而已，這兩個教堂是在嘉義及台中。(109 印導)

➢ Ayah mengadakan pengajian untuk memperingati 100 hari kematian kakek.
父親舉行法會來紀念爺爺過世百日。

➢ Saya berkabung hadir pada persembahyangan hari ketujuh.
我披麻戴孝參加頭七法會。

➢ Tanggal 1 bulan 7 kalender Imlek memasuki bulan hantu. Yang juga berarti pembukaan pintu neraka. Pintu yang biasanya tertutup rapat, kini dibuka selama 1 bulan, agar para arwah dapat berlibur di alam manusia.
農曆 7 月 1 日進入鬼月，也就是鬼門開，鬼門通常是關的，現在開門 1 個月，讓孤魂野鬼可以來人世間休息。

VIII-2.3.1.延伸閱讀(宗教場所)

印尼文「宗教場所」一詞，不同宗教有不同用法，例如：

宗　　　　教	祭　祀　場　所	範　　　　　　　　　　　　　　　　例
一般口語	candi 寺廟	Candi Bentar(巴里島)裂山門/天堂門、Candi Prambanan(日惹)普蘭巴南印度廟
佛教 Buddha	wihara/vihara,biara 寺廟,佛堂,佛寺,(尼姑)庵	Biara Fo Guang Shan 佛光山
印度教 Hinduisme	pura 寺廟	Pura Tanah Lot(巴里島)海神廟、
孔教 Confucianism, Konghucu	kelenteng,rumah berhala 孔廟	
道教 Taoisme	kuil 道觀	Kuil Cheng Huang 城隍廟
回教 Islam	Masjid 清真寺	Masjid Istiqlal(雅加達)伊斯蒂克拉爾清真寺、Masjid Agung Semarang 三寶壠大清真寺、Masjid Raya Medan 棉蘭大清真寺
天主教 Khatolik	katedral(天主教)大教堂	Katedral Jakarta(Gereja Santa Maria Pelindung Diangkat Ke Surga)雅加達大教堂(聖母升天主教座堂)
基督教 Kristen,Nasrani	gereja 教堂	Gereja Kristal 水晶教堂、Gereja Sepatu Tinggi 高跟鞋教堂

Ayat VIII-2.4.禱告用語(Ibadah)

範例(禱告用語)

(Mohon maaf) Lahir dan batin 請原諒我今年所犯的錯
Afuwan 不客氣

Alhamdulillah 感謝阿拉/真主,讚美真主	
Amin 希望如此,阿門(回教徒/基督徒禱告結束用語)	
Assalamu'alaikum 願真主賜予你們平安,願你平安,您好(回教徒間問候語)→Assalamu'alaikum Warahmatullahi(wr.) Wabarakatuh(wb.)願真主的平安、慈悲及祝福與你同在(回教徒間問候語)(阿拉伯語)→Waalaikum Salam(回答語)我很好(阿拉伯語)	
Astaga!(Firullah)天呀！(願主饒恕)	
Bersyukur kepada Tuhan 感謝上帝	
demi Allah 向阿拉/真主發誓	
demi Tuhan 向上帝發誓	
dengan karunia Yang Maha Esa(Y.M.E) 基於上天的恩賜	
dengan nama Allah,(阿語)Bismillah 基於阿拉/真主之名開始...	
dengan rahmat Tuhan 基於上帝的仁慈	
dilindungi Tuhan 被上帝保佑	
dipanggil Tuhan 蒙主寵召	
Insya Allah(未來)依靠阿拉/真主的旨意,若真主意欲	
karena Allah 阿拉/真主的旨意	
Masya Allah(剛剛/過去的事物)這是阿拉/真主的美意	
Melimpahkan berkatnya kepada kalian 賜福於你們	
Minta berkat 求上天賜福	
Selamat berpuasa!祝齋戒平安！祝齋戒順利！	
Selamat Lebaran/Idul Fitri/Hari Raya Idul Fitri!(阿語)Eid Mubarak!開齋節愉快！	
Selamat menunaikan ibadah puasa!齋戒月愉快！	
Selamat sahur!祝封齋飯順心！	
Semoga engkau diberkati Tuhan 願上帝賜福於你	
syukur 感激,感謝,太好了,謝天謝地	
Terima kasih,(阿語)Eyvallah 謝謝	
Tobat kepada Tuhan 向上帝懺悔	

- Mudah-mudahan Tuhan melimpahkan berkatnya kepada kalian.
  願上帝賜福於你們。

- Mohon maaf lahir dan batin.
  我出生到這世上帶著罪，如果有什麼對不起的地方，請原諒我。

- Ini terjadi karena Allah.
  發生這事是阿拉/真主的旨意。

- Saya mendoakan semoga ayah dan ibu selalu dalam keadaan sehat dan walafiat.
  我祝福父母希望都身體健康。

Pasal VIII-3.醫療與衛生(Medis & Kesehatan)

隨著 COVID-19 疫情在全世界各國蔓延，台灣、印尼也不例外，還有非洲豬瘟、禽流感等疫(災)情，整理一些常見的醫學相關印尼文給大家參考：

Ayat VIII-3.1.醫療與衛生(Medis & Kesehatan) -摘錄

範例(醫學用語)

(tulang) belikat 肩胛骨
10 penyebab utama kematian,sepuluh besar penyebab kematian 十大死因
7 golongan penerima vaksin 七類疫苗接種者
aborsi legal 合法墮胎/流產
abses 膿腫
akar Isatis 板藍根
akut 急性的
alang,papan partisi/penyekat,partisi 隔板→partisi pencegahan pandemi 防疫隔板
alat keselamatan 救生器材
alat pemacu jantung 心律調整器
alat tes cepat/rapid 快篩試劑
alat tes rapid buatan Korea 韓國製快篩試劑
alis mata 眉毛
alkohol 酒精
alokasi vaksin 疫苗分配
amis 腥臭→daun amis-amisan 魚腥草
anak gugur 早產兒
anak mata 瞳孔
analisis 分析
apotik 藥房→apoteker 藥劑師
arteri 動脈
asimtomatik 無症狀
askes 健康保險
asma 氣喘
asupan air 水分攝取
autopsi 驗屍,屍體解剖
backlog 校正回歸→kasus backlog 校正回歸案件
bahas 研究,調查→pembahasan 研討,評論
bakteri,kuman 細菌
balut 繃帶
baring,tidur telentang 仰臥,仰躺→dalam posisi telentang 以仰臥姿勢

baring 躺,平躺

bau kaki 香港腳

bawah sadar 下意識的,潛意識的

bedah 手術→bedah kecantikan/plastik 美容,整形手術

bekam 放血,瘀痕

bela 看護,護理→membela 看護,護理

benjolan,bengkak,bisul 腫包→merah bengkak 紅腫

berak,buang air besar(BAB)大便

berat badan 體重

berdampak buruk 有不良影響

berkunang-kunang 閃閃發光,眼冒金星,目眩

bernyawa digugurkan,aborsi 墮胎,流產

besuk 探望,探病→jam besuk 探病時間

betis 小腿→perut betis 小腿肚

bibir 嘴唇

biji mata 眼珠

bintik 皮膚上斑點,雀斑,水珠→bintik keringat 汗珠

bintil/bintul(蚊蟲叮咬)小腫包

bisa 毒,毒素,能夠→bisa ular 蛇毒→daerah bisa-bisa 有毒地區

blok taktil 觸覺/盲人地板,導盲磚

botol susu 奶瓶

buah hati 肝臟

buang buang air,diare,mencret 拉肚子,腹瀉

buang-buang air 拉肚子,腹瀉

busa 泡沫→berbusa 冒泡,吐泡沫→mulut berbusa 口吐白沫

cairan pemutih,pemutih 漂白水

cairan tubuh 體液

cangkok 移植

cape,lelah 累,疲倦,倦怠

catat 記錄→catat nama asli 實名制登記

cedera panas 熱傷害

cedera 受傷

cegah 防止→pencegahan pandemi 防疫

celah 細縫,破口,漏洞→celah pandemi 疫情破口

COVID,virus Corona,COVID-19 嚴重特殊傳染性肺炎,武漢肺炎,新冠肺炎

cucur 流下,流出→keringat dingin bercucuran 冷汗直流

darah 血液→berdarah 流血

daya penularan 傳染力

daya tangkal 抵抗力

debar(心臟,脈搏)跳動→berdebar-debar 心跳,心悸,忐忑
demam berdarah dengue(DBD)出血性登革熱
demam 發燒→demam surut 退燒
dementia/demensia 失智症,癡呆
derita 感染(病)→penderita 患者→pasien 病人
detak 跳動聲,滴答聲→detak jantung 心跳→detak jantung melemah 心跳微弱
di/pada masa/selama pandemi 在疫情流行期間
diabetes,penyakit gula 糖尿病
dibedakan dengan nama negara tempat asalnya 用它的來源地的國名來區別
dicurigai positif 被懷疑陽性
dilarikan ke rumah sakit 很快被送去醫院
diobati tuntas 徹底治療
disabilitas 身心障礙,失能
disinfektan 消毒劑
dokter 醫生→kedokteran 醫學→ke dokter 看醫生
dosis 劑(疫苗)→dosis tambahan,booster,vaksin penguat 追加劑→mengambil booster 施打追加劑→suntikan booster/penguat 追加劑的注射
dubur 肛門
duduk bersilangan,tempat duduk terpisah 梅花座
efek sampingan 副作用
empedu 膽,膽汁
enek 噁心,令人作嘔→rasa enek 嘔心(想吐)感覺
farmasi 藥房
flu 流感,流行性感冒
gagap 口吃,結巴
galur mutan 突變株
gangguan jiwa 精神錯亂
gatal 發癢
gejala 症狀
gendang telinga 耳膜
gigi copot 牙齒掉了
gigi 牙齒→gigi manis 門牙
ginjal 腎→batu ginjal 腎結石→gagal ginjal 腎功能衰竭
gips 石膏
golongan darah 血型
gula darah 血糖
halusinasi 幻覺
hamil,mengandung 懷孕,包含,帶有
hembus 呼氣

hidung tersumbat 鼻塞

Hidup berdampingan dengan virus 與病毒共存

higienis 衛生

himbau 呼籲→himbau untuk pakai masker 呼籲戴口罩

hipertensi 高血壓

ibu hamil atau bersalin 懷孕或即將生產婦女

imunitas 免疫→imunitas klaster 群體免疫→imunisasi global 全球免疫

indeks strata sosial menua 老化社會指數

infeksi silang,kontaminasi 交互感染,互相傳染

infektan 感染→disinfeksi 消毒→terinfeksi asimtomatik 無症狀感染

ingusan,pilek 流鼻涕,流鼻水,感冒,傷風

ingus 鼻涕

inokulasi(疫苗)接種

investigasi sejarah perjalanan penderita 疫調,病患旅遊史調查

isolasi mandiri(Isoman)自主隔離→isolasi mandiri di rumah 居家(自主)隔離

isolasi terpusat(isoter)集中隔離→isolasi rumah 居家隔離

izin dokter,lisensi medis 醫師執照

jaga jarak sosial 1,5 m 保持 1.5 公尺社交距離

jahit tujuh jahitan 縫 7 針

jamu 印尼草藥汁→ibu jamu 草藥婦人→jamu gendong 揹著藥飲販賣的人→bakul jamu 揹著藥飲販賣的婦女→tukang jamu 研製草藥出售的人

jangkit 傳染,傳播→terjangkit virus Delta 被 Delta 病毒傳染

janin 胎兒

jantung berdebar 心悸

jantung 心臟

jari kaki 腳趾→jari tangan 手指→ibu jari,jempol 拇指,大拇指→jari telunjuk 食指→jari tengah/hantu/mati 中指→jari manis 無名指→jari kelingking 小指

jasad 身體,身軀,實體,物體

jatuh sakit 病倒→jatuh pingsan 倒地不起

jejak rekam Distrik Wanhua 萬華區足跡

jerawat 青春痘,粉刺

jika terdapat satu kasus terdiagnosis 如果有 1 例確診個案

jubah putih 白袍

kabut otak 腦霧

kaki 腳

kambuh(舊疾)復發

kandungan,rahim 子宮

kantong mata 眼袋

kantong Pandemi 防疫包

kapas telinga 棉花棒
kaporit 氯
kardiovaskular 心血管
karsinogen 致癌物
kartu vaksin kuning 疫苗接種紀錄卡(小黃卡)
kartu vaksinasi genap 3 dosis 完整接種 3 劑疫苗紀錄卡
kebal,kekebalan 免疫力→sistem kekebalan tubuh 身體免疫系統→kekebalan komunal 群體免疫→orang dengan sistem kekebalan lemah 免疫系統低下者
kegemukan 肥胖
kelainan pada indra pencium atau perasa 嗅覺或味覺異常
kelamin,jenis kelamin 性別→alat kelamin 性器官
kelopak mata 眼皮
keluarga serumah 同住家人
kemoterapi,kemo 化學治療(化療)
kencing nanah 淋病
kepala butuh 龜頭
keratin 角質
keseleo 扭傷,脫臼
keterisian tempat tidur RS,bed occupancy rate(BOR)醫院占床數(率)
kina 奎寧(治療瘧疾)
Klinik Mata 眼科診所
klinis 臨床的
kolestrol jahat 壞膽固醇
kolorektal 直腸
kompres es 冰袋
kondom 保險套
konsentrasi dan fokus 專注力
kontak jarak dekat 近距離接觸
kontrasepsi 避孕
Kota Taipei Baru dan Taoyuan bertambah masing-masing 3 kasus 新北和桃園各增加 3 案
kotak P3K 急救箱→Pertolongan Pertama Pada Kecelakaan(P3K)災難現場救治
kronis 慢性的
kuku 指甲
kunjungan duka anggora keluarga meninggal 奔(家人)喪
kunjungan keluarga sakit 探(家人)病
kuping,telinga 耳朵
kursi roda 輪椅
lali,mati rasa 麻痺,麻木
lambung 胃

lebam 瘀傷
lemas 軟弱無力
lengan,lengan tangan 手臂
lesu 疲乏無力
liang hudung 鼻孔
liang jarum 針眼
liang mata 眼窩
lidah 舌頭
lilit 繞,捆→melilit 纏繞,絞痛→perut melilit 肚子絞痛
lockdown 封鎖
luka bakar tingkat 2-3 二至三級燒燙傷→luka terbakar level dua 二級燒燙傷
luka,mata luka 傷口→luka ringan/berat 輕/重傷→luka tikam 刺傷傷口→hanya mengalami luka ringan 只有受輕傷→dua penumpang yang luka ringan pada jari tangan 兩名乘客手指輕傷
lutut 膝蓋
Manajemen Kesehatan Mandiri Selama 14 hari 十四天自主健康管理
masa inkubasi 潛伏期
masker wajah/muka 面罩
masker 口罩
masuk angin 受涼,感冒
mata jauh,rabun 遠視
mata minus/dekat,rabun dekat 近視
mata panda/hitam/(ber)kantong(晚睡)黑眼圈→mata lebam(被毆打)黑眼圈
mata susu 奶頭
mata 眼睛
medis 醫學→telemedis 遠距醫療
melakukan skrining umum secara menyeluruh 全面實施普篩
melunturkan lemak 除油脂
memar 瘀傷→memar kecil/besar 小/大傷口
membalut kain kasa 包紗布
membuka perizinan makan di tempat untuk restoran 開放餐廳內用
mencopot masker 脫下口罩→masker boleh dilepas 口罩可以解開
mendiagnosa 診斷
menetas jahitan 拆線→bekas tetasan 拆線痕跡
mengaco,mengigau 說夢話
mengatasi menua 對抗老化
mengentaskan pandemi 脫離疫情
menghirup 吸入
mengisi formulir kesehatan 填寫健康聲明書
menyiksa/nyiksa 折磨,虐待,施酷刑,難過,不舒服→nyiksa banget 非常不舒服

meramu obat 準備藥品	
metabolisme 新陳代謝(代謝)	
minum obat 吃藥	
mual 噁心,想吐,討厭	
muka,pipi,wajah 臉頰,臉龐	
muka 臉	
mulut 口	
muntaber,muntah 嘔吐	
nanah 膿	
napas 呼吸→tarik napas yang dalam 深呼吸	
negatif 負面,陰性的	
nilai Ct Ct 值	
nyeri otot 肌肉痠痛	
obat bius/pembius 麻藥,麻醉劑	
obat itu elok dimakan 那藥吃了好	
obat pakai dalam/luar 內服/外用藥	
obat penahan nyeri 止痛藥	
obat penolong 救命藥	
obat penurun panas/demam 退燒藥	
obat sakit perut 瀉藥	
obat tetes mata 眼藥水	
obat tidur 安眠藥	
obat-obatan Tiongkok tradisional 傳統中藥	
obat 藥→obat tidur 安眠藥→obat tahan,obat tidak hamil 避孕藥→berobat 得到治療→mengobat 用藥→mengobati 診斷→pengobatan 治療	
obesitas 肥胖	
oftalmologi 眼科	
oksigen darah 血氧	
oksigen tabung 氧氣鋼瓶	
operasi 手術,作業→mengoperasi 動手術,開刀	
orang/si sakit 病人	
otorisasi penggunaan darurat(EUA)緊急使用授權	
pada pemulihan pasca pandemi 在疫情之後恢復	
padat penduduk 居民稠密→kepadatan warga tertinggi di dunia 居民密度世界最高	
paha 大腿	
panas dalam 上火	
pandemi ada perbaikan 疫情有改善	
pandemi 大流行病→selama pandemi 疫情期間→protokol pandemi 防疫指引	
panik 恐慌	

papula 丘疹

parasimpatik 副交感神經

pasien bergejala berat/ringan 重/輕症病人

Pelaksanaan/Pemberlakuan Pembatasan Kegiatan Masyarakat Darurat (PPKM Darurat)緊急公眾活動管制

pelaku usaha makanan dan minuman 餐飲業從業人員

pemantauan 監測→pemantauan kesehatan 健康監測

Pembatasan Sosial Berskala Besar(PSBB)大規模社交限制

pembuluh darah 血管

pemeriksaan lebih lanjut 後續檢查

penanggulangan 防治(制),救援,搶救,救濟→tim penanggulangan 救援/搶救小組

pendamping ibu hamil 孕婦陪同者

penelitian 研究

penerima vaksin lengkap 疫苗完整接種者

pengamanan swakarsa 自主監禁(自主健康管理)

pengukur suhu,thermometer 溫度計,體溫計

penidur 催眠藥

penyakit kulit 皮膚病

penyebab kanker 癌症原因→penyebab rambut rontok 掉髮原因

penyintas 存活者,生還者

penyuntikan vaksin berbeda jenis 混打疫苗

perawat 護士→perawatan 護理

perban kasa 紗布

perban 繃帶→memerban 包紮

perut 肚子→perut bir 啤酒肚

pesan singkat ke 1922 傳給 1922 的簡訊

petunjuk dokter 醫囑

phytoncide 芬多精

pincang 跛,瘸

pindah darah 輸血

pinggang 腰

pinggul 屁股→tahi 放屁

pingsan 休克,暈倒

plester 膠布

poliklinik(綜合)門診

positif 正面的,肯定的,陽性的

posko pemeriksaan 快篩站

praktek(醫師,律師)開業→membuka praktek 開業,掛牌→(menjalankan) praktek umum 對外營業

prematur 過早的,早產兒,早熟

prioritas 優先→prioritaskan/memprioritaskan 優先(給),使...優先→memprioritaskan protokol kesehatan 讓健康指引優先

pucat 臉色蒼白

pusat donor darah 捐血中心

pusat kesehatan masyarakat(puskesmas)衛生所

Pusat Komando Epidemi Sentral(CECC)中央流行疫情指揮中心

pusing 頭暈,頭昏,旋轉,宿醉

rabun malam 夜盲

rabun tua 老花

racun 毒,毒物,毒品,毒藥→beracun 有毒→kena racun 中毒→menawari racun 解毒→gas racun 毒氣

radang paru-paru 肺炎

radang 發炎→radang hati 肝炎

rajalela(疾病)猖獗,四處蔓延,盛行

rajin cuci tangan 勤洗手

ramuan 藥材

ranjang pasien/penyakit 病床

rantai penularan 傳播鏈

rapid tes 快篩測試→tes cepat Antigen 抗原快篩

rebak(疾病,火災,戰爭)擴大,擴散,傳開

rehabilitasi 復原,復健,勒戒

reproduksi 繁殖,複製

resep dokter 藥單,處方

reyot 年老體衰

riset(科學)研究

riwayat sakit 病史

rongga mulut 口腔

ruang bersalin 產房(待產室,分娩室,產後恢復室)

ruang susu,payudara,susu,tetek 乳房

rumah gila 瘋人院

rumah karantina 隔離(檢疫)房→karantina rumah 居家檢疫

rumah sakit(RS)醫院→merumahsakitkan 使...住院

Saat dilarikan ke rumah sakit telah meninggal dunia(OHCA/Out-of-hospital cardiac arrest)到院前死亡,到院前心肺功能停止

sadar 醒悟,甦醒→tidak sadarkan diri 不省人事,失去知覺

sakit jiwa,gila 神經病

sakit merana 長期生病

sakit tenggorokan 喉嚨痛

sakit 生病→penyakit 疾病→penyakit kronis 慢性疾病

saluran darah 血管

saluran pencernaan 消化道
sanitasi 衛生
sanitizer 洗手液
saraf 神經
sarung tangan silikon sekali pakai 一次性使用矽膠手套
sarung tangan 手套
saturasi oksigen 血氧飽和度,血氧濃度
sebar 傳播,散播
sehat 健康→kesehatan 衛生,健康狀況→menyehatkan 使健康,痊癒
sekresi 分泌
sel 細胞→sel darah merah 紅血球→sel sperma 精子→sel telur 卵子
sembuh 痊癒
sempoyongan 踉踉蹌蹌,搖搖晃晃,不穩→berdiri sempoyongan 站不穩
sengatan listrik 電擊
sesak 狹窄,堵塞→sesak napas 呼吸急促,喘不過氣,呼吸困難
siaga waspada level 3 準第 3 級警戒
siaga 隨時準備,戒備,準
siku 手肘
sinar 光線→sinar X X 光
sistem pembagian penempatan beda ruang 分流分艙管控機制
spesimen 樣本
sterilisasi 結紮,絕育,滅菌
stetoskop 聽診器
suhu 溫度→suhu badan/tubuh 體溫→pengukuran suhu badan/tubuh 測量體溫
suntik filler 小針注射
suntik 打針
surat izin keluar masuk(SIKM)出入許可
surat karantina 隔離通知書
tai kuping 耳屎→tai hidung,upil 鼻屎→belek 眼屎
tanda badan 胎記
tanda-tanda mereda 減緩跡象
tangkal racun 解毒劑
tekan darah tinggi 高血壓
tekanan darah 血壓
telapak 掌(手,腳)→telapak kaki 腳掌
tempat terbuka 開放的場地
tenggorokan 喉嚨
terapis 治療師
terkilir 扭傷

tes,uji/ujian 檢驗→penguji 試劑→pengujian PCR,tes asam nukleat,penyaringan asam nukleat 病毒核酸(PCR)檢測→surat tes PCR negatif masa berlaku tiga hari 三天內陰性 PCR 檢測證明→tes swab 拭子	
tetua 雀斑	
tidak mau kalah 不服輸,不認輸	
tidur berjalan 夢遊	
tim penasihat 專家諮詢小組	
titik beku 冰點	
tolong/menolong 救命→pertolongan 救治,救濟,幫助→pertolongan darurat 急救→pertolongan pertama 現場急救→menjerit-jerit minta tolong 大喊救命	
tongkat 拐杖	
transpuan,perempuan transgender,wanita transgender,wanita transgender,wanita transseksual 變性人(男變女),跨性別女人	
Tuberkulosis(TBC)肺結核	
tulang keropos 骨質疏鬆→osteoporosis 骨質疏鬆症	
tular 傳染→penyakit tular 傳染病→sumber penularan 傳染源	
tunaaksara 文盲,不識字	
tunadaksa 身障,肢體障礙(者),殘障	
tunagizi 營養不良	
tunagrahita,cacat mental 精神障礙(者),精障,智障,弱智	
tunanetra 視障者→buta 瞎,盲	
tunarungu 聽障者,聽覺功能障礙,瘖→tuli 聾	
tunawicara 語障者,言語功能障礙(者)→bisu 啞	
umbi gigi 牙根	
urin,kencing/berkencing 小便,尿	
urtikaria 蕁麻疹	
vaksin 疫苗→vaksinasi 注射疫苗→vaksin ke 3 疫苗第 3 劑→vaksin booster/penguat 疫苗追加劑	
viral 病毒式的,病毒式的傳播	
virus varian Inggris(Alpha)/Afrika Selatan(Beta)/Brazil(Gamma)/India(Delta)/Peru(Lambda)英國/南非/巴西/印度/祕魯變種病毒	
wabah 流行傳染病,瘟疫→mewabah 流行,蔓延	
walah 無法負荷→kewalahan 招架不住,忙不過來	
wanita hamil 妊娠女性	
wanita menyusui 哺乳女性	
waspada/kewaspadaaan level/tingkat 3 第 3 級警戒→waspada boleh saja 小心點	

例句

範例(COVID-19 輕症患者 8 大注意症狀)

Delapan tanda peringatan untuk pasien Covid-19 dengan gejala ringan

1. Tidak demam (suhu tubuh di bawah 38℃), tetapi detak jantung melampaui 100 kali detak per menit.
2. Mengalami mengi atau kesulitan bernapas terus-menerus.
3. Nyeri atau sesak dada yang terus berlanjut.
4. Penurunan kesadaran.
5. Warna kulit, bibir atau alas kuku berubah biru.
6. Tidak bisa makan, minum air atau minum obat.
7. Tidak ada urine atau penurunan pengeluaran urine dalam 24 jam terakhir, depresi mata, tidak ada air mata, dehidrasi seperti mulut dan lidah kering.
8. Hipotensi (tekanan darah sistolik di bawah 90mmHg).

VIII-4.1.1. 小提醒(SIKM)

印尼 2021 年因為疫情嚴重，雅加達省政府發布返鄉禁令(Larangan Mudik)，2021 年 5 月 6 日至 5 月 17 日期間禁止居民齋戒月返鄉，除非持有特別的「出入許可(Surat Izin Keluar Masuk：SIKM)」，由軍警在交通要道及特定地區執行人車管制。

VIII-4.1.2. 小提醒(PPKM)

「PPKM darurat(緊急公眾活動管制)」是印尼政府因為疫情嚴峻，而於 2021 年 7 月 3 日開始在爪哇島及巴里島實施的嚴格管制措施，例如：非必要部門 100%在家辦公、教學活動線上實施、購物商商場/中心與商業中心關閉、餐廳只接受外賣、祈禱場所與公共區域暫時關閉、大眾交通工具最大載客量 70%、長途旅行者必須出示疫苗卡與 PCR 檢測證明等，該措施於 7 月 25 日至 8 月 16 日被改名為 PPKM level 2-4。

範例(其他疫情)

demam babi/swine Afrika(ASF)非洲豬瘟→virus babi/swine Afrika 非洲豬瘟病毒→dengan kandungan ASF 有非洲豬瘟內含物
hawar 枯萎病
Pink Muhly Grass 粉黛亂子草
sapi gila 狂牛症
virus flu burung 禽流感病毒
wabah belalang 蝗災

例句

➤ Dokter menulis resep dan apoteker meramu obat.
   醫生開處方箋，而藥劑師準備藥品。(102 印導)

➤ Salah seorang anggota rombongan tamu Anda batuk-batuk di dalam bus, agar tidak menyebarkan kuman yang keluar melalui batuk, Anda memberikan masker kepadanya.
   一位團員在巴士裡一直咳嗽，為了避免咳出來的細菌散播，你給他口罩。(103 印導)

➢ Adit : Dua hari ini saya tidak enak badan. 這兩天我身體不舒服。

Dokter : Bagian mana yang tidak enak? 哪部位不舒服？

Adit : Kepala saya sakit, batuk dan tidak ada selera. 我頭痛，咳嗽和沒有食慾。

Dokter : Saya ukur dulu suhu Anda. Nanti disuntik, minum obat, banyak istirahat, sebentar lagi juga sembuh. 我先量你體溫，等一下打針、吃藥、多休息，再一下子就痊癒了。

Adit : Baik dok. Terima kasih. 好的，醫生，謝謝。(104 印導)

➢ Demi mencegah wabah penyakit virus babi Afrika, dilarang membawa produk daging masuk ke Taiwan. Segala jenis daging dalam bentuk apa pun tidak boleh dibawa ke Taiwan dengan cara apa pun.

為了防止流行性傳染病非洲豬瘟的擴散，禁止攜帶肉類產品進入台灣，全部肉類不論以任何形式、任何方式不可以帶進台灣。(108 印導)

➢ Bagi orang sehat, rajin cuci tangan, menjaga jarak, dan mengenakan masker di MRT, bus, kereta api dan transportasi umum lainnya adalah beberapa protokol kesehatan yang perlu kita taati selama masa pandemi.

對於健康的人，勤洗手、保持距離以及在捷運、巴士、火車與其它大眾交通工具裡戴口罩，是疫情期間我們必須遵守的幾個健康指引。(110 印導)

➢ Ali : Kamu kelihatan lesu dan pucat. Apa kamu baik-baik saja? 你看起來疲乏無力和臉色蒼白，你還好嗎？

Budi : Saya juga tidak tahu. Kepala saya pusing dan mau muntah. 我也不知道，我頭暈且想吐。

Ali dan Budi sedang ikut tur berwisata ke Kenting. Ali bisa meminta pemandu wisata atau pramuwisata untuk membawa Budi ke dokter. Ali 和 Budi 正跟團去墾丁旅遊，Ali 能夠要求領隊或導遊帶 Budi 去就醫。(110 印導)

➢ Sejumlah daerah memutuskan untuk menunda pelaksanaan "sekolah tatap muka" di Indonesia semakin hari semakin banyak karena keadaan pandemi yang bertambah serius.

因為越來越嚴重的疫情情勢，印尼各地決定延緩實施"親自到校"的學校數目越來越多。(110 印導)

➢ Untuk itu, masyarakat harus mulai beradaptasi dengan kebiasaan hidup baru atau disebut dengan 'new normal life'. New normal adalah perubahan perilaku untuk tetap melakukan aktivitas normal dengan ditambah menerapkan protokol kesehatan guna mencegah terjadinya penularan COVID-19.

為此，民眾必須開始適應新生活習慣或之前提到的"新常態生活"，新常態是指為了持續從事正常活動而增加實施的健康指引，以防止疫情發生擴散的情形。(110 印導)

➢ Secara sederhana, new normal ini hanya melanjutkan kebiasaan-kebiasaan yang selama ini dilakukan saat diberlakukannya karantina wilayah atau Pembatasan Sosial Berskala Besar (PSBB).

簡單地說，這個新常態只會持續延長現在實施的地區檢疫或大規模社交限制。(110 印導)

➢ Dengan diberlakukannya new normal, kita mulai melakukan aktifitas di luar rumah dengan tetap mematuhi protokol kesehatan yang telah diatur oleh pemerintah, yaitu memakai masker bila keluar dari rumah, sering mencuci tangan dengan sabun, dan tetap menjaga jarak serta menghindari kerumunan orang untuk mencegah penularan virus corona.

由於實施新常態，我們開始從事戶外活動並持續遵守政府規定的健康指引，也就是外出

451

戴口罩、經常用肥皂洗手，並持續保持距離且避免群聚，以防止病毒擴散。(110 印導)

➤ Taiwan akan semakin hari semakin promosikan menjadi salah satu tempat wisata medis dunia. Merencanakan perjalanan medis juga bisa mengatur sama dengan wisata alam dan sumber air panas di Taiwan.
台灣越來越推廣成為世界醫療旅遊地點之一，規劃醫療行程也能夠和台灣的自然旅遊與溫泉資源一起安排。(110 印導)

➤ Tamu dalam perjalanan wisata yang dipandu Anda, tiba-tiba demam dan batuk-batuk, Anda merasa dia harus segera diajak ke rumah sakit untuk pemeriksaan lebih lanjut.
你帶領的客人在旅遊期間突然發燒並一直咳嗽，你覺得應該馬上勸他去醫院做後續檢查。(111 印導)

➤ Ketika Anda mengajak tamu Anda bersantap siang, restoran kondang tersebut penuh sekali, walaupun situasi COVID-19 agak reda, tapi kita masih tetap waspada dan menghindari ruang tertutup dengan banyak orang.
當你邀你的客人吃午餐時，這間有名的餐廳人非常多，雖然疫情相當緩和，但是我們仍然持續保持警覺並避免人多的密閉室內空間。(111 印導)

➤ Sebenarnya banyak pekerjaan alternatif selain pramuwisata atau pemandu wisata di masa pandemi COVID-19.
事實上在 COVID-19 疫情期間，除了從事導遊或領隊外，還有許多替代工作。(111 印導)

➤ Tekanan darahnya naik menjadi 160.
他的血壓上升到 160。

➤ Cuci tangan sebelum makan, terutama pada selama pandemi.
飯前洗手，尤其是在疫情期間。

➤ Jangan lupa bawa dan pakai masker ke luar.
外出別忘了攜帶口罩和戴上口罩。

➤ Di masa pandemi, diprioritaskan untuk berkegiatan di rumah saja dan tidak saling mengunjungi satu sama lain.
疫情期間，優先在家辦活動且不要互相拜訪。

➤ Selama waspada tingkat 3, saya dan teman-teman kerja bekerja dari rumah di gilir atas pencegahan pandemi.
第 3 級警戒期間，我和同事們由於防疫，輪流居家辦公。

➤ Indonesia melaporkan kasus tertinggi tanggal 21 Juni mencapai 14.536 kasus per hari. Total kasus mencapai dua juta kasus.
印尼 6 月 21 日通報單日最高案例達 14,536 例，累計案例高達 2 百萬。

➤ Kini jumlah kasus dan kondisi penularan komunitas di Indonesia dibagi menjadi empat zona: merah, oranye, kuning dan hijau. Merah paling parah, oleh sebab itu warga di zona merah mendapat prioritas vaksinasi.
印尼依現在的病例數目及社區傳播情形，區分成為紅、橘、黃和綠 4 區，紅色最嚴重，依此，紅區居民能夠優先注射疫苗。

➤ Pemerintah Indonesia mengumumkan pembatasan aktivitas komunitas zona merah selama dua pekan, yaitu larangan keluar, misalnya kantor paling banyak hanya boleh dikunjungi 25%

karyawan, pengunjung rumah makan atau restoran tidak boleh melampaui 25% kapasitas total, kegiatan Masjid juga harus dihentikan.

印尼政府宣布兩週的紅區社區活動限制，就是禁止外出，比如辦公室最多只能去 25%的員工，食堂或餐廳的訪客不可以超過人數總容量的 25%，清真寺活動也必須停止。

➤ Seluruh tempat wisata di zona merah dan oranye akan ditutup, sedangkan tempat wisata yang berlokasi di zona kuning dan hijau akan beroperasi dengan pembatasan maksimal 50% dari kapasitas.

在紅區、橘區的全部旅遊景點將關閉，而位在黃區、綠區的旅遊景點將實施最多 50%的人數容量的限制。

➤ Taiwan melaporkan penambahan 281 kasus positif lokal, 261 kasus backlog dan dua kasus impor tanggal 25 Mei, total 544 kasus. Selain itu, kasus penderita meninggal bertambah enam kasus, mayoritas pasien berusia 60-an tahun dengan gejala penyakit kronis. Seluruh sekolah juga dihentikan.

台灣 5 月 25 日通報增加 281 例本土陽性個案、261 例校正回歸個案及 25 例境外移入個案，總共 544 例。除此之外，確診個案死亡增加 6 例，主要是慢性病的 60 多歲患者，全部學校也停課。

➤ Vaksin ini menunjukkan komitmen Amerika Serikat(AS) terhadap Taiwan. Taiwan adalah anggota keluarga besar demokratis dan juga merupakan mitra ekonomi dan keamanan yang penting dan teman sejati bagi AS.

這疫苗顯示美國對台灣的承諾，台灣是民主大家庭的成員，也代表是美國很重要的安全與經濟夥伴以及真正的朋友。

➤ Menurut ketetapan pencegahan pandemi pemerintah Taiwan, Penduduk akses menuju pasar tradisional, tempat penjualan atau pusat perbelanjaan diatur sesuai dengan angka terakhir (satuan) ganjil genap dalam nomor kartu identifikasi untuk mengurangi arus orang. Bila nomor diakhiri dengan angka ganjil, maka warga tersebut hanya boleh memasuki pada hari Senin, Rabu, Jumat, dan Minggu, begitu pula sebaliknya.

依據台灣政府的防疫規定，居民進入傳統市場、賣場或購物中心必須按照身分證號碼尾數(個位數)的單雙數，以減少人流，當號碼尾數是單數，該居民只能在週一、三、五、日進入，反之亦然。

➤ Sebuah agen wisata di Jakarta meluncurkan iklan perjalanan ke Amerika untuk divaksin. Lebih dari 100 orang memesan tiket grup maupun perorangan dengan harga berkisar antara NT$ 31.000-NT$ 100.000 selama delapan hari.

有一間雅加達旅行社順勢推出去美國打疫苗的旅遊廣告，有超過 100 人預訂團體或個人機票，8 天價格在新台幣 3 萬 1 千元到 10 萬元不等。

➤ Presiden berterima kasih kepada staf medis Taiwan dan berharap bisa meningkatkan tingkat penerimaan vaksin.

總統對台灣醫事人員表達感謝並希望提高疫苗接種率。

➤ Setelah berhasil membuat vaksin COVID-19, farmasi AS Pfizer kembali berhasil mengembangkan obat oral antivirus.

在成功生產 COVID-19 疫苗之後，輝瑞美國藥廠再次成功研發抗病毒的口服藥。

➤ Namun selama pandemi COVID-19, melalui berbagai pameran wisata secara daring dan virtual di dalam dan luar negeri, tetap wisata Taiwan semakin dikenal dan diminati orang asing.

雖然在 COVID-19 疫情期間，但透過各種國內、外的網路和虛擬旅展，台灣觀光仍然越來越被外國人認識和感興趣。

➤ Merasa tidak enak badan. Kami sedang beristirahat di kamar hotel. Tolong panggil ambulance.
感覺身體不舒服，我們正在旅館房間休息，麻煩叫救護車。

➤ Sejauh ini pada 2021 ada beberapa jenis virus mutasi COVID-19 ditemukan di sedunia seperti virus varian Inggris, Afrika Selatan, Brazil, India, dan Peru. Karena mereka tidak dibedakan Organisasi Kesehatan Dunia (WHO) dengan nama negara tempat asalnya untuk hindari stigma dan diskriminasi, maka diberi nama dalam urutan dari "Alpha", "Beta", "Gamma", "Delta" sampai "Lambda".
2021 年迄今有幾種 COVID-19 突變病毒在全世界被發現，例如英國、南非、巴西、印度和祕魯變種病毒，因為世界衛生組織不用它的來源地國名作為區別，以免汙名與歧視，所以被依序由 Alpha、Beta、Gamma、Delta 到 Lambda 來命名。

➤ WHO telah menamakan varian baru virus corona sebagai "Mu". Sebelum "Mu", WHO telah mengindentifikasi empat varian COVID-19, mencakup "Alpha", "Beta" dan "Gamma" yang menyebar di 193 negara, serta "Delta" yang mengganas di 170 negara.
世界衛生組織已經稱呼 COVID-19 病毒的新變種為"Mu"，在"Mu"之前，世界衛生組織已經辨識出 4 種 COVID-19 變種，包括在 193 個國家傳播的"Alpha"、"Beta"和"Gamma"，以及在 170 個國家肆虐的"Delta"。

➤ Organisasi Kesehatan Dunia (WHO) menamakan varian baru virus corona yang ditemukan di Afrika Selatan sebagai "Omicron". Virus ini diidentifikasi telah menyebar di Botswana, Belgia, Hong Kong, Israel, Inggris, Jerman, Belanda, Italia, dan Republik Ceko. Sejumlah negara kini telah melarang atau membatasi perjalanan dari dan ke Afrika Selatan, dll.
世界衛生組織將在南非發現的冠狀病毒新變種命名為"Omicron"，這個病毒已經在波札那、比利時、香港、以色列、英國、德國、荷蘭、義大利和捷克等國出現，一些國家現在已經禁止或限制來回南非的旅行。

➤ Inggris melaporkan kasus meninggal pertama akibat varian Omicron.
英國通報第 1 件 Omicron 變種病毒造成的死亡案例。

➤ Arus kenaikan harga industri makanan dan minuman semakin susah dibendung akibat tekanan inflasi.
餐飲業物價上漲的趨勢越來越難阻擋，造成通貨膨脹的壓力。

➤ Pusat Komando Epidemi Sentral(CECC), Ditjen Imigrasi (NIA) dan Kementerian Ketenagakerjaan (MOL) telah kembali menjamin tidak akan dilaporkan, tidak akan diselidiki, tidak akan dipungut biaya dan tidak akan dibatasi dalam vaksinasi gratis bagi warga asing yang melakukan overstay.
中央流行疫情指揮中心、移民署與勞動部已經再次保證逾期停(居)留外來人口接種免費疫苗時，不會被通報、不會被查處、不收費和不會被管制。

➤ Kelompok pasien ini memiliki satu persamaan yaitu usia lebih tua dan memiliki penyakit kronis seperti: darah tinggi, lemak darah tinggi, gula darah tinggi, kardiovaskular dan serebrovaskular pada sebelumnya.
這些病患族群擁有 1 個共同點，也就是年紀較大且之前有高血壓、高血脂、高血糖、心血管和腦血管等慢性疾病。

➤ Ibu muda itu melahirkan bayi kembarnya dengan operasi caesar.

那年輕媽媽用剖腹產生下雙胞胎。

➢ Mulai 1 Maret 2022, karantina pelaku perjalanan luar negeri (PPLN) yang baru tiba di Indonesia kini berlaku selama 3 hari.
從 2022 年 3 月 1 日起，剛抵達印尼的國外旅行者現在只要隔離 3 天。

➢ Bagi yang telah menerima dua dosis vaksin, harus mengambil vaksin booster setelah 84 hari.
對於那些已經接種 2 劑疫苗的人，48 天之後必須追加第 3 劑。

➢ Kepolisian Daerah Metropolitan Jakarta Raya (Polda Metro Jaya) sendiri membuat 28 titik pembatasan mobilitas masyarakat di jalur utama atau pun perbatasan DKI Jakarta selama PPKM Darurat. Akses keluar masuk ditutup demi menekan laju penyebaran COVID-19.
大雅加達都會地區警察局本身在緊急公眾活動管制期間，在重要道路或雅加達首都特區的邊界設置 28 個居民移動限制點，關閉進出通道以控制疫情的持續擴散。

➢ Wabah Asfivirus tipe baru kembali muncul di Taiwan. Seorang gadis berusia 7 tahun yang tidak memiliki catatan kunjungan ke luar negeri akhir-akhir ini dan memiliki peternakan babi di rumahnya mengalami gejala demam, batuk dan pilek akhir September tahun ini. Sejauh ini tidak ada kasus penularan akibat konsumsi daging babi, juga tidak ada tanda-tanda penularan antar manusia.
台灣再次出現新型的非洲豬瘟疫情，一位最近沒有出國紀錄的 7 歲少女因家裡擁有養豬場，今年 9 月底有發燒、咳嗽症狀和流鼻涕的症狀，迄今為止沒有因為消費豬肉而染病的案例，也沒有在人類間傳播的跡象。

botak 禿頭
dahi 額頭
kepala 頭
kulit kepala 頭皮
otak 頭腦
pelipis,pelipis temple 太陽穴
rambut 頭髮

bibir 嘴唇
gigi buatan 假牙
gigi manis 門牙
gigi 牙
lidah 舌頭
mulut 嘴,口
rongga mulut 口腔
taring 虎牙
umbi gigi 牙根

alis mata 眉毛
anak mata 瞳孔
batang hidung 鼻樑
biji mata 眼珠
bulu mata 眼睫毛
dagu,rahang/rahang bawah 下巴,下顎
hidung 鼻子
hidung mancung 尖鼻子
jambang/cambang 鬢,鬢角,髯
jenggot(下巴)鬚,鬍子
jerawat 青春痘,粉刺
kantong mata 眼袋
kelopak mata 眼皮
kumis(嘴上鼻下)髭,鬍子
kuping,telinga 耳,耳朵
lesung/lekuk pipi 酒窩
liang hudung 鼻孔
liang mata 眼窩
mata 眼睛
pipi,wajah,muka 臉頰/龐
tahi lalat 黑痣
wajah 臉

bahu,pundak 肩膀
batang tenggorok 氣管
kerongkongan 食道,咽喉
kulit 皮膚
leher 脖/頸子
lekum 喉結
otot 肌肉
saluran pencernaan 消化道
saluran pernapasan 呼吸道
syaraf 神經
tendon 肌腱
tenggorokan 喉嚨

(tulang)belikat 肩胛骨
belakang,punggung 背部
mata buku,persendian 關節
pinggul,pantat,panggul 屁股,臀部
tulang belakang 脊椎骨
tulang punggung 背骨
tulang rusuk,iga 肋骨
tulang 骨頭
urat daging 筋,腱

dada,payudara 乳房,胸部
mata susu 奶頭
perut 肚子,腹部
pinggang 腰
pusat,pusar 肚臍
tanda badan 胎記

anus,dubur 肛門
appendix 闌尾
cecum 盲腸
duodenum 十二指腸
ginjal 腎
hati 肝臟
ileum 迴腸
jantung 心臟
jejunum 小腸
kandung empedu 膽,膽囊
kandung kencing 膀胱
kolorektal,rektum 直腸
lambung 胃
large intestine 大腸
pankreas 胰臟
paru,paru-paru 肺
rahim,kandungan 子宮
usus 腸子

batang lengan,lengan bawah 前臂
batang/lengan atas 上臂
bulu roma 汗毛
ibu jari,jempol(大)拇指
jari kelingking 小指
jari manis 無名指
jari tangan 手指
jari tengah 中指
kuku 指甲
lengan 手臂,臂部(上臂+前臂)
pergelangan tangan 手腕
punggung tangan 手背
sela ketiak 腋下
siku 手肘
tangan 上肢(手部+臂部)
tapak/telapak tangan 手掌
telunjuk jari 食指

alat kelamin,aurat 性器官
amandel 扁桃腺
anak ginjal 腎上腺
darah 血液
eritrosit,sel darah merah 紅血球
hormon 賀爾蒙,激素
kardiovaskular 心血管
kepala penis 龜頭
klitoris,kepala klitoris 陰蒂
kulup 包皮
labia majora 大陰唇
labia minora 小陰唇
leukosit,sel darah putih 白血球
lubang vagina,miss V 陰道
pembuluh darah 血管
pembuluh nadi,arteri 動脈
penis,kontol 陰莖
puting 陰蒂
sel sperma 精子
sel telur 卵子
skrotum 陰囊
testis 睪丸
vagina 處女膜

betis 小腿
jari kaki 腳趾
kaki 下肢,腳部
lutut 膝蓋
mata kaki 踝關節
paha 大腿
pergelangan kaki 腳踝
perut betis 小腿肚
punggung kaki 腳背
tapak/telapak/perut kaki 腳掌
tumit 腳後跟

例句

➢ Kelima jari kita saling melengkapi dan memiliki fungsinya masing-masing.
這 5 根手指頭互相搭配並且各有不同功能。

Pasal VIII-4.印尼文標準化(Standardisasi Bahasa Indonesia)

大家一定看過同一個印尼文單字會有不同寫法,比如:「湯」可以寫成「sop 或 sup」,但近年印尼政府正在進行印尼文書寫標準化的修正,例如,筆者以前初學印尼文時是「Silahkan(請)」,但依據「印尼文大字典(KBBI)」,現已改為「Silakan」,所以正式使用要注意,如果讀者遇到拼法有異的字,不妨利用右側線上版「印尼文 KBBI 字典」查詢是否為最新標準寫法。

印尼 KBBI 字典

下面是筆者自行摘錄一些常見的標準化字,前方標有「X」的字詞為過去的寫法,箭號「→」後方標註「O」的拼法則為現在 KBBI 標準用法,讀者如果有興趣深入研究,可以上網搜尋「500 DAFTAR KATA BAKU DAN TIDAK BAKU」這網頁,有人很認真地整理出超過 500 個標準/非標準字的對照表,例如「nyariin=cari(尋找)」,摘要整理一些供大家參考:

範例(標準化字對照表)

曾使用字(不標準)			現在標準化字
X akte	→	O	akta 證書,證件,契約
X aktifitas	→	O	aktivitas 活動,努力
X aktuil	→	O	aktual 實際的,新發生的
X anda	→	O	Anda 你
X antri	→	O	antre 排隊
X bawain	→	O	bawakan 為...帶,使...適應
X bilyar	→	O	biliar 撞球
X bis	→	O	bus 公車,巴士
X bolam	→	O	bohlam 電燈泡
X boot	→	O	bot 靴子
X cabe	→	O	cabai 辣椒
X capek	→	O	cape 累,疲倦
X cemilan	→	O	camilan 點心,零嘴
X cendikiawan	→	O	cendekiawan 學者,知識分子
X contek	→	O	sontek 抄襲,模仿,作弊
X deterjen	→	O	detergen 洗潔劑
X ekstra kurikuler	→	O	ekstrakurikuler 課外的

457

X	faham	→	O paham 了解,理解
X	fasal	→	O pasal 法規條次
X	goncang	→	O guncang 猛烈震動,動盪
X	graduil	→	O gradual 漸進的,逐漸的,逐步的
X	gurame	→	O gurami 鱸魚
X	Hajj	→	O Haji 朝功
X	hembus	→	O embus 吹氣,氣流
X	hikmat	→	O hikmah 智慧,法術
X	idea	→	O ide 點子
X	ijin	→	O izin 允許,許可
X	iklas	→	O ikhlas 真誠的,真心的
X	imaginasi	→	O imajinasi 想像(力),空想,幻想
X	infra merah	→	O inframerah 紅外線
X	jaman	→	O zaman 時代
X	kadaluarsa	→	O kedaluwarsa 已過期,退流行,逾期
X	kantung	→	O kantong 袋,口袋
X	kare	→	O kari 咖哩
X	kaunter	→	O konter 櫃台
X	kedaluarsa	→	O kedaluwarsa 已過期,退流行,逾期
X	kedar	→	O kadar 能力,本性,身分
X	kempes	→	O kempis(因漏氣)縮小
X	ketapel	→	O katapel 彈弓
X	klab	→	O klub 俱樂部
X	kokoh	→	O kukuh 堅固,穩固,堅定
X	kongkow	→	O kongko 閒聊,客套話
X	konperensi	→	O konferensi 會議
X	krupuk	→	O kerupuk 蝦餅
X	kuatir	→	O khawatir 擔心,著急
X	kuwalitas	→	O kualitas 性質
X	lansekap	→	O lanskap 風景,景觀,景色
X	lazat	→	O lezat 好吃,美味的
X	ledeng	→	O leding 自來水
X	lembab	→	O lembap 潮濕的,濕潤的
X	lobang	→	O lubang 洞,坑,孔
X	maghrib	→	O magrib 馬格里布,昏禮
X	makota	→	O mahkota 王冠
X	mancur	→	O pancur 噴射
X	marmut	→	O marmot 土撥鼠
X	mempengaruhi	→	O memengaruhi 對...產生影響

X	merubah	→	O	mengubah 轉變過來,改變,修改,違約
X	mie	→	O	mi 麵
X	milyar	→	O	miliar 十億(M)
X	mujizat	→	O	mukjizat 奇蹟
X	mupakat	→	O	mufakat 贊成,同意,協議,磋商
X	mushola/musholla	→	O	musala 祈禱室
X	muson	→	O	monsun 季風
X	musyawarat	→	O	musyawarah 協商共識
X	nafas	→	O	napas 呼吸
X	nampak	→	O	tampak 看上去,看到,看起來
X	nasehat	→	O	nasihat 勸告
X	Nofember	→	O	November 十一月
X	nyariin 尋找	→	O	mencari 尋找,圖謀,追求
X	obyek	→	O	objek 對象,目標,目的,物體
X	pavilyun	→	O	paviliun 廂房,場館,亭
X	pengrusak	→	O	perusak 破壞者,破壞工具
X	plat	→	O	pelat 鐵板,(車)牌
X	pondasi	→	O	fondasi 地基,基礎
X	puteri	→	O	putri 公主,女兒
X	qurban	→	O	kurban 祭品
X	Ramadhan	→	O	Ramadan 齋戒月
X	resiko	→	O	risiko 危險,風險
X	rizki	→	O	rezeki 謀生手段,生計,福分,運氣
X	sahaja	→	O	saja 只,只有
X	saklar	→	O	sakelar(電器)開關
X	Sansekerta	→	O	Sanskerta 梵文
X	Sawm/siyam	→	O	saum 齋功
X	sebel	→	O	sebal 倒楣,運氣不好,煩呀
X	seterika	→	O	setrika 熨斗
X	Shahadah/Shahadat	→	O	Syahadat 念功
X	Sholat	→	O	salat 禮功
X	silah/silahkan	→	O	sila/silakan 請
X	silahturahmi	→	O	silaturahmi 友誼
X	sorga	→	O	surga 天堂,天國
X	sorghum	→	O	sorgum 高粱
X	stadiun	→	O	stadion 運動場
X	subyek	→	O	subjek 主題,主體
X	sutera	→	O	sutra 蠶
X	suwit	→	O	suit/suten 猜拳,划拳

X	taiphoon	→	O	taifun 颱風
X	telor	→	O	telur 蛋
X	tentram	→	O	tenteram 和平的,平靜的,安心的
X	toples	→	O	stoples(放糕點)有蓋玻璃罐
X	trampil	→	O	terampil 熟練的,敏捷的
X	trilyun	→	O	triliun 兆(T)
X	vihara	→	O	wihara 佛堂,佛寺,庵,修道院
X	wudhu	→	O	wudu 小淨,禱告前洗淨身體
X	zait	→	O	zaitun 橄欖

例句

➢ Untuk mengakrabkan diri dengan tamu, Anda sering menggunakan bahasa gaul.
為了拉近個人與客人距離,你經常使用社交語言。(111 印導)

➢ Taiwan terus aktif mengembangkan pariwisata ramah Muslim. Mayoritas hotel di Taiwan juga telah menyediakan musala dan penunjuk arah kiblat di kamar-kamarnya.
台灣持續積極發展穆斯林友善旅遊,台灣多數飯店也已經準備好祈禱室和有麥加方向指標的房間。(112 印導)

Pasal VIII-5.社交用語(Bahasa Gaul)

隨著社交媒體的普及,常常會見到一些流行得很快但卻不知所云的「社交用語(Bahasa Gaul)」,這些字往往字典還查不到,比如,「kangen(想念,思慕)」、「pengen(想要)」、「beneran(真的)」等,甚至有用「摩斯密碼(Kode Morse)」或「反向密語(Bahasa Balik)」的情形,如果想跟印尼人深入交往,尤其是年輕人族群,不妨稍微瞭解一下這些「社交用語」,摘要舉例如下:

類型	原字	中文意義
4646/patnam patnam	mantap mantap	很棒
530	aku cinta kamu	我愛你、我喜歡你
meneketehe	mana ku tahu	我哪知道,我哪裡知道,我怎麼會知道,你問我我問誰
EGP	emang gue pikirin	隨便啦,關我屁事,不關我的事,都可以
wkwkwk/wekwekwek/waka-waka-waka /weka-weka-weka	gue ketawa	哈哈哈(我笑了)
ciyus	serius	認真的嗎(懷疑用法)
PHP	pemberi harapan palsu	花言巧語者,不守承諾者,欺騙感情者

例句

➢ Dalam bahasa gaul, arti PHP merupakan singkatan dari "Pemberi Harapan Palsu".
在社交語哩,PHP 的意思表示"不守承諾者"的縮寫。

VIII-5.1.延伸閱讀(non-/nir-)

印尼文常有直接使用英文的情形，例如「takeaway(外帶)」，也會直接在字首加上英文「non-」成為否定意義的「noneksakta(不準確的)」，另外，現在印尼文「社交用語(Bahasa Gaul)」中，有時會看到「nir-」字首的字，例如「nirmanfaat,nirguna(無用)」，這是類似「英文」動詞否定的「un-」的意思。

例句

➢ Apakah di sini dapat sambungan nirkabel ke internet?
  這裡可以無線上網嗎？

➢ Jika dibiarkan, maka segenap potensi yang ada pada pemuda hanya digunakan dalam aktivitas-aktivitas yang nirmanfaat.
  如果不理會，年輕人所擁有的全部潛力只會被用在無用的活動上。

➢ Kata "ciyus" berarti "serius" dalam bahasa gaul Indonesia.
  "Ciyus"這個字在印尼社交用語有"認真的" 意思。

VIII-5.2.延伸閱讀

印尼人到處尋找商機，經常可看到幫人提供各式服務賺取小費的人，小至幫忙指揮交通，大至代替接種疫苗或代替入住防疫旅館等等，從事這些賺取小費的非正式工作，有時印尼政府還會用正式文件加以規範，也算是默認他們對社會的貢獻：

類　　　　　　　　型	服　　務　　項　　目	小費數目(參考價格)
Ballboy	在網球場幫忙撿球的人	20,000-50,000 印尼幣/小時/人
Bocah ojek payung,Ojek payung	突然下雨時，在商場、百貨公司等地的出口幫忙打傘的孩童	2,000-5,000 印尼幣/次
Joki 3in1,Joki	雅加達以前實施 3 人共乘制期間，配合坐上私人汽車以湊滿 3 人進入特定區域的人	20,000-50,000 印尼幣/次/人
Pak ogah,Polisi seratus/cepek 百元警察	塞車時，協助車輛轉彎、迴轉或進入大馬路的人	100-500 印尼幣/次
Porter	在商場、百貨公司等地的出口幫忙提購物袋的孩童	2,000-5,000 印尼幣/次
Joki,Fasilitas vaksin	代替接種疫苗的人	750,000-1,000,000 印尼幣/次
Joki,Fasilitas kamar isoman	代替居家隔離的人	1,000,000 印尼幣/天

例句

➤ Rencana kepolisian daerah (polda) Indonesia menggaet "polisi cepek" atau "pak ogah" untuk membantu mengatasi kemacetan di Jakarta.
印尼地區警察局計畫吸收"百元警察"或"交通義工"以幫助解決雅加達的塞車。

雅加達夜生活

1.polisi tidur(警察睡覺)是道路上的"減速椿"、polisi seratus(一百元警察)是"路上指揮交通的義工"、meja hijau(綠色桌子)是指"法庭"、uang meja 是"訴訟費,官司費"、lidah buaya(鱷魚的舌頭)是指"蘆薈"、naik kuda hijau(騎綠馬)是指"酒醉"、tikus belanda(荷蘭老鼠)就是"天竺鼠"、burung hantu(鬼鳥)是指"貓頭鷹"。
2.印尼文符號打叉(X)"tanda silang"和打勾(V)"tanda centang"、圓形符號(○)"tanda lingkaran"、正方形符號(□)"tanda persegi"、三角形符號(△)"tanda segi tiga"。
3."人與人的連結"印尼文說法是"daging ketemu daging(肉碰肉)"。
4.社交用語"我哪知道 meneketehe(mana ku tahu)"、"關我屁事 EGP(emang gue pikirin)"。

(問題在第 405 頁)

第 9 章 Bab IX

口試技巧 Tips Ujian Lisan

Pasal IX-1.自我介紹 Perkenalkan Diri

Pasal IX-2.問答題攻略 Kiat Q & A

Pasal IX-3.諺語 Peribahasa

Pasal IX-4.職前訓練口試 Ujian Lisan Latihan Pra-kerjaan

Pasal IX-5. 印尼語檢定 UKBIPA

Pulau Lombok, Nusa Tenggara Barat
龍目島(西努沙登加拉)

知恩圖報 Ada ubi ada talas, ada budi ada balas

IX_口試技巧(Tips Ujian Lisan)/自我介紹(Perkenalkan Diri)/問答題攻略(Kiat Q & A)/諺語(Peribahasa)/職前訓練口試(Ujian Lisan Latihan Pra-kerjaan)/印尼語檢定(UKBIPA)

台灣人外出習慣穿的"吊嘎"、"藍白人字夾腳拖鞋"以及常用來購物的"阿嬤購物袋"要如何介紹給印尼人呢？

答案在第499頁

外語導遊考試，通過第1階段「筆試(Ujian Tertulis)」後，還有第2階段「口試(Ujian Lisan)」，口試時間每人約10分鐘，包括「自我介紹(2分鐘)」、「文化國情(4至5分鐘)」、「風景節慶美食(4至5分鐘)」等3部分。

流程是先在試場外等待並抽籤試題號碼，利用前一位口試10分鐘的時間，心中默念準備回答內容，輪到你進去時，坐下後先對攝影鏡頭用「中文」報出「自己姓名、准考證號碼及抽到試題編號」，然後就開始用「印尼語」自我介紹，之後再由2位口試官用「印尼語」依序詢問你剛抽到的2個問題，每題回答完，口試官可能會視情況加問一些延伸問題，網路上有一些相關的訊息可以參考。

```
口試流程
1. 自我介紹 2 分鐘
2. 文化國情 4-5 分鐘
3. 風景節慶美食 4-5 分鐘
```

例句

➢ Hari ujian kian bertambah dekat.
考試日期越來越近。

➢ Kiat dari penduduk lokal adalah kiat berwisata ceria di Taiwan.
本地居民的訣竅就是在台灣快樂旅遊的秘訣。

Pasal IX-1.自我介紹(Memperkenalkan Diri)

第2階段口試開始，考生首先有2分鐘自我介紹時間，也就是120秒，如果以平均2秒鐘唸3-4個印尼語單字來計算，另考量口試時多會緊張，自我介紹草稿字數約在180至200字左右，尤其是當口試官看著你，他(她)們的行為及表情反應可能會影響考生回答的順暢度，建議自我介紹不要準備太多字數，以免講速太快，造成口齒不清，也盡量避免用人艱澀饒舌的字句，以免因緊張而臨場結巴，反而造成失分，一切以穩重為主，筆者摘要提供自己的自我介紹內容給大家參考，可以根據個人的不同條件修正運用：

464

Ayat IX-1.1. 自我介紹(範例)

Memperkenalkan Diri
自我介紹

Selamat pagi/sore, bapak/ibu, (***Assalamu alaikum***):
早/午安，先生/女士，*(您好)*：

Saya bermarga/bernama OOO. Waktu berjalan dengan cepat sekali, tidak terasa saya
sebagai/bekerja...OOO tahun lebih. Saya lulus STRATA SO di universitas OOO di Taiwan.
我姓/叫 OOO，時間過得真快，不知不覺擔任/工作...已經超過 OO 年，我畢業於台灣的 OOO
大學，學歷是 O 士。

Saya orang Taiwan dan anak Taipei... Walaupun lidah saya belum bisa berbicara dengan lancar, tetapi
saya akan pasti terus belajar menjadi lebih baik.
我是台灣人也是台北小孩，...，雖然我的舌頭仍然無法很順暢地發捲舌音，但我一定會繼續努
力練習到更好。

Indonesia mempunyai banyak tempat wisata dan belasan ribu pulau kecil dengan pemandangan yang
indah sekali, oleh karena itu saya berwisata ke sana sini di Indonesia dari Sabang sampai Merauke.
印尼擁有許多旅遊景點和一萬多個風景很美的小島，因此我去印尼各地旅遊，從 Sabang 到
Merauke。

Sebab saya sedikit memaham budaya Indonesia dan adat istiadat islam, dengan begitu semoga saya
menjadi seorang pramuwisata yang dapat berbahasa Indonesia. Untuk tamu Muslim Indonesia, saya
tentu akan berhati-hati untuk memilih makanan halal dan mengatur jadwal salat saat mereka di
Taiwan. Itu mimpian saya. (***Insya Allah, Amin***)
因為我了解一點印尼文化與回教風俗習慣，所以希望未來我成為能說印尼語的導遊，為了印尼
回教客人，他們在台時我一定會注意挑選清真認證/哈拉食物並安排禱告行程，這是我的夢
想，*(依靠阿拉，希望如此)*。

IX-1.1.1 小提醒

如果確定口試官是回教徒，自我介紹開頭可考慮加上「***Assalamu alaikum(您好)***」的回教問候
語，自我介紹結束後，再用「***Insya Allah, Amin(依靠阿拉，希望如此)***」作結尾，或許會有錦上
添花的加分效果喔！

Pasal IX-2. 問答題攻略(Kiat Q & A)

自我介紹之後就是 2 題問答題，題目由應試者事前自行抽籤(號碼球)決定，題目範圍分別由「文化國情」與「風景節慶美食」兩大類中出題，幾乎都是時事或實務題，網際網路上有一些英語口試考古題目的介紹，大家不妨參考。

問答題每題分配 4 至 5 分鐘回答，這時間說長不長，但如果準備不足，也是會度日如年的，根據本人英文導遊口試經驗，建議答題策略如下方文字方塊，讀者可自行依「前言、主句、結語」分類彙整相關例句，並置換成台灣旅遊相關的單字和佳句，最好全部用相同體例，且字義全部統一，以利在最短的時間內，技巧性地背誦大量句子及單字，畢竟才 2 題問答而已，除非很有把握，否則不要炫耀你的單字能力和造句技巧，以免弄巧成拙。

字數部分，若根據前面 2 分鐘自我介紹時間推算(2 秒鐘 3 個字)，問答題每 1 題回答 4 至 5 分鐘，需準備的內容字數約為 300 至 400 字左右，如果準備時間充裕，讀者可以比照自我介紹，事先寫好 2 題問答題的回答草稿，並熟背內容，除因應本次口試外，也可預先針對未來「外語導遊職前訓練」的 8 分鐘印尼語「景點導覽解說」結訓口試測驗預作準備，真可謂「一舉兩得、潛水兼喝水(Sambil menyelam minum air)」。

> ### 答題策略
> 1. 前言 1-2 句
> 2. 主句 6-8 句(連接詞)
> 3. 結語 1-2 句
> 4. (諺語 1 句)

口試 2 題答題策略建議一樣，不論抽到什麼題目，每 1 題問答題都要先以 1 至 2 句預先準備好的前言作為開場(破題)，然後才開始根據題目回答，建議以 2 至 3 句為主答，加上適當連接詞後，再依不同面向擇優回答 1 至 2 句，最後加上 1 至 2 句結尾，如果時間允許，倘能引經據典補上 1 句成語或諺語，那絕對是最好的結尾。

> ### 評分標準
> 1. 外語表達能力 60 分
> 2. 語音與語調 20 分
> 3. 才識見解氣度 20 分

如果不巧剛好抽到沒準備的題目，一定要想辦法用平常練習時背誦過的類似或相關句子及單字，現場立即轉換後回答，不宜楞在現場，因為根據考選部的上述評分標準，「外語表達能力占 60 分、語音與語調占 20 分、才識見解氣度占 20 分」，合計 100 分，只要有回答，多少都能拿一些分數的。

根據網路流傳的 109-111 年外語導遊口試題目(其他語言)，可以發現每年口試題目都有不少考古題，當然也有一些時事題目，整理如下供大家參考：

> ### 109 年

NO	介紹文化、國情	介紹風景、節慶、美食
1	台灣同性婚姻	高雄旗津旅遊
2	台灣廟宇文化	宜蘭地區名產
3	台灣教育制度	淡水老街旅遊
4	便利商店文化	九份特色與美食
5	新年放鞭炮與舞獅	花蓮七星潭
6	外國文化對台灣影響衝擊	奇美博物館
7	客家油紙傘	台東知本溫泉
8	防疫新生活措施	中元節習俗活動
9	台灣國家公園	自行車道旅遊
10	台鐵普悠瑪號	金門地區旅遊

110 年		
NO	介紹文化、國情	介紹風景、節慶、美食
1	台菜文化	台灣燈會
2	台灣食補文化	台灣桐花節
3	魚市場文化	農曆新年習俗活動
4	台灣路邊攤美食文化	合歡山森林遊樂區
5	台灣算命文化	蘭嶼旅遊
6	台灣外食文化	墾丁國家公園
7	台灣傳統市場	馬祖旅遊
8	垃圾車文化	台灣夜市美食
9	台灣共享電動機車市場	台灣除夕夜團圓飯菜色
10	台灣泳渡日月潭活動	台南地區美食

111 年		
NO	介紹文化、國情	介紹風景、節慶、美食
1	台灣的高速鐵路發展	台東伯朗大道
2	台灣四季水果	台東鹿野高台
3	為何要發展郵輪觀光	平溪天燈
4	台灣人大太陽撐傘現象	台灣豬血糕
5	台灣斑馬線小綠人	台灣潤餅
6	中秋節烤肉文化	台灣豆花
7	台灣好行旅遊服務	台南鹽水蜂炮
8	台灣早餐西餐化	陽明山國家公園
9	交通部推廣觀光圈概念	清水斷崖
10	台灣豪華露營發展	秀姑巒溪泛舟

以下是筆者蒐集各公開媒體與印尼語導遊口試相關的例句，按照第 1 試口試題目分類的第 2 部分「風景節慶美食」，細分成「景點、節慶及美食」等 3 類，讀者可以再視個人興趣及專長領域自行補充例句，希望對大家有幫助：

Ayat IX-2.1.例句(景點)

➢ Industri pariwisata merupakan bisnis penyedot devisa yang menguntungkan.
  旅遊業是賺取外匯的行業。

➢ Industri pariwisata adalah sumber pendapatan utama Pulau Bali.
  旅遊業是巴里島主要收入來源。

➢ Keamanan adalah kondisi yang sangat penting untuk turisme.
  安全是旅遊業非常重要的條件。

➢ Kota-kota kecil, jalan-jalan tua dan desa Hakka sekarang ini juga disukai turis-turis asing.
  小鎮、老街還有客庄，近來也被外國旅客所喜愛。

➢ Pabrik wisata di Taiwan adalah juga salah satu toko oleh-oleh yang terkenal.
  台灣的觀光工廠也是有名的伴手禮店之一。

➢ Di Taiwan penuh dengan toko-toko mesin penjepit.
  在台灣到處都有夾娃娃機店。

➢ Kartu Taiwan Pass adalah perpaduan antara layanan wisata ramah, berbagai alat transportasi dan tempat wisata populer daerah untuk turis asing sekaligus memuaskan "makan, menginap, berwisata dan belanja".
  台灣好玩卡是結合友善旅遊服務、多元交通工具和地方熱門景點，讓外國觀光客一次全部(一站式)滿足"食住遊購"。

➢ Jadwal perjalanan wisata di empat musim di Taiwan adalah : Festival Lentera Taiwan di misum semi, Malam Pertengahan Musim Panas Formosa (Es Serut, Patung Pasir, Kereta Api), Festival Sepeda di musim gugur dan Air Panas Bagus Taiwan di musim dingin.
  在台灣的四季觀光旅遊行程：春季的台灣燈會、寶島仲夏夜(冰品、沙雕、鐵道)、秋季的自行車節、冬季的台灣好湯。

➢ Salah satu kegiatan musim panas terbaik adalah melihat margasatwa samudra. Kalau beruntung, turis asing bisa melihat paus, lumba-lumba dan yang lainnya.
  最好的夏季活動之一是看海洋野生動物，如果運氣好，外國觀光客能夠看到鯨魚、海豚和其他動物。

➢ Kawasan pegunungan di bagian timur dan sekitarnya, akan mudah turun hujan petir. Jumat hingga Selasa depan, suhu berkesempatan mendobrak 36°C, bahkan 37°C, banyak kawasan di Taiwan akan cerah dan bersuhu tinggi.
  在東部及週邊山區將容易下雷雨，週五到下週二的溫度有機會突破攝氏 36 度甚至 37 度，台灣許多地區會晴朗且有高溫。

➢ Di Taiwan danau gunung tinggi sangat indah, sepert danau Cueifong di daerah Gunung Taiping Yilan yang terbesar, danau SironHagai di pegunungan Xue yang tertinggi, Danau Jiaming Taitung alias "Air Mata Malaikat" yang paling indah.
  在台灣的高山湖泊很美，例如，宜蘭太平山區的翠峰湖最大、雪山山脈翠池最高、有"天

使眼淚”之稱的台東嘉明湖最美。

➤ Tidak banyak orang tahu, Taiwan terkenal dengan "Air Panas" dan ada beberapa pemandian air panas Taiwan yang terbaik, termasuk Air Panas di Beitou Taipei, Air Dingin di Su'ao Yilan, Air Garam Panas Zhaori di Ludao, dan Air Panas Keruh/Lumpur Guanzilling di Baihe Tainan.
很多人不知道，台灣以溫泉出名，有幾座最好的台灣溫泉浴場，包括台北北投溫泉、宜蘭蘇澳冷泉、綠島朝日海底溫泉和台南白河關子嶺泥漿溫泉。

➤ Tur sehari di Taipei untuk wisatawan yang tidak suka berjalan bisa ke Beitou untuk rileks mandi air belerang dari sumber mata air panas alami yang menyehatkan tubuh.
台北 1 日遊是讓不喜歡走路的觀光客也能去北投，利用天然溫泉硫磺浴的放鬆來讓身體健康。(111 印導)

➤ Saya mau membawa tamu muslim dari Indonesia untuk berkeliling di tempat-tempat wisata terkenal di Taiwam.
我想要帶來自印尼的穆斯林客人逛台灣的有名景點。

➤ Panjang sungai di Taiwan 100 kilometer lebih ada 6 buah sungai. Sungai terpanjang adalah Sungai Zhuoshui yang 186 kilometer.
台灣河流長度超過 100 公里的有 6 條河，最長的河是 186 公里的濁水溪。

➤ Ada banyak jalan-jalan tua terkenal di Taiwan, sedangkan sebanyak 368 kota kecil di Taiwan memang memiliki sifat-sifat khas(-nya) sendiri.
在台灣有許多有名的老街，而多達 368 個在台灣的小鎮的確擁有個別的一些特色。

➤ Walaupun dekat dari Taipei, Keelung belum menjadi tempat wisata utama. Kota ini yang juga dikenal dengan sebutan "Kota hujan" ada padat atraksi, ramah pejalan kaki, sejarah menarik, pasar makanan enak-enak, dan pemandangan pelabuhan indah.
雖然靠近台北，基隆還沒成為主要旅遊景點，這城市也被稱為”雨都”，有迷人的擁擠、友善的行人、吸引人的歷史、很好吃的美食市場及美麗的港口景色。

➤ Selama berwisata ke kota Taipei, pergi ke gedung Taipei 101 (satu kosong satu), Grand Hotel berbintang 5, Museum Seni Rupa Nasional Taiwan dan Galeri Seni Nasional Kota Taipei tidak boleh dilewatkan
去台北市旅遊時，台北 101 大樓、5 星級圓山飯店、國立台灣美術館、台北市立美術館是不可以錯過的。

➤ Upacara pergantian penjaga pada perjam adalah (daya tarik/atraksi yang) sangat menarik untuk dinikmati. Selain gedung utama di Aula Memorial Chiang Kai-Shek, masih ada Balai Konser Nasional di sisi utara dan Balai Teater Nasional di sisi selatan.
每小時儀隊換班儀式很有吸引力，在中正紀念堂除了主樓外，還有在北邊的國家音樂廳及在南邊的國家戲劇院。

➤ Wufenpu terletak di belakang stasiun KA utama Taipei, adalah tempat grosir pakaian terbaik.
五分埔位在台北火車站後面，是最好的服飾批發地點。

➤ Pemandangan di gunung Yangming sangat indah dan udara yang sejuk. Taman nasional Yangmingshan sudah menjadi destinasi pertama yang tidak boleh dilewatkan.
陽明山的景色很美而且天氣涼快，陽明山國家公園已經成為不可錯過的首要目的地。

➤ Menjulang setinggi 500 meter, hingga tahun 2023 Taipei 101 adalah gedung tertinggi

kesebelas di dunia.
高度高達 500 公尺，截至 2023 年，台北 101 是世界第 11 高的大樓。

➢ Wisatawan kawula muda ada yang khusus datang ke Taiwan untuk mendaki pegunungan, karena Taiwan sangat terkenal dengan pegunungan yang enak didaki. Contohnya gunung Yushan, Xueshan, Hehuanshan dan masih banyak lagi sesuai dengan selera mereka.
有一些年輕觀光客特別來台灣爬山，因為台灣的山區以容易攀爬而出名，例如玉山、雪山、合歡山，還有許多他們喜好的。(111 印導)

➢ Gunung Qixing adalah gunung tertinggi di daerah Taipei.
在台北地區最高山是七星山。

➢ Taman nasional Yangmingshan yang terletak 30 menit perjalanan dari pusat kota Taipei, yang di dekat Gunung Shamao dan Gunung Qixing.
陽明山國家公園位在紗帽山和七星山附近，從台北市中心去約 30 分鐘路程。

➢ Maokong ada gondola untuk memudahkan para turis asing berwisata ke sana.
貓空纜車是為了讓外國訪客們容易去那裡旅遊。

➢ Selain mengunjungi perkebunan teh, wisatawan juga dapat merasakan sendiri pembuatan, penyeduhan dan minum teh di Maokong.
除了參觀茶園，觀光客也能在貓空親身體驗製作、沖泡和喝茶。(112 印導)

➢ Jinguashi Kota Taipei Baru adalah di dekat Jiufen, Jinguashi pernah terkenal dengan tambang emas di Taiwan.
新北市金瓜石在九份附近，金瓜石曾經在台灣以金礦有名。

➢ Museum Keramik di Yingge Kota Taipei Baru tidak bisa dilewatkan.
新北市鶯歌的陶瓷博物館不能錯過。

➢ Karena erosi air laut, Yehliu Geopark di Kota Taipei Baru adalah daerah pesisir pantai dengan batu berbentuk tertentu. Rupanya mirip dengan kepala ratu, sepatu, jamur, kacang, dll.
因為海水侵蝕，新北市的野柳地質公園是有特定形狀岩石的海岸地區，它們的形狀類似女王頭、鞋子、香菇、花生等。

➢ Ho Hai Yan Rock Festival di Kota Taipei Baru adalah acara yang khusus untuk orang muda Taiwan, mungkin ada musik Dangdut dari Indonesia. Lokasi terletak di Pantai Fulong, satu jam setengah naik kereta api dari Taipei.
新北市的貢寮國際海洋音樂祭是特別針對台灣年輕人的活動，也許還有來自印尼的流行音樂噹嘟樂，地點位在福隆海灘，從台北搭火車 1 個半小時。

➢ Taman Nasional Pantai Timur Laut dan Yilan terkenal dengan Musim Seni Patung Pasir Internasional Fulong.
東北角暨宜蘭國家公園以福隆國際沙雕藝術季有名。

➢ Jembatan baru berbentuk ikan kembung dan dihiasi lampu biru di kedua sisi jembatan sebagai simbol samudra ini menarik banyak perhatian dan menjadi pemandangan malam baru yang memesona di Nanfang'ao.
新橋有鯖魚的造形，而且用藍燈裝飾橋的兩邊成為海洋的符號，吸引許多目光，成為南方澳吸引人的新夜景。

➢ Nanchuang Miaoli alias "Provence van Taiwan".

苗栗南庄又稱"台灣的普羅旺斯"。

➤ Museum Gempa Bumi 921 di Taichung tidak bisa dilewatkan.
台中的 921 地震博物館不能錯過。

➤ Lishan Guesthouse di Taichung yang membuatnya menjadi pohon natal tertinggi di Taiwan.
台中梨山的聖誕節慶氣氛越來越壯觀，梨山賓館前 2 棵 28 公尺的聖誕樹掛上聖誕燈飾，使這兩棵樹成為台灣最高的聖誕樹。

➤ Seorang pencinta Kereta Api membangun satu buah museum benda-benda kereta api privat di kampung halamannya Changhua.
一位鐵道迷在故鄉彰化打造一座私人的鐵道文物館。

➤ Taman Nasional Yushan terkenal dengan Hutan Putih.
南投玉山國家公園以白木林有名。

➤ Pendakian di cagar ekologi Gunung Yushan telah secara parsial dibuka kembali pada tanggal 10 Agustus 2021. Pembukaan termasuk 4 jalur menuju puncak gunung dan 11 zona perkemahan, tapi tidak mencakup zona villa dan jumlah pendaki maksimum per hari adalah 60 orang.
玉山生態保護區的登山活動已經在 2021 年 8 月 10 日再次部分開放，開放包含 4 條前往山頂的路線和 11 個露營區，但是不包括別墅區，同時每日登山客數量最多 60 人。

➤ Gunung Hehuan kaya sumber alam dan pemandangan malamnya indah sekali. Turis asing bisa menikmati langit indah sambil menghirup udara segar.
合歡山富有自然資源且晚上景色很美，外國觀光客能夠一邊享受美麗天空，一邊吸入新鮮空氣。

➤ Beberapa tahun belakang Gereja Sepatu Tinggi kaca di Budai Chiayi, Gereja Kristal di Beimen Tainan dan Gereja Pelangi di Cijin Kaohsiung adalah tempat- tempat wisata untuk menikah dan berfoto pre-wedding yang sangat terkenal di Taiwan.
過去幾年，嘉義布袋的玻璃高跟鞋教堂、台南北門的水晶教堂以及高雄旗津的彩虹教堂是台灣非常有名的結婚和拍婚紗照的旅遊景點。

➤ Karena arsitektur cantik dan unik, gereja sepatu tinggi kaca di Budai Chiayi ini ramai dikunjungi wisatawan.
因為美麗與獨特的建築，在嘉義布袋的玻璃高跟鞋教堂擠滿觀光客。

➤ Daerah Pemandangan Nasional Alishan adalah lokasi wisata yang sangat terkenal di Taiwan. Wisatawan dapat menikmati matahari terbit, lautan awan, kereta api hutan, dan matahari terbenam. Pelancong juga dapat mencoba Kereta Api Hutan Alisan sambil menikmati pemandangan alam Alishan yang menakjubkan.
阿里山國家風景區是台灣很知名的旅遊地點，觀光客可以欣賞日出、雲海、森林鐵路和日落，旅客也可以一邊嘗試阿里山林業鐵路，一邊欣賞阿里山令人讚嘆的自然景觀。
(112 印導)

➤ Operasi kereta api mini Gunung Alishan sudah dipulihkan, tetapi dalam dua pekan mendatang, hanya satu rute pulang-pergi akan dioperasikan per hari dengan penumpang maksimum 108 orang.
阿里山小火車已經恢復運行，但是未來兩週每日只有一條來回路線運行，最多載送 108 名乘客。

➢ Kereta Api Hutan Alishan pertama kali beroperasi pada tahun 1912, merupakan salah satu jalur kereta pegunungan yang bersejarah dan paling indah di dunia. Jalur ini membentang dari Kota Chiayi pada ketinggian 30 meter hingga Cushan dengan ketinggian 2.451 meter. Cushan pun menjadi stasiun tertinggi yang ada di Taiwan.
阿里山林業鐵路在 1912 年初次營運，是有歷史價值及世上最美的山地鐵路之一，這條路線從高度 30 公尺的嘉義市延伸至海拔 2,451 公尺的祝山，祝山也成為台灣最高的車站。(112 印導)

➢ Untuk melihat matahari terbit dan lautan awan pada pagi buta di gunung Alishan, kami pun cepat tidur setelah makan malam.
為了觀看阿里山清晨的日出和雲海，我們吃過晚餐便早早睡覺了。

➢ Danau Fenqihu di Chiayi terkenal dengan kereta api hutan Alishan, nasi kotak/bento kereta api, jalan tua dan pemandangan alam. Danau Fenqihu alias Danau Pengki/Cikrak, sebenarnya lokasi ini adalah lembah gunung/baskom bukan danau.
嘉義奮起湖是以阿里山森林鐵路、鐵路便當、老街和自然景色聞名，奮起湖又稱畚箕湖，其實這地點是盆地，不是湖。

➢ Kampung Budaya Aborijin Taiwan seluas 62 hektar yang dibuka sejak 1980-an ini menampilkan kehidupan suku asli Taiwan, yang terdiri dari 16 suku Austronesia.
九族文化村占地面積 62 公頃，從 1980 年間開放，展出由 16 個南島種族構成的台灣原住民族生活。(112 印導)

➢ Kampung Budaya Aborijin Taiwan ini menjadi museum luar ruangan terbesar di Taiwan, yang terdiri dari sembilan rekonstruksi desa terpisah dan taman tradisional Eropa.
九族文化村成為台灣最大的戶外博物館，由 9 個分開的重現村落及歐式傳統公園所組成。(112 印導)

➢ Kampung Budaya Aborijin Taiwan atau Formosan Aboriginal Culture Village ini sama seperti Taman Mini Indonesia Indah.
九族文化村如同印尼縮影公園。(112 印導)

➢ Kampung Budaya Aborijin Taiwan memang berada di lokasi perbukitan tak jauh dari Danau Matahari Bulan.
九族文化村實際上位在距離日月潭不遠的丘陵上。(112 印導)

➢ Wisatawan juga bisa menikmati keindahan taman dari udara dengan menumpang gondola (kereta gantung). Dari kereta gantung akan terlihat indahnya Danau Matahari Bulan, danau yang terbentuk seperti matahari dan bulan dari seleksi alam.
觀光客也可以搭乘纜車從空中欣賞園區的美麗，從纜車可看到日月潭的美麗，湖被自然塑造成太陽和月亮的形狀。(112 印導)

➢ Tainan yang terkenal sebagai kota makanan ringan.
台南以小吃之都聞名。

➢ Tainan adalah kota tua yang pernah menjadi ibu kota Taiwan. Tainan terkenal dengan gedung-gedung bersejarah dan kuil-kuilnya seperti Kuil Koxinga, Benteng Anping(Fort Zeelandia), Erkunden Battery, Festival Meriam Lebah Yanshui, ikan bandeng, dll.
台南是老城市，曾經成為台灣首都，台南以有歷史的大樓和寺廟出名，例如延平郡王祠、安平古堡(熱蘭遮城)、億載金城、鹽水蜂炮節、虱目魚等。

➤ Wisata hutan bakau/Mangrove terkenal di Taiwan adalah ke kuil Sicao Dazhong Tainan di daerah Taijiang, yaitu Terowongan Hijau Annan.
台灣有名的紅樹林旅遊是台江地區的台南四草大眾廟，就是安南綠色隧道。

➤ Gunung Garam Cigu Tainan juga adalah salah satu unik/ciri di Taiwan. Laguna Cigu Tainan alias "Maldives van Taiwan".
台南七股鹽山也是台灣的特色之一，台南七股潟湖又稱"台灣的馬爾地夫"。

➤ Turis asing boleh memasuki daerah Kuil Fo Guang Shan Kaohsiung dan menikmati makanan khas mereka, yaitu vegetarian.
外國訪客可以進入高雄佛光山佛寺區並品嘗他們的特色食物，就是素食。

➤ Song Jiang Jhen/Battle Array di Neimen Kaohsiung ada berbagai olah raga bela diri kuno khas Taiwan dan pertunjukan kungfu Tiongkok seperti Pencak silat di Indonesia.
高雄內門的宋江陣有各種台式古代個人自衛運動和中國功夫表演，如同在印尼的傳統武術。

➤ Sekarang ini Pusat Seni Dermaga 2, Pusat Kebudayaan Laut dan Pusat Musik Pop Kaohsiung sangat populer.
最近高雄駁二藝術特區、海洋文化及流行音樂中心非常受歡迎。

➤ Konsulat Inggris di Takao dan Taman Hiburan E-Da di Kaohsiung tidak bisa dilewatkan.
高雄的打狗英國領事館、義大遊樂世界不能錯過。

➤ Seafood di pulau Cijin Kaohsiung adalah terenak (dari yang enak).
高雄旗津島的海鮮是最美味。

➤ Kaohsiung meluncurkan atraksi cahaya Natal di dekat Love River serta konser panggung ganda untuk malam tahun baru yang diadakan kembali di Dream Mall setelah selang tiga tahun.
高雄跨年在愛河附近推出聖誕燈光展演以及雙舞台音樂會，這是時隔 3 年再次在夢時代舉行。

➤ Museum biologi laut/Museum Kelautan Nasional di Pingtung tidak bisa dilewatkan.
屏東國立海洋生物博物館不能錯過。

➤ Taman Nasional Kenting Pingtung terkenal dengan hutan karangan/batu karang, dataran batu kapur, menara api/mercu suar Eluanbi.
屏東墾丁國家公園以珊瑚礁森林、石灰岩台地、鵝鑾鼻燈塔有名。

➤ Hengchun Pingtung terkenal dengan Bawang Bombai karena angin jatuh/terjun.
屏東恆春因為落山風，以洋蔥有名。

➤ Tempat terbang Saijia Sandimen Pingtung adalah tempat terbang yang terbaik seTaiwan.
屏東三地門賽嘉飛行場是全台灣最棒的飛行場地。

➤ Daerah Hualien dan Taitung dikelilingi Pegunungan Sentral, Pegunungan Pesisir Pantai dan Samudera Pasifik. Daerah ini juga sering disebut sebagai "Balik Gunung" di Taiwan.
花東地區被中央山脈、海岸山脈、太平洋包圍，台灣這地區也經常被稱為後山。

➤ Luye Taitung terkenal dengan Karnaval Balon Udara Panas Internasional Taiwan.
台東鹿野以台灣國際熱氣球嘉年華出名。

- Di Taitung, Sanxiantai, Danau Jiaming (Air Mata Malaikat) dan Museum Budaya Hutan Sazasa tidak bisa dilewatkan.
  台東三仙台、嘉明湖(天使淚)和鸞山森林文化博物館不能錯過。

- Taroko adalah taman nasional yang terletak di dekat Hualien yang kota pesisir pantai timur Taiwan dan mempunyai alam yang sangat indah. Taman nasional ini terkenal dengan tebing yang berlapis batu marmer, masih ada lain air hijau, jurang(Qingshui) dan jalur kaki(Shakadang, Baiyang), harus dikunjungi.
  太魯閣是位在台灣東海岸城市花蓮附近的國家公園，擁有很美的自然景觀，這國家公園以層疊大理石峭壁、綠水、斷崖(清水)及步道(砂卡礑、白楊)有名，必須參觀。

- Taman Nasional Pesisir Pantai Timur terkenal dengan Triathlon Sungai Xiuguluan.
  東部海岸國家公園以秀姑巒溪鐵人 3 項有名。

- Pelangi umumnya terdiri dari spektrum 7 warna, tapi ada warga Desa Ruisui di Hualien kemarin lusa sempat merekam pelangi berwarna putih di atas kebun teh. Pelangi putih ini disebut sebagai busur kabut, biasanya terbentuk di pegunungan tinggi akibat efek difraksi cahaya matahari.
  彩虹一般由 7 種顏色組成，但是前天有花蓮瑞穗的居民有機會在茶園上方錄到白色彩虹，白色彩虹被稱為霧虹，通常因為日光折射效果而在高山形成。

- Selain pulau Taiwan, turis asing bisa mengatur jadwal wisata ke luar pulau-pulau kecil di daerah dekat. Memperkenalkan dengan lawan arah jarum jam seperti Matsu, Penghu, Kinmen, Xiaoliuqiu/Pulau Lambai, Lanyu, Ludao, dan pulau Penyu yang mistis.
  除了台灣本島以外，外國觀光客能夠安排旅遊行程去附近地區的小離島，逆時針方向介紹，例如馬祖、澎湖、金門、小琉球(琉球嶼)、蘭嶼、綠島和神祕的龜山島。

- Matsu terkenal dengan Air Mata biru dan terowongan militer.
  馬祖以藍眼淚和軍事坑道出名。

- Air Mata Biru terjadi dari Mei hingga September setiap tahunnya di Pulau Matsu, tetapi turis asing hanya bisa melihatnya jika beruntung, karena tidak bisa direncanakan.
  藍眼淚每年 5 月到 9 月在馬祖島發生，但是外國觀光客只能靠運氣看到，因為無法事先規劃。

- Pandemi berdampak keras terhadap industri pariwisata, tidak hanya di Pulau Taiwan, juga di pulau terpencil yakni Kinmen dan Matsu yang ekonominya banyak bergantung pada tiga hubungan mini.
  疫情嚴重影響旅行業，不只台灣本島，也影響經濟大多依賴小三通的金門、馬祖這些孤立小島。

- Tur wisata Indonesia itu bukan hanya ke pulau Matsu tetapi juga ke pulau Xiaoliuqiu/Pulau Lambai.
  那個印尼旅遊團不僅去馬祖，而且還去小琉球(琉球嶼)。

- Dulunya turis asing boleh berjemur di pantai, menyelam untuk melihat penyu, menyewa sepeda motor untuk keliling pulau dan makan seafood di sekeliling pulau Xiaoliuqiu/Pulau Lambai, masa kini mereka juga bisa naik kapal pesiar berbawah kaca atau semi-kapal selam untuk melihat matahari terbenam, mendayung kano transparan atau SUP (Stand Up Paddle), berselancar layang-layang, bersepeda di air, dll.
  過去在小琉球(琉球嶼)的四周，外國觀光客可以在海邊曬太陽、潛水看烏龜、租機車繞

474

島和吃海鮮外，現在他們也能夠搭玻璃底遊船或半潛艇看日落、划透明獨木舟或立式划槳、玩風箏衝浪、騎水上自行車等。

➢ Baru saja memasuki tahun yang baru, namun gelombang kenaikan harga kembali terjadi, misalnya sebagian tiket jalur Dongliu ke Pulau Liuqiu menjadi lebih mahal.
才剛進入新的一年，但是漲價的風潮再次出現，例如去小琉球的東琉線變貴了。

➢ Penghu adalah objek wisata yang sangat ideal karena **tersedia** restoran yang buka sepanjang hari dan kapal pesiar mini yang akan membawa Anda ke tempat-tempat menarik.
澎湖是很理想的旅遊目的地，因為有整天營業的餐廳和可以帶你去迷人地點的小遊艇。
(112 印導)

➢ Penghu terkenal dengan Festival Kembang Api Internasional Penghu dan bunga selimut.
澎湖以澎湖國際海上花火節、天人菊出名。

➢ Pada tanggal 1 Januari tahunan, matahari terbit di Taiwan yang paling awal di Lanyu.
每年1月1日台灣最早的日出在蘭嶼。

➢ Air panas Zhaori Ludao adalah salah satu dari tiga air panas di dasar laut sedunia.
綠島朝日溫泉是全世界三大海底溫泉之一。

➢ Kapal pesiar ke pulau Penyu/Guishan yang terletak di luar laut Yilan penuh oleh penumpang pada hari libur, untuk boleh melihat matahari terbit, ikan paus dan lautan susu yang dari delapan pemandangan unik Guishan.
去宜蘭外海龜山島的遊艇，假日擠滿乘客，為了可以看日出、鯨魚及牛奶海等龜山8景。

➢ Pertama-tama, turis asing harus dibawa ke Pulau Guishan/Penyu untuk perjalanan dengan pemandu. Di bulan-bulan tertentu, pulau ini dipenuhi bunga bakung putih yang indah.
首先，外國旅客必須被導覽人員帶去龜山島旅遊，在固定的月份，這座島充滿著美麗的白色水仙花。

➢ Seiring hantaman gelombang dingin, embun beku pada ranting di Gunung Taiping Yilan, yang kini puncaknya terlihat memutih, bagaikan berada di negara utara. Gunung dan puncak pohon terlihat berwarna putih keperakan, bagaikan tersebar gula bubuk, membuat para wisatawan berdecak kagum.
隨著冷氣團來襲，宜蘭太平山樹枝結霜，現在山頂變白，宛如置身北國，山上和樹頂是銀白色，好像撒上糖霜，讓觀光客嘖嘖稱奇。

➢ Gunung yang ada di balik selimut kabut putih dan awan terjun, adalah kawasan wisata Gunung Taiping di Yilan.
在白色濃霧和雲海後面的山是宜蘭太平山風景區。

➢ Wisatawan kawula muda ada yang khusus datang ke Taiwan untuk berselancar, karena Taiwan mempunyai banyak lokasi surfing yang populer dengan ombaknya yang luar biasa.
有一些年輕觀光客特別來台灣衝浪，因為台灣有許多衝浪地點的特殊大浪非常受歡迎。
(111 印導)

➢ Provinsial Highway 61 Taiwan mulai dari Tamsui sampai ke Tainan, tidak ada tol di sepanjang jalan, alias Highway orang miskin.
台61線省道從淡水到台南，沿途無收費站，又稱窮人的高速公路。

➢ Provinsial Highway 26 Taiwan adalah sebuah jalan pesisir pantai di Pingtung dikelilingi Semenanjung Hengchun. Saat bersepeda di sini bisa melihat langit biru menyatu dengan lautan luas, lainnya ada pegunungan tinggi yang hijau dan megah.
台 26 線省道是一條被屏東恆春半島環繞的濱海公路，在這裡騎自行車時能夠看到藍色天空與大海結為一體，它的另一邊有翠綠和雄偉的高聳山脈。

➢ Kabupaten Highway 122 Hsinchu mulai dari Zhudong sampai ke daerah Rekreasi Hutan Nasional Guanwu menjadi perpaduan antara budaya Hakka, rumah kuno Chang Hsueh-liang dan sejarah hutan Guanwu. Bisa terlihat panorama pegunungan Xue yaitu "Pegunungan Suci" dari kejauhan, dan rute perjalanan wisata ini penuh dengan alam dan humaniora.
新竹 122 線縣道從竹東開始至觀霧國家森林遊樂區為止，是客家文化、張學良故居和觀霧林業歷史的融合，能夠遠眺雪山山脈聖稜線的全景，這觀光旅遊路線充滿自然與人文。

➢ Suhu rendah membuat kawasan Siyuan Yakou yang berketinggian 1.948 meter dari atas permukaan laut, yang berada di dekat Wuling Farm, pada Jalan Provinsi Nomor 7 Kilometer 45, diselimuti kabut salju.
低溫造成武陵農場附近、7 號省道 45 公里處、海拔 1,948 公尺的思源啞口覆蓋雪霧。

➢ Bunga lilin dan plum di Peternakan Wuling mulai bermekaran, ditambah warna warni dedaunan membuat Wuling menjadi tujuan wisata yang populer.武陵農場的金苞花和梅花開始盛開，增添了各種顏色的樹葉讓武陵農場成為受歡迎的旅遊目的地。

➢ Cuaca dingin, bunga sakura di Ladang Wuling, Taichung telah mekar penuh dengan warna merah muda yang memesona. Warga yang hendak berkunjung disarankan untuk segera menggunakan kesempatan ini.
天氣冷，台中武陵農場的櫻花已經開花，充滿著迷人的粉紅色，建議想要參觀的民眾立刻利用這機會。

➢ Kereta api kecil lambat di Taiwan sangat populer seperti jalur/rute di Pingxi Taipei Baru(besi), jalur Jiji di Nantou(besi), jalur KA hutan di Alishan(kayu), jalur Xingang di Chiayi(gula), jalur Donggang di Pingtung(militer).
台灣慢速小火車很受歡迎，例如新北平溪線(鐵)、南投集集線(鐵)、嘉義阿里山森林鐵路(木材)、嘉義新港線(糖)、屏東東港線(軍事)。

➢ Taiwan adalah surga pasar malam. Di setiap kota, setidaknya ada satu pasar malam yang menjual berbagai makanan, makanan kecil, minuman teh khas Taiwan, sampai ke pakaian, alat rumah tangga dan kebutuhan sehari-hari.
台灣是夜市天堂，每一個城市至少有一座夜市販賣各種食物、小吃、台式茶飲到服飾、家庭用具和每天必需品。

➢ Di tambah hujan beruntun beberapa hari terakhir membuat tanah yang jenuh air mudah longsor. Masyarakat yang beraktivitas ke pegunungan diimbau untuk berhati-hati.
最近幾天仍連續下雨，造成土地含水飽和容易鬆動，呼籲去山區活動的民眾要注意。

➢ Di pekarangan kampung halaman, kami mengetahui sebuah batu nisan yang nama, tanggal, bulan, tahun lahir dan meninggalnya dari zaman dinasti Song.
我們在老家院子發現一塊寫有姓名、出生和死亡年月日的宋朝墓碑。

➢ Menurut statistik dari Kementerian Perindustrian Indonesia, lebih dari 70% orang Indonesia ingin membeli kendaraan listrik. Karena Indonesia memiliki "tambang nikel" bahan baku utama untuk produksi baterai kendaraan listrik, maka pemerintah Indonesia membuka pasar kendaraan listrik dan mendorong transformasi industri. Indonesia adalah tempat terbaik bagi perusahaan untuk berinvestasi dalam rantai pasokan ekologis industri kendaraan listrik dan baterai.
根據印尼工業部統計，超過 70%印尼人想要買電動交通工具，印尼因為擁有電動交通工具電池產品的主要基本原料"鎳礦"，所以印尼政府開放電動交通工具市場並推動產業轉型，印尼是企業投資電池和電動交通工具產業生態供應鏈的最好地點。

➢ Perjalanan dimulai dari jalanan tua disusul naik kapal ferry di Qijin, diteruskan dengan kunjungan ke ladang teh di Chiayi.
行程從老街開始，隨後在旗津搭乘渡輪，接著參觀嘉義茶園。

➢ Taman Mini Indonesia Indah (TMII) melakukan uji coba pembukaan terbatas. Selama pembukaan, pengunjung dapat melongok kebaruan TMII, termasuk taman-taman hijau yang menyegarkan mata.
印尼縮影公園在做有限度的開放測試，開放期間，訪客能夠看到縮影公園的新特質，包括讓對眼睛好的綠色公園。

➢ Cara menikmati Taman Mini Indonesia Indah (TMII) juga didorong lebih ramah lingkungan. Para pengunjung harus memarkir kendaraan bermotor di gedung parkir, lalu berjalan-jalan di TMII dengan cara jalan kaki, bersepeda, atau naik mobil listrik. Tak cuma itu, dilansir dari Instagram TMII @tmiiofiicial, terdapat sejumlah aturan baru yang harus pengunjung taati.
欣賞美麗印尼縮影公園推動更環境友善的作法，訪客必須停車在停車塔，然後走路、騎自行車或搭乘電動車來逛園區，不只如此，透過 IG 帳號 TMII @tmiiofiicial 傳播/下載，有一些訪客必須遵守的新規定。

➢ Semua ini menjadi pemandangan yang sangat unik dan istimewa.
這些全部成為很獨特的景色。

Ayat IX-2.2.例句(節慶)

➢ "Poapoe" adalah peramalan dengan menggunakan cangkang kerang, kemudian dilempar untuk mendapat jawaban "YA", "TIDAK, atau "RAGU-RAGU".
"擲筊"是使用貝殼來預測，之後丟擲為了得到"是(聖杯)"、"不是(陰杯)"或"猶豫未定(笑杯)"的答案。(108 印導)

➢ Membawa wisatawan asing mengenal keindahan Taiwan melalui 4 jenis aspek yang berbeda, yaitu humaniora, ekologi, kuliner dan bangunan.
帶領外國觀光客從 4 個面向認識台灣，就是人文、經濟、美食和建築。

➢ Di Taiwan ada beberapa kelompok suku yang paling penting masing-masing yaitu penduduk asli, orang Holo/Tiongkok, orang Hakka dan Imigran baru.
台灣有幾個族群最重要，分別是原住民、河洛人、客家人和新住民。

➢ Orang Hakka sudah meninggal di Taiwan lebih dari 400 tahun dan mereka bukan lagi kaum lemah.
客家人已經住在台灣超過 400 年，他們不再是弱勢族群。

> Suku aborigin Taiwan pandai mengungkapkan kebaikan dan kasih sayang dengan pinang.
> 台灣原住民擅長用檳榔表達善意及情意。

> Pada Festival Air Percikan, biasanya orang-orang di Thailand memercikkan air kepada orang lain.
> 潑水節時，在泰國的人們通常把水潑在其他人身上。

> Di Taiwan selain Wayang Potehi, Wayang kulit, Wayang Boneka dan opera Taiwan juga sangat terkenal.
> 台灣除了布袋戲以外，皮影戲、魁儡戲及歌仔戲也很有名。

> Festival Bersepeda Taiwan akan memperkenalkan 5 tema utama bersepeda, termasuk pantai, tepi sungai, perbukitan, lembah dan hutan, pegunungan tinggi, dan pedesaan.
> 台灣自行車節將介紹 5 條騎車主題，包括海灘、河邊、山丘山谷與森林、高山和鄉村。

> Pantun tradisional Taiwan : Mengejar Matsu pada Maret, mengejar Wangye pada April, Saling melihat orang-orang pada tanggal 13 Mei (di Kuil Cheng Huang Dadaocheng Kota Taipei).
> 台灣傳統順口溜：3 月瘋媽祖、4 月瘋王爺、5 月 13 日人看人(台北大稻埕霞海城隍廟)。

> Bulan tiga perayaan akbar Dewi Mazu dan bulan empat merayakan kelahiran Wangye.
> 3 月瘋媽祖，4 月王爺生。

> Ulang tahun Matsu pada tanggal 23 Maret kalender Imlek, budaya dan agama Matsu adalah yang terbesar di Taiwan karena ada delapan juta pengikut kurang lebih di Taiwan sendiri dan 150 juta di seluruh dunia.
> 媽祖生日在農曆 3 月 23 日，媽祖文化和宗教是台灣最大的，因為台灣本身就有 800 萬左右信徒，在全世界有 1 億 5,000 萬。

> Kuil-kuil Matsu terkenal di Taiwan ada kuil Tianhou Penghu, Kuil Jenn Lann Dajia Taichung, kuil Tianhou Lugang Changhua, kuil Chaotian Beigang Yunlin, kuil Fengtian Xingang Chiayi dan kuil Chaohou Kaohsiung. Upacara Prosesi arak-arakan Dewi Matsu sepanjang ratusan kilometer adalah kegiatan/acara yang sangat menarik, dimulai dari Kuil Jenn Lann di Dajia Taichung sampai ke Kuil Fengtian di Chiayi.
> 台灣有名的媽祖廟有澎湖天后宮、台中大甲鎮瀾宮、彰化鹿港天后宮、雲林北港朝天宮、嘉義新港奉天宮及高雄朝后宮，綿延幾百公里的媽祖繞境慶典是很有吸引力的活動，從在台中大甲的鎮瀾宮開始到嘉義奉天宮為止。

> Hari perayaan penting setahun di Taiwan, Tahun Baru Imlek adalah terpenting, selainnya masih ada 3 perayaan besar, yaitu Festival Pembersihan Makam/Hari Qingming/Cheng Beng, Hari Peh Cun/Perahu Naga dan Festival Tiongciu/Kue Bulan. Tentu saja, kegiatan Hari Cap Go Meh dan Festival Chungyuan/Hantu juga sangat terkenal.
> 台灣 1 年的重要節慶日，農曆新年最為重要，其它的還有 3 大節日，就是清明節、端午節和中秋節，當然元宵節及中元節的活動也很有名。

> Kegiatan Tahun Baru Imlek termasuk makan malam bersama dengan semua anggota keluarga pada malam tahun baru Imlek, makan kue keranjang/Nian gao, bagikan Angpao/amplop merah, tempelkan Chunlien/kertas merah, bersembahyang kepada para dewa dan leluhur, ShouSui/tidak tidur menunggu detik pergantian tahun baru, pasang petasan, tarian naga dan barongsai.
> 春節活動包含除夕吃團圓飯、吃年糕、發紅包、貼春聯、拜祖先、熬夜守歲、放鞭炮、舞龍和舞獅。

> Artinya malam tahun baru Imlek dalam bahasa Mandarin, kata "ikan" melambangkan "melimpahnya rezeki di tahun mendatang", "mi panjang umur" disebut "semakin panjang semakin bagus", "pangsit" mirip "batangan emas" yang menjadi mata uang zaman dulu, dan "kumkuat" memiliki arti "emas" sehingga merupaka "kemakmuran".
> 除夕團圓飯菜色的中文寓意，"魚"這個字象徵"來年充滿好運"，"長壽麵"被認為"越長越好"，"水餃"好像古代錢幣的"金條(金元寶)"，"金桔"有"黃金"的意義，表示"(生意)興隆"。

> Saat malam tahun baru, cahaya kembang api berpendaran di langit malam.
> 當除夕夜時，煙火的光亮在夜空閃閃發光。

> Semoga tahun ini lebih baik dari yang lalu, dan penuh dengan keberuntungan, kesuksesan, dan kesehatan.
> 希望今年比去年更好，而且充滿好運、成功及健康。

> Hari Cap Go Meh alias Festival Lentera/Lampion, Tahun baru kecil, Yuan Hsiao. Orang suka melihat lampu lampion, duga teka-teki lampion dan makan kuah/sop onde-onde.
> 元宵節又稱燈籠節、小過年、元宵，民眾喜歡賞花燈、猜燈謎以及吃湯圓。

> Perayaan Hari Cap Go Meh yang terkenal di Taiwan ada pantun yang "Lentera Utara, Meriam Lebah Selatan, Handan Timur, Kura-kura Barat, Naga Tengah".
> 台灣元宵節有名的慶祝活動有"北天燈、南蜂炮、東寒單、西乞龜、中燉龍"。

> Kegiatan Festival lampion yang paling terkenal adalah Festival Lampion Udara internasional Pingxi, di sana turis asing ada kesempatan untuk menerbangkan lampion miliknya ke udara.
> 元宵節活動最有名的是平溪國際天燈節，外國旅客在那裡有機會釋放他們擁有的燈籠到空中。

> Acara Festival Lentera yang terkenal di Taiwan utara adalah Festival Lentera Langit di Pingxi, Kota Taipei Baru. Pelepasan lentera langit akan diadakan dua kali, masing-masing pada tanggal 5 Februari dan 11 Februari yang berdekatan dengan Hari Valentine.
> 北台灣有名的元宵節活動是新北市平溪的天燈節，會放天燈兩次，分別在 2 月 5 日及接近情人節的 2 月 11 日。

> Di malam Festival lampion, warga dan wisatawan di Pingxi kota Taipei Baru menuliskan doa harapan di atas lentera udara, berharap Taiwan dapat lancar entaskan pandemi.
> 在元宵節晚上，新北市平溪的居民和觀光客在天燈上寫下祈求心願，希望台灣能夠儘速脫離疫情。

> Pada Festival Meriam Lebah Yanshui Tainan, pengunjung harus mengenakan helm pengaman dan jaket tebal untuk merasakan kegembiraan tembakan petasan dari jarak dekat.
> 在台南鹽水蜂炮節，訪客必須戴安全帽並穿厚夾克，以利近距離感受鞭炮炸射的快感。

> Pada Festival Lampion, banyak turis melakukan pergi ke Penghu untuk mengikuti Acara Qigui/Kura-kura.
> 在元宵節，有許多觀光客去澎湖參加乞龜的行程。

> Kegiatan mercon Dewa Handan Taitung sempat berhenti selama dua tahun karena wabah, kegiatan ini akan kembali diadakan tahun ini 2023.
> 台東炸寒單爺活動曾經因為疫情暫停兩年，這活動今年 2023 年將再次舉行。

➢ Hari Qingming adalah waktu orang-orang kembali ke kampung halaman mereka untuk menyapu makam leluhur. Pada Hari ini ada kebiasaan makan lumpia.
清明節是人們回到老家打掃祖先墳墓的時候，在當天有吃潤餅的習慣。

➢ Hari Festival perahu naga ada kebiasaan makan bakcang dan lomba perahu naga.
端午節有吃粽子和划龍舟比賽的習慣。

➢ Festival Chungyuan/Hantu di Taiwan yang paling penting adalah bersembahyang dan membakar kertas uang-uangan kepada "saudara baik" hantu pada bulan hantu, ada juga kegiatan panjat pinang dan melepaskan lampion di air.
台灣中元節最重要的是在鬼月祭拜和燒紙錢給孤魂野鬼"好兄弟"，也有搶孤和放水燈的活動。

➢ Cerita Festival Kue Bulan yang paling terkenal adalah cerita Chang E memburu bulan. Makanan khas pada hari ini adalah kue bulan dan jeruk bali. Sedangkan orang zaman modern menemukan daging bakar/BBQ.
中秋節的故事以嫦娥奔月故事最有名，這天的特色食物是月餅和柚子，而現代人發明烤肉。

➢ Selain Musim Hydrangea Taoyuan, Musim bunga Calla Lily juga sudah dimulai. Para orang pergi ke Danau Zhuzihu Yangmingshan untuk menikmati bunga-bunga Calla Lily ini. Menjauh dari kebisingan kota.
除了桃園繡球花季，海芋季也已經開始，人們去陽明山竹子湖欣賞海芋花，遠離城市的吵雜。

➢ Selain bunga Sakura di daerah Alishan, di Taiwan paling terkenal adalah Hakka Festival Bunga Tung pada Mei setiap tahun di Taoyuan, Hsinchu, Miaoli dan Changhua.
除了在阿里山區的櫻花，台灣最有名的是每年 5 月桃園、新竹、苗栗和彰化的客家桐花節。

➢ Perayaan desa Hakka yang terkenal dengan Musim Budaya Sukarelawan dan Musim Seni Genderang Internasional. Sekarang Taiwan adalah pusat penelitian Hakka global.
客庄節慶以義民文化季和國際花鼓藝術季有名，現在台灣是全球客家研究中心。

➢ Kuil Longshan adalah tertua di Taipei dan menarik paling banyak turis asing yang datang untuk bersembahyang kepada Guanshiyin Buddha.
龍山寺在台北是最古老的，吸引最多外國遊客來向觀世音菩薩拜拜。

➢ Bersembahyang ke kuil-kuil di Taiwan harus berhati-hati lagi untuk pantangan "masuk pintu kuil dari sebelah kiri dan keluar dari kanan", yakni pantun "Naga Hijau di Kiri, Harimau Putih di Kanan, Phoenix Merah di Depan, Penyu Hitam di Belakang".
到台灣的寺廟拜拜，必須注意進入廟門要"左進右出"的禁忌，也就是順口溜"左青龍、右白虎、前朱雀、後玄武"。

➢ Untuk menarik lebih banyak Muslim yang datang ke Taiwan, mempromosikan pertukaran budaya dan pariwisata antara Taiwan dan Indonesia menjadi semakin intense dan aktif.
為了吸引更多的穆斯林來台灣，台、印尼之間推廣文化和觀光的交流活動越來越密集與積極。

➢ Untuk sambut tahun baru Imlek, kelenteng dan altar rumah Dewa Bumi dibersihkan jelang perayaan.

為了迎接農曆新年，隨著節慶將至廟宇和家裡土地公神壇被打掃乾淨。

➢ Singkatnya, "Sincia" kini telah mengalami pergeseran kata menjadi Imlek. Imlek juga dibagi menjadi dua kata dasar.
簡單來說，"新正"現在已經被文字轉換為"陰曆"，"陰曆"也被區分成為兩個基本字。

➢ Saat ini Museum Nasional Taiwan sedang mengadakan pameran khusus imigran dari Asia Tenggara, memamerkan sejumlah peninggalan budaya tradisional dari Indonesia dan negara lain. Selain agar para imigran baru dan PMA dapat mengobati rasa rindu terhadap kampung halaman, juga agar masyarakat Taiwan dapat lebih memahami kehidupan dan budaya kampung halaman mereka lewat pameran ini.
國立故宮博物院現在正在舉辦東南亞移民特展，展出一些印尼和其他國家的傳統文化遺產，除了讓新移民與移工能夠療癒思鄉之情，也為了台灣人能夠透過這展覽更瞭解他們家鄉的生活與文化。

➢ Museum Nasional Taiwan secara khusus memamerkan koleksi imigran baru dari masa kolonial Jepang hingga saat ini agar mereka dapat melihat koleksi dari kampung halamannya. Koleksi mencakup aneka ragam dekorasi, pakaian, wayang golek dan peninggalan budaya Asia Tenggara. Sebagian besar koleksi berasal dari Indonesia, Filipina dan Vietnam.
國立故宮博物院以特別的方式展出日據時代到現代新移民的收藏品，讓他們能夠看到來自家鄉的收藏品，收藏品包括各種裝飾、服裝、皮影和東南亞文化遺跡，大部分的收藏品來自印尼、菲律賓和越南。

➢ Bentuk keseluruhan Barong agak mirip barongsai Taiwan, yang merupakan peninggalan budaya tradisional Indonesia dan dibuat secara manual oleh pengrajin lokal. Barang asli yang dipahat sesuai metode tradisional.
獅頭整體形狀相當類似台灣的舞獅，是印尼傳統文化遺產，由當地工匠以手工製成，原始的獅頭是按照傳統做法雕刻。

➢ Makan ronde pada masa Dongzhi adalah tradisi warga Taiwan, melambangkan keharmonisan keluarga, penambahan usia dan permohonan restu untuk tahun baru yang segera tiba.
冬至期間吃湯圓是台灣人的傳統，象徵家庭和諧、添壽並為即將來臨的新年祈福。

➢ Di Indonesia, 22 Desember juga dirayakan sebagai Hari Ibu, maka pada saat warga keturunan Tionghoa merayakan Dongzhi, mangkok ronde pertama harus disajikan kepada ibu.
在印尼 12 月 22 日也慶祝母親節，所以華裔同時慶祝冬至，第 1 碗湯圓必須獻給母親吃。

➢ 22 Desember adalah Hari Dongzhi, kegiatan membuat ronde meramaikan suasana Dongzhi di Yunlin.
12 月 22 日是冬至，宜蘭包湯圓的活動炒熱冬至氣氛。

Ayat IX-2.3.例句(美食)

➢ Makanan yang enak menjadi suatu daya tarik untuk berwisata ke Taiwan.
好吃的食物是到台灣旅遊的某種吸引力。

➢ Pasar malam di Taiwan menjadi salah satu destinasi wajib saat tetamu asing ke Taiwan.
台灣夜市成為外國遊客來台灣必去的目的地之一。

➢ Di Taiwan panen musim saat ini akan dipromosikan sama dengan kegiatan musim/festival wisata seperti Kesemak kering di Hsinchu, Loquat di Taichung, Kastanye air di Tainan, Lobak dan ubi talas di Kaohsiung, bawang bombai dan jambu air di Pingtung, bonito dan bunga Lili/Daylily di Taitung, pir dan daun bawang di Yilan.
台灣當季的農產品將配合觀光季(節)活動一起推廣,例如新竹柿餅、台中枇杷、台南菱角、高雄白蘿蔔及芋頭、屏東洋蔥及蓮霧、台東柴魚及金針花、宜蘭水梨及蔥。

➢ 5 oleh-oleh yang harus dibeli saat berwisata di Taiwan adalah kue nanas, permen nougat, buah kering, teh khas Taiwan dan masker kecantikan.
去台灣旅遊必須買的 5 種伴手禮是鳳梨酥、牛軋糖、水果乾、台灣特色茶和美麗的口罩。

➢ Masakan enak khas Taiwan yang tidak bisa dilewatkan. Satu gigitan tanpa disadari diikuti dengan gigitan lainnya, dan tidak bisa menahan rasa ketagihan.
台式好吃料理不能錯過,一口接一口無法停止,忍不住上癮的感覺。

➢ Kuliner khas Taiwan yang sangat berbeda dengan Indonesia. Berwisata sambil tidak lupa menikmati makanan khas setempat, misalnya toko sarapan (pagi) dan restoran cepat saji, pasar swalayan dan toko serba ada(Toserba) harus dicoba.
台式美食與印尼很不同,一邊旅遊一邊不要忘記品嘗本地特色食物,例如在台灣的早餐店、速食餐廳、自助超市和便利商店一定要嘗試。

➢ Turis asing membeli dua kepal nasi beras ketan di toko sarapan (pagi) khas Taiwan untuk dicoba.
外國客人在台式早餐店買了兩個飯糰來嘗試。

➢ Jajanan pasar malam khas Taiwan adalah Dadar Telur Tiram, Mi Tipis Tiram, Ayam Goreng Tepung, Potongan Ayam Goreng (Lada Garam), Tahu Bau Goreng, Roti Peti Mati, Teh Susu Mutiara dan Es Serut.
台灣夜市特色小吃是蚵仔煎、蚵仔麵線、炸雞排、鹽酥雞、臭豆腐、棺材板、珍珠奶茶和刨冰。

➢ 5 makanan kecil/jalanan pasar malam halal yang harus dicoba saat turis Muslim Indonesia berwisata di Taiwan adalah Daging Sapi Panggang Potong Dadu, Potongan Ayam Goreng, Jamur Tiram Besar Panggang, Es Serut, kembang tahu dan Kue Roda.
印尼回教徒觀光客在台灣旅遊必須嘗試的 6 個夜市清真認證/哈拉(Halal)小吃是骰子牛肉、鹽酥雞、烤大秀珍菇、刨冰、豆花和車輪餅。

➢ Ada satu jalan tua terletak di Shenkeng selatan Kota Taipei Baru yang dikhususkan untuk tahu bau. Turis asing bisa melihat usaha memasak dan menjual tahu bau di mana mana. Selain itu, ada juga produk tahu dan jajanan/makanan kecil lainnya.
位在新北市南邊的深坑有一條老街專賣臭豆腐,外國旅客到處能夠看到煮和賣臭豆腐的店家,除此之外,也有豆腐產品和其他零嘴。

➢ Bakcang di Taiwan ada 2 jenis, yaitu bakcang utara dan bakcang selatan. Beras ketan bakcang utara yang digoreng dulu, sedangkan beras ketan dan isinya bakcang selatan semua dikukus sampai matang. Di Taiwan masih ada bakcang tengah, yakni pemecah ombak. Itu bercanda ya!
粽子在台灣有兩種,就是北部粽和南部粽,北部粽的糯米先炒過,而南部粽的糯米和內餡全部蒸到熟,在台灣還有中部粽,就是消波塊,那是開玩笑的啦!

➢ Taiwan adalah kerajaan buah-buahan berkualitasi tinggi. Sekarang mangga, leci, semangka, srikaya, nanas, jambu air dan jambu biji, dll murah dan enak, karena sedang musimnya.
台灣是高品質水果王國，現在芒果、荔枝、西瓜、釋迦、鳳梨、蓮霧和芭樂等便宜又好吃，因為正是它們的季節。

➢ Melon termasuk tanaman iklim subtropis.
哈密瓜算是亞熱帶氣候農作物。

➢ Pelayan toko/pramuniaga masukkan kol/kubis, tahu dan bahan lain di atas kulit lumpia, lalu menabur bubuk kacang manis dan melipat untuk makan.
店員放入高麗菜、豆腐和其他原料在潤餅皮上，然後撒甜的花生粉並包起來吃。

➢ Saya mendengar masakan telur Mullet/telur ikan belanak enak sekali. Emas hitam Taiwan adalah telur Mullet di selatan Taiwan.
我聽說烏魚子料理很好吃，台灣烏金是指台灣南部的烏魚子。

➢ Bottarga adalah telur belanak yang usai diambil, ditaburi garam dan dijemur di bawah sinar matahari. Ini adalah bahan makanan wajib bagi masyarakat Taiwan saat Tahun Baru Imlek. Bottarga ukuran besar yang sebelumnya kerap menjadi buah tangan pilihan.
烏魚子是烏魚卵被取出、灑鹽和在太陽下曬乾，是台灣人過農曆年時的必要食材，之前大尺寸的烏魚子一直是首選的伴手禮。

➢ Sebentar lagi akan memasuki Tahun Baru Imlek, bottarga juga menjadi buah tangan yang kerap dibeli.
等一下將進入農曆新年，烏魚子也是經常購買的伴手禮。

➢ Terpengaruh musim dingin yang hangat, jumlah telur ikan belanak hasil budidaya menurun, ditambah dengan pengurangan area penangkaran, jumlah produksi keseluruhan tahun ini berkurang setengahnya dibandingkan tahun sebelumnya, sehingga harga pun naik mencatat yang tertinggi.
受到冬季暖化影響，人工飼養烏魚子產量減少，加上養殖區域減少，相比於去年今年整體產量減少一半，以致價格也漲到最高。

➢ Harga belanak budidaya dipengaruhi oleh naiknya upah gaji, harga pakan dan produk lainnya. Semua ini akan membebani peternak belanak, dan harga bottarga tahun ini tentu juga akan ikut naik.
養殖烏魚價格受到工資上漲、飼料價格和其他產品的影響，這些全部將分攤在烏魚飼養的價格上，今年烏魚子的價格一定也會跟著上漲。

➢ Kalau tidak suka tiram, boleh mengganti dengan udang. Telur ayam yang dicampur dengan tepung tapioka cair, lalu ditambahkan daun bawang. Kemudian tiram atau udang dimasukkan dalam tepung tapioka cair, dadar telur tiram ditunggu sampai matang dan dimakan dengan saos asam manis.
如果不喜歡蚵仔，可以換蝦子，雞蛋混合勾芡，然後加上青蔥，之後蚵仔或蝦子放進勾芡裡面，蚵仔煎等到熟，搭配糖醋醬吃。

➢ Mi tipis tiram/Oa misua adalah salah satu kuliner terkenal Taiwan, Oa misua adalah mi tipis yang ditambahkan kaldu, bawang putih dan tiram segar.
蚵仔麵線是台灣有名的美食之一，蚵仔麵線是細麵線加上肉汁、蒜和新鮮蚵仔。

➢ Selain oa misua, masih ada satu lagi/lain jajanan khas pasar malam yang tidak boleh dilewatkan, yaitu tahu bau goreng/Chou Tou Fu. Tahu bau goreng tidak berbeda jauh dari tahu Sumedang yang digoreng di Indonesia.

除了蚵仔麵線，還有另一個不可錯過的夜市特色小吃是臭豆腐，臭豆腐和印尼油炸的 Sumedang 豆腐差不多。

➢ Karena baunya, tahu bau goreng yang disukai dan ditakuti turis asing. Tahu bau goreng yang sama seperti durian, dicium bau tetapi dimakan harum.

因為它的氣味，臭豆腐被外國觀光客又喜歡又怕，臭豆腐和榴槤相像，聞起來臭，但吃起來香。

➢ Tahu bau goreng disajikan lebih berbagai jenis, yaitu digoreng, dikukus atau dibakar, kemudian dimakan dengan bumbu pedas, kimchi khas Taiwan, daun ketumbar/yansui, wortel dan saos soya.

臭豆腐可用多樣的方式料理，炸、蒸或烤，之後搭配辣調味醬料、台式泡菜、香菜、紅蘿蔔和醬油一起吃。

➢ Salah satu oleh-oleh populer Taiwan adalah kue nanas.

台灣受歡迎的伴手禮之一是鳳梨酥。

➢ Telur rebus teh selalu menjadi komoditas populer di toserba.

茶葉蛋一直都是超商熱門商品。

➢ Sekarang ini Toserba Taiwan ada beberapa minuman disukai turis asing, minuman-minuman ini sudah menjadi salah satu oleh-oleh khas Taiwan yang harus dibeli saat mereka datang ke Taiwan.

最近台灣便利商店有幾種飲料被外國觀光客喜歡，這些飲料已經成為他們來台時必須購買的台灣特色伴手禮之一。

➢ Taiwan adalah tempat penghasil teh yang sangat terkenal di dunia. Saya akan rekomendasikan/sarankan wisatawan asing untuk menikmati budaya teh yang sangat populer di Taiwan, misalnya Oolong, Baozhong, Tieguanyin, kumkuat, Wanita Cantik Oriental dan Biluochu, dll.

台灣是舉世聞名的茶產地，我會建議外國旅客，體驗在台灣非常受歡迎的茶文化，例如烏龍、包種、鐵觀音、金桔、東方美人和碧螺春等。

➢ Teh Taiwan sudah disertifikasi "Institut Rasa Internasional Belgia" dan mendapat "Superior Taste Awards 2021".

台灣茶已經被"比利時國際風味評鑑機構"認證並獲得"2021 優秀味覺獎章"。

➢ Orang Taiwan suka minum teh pahit dan kopi pahit.

台灣人喜歡喝苦茶和黑咖啡。

➢ Teh susu mutiara adalah minuman teh susu yang dicampur dengan bola mutiara kenyal seperti agar-agar. Kepopuleran teh susu mutiara asal Taiwan sudah mendunia, dan sudah menjadi salah satu perwakilan kuliner Taiwan yang paling terkenal.

珍珠奶茶是奶茶飲料和嚼起來像石花菜的珍珠球一起混合，起源自台灣的珍珠奶茶已經流行全世界，成為台灣美食最有名的代表之一。

➢ Rasa atau topping/bahan-bahan pelengkap Es Serut adalah berbagai. Harganya mungkin menaik atau menurun berdasarkan dari pilihan topping dan rasa. Konsumen dapat memilih aneka bahan pelengkap es serut yang ada di dalam lemari kayu kecil.

刨冰的口味或配料是各式各樣，它的價錢可能依選擇的配料和口味而增減，消費者能夠挑選小木櫃裡各樣的刨冰配料。

- Es local yang paling terkenal dari berbagai daerah termasuk Es Chiayi Aiyu, Es Mangga Segar Yujing Tainan, Es DaOneGong Kaoshiung, Es Udang Sakura Pingtung, dan Es Kaktus Penghu. Banyak orang yang secara khusus menuju lokasi tertentu hanya untuk menikmati semangkok es yang terbuat dari buah-buahan lokal. Mari makan es bersama ke Taiwan!
  各地最有名的本地冰品，包括嘉義愛玉冰、台南玉井新鮮芒果冰、高雄大碗公冰、屏東櫻花蝦冰和澎湖仙人掌冰，許多旅客專門去特定地點只是為了吃一碗當地水果製作的冰。一起來台灣吃冰吧！

- Mari makan es bersama ke Taiwan! Es kaktus Penghu dan es mangga segar Yujing Tainan yang paling direkomendasikan Biro Pariwisata Taiwan.
  一起來台灣吃冰吧！台灣觀光局極力推薦澎湖仙人掌冰和台南玉井新鮮芒果冰。

- Di Indonesia juga ada Cincau, tetapi hanya di Taiwan ada Aiyu.
  在印尼也有仙草，可是只有在台灣有愛玉。

- Roti Peti Mati adalah roti isi berbentuk peti mati. Roti tebal ini digoreng kering dulu, lalu dipotong atasnya, kemudian dimasukkan berbagai isi dari potongan, akhirnya ditutup lagi dengan potongan roti yang tadi. Isi roti peti mati bisa memilih daging ayam, udang, sapi, atau ham/bacon.
  棺材板是指棺材形狀的包餡麵包，這個厚片麵包先炸乾，然後切開上方，之後從切口處放入各種內餡，最後再蓋回剛才的麵包切片，棺材板內餡能選擇雞肉、蝦子、牛肉或火腿/培根。

- Perusahaan Kereta Api Taiwan (TRA) menjual makanan tradisional yaitu nasi kotak/bento, biasanya berisi daging iga babi, dan bahan makanan dari setiap daerah di Taiwan.
  台灣鐵路公司賣傳統食物，也就是便當，通常含有豬排，食材來自台灣各個地方。

- Isi bento terdiri dari banyak jenis lauk dan lengkap karena selalu ada nasi, lauk, sayuran dan telur.
  便當搭配許多種類菜色，因為全部都有飯、肉、蔬菜和滷蛋。(111 印導)

- Di Indonesia juga ada nasi kotak/bento yang namanya nasi bungkus, pepes, rantang, atau bekal.
  印尼也有便當，名叫紙包飯。

- "Bandoh" berarti mengatur meja dalam bahasa Taiwan, alias dapur di pinggir jalan, adalah unik layanan boga Taiwan. Tetapi budaya perjamuan khas Taiwan ini sudah diturunkan dari generasi ke generasi di Taiwan.
  "辦桌"在台語裡有安排桌子的意思，又名路邊廚房，是獨特的台灣餐飲服務，但是這台式宴會文化在台灣已經一代一代式微。

- Masakan khas Hakka adalah terlalu berminyak dan terlalu asin. Makanan dan makanan kecil/makanan ringan/pencuci mulut/makanan penutup Hakka yang terkenal adalah Tumis Hakka, Tumis usus jahe, kue beras/kue nasi, kue beras kacang merah, kue ketan/Mochi, Lei cha/teh tumbuk, dll.
  客家特色料理是重油、重鹹，有名的客家食物和點心是客家小炒、薑絲炒大腸、板條、紅龜粿、麻糬、擂茶等。

➢ Tumis Hakka adalah salah satu masakan Hakka paling terkenal dan populer. Bahan utama ada daging perut babi, cumi-cumi dan tahu kering.
客家小炒是最有名和受歡迎的客家料理之一，主要材料有豬肚肉、魷魚和豆干。

➢ Kebiasaan makan orang Indonesia sangat unik, mereka sangat suka kalau ada sambal di meja makan.
印尼人的吃飯習慣很獨特，他們很喜歡飯桌上有辣椒醬。

➢ Di Indonesia makan mi bakso harus pakai sambal dan kecap manis baru enak. Itu memang sangat-sangat enak.
在印尼吃肉丸麵必須加辣椒醬和甜醬油才好吃，的確非常非常好吃。

➢ Saya mau dua porsi nasi campur, salah satu tidak pakai telur. Tolong dibungkus saja.
我要兩份雜菜飯，其中一份不加蛋，麻煩打包就好。

➢ Saya mau makan di sini, pakai cabai yang banyak ya!
我要在這裡吃，辣椒多加點喔！

➢ Gado-gado adalah sejenis masakan terbuat dari sayuran dengan bumbu kacang tanah.
印尼沙拉是一種用蔬菜製作，加上花生醬的料理。

➢ Saya mau es teh tanpa gula.
我要不加糖的冰茶。

➢ Ibu menggarami ikan sebelum digoreng.
媽媽油炸前先將魚抹上鹽。

➢ Dia mengocok telur sampai berbuih, lalu menambahkan gula ke dalamnya.
他把蛋打到發泡，然後加糖進去。

➢ Di Taiwan nasi ketan diantar untuk genap sebulan bayi, sedangkan di Indonesia nasi tumpeng diantar untuk sunatan laki-laki.
在台灣嬰兒滿月送油飯，而在印尼男性割包皮送圓錐薑黃飯塔。

➢ Para wisatawan makan siang di gilir=Para wisatawan bergiliran makan siang.
旅客們輪流吃午餐。

➢ Sambal bisa menambah nafsu makan.
辣椒醬能夠增加食慾(開胃)。

➢ Numpang tanya, apa menu favorit/pribadi/privat/5 bintang di sini? Saya mau memesan masakan yang tidak ada di menu makanan.
借問一下，這裡的招牌菜/私房菜單/5 星菜單是什麼？我要點沒有在菜單上的料理。

➢ Karena musim dingin sudah tiba, sup ayam wijen dan sup bebek jahe yang tambah arak beras serta hot pot semakin sering dikonsumsi di Taiwan.
因為冬季已經到來，加了米酒的麻油雞湯和薑母鴨，以及火鍋越來越常在台灣被食用。

➢ Saat pembayaran di minimarket yang tanpa petugas, scan sendiri barcode produk, lalu jumlah pembayaran akan muncul di layar, perhatikan bahwa uang tunai tidak dapat digunakan saat pembayaran, hanya dapat menggunakan kartu Youyou atau metode pembayaran elektronik.

當在無人便利商店付款，掃描個別商品條碼，然後付款總額將出現在螢幕上，注意付款時不能使用現金，只能使用悠遊卡或電子支付方法。

- Daerah Chishang yang terkenal dengan beras yang pulen seperti Ubud di Bali, karena kedua tempat ini terkenal dengan sawah-sawah padi yang membentang indah.
  池上地區以蓬鬆的米有名，如同巴里島的烏布，因為這兩個地區都以非常美麗的稻田聞名。(111 印導)

- Masakan Taiwan dan Asia Tenggara memiliki banyak kesamaan yang dapat dilihat dari miripnya pengucapan kata seperti bakcang, lumpia, bihun dan makanan lainnya.
  台灣和東南亞料理擁有許多共同點，能夠從字的說法類似看得出來，例如肉粽、潤餅、米粉和其他食物。

- Gudeg berasal dari Yogyakarta.
  (日惹)滷味源起於日惹。

- Saya tidak pernah bosan makan nasi goreng.
  我不曾吃膩炒飯過。

- Masakan ini hampar kurang garam.
  這料理鹽不夠沒味道。

- Taiwan memiliki lebih dari 300 restoran ramah muslim, tertinggi kedua di antara negara non-muslim. Sebelum pandemi, sejumlah 160 ribuan turis muslim berwisata ke Taiwan.
  台灣有超過 300 間穆斯林友善餐廳，是非穆斯林國家中排名第 2 高的，在疫情之前，共有 16 萬多穆斯林觀光客來台旅遊。

- Buah kurma di Taiwan salju bergelantungan di pohon, ada yang sebesar apel hijau.
  台灣雪棗掛在樹上，有的和青蘋果一樣大。

- Pusat belanja produk makanan tahun baru Imlek di jalan Dihua Taipei, mulai digelar sejak akhir pekan lalu dan menarik minat banyak konsumen.
  台北市迪化街的年貨採買中心從上周末開始擺攤，吸引許多消費者的興趣。

- Paling suka dengan aneka bubur, bubur manis atau gurih sama enaknya, apalagi kalau ketemu bubur yang ramai topingnya begini, bikin semangat makan!
  我最喜歡各種粥品，不論甜粥或脆片粥都好吃，尤其如果遇到像這樣配料滿滿的粥，努力地吃吧！

Pasal IX-3. 諺語(Peribahasa)

印尼文的諺語非常多，外語導遊筆試也常出考題，有時同一年度還不只考 1 題，筆者整理一些曾出過的題目、常用到以及適合的諺語給大家參考。

範例(諺語)

一分錢一分貨 Ada rupa ada harga.
一言既出駟馬難追 Terlongsong perahu boleh balik, terlongsong cakap tidak boleh balik.
一命還一命/血債血還 Hutang nyawa, balik nyawa→殺人必須償命 Pembunuh harus membayar dengan nyawa.

一個巴掌拍不響/一廂情願/單相思	Bertepuk sebelah tangan tidak akan berbunyi.
一舉數得/一舉兩得	Sekali mendayung dua tiga pulau terlampaui/Sambil menyelam minum air.
人生如戲	Hidup ini bagaikan sandiwara.
人言可畏	Pisau senjata tiada bisa, bisa lagi mulut manusia.
人非聖賢，孰能無過/智者千慮，必有一疏	Sepandai-pandainya tupai melompat, sekali akan gawal juga/Sepandai-pandainya tupai melompat, sekali waktu jatuh juga.
人活著必須互相幫助	Hidup di dunia harus tolong-menolong.
人為財死，鳥為食亡	mati semut karena gula.
人醜怪鏡子	Buruk muka cermin dibelah.
入境隨俗	Masuk kandang kambing mengembik, masuk kandang kerbau menguak.
十拿九穩/易如反掌/不費吹灰之力	Seperti gula di dalam mulut.
上不上，下不下/半吊子	Ke langit tidak sampai, ke bumi tidak nyata.
千鈞一髮/生死一瞬間	Selompat hidup, selompat mati.
口是心非	Lain di bibir lain di hati.
口惠實不至	Murah di mulut, mahal di timbangan.
口蜜腹劍	Di luar bagai madu, di dalam bagai empedu.
已在眼前	Sudah di ambang pintu.
不自由，勿寧死！	Merdeka atau mati!
不知好歹/不知對錯	Tidak tahu di salah benar.
不會跳舞怪地濕/牽拖他人/卸責	Sebab tiada tahu menari, dikatakan tanah lembap.
不管黑貓白貓，能抓老鼠的就是好貓	Entah kucing hitam entah kucing putih, yang dapat tangkap tikus ini kucing baik.
及時行樂/年輕時儘量多學習，否則老了就不能享受生活	Belanja sebanyak-banyaknya saat muda, karena sudah tua tidak dapat menikmati hidup.
天生一對	Sebagai garam dengan asam.
天國近了！	Kerajaan Surga sudah dekat!
少說多做	Sedikit bicara, banyak bekerja.
日久見人心/了解就會愛上	Tidak kenal maka tidak sayang.
可以意會，不能言傳	Terasa ada, terkatakan tidak.
未雨綢繆	Sedia payung sebelum hujan.
生米已經煮成熟飯	Nasi sudah menjadi bubur.
先踩過我的屍體，你的目的才能達到	Langkahi dulu mayatku, barulah maksudmu itu tercapai.
划船到上游，游泳到岸邊/先苦後樂	Berakit-rakit ke hulu, berenang-renang ke tepian.
同生共死/同島一命	Satu nyawa dua badan.
因人而異	Memberi makan anjing di tembikar, memberi makan gajah dengan alatnya.
因小失大	Habis waktu karena bang.
好人不長命	Orang baik tidak berumur panjang.
好心被狗咬	Melepaskan anjing tersepit.
如坐針氈	Bagai tidur di atas miang.
如雨後春筍	Seperti cendawan tumbuh di musim hujan.

忙了半天，結果回到原點/窮忙！Alhasil balik asal!
早睡早起 Cepat tidur besok bangun pagi.
有苦有樂 Ada senang sakitnya.
有福同享，有難同當 Sakit senang sama-sama dirasa.
池魚之殃 Seorang makan cempedak, semua kena getahnya.
耳邊風/左耳進右耳出 Masuk kuping kiri, keluar kuping kanan.
努力是聰明的基礎，節儉是富有的基礎 Rajin pangkal pandai, hemat pangkal kaya.
我思故我在 Saya berpikir, maka saya ada.
沒頭沒尾 Tidak ada ujung pangkal.
言行不一 Perbuatannya tidak selaras dengan ucapannya.
那裡有好處，人往那裡去/一窩蜂 Di mana banyak kesenangan, di situlah banyak orang datang.
所得多於所求 Pucuk dicinta ulam tiba.
披著羊皮的狼 Serigala berbulu domba.
明知故問 Tanya tahu.
知易行難 Gampang-gampang sulit/susah.
知恩圖報 Ada ubi ada talas, ada budi ada balas/Ada ubi ada talas, ada hari boleh balas.
表面裝闊 Cakap berlauk-lauk, makan dengan sambal lada.
金玉其外，敗絮其中 Masak di luar, mentah di dalam.
厚此薄彼 Melebihkan yang satu daripada yang lain.
背後另有企圖 Ada udang di balik batu.
胡蘿蔔與棍棒 Lunak disudu, keras ditakik.
家醜不外揚 Soal dalam rumah jangan dibawa ke luar.
徒勞無功 Seperti tulis di atas air.
徒勞無益/白做工 Membuat garam ke laut.
酒能使人快活，錢能叫萬事順心 Anggur meriangkan hidup dan uang memungkinkan semuanya itu.
除了倒楣還是倒楣 Dari semak ke belukar.
馬後炮 Rumah sudah, tukul berbunyi.
得寸進尺 Diberi di bahu hendak ke kepala.
異中求同/殊途同歸 Bhinneka Tunggal Ika.
羞問路，迷於途 Malu bertanya, sesat di jalan.
這是我個人的一小步，卻是全人類的一大步 Itu satu langkah kecil bagi manusia, satu lompatan raksasa bagi umat manusia.
勝不驕，敗不餒 Tidak sombong kalau menang, tidak putus asa kalau kalah.
善有善報，惡有惡報 Baik dibalas dengan baik, jahat dibalas dengan jahat/Tepuk berbalas, alang berjawat.
喜樂的心乃是良藥，憂傷的靈使骨枯乾 Hati yang gembira adalah obat yang manjur, tetapi semangat yang patah mengeringkan tulang.
開門見山/直接了當 Buka kulit, ambil isi.
黑暗過後，便是光明 Habis Gelap, Terbitlah Terang.
愛到忘我 Mencintai sampai lupa daratan.

會叫的狗不咬人 Anjing menyalak tidak akan menggigit.	
過河拆橋 Habis manis, sepah dibuang.	
隔牆有耳 Berkata siang melihat-lihat, berkata malam mendengar-dengar.	
寧可遲到，也要安全 Biar lambat asal selamat.	
寧慢勿快/緩慢但確實/慢工出細活 Alon-alon asal kelakon.	
禍從口出 Mulut kamu, harimau kamu.	
說說而已，別當真 Janjinya hanya di kulit, jangan diharapkan benar.	
遠在天邊，近在眼前 Jauh di mata, dekat di hati.	
歷經風霜/生活經驗豐富/我吃過的鹽比你吃過的飯多 Banyak makan garam.	
積少成多 Sedikit-sedikit lama-lama jadi bukit.	
隨心所欲/為所欲為 Beraja di mata, bersultan di hati.	
雞同鴨講 (Me)Ngobrol tidak (me)nyambung.	
騙吃騙喝/招搖撞騙 Cari makan dengan menipu.	
鐵的東西用久也會壞/人不是鐵打的 Barang-barang dari besi pun lama-lama jadi rusak juga.	
聽天由命 Layang-layang putus talinya.	

例句

> Biar lambat asal selamat.
> 寧可遲到也要安全。(102 印導)

> Berakit-rakit ke hulu, berenang-renang ke tepian/Bersakit-sakit dulu, bersenang-senang kemudian.
> 划船到上游，再游泳到岸邊/先辛苦，之後快樂(先苦後樂)。(103、109 印導)

> Arti dari peribahasa " Ada rupa ada harga" adalah "harga barang sesuai dengan kualitas barang."
> 諺語"有外表有價格"的意義是"物價符合貨物品質(一分錢一分貨)"。(105、107 印導)

> Arti dari peribahasa " Sekali mendayung dua tiga pulau terlampaui" adalah "melakukan satu tindakan dan membuahkan hasil berlipat."
> 諺語"划 1 次槳越過 2、3 個島"的意思是"做一個行為，產生加倍的結果(一舉數得/一舉兩得)"。(105 印導)

> Arti peribahasa" Sedia payung sebelum hujan" adalah "melakukan persiapan terlebih dahulu sebelum terjadi sesuatu."
> 諺語"下雨之前準備雨傘"的意思是"在發生某事之前先做準備(未雨綢繆)"。(105 印導)

> Peribahasa "Sedikit-sedikit lama-lama jadi bukit" biasanya digunakan untuk menjelaskan tentang kebiasaan menabung, sekalipun jumlahnya kecil kalau berkelanjutan, seiring waktu akan semakin banyak.
> 諺語"一點一點慢慢地成為小山"，通常被用來說明有關儲蓄習慣，假如持續進行，雖然是小數目，一段時間後會越來越多(積少成多)。(107 印導)

> Arti peribahasa "Jual emas beli intan" adalah "meninggalkan orang yang berperilaku buruk, mendapatkan orang yang berperilaku sangat baik."
> 諺語"賣黃金買鑽石"的意思是"放棄做不好事情的人，爭取會做事的人(去蕪存菁)"。(108

印導)

➤ Ingin hati memeluk gunung, apa daya tangan tak sampai.
心想擁抱山林，無奈手不夠長(心有餘而力不足)。(108 印導)

➤ Kegagalan-kegagalan yang pernah aku alami tidak membuat hatiku ciut, aku tetap berusaha. "Pucuk dicinta ulam tiba," suatu hari kakak sepupu datang dan menawarkan kerja sama untuk membuka toko pakaian, kita mulai dengan kecil-kecilan, tidak disangka upaya kita tidak sia-sia, usaha ini menuai hasil yang gemilang.
我曾經經歷的挫折不讓我的心畏懼，我仍然努力，"想要幼苗，獲得生菜(所得多於所求)"，某天表姊來商討一起合作開服裝店，我們小規模地開始，沒想到我們的方法有效，這生意大成功。(108 印導)

➤ Arti peribahasa "Tidak kenal maka tidak sayang" adalah "Perangai seseorang tidak akan dapat diketahui bila belum kenal dekat."
諺語"不認識所以不惋惜"的意思是"當還不熟識時，不能夠了解某人的本性(日久見人心)"。(109 印導)

➤ Makna yang tersirat dalam peribahasa "nasi sudah menjadi bubur" yang benar adalah "sesuatu yang telah terlanjur terjadi tidak bisa diubah kembali".
諺語"飯已經成為粥"裡蘊含的意義正確是指"某事已經完成，無法改變了"(生米已經煮成熟飯)。(110 印導)

➤ Makna yang tersirat dalam peribahasa "ada udang di balik batu" yang benar adalah "seseorang yang menyembunyikan maksud tertentu di balik ucapan atau perbuatannya".
諺語"石頭的背後有蝦子"裡蘊含的意義正確是指"某人在說話或行為背後隱藏著特定的意圖"(圖謀不軌/背後另有企圖)。(110 印導)

➤ Mendaki Xueshan di Taiwan gampang gampang susah, tapi selain stamina juga sangat penting mempunyai bekal perlengkapan yang tepat seperti bersepatu daki gunung, pakaian yang cocok dan lain-lain lagi.
攀登台灣的雪山是知易行難，除了耐心，擁有正確必要的配備也很重要，比如穿登山鞋與適合服裝等等。(111 印導)

➤ Pak Dimas telah banyak makan garam dalam pekerjaannya.
Dimas 先生已經在他的職業生涯裡歷經風霜。(112 印導)

➤ Salah satu peribahasa indonesia yang saya paling suka adalah "Buruk muka cermin dibelah".
我最喜歡的印尼語諺語之一是"臉醜打破鏡子(人醜怪鏡子)"。

➤ Semboyannya adalah "sedikit bicara, banyak bekerja."
他的座右銘是"少說多做"。

➤ Peribahasa itu dikiaskan kepada orang yang besar cakap tapi tidak berisi.
那諺語用來諷刺說大話但又無內容的人。

Pasal IX-4. 職前訓練口試(Ujian Lisan Latihan Pra-kerjaan)

經過辛苦的準備考試，一旦通過「專門職業及技術人員普通考試導遊人員第 1 試筆試及口試」，便會獲發「考試院考試及格證書」，然後再報名參加 98 小時的「職前訓練班」，受訓及格便可獲得「結業證書」及「導遊人員執業證」，取得進入旅遊業的門票，但「職前訓練」要結業必須通過嚴格的口試測驗，開訓報到當天便會得到 10 題景點演練及旅遊安全常識題目，口試當天於口試前 10 分鐘由學員抽選題目(10 題抽 1 題)進行口試，口試時間每人 10 分鐘，答題時間分配約為「自我介紹 1 分鐘、景點演練回答 8 分鐘、旅遊安全常識 1 分鐘」，結束後由示範導遊評分及講評。

雖然都是口試，筆者認為第 1 試口試與職前訓練口試準備方式雖有所不同，但準備方向互有關連性，第 1 試口試是現場才看到題目，10 分鐘內共需回答兩題，每題約 4 分鐘，除非應試者是原籍印尼或印尼文程度很好，不然答題內容很難深入，而職前訓練口試就不同，事先已先給題目找答案，所以 8 分鐘的答題內容必須兼顧廣度及深度才能順利完成，不然很容易被經驗豐富的示範導遊找出不足之處，下面列舉 111 年第 11-12 期「導遊人員職前訓練結訓測驗口試試題」給大家參考。

| \multicolumn{2}{l}{111 年導遊人員職前訓練 第 11 期結訓測驗口試試題} ||
NO	景點演練
1	日月潭國家風景區
2	平溪及十分瀑布
3	台中國家歌劇院
4	台灣燈塔
5	國立故宮博物院
6	田寮月世界
7	林田山林業文化園區
8	綠島簡介
9	金門生態、文化、美食介紹
10	台灣高速鐵路

| \multicolumn{2}{l}{111 年導遊人員職前訓練 第 12 期結訓測驗口試試題} ||
NO	景點演練
1	國立故宮博物院-青銅器
2	總統府建築沿革及特色
3	太平山國家森林遊樂區
4	日月潭風景區簡介
5	台南十鼓文化園區
6	東北角暨宜蘭海岸國家風景區
7	國立台灣史前文化館
8	東部鐵路發展
9	金門聚落
10	臺灣特有生物

Ayat IX-4.1.口試答題範例

Klaster Kinmen 金門聚落

Selain pulau Taiwan, turis asing bisa mengatur jadwal wisata ke luar pulau-pulau kecil di daerah dekat. Memperkenalkan dengan lawan arah jarum jam seperti Matsu, Penghu, Kinmen, Xiaoliuqiu (Pulau Lambai), Lanyu, Ludao, dan pulau Penyu yang mistis. 除了台灣本島以外，外國觀光客能夠安排旅遊行程去附近地區的小離島，逆時針方向介紹，例如馬祖、澎湖、金門、小琉球(琉球嶼)、蘭嶼、綠島和神祕的龜山島。

Kinmen yang salah satu pulau kecil di Taiwan berada di Taiwan Barat. Kinmen jauh dari Taiwan, malah dekat dengan Fujian Tiongkok. 金門是台灣小島之一，位在台灣的西部，金門距離台灣遠，反而靠近中國福建。

Berwisata ke pulau Kinmen dari Taipei, sebagian besar turis asing memilih pesawat udara untuk menyingkat waktu. 從台北去金門島旅遊，大部分外國旅客為節省時間選擇飛機。

Perkembangan klaster Kinmen melintasi zaman dinasti Ming, Qing, Republik Tiongkok(RT) dan Perang Dunia II(Wilayah Perang Tiongkok). 金門聚落的發展歷經明朝、清朝、中華民國和二戰(中國戰區)。

Masa lalu, warga perantauan berasal kinmen utama pergi ke pelabuhan yang penting di Asia tenggara misalnya Singapura, Malaysia, Indonesia, dan Filipina untuk berdagang. Masa kini angka keturunan Kinmen di Asia tenggara jauh lebih dari yang di pulau Kinmen setempat. 早期金門人去東南亞經商，金門僑民主要前往新加坡、馬來西亞、印尼、菲律賓等東南亞國家的重要港口，如今在東南亞的金門人後裔人數，早已遠遠超越在金門島的族人。

Kalangan Kinmen berhasil menetap di Samarinda dan Balikpapan di Kalimantan Timur Indonesia secara imigran bersangkutan. 金門族群以連鎖移民的方式，發跡於印尼東加里曼丹三馬林達和巴里巴板等地。

Setelah menjadi orang kaya, pulang ke kampung halaman kinmen untuk bikin rumah dan membangun setempat. Mereka berdiri banyak gedung yang megah dan mewah dengan bergaya perpaduan Tionghoa dan Barat. Gedung-gedung itu dipercantik dengan Malaikat, gajah, tameng, kuli India, Polisi, orkestra dan peribahasa bule bertuliskan Inggris. Penampakan sosial dan budaya di Kinmen terdampak diubah. 致富後回來金門蓋房並建設地方，他們建造了許多雄偉、華麗的「中西合璧」洋樓，洋樓上裝飾有天使、大象、盾牌、印度苦力、警察、樂隊及英文的西方諺語等，改變了金門的社會文化面貌。

Sekarang masih ada 7 klaster tradisionl sangat mewakili Kinmen, laksana Ouchu, Zhushan, Shuitou, Qionglin, Shanhou, Nanshan dan Beishan. Ketujuh klaster ini sudah dijadikan pusat budaya yang dilestarikan pemda (pemerintah daerah) karena bangunan-bangunannya kuno dan sangat bersejarah. 現在金門仍有歐厝、珠山、水頭、瓊林、山后、南山和北山等7個具代表性的傳統聚落。這7個聚落已經變成地方政府保護的文化中心，因為是古老而且很有歷史性的建築物。

Pulau Kinmen bukan hanya terkenal dengan sejarahnya yang kaya, tapi juga dengan bangunan-bangunannya yang unik dan artistik. Bangunan-bangunan tersebut akan memanjakan mata kamu dan pastinya bisa menjadi spot foto yang instagram-able banget! 金門島不僅以它豐富的歷史有名，還有獨特且人工的建築物，這些建築物將滿足你的視覺享受而且一定能夠成為非常適合 IG 拍照的焦點。

Pasal IX-5.印尼語檢定(UKBIPA)

通過印尼語「專門職業及技術人員普通考試導遊人員第 1 試筆試及口試」並獲發「考試院考試及格證書」,加上「職前訓練班」印尼語受訓及格獲頒「結業證書」及「導遊人員執業證」,雖然可以表示印尼語文的程度不低,已達中級程度以上,但實際上「考試院考試及格證書」與「導遊人員執業證」除非在旅行業工作,否則並不能當成「語言能力證明」文件,不論公家機關或民間企業都是如此。

為取得「印尼語能力證明」,因此筆者報考 111 年 9 月 3 日由文藻外語大學與印尼馬浪國立大學(Universitas Negeri Malang)合辦之「外籍人士印尼語文能力測驗 Uji Kemahiran Berbahasa Indonesia bagi Penutur Asing(UKBIPA)」,考試說明摘要如下:

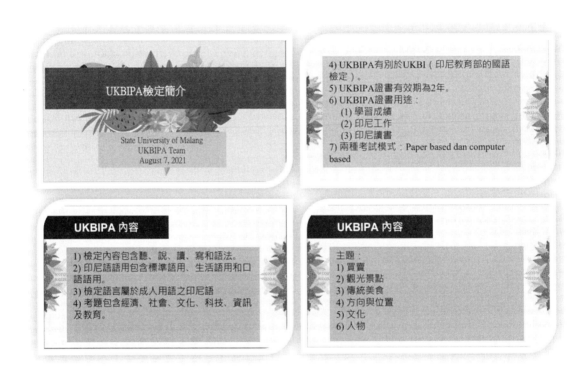

UKBIPA 檢定結構(測驗內容)分為 5 個部分,分別為聽力、語法(文法)、閱讀、寫作及說(口說),測驗時間共計 150 分鐘,如下圖:

過去 3 年因為 COVID-19 疫情影響，台灣僅有 UKBIPA 仍能舉辦測驗，而自 111 年開始，UKBIPA 改採線上測驗方式，不再採用過去考生必須親自到高雄文藻外語大學應試的情形，希望有意提升印尼語程度的台灣人能多加利用，筆者因著應考之便，在此分享線上測驗流程與注意事項等相關資訊如下：

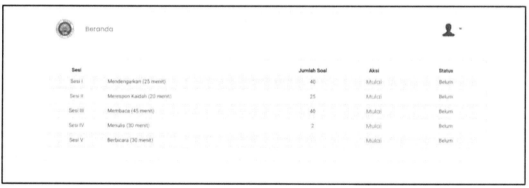

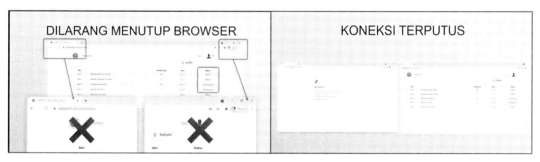

I.聽力

SESI I MENDENGARKAN

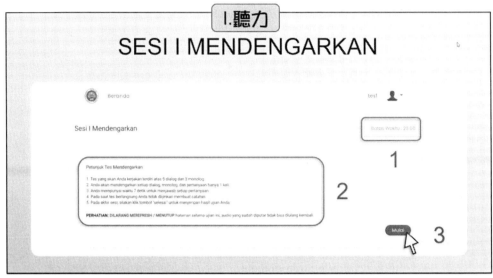

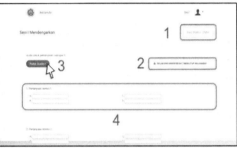

II.語法(文法)

SESI II MERESPON KAIDAH

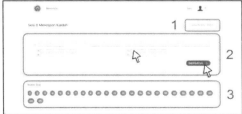

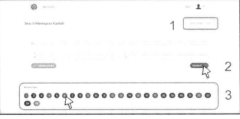

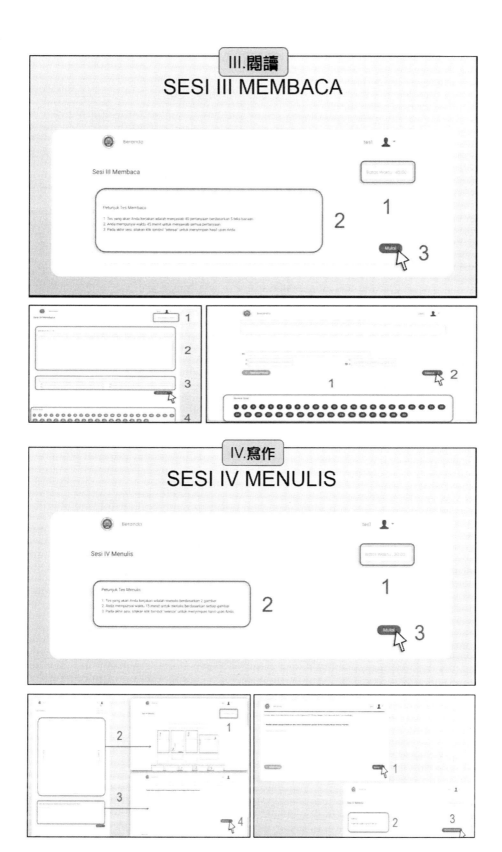

V.說(口說)

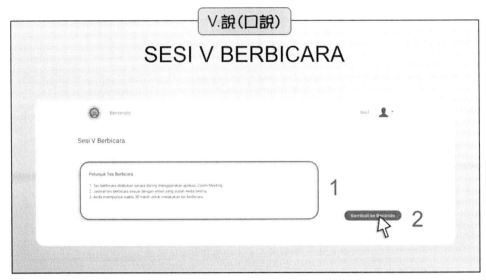

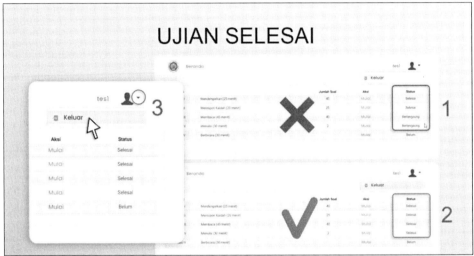

筆者第 1 次參加 UKBIPA 測驗總成績為 572 分，在總共 7 級裡列「IV」級(第 4 級)，屬

「Madya(中等)」程度，在此分享測驗證書及分數對照表等相關資訊供大家參考。

Grade	Status	Score
I	Istimewa	725—800
II	Sangat Unggul	641—724
III	Unggul	578—640
IV	Madya	482—577
V	Semenjana	405—481
VI	Marjinal	326—404
VII	Terbatas	251—325

PERINCIAN SKOR UKBIPA

Seksi		Skor
Seksi I	Mendengarkan	104
Seksi II	Tata Bahasa	96
Seksi III	Membaca	148
Seksi IV	Menulis	112
Seksi V	Berbicara	112
Skor UKBIPA		572

能力指標

PERINGKAT	PREDIKAT	SKOR	CEFR	ACTFL	
I	Istimewa	725—800	Near native	Near native	
II	Sangat Unggul	641—724	C2	Advanced	High
III	Unggul	578—640	C1		Mid
					Low
IV	Madya	482—577	B2	Intermediate	High
V	Semenjana	405—481	B1		Mid
					Low
VI	Marginal	326—404	A2	Beginning	High
VII	Terbatas	251—325	A1		Mid
					Low

吊嘎(kaos kutang,singlet)、藍白人字夾腳拖鞋(sandal jepit biru-putih)、阿嬤購物袋(tas nenek)。

(問題在第 464 頁)

第 D 章 Bab D

結語 Kesimpulan

Pasal D-1.期許 Harapan

Pasal D-2.快樂學習 Belajar Dengan Ria

Pasal D-3.印尼語詞性 Part of Speech

Pasal D-4.歧義句/雙關語 Ampfiboli

Kepulauan Seribu, Jakarta
千島群島(雅加達)

生米已經煮成熟飯 Nasi sudah menjadi bubur

D_結語(Kesimpulan)/期許(Harapan)/快樂學習(Belajar Dengan Ria)/印尼語詞性(Part of Speech)/歧義句/雙關語(Ampfiboli)

1.*你看過"馬祖名言"的印尼文說法嗎？*
2.*你知道"航海王哥爾D羅傑"在臨刑前的一段名言，印尼文如何說呢？*
3.*疫情期間，看過印尼文笑話嗎？*
4.*想學習好聽的印尼歌曲嗎？*

答案在第504頁

Pasal D-1. 期許(Harapan)

　　學習至此，相信讀者對印尼文各種詞性變化應該已經能掌握，本書的重點在加強讀、寫程度，至於提升聽、說能力及發音，那是另一層面的問題，並不是本書的主要目的。如同前言所說，「印尼語」與「印尼文」是不一樣的，「印尼語」比較強調在「聽、說」部分，主要是建立「聽懂聲音訊息、口說表達內在」的能力；而「印尼文」比較著重在「讀、寫」方面，主要是培養「讀懂文字訊息、寫作表達內在」的素養。初學者需要從「印尼語」開始入門，會聽敢說，才能培養興趣、持續學習，以進入「印尼文」的中、高級階段，深入學習讀、寫的應用，期盼未來有越來越多的台灣人成為熟悉聽說讀寫全方位印尼文的人才，在兩國各個領域擔任溝通大使，建立相互了解的文化橋樑。

　　印尼的富裕與貧窮遠遠超出你我的想像！台灣人一般接觸較多的是在台工作居留的20多萬印尼籍移工(看護、廠工、漁工)，實際上印尼人口2億7,000多萬，其中不乏教育程度高、財富自主、具國際觀者，這些人應該是我們未來擴大接觸及深入合作的對象。筆者之前102年間在印尼雅加達工作時，同辦公室曾有1位印尼籍年輕女性雇員C女，她因為曾留學國外而中、英文流利，當時就被跨國公司以1,000美元月薪挖角，我們出不起這個價格，所以也留不住人，當時這薪資水準可不會輸台灣太多喔。

　　筆者未來的夢想，希望台灣也能發行一本繁體中文版的印尼文辭典(紙本或線上)工具書，以嘉惠對印尼文有高度興趣的台灣人。雖然目前市面上沒有太多專書以印尼文介紹與台灣相關人事時地物的單字和佳句，除了參考本書外，建議平日可利用閱讀和學習在報紙、雜誌、網站上的印尼文新聞、故事和文章，例如台灣的「公共電視、新住民全球新聞網、四方報、觀光局網站、光華雜誌」和印尼「點滴新聞網(DetikNews)」新聞網，以提升印尼文程度，大家可以多加參考利

Indonesia mempunyai belasan ribu pulau. Kepulauan Indonesia merupakan serangkaian zamrud yang melingkari khatulistiwa.
印尼擁有1萬多個島，印尼群島像一條飄搖的翡翠帶子，圍繞在赤道的兩旁。

用，儘早加入印尼語導遊的行列。

公視印尼文新聞
Warta Berita

新住民全球新聞網
(印尼文)

台灣觀光局網站
(印尼文)

台灣觀光局印尼
臉書粉絲團

台灣光華雜誌(印尼文)

印尼 DetikNews

印尼 KOMPAS

LINE 社群網址

　　108 年底突然爆發的 COVID-19 疫情反而孕育了本書的寫作環境，因著疫情，全台灣自 110 年 5 月 15 日進入第 3 級防疫警戒，並延長至 7 月 12 日，導致印尼語導遊考試第 2 試口試日期一延再延，從原本的 5 月 28 日先延到 7 月 4 日，最後改期到 11 月 28 日，真可謂好事多磨，這是有史以來最長的準備期，也直接造成本書的出版日期必須配合延宕，以符合本書書名「***讚啦！我成為印尼語導遊了！MANTAPLAH! SAYA SUDAH MENJADI PRAMUWISATA BAHASA INDONESIA!!***」，還好考試順利通過(印尼語筆試 87.5 分、口試 78.5 分)，可以算是「準」印尼語導遊了，哈哈哈！

　　另外，本書是作者人生第一次寫書，而且還是專業的印尼語導遊考試書籍，頁數 530 多頁、字數將近 28 萬字，仍有許多寫作技巧及版面編排方面需要學習，撰寫過程中發現把準備印尼語導遊考試的個人筆記資料轉換成書本架構並不是最困難的部分，而是雖然自覺已學習了不少，可是每次閱讀上面所提到的網路印尼文新聞、故事和文章後，還是會發現一些新的內容需要補充，造成本書必須一直配合修正，生怕有所疏漏，畢竟紙本書籍只要定稿出版，就再也不能增刪內容了，這才是內心挑戰及掙扎的部分。

　　筆者喜歡印尼的爪哇蠟染(Batik)製品和蘇門答臘(Tapis)傳統服飾，家裡也有印尼洞家遊戲(Congklak)，雖然尚無配戴印尼短劍格里斯(Keris)，也不會演奏印尼竹樂器昂格隆/搖竹(Angklung)及打擊樂甘美朗(Gamelan)，不過如同在自序中所說的：「熱愛傳統印尼文化(Tempo Doeloe)」，這大概是在背後驅動筆者完成本書的最大動力。所以本書封面和封底的選色，也以回教過年的主色「黃色與綠色」為主，因為印尼回教徒普遍認為這兩種顏色可帶來心靈上的平靜。

　　本書參照訪問陳淑文、陳玉順與王麗蘭等印尼語老師們的書籍以及國內、外其他印尼語文學習教材的精神，並順著杜昭瑩女士(駐外眷屬)、賴珩佳女士(知名台商)、李東明(退休官員)以及何景榮(人氣教授)等前輩們深入淺出介紹印尼的腳步繼續前進，希望保有文法書的深度與專業性，並兼顧

旅遊傳記的廣度與趣味性，從校稿、試閱到出版後，陸續接到一些讀者和網友的回饋與建議，我都會納入本書再版時的修正參考，歡迎繼續至本書「LINE 社群」意見交流，大家可掃描上頁右上方的條碼加入，先感謝囉，我們網路上見！

　　未來的重點應是要能流利地與他人進行印尼語會話，可以利用「熟悉文法、記佳句、背單字及練習發音」等方法加強，不過實務上雖然許多人能夠掌握文法、句型、單字和發音，但若是缺乏情境、活用例句或是聊天主題來加深「長期記憶」的話，恐會陷入「事倍功半」難有明顯進步的困境。

　　總之，通過印尼語導遊考試是進入中、高級印尼文的開始，就好像拿到一把鑰匙，可以打開通往浩瀚無盡的印尼文學習世界的大門。

例句

➢ Bahasa Indonesia Anda tidak terlalu fasih, tapi sebagai pramuwisata yang penting adalah tetap berusaha menggunakan bahasa Indonesia yang sopan dan mudah dimengerti.
你的印尼文不是非常流利，但是身為重要的導遊，仍然努力使用有禮貌且容易理解的印尼文。(111 印導)

D-1.1.延伸閱讀(印尼文化傳承)

據統計，印尼有 300 多個族群，其中爪哇族(Suku Jawa)占 40.2%，其次是巽他(Sunda)15.5%、巴達(Batak)3.65%和馬都拉(Madura)3%等，華裔只佔約 1%。印尼各地可見旅館、企業、商家、食品、大學或道路的名稱具有歷史涵義，例如：廉價航空「Sriwijaya」，其實取名來自曾在爪哇、蘇門答臘及馬來半島出現過的佛教古國「室利佛逝/三佛齊(Sriwijaya)」，而在峇里島有名渡假村、餐廳以及雅加達總統府、獨立紀念碑(Monas)前的道路「Majapahit」，另外位在龍目島西部的大城「Mataram」，分別是指爪哇島的印度教古帝國「滿者伯夷(Majapahit)」和「馬打蘭(Mataram)」，而雅加達中區老城區(唐人街/中國城)的主要道路「Hayam Wuruk」和「Gajah Mada」也是取名自「滿者伯夷」王朝統一印、馬各地的有名國王與宰相；另受歡迎的「Sunda」菜，也是來自歷史上曾出現的「巽他」王國。

例句

➢ Wayang dan batik sudah menjadi warisan Indonesia yang diakui dunia. Termasuk sudah UNESCO sebagai warisan kemanusiaan untuk budaya non-bendawi.
戲劇和蠟染是被世界承認的印尼遺產，聯合國教科文組織已經列為非物質文化遺產。

D-1.2.小提醒(印尼語學習迷思)

筆者心中一直有下面這個疑問…

直到本次參加 112 年 3 月 14 日職前訓練口試時，現場 1 位外語講評對越南語同學說的話，或許可以成為部分解答，他說：「外語導遊除了需要用外語對旅客作介紹外，更必須用中文(甚至台語)和旅行社、司機、景點、餐廳、店家等合作夥伴溝通協調無誤，才能順利帶團，完成旅行社交付任務，合作夥伴溝通部分有時甚至比跟外籍旅客說明更重要」，值得深思！所以綜合職前訓練期間「講師、口試講評及資深前輩」的觀點與期許，結論就是「*台灣人學好外語更有優勢！*」與大家共勉。

Pasal D-2. 快樂學習(Belajar Denagn Ria)

D-2.1.延伸閱讀(馬祖名言)

台灣以「藍眼淚」聞名的「國之北疆」馬祖島上有一段流傳已久的話，筆者準備考試當中，試著翻譯成印尼文如下：

未到馬祖，期待馬祖
來到馬祖，珍惜馬祖
離開馬祖，想念馬祖

Iblis buah 惡魔果實
Era besar Bajak Laut
大海賊時代

Sebelum ke Matsu, mengharapkan Matsu.
Sesudah sampai Matsu, menghargai Matsu.
Meninggalkan dari Matsu, merindukan Matsu.

D-2.2.延伸閱讀(航海王名言)

另外，如果讀者像我一樣是日本「航海王(One Piece)」漫畫的粉絲，一定會好奇擁有全世界財富的航海王「哥爾 D 羅傑」，在臨刑前的一段名言要怎麼用印尼文表達呢？(Orang yang memperoleh semuanya di dunia ini, Raja Bajak Laut, Gol. D. Roger. Kata-katanya terakhir yang terkenal)，筆者也提供給大家參考：

財富、名聲、勢力 - 想要我的財寶嗎？
想要的話可以全部給你，去找吧！
我把所有的財寶都放在那裡了！

台灣人學好印尼文，還是印尼人學好中文，
哪個比較容易成為印尼語導遊呢？

Harta, reputasi, kekuatan - Kamu ingin hartaku?
Kau bisa memilikinya! Sekarang kau hanya perlu menemukannya!
Aku meninggalkan semua yang ku kumpulkan bersama di satu tempat.

D-2.3.延伸閱讀(印尼姓名)

有些印尼女性婚後會在名字後面加上先生的名字(類似冠夫姓)，比如 Fatmawati Soekarno，也有的人取「全名(Nama Lengkap)」的部分音節為「稱呼名(Nama Panggilan)」，來互相稱呼。一般來說，爪哇人只有名字而沒有姓氏，而印尼人名字如果出現「su」字首，或是「o」、「i」字尾，大家會知道他(她)來自印尼最大族群爪哇族，例如下：

種　　　　族	類　　　　型	說　　　　明
華裔	家族姓氏+名	LIN Hengki
穆斯林	名+bin(兒子)+父親名	Osama bin Laden(奧薩瑪.賓.拉登)→拉登的兒子奧薩瑪
穆斯林	名+binti(女兒)+父親名	Dina binti Omar(蒂娜.賓蒂.奧瑪)→奧瑪的女兒蒂娜
巴達族(Batak)	名(名字首字母)+家族姓氏	Albert Sihongbin、B. Tobing
政商界重要人士	名+putri 字尾	Soekarnoputri(蘇卡諾普特麗)→Soekarno+putri(蘇卡諾的女兒)
爪哇 Jawa 族 (男、女性皆可)	字首 Soe/Su(最,最好的)+名	Soekarno(蘇卡諾)→Soe+karno(最好的英雄)、Soeharto(蘇哈托)→Soe+harto(最有錢)、Susilo(蘇西洛)→Soe+silo(最好的穀倉塔)、Suparti(蘇巴蒂)、Suharmi、Sunarti、Sunarni、Sumarni、Sumiati、Sulastri、Sulasmi、Suminah
爪哇 Jawa 族(男性)	名+man,wan,ko,mo,to,yo 字尾	Soekarno(蘇卡諾)、Soeharto(蘇哈托)、Susilo(蘇西洛)、Iman、Gunawan、Santoso、Joko
爪哇 Jawa 族(女性)	名+a,ah,h,ni,ti 字尾	Megawati(梅嘉瓦蒂)、Yati(雅蒂)、Wati(瓦蒂)、Siti(西蒂)、Suparti(蘇巴蒂)、Kartini(卡蒂尼)、Rini、Setiawati、Amina、Ratnah、Rohani
巴里人(Bali)	(有固定順序)	(老大)Wayan、(老二)Made、(老三)Nyoman、(老四)Ketul
華裔、基督徒	外文名字	Angel、Wendy、Jerry、Jefrico、Albert、Robert、Tommy、Jack、Johnny、Fenny、Lucy

印尼也有「菜市場」名字，例如 Agung(偉大)、Agus(美麗,華麗)、Budi(智慧)、Arif(智者)、Jaya(勝利,光榮,偉大)、putra(兒子)、Indah(美麗)、Intan(鑽石)...等，大家周遭的印尼朋友還有哪些印尼的菜市場名字呢？

D-2.4.延伸閱讀(印尼語歌曲)

筆者學習印尼文過程中，發現台灣和印尼之間的文化交流非常久遠，台灣坊間早期耳熟能詳的民謠如「甜蜜蜜(Dayung Sampan)」、「美麗的梭羅河(Bengawan Solo)」、「心戀(Bujangan)」、「船歌(Sing Sing So)」等不少名曲竟然都是來自印尼歌曲，印尼現在有許多流行歌曲「嗡嘟樂(Dangdut)」，曲調優美，歌詞也不難懂，適合分享給大家欣賞，畢竟透過對音樂的喜好，也可以增加深入學習印尼文的動力，下次去印尼時，若也能唱幾句印尼流行歌曲，一定會讓印尼友人刮目相看的，以下是我個人喜歡的印尼歌曲，推薦給讀者共樂。

NO	印尼歌曲(Lagu Indonesia)	歌手(Penyanyi)
1	3 Salahmu	Bunga Citra Lestari
2	Aku Cuma Punya Hati	Mytha Lestari
3	Aku dan Dirimu	Ari Lasso & Bunga Citra Lestari
4	Aku Memilih Setia	Fatin Shidqia Lubis
5	Asal Kau Bahagia	Armada
6	Bengawan Solo	
7	Bujangan	Koes Plus
8	Cinta Sejati	Bunga Citra Lestari(BCL)
9	Cucak Rowo	Didi Kempot
10	Cuma Punya Hati	Mytha Lestari
11	Dayung Sampan	(鄧麗君翻唱-甜蜜蜜)
12	Goyang Dumang	Cita Citata
13	Heavy Rotation	JKT48
14	Indonesia Pusaka	Ismail Marzuki
15	Ku Takut Mencintaimu	Yuni Shara(原唱庾澄慶-情非得已)
16	Madu Dan Racun	Bill & Brod
17	Selamanya Aku Milikmu	Yuni Shara(原唱光良-童話)
18	Sing Sing So	Ermida Silitonga Feat Trio Oasis(凌峰翻唱-船歌)

Pasal D-3. 印尼語詞性(Part of Speech)

學習印尼文是可以利用台灣人比較熟悉的英文文法來類推適用的，以幫助學習，下表是印尼文詞性(Part of Speech)的摘述：

(kata) sisipan,infiks 崁字,中綴詞	
akar kata,kata dasar 字根	
akhiran,sufiks 字尾,後綴	
aksen,logat 口音,腔調	
alfabet 字母	
alfanumerik 字母數字	

ampfiboli 歧義句
angka dua 重複詞符號(orang2)
antonim,lawan kata 反義字
awalan,prefiks 字首,前綴
Bahasa Aglutinatif 黏著語
bahasa daerah 方言(印尼方言有 580-711 多種)
bahasa Indonesia baku 標準印尼文
Bahasa Infleksi 屈折語
bahasa/afiks serapan,kata pinjam,afiks asing 外來語
Berinisial,rumus 首字母縮寫
cabang rumpun bahasa Indo-German 印歐語系分支
gabungan,konfiks 首尾字,環綴
heterofon 多音字
homofon,kata sebunyi 同音(異)字
homonim 諧音,同音(異義/同形/異形)詞
huruf konsonan 子音
huruf vokal,vokal 母音
imbuhan 字首尾
kaidah,tata bahasa 語法,文法
kalimat perintah 命令句,祈使句
kalimat tanya 疑問句
kalimat terbalik 倒裝句
kalimat 句子
kata bantu 語助詞(ex.sebagaimana)
kata benda 名詞
kata depan 前置詞
kata fungsi,partikel 虛詞(副詞、介係詞、連接詞、語助詞、感嘆詞)
Kata ganti demonstratif 指示代名詞
kata ganti orang 人稱代名詞
kata ganti relatif 關係代名詞
kata isi 實詞(名詞、動詞、形容詞、數詞、量詞、代名詞)
kata kerja dasar 原形動詞
kata kerja intransitif 不及物動詞
kata kerja pasif 被動詞
kata kerja transitif 及物動詞
kata kerja 動詞
kata keterangan 副詞
kata konjungsi/jadian/sambung 連接詞
Kata majemuk 合併詞

kata majemuk 複合詞(名詞+形容詞、名詞+名詞)	
kata obyek/objek 受詞	
kata penghubung 介係詞	
kata sandang 冠詞	
kata searti,persamaan kata,sinonim 同義字	
kata seru 感嘆詞	
kata sifat/adjektif 形容詞	
kata sisipan 崁字,中綴詞	
kata subyek/subjek 主詞	
kata tanya 疑問詞	
kata terkait 關聯詞	
kata ulang/berulang,bentuk ulang,kata Ganda 重複詞/重疊詞/疊詞(字)	
kata yang pelik 難的字	
kata-kata sukar 單字	
kepanjangan 原字	
lidah cadel 大舌頭,咬字不清,無法卷舌(無法正確發"r"音)	
menuturkan,menyuarakan,sebutan,suara 發音	
pantun 順口溜	
paradigma 詞型變化表	
pelengkap tujuan,tujuan,tujuan penderita 受詞	
percakapan 會話	
peribahasa/perbahasa 諺語	
permainan kata-kata 雙關語,文字遊戲	
Pijin 洋涇浜(Pidgin)	
polisemi 多義字	
predikat 修飾語,補語	
pronomina 代名詞(ex. bagaimana)	
singkatan,akronim 縮寫	
stenografi,steno 簡寫	
suku kata 音節	
ucapan selamat 祝福言詞	
ungkapan 慣用語	

> (Pantun)Ular melingkar-lingkar di atas pagar.
> (順口溜)蛇圍繞在籬笆上。

> Mengiaskan pembentukan ungkapan baru kepada ungkapan yang telah ada.
> 根據現有的詞組創造新詞組。

Pasal D-4.歧義句/雙關語(Ampfiboli/Permainan kata-kata)

近年台灣政府推動「新南向政策(Kebijakan Baru Arah Selatan：NSP)」,其中重點之一是加強雙向語言交流,所以越來越多台灣人投身華語文教育的行列,也有越來越多印尼學生來台學習華文,其中華文和印尼文的許多細微差距,往往讓外國人難以理解。例如「歧義句(Ampfiboli)」或「雙關語(Ambiguitas/Permainan kata-kata)」就讓外國學生難以掌握,要如何「正確地」翻譯出中文、印尼文,就考驗著語言能力,例如網路上有人很認真的製作翻譯出一些雙關語的印尼文對照,可參考,可參考:

中　　文	意　　　　　　　　　義	印　　尼　　文　　說　　　明
小犬	小狗	anak anjing
	兒子	putra
泡湯	希望破滅、計畫失敗	harapan yang hancur, rencana gagal
	泡溫泉	mandi air belerang, hotspring
電燈泡	電燈的發光元件	bola lampu
	旁觀者	obat nyamuk, third wheel
暈船	坐船頭暈不適	mabuk laut
	陷入感情	mabuk cinta
備胎	備用輪胎	ban serap
	預備用的人選	kandidat pasangan yang dijadikan sebagai cadangan
軟飯	煮的軟爛的飯	nasi lembek
	靠女人養的男人	cowok hidup dengan dipiara cewek
吃豆腐	吃豆腐(食物)	makan tahu
	調戲,(性)騷擾,誘惑	molestasi,goda,membuaya

另外舉1個很常用但卻困惑外國學生的中文字「老」,簡單1個「老」字,在印尼文裡卻是有許多意義不同的字詞對照的,舉例如下:

中　　文	意　　　　　　　　義	範　　　　　　　　　　　　例
老	(詞綴,無意義)	guru 老師、tikus 老鼠、suami 老公、istri 老婆
	年紀大	buruh/pekerja tua 老工人、bujang lapuk 老光棍
	時間久	teman sekolah lama 老同學、berkawan 老朋友、cerita basi 老故事、berita basi 老新聞、sejoli 老搭檔、pecandu rokok 老煙槍
	一般、普通	rakyat biasa 老百姓
	行業老手、熟知門路者	supir kawakan 老司機、wartawan kawakan 老記者

中文表示程度差異的用法也是容易混淆的,列舉參考如下:

用　　　　　　　　法	說　　　　　　　　　明
agak mahal 貴了一點	較貴,但品質好,還是買
lebih mahal 貴一點	客觀比較

sedikit mahal 有一點貴	比想像中貴
sedikitpun tidak mahal 一點也不貴	買得很愉快
paling tidak enak 最難吃的	最不好吃的
paling sulit dapat dimakan 最難吃到的	很想吃，但很難能吃到

　　台灣人如果有意從事印尼人中文教育的相關工作，想報考「Certification Examination for Proficiency in Teaching Chinese as a Second/Foreign Language(對外華語教學能力認證考試)」的話，就更需要注意這些雙語語際間的細微差異，畢竟必須先瞭解才能教學生吧！例如中文「老師教的都是沒有用的東西」這句話就有兩種不同的語境意義，關鍵在於被省略的受詞是「事物」還是「人」，請參考下面例句：

例句

➢ Sepatah bahasa Mandarin "老", tetapi mempunyai 3 patah dalam bahasa Indonesia yang artinya berbeda, yaitu "tua, lama dan biasa".
一個中文字"老"，在印尼文裡有 3 個意義不同的字詞，即"tua、lama 和 biasa"。

➢ Ampfiboli atau Permainan kata-kata sekata yang memiliki makna lebih satu. Misalnya kata "bisa" dapat berarti "mampu" ataupun "racun". Apa saja kata-kata seperti ini dalam bahasa Mandarin?
歧義句或雙關語是指 1 個字有超過 1 個的意思，比如"bisa"這個字，可以解釋成"能夠"或"毒藥"，中文裡有其他類似這樣的字嗎？

➢ A : Semua ajaran dari guru adalah hal yang tidak berguna=Yang diajarkan guru hal tidak berguna. 老師教的(課程)都是沒有用的東西。
B : Semua pelajar diajar guru adalah orang yang tidak berguna. 老師教的(學生)都是沒有用的東西。

➢ Awalnya kita berencana untuk piknik, tapi tiba-tiba turun hujan deras. Rencana kami gagal deh. 我們本來要去野餐，結果突然下大雨，計畫泡湯了。
Akhir-akhir ini terlalu stres kerja. Jadi pengen pergi ke hotspring untuk relaksasi waktu akhir pekan. 最近工作壓力太大了，周末想去泡湯放鬆一下。

➢ Bola lampu kamar sudah rusak, ingat ganti yang baru. 房間的電燈泡壞了，記得換新的。
Mereka berdua mau ngedate, untuk apa kamu ikut? Mau jadi obat nyamuk ya? 人家兩人要約會，你跟著去幹嘛？當電燈泡喔？

➢ Katanya ombak hari ini sangat besar. Janagn lupa minum obat anti mabuk laut sebelum naik kapal. 聽說今天浪很大，等一下搭船前不要忘記吃暈船藥。
Asal ada cewek yang baik terhadapnya, dia langsung mabuk cinta. 只要女生稍微對他好，他就暈船了。

➢ Ban mobil tiba-tiba pecah, ganti ban serap saja dulu. 車輪突然爆胎，先換上備胎吧。
Dia hanya menganggapmu sebagai cadangan saja. Sadarlah. 他只是把妳當備胎而已，醒醒吧。

➢ Saya tadi buang buang air, sebaiknya nanti makan nasi lembek. 我才剛拉肚子，待會最好吃軟點的飯。

Dia menjual rupa menjadi cowok hidup dengan dipiara cewek (gigolo). 他靠臉吃軟飯(軟飯男,小白臉)。

➤ Saya kurang tahu apakah dia suka makan tahu tidak. 我不太知道他是否喜歡吃豆腐。
Klitih-klith itu suka membuaya gadis di jalan pada larut malam. 那些街頭小混混深夜喜歡在街頭吃少女豆腐。

➤ Apakah Anda ingin makan/Apakah Anda ingin sesuatu untuk dimakan?你想吃點東西嗎？
Iya. saya ingin. 是的，我想吃。

Anda ingin makan apa/Apa yang ingin Anda makan? 你想吃點什麼呢？
Saya ingin makan mi bakso. 我想吃貢丸麵。

➤ Saya saja mempunyai satu anak. 只有我有 1 個小孩。
Saya mempunyai satu anak saja. 我只有 1 個小孩。

D-4.1.延伸閱讀(挑戰中印互譯)

學習至此已到結尾，就留一些容易弄混的中文雙關語、同音異字和慣用語給大家練習翻譯成印尼文吧！

NO	中 文	印 尼 文 說 明 / 範 例
1	真是"個性開放的人"	
	真是個"性開放的人"	
2	快跑！辛蒂！	
	快跑！是辛蒂！	
3	有種感覺	
	有種別跑	
4	有關係就沒關係	
	沒關係就有關係	
5	身高起碼 180、人老實、話不多	
	身高騎馬 180、人老、實話不多	
6	"提前"來講	
	提"錢"來講	
7	好熱鬧	
	好不熱鬧	
8	好快樂	
	好不快樂	
9	難免出錯	
	難免不出錯	
10	吃得津津有味	
	吃了悶虧	
	吃裡扒外	
	吃軟飯	

	一把鈔票	
	一把鑰匙	
	一把鹽	
11	賭一把	
	幽默一把	
	扶他一把	
	一把抓住	

雅加達大眾交通 Busway+MJ

日久見人心 Tidak kenal maka tidak sayang

第17章 Bab 17

附錄 Lampiran

Candi Borobudur, Jawa Tengah
婆羅浮屠佛寺(中爪哇)

人活著必須互相幫助 Hidup di dunia harus tolong-menolong

M_附錄(Lampiran)

附錄 M-1.餐飲(Mamin)

M-1.1.台灣美食(Kuliner khas Taiwan)

abalon 鮑魚

abon 肉鬆

air asin 鹹水

air batu,es 冰

air gandum,bir 啤酒

air hangat 溫水

air putih 白開水

air rebusan kacang hijau 綠豆水

air sulingan 蒸餾水

air tawar 淡水,生水

Aiyu,ficus pumila 愛玉

Angelica(中藥)當歸

arak sorgum Kinmen 金門高粱酒

arak,minuman keras 烈性飲料,酒

asinan tepung 麵筋

Astragalus(中藥)黃耆

ayam 3 rasa 三杯雞

ayam beku 冷凍雞(肉)

ayam buras liar 放山雞

ayam buras ternak 飼料雞

ayam Gong Bao 宮保雞丁

ayam goreng tepung 炸雞排

ayam pedaging 肉雞

ayam pejantan 公雞

ayam petelur 母雞

ayam suwir 雞絲

babak kedua 續攤

babat(動物)肚,牛雜

babi cincang 碎豬肉

babi Hong 紅燒肉

bakcang 肉粽

bakpao 肉包

bakpia 肉餅

bakso 肉丸,貢丸

bandoh,makan meja bundar 辦桌

bebek jahe 薑母鴨

Bebek panggang Beijing 北京烤鴨

bekal kasih 愛心便當

belut 鰻魚

beras ketan,ketan 糯米

beras merah 糙米

berondong 爆米花

bersulang 乾杯

bihun 米粉

biji-bijian 穀物

bikin/menyeduh kopi 泡咖啡

bikin/menyeduh teh 沏茶

bir hitam 黑啤酒

bir Taiwan 台灣啤酒

bistik,steak 牛排

boga,kenduri 餐敘,餐宴,餐飲

bola ketan 湯圓

Bonito 柴魚

buah kering 水果乾

bubur gandum 麥片粥

bubur kacang hijau 綠豆稀飯

bubur 粥

cakwe 油條

cangkang,kulit 殼

ceker ayam 鳳爪

Cincau 仙草

cumi-cumi 魷魚

dada mentok (ayam)雞柳條

dada tulang (ayam)雞前胸

daging (rendang) vegetarian 素肉

daging bakar 烤肉

daging giling 絞肉

dalaman 內臟

dendeng sapi 牛肉乾

dendeng 肉乾

donat 甜甜圈

es krim 冰淇淋

es salju 雪花冰

es serut 刨冰

gluten 麩質蛋白,筋

gurita goreng tepung 炸花枝丸

gurita 花枝,章魚,軟絲

hasil laut 海產

hidangan es 冰品

hot pot,steamboat 火鍋

huat kueh 發糕

iga babi 豬排(骨)

ikan asin 鹹魚

ikan bandeng 虱目魚

ikan basah 鮮魚

ikan bawal putih 白鯧魚

ikan bilis kacang tanah 小魚花生

ikan gurami 鱸魚

ikan kakap 鯛魚

ikan kembung 鯖魚

ikan kerapu 石斑魚

ikan kod 鱈魚

ikan koi 鯉魚

ikan tenggiri 土魠魚

ikan tongkol 鮪魚

inti 內餡

jagung bakar 烤玉米

jamuan makan akhir tahun 尾牙

jeli 果凍

karbohidrat 碳水化合物(醣類)

kembang tahu 豆花

kepiting,rajungan 螃蟹

kerak hangus 鍋巴

kerak nasi 鍋巴

kerang dara 血蛤

kerang hijau 西施舌,淡菜

kerang 蛤蠣,文蛤

keripik 洋芋片

kesemak kering 柿餅

kimchi khas Taiwan 台式泡菜

kopi pahit 苦(黑)咖啡

kopi tubruk 即溶咖啡

krim 鮮奶油,膏狀物

kuah baso 貢丸湯

kuah bihun 米粉湯

kuah 湯

kuat minum arak 酒量

kue beras kacang merah 紅龜粿

kue beras,kue nasi 粄條

kue bulan ala Vietnam 越南肉粽

kue bulan 月餅

kue keranjang 年糕

kue kering jahe 薑餅人

kue ketan,Mochi 麻糬

kue kura-kura merah 紅龜粿

kue matahari 太陽餅

kue nanas,nastar 鳳梨酥

kue roda 車輪餅

kuliner laut 海味

kulit kerang 貝殼

kulit telur 蛋殼

kuning telur 蛋黃

labi-labi 鱉,甲魚

lahang 甘蔗汁

lima butir nasi 五穀飯

lobak kering,Chaipo 菜脯,蘿蔔乾

lobster 龍蝦

lumpia 潤餅,春捲

madu 蜂蜜

makan di luar 外食

makan pagi/sarapan 吃早餐

makanan gabungan 複合食物

makanan kalengan 罐頭食品

makanan matang/siap 熟食

makanan olahan 加工食物

mantou 饅頭

masakan ala HK 港式料理

mata sapi 荷包蛋

melepaskan dahaga 解渴

menu paket 套餐

menu pribadi 私房菜單

menuang arak 倒酒

mi instan 泡麵

mi kuah sapi 牛肉湯麵

mi pangsit 餛飩麵

minuman keras(miras)烈性飲料

minuman penyegar 清涼飲料

minuman suling 蒸餾飲料,烈酒

nafsu makan 食慾

nampan 托盤

nasi ayam kalkun 火雞肉飯

nasi daging cincang 滷肉飯

nasi ketan 油飯

oa misua 蚵仔麵線

oden 關東煮

onde-onde,ronde 湯圓

organik 有機的

paha atas(ayam)雞腿排/雞大腿

paha bawah(ayam)棒棒腿

pakar arak 品酒專家

pangsit 餛飩,水餃

pantangan makanan 飲食禁忌

pemadam kelaparan 飢餓剋星

pemali 忌諱,禁忌

penganan 點心,糕點,零食

perisa 美味,可口

perjamuan,jamuan 宴會

permen buah 糖葫蘆

permen Gong,permen upeti 貢糖

permen karet 口香糖

permen Nougat 牛軋糖

permen 糖果

pesta akhir tahun 年終宴會

polos 素的

porang 蒟蒻

produk akuatik 水產品

puding nasi 米糕

pulan/pulen 軟而不爛

putih telur 蛋白

quiche 蛋餅

restoran berbintang tiga 三星餐廳

roti 麵包

samcan 五花肉

santap 吃,喝,品嘗

sapi 牛肉

sarang Walet 燕窩

sarapan 早餐

sayap ayam 雞翅

sayur-mayur 各種蔬菜

seafood,makanan laut 海鮮

seperti aslinya 道地

simping 干貝

siomay 燒賣

sirip ikan 魚翅

soda kue 小蘇打

soda 蘇打,汽水

sohun 冬粉

sotong 烏賊

sulang 敬酒

sup asam pedas 酸辣湯

sup ayam wijen 麻油雞湯

sup bebek jahe 薑母鴨

susis 香腸

susu segar 鮮奶

tahu kering 豆干

tahu Ma Po 麻婆豆腐

talas/yam cina 山藥

tanduk rusa 鹿角,鹿茸

teh Puer tua 陳年普洱茶

teh tawar(無糖)淡茶

teh tumbuk,Lei cha 擂茶

telur 3 rasa 三色蛋

telur pitan/puyuh 皮蛋

terigu protein sedang 中筋麵粉

terigu protein tinggi 高筋麵粉

teripang 海參

tiram 蚵仔,牡蠣,蠔

toko lou mei 滷味攤

tumis Hakka 客家小炒

tumis usus jahe 薑絲炒大腸

ubur 海蜇皮

undur-undur 倒退嚕螃蟹,旭蟹

usus 腸子

vegan/veganisme 素食主義

ayam kampung,ayam bukan ras(buras)土雞

bihun goreng khas Taiwan 台式炒米粉

binatang langka pegunungan segar 山珍

bubur telur pitan babi cincang 皮蛋瘦肉粥

dadar telur (isi) tiram,oa jien,omelet tiram 蚵仔煎

daging sapi panggang potong dadu 骰子牛肉

dibawa pulang,dibungkus 打包,外帶

es teh susu mutiara,zhen zhu nai cha 冰珍珠奶茶

gudeg,lo mei,lu wei,makanan rebus 滷味

ikan bawal putih beku 冷凍白鯧魚

ikan tilapia/nila 吳郭魚,台灣鯛,南洋鯽魚

kedai makanan kecil 小吃部,小吃攤

lempeng teh Puer tua 陳年普洱茶餅

makan di tempat,makan di sini 內用

makanan merakyat di Taiwan 台灣的庶民食物

nasi daging babi kecap,Lu Rou Fan 滷肉飯,魯肉飯

nasi goreng ala Yangchow 揚州炒飯

nasi goreng khas/ala Taiwan 台式炒飯

pencuci mulut,makanan penutup 飯後水果/點心

potongan ayam goreng (lada garam)鹽酥雞

sari kedelai,susu kedelai,susu kacang 豆漿

susu berperisa unik 特殊口味牛奶

tawar-menawarkan arak 互相敬酒

telur mullet,telur ikan belanak 烏魚子

telur teh,telur marmer,telur Pindang 茶葉蛋

camilan,jajan,kudap,makanan kecil/ringan 小吃,點心,零嘴

Chou tou Fu,tahu bau/busuk,tahu Sumedang digoreng 臭豆腐

brutu ayam,buntut ayam,ekor ayam,pantat ayam 雞屁股,七里香

M-1.2.印尼美食(Makanan khas Indonesia)

acar bawang putih 醃大蒜

acar lobak 醃白蘿蔔

acar timun 醃大黃瓜

acar(炒飯)醃泡菜

Aqua 礦泉水

ayam geprek(印尼)脆皮炸雞

ayam pop 巴東炸雞

babi Guling(巴里島)烤乳豬

bakmi 肉燥麵

batagor kuah(印尼)關東煮

bika ambon(印尼)黃金(發)糕

bubur ketan hitam 紫米粥

depot,warung 小賣店

dodol(西瓜哇)甜食,椰子糕

empal 油炸鬆牛肉

fuyunghai 芙蓉蛋

gado-gado(印尼)沙拉

gorengan 炸物

iftar 開齋小吃(禁食結束)

jali/hanjali 薏仁,薏米

jamu 印尼草藥汁

karedok(生的)(巽他)蔬菜沙拉

kari ayam 咖哩雞

kecipir 翼豆

kemiri 石栗

kerak telur(印尼)蛋餅,米蛋餅

kerupuk udang 蝦餅

ketupat,lontong(印尼)粽子	ongol-ongol(印尼)椰粉涼糕	soto 濃湯
kolak,tajil(開齋)甜湯	opor ayam 椰奶雞肉	sumsum 骨髓
kopi Joss(日惹)木炭咖啡	otak-otak 蕉葉烤魚板	sup buntut sapi 牛尾湯
kopi luwak 麝香貓咖啡	pauk 肉食	sup 清湯
kue lapis 千層糕	prasmanan 自助餐會	telur balado(印尼)辣味炸蛋
kue rangi 椰肉烤餅	rawon(印尼)藥材牛肉湯	tempe 黃豆餅,天貝
kwetiau 粿條	rendang kacang 炒花生	tiwul/thiwul(木薯製成)素肉鬆
lalapan 生蔬菜	rendang pisang 炸香蕉	trancam(生的)(中爪哇)蔬菜沙拉
lauk 菜餚	rendang sapi 巴東牛肉	tumpengan 圓錐薑黃飯塔盛會
martabak 印尼油煎餅/蔥油餅	rendang 燉,炒	tunjang 腳骨
masakan Sunda 巽他料理	risol/risoles 油炸餡餅	tusuk sate sapi 牛肉沙嗲串
mengocok Yee Seng 撈魚生	roti lapis 土司,吐司	urap(蒸熟)蔬菜沙拉(爪哇)
nasi lemak(馬來西亞)椰漿飯	sahur 封齋飯(禁食前第1餐)	wajik(印尼)糕點
nasi paha ayam 雞腿飯	sayur lodeh(開齋)蔬菜酸辣湯	warung kopi 咖啡店
nasi tumpeng(圓錐)薑黃飯塔	sekoteng 四果湯	warung lesehan 席地而坐餐廳
nasi uduk(印尼)椰汁飯	semur(印尼)燉肉	Yam Seng 飲勝,乾杯

anget-anget wedong tradisional 傳統溫薑湯	kopi terbalik,kopi/kupi khop 顛倒咖啡
ayam/bebek betutu(巴里島)烤雞/鴨	masakan/nasi Padang 巴東料理/菜
gulai merah kambing 咖哩醬汁羊肉	toko makanan ringan Indonesia 印尼小吃店

pempek/mpek-mpek/empek-empek (印尼)天婦羅/甜不辣/魚糕

M-1.3.根莖類蔬菜(Sayuran Rimpang)

bawang bombai 洋蔥	kacang kedelai,kedelai 黃豆,大豆	paprika 青椒
bawang putih 蒜頭	keladi,talas,ubi talas 芋頭	pare 苦瓜
buncis,kacang panjang 四季豆	kenari 核桃	peteh 臭豆
daun bawang 青蔥	kentang 馬鈴薯	pinang 檳榔
jambu monyet 腰果	ketimun,timun 大黃瓜	rebung 竹筍
kacang tanah 落花生	labu 南瓜	terong belanda 樹番茄
kacang-kacangan 堅果類	lobak merah,wortel 紅蘿蔔	terong 茄子
kakao 可可	lobak,lobak putih 白蘿蔔	ubi,ubi jalar 地瓜
kastanye air 菱角	kyuri,mentimun 小黃瓜	umbi 根莖類(塊根,球莖,地下莖)
kastanye 栗子	oyong 絲瓜	wijen 芝麻

ketela kayu/pohon,singkong,tapioka 木薯	

M-1.4.葉菜類蔬菜(Sayuran Berdaun)

agar-agar 石花菜	jamur enoki 金針菇	latok,lawi-lawi 長莖葡萄蕨藻
asparagus 蘆筍	jamur kancing 草菇	lidah buaya 蘆薈
baki 培養槽,孵育室	jamur kuping 木耳	miselium 菌絲體
bayam 菠菜	jamur shimeji 鴻喜菇	pakis enom gulung 過貓(蕨類)
bit 甜菜	jamur tiram raja 杏鮑菇	pucuk labu 龍鬚菜
brokoli 青花菜,(綠)花椰菜	jamur tiram 秀珍菇	quinoa/kinoa merah 紅藜麥
bunga pepaya 木瓜花	jamur 香菇(通稱)	quinoa/kinoa 藜麥
cendawan 菇類,菌	kacang okra,bendi 秋葵	rumput laut 海苔
daun kemangi 九層塔	kailan 芥藍	sawi hijau 小白菜
daun ketumbar,yansui 香菜	kangkung 空心菜	sawi putih 大白菜
daun seledri 芹菜	kelp 海帶	selada 生菜
daun ubi jalar 地瓜葉	kembang kol(白)花椰菜	serai 香茅
jamur bambu 竹笙	kici 枸杞	tauge 豆芽
jamur Brazil kering(煮湯)乾香菇	kucai 韭菜	tomat 番茄

jamur shitake/hioko 香菇,冬菇,花菇,椎茸	

M-1.5.水果(Buah-buahan)

alpokat,avokad 酪梨	isi kelapa 椰子肉	leci 荔枝
anggur 葡萄	isi(果)肉	lengkeng 龍眼
apel 蘋果	jambu air 蓮霧	loquat 枇杷
ara,buat ara 無花果	jambu biji/bangkok 芭樂	mangga 芒果
belimbing 楊桃	jeruk bali merah 葡萄柚	manggis 山竹
buah abiu 黃金果	jeruk bali/pomelo 柚子	markisa 百香果
buah bidara(綠)棗	jeruk nipis 檸檬	nanas 鳳梨
buah kurma salju 雪棗,雪蜜棗	jeruk peras 甜橙	nangka 波羅蜜
buah merah papua 巴布亞紅果	jeruk,oren 柳橙,柑橘	nipis 酸橙
buah naga 火龍果	kelapa 椰子	pepaya 木瓜
buat kaleng/tin 罐頭水果	kesemak 柿子	persik 水蜜桃
cempedak 香波羅蜜	kiwi 奇異果	pir 梨
ceri 櫻桃	kolang kaling 棕櫚果	pisang 香蕉
duku 蘭撒果(皮黃肉白)	kumkuat,limau kumkuat 金桔	rambutan 紅毛丹
durian 榴槤	kurma 紅棗,椰棗	salak 蛇皮果

sate Lilit(巴里島式)沙嗲	sirsak 刺果番荔枝,紅毛榴槤	zaitun 橄欖
sawo,sawo manila 人心果	stroberi 草莓	
semangka 西瓜	tebu 甘蔗	

blewah,melon,muskmelon 哈密瓜	buah kepala Buddha,buah nona,srikaya 釋迦

M-1.6.調味料(Bumbu & Rempah)

(buah) keluak/kluwak 黑果	jahe 薑,生薑,老薑	minyak sawit 蔬菜油
adas manis 茴香	jintan 孜然	pahit 苦的
asam jawa 酸豆,羅望子	kanji 澱粉	pala 肉荳蔻
asam kandis 果子味酸,人面果酸	kapulaga 白荳蔻	pandan 斑蘭葉
asam manis 糖醋	kayu cendana 檀香	parutan kelapa 椰絲
asam 酸的	kayu manis 肉桂	pengawet 防腐劑
asinan tahu,tahu asin 豆腐乳	kecap asin,saos soya 醬油	ragi 酵母
asin 鹹的	kecap ikan 魚露	ramuan 藥材
batu tahu,gips,石膏	kecap inggris 酸甜辣醬油	rempah 香料
bubuk cabai 辣椒粉	kecap manis 甜醬油	sagu,tepung tapioka 太白粉
bubuk kari 咖哩粉	kencur 沙薑	sambal 辣椒醬
bubuk/bumbu ngo hiong 五香粉	kunyit 薑黃	santan 椰漿
bunga lawang 八角	lada garam 胡椒鹽	saos Shacha 沙茶醬
cabai kecil/rewit 小辣椒	lada putih 白胡椒	selai 果醬
cabai 辣的,辣椒,胡椒	lada 胡椒	sepet 澀
cengkeh,kretek 丁香	lengkuas 南薑	sesuai selera 適量,按喜好
cuka 醋	manis 甜的	taoco 豆瓣醬
daun jeruk 檸檬葉	mecin,MSG,sasa 味精	tepung kacang hijau 綠豆粉
daun salam 月桂葉	mentega,margarin 牛油,奶油	tepung ubi 地瓜粉
fruktosa 果糖	minyak goreng 食用油	terasi 蝦醬
garam 鹽	minyak ikan 魚油	terigu 麵粉
glukosa,gula anggur 葡萄糖	minyak jagung 玉米油	udang kering 蝦米
gula batu 冰糖	minyak kacang kuning 沙拉油	vinasse merah 紅糟
gula merah/pulih 紅/白糖	minyak kedelai 大豆油	zat warna 色素
gula tiruan 糖精	minyak kelapa 椰子油	
gula 糖	minyak nabati 植物油	

arak beras,arak masak bening 米酒	bumbu/sambel pecal,selai kacang (印尼)花生醬
bawang merah/goreng 紅蔥頭,油蔥酥	minyak sawit,minyak kelapa sawit 棕櫚油
bumbu yang cenderung manis 偏甜的調味料	

adai badai 飯菜罩	juru masak 廚師	pengocok 打蛋器
ajang 容器	kaleng,tin 罐頭	penyedot asap 抽油煙機
anak lumpang,penumbuk 杵	kancah 大鍋	penyekat panas 隔熱
baki 托盤	kantong plastik 塑膠袋	piala 獎杯,高腳杯
bara api 炭火,燒紅的炭	kemasan,pembungkus 包裝	piring 盤子
barel anggur 橡木桶	keranjang 籃子,竹簍	pisau buah 水果刀
barel 木桶	ketel 水壺,(飯)鍋	pisau 刀
batubara 煤炭	kisaran kopi 咖啡研磨機	ruang pendingin 冰櫃
blender 攪拌機	kompor gas 瓦斯爐	sedotan 吸管
bolu,sepon 海綿	kompor 煤油爐,火爐	sendok makan(sdm)湯匙,調羹
botol air panas 熱水瓶	korek 打火機	sendok nasi 飯匙
bukaan botol 開瓶器	kotak 盒子	sendok teh(sdt)茶匙
bungkusan sampah 垃圾袋	kuali 鐵鍋,土鍋	sendok 湯匙
cangkir(馬克/啤酒)杯,茶杯	kulkas,lemari/peti es 冰箱	serbet 餐巾
canting,ciduk 勺子	langgai 漁網	serok 濾網,網勺
ciduk nasi 飯勺,飯匙	langseng 蒸籠,蒸鍋	serut 刨子
cungkil gigi,tusuk/korek gigi 牙籤	lap,pelap,taplak 抹布	staf lapangan 外場員工
dandang 湯鍋	lemari pendingin 冷藏櫃	stoples(放糕點)有蓋玻璃罐
daun pisau 刀面	lesung,lumpang 臼	sumpit 筷子
dos,kardus 紙盒,紙箱	mangkok 碗	sutil 鍋鏟
dot 橡皮奶嘴	mesin cuci piring 洗碗機	talenan tebal 厚砧板
drum 圓鐵桶	mesin pengolah 加工機械	tanur 爐
gaet 鉤子,釣竿	oven 烤箱	teko listrik 電熱水壺
gagang pisau 刀柄	panci elektrik 電鍋	teko 茶壺
garpu 叉子	panci presto 壓力鍋	telinga cangkir 杯耳
gas batubara 煤氣	panci 鍋子	telinga panci 鍋耳(側把手)
gelas ukur 量杯	papan iris,talenan 砧板	tong/tabung gas 瓦斯桶
gelas 玻璃杯	parut 刨絲器	tungku 爐灶
geretan,korek api 火柴	pemanggang roti 烤麵包機	wajan datar 平底鍋
golok 中式菜刀	pemantik api 點火器	wajan,wajan penggorengan 煎鍋
guci 罈,罐,甕	penanak listrik 電子鍋	
gunting 剪刀	penanak nasi 煮飯鍋	

bekal,bento,nasi bungkus/kotak,pepes,rantang 便當

gelas daur ulang,gelas ramah lingkungan 環保杯		
pemanggang,pemanggangan 烤架,烤具		
wajan cekung besi,wok (中式)炒菜鐵鍋		

M-1.8.廚師烹煮(Koki Menyajikan)

ait mendidih 水煮開	gurih,renyah 鬆脆的,香脆可口	menyangrai 乾煎,乾炒
artistik,buatan 人造,人工	hambar,tawar 淡而無味的	menyendok 舀,盛
asap tebal 濃煙	harum,wangi 芳香	meremas tepung 揉麵(團)
asap 煙	jahe parut 薑絲	nafsu makan 食慾
bakar,panggang 烤,燒	kaldu 肉汁	pasokan 供應,供給
bau,rasa,selera 味道,感覺,臭	kawan minuman 飲料點心	pola makan 飲食習慣
bikin kue 做蛋糕	kawan nasi 下飯菜餚	potong dadu 切(小)丁
bikin teh 泡茶	kemauan,permintaan 要求,需求	potong/memotong 切(大塊)
bikin 做,造,弄,搞	kobar 火焰	puntung 殘渣
busuk(食物)臭酸,腐爛,腐臭	kocok/mengocok 攪拌,撈	rasa segar 新鮮滋味
cah,cap 炒	koki,penanak 廚師,伙夫,煮飯器具	rebus 水煮(沸)
cah/cap cai 炒(青)菜	kukus,tim 蒸	rendam 浸,泡,醃
cara memasak,pembuatan 作法	lemak 脂肪	resep,resep makanan 食譜
cita rasa 味覺	limbah makanan,sisa dapur 廚餘	saring air 水過濾
daging segar 生鮮肉類	makanan kering 乾貨	sepah tebu 甘蔗渣
dahaga,haus 口渴	memanggang 燒烤(不接觸炭火)	sepah 渣
duri ikan 魚刺	membakar 火烤(接觸炭火)	sirip 魚鰭
duri 刺	membesta 裹糖衣,撒糖霜	sisa nasi 剩飯
enak,lezat,sedap 好吃,美味的	menerbitkan selera 引起食慾	titik didih 沸點
fermentasi 發酵	mengasap 煙燻(法)	tulang ikan 魚骨
genang,rendam 浸,泡,淹	mengetim nasi 蒸飯	tulang 骨頭,骨幹
getah 汁液,橡膠,黏液	mengetim/mentim 蒸	tumbuk 用杵搗碎
giling 研磨	mengiris tipis 切薄片	tumis polos 清炒
goreng 炸,煎	mengiris 切片	tumis(快)炒
gosong terbakar 燒焦	menumbuk kopi 磨咖啡豆	
gulai 紅燒,(印尼咖哩)燉	menumbuk Mochi 搗麻糬	

bahan-bahan pelengkap,topping 配料		
cabik,cincang,sobek 切碎的,剁碎的		
citarasa,mencicipi,menikmati 欣賞,品嘗,享受		
menabung,simpan 藏,保存,儲蓄,收藏		

potong bentuk korek api 切絲,切成長條形	
potong bentuk segi tiga 切成三角形	
tempat pemotongan hewan 動物屠宰場	

mengangkat makanan/hidangan,sajian hidangan 上菜,端上菜餚

附錄 M-2.生物(Biologi)

M-2.1.動物(Binatang)

anak anjing 小狗	binatang menyusui 哺乳動物	harimau,macan 老虎
angsa 鵝	binatang pengerat 囓齒動物	herbivora 草食
anjing laut 海狗	binatang,hewan 動物	hewan peliharaan 寵物
anjing rakun 狸貓	bintang laut 海星	hewan,binatang 動物
anjing 狗	biota laut 海洋生物	iguana 鬣蜥,酷斯拉
ayam Cemani(爪哇)烏骨雞	biota 生物群體/族群	ikan air tawar,ikan darat 淡水魚
ayam 雞	buaya 鱷魚	ikan bilis 鳳尾魚,鯷魚
babi alu/badak 馬來膜	burung hantu 貓頭鷹	ikan budidaya 養殖魚類
babi hutan 野豬,山豬	burung kakak tua 鸚鵡	ikan emas 金魚
babi laut,landak laut 海膽	burung kuntul 白鷺鷥	ikan hias 觀賞魚
babon 母雞	burung layang 燕子	ikan hiu 鯊魚
baboon,babun 狒狒	burung liar 野鳥	ikan laut 海魚,鹹水魚
badak air,kuda nil 河馬	burung migran 候鳥	ikan lele 鯰魚
badak 犀牛	burung murai(喜)鵲	ikan pari 魟魚
baki telur 孵蛋室	burung Pegar Swinhoe 藍腹鷴	ikan patin 巴丁魚,虎頭鯊
banteng 野牛,公牛,黃牛,水牛	burung puyuh 鵪鶉	ikan paus 鯨魚
bebek,itik 鴨子	burung unta 鴕鳥	ikan sturgeon 鱘龍魚
belut listrik 電鰻	burung 鳥	ikan terbang,torani 飛魚
benih ikan 魚苗	cakar 爪,爪子	ikan trout 鱒魚
beruang kutub 北極熊	cerpelai 果子狸	jago 公雞
beruang laut 海象	cicak(小)壁虎	jantan 公,雄
beruang 熊	Dugong 儒艮(尾巴 Y 形)	jerapah 長頸鹿
betina,induk 母,雌	elang botak 禿鷹	kalkun 火雞
biawak,kadal 大蜥蜴	elang 老鷹	kampret 小蝙蝠
bibit ikan 魚苗	entog 雁鴨	kandang 籠,圈,欄
binatang langka 稀有動物	fauna 動物群體	karnivora 肉食
binatang liar 野生動物	gondol tulang 叼著骨頭	katak,kodok,suike 青蛙,田雞
binatang mamah biak 反芻動物	hamster 倉鼠	kebun binatang 動物園

kelelawar 蝙蝠	mangsa 獵物,犧牲品	sapi perah 乳牛
kelinci 兔子	marmut 土撥鼠	sapi 黃牛
kepiting Fiddler 招潮蟹	memiara ayam 養雞	serigala 狼
kera,monyet 猴子,猿猴	merak 孔雀	singa 獅子
kerbau 水牛	monyet Formosan 台灣獼猴	suku(動物)足,腳
kijang 小鹿	omnivora 雜食	tanduk(牛羊)角,角形物,號角
koala 無尾熊	pakan 餵養	tapir 貘
komodo 科摩多龍[55]	panda 熊貓	taring 獠牙,虎牙
kucing 貓	paus orca 虎鯨,殺人鯨	tembakul 彈塗魚
kuda air 貘	pegar mikado 天皇雉雞	tikus belanda 天竺鼠
kuda belang 斑馬	pembudidaya ikan 魚類養殖業者	tikus 老鼠
kuda laut 海馬	pemijahan telur 產卵	tokek 大壁虎
kuda liar 野馬	penangkap tikus 捕鼠器	trenggiling 穿山甲
kura-kura 烏龜,龜形物	penyu hijau 綠蠵龜	tupai 松鼠
landak 刺蝟,箭豬,豪豬	penyu 海龜	ubur 水母
lemur ekor cincin 環尾狐猴	phoenix 鳳凰	ular air 水蛇
lintah 水蛭,螞蝗	pinguin kaisar 國王企鵝	ular piton/sanca 蟒蛇
lumba 海豚	pinguin 企鵝	ular sendok/tedung 眼鏡蛇
luwak 麝香貓	rakun 浣熊	ular 蛇
macan batu 石虎	rubah 狐狸	unggas 家禽,禽鳥
macan kumbang 黑豹	rumbia 棕櫚,西谷椰子	unta 駱駝
macan tutul 豹,金錢豹	rusa Menggonggong Formosa 山羌	zebra 斑馬
Manatee 海牛,美人魚(尾巴圓形)	rusa 鹿	

beruang Hitam,Kumbang Formosan 台灣黑熊	cenderawasih(印尼國鳥)天堂鳥,極樂鳥
binatang berdarah dingin 冷血動物	harimau akar,macan tutul awan 雲豹
binatang buas,satwa/margasatwa 野獸動物	hewan hampir punah 瀕臨絕種動物
binatang pemakan daging 肉食動物	ikan salmon Formosan 台灣鮭魚(櫻花鉤吻鮭)
cagar alam unggas liar 野生禽鳥自然保護區	

Burung ibis sendok berwajah hitam,Spoonbill Berwajah Hitam 黑面琵鷺

M-2.2.植物(Tumbuhan)

akar 根	bambu,buluh 竹	berkebun,menanam 種植
balak 原木	belukar,semak 灌木,矮樹	bibit 種子

---

[55] komodo(科摩多龍)不是恐龍後　裔,而是世界上現存最大的蜥蜴。

budidaya(人工)養殖,種植,飼養	hutan budidaya 人造林	penghijauan 綠化
bunga anggrek 蘭花	hutan Mangrove 紅樹林	perkebunan karet 橡膠園
bunga anyelir 康乃馨	hutan rimba 叢林	pestisida 農藥,殺蟲劑
bunga bakung 水仙花	hutan,rimba 森林	pohon aras 聖誕樹,香柏木,雪松
bunga Calla Lily 海芋	inokulasi 接芽	pohon cemara 松樹
bunga canola 油菜花	jerami 稻草	pohon 樹
bunga Gandaria 薰衣草	kaktus 仙人掌	pupuk 肥料,施肥
bunga Lili/Daylily 金針花	Kangjian 牛樟芝	rerumputan 各種野草
bunga mawar 玫瑰花	Kantong semar kuning 豬籠草	rimbun 茂盛的
bunga melati 茉莉花	kapur barus 樟腦	rumput gelagah 蘆葦草
bunga mesona 仙草花	kayu arang/hitam 烏木	rumput laut 海草
bunga plum 梅花	kayu jati 柚木	rumput 草
bunga randu/randu alas 木棉花	kayu laka 沉香木	sawit,kelapa sawit 棕櫚
bunga sakura 櫻花	kayu 樹木,木材	subur 肥沃的
bunga selimut 天人菊	kebun tumbuhan 植物園	tabur 播(種)
bunga tulip 鬱金香	kebun,perkebunan 花園	tanaman hias 裝飾植物
bunga,kembang 花	layu 凋零,凋謝,枯萎	tanaman karnivora 食蟲植物
Cypress 檜木	lumut 青苔,苔癬	tanaman 農作物
daun hidup,putri malu 含羞草	mekar 開花	Tongkat Ali 東革阿里(壯陽植物)
daun maple 楓葉	membajak sawah 耕田	tumbuhan beracun 有毒植物
daun murbei 桑葉	memberi pupuk 施肥	tumbuhan liar 野生植物
daun 葉	menyiram bunga 澆花	Venus flytrap 捕蠅草
flora 植物群體	miang 纖毛	zat hijau 葉綠素
gagang,tangkai 莖,梗,桿	nabati 植物的	
gandum 小麥	penanaman percobaan 試種	

bunga Hydrangea/Hortensia 繡球花
bunga lotus/Padma/teratai 荷花,蓮花
bunga telang 蝶豆花,蝶花豆,蝶豆,藍蝴蝶,藍花豆
daun-daunan,dedaunan 各種葉菜類,各種樹葉
menyemproti tanaman dengan obat 給農作物噴藥
pepohonan penahan angin 防風林

M-2.3.昆蟲(Serangga)

anai-anai,rayap 白蟻,蛀蟲	belalang 蚱蜢,蝗蟲	cacing 蚯蚓
belalang sembah/sentadu 螳螂	bumblebee 大黃蜂	capung jarum 豆娘,小蜻蜓

capung 蜻蜓	kumbang rusa 鍬形蟲	nyamuk 蚊子
hama 蟲害	kumbang 甲蟲	raket lalat 蒼蠅拍
induk madu,sarang lebah 蜜蜂窩	kunang-kunang 螢火蟲	raket nyamuk listrik 電蚊拍
induk sutera 蠶繭,五齡蠶,春蠶	kupu kupu Papilio 鳳蝶	rumah keong 蝸牛殼
jangkrik 蟋蟀	kupu-kupu 蝴蝶	sarang labah-labah 蜘蛛網
kala,kala jengking 蠍子	kutu 蝨子,跳蚤,小蟲	semut 螞蟻
kecoa,lipas 蟑螂	labah-labah 蜘蛛	sutra 蠶
kelabang 蜈蚣	lalat 蒼蠅	tawon 黃蜂
keong 蝸牛	lebah 蜜蜂	ulat sutra 蠶寶寶
kepik 瓢蟲	menampar nyamuk 打蚊子	ulat,ulat bulu 毛毛蟲
kepompong 繭	mimikri 擬態,模仿	undur-undur 蟻獅
kumbang badak (Jepang)獨角仙	ngenyat 蛾	

kupu-kupu bermigrasi 遷徙的蝴蝶	

kupu-kupu Euploea,kupu-kupu ungu di Taiwan 紫斑蝶
tonggeret,(爪)garengpung,kinjeng tangis,(巽)cengreret,turaes 蟬

附錄 M-3.自然(Peralaman)

L-2.1.天文/地理(Astronomi/Geografi)

air bawah tanah,air tanah 地下水	Benua Amerika 美洲	embun beku 霜
air dingin 冷泉	Benua Asia 亞洲	embun 露,露水
air panas 溫泉	Benua Eropa 歐洲	garis lengkung 曲線
air terjun 瀑布	Benua Oceania 大洋洲	gaung 迴聲,回音
angkasa,langit 天空	benua 陸地,洲	gejala 跡象,徵兆,現象,症狀
arus bawah 暗流	bukit 小山,山坡	gerhana bulan total 月全蝕
arus 水流	busur kabut,pelangi putih 霧虹	gunung berapi 火山
asteroid 小行星	butiran es 冰雹	gunung 山
astronomi 天文學	butiran-butiran air hujan 雨點	gurun 沙漠
bantaran 河岸	cakrawala 地平線	jalan pegunungan 山路
batu cadas,bebatuan 岩石	daerah pegunungan 山區	jurang,ngarai 斷崖,峽谷
batu kapur 石灰岩	danau 湖	kabut salju 雪霧
batu marmer,pualam 大理石	dasar laut 海底	kadar air tanah 地下水位
belahan Bumi selatan 南半球	dasar sungai 河床	kaki gunung 山腳
belerang 硫磺	dataran rendah 低地	kapur 白灰狀物
bengawan(爪哇)大河	dataran tinggi 高原	kawah gunung berapi 火山口
Benua Afrika 非洲	dataran 平原,台地	kedua sisi sungai 河的兩邊

kepingan salju 雪花	muara sungai 河口	riak 波,波紋,震盪
khatulistiwa 赤道	muara 河口,海灣	Samudera Atlantik 大西洋
kutub selatan/janubi 南極	padang 平原	Samudera Hindia 印度洋
kutub utara/syamali 北極	pantai laut 海岸,海邊	Samudera Pasifik 太平洋
landasan sungai 河床	pantai 海岸,海邊	Selat Bashi 巴士海峽
lapisan es 冰層	pasang-surut ombak 漲退潮	Selat Malaka 麻六甲海峽
Laut Hitam 黑海	pasir 沙	Selat Taiwan 台灣海峽
laut lepas,samudra lepas 大海	patahan 斷層	selat 海峽,縫隙
Laut Mediterania 地中海	pedalaman 內陸	semenanjung 半島
lautan,samudera 海洋	penghalang alami 天然屏障	stasiun pemantau 觀測站
lekukan teluk 港灣凹陷處	penumbra(天文)半影	sungai 江,河,川
lembah gunung 盆地	penurunan 下坡,斜坡	tambang emas 金礦
lembah retakan 縱谷	permukaan laut 海平面	tebing curam 懸崖,峭壁
lembah sungai 河谷	pesisir 海岸	tebing 河岸
lembah 山谷	piring terbang 飛碟	teluk(海/河/港)灣
lepas pantai 近海	pulau buatan 人造島	terjal 陡峭的
lereng bukit 山坡	pulau terpencil 孤立島嶼	terumbu 礁石
lereng 邊緣,斜坡	puncak gunung 山頂	tetesan es beku 冰柱
luar pulau 離島	putaran air 漩渦	topologi 拓撲,地形,地勢
megah 雄偉,壯觀	putaran angin 旋風	umbra(天文)本影
meridian 正午,子午線	rawa 沼澤,低窪地	

batu/terumbu karang,karangan 珊瑚礁	lempengan dasar laut Filipina 菲律賓海板塊
gelombang dingin,massa udara dingin 冷氣團	sabuk vulkanik lingkar pasifik 環太平洋火山帶
gerhana bulan sebagian/parsial 月偏蝕	wilayah selatan/tengah Taiwan 台灣南/中部

anak sungai,batang air,cabang sungai,kali 小河(流),支流

附錄 M-4.人類活動(Aktivitas Insan)

L-1.1.運動(Olahraga)

adu tinju 拳擊比賽	atletik lari 徑賽	balap lari 跑步比賽
adu 鬥,賽	atletik 田徑運動	balap mobil 賽車
anggar 擊劍	atlet 選手	balon udara panas 熱氣球
arena pertarungan 競技場	badminton,bulu tangkis 羽毛球	ban badminton 羽球場
atlet nasional 國手	balap karung 麻袋賽跑	ban/lapangan tenis 網球場
atletik lapangan 田賽	balap lari liar 路跑,野外跑步比賽	batang sepeda 自行車架

berdansa 跳(交際)舞	kejuaraan 錦標賽	pertandingan olahraga 運動競賽
bermain ganda 打雙打(比賽)	kembali melonjok 反彈,跳回	petenis meja 桌球選手
bermain skat 滑冰	kolam renang 游泳池	piala dunia 世界盃
bermain ski,ski 滑雪	kontingen 代表隊	pukulan smes,smes 殺球
berselancar angin 風帆	kriket 板球	pusat olahraga 運動中心
berselancar 衝浪	lapangan golf 高爾夫球場	raga 籐球
bersenam 做體操	lapangan sekolah 學校操場	raket 拍子
bersepeda,ngegowes 騎自行車	lari maraton 馬拉松跑步	ratu badminton 羽球球后
biliar,bola sodok 撞球	layang-layang 風箏	renang 游泳
binaraga 健身,健美	lompat tali 跳繩	ronde 局,回合,輪
bisbol 棒球	lompat tinggi 跳高	sarung tinju 拳擊手套
bola basket 籃球	lompat/loncat jauh 跳遠	selam bebas 自由潛水
bola gelinding,bowling 保齡球	loncat indah 跳水	selam scuba 水肺潛水
bola voli 排球	lunge 弓箭步	senam erobik 跳有氧舞蹈
daya juang 戰鬥力,鬥志	matador 鬥牛士	sepak bola meja 手足球
ganda putra/putri 男/女子雙打	meja biliar 撞球桌	sepak bola 足球(賽)
gawang 框,架,球門	menendang bola 踢球	serang(運動)進攻
gelanggang olahraga 體育場,體壇	mengayuh sepeda 踩自行車	silat 武術,劍術
gimnasium 室內體育館,健身房	menyelam 潛水	sofbol 壘球
giring 運(球)	mobil pantai 沙灘車	stadion(露天看台,單項)運動場
gol 射門得分	olahraga air 水上運動	suku 比數
gowes,ngegowes 騎自行車	olahragawan 運動選手	SUP(Stand Up Paddle)立式划槳
gulat 摔角,扭打,角力	olahraga 運動	tarik tali/tambang 拔河
hoki es 冰球	paling selesai main 逆轉比賽結果	tenis meja 桌球
jalan kaki 步行	pangkal 起點	tenis 網球
judo 柔道	panjat pinang 爬檳榔樹,搶孤	terjun payung 跳傘
kano 獨木舟	pemain 球員	unggulan pertama 第一種子選手
kayuh 槳,踏板	penatar 教練	wasit 裁判

babak penyisihan wilayah selatan 南區淘汰賽	kontingen atlet karate 空手道代表團
berselancar layang-layang 風箏衝浪	mematahkan/memecahkan rekor 打破紀錄
futbol de salon(FUTSAL),cabor futsal 室內5人制足球	menempati urutan pertama 排名第一
gelanggang 競技場,活動場域,競爭舞台,環狀物	olahraga teratur & jangka panjang 規律且長期運動
kejuaraan tenis meja sedunia 世界桌球錦標賽	permainan olahraga air 水上運動遊戲

adu,balap/balapan,kompetisi,kontes,lomba,tanding 競賽,比賽

adat istiadat 風俗習慣	hari raya 節日	pasar seni 藝術市場
akhirat 後代	humaniora 人文	patung 雕像
Angklung 昂格隆,印尼搖竹	karya maha 偉大的作品	pelukis 畫家
anjungan pengantar 送機長廊	karya 作品	pemain,peran/peranan 演員,角色
anyaman,jalinan 編織物	kebaya 爪哇女性傳統服裝	pematung 雕塑家
arena,pentas 舞台,場地	keharusan sejarah 歷史的必然性	pembukuan 寫書,出書,簿記
audisi 試鏡	keIndonesiaan 印尼學	penerusan tradisi 傳統的延續
Batik(爪哇島)蠟染(布)	keIslaman 回教學	penonton,audiensi 觀眾
berkarya 創作	kejutan budaya 文化衝突	penyanyi,vokalis 歌星,歌手
berperan,memainkan 扮演	keluaran 出版物	peradaban Timur 東方文明
boneka 木偶,洋娃娃,魁儡	keragaman budaya 文化差異	perayaan 慶典,節慶
bordir 刺繡	keramik 陶瓷	percik cahaya 光點
budaya/kebudayaan,kultur 文化	Keris 格里斯短劍	pewarna 染料
buku frasa 小書	konser kamar 室內音樂會	pikir secepat kilat 腦筋急轉彎
buku panduan 導覽書	konser 音樂會	piksel 像素
buku 書	konstelasi/rasi bintang 星座	piring/piringan hitam 黑膠唱片
bunyi drum 鼓聲	lajur(報紙)欄	porselen 瓷器
cerita silat 武俠小說	legenda 傳奇	posisi matahari 節氣
colok,obor/api obor 火把,火炬	limbah pustaka 多餘的書籍	posting/postingan 貼文,po 文
Confucius 孔子	lisan 口語	puisi 詩,詩歌
denah 構想,草圖	lukisan 圖畫	raut wajah/muka 面相
drama 戲劇	mematung 雕刻	sastra 文學
dunia akhirat 永世	mementaskan 上演	seniman jalanan 街頭藝術家
estetika 美學	Mencius 孟子	seniman 藝術家
film barat 西方電影	menonton TV/film 看電視/電影	sepatah dua patah 三言兩語
film 電影	merayakan 慶祝	sutradara 導演
filsafat 哲學	mikro film 微電影	Tapis(蘇門答臘)傳統服裝
frasa/frase 短語	mitos 傳說,神話	tarian kesenian 藝術舞蹈
gagang telepon 電話聽筒	ondel-ondel Taiwan 電音 3 太子	tato 紋身
gambar,lukis 繪畫	ondel-ondel 巴達維亞大人偶	teks 原文,本文,字幕,講稿
gedung bioskop,teater 電影院	opera Peking 國劇,京劇	tembikar 陶器
geladiresik 彩排,預演	opera Taiwan 歌仔戲	terbit 出版
golek jenggel /jonggol 不倒翁	opera 歌劇	turun-turun 祖傳的
golek 木偶,滾動,翻滾	pamor(Keris)刀紋	Wayang Boneka 魁儡戲
grafiti 塗鴉	pantun 順口溜	wayang golek(爪哇)木偶戲,魁儡戲

Wayang kulit 皮影戲	wayang(爪哇)古典戲劇
Wayang Potehi 布袋戲	wilah(Keris)刀身

fotografer,pemotret 攝影師,拍照者	pengamen 街頭(流浪)藝人,賣唱乞討者
loket,tempat pembelian tiket/karcis 售票處	pepatah,peribahasa/perbahasa 諺語,格言
mesin penjualan tiket otomatis 自動售票機	perkataan,tutur kata,wacana 話語,話術
multibudaya,multikultural 多元文化	sinema elektronik(sinetron)電視劇,影集
pameran solo seniman 藝術家個展	

kain batik dengan motif klasik 印有古色古香圖案的蠟染布

附錄 M-5.觀光(Wisata)

M-3.1.觀光/旅遊(Wisata)

acara bebas 自由行	bermalam,menginap 住宿,過夜	ekowisata 生態旅遊
adat 風俗	berwisata ceria 愉快旅遊	Eksposisi 博覽會
agrowisata 農業旅遊	berwisata keliling pulau 環島旅遊	etalase 櫥窗
anak Taipei 台北人	Biara Fo Guang Shan 佛光山	gardu telepon 電話亭
antrean,barisan 隊伍	bistro 餐酒館	gerai usaha 攤商
api unggun 營火	Bitan 碧潭	gerai 專櫃
arak,prosesi 遊行	bos wanita 老闆娘	Gereja Kristal 水晶教堂
arak-arakan 遊行隊伍	brosur 手冊	Gereja Sepatu Tinggi 高跟鞋教堂
area,letak,lokasi 地點	buah tangan,oleh-oleh 伴手禮	gerobak kaki lima 小販攤車
arena,pentas 舞台,場地	buatan tangan 手工製品	grup turis pertama 首發團
asuransi perjalanan 旅行保險	buku panduan 導覽書	grup wisata penjajak 採線團
ayunan 鞦韆	bus antar/koneksi 接駁巴士	gunung Xue 雪山
Bahasa Austronesia 南島語言	bus pariwisata 觀光巴士	Gurun Sahara 撒哈拉沙漠
bahasa daerah 方言	cagar ekologi 生態保護區	hadiah,kado 禮物
balai agung 朝覲大廳	cantik,elok,indah 漂亮	hari raya 節日
balai kota 市政大廳	cerita,hikayat,kisah 故事	hiburan 娛樂
bangku taman 公園長椅	clutch/tas kulit ular 蛇皮包	hotel berbintang 星級旅館
barang impor 舶來品	daerah perindustrian 工業區	hotel,penginapan 旅館,飯店
barang tiruan 仿冒品	desa militer pelangi 彩虹眷村	ikonik 偶像的,符號的,代表性的
berangkat 出發	desa militer 眷村	industri expo 會展產業
berbaris,mengantre 排隊	destinasi wajib 必去目的地	industri mamin 餐飲業
berkemah 露營	diskon,obral 打折,折扣	informasi 資訊,情報
bermain air 玩水	eceran 零售	Istana Buckingham(英國)白金漢宮

Istana Musim Panas 頤和園	kolam Lotus Pond 蓮池潭	nisan 墓碑
jalan/jalanan tua 老街	konser kamar 室內音樂會	Noken(印尼)傳統針織手提袋
jam karet 彈性時間(不守時)	konser 音樂會	obral tahunan 年度大拍賣
jarak fokus 焦距	konsumen 消費者	opera Taiwan 歌仔戲
jeda harga tiket 機票差額	koper 旅行箱,行李箱	opera 歌劇
jejak 足跡	korsel bagasi 行李轉盤	pabrik wisata 觀光工廠
jurang Chingsui 清水斷崖	kotak surat 郵筒	pameran 展覽會,博覽會
kacamata hitam 太陽眼鏡	krim pelindung matahari 防曬乳	Pantai Baishawan 白沙灣海灘
kaki lima,penjaja 小販,路邊攤	kru kabin 機組員	parade mobil bunga 花車遊行
kamar dobel 雙人房	Kuil Langit 天壇	pasar malam Raohe 饒河夜市
kamar single 單人房	kunjung 參觀,訪問,造訪	pasar malam 夜市
kamera bawah air 水下相機	lampion,lentera 燈籠	pasar seni 藝術市場
kamera 照相機	lampu neon 霓虹燈	Pegunungan Pesisir 海岸山脈
kamp,tenda 帳篷,營	langganan tetap 常客	pelabuhan Tamsui 淡水港
kantong kertas 紙袋	Lapangan Tian'anmen 天安門廣場	pelaku usaha wisata 旅行業人員
kantong tidur 睡袋	Laut Mati 死海	pelanggan,pembeli 買家,顧客
karcis,tiket 票	layanan antar jemput 接送服務	pelayan toko,pramuniaga 店員
Karnaval 嘉年華	lentera air 水燈	pemandian air panas 溫泉浴場
Kartu EasyCard 悠遊卡	lorong(機/船艙)走道,弄	pemandu wisata 領隊
kaunter check-in 報到櫃台	losmen sewa harian 日租旅館	pemandu 導覽(員)
ke luar negeri 出國	losmen 旅店,客棧	pengamen 街頭(流浪)藝人
kebun/perkebunan teh 茶園	Makam dinasti Ming 十三陵	pengunjung 訪客
kedai,toko 商店,店鋪,館子	manca negara,negeri asing 外國	penjual 賣家
kelas bisnis 商務艙	mandi hutan 森林浴	penumpang 乘客
keliling 逛	melihat karang 看珊瑚	perjalanan insentif 獎勵旅遊
kepergian,perjalanan,tur 旅行,旅程	membentuk rombongan 組團	permainan atas meja 桌遊
kereta api 火車	membuat tawaran 從事推銷	pertunjukan 表演,節目
kereta belanja 購物推車	memesan online 網路預約	pesan,reservasi 預訂
kereta makan 餐車	mengepak barang 打包物品	pesiar 兜風
kereta tidur 臥鋪車	mercon,petasan 鞭炮,爆竹	pesta ulang tahun 慶生會
kereta wisata 觀光列車	minyak esensial 精油	pintu keberangkatan 登機門
kincir air 水車	motor roda tiga 三輪車	posisi 位置
kincir angin 風車	mural 壁畫	pramuwisata 導遊
kincir ria 摩天輪	murni kerjaan tangan 純手工	prasasti 碑文
kios(小販)攤位,報攤	musim sepi pariwisata 旅遊淡季	produk dalam negeri 國產品
kloset 洗手間,坐式馬桶	naik,tumpang 搭乘	pub 酒吧,酒館
klub malam 夜總會	Nanfang'ao 南方澳	pulau Bali/Dewata 巴里島(神仙島)

Pulau Luzon 呂宋島	Sungai Zhuoshui 濁水溪	toko waralaba 特許經營商店
Pulau Penyu/Guishan 龜山島	swafoto 自拍	tong sis 自拍棒
puri 皇宮,城堡	taman hiburan 遊樂園	topeng 面具
pusat grosir 雜貨中心	tamu asing 外賓	transaksi 交易
pusat informasi 詢問處	tarian air 水舞	troli 行李推車
raja kapal 王船	tarian kesenian 藝術舞蹈	tur kelompok 團體旅遊
rekreasi 休閒	tarian naga 舞龍	tur sehari di Taipei 台北 1 日遊
restoran franchise 連鎖餐廳	tarian singa,barongsai 舞獅	ukiran es batu 冰雕
rokok kretek 丁香菸	tebak teka-teki 猜謎語	ukiran 雕刻
rokok 香菸	teluk Dapeng 大鵬灣	vila 別墅
ruang tunggu 候機室	tembakau 菸草	Villa Qilan(宜蘭)棲蘭山莊
rumah sewaan 出租房	tembok besar(萬里)長城	Waduk Shimen 石門水庫
rute penerbangan 航線	tempat bagasi 行李轉盤	wahana 遊園車,交通工具
salon kecantikan 美容院	tempat pancing udang 釣蝦場	Wang Ye 王爺
sandang 衣食	tempat penjualan 賣場	WC sementara 臨時廁所
Sanxiantai 三仙台	tempat perbelanjaan 購物中心	wisata bahari 海邊旅遊
satu arah,sekali jalan 單程	tempat umum 公共場所	wisata belanja 購物旅遊
sawah bertingkat 梯田	tengah kota 市中心	wisata budaya 文化旅遊
sesat jalan 迷路	Terusan Suez 蘇伊士運河	wisata kuliner 美食旅遊
singgah 過境,停留,中轉	toko es tua 老冰店	wisata murah 低價旅遊
siram,mandi 洗澡,沐浴	toko grosir 雜貨店	wisata sejarah 歷史旅遊
skywalk 天空步道	toko kelontong 雜貨店,籤仔店	Yuanming Yuan 圓明園
Sungai Mekong 湄公河	toko minuman 飲料店	

agen wisata,biro perjalanan,travel biro 旅行社	duty-free shop,toko bebas pajak 免稅商店
area bersejarah Bopiliao 剝皮寮歷史街區	E-Da world Theme Park 義大世界主題公園
Aula Memorial Chiang Kai-Shek 中正紀念堂	Eksposisi Pariwisata Taipei 台北旅展
Balai Musik/Konser Nasional 國家音樂廳	gala dinner 正式晚宴,聯誼晚宴,慶祝晚宴
Balai Teater/Drama Nasional 國家戲劇院	Galangan Kapal Agenna(基隆)阿根納造船廠
bandar udara(bandara),pelabuhan udara 機場	gastronomi,kuliner,makanan khas 美食
barang keperluan tahun baru 年貨	gerai minuman kocok waralaba 手搖飲專賣店
berjemur matahari di pantai 海邊日光浴	instruksi,petunjuk 指示,指南,說明
biara,candi,kuil,pura,vihara 寺廟,佛堂	Kampung Budaya Aborijin Taiwan 九族文化村
bidet gabungan 坐式馬桶淨下設備,免治馬桶噴嘴	karakter Cina tradisional 傳統中文字
boarding pass,kartu akses menaiki pesawat 登機證	kereta api mini Alishan 阿里山小火車
bus pariwisata bertingkat 雙層觀光巴士	koper berbahan kulit yang keras 硬皮材質行李箱
carter,carter pesawat,pesawat carteran 包機	langganan,pelanggan,pembeli 買家,顧客,用戶

lanskap,panorama,pemandangan 風景,景觀,景色	pendapat,wawasan 觀點,意見,看法
lewat lensa kamera 透過照相機鏡頭	penerbangan langsung/nonstop 直航
loket,tempat pembelian tiket 售票處	pengisian baterai gratis 免費電池充電
mal perbelanjaan,shopping mall 購物商場	peninggalan kuno/purba 古蹟
maskapai,maskapai penerbangan 航空公司	perdagangan elektronik 電子商務
melepaskan lentera udara/langit 放天燈	peta jalur MRT Taipei 台北捷運路線圖
mendarat dengan selamat 安全降落	pujasera(pusat jajanan serba ada)美食廣場(街)
mengambil/pengambilan bagasi 領取行李	pusat perbelanjaan besar 大型購物中心
Mercon Tawon,Meriam Lebah 蜂炮	Pusat Perdagangan Dunia(WTC)世貿中心
mercu/menara api,mercu suar 燈塔	Pusat Seni Pertunjukan Taipei 臺北表演藝術中心
mesin penjualan tiket otomatis 自動售票機	ruang lingkup pribadi 個人專屬房間
Miramar Entertainment Park 美麗華百樂園	rujukan waktu perjalanan 出團參考時間
musim ramai pariwisata 旅遊旺季	tempat pengaduan bagasi 行李遺失申報處
objek wisata,tempat pariwisata/wisata 旅遊景點	tempat tukar/penukaran uang 錢幣兌換處
obral pergantian musim 換季大拍賣	tempat tunggu taksi 計程車招呼站
pasar malam Fengjia Taichung 台中逢甲夜市	tiket pesawat elektronik 電子機票
pasar malam Liuhe Kaohsiung 高雄六合夜市	toko capit,toko mesin penjepit 夾娃娃機店
pasar malam Miaokau Keelung 基隆廟口夜市	tujuan wisata gastronomi 美食旅遊目的地
pasar malam wisata Ningxia 寧夏觀光夜市	Westminster Abbey(英國倫敦)西敏寺
Pelabuhan Perikanan Zhengbin(基隆)正濱漁港	wisata berkelompok,wisata kelompok tur 團體旅遊
pelaku perjalanan luar negeri(PPLN)國外旅行者	wisata keagamaan/religi 宗教旅遊
pelancong,turis,wisatawan 旅客,觀光客	wisata ramah muslim 穆斯林友善旅遊
peminat,pencinta,penggemar 愛好者,粉絲	wisatawan mancanegara(wisman)外國觀光客

aborigin,penduduk aborigin suku,penduduk asli,suku adat asli 原住民
Area pemandangan nasional pantai timur 東海岸國家風景區
berfoto,berpotret/memotret,buat foto,mengambil foto,syuting 照相,攝影,拍攝
bertamasya,darmawisata,lancong,pariwisata,turisme,wisata 旅遊,觀光,遊覽
bertolak,keberangkatan,lepas/tinggal landas 起飛,啟程
Candi Bentar 天堂門,裂山門(印度教左右對稱、中間分開的高聳大門)
convenient store,toko serba ada(Toserba),toko swalayan 便利商店
Festival Mercon Tawon Yanshui,Festival Meriam Lebah Yanshui,鹽水蜂炮節
grup wisata,kelompok tur,rombongan wisata,tur wisata 旅行團
Guang Hua Digital & Electronic Plaza 光華數位新天地
Karnaval Balon Udara Panas Internasional Taiwan 台灣國際熱氣球嘉年華
kawasan rekreasi hutan nasional Gunung Taiping 太平山國家森林遊樂區

Kediaman komandan Benteng Keelung 基隆要塞司令官邸	
melanglang buana selama 80 hari 環遊世界 80 天	
Museum Istana Nasional Cabang Selatan 故宮博物院南院	
pasar malam Nanjichang/Bandara Selatan 南機場夜市	
pemandangan bagaikan adegan di film 如同電影場景般的景象	
sertifikasi wisata ramah muslim 穆斯林友善景點認證	
tempat menginap yang ramah sepeda 自行車友善住宿地點	
turis perorangan,wisata sendirian/solo/individu 個人旅遊	

印尼各地小吃

國家圖書館出版品預行編目資料

讚啦！我成為印尼語導遊了！（2023年最新版）
／小 K 著. –初版.–臺中市：
樹人出版，2023.07
　　面；　公分
ISBN 978-626-97156-6-4（平裝）
1.CST：印尼語　2.CST：讀本
803.9118　　　　　　　　　　112009264

讚啦！我成為印尼語導遊了！（2023年最新版）

編　　著　小K

發 行 人　張輝潭

出　　版　樹人出版

　　　　　412台中市大里區科技路1號8樓之2（台中軟體園區）

　　　　　出版專線：（04）2496-5995　　傳真：（04）2496-9901

出版編印　林榮威、陳逸儒、黃麗穎、水邊、陳婉婷、李婕

設計創意　張禮南、何佳諠

經紀企劃　張輝潭、徐錦淳

經銷推廣　李莉吟、莊博亞、劉育姍、林政泓

行銷宣傳　黃姿虹、沈若瑜

營運管理　林金郎、曾千熏

經銷代理　白象文化事業有限公司

　　　　　401台中市東區和平街228巷44號（經銷部）

　　　　　購書專線：（04）2220-8589　　傳真：（04）2220-8505

印　　刷　普羅文化股份有限公司

初版一刷　2023年07月

定　　價　666元

白象文化　印書小舖　出版・經銷・宣傳・設計
www·ElephantWhite·com·tw　自費出版的領導者　購書 白象文化生活館